그
남
자
의

정
원

그
남
자
의

정
원 vol.2

초판 1쇄 발행일 2015년 08월 27일
초판 3쇄 발행일 2018년 09월 04일

지은이 | 로즈빈
펴낸이 | 김기선

편집장 | 김은지
편집부 | 김아름, 박신혜, 김에너벨리, 유기웅, 배영주, 신현정, 전유정
디자인 | 금장미

펴낸곳 | 와이엠북스(YMBOOKS)
출판등록 | 2012년 7월 17일 (제2014-17호)
주소 | 서울시 도봉구 노해로 379, 802호(창동, 대성빌딩)
전화 | 02)906-7768 / 팩스 | 02)906-7769
E-mail | ymbooks@nate.com

ISBN 979-11-322-2771-7 (04810)
ISBN 979-11-322-2769-4 (set)

© 로즈빈 2015 Printed in Korea

값 12,800원

그 남자의 정원

로즈빈 장편소설

vol 2

YM
BOOKS

목차

1. 없던 일로 하기에는 너무나 있었던 일

"태준 씨, 왔어?"

"촬영 있어. 아침부터 웬 호출."

"호출 안 하면 통 안 오니까."

박 대표는 책상 정리를 끝내고 자리에서 일어나 태준이 앉아 있는 소파 맞은편에 앉았다. 보기만 해도 어지러울 정도로 달아 보이는 박 대표의 전매특허 커피는 테이블에 놓여 있다.

"태준 씨도 커피?"

"난 됐어."

태준은 선글라스를 벗었다. 박 대표는 태준의 얼굴 이곳저곳을 살피며 살이 좀 빠졌네, 하는 표정이다. 이내 박 대표는 시선을 옮겨 태준이 앉아 있는 소파 뒤를 바라봤다.

……저 사진 찍던 때가 엊그제 같은데.

벽 한쪽을 가득히 메운 태준의 예전 독사진. 오늘따라 박 대표의 눈에 새삼스럽게 자리한다.

"태준 씨, 밥은?"

"먹었지."

"어때, 세일러문이랑은 잘돼가?"

……올 것이, 왔다. 의미 없는 눈빛으로 시놉을 뒤적이던 태준의 손길이 멈췄다. 돌리는 말 없는 박 대표는 역시나 질문이 돌직구다.

"얼마나 됐어, 민정원 씨? 토크쇼 때 말할 정도면, 평창?"

예상보다 빠른 박 대표의 등장에 태준은 저도 모르게 이마를 짚었다. 아직은 때가 아니라고 미뤄두었던 이야기에 기분이 좋지 않은지 태준은 시놉을 내리며 미간을 일그러뜨렸다.

"언제 알았는데."

"좀 됐어. 기정사실을 인정하는 데 좀 걸린 것 같고."

박 대표는 커피를 마셨다. 평소와 다름없는 박 대표의 말투가 외려 공격적으로 들려오는 탓은 밀려오는 긴장감 때문일지도.

"드라마 끝나면 중국 가자. 드라마 연장 들어간다며. 해. 끝나고 가자."

"안 가."

"태준 씨."

"박 대표, 말 못 해서 미안한데. 드라마 끝나면 얘기하려고 했……."

들을 생각이 없는지 박 대표는 인터폰을 눌렀다. 자신의 말을 끊기는 처음인지라 태준은 가만히 박 대표를 바라보며 말을 멈췄다.

"영수 씨 들어오라고 해."

밖에서 대기 중이던 영수가 문을 열고 들어왔다. 분위기가 좋지 않음을 태준의 표정에서 읽은 영수는 걸음이 조심스럽다. 태준은 소파에 몸을 기대며 더욱 미간을 좁혔다.

"영수 씨, 고용주가 누구지?"

"박…… 대표님이요."

"그럼 우리 드림스타에 입사해서 태준 씨 매니저로 고용됐을 때, 내가 한 말 기억해?"

태준의 표정을 살피며 영수는 잠시 망설이는 모습이다.

"잊었어, 영수 씨?"

"아, 아뇨. 보고도 못 본 척, 들어도 못 들은 척, 알아도 모른 척…… 입니다."

박 대표는 고개를 끄덕였다. 시선은 태준에게서 떼지 않은 채 계속해서 영수에게 말했다.

"영수 씨, 그런데 그것보다 더 중요한 게 뭐라고 했지?"

영수는 긴장감에 저도 모르게 두 손을 모아 자세를 곧게 폈다. 답이 없자 저를 바라보며 웃어 보이는 박 대표가 무서운 까닭에 영수는 어렵게 입을 열었다.

"'모든 특이사항은 지체 없이 보고한다.'입니다."

"어길 시?"

"'모든…… 책임을 진다.'입니다."

잘 알고 있네. 박 대표는 또다시 고개를 끄덕였다. 이내 커피를 한 모금 마시며 표정에서 영수를 향해 내보이던 웃음을 거뒀다.

"그래, 그동안 수고 많았어. 차 키 반납해. 당분간 대기발령. 나가봐, 영수 씨."

"이봐, 박 대표."

"고용주는 나야. 가만히 있어, 태준 씨."

태준의 인상이 더욱더 험악해지는 것을 두고 볼 수 없었던 영수는 빠른 손놀림으로 주머니를 뒤져 차 키를 꺼내 탁자 위에 내려놓았다. 모를 수 없는 상황이었기에 아무 말도 할 수가 없다. 어찌 되었든 자신이 계약을 위반한 건 사실이니까. 영수는 고개 숙여 박 대표에게 묵례를 마치고 걸음을 옮겼다.

"영수 너, 어디 가지 말고 밖에서 대기해."

자신의 발목을 붙잡는 태준의 말에 영수는 잠시 멈춰 서서 태준을 바라보았다.

"형, 저 괜찮아요."

"내가 안 괜찮아. 대기해."

더 이상은 박 대표도 말이 없다. 영수는 두 사람의 눈치를 살피다가 사무실 문을 나섰다.

"제법 시간 준 거야. 그간 데이트도 하고 그랬을 거 아냐? 일부러 터치 안 했어. 하고 싶은 대로 해보라고."

……처음부터 그랬지. 손을 잡았던 처음부터 박 대표는 늘 자신보다 한발 빠르게, 언제나 나아갈 길목에 한발 먼저 서서.

"내가 몰라서 가만히 있었던 건 아닐 거 아냐. 태준 씨."

앞선 선택과 완벽한 마무리로 더욱 연기에만 전념할 수 있게 만들어 주었다. 그랬는데. 그래서 편했는데. 그랬기에 더욱 이러는 걸 테지만…….

"이봐, 박 대표, 무슨 말인 줄 알겠는데. 어쩔 수 없…….”

"이건 아니라고 생각해. 태준 씨, 이건 아니야."

가장 큰 날개를 달아준 박 대표가 이제는 사랑을 잡는다, 더 날아야 한다고. 아직은 더 멀리 날아야 한다고.

"당분간 김 팀장님이 봐주실 거야. 불편해도 참아. 말귀 밝은 애로 알아봐 줄게."

"박 대표, 우리 계약이 얼마나 남았지?"

박 대표는 웃음을 터트렸다. 이 남자, 상당히 진지하다.

"삼 년. 그럴까 봐 회사 김 변호사 대기시켰어. 소송 가도 승소 못 해, 태준 씨. 더 잘 알잖아. 왜 이래, 법대 출신이."

"중국 안 가."

"그래, 알았어. 가지 말자, 그럼."

선뜻 태준의 의사에 응하며 박 대표는 고개를 끄덕였다. 이내 눈썹을 추켜세우며 한숨을 내쉬었다.

"안 가도 괜찮아. 태준 씨 문제없어. 전혀."

어차피 안 갈 줄은 알고 있었으니 조금도 문제 될 것은 없다. 그게 아니어도 기회는 지천으로 널렸으니까. 하지만 지금은 그런 것들이 문제가 아니다.

"지금 태준 씨, 연애할 때가 아니야. 그건 본인이 더 잘 알지 않아?"

때가 아니다.

"태준 씨가 지금 얼마나 중요한 시기인 줄 읊는다는 건 의미가 없잖아. 잘 알고 있을 테니까."

주변 산소가 없어지는 것처럼 태준은 숨이 막혀온다. 갑갑해지는 공기는 탁하게 느껴지기만 했다. 세일러문은 일어났을까? 메모지는 읽었나? 밥은, 먹었는지?

후……. 말이 없는 태준의 한숨이 깊다. 박 대표는 태준 쪽으로 몸을 더 수그렸다.

"태준 씨 이제 겨우 서른셋이야. 지금은 안 돼. 그 연애 조금만 미뤄."

"가능한 게 있고 불가능한 게 있지. 이건 후자 쪽인 거 같은데."

박 대표는 울렁이는 태준의 눈을 피하지 않고 마주했다. 마음이 그렇다고 해도 변할 수 없는 현실 앞에 박 대표의 눈빛은 확고했다.

"못 할 건 또 뭐야 만인의 사랑을 받으면서. 쓸쓸하고 외로운 줄은 알겠지만 미뤄줘. 아직 안 돼, 태준 씨."

……소속사의 대표라는 건, 이렇게 커버린 당신을 이끌어 간다는 건.

"목마를 거야, 태준 씨."

남의 사랑 따위나 갈라놓는 악역도 마다하지 않을 수 있어야 한다는 것.

"강태준은 더 올라가고 싶어서, 더 날고 싶어서. 여기서 멈추면."

필요에 따라서는 뜨거워 데일 것 같은 감정까지도 서슴없이 잘라줄 수 있어야 한다는 것.

"강태준이 사랑만 가지고 대체 얼마나 버틸 수 있을 것 같아서? 과거가 되어버린 빛나던 순간만 가지고 얼마나 살 수 있을 것 같아? 배우 강태준은 인간 강태준하고 많이 달라?"

박 대표는 천천히 시선을 옮겨 자신의 곁에 놓인 커피를 물끄러미 응시했다.

"내 말 들어, 아직은 아니야. 강태준은 여기서 멈추면 분명히 후회할 거야."

후회할 거야. 박 대표의 촌철살인의 한마디. 차마 아니라는 말은 떨어지지 않았다.

"태준 씨도 태준 씨지만 민정원 씨, 고꾸라질 거야. 이제 막 날개 좀 달아보겠다는데 굳이 그걸 꺾어야겠어?"

반응 없던 태준의 눈빛에 변화가 찾아든다. 정원이 고꾸라질 수도 있다는 피할 수 없는 현실은 타인의 입에서 아무런 감정 없이 튀어나와 태준의 가슴을 후벼 판다.

"태준 씨. 모르는 거야, 모르는 척하고 싶은 거야?"

……그래, 어느 날 갑자기 나타난 사랑이란 녀석은 나보다는 널.

"자신 있어? 민정원 씨 고꾸라지는 걸 아무렇지 않게 볼 자신, 있어?"

난 아니어도 너만큼은.

"태준 씨 때문에 고꾸라지고 넘어질 사람한테 미안한데 참아라, 그래도 내 옆에 있어라, 할 거야? 그게 태준 씨가 말하는 사랑이야?"

지키라고. 다치지 않게. 아프지 않게.

"태준 씨."

아, 옘병, 말려드는 기분. 도리질을 치며 태준은 일어섰다. 더 이상의 합의점은 없다.

"갈게, 촬영 있어."

"다음번엔."

다 가질 수 없는 자리. 아니, 다 가졌기에 포기해야 하는 단 한 가지. 누구보다 잘 알고 있는 태준이기에 알아듣겠지, 박 대표는 짧은 말로 마무리한다.

"다음번엔 민정원 씨한테 말할 거야. 내가 민정원 씨 직접 보는 일은 없었으면 좋겠어."

조금만 더 반도의 배우로 남아달라고. 대체불가 강태준으로 남아달라고. 아직은 만인이 사랑하는 강태준으로, 남아달라고.

"삼 일 줄게. 조심히 가."

"언니, 다음 주에 평창 가시네요?"

"벌써 다음 주야?"

약속대로 데리러 온 영수의 도움으로 정원은 무사히 촬영장에 도착했다. 지영이 말한 평창이라는 단어에 정원의 마음속에 설렘이 찾아들었다. 어쩐지 평창은 특별한 추억이 깃든 곳이기도 했고, 태준과의 많은 이야기가 함께했던 공간이기에 더욱 그러했다.

그 숙소, 그 산책로, 그 밤, 그 별빛, 그리고. 그리고…….

아아! 기억을 더듬는 그 순간 누군가 정원의 손목을 낚아챈다. 정원은 놀라 뒤를 돌았다.

"깜짝이야, 놀랐잖아요."

태준이다.

"사, 사람들이 봐요. 이거 놓고……."

"잠깐 나 좀 봐."

스태프 두어 명이 바라보지만 상관없다. 두 눈이 휘둥그레진 정원을 끌고 태준은 대기실 복도를 걷는다.

"왜, 왜 이래요."

여전히 정원의 손목을 잡고 걸음을 옮기는 태준은 말이 없다.

[관계자 외 출입 금지. 강태준 대기실]

태준은 대기실에 들어와 문을 닫았다. 방금 도착했는지 아직 사복 차림이다.

"어제는 정말 제가 입이 열 개라도 할 말이 없……."

"휴대폰 줘."

"……네?"

"휴대폰."

휴대폰이요? 정원은 들고 있던 휴대폰을 태준의 손으로 건네며 의아한 표정이지만 굳은 표정의 태준을 바라보자니 어쩐지 아무 말도 할 수 없었다. 태준은 익숙한 솜씨로 정원의 휴대폰 배터리를 분리했다.

"뭐 하세요?"

"당분간 꺼두고 전화 받지 마. 내 거 가져."

태준이 내민 휴대폰을 엉겁결에 건네받으며 정원은 태준의 얼굴을 멀뚱멀뚱 바라봤다.

"박 대표가 알았어."

"네에?"

정원은 저도 모르게 뒷걸음질을 쳤다. 손에 들린 태준의 휴대폰을 꼬옥 잡으며 불안함에 아랫입술을 깨물었다.

"만나러 올 거야, 너를."

태준은 성큼성큼 정원에게 다가가 어깨를 잡았다. 마주치는 시선은 말하지 않아도 알 수 있다. 넘어야 할 산이라고, 건너야 할 강이라고.

정원은 확고한 태준의 눈빛을 바로 볼 수 없어 고개를 수그렸다. 막연히 상상만 해왔고 실제로 벌어진다면 그땐 어쩌나, 고민만 했던 일. 내일로, 내일로 미뤄왔던. 마주하고 싶지 않았던. 우리의 진짜, 현실.

꿈같은 태준의 손이 자신의 어깨 위에 있다. 정원은 천천히 고개를 들어 태준을 바라보았다.

"만나면 되죠."

정원은 이내 씩씩하게 웃으며 태준의 팔을 툭, 쳤다.

"에이, 무서워요? 난 괜찮은데. 물따귀 한 대면 될까요?"

"농담하는 거 아냐."

바라보는 태준의 눈빛에 불안함이 가득하다. 그 메마른 시선에 정원의 얼굴에도 서서히 웃음이 사라졌다.

"박 대표는 니가 생각하는 그런 사람 아니야. 마주치지 마. 최대한."

차라리 물따귀를 때리는 물불 가리지 않는 성격이라면 좋으련만.

"혹시 만나도, 만나서 무슨 얘기를 들어도 절대 흔들리지 마."

물러터진 세일러문 하나쯤은 빠져나갈 구멍 하나 없이 숨통을 조일 수 있는 치밀하고, 계산적인 사람.

……흔들리지 마. 정원은 태준의 이야기에 고개를 천천히 끄덕였다.

"대답이 왜 이렇게 시원찮아. 알아듣나, 세일러문?"

"걱정하지 마세요. 우리 황 이사님이 알아도 똑같을 거예요. 그분들은 회사를 운영하는 사람들이니까……."

알아들었을까, 너는 정말로 알아들었을까. 태준은 정원을 품에 안았다.

"그래, 그 사람들은 그 사람들이 해야 하는 일이니까 하고 싶은 대로 하라고 해. 우리는 우리 일만 생각하고."

사랑하는데. 우리가 이렇게 사랑하는데. 눈에 보이지 않는 마음 따위 아무짝에도 쓸모없다고 말하는 사람들에게 우리는, 무엇으로 증명해야 하는가.

나를 믿는 사람들에게. 우리를 믿지 않는 사람들에게.

"밥은 먹었나?"

"그럼요. 식혜도 두 캔이나 마셨어요."

내 마음이 이 사람에게 있다고.

"식사하셨어요?"

"먹었지, 나도."

내 꿈은 이 사람이 되었다고.

"저녁은 같이해. 김 감독한테 말해서 시간 잡을게."

"네."

……내가, 이 사람을 사랑한다고.

"태준 씨, 집으로 모실게요."

태준은 타야 할 밴을 지났건만 멈추지 않았다. 영수 대신 투입된 김 팀장은 태준의 짐을 옮기며 태준의 뒷모습을 말없이 바라보았다. 저쪽, 태준의 승용차 앞 좌석에서 영수가 황급히 내렸다.

"형, 차……."

"운전해. 집으로 갈 거야."

태준의 굳은 표정. 영수와 김 팀장의 시선이 마주치고 김 팀장은 어서 차에 올라타라고 손짓을 해 보였다.

"태준 씨! 내일 아침에 데리러 갈게요!"

말이 없는 태준은 신경질적으로 뒷문을 열어 소리 나게 문을 닫았다. 머뭇거리던 영수는 김 팀장에게 인사하며 다시 앞문을 열었다.

"내일 나 스케줄 좀."

"그게…… 다 뺏겨서 몰라요, 형."

태준은 자신의 휴대폰을 정원의 손에 넘기고 왔기에 당장 연락수단이 없다. 내일 스케줄도 알 수 없다. 태준은 관자놀이를 문지르며 눈을 천천히 감았다 떴다.

"김 팀장한테 연락 넣어. 스케줄 뭔지 물어보고 알아서 갈 테니까 오지 말라고 해."

"형, 제가요?"

영수는 룸미러로 태준을 바라보았다. 시선이 느껴질 법도 한데 태준은 멍하니 창밖만 응시했다.

"니가 해. 니 월급 내가 줘."

"그래도……."

"말 들어. 매니저가 자기 배우 내일 스케줄도 몰라? 알아서 체크하고 나 당분간 휴대폰 없으니까 집 전화로 전화 줘."

"네, 형."

태준의 로드 매니저란 모든 특이사항을 상부에 보고해야 하는 의무가 있는 사람이다. 박 대표에게 말했을 수도 있었을 텐데, 그랬대도 할 말 없었을 텐데. 군대 전역 후 오로지 저 하나만 졸졸 따라다니며 궂은일도 싫은 소리 한 번 없이 맡아 해온 영수의 심성을 알고 있기에.

……녀석이 다소 눈치가 없어도, 가끔은 속을 뒤집어도.

"출근 안 하기만 해봐. 집 주소 적어놔."

상냥하지는 못해도 얼마나 많이 자신을 아끼고 위해 주던 태준이었는지, 영수는 모르지 않으니까.

"갈게요, 형."

태준은 새삼 영수에게 미안하다. 모든 사람을 다 지킬 수는 없는 것일까. 쏜살같이 미끄러져 나가는 차 안에서 태준은 저도 모르게 깊은 한숨을 내쉬었다.

박 대표와 한솥밥을 먹은 세월이 어느덧 칠 년. 정상의 자리에 무리 없이 올 수 있었던 최고의 파트너였다. 믿지 않을 이유가 없었기에 늘 항상 그녀의 선택을 존중했고, 신뢰했다.

"형, 두통약 한 알 드릴까요?"

"괜찮아."

힘이 생겼다고 함부로 할 수 있는 사람이 아니다. 이제 와 이 모든 건 스스로가 잘나 되었다고 유세 떨 수 있는 사람이 아니다.

"아니다. 영수, 나 한 알 줘."

"네, 형."

박 대표와의 지난 세월이, 그 정도로 아무것도 아닌 것은 아니다.

'자신 있어? 민정원 씨 고꾸라지는 걸 아무렇지 않게 볼 자신, 있어?'

영수가 건네는 두통약을 건네받으며 이내 입으로 털어 넣었다. 뒤로 머리를 기대며 초점 없는 시선으로 스쳐 지나는 도심의 야경을 응시했다.

'태준 씨 때문에 고꾸라지고 넘어질 사람한테 미안한데 참아라, 그래도 내 옆에 있어라, 할 거야?'

……미안해. 우리를 믿지 않는 그 사람을 향해서 사실 나, 아무 말도 못 했어. 할 수 있는 말이 없어서. 아무 말도 나오질 않아서.

'그게 태준 씨가 말하는 사랑이야?'

내가 말하는 사랑은 그런 거였으니까. 결국 나는 너를 그렇게 만들 수밖에 없을 테니까.

태준은 조용히 창문을 내렸다. 시원한 바람이 쉴 새 없이 밀려들어 오지만 그 바람이 제 목을 죄어 오는 것처럼 갑갑하게 했다.

내가, 너를 아프게. 너를.

너를…….

깨질 것 같은 두통. 태준의 미간이 펴질 줄 몰라 영수는 근심이 가득한 표정으로 룸미러를 바라봤다.

……그래. 사실 박 대표는 말없이 정원을 찾아갈 수도 있었다. 하지만 박 대표는 자신의 선에서 할 수 있는 최선의 신사적인 방법을 택했다. 그걸 태준도 모를 리 없다.

"형, 제가 할 말은 아니지만 기운 내세요."

끼어드는 일 없는 영수가 기어이 룸미러를 힐끔거리며 말을 건넨다. 태준은 천천히 눈을 뜨며 도심의 야경을 의미 없이 바라보았다.

"저는 형 매니저 하면서 요새처럼 형이 많이 웃는 거 못 본 거 같은데. 박 대표님도 형을 매일매일 가까이서 볼 수 있다면 아마도 형 응원해주셨을 텐데."

도심의 야경이란 저렇게도 제각기 반짝이건만. 무엇도 시야에 머물지 않는다.

"힘내세요, 형."

"까불지 말고 내일 늦지나 마."

"네……."

태준은 바람에 흔들리고 싶지 않은지 창문을 올렸다. 이내 표정 없는 태준은 운전 중인 영수를 힐끔 바라봤다.

"이번 주 주말이었나?"

"네? 뭐가요?"

"어머니 제사."

"아, 저희 집이요? 네."

신호에 멈춘 차. 태준은 지갑에서 카드를 꺼내 영수에게 건넸다.

"비행기 타고 다녀와. 가서 여동생 필요한 것도 좀 사주고."

"형! 저 괜찮아요! 기차 타고 가면 돼요! 저번에도 주셨잖아요!"

"머리 아프니까 말 많이 시키지 마."

"……고맙습니다."

태준은 다시 머리를 의자에 기대며 눈을 감았다. 이내 정원의 얼굴이 아른거려 태준은 쓰게 웃었다. 네가 보고 싶다, 벌써. 내일이 오긴 올까 싶을 만큼.

……보고 싶다, 세일러문.

정원은 잠옷 차림으로 침대에 걸터앉아 만지작만지작, 태준의 휴대폰을 만졌다. 강태준의 휴대폰이 자신의 손에 있다. 신기한지 정원은 한참을 들여다보고, 또 바라보았다.

휴대폰 가져다 경매에 내놓으면 얼마나 나올까? 실없는 생각에 정원은 웃음을 터트렸다. 슬쩍 패턴을 움직여 태준의 휴대폰을 열었다. 패턴도 어찌나 단순한지, 'ㄱ' 모양이다.

"어후, 아저씨. 바탕화면 좀 봐. 살 때 그대로네."

아무것도 만진 흔적 없는 휴대폰 본연의 정직한 바탕화면에 정원은 고개를 절레절레 저었다. 혹시 단축번호 쓸까? 1번은 누구지? 또다시 쓸데없는 호기심이 발동한 정원은 1번을 꾸욱 눌렀다. 역시나 비어 있다.

뭐야, 괜히 긴장했네. 정원은 혼자 또다시 웃으며 태준의 문자메시지함도 열어 보았다. 고작해야 스케줄 고지, 카드 이용 내역서, 그리고.

……세일러문.

♪♫♪♫♪♫

아, 깜짝이야. 넋 놓고 태준의 휴대폰을 바라보던 정원은 화들짝 놀라 벌떡 일어섰다. 02로 시작하는 낯선 번호다.

받아도…… 될까?

♪♫♪♫♪♫

고민하는 사이 끊겼던 휴대폰은 다시 울리기 시작한다.

♪♫♪♫♪♫

세 번째 전화. 굳은 결심 끝에 정원은 슬쩍 전화를 받았다.

"……."

상대방이 말하기 전에 절대로 먼저 말하면 안 된다.

-누군 줄 알고 전화를 받나?

목소리만 들어도 자동반사 정원의 입가에 미소가 지어진다. 태준이다.

"받으라고 세 번씩이나 전화하신 거 아니에요?"

-이 여자가, 남의 전화를 함부로. 숨겨둔 애인이 전화하면 어쩌려고.

도대체 언제쯤이면 가슴이 뛰지 않을 수 있을까. 방으로 걸음을 옮기며 두근거리는 마음에 공연히 얼굴을 붉혔다.

"숨어 지내는 애인들끼리 동호회나 만들어야겠어요. 회장 시켜주실 거죠?"

정원의 허무맹랑한 답변에 태준은 따라 웃어보지만 어쩐지 웃음의 끝이 흐리다.

"어디세요?"

-집. 이건 집 전화.

아아, 저장해둬야겠다. 정원은 침대에 비스듬히 누웠다. 곁에 있는 원숭이 인형을 끌어안고는 태준의 숨소리도 놓치고 싶지 않아 휴대폰에 귀를 기울였다. 한밤에 걸려온 그의 전화는 이토록 가슴을 가득 울린다.

-누웠나?

"방금요."

-내일 나는 오전 스케줄 있어서. 새벽에 나가야 해.

"피곤하시겠어요."

피곤해. 드럽게. 웬일인지 태준이 말끝마다 자꾸만 웃는다. 이런 소소한 통화는 오랜만이다. 부스럭거리던 태준은 으차차…… 이내 조용해진다.

"누웠어요?"

-지금.

태준의 침실이 눈앞에 그려지는 탓에 정원은 휴대폰을 귀에 대고 눈을 감았다.

"이불 감촉 되게 좋던데. 숙면했어요."

-이불 때문에 숙면한 거 맞나? 그전부터 숙면이던데.

"내일 그럼 촬영장엔 좀 늦게 오시겠네요? 저는 아침부터 촬영이 있어요."

이내 말 돌리는 정원의 민망해하는 모습이 눈앞에 그려져 태준은 쏟아져 나올 준비 중이던 잔소리를 다시 입속으로 넣어두기로 한다.

-……좋다.

태준의 짧은 말 한마디에 이내 정원의 마음에 모닥불이 피어오른다.

"저도, 좋아요."

-베개에서 세일러문 향기 나네.

아까부터 어쩐지 어디서 자꾸만 세일러문의 향수 냄새가 나는 것 같은 느낌이 들더라니. 역시나 익숙한 향기의 근원지는 베개였다.

……그게 또 뭐라고. 정원은 이내 가슴이 뛰어올라 또다시 얼굴이 붉어진다.

-나도 오랜만에 숙면하겠다.

태준은 정원이 곁에 있는 듯한 느낌에 조금씩 두통이 사라지는 기분을 느낀다. 이내 말이 끊긴 시간이 이어지고 정말 자는 걸까? 정원은 조심스럽게 입을 열었다.

"……자요?"

-아니.

다시 말이 없기를 수 분째. 정원은 멀뚱멀뚱 천장만 바라보다가 조심히 입을 떼었다.

"자요?"

-아니.

아까보다 한층 가라앉은 태준의 음성. 정원은 몸을 뒤척이며 이제 끊어야겠다, 태준에게 인사를 건넸다.

"끊어요, 피곤하실 텐데. 내일 봐요."

-조금만. 조금만 더 있다가.

정원은 이불을 들쳐 조금 더 목으로 끌어올리며 미소 지었다.

……이 사람의 마음이 곁에 있다. 눈을 감으니 더욱더 선명하게 이 사람의 마음이 전달되어 온다. 몹시도, 따뜻하다.

"나 지금 되게…… 따뜻해요."

-다행이네. 난 추운데, 지금. 이 집은 쓸데없이 커. 휑해.

정원은 웃음을 터트렸다. 커다란 침대에 아이처럼 한껏 움츠려 있을 태준을 상상한다. 나는 이렇게 당신 때문에 따뜻한데. 당신도 나로 인해 따뜻했으면 좋으련만.

-말 좀 해봐, 아무 말이나.

"무슨 말이요?"

-아무 말이나. 책을 읽든지. 대본 없나? 대본이라도 읽든지.

……내가, 당신의 마음을. 따뜻하게 해줄 수 있다면.

"16화 대본 좀 읽어볼까요?"

-그래, 16화. 난 아직 못 봤는데.

조금씩 더 가라앉는 태준의 목소리에 정원은 취침등을 켜며 몸을 일으켰다. 곁에 있는 16화를 집어 들고는 이내 한 페이지씩 넘겼다.

"16화는 우리 전하의 산행이네요. 연화 손을 잡고. 활 솜씨 자랑하고 싶었나 봐요."

-큰일 났네. 내가 또 활 솜씨가 끝내주는데. 어쩌나, 태준앓이는 그칠 줄 모르겠네.

"그만 읽을까요?"

-아니.

이내 조용해지는 태준의 태도에 정원은 웃으며 지문을 읽어 내려간다.

"수풀이 녹음이 짙은 사냥터. 그곳에서 윤, 세차게 말을 달린다. 그 뒤를 운학과 운검, 훈이 따르며 달린다. 윤의 대사. 훈아, 이렇게 달려보는 게 참으로 오랜만이지 않으냐. 그동안 갑갑했던 마음……."

서서히 잠들어가는 듯한 수화기 너머 태준의 귓가에 대고 정원은 조용한 목소리로 대본을 읽어 내려간다. 천천히, 오래오래.

"……였고, 윤은 그대로 하늘을 응시하며 고개를 끄덕인다."

얼마나 시간이 흘렀을까.

"자요?"

수화기 속 태준은 어느새 불러도 말이 없다. 자는구나, 정원은 혹여 태준이 깰까 매사가 조심스럽다.

……그런 눈빛은 아마도 처음이었지. 오늘 마주했던 태준의 불안한 눈빛이 떠오른다.

박 대표가 무엇을 걱정하는지 잘 알고 있다. 황 이사였대도 별반 다르지 않을 테지. 서로에게는 각자 걸어야 할 길이 아직 많이 남아 있으니까.

이 사람에게 가는 첫 번째 관문이다. 어쩌면 제일 쉬운 관문일지도. 현실을 이야기하는 박 대표의 귀에 진심이 통할 리 없고 마음이 전달될 리 없겠지만 어차피 마주해야 할 과정이라면 피하지 않고, 겁먹지 말고.

……나는, 당신이 있으니까.

"잘 자요. 내일 다시 만나요, 우리."

수화기 너머 태준은 대답이 없다. 정원은 그제야 조용히 대본을 내렸다.

"여보세요?"

정원과 함께 촬영 준비 중인 지영이 전화를 받았다.

"네, 맞는데요. 누구세요? 네?"

지영은 거울을 바라보며 다시 한 번 복장을 정리하는 정원의 손을 잡았다.

"저, 언니. 이분이 언니 바꾸라는데요?"

불길함이 쏜살같이 턱 끝까지 밀려와 정원의 얼굴은 금세 딱딱하게 굳었다.

"……여자야?"

"네."

지영은 고개를 끄덕이며 자신의 휴대폰을 내밀었다. 뭐하러 전원은 꺼놨을까, 이렇게나 간단한 것을. 정원은 떨리는 손으로 전화를 받아 들었다.

"여보…… 세요?"

-안녕하세요. 민정원 씨죠? 드림스타 박 대표예요.

정원은 휴대폰을 막으며 지영에게 잠시 나가 있으라 손짓을 했다. 뭔가 좋지 않은 일임은 확실하다는 느낌에 지영은 조용히 대기실을 나섰다.

"아, 네. 안녕하세요."

숨길 수 없는 떨림. 정원은 손끝을 물고 초조한 듯 대기실을 부산히 움직였다.

-전원이 꺼져 있어서, 미안해요. 급한 일이라.

"네……."

고작, 하루가 지났을 뿐이다.

-시간 좀 내줄 수 있을까요? 내가 민정원 씨를 만나고 싶은데.

"아…… 그럼 제가 어디로……."

-제가 그쪽으로 가죠. 이쪽은 보는 눈이 많아서. 지금 갈게요.

"네, 알겠습니다."

통화는 간단하게 종료되었다. 정원은 터질 듯이 뛰어오르는 심장을 진정시키려 길게 한숨을 내쉬었다. 가슴을 쓸어내려 보지만 떨림이 쉽사리 없어지지 않는다.

……잘 얘기하면 될 거야. 우리가 어떤 마음인지, 잘할 수 있다고 말씀드리면 될 거야.

"떨지 마, 이 바보."

거울에 비치는 자신을 바라보며 정원은 아랫입술을 깨물었다. 박 대표를 만나면 말해야지, 하고 준비해놓은 이야기를 다시 한 번 정리하며 정원은 떨리는 손으로 물병을 집어 들었다.

"안녕하세요."

먼저 도착해 정원을 기다리던 박 대표는 걸어오는 정원을 바라보며 급히 일어나 악수를 청했다.

"안녕하세요, 민정원입니다."

"반가워요. 어서 앉아요."

박 대표는 가방을 옆 의자로 옮기며 정원에게 어서 앉아요, 손짓했다. 아무렇게나 내던지는 저 가방은 웬만한 소형차 값보다 비싸다. 정원은 박 대표의 맞은편에 조용히 앉았다.

"말씀 많이 들었어요. 우리 초면이죠?"

"네."

"원래 태준 씨한테는 내가 삼 일 부탁했는데, 일이 터질 것 같아서 왔어요."

정원은 듣고자 하는 모든 이야기가 겁이 나 손끝을 움켜쥐었다. 박 대표가 미리 주문해놓은 듯 앞에 놓인 커피에 김이 서린다. 정원은, 아직 고개를 들지 않았다.

"정원 씨도 바쁘니까 우리 거두절미하죠. 내가 빙빙 돌려 말하는 성격도 못 되고. 있는 그대로만 들어줘요. 오해는 말고."

"⋯⋯네."

후룩, 박 대표는 커피 한 모금을 삼켰다. 태준 씨는 이런 타입. 목에 철심 끼고 다니는 타입은 아닌 듯 내리깐 눈매에 악의가 없다. 하루에도 수십, 수백 명을 바라보는 박 대표는 간단하게 정원의 성향을 파악한다.

"태준 씨 연애하는 거, 좋아요. 외로웠고 쓸쓸했고. 좋아하는 여자가 생겼다니 한편으로는 다행이라 생각도 들어요. 내가, 그냥 아는 누나였다면."

눈앞의 민정원은 지구를 지킨다는 세일러문과는 다소 어울리지 않는다.

"보통 남자 톱 배우들에게 팬들이 기대하는 결혼 적령기가 있어요. 뭐, 결혼까지 생각한다고 치고 얘기할게요. 마흔. 그쯤 되면 팬들도 그래, 당신도 결혼해서 이젠 행복해야지. 수긍을 하거든요."

태준의 칠 년 후, 이야기다.

"그 전에는 있잖아요, 팬들이 분노해. 누구한테? 민정원 씨한테."

정원은 눈을 감았다. 알고 있다. 다, 알고 있다.

"그런데요, 그래도 서로 죽고 못 살면 어쩔 수 없어요. 그런데 내가 정말 걱정하는 건."

⋯⋯안녕하세요, 박 대표님. 저는 민정원이라고 합니다.

"태준 씨가 언제까지 민정원 씨 하나만 보고 살 수 있을 것 같아요? 난 길어야 삼 년이라고 보는데."

우선 박 대표님께 먼저 말씀드리지 못해서 죄송합니다. 저는 강태준 씨와 진지하게 교제를 하고 있습니다.

"강태준은 절대로 이 자리 못 잊어요. 누구보다 노력했고 누구보다 성실했어. 이 자리 쉽게 못 떠나요, 태준 씨. 못 잊어 괴로울 거라구. 아직은요."

제가 많이 못 미더우시겠지만 잘할 수 있습니다.

"처음엔 정원 씨가 무너져 힘들겠지. 나중엔 태준 씨가 무너져 힘들 거야. 그럼 둘이서 얼마나 행복할 것 같아요? 난 지금은 아니라고 보는데."

저를 믿고 지켜봐 주시면…… 안 될까요……?

"지금 같은 시간은 오지 않아요. 그럴 수가 없어요, 두 사람."

"안…… 무너질 수 있어요."

준비한 말이 얼마나 많았는데 겨우 뱉은 말이라고는. 정원은 눈에 보일 듯 보이지 않을 듯 고개를 저으며 조그맣게 중얼거렸다. 그 모습에 박 대표는 웃음을 터트렸다. 으이그, 이 꼬맹이야. 이런 느낌이다.

"그럼, 이런 감수성 어린 얘기 말고 우리 좀, 상업적인 얘기를 해볼까요?"

박 대표는 다시 목을 축였다.

"태준 씨가 한 해 국가에 내는 세금이 얼마나 될 거로 생각해요? 외화를 얼마나 벌어들이는지는? 강태준 이름 석 자가, 대한민국 국가 브랜드 가치를 얼마나 높이고 있는지는?"

……그래, 대본을 읽는 나의 목소리에 잠이 들던 그 남자의 현실은 사실.

"태준 씨가 현재 32개 아시아 국가의 국빈이라는 사실은 알고 계시나요?"

술에 취해 황금 열쇠를 건네주던 그 남자의 현실은 사실.

"일반 해외 방송사나 에이전시와는 관계없이 각 나라의 정부가 국가적 손님으로 접대하는 사람이라는 거. 그게 강태준이라는 한국의 배우가 가진 현재 위치라는 거. 이해가 되나요?"

사실은 나 같은 건 닿을 수도 없는, 바라볼 수도 없는.

"강태준은 개인의 것이 아니에요. 아직은 될 수가 없죠. 쉽게 말해 국가적 손실이란 얘기예요, 그 사람을 갖겠다는 건."

눈을 감고 귀를 막고 아무것도 보지 않으려고 애를 써도 사실은.

"장기적으로는 앞으로 3년 후까지 모든 일정이 잡혀 있어요. 국제적으로는 아시아 대부분의 국가에서 태준 씨를 기다리고 있다는 뜻이기도 하고."

당신은, 이런 사람이라는 것.

커피가 식는다. 아직 정원은 한 모금도 마시지 못했다.

"드라마 찍으면서 가깝다고 느껴지겠지. 옆에 있으니까 서로 그럴 수 있어요. 하지만 드라마 끝나면? 만날 수 있을까요? 가능하지 않아요."

박 대표는 표정이 없는 정원의 얼굴을 살폈다. 넋이 나간 그 표정은 금방이라도 올 것 같은 심경의 변화를 느낄 수밖에 없다. 하지만 어쩔 수 없으므로 박 대표는 모른 척 고개를 돌렸다.

"그래요. 이런 거 다 관심 없겠지. 둘이서 많이 고민했겠고, 서로 손잡고 이겨내자 했을 거고. 하지만 분명 태준 씨 후회할 거예요. 아직은 목말라, 태준 씨가 이 자리에. 내가 장담해요."

정원의 탁자 위로 황토색 서류봉투를 내밀었다. 아득해지는 눈길로 정원은 서류봉투를 바라보았다.

"정재민 씨랑 과거에 연인이었더라고요. 디스패치, 아시죠?"

디스패치……! 정원은 그제야 고개를 들어 박 대표를 응시했다.

"터지는 건 시간문제예요. 그 밥차 동료애로 보냈다고 정재민 씨가 신주희 씨하고 기자회견까지 했는데."

……맙소사.

"그 기자회견은 거짓이었다고 정재민 씨 팬들은 분노하겠지. 그렇다면 정재민 씨는 얼마나 많은 구설에 오를 것이며, 모든 스포의 중심인 그 정재민 씨 친척분은 얼마나 괴로울 것이며."

아……. 정원은 저도 모르게 떨려오는 팔목을 잡으며 마른침을 삼켰다.

"이 기사 나가면 둘이 열애설 인정해야 해요. 둘 다 살 수 있는 건 그것밖에 없어. 그렇지 않고는 민정원 씨나 정재민 씨나 이미지가 복구가 안 돼요. 지금 이 상황은."

정원은 숨이 잘 쉬어지지 않는다. 준비했던 모든 말은 어디로 날아갔는지도 모르게 자취를 감춰 무슨 말도 꺼내지지 않았다.

"그런데 정원 씨 열애설 인정하면 태준 씨가 또 가만히 있겠어요?"

……그렇겠지. 아마도 당신이라면. 내가 아는, 나를 사랑하는, 아마도 당신이라면.

"기자회견 하겠지, 민정원은 내 여자라고. 정재민 혼자 좋아했네 마네. 그럼 또 팬들이 가만히 있겠어요? 전 국민이 들고일어날 거야. 정재민을 울리고 강태준을 울리고. 잠잠해진 스폰서설까지 다시 수면 위로."

뛰어들겠지. 그곳이 어디라도, 그 끝이 어떻대도. 아마도 당신이라면.

"정원 씨가 곤두박질치면 태준 씨는, 기쁠까요? 그리고 그렇게 힘겹게 매어둔 여자 옆에서 어느 날 갑자기 이 자리가 그리워지면. 태준 씨는, 행복할까요?"

박 대표는 다음 미팅이 잡혀 있는 탓에 시계를 힐끔 바라보았다. 이미 정원의 귓가엔 박 대표의 목소리가 잘 들려오지 않는다.

"무서워서 태준 씨도 민정원 씨도 현실 외면하고 있는 거 알아요. 하지만 알잖아, 둘 다. 가까이할수록 잃을 게 너무나도 많다는 걸."

……어떡하죠, 나는 당신을 행복하게 해주고 싶은데. 자꾸만 남들은 내가 당신을 불행하게 할 거라고.

"민정원 씨, 부탁해요. 태준 씨는 더 날아야 해요. 더 멀리. 더 높이. 목마름이 끝날 때까지."

나에게 당신은 현실인데, 자꾸만 남들은 나에게 당신은 꿈이라고.

"다 무너질 거야. 정재민 씨도. 민정원 씨도. 태준 씨도."

"생각할 시간을…… 좀 주세요……."

정원의 눈빛이 흔들린다. 역시나 이쪽이 빠르다.

"평창 가기 전엔 정리해줘요, 정재민 씨 기사 오늘내일하니까. 내가 막아줄 수 있는 것도 한계가 있고."

바라본 현실은 생각보다 차갑고 날카롭기만 해서 정원은 숨을 내쉴 때마다 몸 안이 조금씩 얼어붙는 기분을 느낀다. 박 대표의 한마디 한마디는 정원의 뇌리에 박혀 꿈을 꿀 수 없게 한다.

"태준 씨 포기하면 내가 우리 소속사 다른 기사를 내보내서라도 막아줄게요. 진심으로 약속해요. 멈춰줘요, 민정원 씨."

박 대표는 남은 커피를 이내 넘기며 가방을 들고는 정원을 바라보았다. 결코 강태준만을 위한 길은 아니다. 황 이사에겐 누구보다 귀중할 민정원을 지키는 일이기도 하다.

"정재민 씨 기사는 태준 씨가 몰라요. 거기까진 말 안 했어요. 하고 안 하고는 민정원 씨가 선택해요."

더는 의미 없으리라 판단한 박 대표는 일어서 걸음을 옮겼다. 정원은 멍하니 서류봉투를 바라본 채 흐르는 시간을 죽이며 앉아 있다. 이걸 누가 찾아낸 걸까, 과거 재민과 정원의 다정한 사진 몇 장과 이모님의 녹음 파일. 눈가가 뜨거워진 정원은 애써 눈을 깜빡이며 흐려지는 시야를 서둘러 닦았다.

제일 쉬운 관문은 무슨, 이게 뭐…… 제일 쉬워…….

정원은 한동안 그대로 앉아 있었다.

"정원아."

"아, 재민아."

재민이 대기실로 찾아왔다. 멍하니 앉아 있던 정원은 가만히 몸을 일으켜 재민을 바라봤다. 세상 하나뿐인 마마를 지키는 그의 손엔 오늘도 검이 아닌 귤이 들려 있다.

"촬영 기다려?"

"응, 아직 남았어. 넌?"

"난 이제 끝났어."

정원이 대기실에 홀로 앉은 지 세 시간 만이다. 멍하니 의자에 앉아 하염없이 태준의 휴대폰을 만지작거리기만을 반복했다. 그렇게, 산소 없는 시간이 흐르고 흐르던 대기실.

"태준 선배 조금 전에 왔더라. 대기실에서 촬영 준비하고 있어."

"……그래."

재민은 옆 의자를 끌어와 앉았다. 말없이 바라보며 웃음을 건네는 재민의 모습. 정원의 마음에 따스한 햇볕이 스며든다.

"휴대폰 바꿨어?"

"아니, 이거 강태준 씨 휴대폰이야."

재민은 정원의 손에 들린 휴대폰을 가만히 바라보았다. 사생활을 아무렇지 않게 공유하는 두 사람은, 누가 뭐래도 연인이니까.

재민은 다음 스케줄이 있어 옷을 갈아입었다. 물밀듯이 밀려오는 광고 촬영은 잠시도 쉴 틈을 주지 않는다.

"무슨 일 있어? 표정이 별로야. 기운도 없어 보이고."

"아니, 무슨 일은. 피곤해서."

"하긴, 정원이 너도 피곤하겠다. 촬영에 화보에."

기운 없는 정원의 표정을 살폈다. 내리깐 긴 속눈썹에 가려진 그녀의 눈빛이 보이지 않는다.

"귤 먹어. 피곤할 땐 비타민 섭취해야 해."

"고마워. 잘 먹을게."

정원은 한 손엔 태준의 휴대폰을, 다른 한 손엔 재민이 건넨 귤을 쥐고 한참 동안 응시했다.

……너도 그 사람도 이렇게 내 손에 있는데. 나한테는 이렇게도 소중한데.

"무슨 생각 해?"

너도, 그 사람도.

"아니, 아무것도 아니야."

"참, 맞다. 오늘 뉴스 봤어?"

"뉴스? 무슨 뉴스? 무슨 뉴스?"

고개를 급히 드는 정원의 눈빛이 불안하다. 잔뜩 겁에 질린 정원의 모습에 재민은 순간 당황한다.

"아니…… 다른 건 아니고 너 연기…… 잘한다고. 몰입도 좋다고……."

"아…… 그래."

하아. 혹시나 스캔들 기사가 터졌을까 순식간에 목 끝까지 막혀오던 정원의 마음이 풀어진다. 어찌나 세게 쥐었는지 귤껍질로 손톱이 파고드는 것도 모른 채.

"왜 그래, 무슨 일인데."

"아니, 잠을 통 못 자서. 졸린가 봐."

정원은 걱정스러운 눈빛으로 자신을 바라보는 재민에게 천천히 시선을 돌렸다. 얼마 전 태준에게 재민이 떠난 진짜 이유를 들었다.

"혹시 태준 선배하고 싸웠어?"

"아니, 싸우기는. 아니야, 그런 거."

스물네 살의 너도 이렇게 날 떠났겠구나. 네가 나를 망칠 것이 두려워 날개를 달아보겠다는 거짓말로 나를 지켜주며. 사실은 내가 무너질까 봐, 그것이 무서워서…….

"무슨 일 있잖아. 거짓말하지 마, 무슨 일인데."

"아니야, 나 정말 피곤해서 그래. 정말이야."

못 미더운 정원의 대꾸에 마음이 놓이지 않는지 재민은 자꾸만 그녀의 표정을 살피며 고개를 갸웃거렸다.

"왜 그렇게 쳐다봐? 너 정말 할 말 있는 거 아니야?"

"아니, 그냥. 우리가 시간이…… 많이 흘렀구나 싶어서."

재민아, 있잖아. 난 사실 가끔 네가 미웠어.

"그러게. 새삼스럽네. 난 키만 멀대같이 컸지, 아직도 철들려면 멀었는데."

"너 어른이잖아. 그것도 되게 큰 어른."

나를 버리고 훨훨 날아가는 네가 어느 날은 그렇게도 밉고, 싫었어.

미운데 보고 싶어서, 더 미웠어.

"어른이라고 믿었던 때도 있었지. 생각해보면 그때가 제일 어렸던 것 같아."

"재민아, 우리는 정말 많이 어렸을까?"

"……어렸겠지. 해본 일보다 처음 하는 일들이 더 많았으니까."

처음 한 사랑, 처음 한 이별. 방법도 경험도 없어 자꾸만 커져 가는 생채기를 끌어안고 망연자실했던 시간.

정원은 숨을 참으며 재민을 물끄러미 바라봤다. 마주친 시선에 자꾸만 뜨거운 것이 올라와 정원은 마른침을 삼켰다.

"숨기지 말고 말해. 무슨 일이야."

붉게 물들어 가는 정원의 눈빛을 바라본 재민은 움직이던 손길을 멈췄다.

"민정원."

"아니, 아니야."

정원은 이내 눈길을 피해보지만 재민은 정원의 손을 잡았다. 정원은 세차게 고개를 저었다.

"아냐, 재민아. 그냥…… 아니라고 해줘. 나 지금 아무것도 아니라고……."

재민은 얼어붙은 듯 가만히 정원을 바라볼 뿐 아무 말도 나오지 않는다. 정원은 슬쩍 재민에게 붙들린 자신의 손을 빼며 힘없이 웃었다.

"그냥. 갑자기 드라마 끝나면 너무 슬프겠다, 이런 생각 하다 보니까 마음이 울컥해서⋯⋯."

"그게 다야?"

"그럼. 이게 다야."

어딘가 못 미더운 표정이지만 재민은 더 이상 물어볼 수 없어 입을 다물었다. 정원은 재민의 팔을 툭, 치며 귤을 흔들더니 이내 힘껏 미소 지었다.

재민과의 스캔들이 터지면 재민은 국민 앞에 거짓말을 한 것이 되어버린다. 자신들의 이야기는 아무도 믿어주지 않을 것이다.

"드라마 끝나면 귤도 못 얻어먹겠다. 슬퍼."

"자주는 아니어도 찾아갈게. 귤 주러."

알 수 없는 정원의 표정에 재민은 서둘러 몸을 일으켰다. 무슨 일이 있는 건 아닌지 자꾸만 물어볼 것 같은 주제넘은 노파심은 더 이상 제 몫이 아니기에.

"나 갈게. 스케줄 있어서 가봐야 해."

"바쁘네, 피곤하겠다."

"어쩔 수 없지, 뭐. 그래도 지금이 좋아."

재민아, 내가 너를 다치게 해선 안 되겠지? 네가 나를 지켜주었듯이 나도 너를⋯⋯ 지켜야겠지⋯⋯?

멍하니 재민을 바라보는 정원의 시선이 걸음을 옮기려는 재민의 발목을 붙잡는다.

"진짜 이상하네. 왜 그렇게 봐?"

"아냐, 그냥. 좋아서."

"⋯⋯갈게. 촬영 잘해."

결심한 듯 재민은 천천히 돌아섰다. 바보같이, 무슨 일 있으면 말해달라고 그렇게 말했는데도. 입을 다문 정원은 끝끝내 아무것도 말해주지 않을 거란 걸 누구보다도 잘 알고 있기에.

"재민아, 있잖아. 나 강태준 씨한테 다 들었어."

34

"뭘?"

"네가…… 왜 나를 떠났는지."

온몸으로 전기가 흘러들어오는 느낌. 걸음을 옮기던 재민의 발걸음이 멈췄다.

"지켜줘서…… 고마워."

"고맙긴, 덕분에 여기까지 왔어. 어쩌면 너를 핑계 삼아 온 거야. 죄책감을 덜어보려고, 내가."

말이 끊긴 대기실. 재민은 눈을 지그시 감으며 정원에게 흘러가는 마음을 다잡는다. 고개 숙인 정원은 조용히 미소 지었다. 거짓말인 줄, 알고 있다.

"하지만 후회도 해, 가끔은."

내가 그때 너를 보내지 않았다면. 우리가 그냥 사랑했다면.

"이런 삶이 전부는 아닐 텐데. 지나오니 새삼 무겁네, 이런 삶이."

너의 날개가 부러지고 내가 무명으로 끝났대도. 우리 둘이 작은 집에서 작은 웃음으로 살았어도 크게 행복했을지도 모르는데. 지나오니 가끔, 후회스럽기도 해.

목 끝까지 차오른 말은 차마 뱉지 못한 채 재민은 하지 못한 말을 삼켰다. 부질없는 후회, 미련한 마음. 너에게 나누어 주어선 안 될 온전한 나의 몫.

"갈게. 내일 보자."

재민은 서둘러 대기실을 떠났다.

"밥은 먹었나?"

"그럼요, 먹었죠."

"내가 없는데 밥이 넘어가나?"

"식사, 안 하셨어요?"

"했지."

농담도 참 태준스럽다. 눈만 마주치면 건네는 밥 인사는 제때에 제대로 챙겨 먹지 못했을까 봐. 나 없이도 잘 먹었냐고. 굶진 않았냐고.

한창 촬영 준비 중이다. 연화의 아들이 세자 책봉되는 것이 염려되는 조선의 대신들은 음모를 꾀하여 그녀를 위기에 빠트린다. 모든 대신은 윤에게 그녀를 내치라, 끊임없는 상소를 올렸다. 자신으로 인하여 윤이 곤경에 빠지는 것을 원치 않는 연화는 윤을 찾아가 자신을 버려달라고 청한다.

……버려달라고. 잊어달라고.

"있잖아요, 정상에 있는 기분은 어때요?"

응? 태준은 정원을 바라보았다. 이건 무슨 자다가 봉창 두드리는 이야긴가 싶다.

"아니 그냥요, 궁금해서."

"올라와 보면 알 것을 굳이 내 입으로."

"못 갈 것 같아서요. 거기까지 제가 언제 가겠어요."

"글쎄, 무슨 기분을 만끽하고 살진 않아서. 뭐라고 말을 못 해주겠네, 내가."

"불안하진 않으세요? 정상이라는 건 언젠가는 내려와야 할 텐데."

"내가? 내가?"

어쩐지 안심이 되고 마음이 놓이는 그 모습에 정원은 웃음을 터트렸다. 역시나 단단한 태준의 멘탈이다.

"어림없어. 이 강태준을 어느 누가 대체할 수 있단 말이지?"

맞아요, 어느 누가. 어느 누가 당신을 대신할 수 있을까요.

"스탠바이 하겠습니다!"

스태프의 외침에 태준은 대본을 영수에게 건네며 걸음을 옮겼다.

"오늘, 우리 집 갈래요?"

획! 태준이 정원을 향해 돌아선다. 곤룡포가 잘 어울리는 조선의 철딱서니 없는 지존께선 듣고도 못 믿겠다는 표정이다.

"어디? 잘 못 들었는데?"

"우리 집이요."

태준의 입이 슬쩍 벌어진다. 너무 뜻밖인 걸까. 대답도 하지 못한 채 멍하니 정원을 바라만 본다.

"싫으세요?"

아니! 그럴 리가!

"뭐, 그럴까, 그럼?"

이제야 정신이 좀 드는지 세차게 헛기침을 하며 태준은 정원의 시선을 피했다. 때아닌 집 구경을 시켜주겠다며 정원이 웃는다.

"오늘 제가, 맛있는 밥 해드릴게요."

"피곤하지 않겠어?"

"괜찮아요. 그 정도는 할 수 있어요."

밥 말고…… 다른 건…….

으어, 미쳤네. 드러운 뇌를 설악산 계곡물에 찰랑찰랑 씻어야 할 것 같다. 태준의 입에 실소가 터져 나온다.

"메뉴는 아무거나 괜찮으시죠?"

"태준 씨! 어서 촬영!"

줏대 없는 태준은 스탠바이를 외치는 스태프를 바라보며 고개를 끄덕였다.

"맛있는 거 해줘, 그럼."

정원은 고개를 끄덕였다. 당의 속으로는 손톱이 살에 박힐 정도로 세차게 주먹을 쥔 채 환하게 웃어 보였다.

"네. 맛있는 거. 최고로 맛있는 거."

"박 대표가 알았어."

"그래? 언제?"

"나도 잘 모르겠어. 오래됐나 봐."

김 감독 집. 대본을 보던 김 감독은 복잡 미묘한 표정으로 태준을 응시했다. 기어이 눈치 백 단 박 대표는 누구의 스포 없이도 모든 것을 알아채고 말았다.

"그래서 어떻게 됐어? 난리를 치고 나온 거 아냐, 강태준?"

"난리는 무슨, 그냥 도망 나왔다."

휴. 김 감독은 큰 마찰은 없었다는 태준의 말에 외려 다행이라 가슴을 쓸어내렸다. 혹시나 난리를 쳤을까 걱정했는데. 역시나 태준은 신중하다.

"그래, 그럴 땐 삼십육계 줄행랑이 답이지."

"시집 못 간 이유를 알겠더구만. 말문이 막혀보긴 처음이었네."

맹공격에 일단 후퇴했지만 내일쯤 박 대표를 다시 만나 담판을 지어볼 생각이다.

"그래서 어쩌려고 이제. 정원 씨도 알아?"

"대충 얘기했어."

……하지만 무슨 방법으로, 무슨 수로 내가.

"태준아, 내 보기엔 당장은 답이 없는 것 같은데."

너를 무너트리지 않을 수 있다고, 너의 날개를 꺾지 않을 수 있다고. 나는, 자신할 수 있는가.

태준은 소파에 머리를 기대며 천장을 응시했다. 김 감독은 물끄러미 태준의 초점 잃은 눈빛을 바라보았다.

"박 대표도 걱정돼서 그러는 거지, 다 너 잘되라고. 너 무너질까 봐."

"……알아."

나는 오로지 네가 무너질 것이 두려운 것뿐인데, 세상은 모두가 내가 무너질 것이 두렵다고 해. 그런 건 아무래도 상관없는데. 아무래도 괜찮은데.

"형, 어렵다. 뭐가 이렇게 어려워. 누가 내 인생은 대본으로 안 써주나?"

다만 네가 아플 것이 이렇게도 쓰리고 아릴 뿐인데. 나는, 다만 그것뿐인데.

"대본은 그냥 나오냐? 썼다 지웠다, 오늘 대본이 오 분 전에 나오기도 하고 안 나와서 기다리기도 하고. 밥 먹다가 결말이 바뀌기도 하는 게 대본인데."

……그것도 그렇구만. 태준은 허탈한 웃음을 지으며 김 감독이 내려준 커피를 한 모금 마셨다. 핸드드립에 박식함을 꽤나 자랑하는 김 감독표 커피는 언제나 향이 좋다.

"태준아, 널 24시간 따라다니는 파파라치만 일고여덟이야. 일거수일투족."

"알아."

"이미 다 알고 있을 수도 있잖아. 터트릴 시기만 보고 있는 걸 수도."

"……알아."

"얼마나 더 숨길 수 있겠어."

김 감독은 길을 잃은 태준의 표정에 작은 한숨을 내쉬었다. 사랑 참 대단하지. 졸려도 참는 법을 알고 슬퍼도 울지 않는 법을 아는 이렇게 다 큰 어른을, 아무것도 모르게 해. 길 잃어 막막하게 해.

"얼마나 더 정원 씨를 감춰둘 수 있겠어."

이도 저도 못 하게 해. 사랑, 그 잔인한 녀석은.

"드라마 끝나면 발표할까 생각 중이야."

"드라마 끝나고 너 발표하면 한동안 시끄럽겠다."

"그렇겠지."

"태준아, 정원 씨가 잘 버텨줄 수 있을까?"

"……그래야 할 텐데."

자꾸만 서글프다. 세상 모든 걸 안겨줘도 시원찮은데 해줄 수 없는 것들만 쌓여간다. 아프게, 가슴이 먹먹하게.

"잘 생각해, 태준. 넌 잃어도 금방 다시 일어서겠지만 정원 씨는 잃을 게 많아. 잃고 난 후에 재기는 어려울 거야. 너만 생각하면 안 돼."

정상의 남녀 배우가 만나 터진 열애설은 사실 서로에게 시너지효과를 가져오기도 한다. 하지만 정상의 남배우와 무명 여배우의 만남은 그렇지 않다. 정원이 태준의 연인임을 세상은 인정하려 들지 않을 것이다. 발표를 하더라도 하지 않더라도, 일방적인 정원의 희생을 종용하는 것 같은 마음에 무엇도 쉽게 결정할 수 없다. 태준은 너털웃음을 지으며 고개를 흔들었다.

"와, 몇 년씩 비밀 연애하는 배우들 진짜 대단하네."

"대단한 거야. 상 줘야 해."

휴……. 태준의 한숨이 비우지 못한 커피잔에 서린다. 시계를 힐끔, 바라보던 태준은 이내 몸을 일으켰다.

"어디 가?"

"16층. 오늘 세일러문이 밥해준대서."

터덜터덜, 태준은 김 감독의 집을 나섰다.

"뭐가 이렇게 많아, 피곤할 텐데."

"이것저것 하다 보니 이렇게 됐어요. 앉으세요."

태준은 어색하게 식탁 의자를 꺼내 앉았다. 어디서 나는 건지 알 수 없으나 여기저기 꽃향기가 흐드러져 있다. 익숙한 정원의 향기가 가득한 집. 태준은 주위를 두리번거리며 사방을 살폈다.

"집 예쁘네."

여자 집은 처음인지라 태준은 이것저것 꽤나 신기한 모양이다. 김 감독 집은 기본적인 가구 외에는 무엇도 찾아볼 수 없는 심플함. 태준의 집은 올 블랙 가구의 모던함. 그에 상대적으로 아기자기하고 알록달록한 정원의 집.

……예쁘다. 세일러문만큼.

"오신다고 청소를 얼마나 했는데요. 허리 아파요."

정원은 허리를 툭툭 치며 투정 부리자 태준이 웃는다. 전시용이었다며 정원은 허리에 둘렀던 에이프런을 풀러 의자에 내려놓았다.

"자, 그럼, 시식 좀 해볼까?"

"오늘은 안 짜요. 많이 드세요."

정원은 마지막 상차림이 끝나 의자에 앉으며 태준의 앞으로 반찬 그릇을 밀었다. 메인이 불고기인 듯, 기대에 가득 찬 표정의 태준은 큼직하게 집어 한입에 넣었다. 양념을 직접 했을까, 맛이 담백하다.

"이여, 세일러문."

맛있다는 말은 차마 뱉지 못하고 태준은 이내 엄지를 치켜들었다. 긴장한 정원의 눈빛은 그제야 시험에 통과한 듯 풀어졌다.

"다행이다, 얼마나 조마조마했는데요."

"먹어, 너도. 구경하나?"

"……먹어요, 저도."

♪♫♪♫♪♫

"아, 잠시만요."

울리는 전화벨 소리에 태준은 부산히 움직이던 동작을 멈추며 젓가락을 내렸다. 조용히 정원의 통화 내용을 듣는다.

"아, 오빠, 집이에요. 네네. 알겠어요. 네, 찾아보고 연락드릴게요. 네."

"누구, 서 실장?"

"네."

태준은 이내 입을 닦으며 정원의 휴대폰을 향해 시선을 옮겼다.

"휴대폰 켰네."

정원은 태준의 시선을 따라 제 휴대폰을 바라보았다. 좋지 않은 태준의 표정.

"아 참, 이거."

정원은 주머니에서 태준의 휴대폰을 꺼내 들고는 마주 앉은 태준에게 건넸다. 태준은 정원이 내미는 휴대폰을 받을 생각 없이 바라만 본다.

"박 대표…… 만났어?"

"……네."

순식간에 현기증이 일어 태준은 천천히 눈을 감았다 뜨며 마른침을 삼켰다.

"나 물 좀."

정원은 빠른 손놀림으로 물을 따라 태준에게 건넸다. 가득 차 있던 물을 숨도 돌리지 않고 순식간에 비워내며 태준은 정원을 바라봤다.

"뭐라는데. 하나도 빼먹지 말고 들은 얘기 그대로. 한 얘기 그대로."

정원은 말이 없다. 조급함이 서려와 태준은 정원을 재촉했다.

"말 안 하나? 그럼 내가 박 대표한테 물……."

"그냥 뭐, 우리가 만나면 안 되는 백한 가지 이유 정도? 와…… 엄청 많더라고요."

태준은 물병을 들어 물을 따르며 정원의 시선을 피한다. 보지 않아도 어땠을지 눈앞에 훤한 그 상황은 상상만으로도 아찔하다.

"그것 봐, 내가 그랬잖아. 무슨 소리를 들어도 절대……."

"난 그렇게 많은 줄 몰랐어요. 아, 맞다. 우리 둘이 만나는 게 국가적 손실이래요."

"무슨 그런 얼토당토않은 말을……."

정원은 아무래도 좋단다. 고개를 천천히 끄덕이며 의미 없는 눈빛으로 반찬 그릇을 응시했다.

"느낀 게 있어요. 배우 강태준은 내가 안 되는 게 아니라 지금 아무와도 연애를 할 수 없구나."

……나는요, 절대로 당신의 미래를 다치게 하지 않아요.

"박 대표님은 제가 안 되는 게 아니더라고요. 연애 조금만 나중에 해달래요. 솔직히 좀 안심했어요. 저는 제가 안 되는 건 줄 알았거든요."

뛰어오르는 심장은 입 밖으로 튀어나올 듯 세차게 고동쳤다. 태준은 밀려오는 현기증에 이마를 짚었다. 말이 끊긴 식탁. 정원은 조용히 차려진 밥상에 시선을 고정했다.

밥이라도 먹고 얘기하고 싶었는데. 다 글렀네, 이제…….

"그리고 혼자 생각할 땐 몰랐는데요. 남의 입을 통해 들으니까 되게 무섭
더라고요. 저, 고꾸라질 거래요."

태준의 시선이 둘 곳 없어 흔들린다. 정원은 용기 내어 천천히 태준의 시
선을 마주했다.

"그래요, 솔직해질게요. 드라마 하기 전엔 욕심도 뭐도 없었어요. 자꾸 나
는 올라가는데, 다시 밑을 내려다보니 너무 생생해서. 그 세일러문 복장을
자꾸 다시 입어야 할 것 같아서."

"오케이, 거기까지. 밥 안 먹나? 우리 평창 갈 때 내 차로 가자. 영수는 너
차 태워 보내고, 서 실장한테는 우리 만난다고 내일쯤 내가 얘…….."

……나는요, 이제야 확실히 알았어요. 당신은 꿈이라는 걸.

"정신이 번쩍 들었어요. 우리가 가는 길은 뭐랄까, 세상에 없는 길 같은?
그래서 그렇게 좋았던 것 같고."

"무슨…… 말이야."

정원의 울대가 뜨거워진다. 하지만 마른침을 삼켜가며 마음을 눌러 똑바
로, 힘 있게, 태준을 바라보았다.

……내게 허락된 모든 행운을 당신께 드려요.

"나는 이제 밑으로 내려가고 싶지 않아요. 나 더 올라가고 싶어요. 나는
그러면 안 될까요? 나도 이제는 날고 싶어요."

누구보다 찬란할 당신의 미래에 경배하며.

"이쯤 그만할까 봐요. 제가 감당이 안 돼요, 더는."

"못 들은 걸로 하지. 내가 뭐라 했어. 박 대표 만만치 않다고. 마음 상하게
해서 미안한데, 내가 박 대표 만나서 잘 정…….."

정원은 태준의 손을 잡았다. 긴장을 한 탓인지 늘 따뜻하기만 했던 정원
의 손이 얼음처럼 차갑다.

"아니요, 제가 이제야 현실을 직시한 것뿐이에요. 어차피 우리는 드라마가 끝나면 끝이라고 생각하고 있었어요."

태준은 정원의 손을 뿌리치며 일어선다. 의자가 뒤로 넘어간다.

"나 갈래, 밥은 먹은 걸로 하지. 다음엔 오늘 못 먹은 두 배로 먹……."

정원은 재킷을 집어 들며 돌아서는 태준의 옷자락을 잡았다.

……제가, 재민이를 지켜요.

"그만할래요."

그리고, 당신을 지켜요.

"그만할래요, 나."

2. 거짓말 같은 시간

　공기마저 숨을 잃은 거실. 대책 없이 흘러내리는 눈물은 닦아도 닦아도 소용이 없다. 소매 끝으로 닦고 휴지로 닦아도 앞이 보이지 않을 정도로 흘러나오는 눈물은 이것이 현실임을 모를 수 없게 한다.

　"……잘했어."

　태준이 떠난 자리, 식탁 의자에 정원이 무릎을 모으고 앉아 하염없이 흐르는 시간을 죽인다. 온몸이 떨려오는 탓에 정원은 진동이 느껴지는 입술로 한숨을 내리쉬며 가슴을 쓸어내렸다.

　나는 세일러문이니까. 지켜주는 사람이니까. 괜찮아, 괜찮아. 잘했어, 잘했어.

　"아, 어떡하지. 눈물이 자꾸……."

　하지만 어깨가 들썩인다. 참아보려 해도 딸꾹질이 멈추지 않는다. 손끝이 떨려와 정원은 깊은 숨을 내쉬어보지만 한숨마저 제대로 쉬어지지 않는다.

　괜찮아. 괜찮기로 했잖아.

　후……. 다시 한 번 한숨을 내쉬며 정원은 마음을 쓸어안고, 떨리는 입술을 모르는 척하기로 한다.

괜찮아. 괜찮아. 괜찮아…….

고갤 들어 천장을 응시하며 정원은 필름처럼 스쳐 가는 지난날 태준의 미소를 떠올렸다. 제법 좋은 모습만 떠올리며 무너지는 가슴을 진정시켜보려 하지만 그마저도 쉽지 않다.

"진정해…… 괜찮아…… 괜찮아……."

아주 오래전 이야기처럼 그 웃던 모습은 어느새 희미해져 떠오르지 않는다. 그저 온 머릿속엔 세상이 무너진 표정을 지은 채 말을 잇지 못하던 태준의 눈빛만이 가득하다. 그 세차게 흔들리던 눈빛과 마른침을 삼키던 입술과 삽시간에 굳어지던 표정까지.

'나하고 오늘만 생각하자. 내일도 오늘처럼 살면 되니까. 너하고 나는 오늘만 생각하자.'

순식간에 또다시 정원의 표정이 무너진다. 더 큰 현실감이 밀려올까 무서워 소리 내어 울 생각도 못 한 채, 입술을 깨물었다.

……오늘만 생각해보려고. 아무것도 보지 않고 듣지 않으려고. 아주 많이…… 뻔뻔해져 보려고…… 했는데…….

"아, 안 돼. 정신 차려, 민정원. 민정원."

약속했으니까. 나는 당신과 그렇게 약속했으니까. 지켜보려고. 지켜……보려고…….

아무리 제 가슴을 쓸어내려도 온 신경이 말을 듣지 않는다. 꽉 다문 입술 사이로 비집고 터져 흐르는 떨리는 음성은 미어지는 마음을 더욱더 고통스럽게 해버렸다.

'다 맞아줄게.'

나는요, 정말 잘해보려고 했는데. 잘해보려고…… 잘…… 해보려고…… 그랬는데요…….

'내가 다 맞아줄게. 내가, 전부.'

거짓 기자회견으로 낙인찍힐 재민을 구할 방법이란 게 그저 이런 방법뿐이라면. 당신의 미래를 해치지 않을 방법이 지금 당장, 그저 이런 것들뿐이라면.

'그러니까 여기서 꼼짝 마. 놓지 마, 세일러문.'

누구보다 놓고 싶지 않았다. 누구보다, 그 어떤 누구보다. 말로 다 할 수 없을 만큼…….

놓지 말라던 태준의 목소리가 귓가에 선연하여 정원은 세차게 도리질을 쳤다. 달콤했던 꿈의 대가가 몹시도 혹독한 탓에, 망연자실한 그녀의 눈빛이 의미 없이 태준이 사라진 식탁을 향했다.

괜찮아. 괜찮아. 괜찮아.

"민정원, 괜찮아. 청승 떨지 말고 일어나. 괜찮아."

스스로를 다독이며 아랫입술을 깨물었다. 피가 맺힐 정도로 세게 물었지만 감각조차 없다. 연기하듯 제게 주문을 걸다 보니 가까스로 눈물은 멈추었고, 서너 번 눈을 깜빡인 정원은 서서히 말라가는 눈물을 느끼며 급하게 제 얼굴을 마저 닦아내었다.

"후, 이거 다 버려야겠네. 아깝다."

정리해야겠지. 이러고 앉아 있지 말고, 서둘러 일어나야겠지.

정원은 떨리는 손으로 접시를 들다가 이내 다시 내려놓았다. 다시금 무릎을 세워 눈물로 얼룩진 고개를 묻었다.

……괜찮지가, 않다.

"박 대표!"

집중하여 손에 쥔 서류를 넘기던 박 대표의 손길이 멈췄다. 휴. 이내 짧은 한숨을 내쉬었다. 민정원이 결정을 한 것이다. 멀리서부터 크게 들려오는 태준의 외침. 보던 서류에 서둘러 도장을 찍어 마무리를 지으며 제 곁에 서 있던 사내에게 서류철을 넘겼다.

"수고했어. 그대로 진행해줘."

"아, 네. 네, 대표님."

쾅-! 세차게 문이 열리고 태준이 들어섰다. 직원들은 처음 목격하는 장면에 파티션 위로 얼굴을 들고 상황을 주시했다. 서류철을 들고 쭈뼛, 서 있던 사내는 태준의 상기된 표정에 황급히 인사를 건네며 서둘러 대표실을 나섰다. 문을 닫고 나가주고 싶지만 태준은 문고리를 잡은 채 멈춰 섰다.

"왔어? 태준 씨, 들어와서 앉아."

"애한테 뭐라고 했어."

"앉아, 태준 씨. 밖에 사람들 있어. 문 닫아."

"뭐라고 했느냐고!"

박 대표는 문밖을 서성이는 직원들을 향해 아무 일 아니라는 듯 고개를 끄덕이며 황급히 손짓했다.

"먼저 퇴근들 해, 어서. 태준 씨, 목소리 낮춰."

"이제 속이 좀 시원한가? 뜻대로 되어서 속이 후련하나?"

"어린애같이 굴지 마. 이게 뭐 하는 짓이야, 참을성도 없이."

"내가 안 참았으면 이렇게 있지도 않아!"

박 대표는 태준의 가까이에 다가섰다. 살기마저 어린 태준의 눈빛을 마주하는 박 대표의 눈매 역시 사뭇 서늘하다.

"공인이 뭔지 몰라? 태준 씨 인생이 태준 씨 거야? 언제부터? 대체 언제부터?"

태준은 듣고 싶지 않다는 표정으로 다 내려놓겠다고. 이렇게 살지 않겠다고.

"은퇴할래. 필요 없어. 기자회견 준비해."

"태준 씨, 민정원 씨 선택이야."

"괜찮았어! 당신을 만나기 전엔!"

"내가 아니어도 벌어졌을 일이야! 앞당긴 것뿐!"

태준은 밀려드는 현기증에 몸을 가누기가 어려워 소파 헤드를 잡았다. 심장이 입 밖으로 튀어나올 것만 같다. 박 대표는 잠시 태준을 바라보다 천천히 뒤로 돌아섰다.

"디스패치에서 조만간 정재민 씨하고 민정원 씨 기사 뿌릴 예정이었어. 민정원 씨가 그걸 막은 거야."

이건…… 무슨…….

태준은 돌아선 박 대표의 뒷모습을 바라보았다. 세차게 흔들리는 그의 눈빛은 차라리 듣지 말았으면 좋았을 것을, 차라리 몰랐으면 좋았을 것을.

……이젠 정말, 방법 같은 건 없는 걸까.

"알잖아. 뿌려지면 거기서 끝이야. 둘이서 부인한다고 믿겠어? 거기에 태준 씨까지 터지면? 더럽고 헤픈 여자로 보일 거야, 민정원 씨."

"그만해."

둘의 문제라면 어떻게든 이겨내 보려고, 지켜보려고.

"정재민 씨하고 민정원 씨 서로 만난다고 열애설 터져도 참고 바라봐줄 수 있어? 아니면, 그냥 두 사람은 과거의 사람들이었다고 강태준이 한번 나서볼까?"

"그만하라고!"

"대체 어쩔 수 있어! 놓지 않고 강태준이 민정원을 무슨 수로 지켜! 이래도 저래도 길은 하나뿐인데!"

모두가 퇴근했는지 조용한 사무실. 박 대표는 세차게 뒤를 돌아 태준을 마주했다.

"모두가 사는 방법이야. 그리고 결국은 민정원 씨 선택이야. 존중해줘."

하. 기가 막히고 억장이 무너지는 터에 태준은 정신 나간 사람처럼 웃음을 터트렸다. 조금 전 마주 앉아 자신을 바라보던 정원의 눈빛이 뇌리를 강타한다. 머릿속에 오만 가지 생각들이 뒤엉켜 태준은 눈을 감았다.

"여기까지는 태준 씨한테 얘기 안 했나 봐, 민정원 씨가."

혼자서 준비했던 것이다. 보내야 해서, 떠나야 해서.

마지막 식사를 준비하며 몸서리를 치고, 발을 굴렀던 것이다. 그러곤 제 앞에선 아무 일 없었던 듯 겸허했던 것이다.

"사람 참 순하네. 정원 씨 그렇게 여려서 이 바닥에서 어쩌려고."

말을 하지 그랬어. 무섭다고…… 말을 하지……. 어쩌자고 넌. 혼자서 어쩌려고…… 넌…….

"이제 어쩔 셈이야. 죽어도 못 놓겠다, 생떼라도 부려볼 참이야? 민정원 씨를 기어이, 기어이 태준 씨 손으로."

겁이 났을 텐데. 무서웠을 텐데. 혼자서 많이도…… 두려웠을 텐데…….

"정재민 씨하고 민정원 씨 기사 내가 막을 거야. 태준 씨, 내가 막아줄게. 약속했어. 민정원 씨하고."

박 대표는 천천히 태준을 토닥였다. 이런 태준이 안쓰럽지만 어쩔 수 없다. 사랑은 시간 앞에 왔던 흔적도 없이 사라질 것이다. 잔인할 만큼 서로를 지우게 할 것이다.

"연인 강태준을 포기할 만큼 배우 강태준도 사랑하는 거야, 민정원 씨는."

……애당초 없었던 듯 살게 할 것이다.

"남은 촬영 기간이 좀 힘들겠지만 부탁해, 태준 씨."

결국은 모두를 위한 길이다. 대한민국 최고의 날개를 달고 있는 강태준을 지키는 길. 이제 막 날개를 달아보려는, 황 이사의 민정원을 지키는 일.

"내일 스케줄 조정 좀 해줄까? 하루 쉴래?"

"필요 없어."

마음을 어쩌지 못해 태준의 팔이 떨려온다. 믿어지지 않는다. 믿기지 않는다. 하지만.

하지만…….

"정신 차려. 대한민국에서 이런 고비 없는 톱스타, 아무도 없어."

내가 없어져 주어야 하는 것.

"여긴 배우의 스캔들도 사랑해주는 할리우드가 아니라구."

……너를, 지키는 일.

"옴마? 임금님이네? 어쩐 일로?"

시장통 껍데기집으로 태준이 들어섰다. 사람 하나 없어 일찍 문을 닫을까 망설이던 주인장은 의외의 손님 앞에 다소 놀란 기척이다.

"웬일이여, 이 시간에? 드라마 안 찍남?"

태준은 대답 대신 그 언젠가 재민과 마주 앉았던 자리에 털썩 자리했다. 썰렁한 기운이 맴도는 공간. 앞치마 주머니에 손을 넣고 멀뚱멀뚱 태준을 바라보던 주인장은 찬이라도 내올 요량인지 뒤를 돌아섰다.

"여기, 소주 한 병 주세요."

"껍데기 하나?"

아무거나. 태준은 대강 고개를 끄덕이며 고개를 수그렸다. 금세 낡은 쟁반에 찬을 몇 개 담아와 테이블에 깔아주며 주인장은 임금의 얼굴을 살폈다.

"드라마가 잘 안 돼? 얼굴이 왜 그 모양이여, 대체?"

말이 없는 태준은 멍하니 주인장의 분주한 손끝을 의미 없이 바라보고만 있다. 제 옷자락을 잡으며 그만하겠노라 말하던 정원의 눈빛이 자꾸 눈에 밟혀 도저히 헤어 나올 방법이 없다.

"아니, 그래서 임금은 다음 주에 누구냐 그, 궁녀."

주인장은 이름이 기억나지 않는 듯 인상을 구기며 그저, 그, 그 뭐시냐. 답답함에 태준의 어깨를 툭툭 쳤다.

"아, 그 누구더라? 그 있잖여, 임금이 아주 죽고 못 사는."

"……연화."

죽고 못 사는. 죽고 못 살 것만 같은.

"연화, 그래 연화! 아, 신하들이 그렇게 못살게 굴잖아."

……죽을 것만 같은.

생각만 해도 분통이 터지는지 홀로 떠드는 주인장의 목소리가 한층 격양된다.

"아, 그 나쁜 놈들이 임금 곁에서 연화를 떨어트려 놓으려고 발광들을 하는데 어떻게, 임금이 지켜줘? 잘 해결돼?"

"……아뇨, 임금이 못 지켜요."

지켜주지 못해서.

"옴마? 어째쓰까? 세상에 불쌍한 것, 임금이 못 지켜주면 누가 지켜줘, 세상에……."

스스로 떠나는 그 뒷모습을 잡을 수도, 안을 수도 없는.

"아니, 왕인데 왜 못 지켜줘? 아니, 지가 데려와 놓고 이제 와서 나 몰라라 하면 그것은 사내도 아니지! 암만!"

상처뿐인 연화의 삶이 안쓰러운지 자꾸만 울분을 토하는 주인장의 목소리가 점점 아득해져 간다.

……지켜주지 못했어. 못난 임금은 제 여인 하나 지키지 못해 밤낮을 가슴으로 울었어. 그 고운 얼굴이 그리워 잠을 청하지 못했어.

"아, 지가 지켜준다고 했으면 지켜줘야지, 무슨 임금이 그려? 보는 내가 답답해 죽겠구먼?"

무엇도 할 수 없어서. 가만히 시간을 죽이는 것 외엔 그 무엇도 허락되지 않아서. 그것들이 뭐 그리 대단한 것들이라 제게만 허락되질 않아서.

"……하고 말이야. 왕이라고 참으로 쓸모 짝도 없어. 아, 자기 마누라 하나도 못 지키면 그게 무슨 왕이여. 차라리 빌어먹고 사는 거렁……."

"소주 좀 주세요."

"아이고, 내 정신."

태준의 힘없는 목소리에 주인장은 이내 정신이 드는지 잰걸음에 소주병을 탁자 위에 올려놓았다. 말이 없는 태준은 탁자 앞에 놓인 소주를 천천히 잔에 채웠다. 채워지기가 무섭게 비워지는 잔. 태준은 천천히 다시 잔을 채운다.

……웃기다. 이 강태준이 시장통 껍데기집에 혼자 앉아서 소주를 마시네.

눈물 같은 술은 잔 끝까지 찰랑이며 채워지지만 또다시 순식간에 비워진다. 태준은 천천히 시선을 돌려 가게를 둘러보았다.

여기를 그렇게 좋아했다며. 니가 좋아했으니까, 나도 좋아해보려고.

이내 초점 없는 눈빛은 술잔으로 떨어진다. 숨 쉬는 것도 잊은 듯 멈춰 있던 태준은 밀린 숨을 천천히 내쉬기 시작했다.

사랑은 늘 두려웠다. 막연히 남 일 같았다. 어쩐지 할 수 없을 것만 같아 시선을 돌려볼 새도 없었다.

"껍데기 내가 주방에서 익혀 나왔으니까 그냥 먹어. 맨 소주만 마시면 속병 일어."

그러던 어느 날, 날아들었다.

예고 없이, 그저 우연히 제게 날아들어 온 작은 새 같던 그녀의 깊은 눈매는 어딘가 모르게 슬퍼 보였다. 저를 향해 밝게 웃어주어도 늘 항상 끝은 어딘가 모르게 서러웠다. 아리던 그 웃음은 자꾸만 돌아보게 하고, 구슬퍼 깊은 눈매는 넋 놓고 대책 없이 바라보게 하더니.

"한심하다……."

결국은, 사랑하게 되었다.

끝도 없이 밀려 나오는 태준의 그 숨소리마저 공허하여 서글프다.

이럴 줄 알았으면 미루지 말고 사랑할 걸 그랬다. 내일 더, 내일 더. 하지 말고 그냥 오늘 다…… 줄 것을…….

소주잔을 천천히 돌리며 이내 한 잔을 털어 비워냈다. 정재민이 섞인 이상 정원을 향한 손가락질의 차원이 다를 테지. 추문을 뿌리고 다니는 여자로 낙인찍힐 것이다. 진실은 중요하지 않을 테니까.

혹시 꿈을 꾸는 건 아닌가 두 눈을 세차게 깜빡여보아도 얼음보다 차가운, 눈앞의 현실은.

"……헤어졌네. 결국."

내일은 믿을 수 있을까. 모레면 그럴 수 있을까. 태준은 설핏 웃음을 내보이며 마른세수를 했다.

내가 너 하나는 가벼이 지켜줄 수 있을 거라고 생각했는데. 가진 것이 더 많은 내가, 너를 지킬 수 있을 거라고 자신했는데.

"헤어진 거야……."

더 많이 가진 것이 발목을 잡아 결국은, 네가 힘들 때마다 아무것도 할 수 없는.

……말뿐이었는가, 나는.

하아. 태준은 세게 주먹 쥔 손으로 이마를 짚었다. 밀려드는 어지러움을 이길 재간이 없어 천천히 벽으로 기대었다. 이내 붉게 충혈된 초점 잃은 시선이 낙서 가득한 벽 한편, 정원과 재민의 이름을 발견한다.

'이제 어쩔 셈이야. 죽어도 못 놓겠다, 생떼라도 부려볼 참이야? 민정원 씨를 기어이, 기어이 태준 씨 손으로.'

그래, 그녀의 과거는 고왔을 것이다. 지금의 그녀만큼. 앳된 선분홍이었을 그녀의 사랑은 더없이 맑았을 것이다. 사랑 뒤에 숨을 죽인 채 시간을 엿보던 이별 따위 몰랐을 그 역시 그녀를 누구보다 치열하게 사랑했을 것이다.

……지금의, 자신처럼.

"그런데 어쩌지, 나는 안 믿긴다."

마음이 쓰려지는 까닭에 태준은 고개를 수그리며 미간을 좁혔다.

이런 너를. 너를 내가, 그렇게 만들 수는…….

'모두가 사는 방법이야. 그리고 민정원 씨 선택이야. 존중해줘.'

있잖아, 세일러문. 혹시 아나?

다시 한 번 빈 잔에 술을 채워 들이켰다. 식도를 따라 빠르게 내려가는 차가움에 멀미가 난다. 길 잃은 상처투성이 사랑은 휑한 갈림길 앞에 서서 두고 온 마음을 찾아 목 놓아 울음을 터트렸다.

……말이라도 괜찮을 자신이 없어. 거짓말로 포장할 엄두도 안 나.

거짓말 같은 시간이 흐른다. 태준은 눈을 감았다.

"오늘 밤, 내 수청을 들겠느냐."

"송구하옵니다. 뜻을 거두어주소서. 댁은 제 스타일이 아닌지라."

"어허, 괜찮다. 그대가 내 스타일이니."

"석환, 자꾸 누나한테 장난칠래?"

고단한 목을 돌리며 대본을 바라보던 해영은 다가온 석환을 향하여 환한 웃음을 내보였다.

"누나, 목은 좀 어때. 괜찮아?"

극 중 어릴 적 헤어진 남매로 나오는 해영과 석환. 스물아홉 해영보다 네 살이나 어린 석환이지만, 극 중 해영의 오라비 역할을 맡아 또 다른 스토리를 책임지고 있는 두 사람이다.

"무거워, 무거워 죽겠어."

집채만 한 가체를 머리에 올린 채 그 무게를 견디지 못해 심한 목의 통증을 호소하는 해영이 안쓰러워 석환의 표정이 좋지 않다.

"아파서 어떡해. 병원은 가봤어?"

"아니, 아직. 그래도 시간 날 때마다 꾸준히 마사지 받고 있어."

언제 촬영이 시작될지 몰라 가체를 내려놓을 수도 없다. 늘 준비해야 하는 전시상황. 해영은 곁에 뿌리는 파스를 들며 석환에게 건넸다.

"잘됐다. 나 파스 좀 뿌려줘."

얼마나 뿌렸는지 이미 바닥인 파스를 흔들어 해영의 목덜미에 분사하며 석환은 내내 일그러진 미간을 펴지 못한다.

"고생이네, 도와줄 것도 없고."

"남들은 비녀 꽂고 댕기 땋고 잘만 촬영하는데, 나만 이게 뭐야. 그치?"

"그래도 누나 옷이 제일 예쁘잖아."

"기생 옷이 예뻐서 무슨 소용이야, 휴. 매일 밤 촬영에 피부도 엉망 됐어."

좀처럼 불평이라고는 모르는 해영의 입에서 저도 모르게 투정이 흐른다. 석환은 빙긋 미소를 지으며 제대로 목을 가누지 못하는 해영의 가체를 잡았다.

"아, 이 오라비가 해줄 게 없어서 속상하네."

"언제까지 기다려야 해? 촬영 오래 걸리는 분위기야?"

생각보다 길어지는 촬영. 석환은 해영의 질문에 불편한 표정으로 고개를 끄덕거렸다.

"아직 절반 정도 더 찍어야 하는 거 같던데. 진도가 안 나가나 봐."

"휴, 기다리기 지겹다. 휴대폰 게임도 너무 많이 했더니 손목도 아파."

할 수만 있다면, 해줄 수만 있다면. 그녀의 무거운 가체를 덜어주고 싶은 마음.

"누나 내가 가체 잡아줄 테니까 눈 좀 붙여."

……그녀의 무거운 마음마저 덜어주고 싶은 마음.

"괜찮아. 대본 마저 볼 거야."

"그럼 대본 봐. 나 신경 쓰지 말고."

석환은 머리가 헝클어지지 않게 조심스러운 손길로 그녀의 가체를 들며 무게를 덜어보기로 한다. 조금은 편안해졌을까, 해영은 그제야 살 것 같다는 표정으로 대본으로 시선을 옮겼다.

"스탠바이입니다!"

후……. 정원은 한숨에 가까운 숨을 내쉬며 정면을 바라보았다. 저 앞에서 대본을 읽고 있던 태준은 잠시 눈을 감고 호흡을 정리하더니 평소와 다름없이 곁으로 다가왔다. 정원은 애써 마음을 다독이며 태준의 곁에 섰다. 서늘한 공기는 폐부까지 침투되어 숨을 내쉴 때마다 얼어붙을 것만 같은 섬뜩함이 느껴졌다.

마주한 현실 속에 절대로 흐트러지지 않겠다고, 정원은 다시 한 번 제 마음을 다독이며 조선으로 들어갈 준비를 한다. 참으로, 서로가 서로에게 고단한 시간이다.

"자! 오늘도 한 번에 갑시다!"

여느 때 같으면 간단한 안부라도 물어올 텐데, 앞에 선 태준은 정원에게 조금의 눈길도 주지 않는다. 차갑고 날카롭던 태준과의 첫 촬영이 생각난다.

"준비됐으면 갈게요!"

촬영에 태준의 대사는 없다. 윤의 안위를 위해 떠나고자 하는 연화의 대사만이 있을 뿐.

"스탠바이, 레디- 액션-!"

[연화, 윤을 등지고 서서 천천히 걷는다.]

"무엇을 탓할 수 있겠습니까, 무엇도 원망할 수 없습니다."

날 선 바람이 두려워 지아비가 어깨에 걸쳐준 새털 옷을 두른 연화가 말라든 입술을 열어 말한다. 대사 한마디를 했을 뿐인데 멍든 정원의 마음이 저려온다.

그녀의 깊은 눈빛. 김 감독은 숨을 죽이며 그녀의 감정선에 집중했다.

"민심이 흔들릴 것이고, 대소 신료들이 전하를 등질 것입니다."

[연화, 천천히 돌아 윤을 바라본다.]

마주친 시선. 흔들리는 태준의 눈빛은 날카로운 비수가 되어 날아와 정원의 헤진 가슴을 찌른다.

……당신 없이 산다는 건.

"전하께서는 이 나라의 지존이십니다. 더 많은 것을 지켜주소서. 대의를 저버릴 수는 없는 것입니다."

살아도 사는 게 아닌 삶이라는 것.

[연화, 윤에게 조금 더 다가간다.]

"천지에 두려울 것이 대체 무엇입니까. 전하의 마음을 얻고, 신첩의 마음에 전하가 계십니다."

아파도 아프다 말할 수 없게 된다는 것.

"잘 지내겠습니다. 멀어도 가까운 듯 전하를 마음으로 느끼겠습니다."

이렇게, 어디도 쓸 곳 없는 마음 따위 감출 수도 있어야 한다는 것.

"대신들의 뜻에 따라 그들의 마음을 헤아려 주시옵소서. 조선의 반석을 굳건하게 하는 일이옵니다."

정원의 목소리는 단조로웠으나 쇠처럼 단단했고, 오래된 고목처럼 흡사 강건했다. 이 순간 거짓말 탐지기가 없어도 알 수 있다. 그녀의 말은 모두, 진심이라는 것을.

"부디 신첩을 내쳐주소서. 그것이 신첩을 위하는 길입니다."

[윤, 안타까움에 눈을 감는다.]

지문이 아니라 해도 눈앞의 정원을 바로 볼 자신이 없다. 이 작은 체구 어디서 나오는 용기로 무시무시한 현실을 마주 보는 걸까. 지문을 따라 맞잡은 정원의 손끝이 파르르, 떨려왔다. 태준은 말없이 그 손을 힘주어 잡는다.

"전하……."

사실은 이렇게, 서 있기도 힘들 거면서.

태준은 천천히 다시 눈을 떠 정원을 바라보았다.

……그래, 이 눈빛. 그게 무엇이든 들어주지 않고서는 견딜 수 없게 하는 너의, 눈빛.

"이리도 간청하나이다. 그리…… 해주소서, 전하."

내 맘 따위 무엇도 들려줄 수 없게 하는 너의…… 눈빛.

"안녕하세요, 스타코리아에 진수경 기자입니다."

"반갑습니다."

태준은 짧은 인사로 환히 웃는 기자의 인사를 받는다. 곁에 앉은 정원은 묵례를 하며 기자의 인사를 받았다.

"두 분 촬영 바쁘신데 인터뷰에 응해주셔서 감사해요. 촬영장 분위기가 뜨겁네요."

촬영장 한쪽에 마련된 공간에서 태준과 정원의 인터뷰가 시작되었다. 둘의 미묘한 감정 따위 알 리 없는 기자는 준비한 질문지를 넘기며 질문을 시작했다. 곁에 선 사진 기자는 두 사람의 모습을 담기에 여념이 없다.

"바쁘시니까 시간 많이 끌지 않을게요. 우선 태준 씨, 연꽃 시청자분들의 반응이 뜨겁습니다. 소감이 어떠세요?"

정원은 힐끔, 태준을 바라보았다. 평소와 다름없이 평온한 태준의 표정이건만 낯선 분위기가 전해진다.

"너무 많이 사랑을 해주셔서 몸 둘 바를 모르겠네요. 제가 많이 감사해하고 있다고 꼭 좀 적어주시죠."

……그저, 배우 강태준이 앉아 있을 뿐이다.

"그럼요, 당연히 그래야죠. 민정원 씨는 어떠세요? 처음 맡은 주연에서 이렇게 반응이 좋을 거로 생각해보셨어요?"

"아, 아뇨. 생각도 못 해서……."

"윤과 연화의 사랑이 너무 절절하다는 시청자 의견이 많아요. 실제 두 분이 연인이 아니냐는 이야기가 농담처럼 나오더라고요. 태준 씨, 어떻게 생각하세요?"

잠시의 침묵이 흐를 시간도 없다. 뜨끔하여 저도 모르게 마른침을 삼키는 정원을 대신하여 태준은 기다렸다는 듯 호탕하게 웃기 시작했다. 어차피 아닌 줄 알고 있는 기자는 태준의 웃음에 따라 웃으며 '질문이 이상하죠?' 하며 무안함에 머리를 쓸어 넘겼다.

"이봐, 민정원 씨. 어떻게 생각해? 우리 둘이 연인이 아니냐는데."

"네?"

호쾌한 태준의 웃음. 정원은 태준을 따라 웃어보지만 부자연스러운 입꼬리는 이내 파르르 떨려온다.

"워낙 윤과 연화를 잘 봐주신 덕분에 그런 이야기도 나오나 봅니다. 민정원 씨가 워낙 잘해줘서."

"그러게요, 너무 열연해주시니 말이에요. 이해하시죠? 저도 드라마 볼 때마다 두 분 때문에 가슴 졸여요."

……배우 강태준은 무너지는 법이 없다.

"저, 두 분 다정하게 사진 한 장만 찍을 수 있을까요? 지금 간격이 너무 멀어서요."

끼어드는 사진 기자는 어색하게 떨어져 앉은 두 사람의 사진이 마음에 들지 않는지 조심스레 물어왔다. 기자는 다음 질문을 준비하며 눈빛으로 어서 찍으세요, 두 사람을 재촉했다.

태준은 말없이 일어나 의자를 정원의 옆으로 끌어 앉았다. 맞닿은 팔의 온기에 감각이 깨어나 정원은 그대로 숨을 멈췄다.

"이 정도면 되겠습니까?"

"아, 네. 그 정도면 되겠네요."

사진 기자는 꽤 만족스럽지는 않지만 이전보단 낫겠다는 생각으로 사진을 찍었다.

태준이 웃는다. 부드러운 표정. 그늘 하나 없는 모습. 간밤 타들어 갔을 마음 따위 누구도 읽을 수 없는 아찔한 미소.

"자, 됐습니다."

이내 조금 떨어져 태준은 힐끔 시계를 바라봤다. 시간이 얼마 없다는 느낌에 기자는 대충의 질문을 마치기로 한다.

"나머지 질문들은 각자 실장님 통해서 보내드릴게요. 회신으로 주시면 알아서 알맞게 작성 후 기사 첨부해드리겠습니다."

"그래주시면 감사하겠습니다. 시간이 얼마 없어서."

어차피 목적은 사진이었다. 자잘한 질문의 답은 각자의 회사를 통해서도 전달받을 수 있으니까.

"그럼 마지막 질문만 하나 할게요. 태준 씨 이상형에 대한 질문인데요."

……무방비로 맞이한 날카로운 질문은 서슴없이 서로의 가슴속으로 날아들었다. 더는 참기 힘들어 정원은 애써 눈가에 힘을 주며 입술을 아무렸다. 태준은 잠시 표정이 흔들렸으나 애써 아득해지는 제 마음을 다잡는다.

"얼마 전 세일러문을 좋아한다는 태준 씨의 폭탄선언 덕분에 세일러문이 실시간 검색어에 올랐었잖아요?"

서로는 말을 잃었다.

"어때요? 지금도 여전히 세일러문이 이상형이라는 사실은 유효한가요?"

서로는 순식간에 수면 위로 떠오르는 기억들을 마주한다. 맞닿았던 입술이, 따스했던 온기가, 선연한 기억들이 파도처럼 밀려든다. 주인 잃은 버거운 추억들은 막을 사이 없이 비처럼 쏟아져 내린다. 태준은 잠시 눈을 감았다.

……들어줘.

그렇게 서너 초의 묵음이 흘렀을까. 태준의 무거운 입술이 열렸다.

"유효합니다."

유효합니다. 그 말에 순간 눈가가 뜨거워진 정원은 아무도 모르게 이를 악물며 최선을 다해 제 마음을 붙잡았다. 태준은 천천히 고개를 돌려 정원을 바라봤다. 하지 못한 말은 그 애틋한 눈빛에서 비롯되어 순식간에 주변의 모든 시간을 멈추게 했다.

제대로 숨을 내쉬지 못하는 정원의 표정. 태준은 천천히 눈을 감았다 뜨며 다시 정원을 응시했다. 찰칵. 플래시가 터진다.

……잘 들어. 내 마음이 어떤지.

이어 울리는 기자의 목소리가 두 사람의 사이를 파고든다.

"그래도 태준 씨, 이상형을 바꿔보실 생각은 없나요?"

"없습니다."

지금 이 순간, 미소가 사라진 지금의 그는.

"확고하시네요. 정말 좋아하시나 봐요. 그럼 세일러문은 앞으로도 계속 유효한 건가요?"

……그저 인간 강태준일 뿐이다. 오로지 정원의 그 남자일 뿐이다.

"언제고 유효합니다. 그런 건 그렇게 쉽게 바뀌지 않거든요."

떨어져 내리는 심장. 정원의 시간은 멈추었다.

"태준."

대본을 손에 쥔 채 태준은 초점 없는 눈빛으로 멍하니 앞표지만 바라보며 앉아 있다. 사방이 북적북적하지만 무엇도 들려오지 않는다.

"태준?"

"아, 선생님."

홍국환은 곁으로 다가선 자신을 발견하고 황급히 일어서는 태준의 어깨를 잡아 앉혔다. 스태프 한 명이 빠른 손놀림으로 의자를 가져오고 홍국환은 의자에 털썩 앉아 태준의 손에 들린 대본을 바라봤다.

"무슨 생각을 그렇게 해."

"아뇨, 그냥."

홍국환의 매니저는 커피 두 잔을 가져와 각각 두 사람에게 건넸다. 마실 생각 없는 커피를 손에 쥔 채 태준은 펴지지 않는 표정으로 정면을 응시했다.

"오천 원, 만 원짜리 커피 아무리 마셔 봐도 이 촬영장에서 땀 흘리고 후후 불며 마시는 믹스커피 맛이 안 나."

아이고, 좋다. 홍국환은 이내 한 모금을 삼키며 고단함을 가볍게 푸는 듯했다. 평소와는 달리 대꾸가 없는 태준의 표정을 힐끗 훔쳐보던 홍국환은 노파심에 질문을 던졌다.

"얼굴이 왜 그 모양이야. 연애 잘 안 돼?"

"……네. 잘 안 돼요, 선생님."

태준은 힘없이 웃으며 종이컵을 물끄러미 바라봤다. 뜻밖의 대답에 홍국환은 다소 놀란 표정이었지만 이내 고개를 끄덕이며 세트장으로 시선을 옮겼다.

"세상 만만한 일이 하나도 없지. 짜인 대로 사는 우리 같은 사람들은 도통 변하는 것들에 영 적응을 못 해."

"그러게요, 선생님. 영 적응을 못 하네요, 제가."

흐음. 말로 대신해줄 수 없는 태준의 상황이 애처롭다. 어디서도 구부림 없는 태준의 어깨가 오늘따라 유난히 서글프다. 무엇이 문제인지, 듣지 않아도 알 것만 같았다.

"……우리 딸이 말이야, 삼 년 전에 결혼을 했어."

커피 한 모금에 목을 축인 홍국환은 의자에 몸을 기대며 지난날을 추억한다.

"아, 글쎄, 처음으로 데려온 남자 놈이 중졸에 생산직으로 월 백만 원을 번다는 거야. 우리 딸은 프랑스로 유학까지 다녀왔는데."

태준은 종이컵을 천천히 들어 한 모금 삼키며 고개를 끄덕였다. 몇 해 전, 촬영이 겹쳐 가보지 못하고 축의금만 보냈던 기억이 얼핏 떠오른다.

"반대 많이 하셨겠네요."

"암만, 눈에 흙이 들어가도 안 된다고. 무남독녀에 자식이라곤 그거 하나라, 내가 물고 빨고 키운 세월이 억울해서라도 못 준다고. 안 된다고."

홍국환의 얼굴에 웃음이 핀다. 뜻을 알 수 없는 웃음이다.

"애미를 닮아 지랄 맞은 성격에 딸아이는 앓아눕고, 그놈은 매일같이 찾아와서는 나를 괴롭혀. 못 만나도 좋으니 약이라도 전해달라고. 소금도 뿌려보고 걷어차 보기도 하고 했는데, 소용없어. 그래도 또 오는 거야."

말도 마, 어찌나 애를 먹었는지. 홍국환은 고개를 절레절레 저으며 무엇이 그렇게도 즐거운지 말끝마다 자꾸만 웃음을 내보였다.

"그러던 어느 날 우리 집사람이 같이 밥이나 한번 먹어보자고 그러더군. 사실 나보다 우리 집사람이 더 싫어했거든. 딸아이가 그렇게 몸져누워 쌀 한 톨, 물 한 모금을 안 먹으니 무서웠는지, 그래서 불러다 밥을 먹었지, 한번."

태준은 조용히 커피잔을 응시하며 이어질 홍국환의 다음 말을 기다렸다.

"아, 그런데 이놈이 먹으라는 밥은 안 먹고 계속 우리 딸아이 밥그릇에 생선 살을 발라 올려주는 거야. 딸아이가 생선을 좋아하거든. 딸아이가 꿀꺽 먹으니 저도 웃고, 눈앞에서 며칠 만에 딸아이가 밥 한 공기를 뚝딱."

태준은 천천히 홍국환을 바라봤다. 이제야 그가 자신에게 하고자 하는 이야기를 어렴풋이 짐작할 수 있었다.

"그때 느꼈지. 그래, 사는 게 별거냐. 그렇게 오손도손 너희들끼리 생선 살 발라주며 살면 되는 거지."

"지금 사위분이신가요……?"

끄덕끄덕. 홍국환은 고개를 천천히 끄덕거렸다.

결혼 후 삼 년. 딸아이는 자기와 똑 닮은 딸아이를 낳아주었고, 이제는 홍국환이 사는 이유가 되었다. 말수 적은 사위는 시시때때로 들러 장모의 이것저것을 챙긴다. 그렇게, 없어서는 안 될 모두의 가족이 되었다.

"이봐, 태준. 진심은 어쩔 수 없어. 태준이 진심으로 연기하니 온 국민이 감동하듯이, 진심으로 태준이 사랑하는 사람이면 언젠가는 국민이 받아줄 거야. 사람 마음 다 거기서 거기니까."

어쩌죠, 선생님. 그 사람은 그럴 마음이 없는 것 같은데…….

희미한 미소 외엔 달리 말이 없는 태준의 어깨를 툭툭, 두드리며 홍국환은 괜찮다고. 괜찮다고.

"눈도 오고 우박도 떨어지고, 소나기도 오고 태풍도 불어봐야 햇살이 좋은 줄 알지. 안 그러면 사는 인생 무슨 재미가 있어."

……사랑은 용기 있는 자의 특권이라고.

"지레 겁먹지 말라고. 사랑, 그거 쉽게 안 와, 태준. 국민이 태준이 자네를 사랑해줄 순 있어도 자네 아플 때 약 한 봉지 건네줄 수 없는 거야. 온 국민이랑 다 같이 살 거 아니면 괜찮아, 잡아버려."

3. 네, 우리는 만나야 합니다

"오빠 뭐 해요?"

"아, 주희 씨."

혼자 널찍하게 앉아 있던 재민이 살짝 일어나 주희가 앉을 자리를 마련해주었다. 조신하게도 곁으로 다가앉는 중전의 자태가 곱디곱다. 이내 하품을 하며 기지개를 켜는 주희의 모습이 아무래도 피곤하긴 어지간히 피곤한 모양이다.

"졸려 죽겠어요, 밤 촬영이 많아서. 독수공방도 억울한데 밤이면 밤마다 뭐가 이렇게 찾아오는 객들이 많은지."

"그 객 중 한 명이라 미안해요."

서로의 고단함을 모를 수가 없기에 서로 마주 보며 웃었다. 주희의 앙다문 입술로 깊게 들어간 보조개는 보면 볼수록 사랑스럽다. 본디 섞을 이야기가 많지는 않은 터라 재민은 보고 있던 대본을 펼쳤다. 힐끔, 주희가 그 모습을 바라봤다.

"운학이 또 연화의 누명을 벗겨주더라고요."

"몫이죠, 운학의."

주희는 고개를 절레절레 저으며 어디도 닿을 수 없는 운학의 사랑을 한탄한다.

"으아, 불쌍해 죽겠어요. 그런 사람이 정말 있을까요? 자기 인생은 어쩌고. 불쌍해요, 너무."

"⋯⋯몫이니까요."

누구도 보지 못한 재민의 쓸쓸한 미소는 금세 사라지고 만다. 주희는 부은 다리가 불편한지 한복 치마를 걷어 다리를 주무르기 시작했다. 고작 무릎 정도 걷어 올렸을 뿐인데도 한복 특유의 정서 때문인지, 난데없이 드러난 주희의 매끈한 종아리에 재민은 어색하게 고개를 돌렸다.

"키가 맞질 않아서 매번 까치발 들다 보니까 다리가 온종일 쑤셔요. 통통 부어요."

아, 그렇겠구나. 재민은 새삼 미안한 눈치다.

"주희 씨 힘들죠. 나나 태준 선배가 좀 더 낮춰야 하는데."

"오빠는요, 왜 저한테 맨날 주희 씨 주희 씨 하세요? 저 엄청 불편해요. 늙은이 같아요, 저."

재민은 웃음을 터트렸다. 그러고 보니 연꽃 식구 중에서 유일하게 자신이 격식을 차리는 배우다.

⋯⋯아, 또 한 명. 강태준.

"버릇이라서 그러나 봐요."

"저는 오빠라고 하는데, 너무 선 긋고 불편해하시니까⋯⋯."

"바꿔볼게요, 천천히."

주희는 그제야 마음이 풀리는지 고개를 끄덕이며 웃어 보였다. 물이 오를 대로 오른 중전의 내면 연기에 호평은 날이 갈수록 늘어났다. 애초에 연기 하나로 김 감독의 마음을 사로잡은 주희다. 사극의 어색함을 이겨낸 그녀는 비로소 완연한 중전이 되었다.

"오빠, 있잖아요. 정원 언니랑은 원래 알고 지내던 사이였어요?"

"……네."

주희는 아아, 그렇구나. 하는 표정을 지으며 고개를 끄덕였다. 언제나처럼 재민의 시선은 저 앞, 촬영 준비 중인 정원에게 머문다.

"흠. 태준 선배님은 촬영 끝났나? 안 계시네."

주희의 말끝에 재민도 고개를 돌려 태준을 찾아보지만 어디에도 없다. 아직 남은 촬영이 있을 텐데 대기실에 있는 걸까, 재민은 다소 이상한 기운을 느낀다. 정원의 촬영엔 항상 대기실이 아닌 현장에 자리하던 태준이었는데.

"정원 언니 보고 있으면요, 어쩐지 좀 쓸쓸하고 그래요. 사람 분위기가 있잖아요."

"말이 많은 성격이 아니라서 그럴 거예요."

"난 말 되게 많은데. 저 엄청 까불까불하거든요. 모르시죠? 저 완전 개그맨이에요."

또다시 재민은 웃음이 터진다. 조막만 한 버선발을 흔드는 주희의 모습은 때가 묻지 않은 아이처럼 사뭇 귀엽다.

"저 평창 너무 가고 싶었거든요. 어딜 떠난다는 자체가 너무 설레요. 우리 가면 신 나게 놀아요."

"그래요, 신 나게."

그래요, 재민은 웃으며 고개를 끄덕였다. 또다시 정적이 찾아오자 주희는 일어섰다. 더는 혼자서 말을 이어갈 자신이 없다.

"저 그럼 다음 촬영이라 가볼게요. 오빠 이거, 드세요."

당의 속에서 꼼지락거리던 작은 손을 내밀어 재민에게 귤을 건넸다.

"매번 들고 다니셔서요. 좋아하시는 거 같아서."

재민은 천천히 주희가 내미는 귤을 받아 들었다. 내내 쥐고 있었던 것일까, 받아 든 귤에 온기가 있다.

"……고마워요. 잘 먹을게요."

"갈게요!"

걷는 법 없는 주희는 오늘도 달려간다. 재민은 온기 가득한 귤을 바라보며 이내 쓸쓸한 미소를 지었다.

"주기만 줘봤지, 받아보기는 또 처음이네. 귤."

귤을 서너 번 낮게 허공으로 던지며 재민은 다시 대본으로 눈을 돌렸다.

휴…….

짐을 챙기는 정원의 표정이 무미건조하다. 천천히 기계적인 손놀림으로 접었던 옷을 다시 펴고, 다시 접고. 넣었던 옷을 꺼내고, 다시 넣고. 자신이 뭘 하는지도 알지 못하는 듯 초점 없는 눈빛은 어디도 바라보는 곳 없이 그저 멍하기만 하다.

"내 정신 좀 봐, 이게 무슨……."

현실감이 드는지 정원은 삼십 분이 지나도록 옷 한 벌 제대로 넣지 못한 가방을 보고는 이내 도리질을 세차게 치며 속도를 내기 시작했다. 가방에 차곡차곡 짐을 넣는 그녀의 표정은 금방이라도 울 것 같다.

불현듯 귤 봉지를 들고 급하게 숨어들던 태준의 놀란 얼굴이 주마등처럼 스쳐 지나간다. 가운 차림이던 자신을 보고는 휘둥그레진 두 눈으로 안절부절못하던 태준의 모습. 돌이켜보니 추억이라 정원은 쓴웃음을 지었다. 귤을 얼마나 싫어하는데, 귤이 차 안에 그냥 있었을 리 없잖아.

……없잖아.

"되게 웃겼는데. 눈은 휘둥그레, 말도 더듬고 손도 떨고. 겉옷도 걸쳐주고……."

웃는데, 웃는데 자꾸만 시야가 흐려져 정원은 손끝에 힘을 주었다.

"다 됐다……."

가방을 닫으며 정원은 가만히 소파에 등을 기댔다.

……거기 가면 있을 거야.

정원은 천천히 무릎을 세워 얼굴을 묻었다. 한 번 겪었다고 나아질 리 없는 이별의 순간은 아파보라고, 슬퍼보라고. 어디 한번 이래도 살 수 있는지 두고 보자고.

"거기…… 있을 거야."

처음 주었으니까, 그곳에 있을 거야. 그곳에 가면 그대로 있을 거야.

♪♪♪♪♪♪♪

"여보세요?"

가자, 안녕 하러.

"네, 오빠, 다 챙겼어요. 지금 내려가요."

내게 없는 내 마음 다시…… 가져오자.

"촬영 조심하고, 태준 씨."

웬일로 집 앞까지 찾아와 태준을 배웅하는 박 대표는 부러 활기차게 인사해보지만 시선을 마주하지 않는 태준의 표정은 서늘하기 그지없다.

"이번에 지어 온 한약하고 비타민하고 몇 개 챙겨서 넣었어. 귀찮아도 챙겨 먹어, 태준 씨. 촬영이 너무 빡빡해서 이러다가 정말 태준 씨 몸 상……."

"가지, 그만."

태준은 고개를 돌려 영수를 바라보았다. 불편한 모습으로 두 사람을 응시하던 영수는 황급히 고개를 끄덕이며 차 문을 열었다. 박 대표는 말을 멈추며 마른침을 삼켰다.

"……별일 없이 돌아와, 태준 씨."

"별일이라니, 무슨?"

태준은 그제야 뒤를 돌아 박 대표를 바라봤다. 박 대표는 태준에게 조금 더 다가서며 목소리를 낮췄다.

"왜 자꾸 모르는 척해, 내 말뜻 잘 알면서."

"내가 뭘 아는데."

날 선 태준의 음성에 박 대표는 잠시 움찔하지만 그렇다 해서 밀릴 수는 없다.

"민정원 씨 말하고 있는 거야. 두 사람 각자 가기로 한 길 잊지 말라구."

"······각자 가기로 한 길이라."

태준은 제 짐을 차로 옮기는 영수를 힐끗, 바라보다 피식 웃음을 터트렸다. 기대와는 다른 태준의 뜻밖의 표정에 박 대표의 입술은 멍하니 벌어졌다.

"그래, 각자 가기로 했지. 모를까 봐 확인사살 하려고 집 앞까지 쫓아왔나?"

"아니, 그건 아니지만······."

며칠 사이 몰라보게 얼굴이 거칠해진 태준이기에 박 대표는 말끝을 흐렸다.

그래. 결심했을 것이다. 쉬운 선택은 아니었을 테니 한동안은 흐르는 모든 시간이 고단하고, 서글플 것이다.

"촬영······ 정말 괜찮겠어?"

"신경 쓸 것 없어."

스스로가 어련히 알아서 잘 이겨낼 것을 괜한 걸음으로 태준의 심기를 건드렸다는 생각이 박 대표의 뇌리를 스친다. 태준의 완강한 대꾸를 듣고 나니 어쩐지 안심이 되는 기분이다.

"그래, 난 태준 씨 믿어. 고마워, 그렇게 말해주니."

"······믿지 마."

뭐라고? 박 대표는 귀를 의심하며 웃음기가 사라지는 태준의 얼굴을 응시했다. 태준의 날 선 음성은 이내 매서운 눈빛으로 변해갔다.

"믿지 말라고. 발등 찍고 싶지 않으니까."

"태준 씨!"

"영수, 김 감독 집 앞으로 갈 거야. 태우고 가."

"네, 형!"

짐을 마저 옮긴 영수는 박 대표에게 허리 굽혀 인사한 뒤 운전석으로 올라타 시동을 걸었다. 박 대표는 불안한 마음에 걸음을 옮기는 태준의 옷자락을 잡았다.

"그, 그게 무슨 말이야. 무슨 뜻이야!"

"왜 자꾸 모르는 척해, 내 말뜻 잘 알면서."

"태준 씨!"

태준은 차에 올라탔다. 박 대표는 힘껏 차 문을 열었다.

"스캔들이라구, 스캔들! 태준 씨 아직도 정신 못 차렸어?"

"아니, 차렸어."

그것도 아주, 제대로 차렸다고.

문을 다시 닫으려는 태준의 행동을 저지하며 박 대표는 목소리를 높였다.

"진짜 터져! 터진다구!"

"터트려. 터지기 전에."

"……뭐?"

태준은 힘껏 문을 닫았다. 이내 창문을 내리며 박 대표를 바라봤다.

"디스패치에 전화 넣어. 터트리라고."

"강태준!"

"각자 갈 길이라고? 내 길은 민정원이야."

이내 창문이 올라간다. 박 대표는 급하게 창문을 두드렸다.

"내, 내가 정말 못 할 것 같아서 이래? 하라면 누가 못 할 줄 알아서?"

"아니, 안 할 줄 알아. 간다."

영수 출발해. 태준은 이내 창문을 끝까지 올린다.

"태준 씨! 태준 씨! 야! 강태준!"

출발하는 차. 두어 걸음 쫓아가던 박 대표는 멍하니 그 모습을 바라보았다.

"태준아, 정원 씨 출발했는지 전화해봐. 시간 맞으면 휴게소 들러 우동이

나 같이 먹게.”

“가. 그냥.”

평창을 달리는 고속도로 차 안, 태준의 옆 좌석에 앉은 김 감독은 태준을 힐끔 바라보았다.

……좋지 않다.

“뭐야, 무슨 일 있어?”

눈 감은 태준은 귀찮다는 표정으로 고개를 돌렸다. 손을 슬쩍 드는 것으로 보아 지금은 말하고 싶지 않단다. 영수는 조용히 운전석과 뒷좌석 사이의 창을 올려주었다.

“말해봐. 정원 씨하고 무슨 일 생겼어?”

“……관두자는데, 못 하겠다고.”

김 감독의 미간이 찌푸려졌다. 어느 정도 예견된 일이었지만 막무가내로 잘되기만을 빌었던 마음.

“얼마나 무서웠으면. 아후.”

늘 말이 없어 자세히 바라보지 않으면 무엇도 알 수 없는 정원이었기에. 김 감독은 그녀 혼자 보냈을 시간에 마음이 저려진다.

“잘 달래보지 그랬어. 정원 씨가 오죽 무서웠으면 그…….”

“정재민하고 민정원 디스패치, 박 대표가 막았어.”

“뭐? 뭐를 막아?”

김 감독은 눈앞이 아찔하다. 한마디만 들어도 다음 이야기들이 구슬처럼 꿰어지는 터에 놀라 벌어진 입은 다물어지지 않는다.

“형, 내가 지금 머리가 터질 거 같아서. 나 좀, 그냥 좀.”

“아, 그래. 태준아, 쉬어.”

김 감독은 물끄러미 날카로운 표정의 태준을 바라봤다. 역시나 돌아온 걸까. 차갑고 냉정하기만 하던 예전의 강태준으로.

익숙하기에 더욱 서글픈 태준의 날 선 표정은 백 마디 말보다 더욱 씁쓸하여 김 감독은 소리 없는 한숨을 내쉬었다. 태준은 천천히 마른세수를 하며 생각을 이어갔다. 김 감독 드라마가 아니었다면. 사실 그것만 아니었다면 치정이든 불륜이든 그게 무엇이든 간에, 정원의 눈을 막고 귀를 막아서라도.

"형, 평창까지 얼마나 걸리지?"

"얼마 안 남았어. 한 시간 정도."

김 감독의 드라마라 발표를 미루고 싶었다. 드라마에 피해를 주고 싶지 않았다. 그토록 온 힘을 다해 쓴 김 감독의 작품에 개인적인 일을 섞을 수는 없었다. 그래서 기다렸다.

그래서, 그랬는데…….

"김 감독, 미안해."

"그건 또 무슨 소리야, 뜬금없이."

이봐, 세일러문. 내가, 너만.

…….

그렇게 궁상떠는 걸 가만히 보고만 있을 것 같으냐?

"그냥, 미리 해두는 말이야. 언젠간 필요할지도 몰라. 받아둬."

어림없는 소리! 이게 어디서 밤톨만 한 게 사람 자존심을 이렇게 뭉그러뜨리고! 이 한류스타 강태준을 대체 뭐로 보고! 믿으라니까 믿지도 않고 꼼짝 말라니까 뭐가 어쩌고 저째? 가만두지 않겠다…….

태준은 괜히 뒤척뒤척. 대체 얘는 뭐 하나는 표정으로 김 감독은 태준을 응시했다.

"사고 칠 생각이면 아서라, 너."

"몰라."

정재민이고 박 대표고 디스패치고 김 감독 나발이고 몰라! 몰라! 모른다고! 옘병…….

"물 줄까? 어디 불편해?"

"됐어."

이글이글…….

표정이 초 단위로 변하는 태준을 바라보는 김 감독의 표정이 좋지 않다. 역시나 정신적인 충격이 큰 걸까 염려스럽다.

'나는 이제 밑으로 내려가고 싶지 않아요. 나 더 올라가고 싶어요. 나는 그러면 안 될까요? 나도 이제는 날고 싶어요.'

……뻥치시네! 내가 그딴 거짓말에 잘도 속아 넘어가겠다! 이 발연기 세일러문 같으니라고!

'아니요. 제가 이제야 현실을 직시한 것뿐이에요. 어차피 우리는 드라마가 끝나면 끝이라고 생각하고 있었어요.'

너만 끝나면 그냥 우리는 아무 일 없었던 것처럼, 끝이냐? 끝이야! 웃기시네! 지나가는 개가 다 웃겠다!

뭐야, 얘 정말 괜찮을까. 촬영할 수 있을까. 김 감독은 시시각각 움찔움찔 변화하는 태준의 얼굴을 심각하게 바라보았다. 가까운 의원에라도 가서 얘를 보여줘야 하는 건 아닌가 싶기도 하고.

"정원 씨 많이 아프겠다. 이따가 만나서 커피라도 한잔 마셔야겠네."

나는 더 아파! 죽겠어, 아주!

아파. 드럽게. 진짜로. 김 감독의 애타는 마음을 아는지 모르는지 태준은 말없이 곁에 놓인 선글라스를 썼다. 이글이글하다가도 정재민의 얼굴이 떠올라 순간 움찔, 그 강아지 풀떼기같이 멍청하기 짝이 없는 정재민이 아무래도 마음에 걸린다.

아무래도 정재민이 많이 다칠 텐데. 고꾸라져 내려갔다 올라오기엔 아직 너무 창창한데. 하지만…….

또다시 곁에 앉은 김 감독이 마음에 걸려 움찔한다. 진흙탕 싸움에 김 감독 드라마가 구설에 휘말릴 텐데. 진정성까지 도마 위에 오르내릴 텐데. 하지만. 하지만…….

내가 죽겠는데, 니들 죽는 게 무슨 대수냐? 몰라! 모른다고!

흥. 태준의 앙다문 입술이 고집스럽다. 분위기는 흡사 무슨 일이라도 저지를 모양이다.

자, 그럼 가볼까. 도망간 세일러문 잡으러.

난, 지칠 줄 모르는 한류스타이니까.

"감독님, 안녕하세요."

"아, 정원 씨. 일찍 도착했네요."

"네. 차가 안 막히더라고요."

먼저 도착한 정원은 촬영 준비 중인 김 감독에게 인사를 건넸다. 평소와 다름없는 맑은 인사. 차라리 웃지나 말지, 김 감독은 그런 정원의 표정이 오늘따라 더욱 애처롭다.

"정원 씨, 식사는 했어요?"

"네, 중간에 휴게소 들렀어요."

김 감독은 씽긋, 웃어 보였다.

"잘됐다. 그럼 우리, 커피 한잔할까요?"

정원에게 자판기 커피를 건넨 김 감독은 촬영에 관련된 이야기를 하다가 고민 끝에 입술을 열었다.

"태준이한테 들었어요."

"네……."

한마디를 건넸을 뿐인데, 정원의 타들어 가는 표정은 마주하기 어려울 정도로 서글프다. 김 감독은 조심스레 다시 입을 열었다.

"괜찮…… 아요?"

"그냥요 뭐…… 네, 괜찮아요. 그냥 지금은 정신없이 일만 하고 싶어요."

설핏 웃음을 내보이는 정원은 시간아 흘러라, 날개를 달아다오. 그저 미운 마음을 숨겨보려 한다.

"태준이는 정신없이 정원 씨만 찾을 것 같던데."

"……."

찾아드는 무안함에 정원은 애꿎은 종이컵을 만지작거렸다. 잠시 말이 끊긴 공간, 김 감독은 비워버린 종이컵을 가볍게 구겨 손에 쥐었다.

"태준이한테 들었어요. 디스패치, 박 대표가 막아줬다고."

그걸, 어떻게…… 정원은 놀라 고개를 들었다. 세차게 흔들리는 동공은 저 바닥으로 떨어져 내린 마음을 감출 수 없다.

"아, 알고 계세요?"

"태준이요? 알던데요. 말 안 했구나, 정원 씨."

……휴. 거짓말했다고, 혼나겠네. 정원은 미간을 살짝 좁히며 아랫입술을 깨물었다.

쉽게 말이 이어지지 않는 공간에서, 김 감독은 정원의 상처투성이 마음을 이어 감싼다. 온 세상을 다 가려도 가려지지 않을 그녀의 태준을 향한 커다란 사랑을 마주한다.

"정원 씨, 있잖아요. 지금 감춰둔 것이 영영 감춰지진 않을 거예요."

그렇게 간단할 리 없겠지만. 김 감독은 차분히 말을 이어 나간다.

"언젠가 정원 씨가 다시 다른 누군가를 만나고, 재민 씨가 배우 생활을 계속하는 이상. 두 사람의 지난 이야기는 언제든지 또다시 다른 누군가에 의해 세상에 나올 수 있거든요."

정원은 숨이 멎을 듯 가슴이 아파진다.

……그래. 피해도, 도망쳐도. 너와 내가 사랑했던 과거는 없어지지도, 지워지지도 않아서.

"정원 씨가 지금 이 상황을 피한다고 해서 다시 마주치지 않을 수 있을 거라고 저는 생각하지 않아요."

사랑했던 우리의 마음은, 문신 같은 흔적으로 세상에 남아서.

김 감독은 정원의 표정을 살피며 말을 이어 나갔다. 세상 가장 어리석은 일이 타인의 삶에 개입하는 것이라고 생각하며 살아온 김 감독이지만.

"둘의 문제로 헤어지는 건 괜찮은데. 누군가에 의해 휘둘리지 않았으면 좋겠어요. 어차피 헤어질 사람들이라면 굳이 누군가가 방해하지 않아도 알아서 헤어지게끔 되어 있잖아요? 미리 준비하지 않아도."

태준은 남이 아니니까.

정원은 또다시 서러움이 복받쳐 올라온다. 늘 항상 초라하기만 한 가여운 사랑은 몹쓸 이별 앞에 독하지도 못할 거면서. 이렇게 이름 세 글자만 들어도 눈물부터 쏟아낼 거면서.

"태준이랑 연애하다가 그 녀석 싫어지면 그때 관둬요, 정원 씨. 미련 없을 때. 후회도 없을 때."

"감독······ 님······."

세월의 흔적 속에, 변해가는 감정 속에. 사랑도 이별도 물 흐르듯이 자연스럽게. 남들처럼 우리도 흔하게, 평범하게, 헤어질 수 있다면······.

간절한 정원의 바람, 그것 말고는 무엇도 바라는 것 없던 벼랑의 끝에 서서 정원은 눈을 감았다. 어쩌고 할 시간 없이 정원의 손등으로 쉼 없이 눈물이 떨어졌다.

"무서워서요. 누구라도 붙잡고 물어보고 싶은데······ 저는요······ 그럴 수가 없어서요······."

김 감독은 제대로 말을 잇지 못하는 정원의 모습에 가슴이 저려 잠시 허공을 올려다보았다.

······얼마나 무서웠을까. 사랑했던 이가, 사랑하는 이가, 자신으로 인하여 무너져 내릴지도 모른다는 마음. 어디도 터놓을 곳 없던 현실 속에서, 누구도 보듬어주지 못했을 마음을 내치며.

"주변에 아무 데도 터놓을 곳이 없어서······ 사실은 뭐가 틀리고 맞는지 그것도 잘 모르겠는데요······ 그래도 제가 그러면 안 될 것 같아서······."

존재가 죄인처럼 느껴졌을 시간이.

"맞겠지…… 맞겠지…… 그냥 이게 맞겠지…… 괜찮다고 혼잣말하고, 스스로 위로하고…… 답도 못 찾고 발만 동동…….”

막무가내로 당신은 괜찮길 바라면서. 막무가내로 나 역시 괜찮아질 거라 믿으며.

……어깨라도 다독여 주고 싶은 마음. 망설이던 김 감독은 슬며시 정원의 어깨를 천천히 토닥이기 시작했다.

"왜 주변에 말할 수 있는 사람이 없어요. 태준이 있잖아요. 태준이하고 얘기해야지. 태준이가 이야기 들어주고, 정원 씨 안아주고 할 텐데.”

"제가 재민이를 망치고 그 사람을 망칠까 봐…… 박 대표님 말대로 그렇게 될까 봐…….”

김 감독은 정원에게 휴지를 건네며 슬며시 웃었다. 태준의 사랑이 이런 사람이라서 참으로 다행이다. 태준을 진심으로 사랑하는 사람이라서.

"우리 씩씩하게 가보고 생각해요. 괜찮아, 가보지도 않고 뭐가 무서워서.”

"한 걸음도 내디딜 수가 없어요. 너무 무서워서…….”

음……. 하염없이 흐느끼는 정원을 바라보는 김 감독의 표정이 난처하다.

"큰일이네. 정원 씨 울렸다고 태준이 녀석 또 이글이글할 텐데.”

그제야 정원은 김 감독을 따라 작게 웃었다. 그 얼굴 떠올랐는지 미간을 애써 좁히며 있는 힘껏 떨어지던 눈물을 참아낸다.

"정원 씨, 지금 이것들은 전부 다 지나가요. 내가 장담할게요. 다, 지나가요.”

아픔은 행복 언저리에 머물고 상처는 가슴속으로 가라앉아 언제든 밀려올 준비가 되어 있겠지만, 그렇지 않은 인생은 어디에도 없을 테니.

"정원 씨는 정원 씨만 생각해요. 조금 이기적이어도 괜찮아. 재민 씨나 태준이나 다 자기들이 알아서 살 궁리할 테니까. 정원 씨도 정원 씨 살 길만 생각하는 걸로 해요, 우리.”

두 사람, 그렇게 약하지 않아요. 김 감독은 진심을 담아 정원을 위로하며 마음을 보듬는다. 알 수 없는 서러움은 멈출 기색 없어 또다시 정원의 어깨가 들썩인다. 눈물은 닦을 생각도 하지 못한 채 손에 쥔 휴지를 세차게 잡았다.

어쩌면 이렇게도 눈물은 끝도 없이 솟아나는지. 참아지지도 않고 마르지도 않고 처음처럼 흘러내리는지.

"괜찮아. 누가 우리 정원 씨를 비난할 수 있어요. 그럴 자격 없어요, 아무도."

김 감독은 토닥이는 손길을 멈추지 않았다. 오늘은, 들썩이는 이 어깨 감싸 안아주고 싶을 태준을 대신해서.

"태준이 손잡고 가봐요, 정원 씨. 힘들면 쉬었다가, 기쁠 땐 뛰기도 하고."

……가보라고. 사랑은 미래를 살게 하지만 이별은 과거를 살게 할 테니까.

"아플 땐 서로 보듬기도 하면서 같이 손잡고. 가 봐요, 정원 씨."

결국, 조정 대신들의 계략에 의하여 연화는 궁 밖으로 쫓겨났다. 연화가 사라진 궁궐은 태초부터 고요했던 듯, 무엇도 생기 없는 나날의 연속이었다. 서글픔이 짙은 낮은 길고 가늘었으며, 그리움이 묻은 밤은 멀고 아득하기만 했다. 윤과 연화의 고달파 끝이 보이지 않던 세월의 끝에서, 끝끝내 운학은 연화의 모든 억울함을 풀어내고야 만다.

"태준 씨가 이쯤 서서 시작할 거예요. 정원 씨가 마루에 섰을 때 일직선이 될 수 있도록."

생(生)의 단 하나, 삶의 모든 이유를 찾아서. 윤은 쉬지 않고 말을 달려 연화가 있는 곳에 도착한다.

이곳은, 예전 윤이 연화에게 자신의 여인이 되어달라 고백했던 장소다. 운학의 목숨을 살리고, 연화의 사랑을 얻은- 그곳.

"태준 씨가 어느 정도 되었다고 생각했을 때 다섯 걸음 정도 걸어서 정원 씨와의 간격을 맞출게요."

리허설. 회의 중인 김 감독을 대신한 스태프는 대본을 바라보며 태준에게 상황을 설명한다.

"그럼 지금 대사 끝났다고 치고 두 분 다가가 볼게요."

머뭇거리는 정원과는 달리 태준은 스태프의 요구 사항에 걸음을 천천히 옮겨 정원에게 다가선다. 망설임 없이 다가서는 태준. 정원은 황급히 걸음을 걸어 태준과의 보폭을 계산하며 간격을 맞췄다.

"좋아요, 이쯤 두 분 마주 보시고. 대략 십 초, 서로 바라볼 때 감정선 챙겨주시고요."

마주친 시선. 눈동자가 세차게 흔들리는 정원과는 달리 평온한 태준의 표정은 아무런 사심이 없다. 모든 것을 비워낸 듯 무엇도 담긴 것이 없는 태준의 눈빛. 정원은 차마 올려보지 못해 저도 모르게 고개를 돌렸다.

"이쯤 태준 씨가 정원 씨의 눈물을 닦고."

"윤이라고 해주시죠."

"네? 아, 네. 죄송합니다."

스태프는 황급히 정원을 바라보며 말을 정정한다.

"이쯤 윤이 연화의 눈물을 닦고."

평소라면 연기만큼 혼을 담아 리허설에 참여했을 태준이, 그저 대본만 바라볼 뿐 미동이 없다. 스태프는 고개를 급하게 끄덕이며 다음 말을 이었다.

"그럼 그다음에 윤이 연화를 끌어당겨 안을 거예요."

"……."

역시나 미동이 없는 태준. 정원은 입술을 사리물었다.

"아, 어. 안았다고 칠게요. 여기서 윤이 연화를 안았을 때 감정은 다시는 혼자 두지 않겠다, 다시는 떠나보내지 않……."

"알겠으니 다음 가죠."

네? 평소와는 다른 태준의 태도에 크게 당황한 스태프는 또다시 고개를 급하게 끄덕이며 대본을 넘겼다.

"여기서 윤에게 안겨있던 연화가 까치발을 들어 윤의 목을 잡아 안을 때 얼굴이 나올 수 있도록 정원 씨 각도 신경 써주시고요. 다음으로 진행할게요."

"네, 알겠습니다."

살얼음 같은 태준의 모습에 스태프는 빠른 판단으로 정원의 동선 역시 패스하기로 한다.

"두 분 대사 끝나면 윤이 연화에게 손을 내밀고…… 연화 눈빛 조절 잘해주셔야겠고…… 두 분 마주 잡았을 때 십 초 정도. 계산 잘해주시고…… 마지막에 다시 포옹……."

다소 빠른 스태프의 이야기가 끝나자마자 태준은 고개를 끄덕인다. 이미 뼛속까지 외워버린 지문 따위, 문제 될 것은 아무것도 없다.

"본 촬영은 십분 후에 시작하겠습니다."

"수고하셨습니다."

태준은 뒤돌아서 자리로 돌아간다. 뒷모습을 멍하니 응시하던 스태프는 고개를 돌려 정원의 어깨를 툭툭, 치며 괜스레 목소리를 높였다.

"서울에서 촬영이 엄청 빡빡했었거든요. 예민한가 봐요, 태준 씨. 오늘 촬영도 어렵고……."

"아, 네……."

세세한 감정까지 표출하며 소화해야 하는 배우들에게 촬영 전 예민함이란 흔한 일이니까. 태준의 이런 모습은 처음이라 다소 놀랍기는 해도 이해 못할 일은 아니었다.

"신경 쓰지 마세요, 정원 씨 때문에 그런 건 절대 아니고 원래 배우들 스트레스 받으면 날카로워지니까."

"네…… 괜찮아요."

스태프는 고개를 끄덕이며 오 분 뒤에 시작하겠노라 다시 한 번 전달 뒤

걸음을 옮겼다. 태준의 날카로움을 모를 리 없는 정원은 수그러지는 고개를 들지 못한 채 한참을 서있다.

……단 한순간도 온전히 놓아주지 않는 사랑은 불쑥불쑥 고개를 디밀어 아무것도 할 수 없게 한다. 하지만 이곳은 현실이니까. 작게 한숨을 내쉬며 정원은 흔들리는 마음을 굳게 다잡아보기로 한다.

"촬영 들어가겠습니다!"

아직은 분주함이 가득한 촬영장.

"조명 다시 한 번만 체크해주세요!"

태준은 기다렸다는 듯 몸을 일으켰다. 주변의 움직임이 어수선하지만 태준의 시선엔 무엇도 담기는 것이 없다.

저쯤, 간이 의자에 앉아 있는 정원은 마지막으로 대본을 점검한다. 제법 풀린 날씨. 얇은 담요 한 장을 무릎에 올린 채.

같은 공간 안에 함께한 지 오래되었건만 아직 서로 말 한마디 하지 않았다. 곁에서 눈치를 살피며 안절부절못하는 영수의 손에 대본을 건넨 태준은 표정이 없다.

"슬레이트 준비해주시고요!"

휴. 정원 역시 지영의 손에 대본을 넘기고 카메라 앞에 선다. 태준의 탈을 쓴 윤이 표정 없는 모습으로 걸어온다.

……눈길이 없다.

무엇을 기대했기에 이토록 마음이 아파. 정원은 차가웠던 태준의 리허설 모습이 떠올라 입술을 깨물었다.

"자! 정원 씨! 한걸음에 달려온 윤을 바라보는 눈빛이 중요해요!"

"……네!"

태준은 마지막으로 심호흡을 하며 감정선을 정리한다. 이윽고 천천히 눈을 떠보지만 바라보는 눈앞은 여전히 정원이다.

……연화. 연화. 연화로.

대본에 충실하기 위하여. 조선, 활자가 만들어 놓은 시대에 빠져들기 위하여. 다시 깊은 심호흡을 하며 태준은 천천히 감았던 눈을 떠 정면을 응시했다.

소용없다. 눈을 다시 떠도 또 떠봐도 연화는 온데간데없이 그저, 오로지 정원이다. 태준은 그제야 피식, 웃음이 난다. 오늘도 사심 없는 연기는 글렀다.

"가겠습니다!"

태준은 김 감독을 바라보며 준비되었다는 신호로 손을 들어 보였다. 두 사람 정말 괜찮을까. 걱정에 다소 긴장한 김 감독의 표정을 바라보며 걱정하지 마, 그 정도로 바보는 아니야. 태준은 고개를 두어 번 끄덕여 보였다.

"레디- 액션-!"

인기척에 방문을 열고 얼어붙은 듯 서 있는 연화와 언제부터 서 있었는지 알 수 없는 윤은 그리웠던 시간만큼 서로를 길게 바라본다. 바라보는 눈빛엔 말하지 않아도 서로의 마음이 깃든다.

[연화. 윤을 바라보는 눈빛에 눈물이 차오른다.]

정원은 태준을 마주하는 것이 괴롭고, 힘겹다. 마음을 들킨 것 같은 초조함은 정원의 눈빛에 여실히 드러난다. 당면한 시선 속에 맞닿은 서로의 마음은 뜨거워 데일 것처럼 엉키어들기 시작했다.

[윤. 천천히, 무언가에 끌리듯 연화에게 걸어간다.]

윤의 탈을 쓴 태준은 천천히, 정원에게 걸어간다. 얼마나 울었던 것일까. 정원의 눈가는 마를 새 없이 젖어들어 태준의 마음을 물들이기 시작했다.

"……어찌 우는 것이냐. 내가, 내가 그대 앞에 있는데."

"전…… 하…….."

그래, 나는 조선의 왕. 반도의 하나뿐인 배우. 사랑하는 여인 하나를 지키지 못해 매번 다른 사람의 힘을 빌려 너를 곁에 두었던, 무능력하고 겁 많은.

조선의 왕.

찌질한 반도의, 배우.

"그대 없이 내 어찌 살 수 있다고. 너는 어찌하여 내게 그렇게 살아보라고……."

정원의 눈가에 고일 새도 없이 떨어지는 눈물. 태준은 지문을 따라 천천히 정원의 눈물을 닦는다. 젖어드는 손끝을 따라 태준의 마음도 마를 새 없이 젖어들기 시작했다.

"……살아도 너와 함께 살고, 죽어도 너와 함께 죽을 것이다."

백 마디 말보다 더한 슬픔. 투과되어 전해지는 그녀의 멍든 마음.

"과인의 허락 없이는 죽지도, 도망치지도 말라."

"전하……."

내가 사실, 생선 살은 잘 바를 줄을 몰라서. 어쩌나, 못하는 걸. 아파도 촬영이 겹치면 한걸음에 달려가 너에게 약봉지를 건네줄 수도.

……태준은 천천히 정원을 품에 안는다. 어제의 일인 것도 같고, 아득한 과거의 일인 것도 같던 이별은 후회를 알게 했다. 비어버린 삶을 아프게 했다. 눈뜬 현실을 부정하게 했다.

[윤, 품 안의 연화를 느끼듯 천천히 눈을 감는다.]

"네가 없는 조선에서…… 어찌 내가…… 살 수 있다 말하느냐……."

……모진 고초에 야윈 연화의 어깨는, 정원을 닮아 애처롭다.

밀려드는 그리움. 태준은 제 마음이 말을 듣지 않아 정원을 으스러질 듯 힘줘 안았다. 마치, 존재를 확인할 수 있는 유일한 방법인 것처럼.

"어찌 내게 그랬느냐…… 어찌 그랬어……."

이런 사람이라 미안해. 너 말고도 지킬 것이 많아 미안해. 그래도 이제 너는 내가. 내가…….

"신첩을…… 어찌 버리지 못하시고……."

어찌 제게 하늘을 잡으라 하십니까. 뒤에 남아 있는 대사를 목이 메어 뱉지 못한 채, 정원은 천천히 까치발을 들어 태준을 안았다. 고단한 시간을 말해주는 윤의 어깨는, 태준을 닮아 슬프다.

……이봐. 겁쟁이 세일러문.

"내 곁에 있으라. 그저 내 곁에만 있으라. 다른 생각은 오로지 내가 할 것이다."

듣고 있나? 허세 많은 임금의 말뿐인 다짐이라도. 너와 함께 오늘만 살겠다는 하루살이 같은 이 마음이라도.

이런 나라도. 그대 혹시, 괜찮다면.

[윤. 충혈된 눈빛으로 애절함을 담아 연화를 바라보며.]

"내 어찌 너를 버릴 수 있단 말이냐. 내 어찌…… 너를…… 그대를……."

다 내어주지. 너를 뺀 모든 것을. 내가 다, 내어줄 것이다. 그들에게.

[윤, 연화를 천천히 바라본다.]

"궁으로 가자."

"전하……."

"내가 사는 곳, 그대가 있을 곳이다. 그곳이 그대가 사는 곳이다."

가자, 내 손잡고. 다 버릴 준비가 되었으니.

"너는 내게, 천지에 두려울 것이 대체 무엇이냐 물었느냐."

저 바닥끝까지라도. 다시는 올라올 수 없대도.

"내게는 그대가 없는 천지가 바로 그것이다."

떨림이 가득한 손끝. 태준은 지문을 따라 정원에게 손을 내민다.

……버리라면 버릴 것이다. 내려오라면, 내려갈 것이다.

정원은 그 손끝 한참을 바라만 보다가, 결심했는지 지문을 따라 천천히 태준의 손을 잡았다.

……그들이 바라는 모든 것을 내어줄 것이다. 너를 뺀 모든 것을.

태준은 그제야 지문을 따라 정원을 바라보며 미소를 그렸다. 잠시 멍하니 태준의 웃음을 바라보던 정원은 덜컥 떨어져 내리는 심장을 느낀다. 보고도 믿기지 않는 이자의 웃음은 말할 수 없는 설렘을 안겨준다. 그 웃음 속엔 전하지 못한, 말하지 못한 태준의 모든 것이 담겨 있다.

……놓지 말고, 어디 한번 가볼 텐가. 세일러문.

태준은 서서히 지문을 따라 정원을 안았다. 품에 가득 정원을 안은 태준의 따뜻한 손. 그립고, 그리웠던 시간만큼 떨려온다.

"이 나라 조선이 과인의 것이라면."

백 번을 안아도, 백 번이 아쉽다.

"……과인은 그대의 것이다."

4. 평창대첩

"오빠 뭐 해?"

석환은 멍했던 시선을 급히 돌리며 다가서는 주희를 바라봤다.

"아, 어. 아니, 아니 그냥."

넋 놓고 해영을 바라보았던 시간을 들켰을까, 석환은 이내 부산한 몸짓으로 자리를 비켜주며 대본을 펼쳤다. 그런 모습이 낯선 주희는 따뜻한 캔커피를 건네며 석환의 표정을 살핀다.

"뭐야? 왜 그렇게 허둥지둥 움직여?"

"내, 내가 뭘. 너는 인기척 좀 하고 다녀라! 사람 놀라게!"

"저기서부터 오빠 불렀는데 오빠가 못 들었잖아."

아…… 석환은 미간을 잠시 좁히며 주희가 건네는 캔커피를 천천히 받아 쥐었다.

아주 오래전부터 깊어진 해영을 향한 마음은 주인에게 전달되지 못한 채 같은 공간 안을 서성일 뿐이다. 다른 사람에게 향해 있던 그녀의 마음은, 차라리 모르는 게 좋았을 뻔했다.

가질 수 없는 사람을 사랑하고 있다는 사실 또한.

"이제 해영 언니 촬영이지?"

"그런가 봐."

차라리 슬프지나 말지, 그 사랑 불행하지나 말지. 오늘이 아닌 내일이라도 기대할 수 있도록, 그 마음 비워지게 아프지나 말지.

힘든 해영의 사랑을 말없이 지켜봐야 하는 마음 또한 온전히 성할 수 없는 탓에 석환은 아랫입술을 사리물었다.

"오빠, 나 아직도 좀 멍해. 아까 태준 선배님이랑 정원 언니랑 연기하는 거 보고."

"왜, 너무 잘해서 충격이야?"

주희는 고개를 끄덕였다. 신들린 듯했던 두 사람의 연기는 마치 카메라가 없는 듯, 짜놓은 대본이 없는 듯 자연스럽게 흘러 적잖은 충격을 안겨주었다. 이곳이 마치 조선인 것처럼. 진짜 윤과 연화를 보는 듯했던 온몸의 전율.

"나는 아직 멀었어, 오빠. 오늘 다시 한 번 느꼈어."

"너 지금 겸손한 척해서 나한테 칭찬받으려고 그러는 거야?"

석환은 주희의 어깨를 토닥이며 애써 농을 던져보지만 여느 때 같지 않은 주희의 표정은 쓸쓸하기 그지없다.

"진짜 사랑하는 사람들 같았어. 연기가 어쩜 그래? 어떡해야 그렇게 할 수 있어?"

대사도 지문도 필요 없던 눈빛. 마이크도 반사판도 필요 없던 공간.

……꿈에 그리던 임을 본 것처럼 세차게 흔들려온 정원의 눈빛과, 힘차게 정원을 끌어안은 채 눈을 감고 감정을 억누르던 태준의 손끝을 잊을 수 없다. 세포 하나하나가 서로에게 반응하는 것만 같던 모습.

"오빠, 대체 무슨 생각을 하면서 그런 연기를 했을까, 두 사람."

"뭐, 진짜 사랑하는 사람이라고 생각하면서 연기했겠지. 그 순간만큼은."

사랑하는 사람. 진짜, 사랑하는 사람.

중얼거리는 주희의 시선이 스탠바이된 재민에게 머문다. 불어오는 바람을 따라, 울렁이는 마음을 애써 삼키며.

"사랑이라도 해봐야 그런 감정을 가지고 연기할 수 있을까?"

석환의 시선 역시 해영에게 머문다. 저를 스친 바람을 따라, 달려가는 마음을 애써 다잡으며.

"······그러게, 진짜 사랑이라도 해봐야 할까 봐."

상처가 맞닿았을까. 서로는 말끝에 허무한 웃음을 터트렸다.

"난 있잖아, 오빠랑 촬영 같이해서 진짜 좋다. 내 맘 알지?"

"그럼, 알지."

오늘도 갖지 못한 사랑은 언제나 제 편 아닌 행복을 바라보게 한다. 손 뻗어 닿아보려고. 발 돋아 만져보려고. 닿을 듯 닿지 않아 가슴을 졸이며.

"나 좀 봐."

태준은 촬영 대기 중인 정원을 찾아왔다.

"잠깐 얘기 좀 해."

"싫어요. 할 얘기 없어요."

차가워 보이려고, 들키지 않으려고. 정원은 태준을 바로 보지 않은 채 단호히 거절했다. 더는 말없이 자신을 응시하는 태준의 시선이 느껴져 정원은 한마디를 덧붙였다.

"저 그리고 잠시 후에 촬영 시······."

대답을 마칠 겨를도 없이 태준은 정원의 팔목을 잡고는 성큼성큼 걸었다. 보는 눈이 많지만 그따위 김 감독 스태프 나부랭이들, 신경 쓸 겨를이 없다.

"사람들 보잖아요. 이거 놓······."

"따라와. 여기서 공개 대화 하고 싶지 않으면."

스태프들의 표정은 때아닌 태준의 행동에 무슨 급한 일이 있나, 싶다. 정원은 펄럭이는 치맛자락을 붙잡고는 태준에게 이끌려 종종걸음을 걸었다. 한적한 공간. 태준은 그제야 정원의 팔목을 놓았다.

"디스패치, 왜 말 안 했어."

"……제가 말 안 해도 아셨잖아요."

"무슨 사람이 이렇게 미련한가? 나더러 대체 어쩌라고 그런 말도 안……"

"최선이에요. 제가 뭘 어쩔 수 있었겠어요."

애 좀 봐라. 애는 꼭 내 앞에서만 정색해. 태준을 바라보는 정원의 눈빛이 단호하다.

"아무리 생각해봐도, 더 좋은 길은 없는 것 같아서요."

그런 일이 있었을 거라곤 생각 못 했어. 사정이 그런 줄은 꿈에도 몰랐어. 밀려드는 복합적인 감정에 태준은 한숨을 내쉬었다.

"나한테 말을 했어야지."

"달라질 것이 없었어요."

"달라! 이 바보야!"

핫, 이렇게 시작하는 거 아닌데. 태준은 뱉어놓고는 움찔, 한다. 단호하던 정원의 눈빛은 이내 서러움으로 변해간다.

"누가 누구더러 바보래요? 내가 뭐, 좋아서 그랬어요? 제가 뭘 어쩔 수가 있어요! 점점 숨이 조여 오는데! 숨을 못 쉬겠는데!"

"나를! 믿었어야지!"

"믿어요! 믿는다고요! 믿으니까…… 믿었으니까…… 뻔히 어떨지…… 보이니까……"

기어이 서러워서. 다짜고짜 공격하는 태준에게 서러워서. 얼마나 힘들게 꾹꾹 눌러 참았는데. 정원은 결국 터져버린 눈물을 쏟아내기 시작했다.

"말해주지 않아도 내가 바보인 줄 나도 안다구요…… 미련하고 답답한 거, 나도 잘 알고 있다구요…… 있다구요……"

흐느낌에 제대로 들리지도 않는 중얼거림. 태준은 귀를 쫑긋 세워보지만 눈물과 뒤섞인 이야기는 외계어나 다름없다. 정원은 끅끅 어깨를 들썩이며 복받치는 서러움에 닦을 생각도 하지 못한 채 눈물을 주룩주룩 흘리기 시작했다. 서럽기는 또 어찌나 서럽게 우는지, 태준은 그 모습에 두 눈이 휘둥그레진다.

우, 울잖아! 뭐 하는 거야!

이게 아닌데. 예상대로 흘러가지 않는 전개. 정원의 눈물에 태준은 쩔쩔맨다.

"왜, 왜 우나? 지금 울면 내가 뭘 어쩌……."

"아, 몰라요! 내가 얼마나, 얼마나!"

딸꾹질까지 걸려 세차게 기침을 내뱉는 정원은 기어이 태준 앞에 곡소리를 펼쳐낸다. 태준은 침을 꿀꺽. 사과를 글로 배워 응용편을 몰라 초조함에 난처하다.

어떻게 좀 해봐! 더 울잖아!

혼이 쏙 빠진 태준은 일단 기계적인 손놀림으로 토닥토닥. 토, 닥, 토, 닥.

"우, 울지 마."

"아, 손 치워요. 뭘 잘했다고. 지밖에 모르면서."

"지? 지? 지금 '지'라고 했나?"

고개를 드는 정원의 얼굴이 눈물범벅이다. 또다시 그 모습에 태준은 움찔움찔한다.

"그래! 너! 강태준 너! 너 때문에 내가 요 모양 요 꼴이야! 밤새 잠도 안 와! 내가 얼마나! 얼마나……."

평창회담을 꿈꿨으나 현실은 평창대첩. 방어 불가 정원의 맹공격에 태준은 입이 쩍, 눈빛은 이내 세모꼴이다. 하지만 할 수 없다. 지금은 정원이 갑이다.

……언제나, 갑이다.

"좋아. 그럼 내가 사과해볼까?"

"뭐라구요?"

말이 왜 그따위야! 똑바로 안 해, 인마!

"아니, 뭔가 내가 잘못 뱉은 것 같은데. 사과해보겠다는 게 아니라, 미안하다고 해볼 수도 있다는 그런…… 말…… 이……."

그 말이 그 말이잖아! 어쩔 거야, 이제!

말을 뱉으면 뱉을수록 초복 땡볕 아래 물 없이 군고구마 먹는 기분처럼 상황은 점점 꽉꽉, 막혀 간다. 다짜고짜 불러다가 하는 말이라는 게 고작. 정원은 기가 막힌다.

"아주 엉망이야. 제멋대로고. 지 잘난 맛에 살면서 사람 힘들게 하고. 개뿔 하나도 안 멋있는데. 하나도 안…… 멋있는데……."

개, 개뿔…….

"미안하네. 개뿔 안 멋있는데 지 잘난 맛에 살아서. 울든지 욕하든지, 둘 중 하나만 할까, 우리? 이건 어디서 배워 온 고급 스킬인가?"

사람 아무것도 못 하게, 응? 어디서 배웠나? 나도 좀 배우고 싶은데.

"아, 손 치워요! 꼴도 보기 싫어요. 제일 싫어, 진짜. 엉망이야."

이럴 땐 대체 뭐라고 해야…….

준비했던 말들은 이런 과정이 아닌데. 나름 멋지고 괜찮았는데. 이대로라면 준비한 말은 한마디도 못 할 게 뻔한데. 태준은 준비해두었던 이야기를 되짚어 생각해본다.

이봐, 세일러문. 똑바로 들어. 나야, 나, 강태준. 다 내가 해결할 수 있어. 그러니까 헤어지자 그런 소리, 그런 거 하지 마. 나 정말 너 그런 말 하면…….

"……화낸다."

닥쳐! 이 주둥이야!

"뭐, 뭐라구요?"

태준은 미간을 찌푸리며 손사래를 쳤다. 흐르던 눈물이 잠시 멈춘 세일러문의 표정은 살벌하기 그지없다.

"아니, 화를 낸다는 게 아니고, 아니, 화를 내긴 하는데 왜 화를 내냐면 내가 그러니까……."

"그래요, 화내요. 어디 한번 해보시라구요. 지금까지는 대단히 친절하게 말씀하셨어요? 그래요?"

어디 한번 화내보라구요. 버럭버럭 해보시라구요. 정원은 서러움이 가시질 않아 레벨업 된 곡소리를 터트렸다.

하…… 이게 아닌데. 이런 전개 옳지 않은데. 묻어둔 박력 스킬을 써보려고 벽 보고 거울 보고 나름 연습도 많이 했는데. 태준은 현기증이 일어 안절부절.

"내, 내가 어떻게 너한테 화를 내!"

"지금도 소리 지르고 있잖아요. 대체 내가 뭘 잘못했다고……."

워, 원래 나는 당황하면 목소리가 커져서…….

이 순간, 맵시 좋은 쾌자가 무색한 철딱서니 없는 조선의 왕께선 위로 스킬이 없어 난처하다. 글로 배운 사과는 좀처럼 실제 상황에 따라주지 않는다.

아, 옘병. 어지러워. 태준은 다시 정원의 어깨를 토닥여보지만 기계적인 손놀림은 정원을 더욱 서럽게 했다.

"손 치우라구요! 이런 위로 하나도 안 좋거든요!"

"어쩌지, 나는 니가 좋은데."

이자가 정말! 정원이 고개를 들자 태준은 어깨를 토닥이던 손을 치우며 이제야 눈을 보네, 정원의 얼굴을 마주했다.

"정말이야. 좋아해. 세일러문, 너를."

"저도 좋아요, 저도! 저도 좋다구요! 근데 안 된다잖아요. 안 된다고. 안 된다잖아요!"

"그래도 어쩌지, 나는 니가 좋은데."

뭔지 모르게 자꾸만 서러움이 폭발해 정원의 눈빛은 기어이 약이 잔뜩 오른다.

"지금…… 저하고 장난해요?"

"어쩌나, 장난 아니게 좋은데. 막 미치고 팔짝 뛰겠는데. 나는 어쩌나, 세일러문."

하, 관두자. 이런 말장난. 정원은 대책 없는 태준의 말장난에 휩쓸리고 싶지 않다.

"디스패치 들으셨다면서요. 저 좋자고 재민이를 다치게 할 수 없어요."

"괜찮아, 젊은 놈인데. 굴곡도 있어 봐야 정상도 있지."

"안 돼요. 제가 그럴 순 없어요."

"내가 다 죽어가는데 누구 엎어지는 걸 걱……."

"야!"

귀청 떨어지는 소리. 정원의 고함에 화들짝, 태준은 또다시 입이 쩍.

"야? 야아~?"

뼈근해지는 뒷목에 태준은 또다시 눈빛이 이글이글하지만 그것뿐이다. 반격은 언감생심 꿈도 못 꿀, 정원갑의 반란.

"너 때문에 내가 미치겠어. 강태준 너 때문에 내가 돌아, 내가. 뭐, 이런 놈이 다 있어. 싫어…… 제일 싫어…… 어…… 제일 싫어!"

허! 세일러문의 이어지는 고급 스킬에 태준은 뒷목을 잡는다. 정신 차릴 틈도 주지 않는 정원갑께선 또다시 눈물 바람이다. 이제 보니 치고 빠지는 솜씨가 장난 없다.

으어, 미치겠네. 쾌자 소맷자락으로 식은땀을 닦으며 태준은 또다시 정원의 어깨를 토닥토닥. 그럴수록 더욱 들썩이는 정원의 어깨.

"……미안해."

"안 들을래요."

"미안해."

"……안 들어요, 나."

정원은 천천히 고개를 들었다. 눈물이 주룩주룩, 차마 볼 수가 없다.

"평창만 오면 꿈같아서 휘청거려요. 하지만 서울 가면 현실은 변하지 않는 거, 잘 알아요."

……아무것도 생각하지 않을 수 없는 현실 속의 사랑은 가는 길이 멀고

도 험난해서.

"이제 앞으로는 그 누구에게도 바보같이 휘둘리지 않아요."

그대에게 가기 위해서라도 지금처럼은 살지 않을 거라고.

태준은 밧줄로 묶인 듯 손끝 하나 까딱할 수 없다. 정원은 천천히 고개를 저었다.

"저는 한류스타 강태준이 들어와 꽃씨도 뿌리고 물도 줄 수 있을 만큼 커다란 정원이 아니라서요. 자꾸 저한테 물 주고 꽃씨 흩뿌리면 제가 감당이 안 돼요."

나는요, 지지 않을 거예요. 이제는 그렇게 숨어 살지 않아요.

"제가 예쁘고, 넓은 정원이 되어볼게요. 해볼게요. 해볼래요, 제가."

당신을 위해서. 우리를 위해서. 무엇보다도 바보 같은 나를 위해서.

"괜찮으시면 조금만 기다려주세요. 누구에게도 휘둘리지 않는, 아주 커다란 정원이 될 거예요."

조금만 참아달라고. 기다려달라고. 우리, 정상에서 만나자고.

"그때 되면 한류스타 강태준이 들어와서 막, 꽃씨 뿌리고 나무 심어도 휘청거리지 않는 그런 정원으로, 마주 볼게요."

태준은 할 말을 잃어 멍하니 정원을 바라봤다. 정원의 눈빛엔 이상하리만치 단단함이 있어 뱉는 말조차 쉽게 막을 수가 없다.

"그러니까 조금만 기다려주세요. 저 할 수 있어요. 보여드릴게요, 제가."

정원은 발걸음을 옮긴다. 그제야 무언가에 깨어난 듯 태준은 돌아서는 정원의 뒷모습에 외쳤다.

"기, 기다리긴 뭘 기다려!"

정원은 귀를 막고 앞으로 뛰어간다.

"뭘 기다려! 안 기다려! 싫어! 싫다고! 내 말 안 끝났어! 이봐!"

돌아보지도, 멈추지도 않는 정원은 그대로 뛰어간다.

하…….. 한숨을 내쉬는 태준은 우두커니 그 자리에서 한참을 서 있다가 이게 아닌데, 머리를 툭툭 쳤다.

"뭐가 이렇게 어려워. 드럽게."

나는 이제 다 버리기로 했는데. 너는 내가 있는 곳까지 올라오겠다고.

"기다리긴 뭘 기다려…… 누구 숨넘어가는 걸 보려고."

태준의 한숨이 깊다. 고개 넘어 고개, 산 넘어 산이었다.

"뭐 하세요?"

재민은 귤을 낮게 던지며 태준 곁에 앉는다. 평창대첩 패배의 최고 원인. 미안하지만 죽여줘야겠어. 재민을 바라보는 태준의 눈빛이 풀파워로 이글 이글하다.

너만 보면 내가…… 혈압이 뻗는다…….

드럽게 앞길 창창한 재민은 불타는 태준의 눈빛에 이 인간은 왜 또 이러나 싶다. 저쯤, 주희와 정원은 담소를 나누고 있다. 무엇이 그렇게도 재밌을까. 까르륵 굴러가는 그녀들의 웃음이 사방으로 퍼진다.

"이봐."

"네?"

"……아냐."

"귤 드실래요?"

재민이 내미는 귤을 손에 쥔 태준은 잠시 생각에 잠긴다. 지나가는 스태 프에게도 귤을 건네며 재민은 특유의 위트 있는 인사를 주고받는다.

"이봐."

"네?"

"……아냐."

"하세요. 삼키지 마시고."

말할 수 없다. 네 망할 디스패치에 내가 차였다, 어쩔 셈이냐 묻고 싶어도 할 수 없다. 정원이 지키고 싶어 하는 사람이다.

"무슨 일 있으세요?"

안 봐도 눈앞에 선하다. 듣고 나면 세일러문 만만치 않은 성격에, 이 강아지 풀떼기 같은 정재민은 자폭 확률 99.9%를 자랑한다. 옘병. 속이 터진다.

"다른 건 아니고. 민정원 씨 말이야."

정원이요? 재민은 정원을 응시하는 태준의 옆모습을 바라본다.

"……뭘 좋아하나?"

"선배 좋아하잖아요."

나 말고! 좋아하긴 개뿔, 차였어 인마!

"다른 건."

"음…… 정원이는…….."

"아니, 됐어."

태준은 본인이 생각해도 어처구니가 없는지 피식, 웃음이 난다. 미쳤다. 다른 남자한테 네가 뭘 좋아하냐고. 내가 지금.

"따지고 보면 정원이가 싫어하는 게 없어서. 딱히 뭐를 좋아하는지는 모르겠어요."

"줏대가 없어."

"맞아요. 줏대가 좀 없죠. 이래도 좋다, 저래도 좋다. 애가 좀 맹한 구석이 있어요."

그런데 말이야. 그 줏대 없다는 애가 나만 보면 꼿꼿해. 이건 어떻게 생각하나?

평창대첩의 패배가 꽤나 충격이었는지 스킬이 부족해, 부족해, 혼잣말로 중얼거리던 태준은 정원에게 시선을 고정했다. 무슨 얘기를 저렇게도 즐겁게들 나누시는지 세일러문은 주희의 과장된 몸짓에 뒤집어졌다 말았다, 앞에 서 있는 쥐며느리는 본업이 개그맨인가.

"촬영장에서 정원이 웃는 거, 오랜만에 보는 거 같네요."

……다행이네 그래도. 웃으니까. 정원의 웃는 모습에 태준의 마음에도 평

화가 찾아온다. 어찌 되었든 기다리라는 건 어느 정도 희망이 있는 거니까. 비록 예상대로 흘러가지는 않았지만 한 발자국은 내디딘 거라고, 볼 수 있으니까.

"오늘은 첫날이라 그런지 촬영도 많지 않고. 좋은데요."

"촬영 끝나면 술이나 한잔할까."

"술이요? 저야 좋죠."

거절 모르는 재민은 끄덕이며 웃는다. 이놈 저놈, 하여튼 사람 편하게 하는 재주들이다.

"민정원 씨! 촬영 준비해주세요!"

"네!"

그래도 한 발자국이라도 용기 내준 너에게 씩씩하다고. 대견하다고. 오늘은 여기까지만.

귤, 가지고 있다가 세일러문 줘야지. 태준은 귤을 낮게 던졌다.

"제발 전화 그만하라구요. 이 번호는 또 어떻게 알았어요?"

머리가 아프다던 해영이 생각나 두통약을 가지고 걸음을 옮기던 석환은 걷는 걸음을 멈췄다.

"집에 안 간다구! 못 간다구요, 나! 몇 번을 말해요, 대체. 촬영이라구요!"

모든 촬영이 종료되어 한적한 현장. 힐끔, 석환은 몸을 숨긴 채 해영의 통화 소리를 들었다.

길게 듣지 않아도 상대방이 누군지 알 수 있다. 촬영장에 찾아왔던 사내를 우연히 목격했던 뒤로 전후 모든 사정을 한 번에 알아버렸던 석환이다. 석환은 저도 모르게 들고 있던 두통약을 쥐고는 입술을 깨물었다.

"……촬영 끝나고 전화할게요. 그때 만나요. 정말 마지막이야. 다신 안 볼 거야."

사랑은 어째서 모든 이에게 축복일 수 없는지. 사는 내내 눈물뿐인데. 하루하루 상처뿐인데.

"약속해. 정말 마지막이라고. 우리 정말…… 끝낸다고."

어째서 그것마저 사랑이라고 믿어야 하는지.

다리에 힘이 풀리는지 해영은 천천히 수그려 앉으며 눈을 감았다. 결심했을까, 석환은 성큼성큼 걸어 해영의 곁으로 다가섰다.

"줘봐."

해영은 순식간에 석환에게 휴대폰을 빼앗기고 놀라 황급히 몸을 일으켰다. 석환은 품으로 안아 해영의 입을 다짜고짜 막으며 전화를 받는다.

"여보세요."

석환의 목소리에 놀랐는지 상대방은 말이 없다.

"나 해영이 애인인데요. 전화 그만하시죠. 뭐가 이렇게 구질구질해, 사람이. 적당히 말하면 알아들어 처먹어야 할 거 아냐."

해영이 발버둥을 쳐보지만 석환은 더욱 힘을 줘 해영을 품으로 가두었다.

"전화하지 마. 찾아오지도 마. 내가 당신 가만 안 둘 거니까. 당신이 찾아오면 나도 당신 회사고 집이고 찾아갈 테니까."

석환은 종료 버튼을 누른 뒤 해영을 품에서 떼어놓으며 휴대폰을 건넸다.

"정석환! 이게 뭐야! 뭐 하는 거야! 이게 무슨 짓이야, 대체!"

해영은 너무 놀라 눈물이 흐르고 있다는 것도 모른 채 석환을 때리며 무슨 짓이냐고. 대체 왜 이러냐고.

"누나, 정신 차려. 언제까지 끌려다닐 거야, 대체."

"내가 알아서 할 거야. 대체 네가 왜 끼어드는 건데. 내 일이라구, 내 일!"

해영은 급히 휴대폰을 다시 들어 통화 버튼을 눌렀다. 그러자 석환이 세차게 해영의 손에서 휴대폰을 빼앗았다.

"정신 좀 차리라고! 유부남이잖아! 만나고 싶지 않다고 했잖아!"

"신경 끄라고! 휴대폰 줘. 어서."

석환은 멍하니 해영을 바라봤다. 해영은 발을 구르며 석환의 손에서 휴대폰을 뺏어보려 했지만 석환은 휴대폰을 쥐고 놓지 않았다.

"너 정말 나한테 왜 이래? 누가 내 인생 신경 써달랬어? 네가 뭔데. 대체 네가 뭔데!"

"내가 남해영을 좋아하니까!"

멈춘 시간. 해영은 두어 걸음 석환에게서 뒷걸음을 쳤다.

"정석환……."

"받아달라는 거 아니야. 적어도 이런 건 못 보겠으니까."

헝클어져버린 관계. 모르게 할 수 있었는데. 그냥 곁에 있을 수 있었는데.

"걱정하지 마. 남해영이 나한테 줄 마음 없다는 건 내가 더 잘 알고 있으니까."

이 멍청이 진짜 한심하다. 석환은 천천히 해영에게 휴대폰과 두통약을 건넸다.

"마음 달라고 안 해."

……행복해지라고.

"혹시나 하면서 기다리지도 않을 거야. 그러니까."

너에게 나 아니어도 괜찮을 테니, 행복해지라고.

"그 사람 만나지 마. 부탁해, 남해영."

"짠~ 우리 연꽃을 닮은 노래 파이팅~! 사십 프로 찍어버려요!"

"주희 씨, 술 진짜 잘하네."

김 감독은 잔을 부딪쳐주며 웃는다. 이 사람 좋은 김 감독은 이놈 저놈 비위 맞추느라 진이 다 빠질 터. 하지만 싫은 표정 한번 없이 촬영장을 이끌어 간다. 다시 봐도 따라올 자 없는 대단한 성품이다.

촬영이 끝나고 태준과 정원, 김 감독과 재민, 석환과 해영, 주희, 효림까지. 처음으로 배우들이 다 같이 함께 모여 술잔을 기울였다. 그러나 웬일인지 성격 좋은 석환은 말이 없고, 해영도 두통이 있다며 술은 입에도 대지 않는다. 크게 웃는 일 없는 잔잔한 시간이다.

……다행이다. 주희 씨마저 없었으면 이 분위기 누가 감당할까. 김 감독은 유독 흥한 주희가 감사하기까지 하다.

"언니, 재미없어! 술 좀 마셔요, 우리. 네?"

김 감독과 주희 가운데 앉은 정원은 자꾸만 건네는 주희의 건배가 부담스러워 손사래를 치며 웃는다. 아우, 심심해. 입술을 삐죽이던 주희의 시선이 태준에게 멈췄다.

"선배님! 저 술 좀 주세요!"

두 손을 공손히 모아 휙! 주희가 태준에게 손을 뻗는다. 정원에게 시선을 고정해놓고는 말없이 술을 마시던 태준은 주희의 빈 잔에 이글이글하다.

내가 지금, 너하고 짠짠짠 할 때냐!

……하지만 오늘은 우리 세일러문 웃음 치료해줬으니까 봐준다. 태준은 불꽃 눈빛을 쏘며 잔을 채웠다.

"감사합니다. 꽉꽉 안 채워주시네요. 역시 정이 없으세요."

없어. 너한테 줄 정 따위.

태준의 야박한 표정에 주희는 또다시 입술을 삐죽이며 홀짝 술잔에 입술을 가져갔다. 살며시 들어가는 보조개로 꾸밈없는 그녀가 참으로 보고만 있어도 사랑스러워 정원은 미소 지었다.

"저요, 많이들 오해하세요. 저는 말이 좀 직설적이라 그렇지, 제가 원래 좀 의리도 있고 그렇거든요?"

때아닌 자기소개. 21세기 인재형. 그래도 말이 끊기지 않음에 감사한 멤버들은 주희의 이야기를 경청했다.

"저 완전 의리 짱이에요. 한번 엮이면 저한테 헤어 나올 수 없을 거예요."

"주희 씨, 의리 짱. 인정."

재민은 엄지를 들어 보인다.

"선배님은 왜 엄지 안 들어요?"

김 감독은 엄지를 들며 태준을 툭, 태준이 그제야 불타는 엄지를 들어 보였다. 주희는 그제야 만족한 얼굴로 채워진 술잔을 비워냈다. 참으로 목 넘김이 시원하다.

"나는요, 선배님 싫어요."

아, 웃으면 안 되는데. 다들 웃음을 참느라 고개를 돌리며 쩔쩔맨다.

뭐, 뭐야? 누군 너 좋아하나!

"얼마나 싫으냐면요. 쫙 싫어요."

……웃지 마! 다 보여! 김 감독은 얼굴을 가려보지만 태준에게 올라가는 입꼬리가 포착되고 만다.

"맨~날 촬영장 오면 다리 꼬고 앉아서. 아니, 왜 그러고 있어요? 대기실 가요, 대기실! 불편하게!"

허! 요구르트 껍데기만 한 게 어디서!

태준은 쥐며느리에게 광선 레이저를 쏘아보지만 꿈쩍도 않는다. 눈빛을 보아하니 이미 반쯤은 지 갈 길을 갔다.

"사진 한 장 찍어주면서 온갖 똥폼 다 잡고. 맨날 나만 보면 인상은 또 왜 그렇게 써요? 제일 싫어요."

오늘, 안티가 두 명이나 늘었다.

"언니, 언니도 저 선배님 싫죠. 맨날 언니만 보면 못 잡아먹어서 안달이잖아요."

……그래, 안달 났지. 못 잡아먹어서 어디 안달만 났겠는가.

난처한 표정의 정원을 힐끔, 바라본 태준은 피식 웃는다.

"우리 재민이 오빠는 완전 착한데. 맨날 귤도 주고 NG 나도 뭐라 안 하고 말 걸면 웃어주고. 그렇죠, 오빠."

다음 타깃은 재민인 듯하다. 석환은 말없이 자꾸만 잔을 채우고 비우고. 마주 앉은 해영은 초점이 없다.

"오빠, 있잖아요."

아예 몸을 재민에게 틀어 주희가 재민을 바라보았다. 뒤집어쓴 후드 모자를 쭈욱 당겨 묶고 재민을 초롱초롱 바라보는 이 여자는 사실 조선의 국모니라.

"저 귤 별로 안 좋아하거든요. 그런데 이제 좋아하려고요."

정원과 태준의 눈이 마주쳤다. 이건, 무슨…….

"주희 씨, 술 많이 마셔서 이제 천……."

"감독님!"

휙! 재민의 말을 반 토막 잘라먹더니 주희는 방향을 틀어 김 감독을 향해 시선을 돌렸다. 이번엔, 김 감독인가.

"저 폭탄선언 하나만 해도 돼요?"

"그럼요, 터질 준비 됐는데, 난."

안 터지고 싶은데. 나는 안 터지는 게 좋을 것 같은데. 태준은 고개를 절레절레 저으며 맥주 한 모금에 입술을 축였다.

헷. 주희가 배시시 웃었다. 그 웃음에 어쩐지 사방에 지뢰가 깔리는 것처럼, 재민은 긴장감이 스멀스멀 발끝부터 올라오기 시작했다.

"저는요, 성격이 뭐 숨기고 혼자 생각하고 이런 거 잘 못해서요. 우리 엄마가 맨날 너는 그 주둥이 때문에 망할 거라고 했는데."

아이고. 일냈네, 저 바보. 효림은 해영을 보면서 언니, 쟤는 정말 못 말려, 도리질을 쳤다.

"여자 친구 있어요, 오빠?"

"아뇨, 그건 아닌……."

"저, 오빠 좋아해요."

"주희…… 씨……."

태준의 입이 쩍. 이내 사레가 들렸는지 쿨럭쿨럭, 기침을 세차게 내뱉는 태준의 얼굴이 붉어진다.

"좋아한 지 좀 됐는데, 오빠 왜 몰라요? 맨날 제가 빙빙 돌고 막 그랬는데.

왜 몰라요?"

김 감독의 입도 쩍 벌어졌다. 하루하루가 이렇게 흥미진진해서야.

"아…… 저…… 주희 씨."

"또! 또 주희 씨! 주희야~ 해봐요, 주희야~"

"아. 주희 씨. 아, 주희…… 야……."

다들 넋이 나간 공간. 그녀 혼자 한참을 웃었을까. 다짜고짜 재민을 끌어 입을 맞춘다.

……아. 정원의 입술이 천천히 벌어졌다. 재민은 놀라 눈이 휘둥그레 떴고 열과 성의를 다하는 주희만 진지하다.

재민과 정원의 시선이 부딪쳤다. 그제야 정신이 드는지 재민은 황급히 주희를 떼어내었다.

"주희 씨, 저기, 주희 씨……."

"오빠, 저 오빠 좋아해요."

……바보야. 재민이 형은 정원이 누나를 좋아한단 말이야. 석환은 빈 잔에 술을 채운다.

"그만 마셔."

해영은 석환의 손에서 병을 앗아갔다. 말 없는 석환은 이내 다른 병을 집어 술을 따른다.

"그만 마시라구. 취하잖아."

"그러려고 마시는 거야."

청춘의 감정이 한데 뒤섞인 이 밤. 주희는 천천히 입술을 떼며 밥그릇 빼앗긴 새끼 고양이 같은 눈빛으로 재민을 바라봤다.

……후회는 하지 않아.

"오빠 저, 좋아해주실래요?"

시간은 되돌아오지 않아. 무를 수도 없어.

"주희 씨……."

그러니까, 매 순간을 추억으로 만들며 사는 거야.

술김이라 하기엔 주희의 눈빛이 흔들림 없이 진지하다. 반면 말꼬리를 흐린 재민의 눈빛은 서서히 흔들리기 시작했다.

"오빠, 좋아해요. 많이. 많이, 많이. 아주 많이."

"날씨 좋다……."

정원은 마음이 심란하여 혼자 조용히 산책로를 걸었다.

주희는 재민이가 좋다는 말 한마디를 남기고 장렬하게 전사했다. 덕분에 재민은 축 처진 주희를 들어 안아 숙소에 눕히고, 진땀을 한 바가지.

"좋다, 좋다……."

바람이 평온하다. 고단한 내 마음도 잠시만 쉬었으면. 정원은 눈을 감으며 불어오는 바람을 느낀다.

아무도 없는 산책로의 가로등은 희미했다. 덩달아 아득해지는 정원의 마음.

"이봐, 앞에 아가씨. 겁도 없이 혼자 이 시간에."

정원의 걸음이 멈췄다. 이내 차오르는 깊은 애정. 숨겨도 속여도 자꾸만 발버둥을 치는 깊은 사랑. 눈을 마주하지 않아도 그 얼굴 마주 보지 않아도 나는, 그대를.

나는, 그대를…….

뛰어온 것일까, 태준의 숨이 차다.

"……그냥요, 바람 좀 쐬고 싶어서."

"말을 하지."

정원의 마음에 순식간에 온기가 더해진다. 말 안 해도 이렇게 찾아낼 거면서. 이렇게, 찾아줄 거면서.

걸음을 멈췄던 정원은 천천히 주위를 둘러보았다. 그러고 보니 이쯤이었을까. 쌀쌀했던 그 아침, 조깅을 하러 나온 자신에게 태준이 목에 감고 있던 수건을 끌러 던져주었던 곳.

"걸어. 걷고 싶은 만큼. 뒤에 있을게."

그때처럼 태준은 다섯 걸음 뒤에 있다. 뒤에 있겠다고. 손 내밀면 닿을 수 있는 곳에.

돌아보면 마주할 수 있는 거리에.

"그러면 저 밤새 걸을지도 몰라요."

늘 항상 있어주겠다고.

"좋은 생각인데. 난 찬성."

그가 있다. 잡을 수 있는 거리에. 달려가 안길 수 있는 자리에.

더 바랄 것 없는 별조차 따뜻한 밤. 저도 모르게 미소가 지어져 정원은 다시금 찬찬히 발걸음을 옮겼다. 다섯 발자국 뒤, 태준은 그 뒤를 따랐다.

한 발 멀어졌으나 한 발 가까워졌다. 두 발 멀어져 보았으나 그 또한 두 발만큼 가까워졌다. 정원은 기지개를 켜듯 두 팔을 허공으로 뻗으며 미소를 지었다.

"재민이, 많이 놀랐겠죠?"

"어디 놀란 정도일까."

그 요구르트 껍데기만 한 게 배짱은 종갓집 간장독이라. 보는 이도 놀라 뒤로 자빠질 뻔했는데 당사자는 오죽하랴.

"왜, 누가 정재민이 좋아한다니까 맘이 막, 응? 그러나?"

"그냥 혼자 걸으면 안 될까요?"

"조용히 할게."

정원의 걸음을 맞추는 태준은 주둥이를 원천 봉쇄한다. 천천히 걷는 그녀의 곁으로 바람이 스쳐 지나간다.

"……이봐."

정원이 돌아보자 태준은 겉옷을 벗어 던져주었다. 얼떨결에 받아 든 태준의 재킷. 익숙한 향기가 곧장 퍼져 흐른다.

"추워, 입고 걸어."

"주희 씨 되게, 예쁘죠."

태준의 재킷을 내려다보며 정원은 쓰게 웃는다.

"추워. 어서 입어."

태준은 힘없이 웃는 정원의 모습에 한 발자국, 걸음을 옮기려다가도 이내 멈춘다.

환한 별은 쏟아지는데. 바람은 이렇게도 부드러운데.

너는, 너무 아프다.

"진짜 예뻐. 주희 씨 너무너무…… 예쁘더라구요."

"보고 느낀 거, 뭐 없나?"

왜 없겠어요…….

정원은 태준의 재킷을 입지 못하고 고장 난 팔다리처럼. 아니, 사실은 마음이 고장 나 팔다리가 말을 듣지 않는 것처럼 바라만 본다.

그렇게 나는 어려워 죽을 것 같았는데. 주희 씨 참 쉽게, 참 예쁘게. 그 용기가 참…….

"이봐, 민정원 씨."

부럽더라고요. 내가 너무 한심하더라고요.

"나하고 오늘만 생각하기로 했잖아."

말 없는 그녀의 얼굴이 편치 않다. 무슨 생각을 하는지 태준이 모를 리가 없다.

"그쪽도 용기를 좀 내보는 게 어때. 신주희도 하는데, 왜 못 해."

"아직은요. 제가 너무 비겁하죠?"

부는 바람에 정원의 머리카락이 흩날린다. 희미한 가로등 아래 정원은, 어쩐지 이대로 영영 숨어버릴 것 같은.

……없어져 버릴 것만 같은.

정원은 다시 태준에게 재킷을 던졌다. 제게 되돌아온 마음을 움켜쥐고 태준은 가만히 정원을 바라보았다.

"저는 괜찮아요. 바람이 불면 부는 대로, 비가 오면 오는 대로 저 스스로 감당해볼 거예요."

누구의 우산 없이 그늘 없이, 당당하게 당신을 마주할 수 있는 그날까지…….

그렇게, 정원이 두어 걸음을 떼었을까.

"도망가지 말고 그쯤에 있어. 숨바꼭질은 싫으니까."

……나는, 듣고 싶었거든요.

정원은 그제야 희미하게 웃는다. 저자의 말 한마디에 마음속 평화가 찾아온다.

"기다릴게. 니가 마음의 준비가 될 때까지. 멀어지지만 말고 거기 있어."

나는요. 정말로, 듣고 싶었어요.

바람이 분다. 목덜미를 스친다. 낮게 들려온 그의 목소리는 귓가에 멈춰 뜨겁게 스며든다.

"그래, 좋아. 숨바꼭질도 하고 싶으면 해. 아프리카에 숨어도 내가 찾아낼 거니까."

5. 사랑하는 사람에 대하여

"언니, 나 죽겠어요."

주희는 쓰린 속을 부여잡고 정원의 어깨에 얼굴을 비비며 깊은 한숨을 내쉬었다. 이그, 대본을 내려놓으며 정원은 조용히 미소 지은 채 주희의 어깨를 토닥였다.

"누가 그렇게 많이 마시래, 어휴. 그게 다 어디로 들어가, 대체?"

"아, 몰라요. 뭐가 그렇게 신 나서는."

재민과 함께 술잔을 기울이는 그 시간이 너무 좋아서. 많이 마셨다고 걱정해주는 그 눈빛이 너무 좋아서. 자꾸자꾸 보고 싶어서, 자꾸자꾸 듣고 싶어서 저도 모르는 사이 넘겨버린 주량.

"어제 주희 너, 짱 멋있었어."

"저요? 언니 저 미쳤나 봐요. 저 어쩜 좋아요, 이제? 재민 오빠 얼굴 못 보겠어요."

간밤의 당돌함은 어디로 가고 수줍은 중전이 앉아 있다. 시무룩한 주희의 표정이 어쩐지 사랑스러워 정원은 어깨를 토닥이며 괜찮아, 괜찮아, 진심으로 위로한다.

"재민이가 왜 그렇게…… 좋아?"

주희는 천천히 정원의 어깨에 기대었던 얼굴을 들며 거슬러 추억한다.

"잘 모르겠어요. 그런데 이상하게 재민이 오빠만 보면 좋은데 슬퍼요. 뭔가 감춰놓은 상처 같은 게 많은 것 같고."

잔잔한 바다 밑에 가라앉아 있는 것처럼, 파도가 일면 수면 위로 올라오는 상처는 언뜻언뜻 타인의 시선을 피할 수 없는지라. 재민이 가지고 있는 찰나의 어두움을 주희는 보고 만 것이다.

"내가 안아주고 싶고 위로해주고 싶고, 그러다 보니까 좋아하게 된 거 같은데. 사실은 뭐가 먼저인지 순서는 잘 모르겠어요."

좋아해서 눈길이 갔는지, 눈길이 가다 보니 좋아하게 된 건지. 어쩐지 뗄 수 없던 시선은 오로지 그 사람만 좇게 되었다. 고된 촬영장을 매일매일 즐거운 발걸음으로 오게 했던 단 하나의 이유.

"안아주고 싶어?"

"네, 제가요. 재민 오빠 막 모성 본능 일으키지 않아요? 지켜주고 싶어."

이상하게 공감이 되는 기분. 정원은 고개를 끄덕였다. 그래, 나도 재민이 지켜주고 싶었어. 나도 그랬어. 안아주고 싶어서, 지켜주고 싶어서.

……맞아, 그래서 그랬던 것 같아.

"무섭진 않아? 만약에 사람들이 알게 돼서 막 욕하고 그러면……."

주희는 시선을 돌려 저쯤, 촬영 준비를 하는 재민을 응시했다. 바라만 보아도 입가에 지어지는 미소. 이내 힐끔, 시선을 돌려 정원을 바라봤다.

"어차피 저 인터넷도 안 하고요. 아무리 제가 잘해도 욕할 사람은 욕하더라고요. 자기들이 내 인생 살아주나? 저 그런 거 몰라요."

……여기, 여자 강태준이 앉아 있다.

"자기들은 연애 안 하나? 자기들도 하면서 나는 왜 안 돼? 연애하면 연기 못한대요? 배우가 연기만 잘하면 됐지, 안 그래요?"

"맞네. 그러면 되는데……."

110

얼마 전 친한 동료의 열애설이 떠들썩했던 터라, 죄인처럼 잠적해버린 동료가 떠올라 주희는 아무리 생각해도 화가 나는 것 같다.

"배우들이 무슨 신부님 수녀님인 줄 알아. 이런 선남선녀 한구석에 몰아넣어 놓고. 정분 안 나면 그게 더 이상한 거 아니에요?"

실컷 욕하라고 해요. 나도 싫어요, 나 욕하는 사람들.

주희는 정원의 손을 잡았다. 아무래도 이 물렁물렁한 정원은 재민이를 지키면서 같이 지켜줘야 할 것 같은 기분이다. 무늬만 동생인 자신이.

"언니, 언니도 나중에 좋아하는 사람 생기면요, 절대로 사람들 눈치 보지 마요. 남 얘기 좋아하는 사람치고 멀쩡한 사람 없어요."

정원은 웃음이 터졌다. 참으로 명쾌한 해석이다. 어쩐지 전에 없던 힘이 나는 기분. 이 작은 그녀는 그동안 아무도 주지 못했던 용기를 불어넣어 준다.

"언니 다음 촬영이시죠? 가볼게요."

저 재민이 오빠한테 가볼게요. 땅이 꺼져라 한숨을 쉬며 그녀가 일어섰다. 정원은 웃으며 안녕 한다.

'해를 내어주십시오. 그분을 위해서. 시간을 뒤로 돌린다고 해서 삶을 되돌릴 수는 없습니다.'

마주한 운학과의 촬영에 있을 대사. 자신의 대사는 아니지만 뇌리에서 지워지지 않아 정원은 조용히 대사를 읊었다. 어째서일까, 보이지 않는 누군가의 위로처럼 마음이 편안해진다.

"해를…… 내어줄 수 있도록……."

저쯤, 태준은 자신이 타야 할 말을 쓰다듬고 있다. 정원은 숨을 내쉬며 다짐처럼 아랫입술을 깨문다.

그래. 아무도 대신 살아주지 않을 나의 인생. 아무도 대신해줄 수 없을 나의, ……그대.

"오빠."

"아, 주희 씨. 아니다, 주희야."

그녀가 웃는다. 재민이 어색하게 부르는 자신의 이름이나마 반가운 마음.

"다음 촬영 말 타는 장면이죠? 말, 만져봐도 돼요?"

"여기, 이리 와서 만져봐요."

재민은 고삐를 잡고 주희의 팔을 끌었다. 조심스럽게 말갈기를 쓰다듬는 그녀의 얼굴에 설렘이 가득하다.

"안녕? 나도 타고 싶다~ 여기서 제주도까지 한 방에!"

하지만 아무리 씩씩한 척 말해봐도. 아무리 태연한 척하려 해도.

"오빠, 어제 제가 한 말은요. 그냥 술 취해서 주정한 걸로 잘 봐주세요. 죄송해요, 드라마 찍으면서 불편하게."

그녀의 눈빛이 사뭇 진지하다. 키가 작은 그녀의 얼굴로 쓱, 다가서며 재민은 키를 낮췄다.

"주정이에요? 진짜?"

"아니, 뭐, 취중진담일 수도 있는데요. 주정 반…… 취중진담 반…… 뭐……."

주희는 성큼 다가온 재민의 시선에 눈빛이 흔들린다. 덜컥, 심장을 떨어트린다.

"취중진담이 맞긴 한데……."

재민은 웃는다. 고맙고 미안한 그 마음. 자신을 떠올리며 밤잠을 설쳤을까 봐. 자신처럼 이 여자도, 마음을 내어준 사람의 뒷모습만 마음껏 바라봤을까 봐.

"주희 씨, 아니, 주희 짱."

아이처럼 손을 모아 초조해하는 그녀의 모습이 사뭇 맑고 귀엽다. 재민은 엄지를 세우며 힘껏 그녀의 사랑을 응원하기로 한다. 이른 거절은 너무 잔인할 테니까. 오늘만이라도.

내일까지만이라도.

"나 어제 반했잖아요. 완전 멋있어요."

재민의 웃음에 그녀의 눈빛이 다소 풀어졌다. 술의 힘이었다고 크게 품어온 마음이 작게 비쳤을까, 사실은 내내 마음을 졸이고 애를 태웠다.

재민은 웃으며 주머니 속 귤을 꺼냈다.

"나 촬영, 이건 선물."

그녀는 두 손을 올려 재민의 손에서 귤을 전해 받았다. 곧 촬영이 시작되는 터라 재민은 말을 몰며 사라졌다.

"헷. 안 혼났다."

무서웠는데. 차가울까 봐 무서웠는데. 주희는 자신의 손안에 담긴 작은 귤을 한동안 가만히 바라보았다.

"한번 해봤으니까, 서로 꽉 잡고. 금방 끝나니까 바로 시작할게요!"

윤과 사냥을 나온 연화는 그 어느 날 연화를 태워 말을 달렸던 윤의 기억에 함께 말에 올라탔다. 태준의 품 안에서 정원은 호흡을 정리했다.

"꽉 잡아. 밥도 안 먹었나?"

그 어느 날처럼 꽉 잡으라고, 단단히 잡아 나에게 의지하라고. 태준은 익숙한 정원의 손을 자신의 몸으로 고정했다. 실비보험까지 찾아가며 알아서 살길 찾으려던 태준의 모습이 떠올라 정원은 조용히 미소 지었다.

"……꽉 잡았어요."

고정된 정원의 손. 온전히 자신에게 의지한 그녀의 어깨. 태준은 물끄러미 정원을 바라봤다.

"우리 그냥 촬영하지 말고 말 타고 도망갈까 봐."

커다란 눈망울에는 늘 항상 깊은 슬픔이 담겨 있었다. 울지 않아도 눈물이 고인 듯, 정원의 눈빛은 내내 일렁이고 글썽였다.

"괜찮은 생각인데요? 난 찬성."

맑은 정원의 웃음이 새삼 반가워 태준은 더욱 힘주어 정원을 안아 고정했다.

"우리, 이따가 저녁 먹고 산책할까요?"

"산책?"

"뭐, 알 게 뭐야. 여기는 파파라치도 없고 우리만 있잖아요. 아쉬워서……."

……한 걸음 더 용기 내준 너에게 나 고맙다고, 오늘도 마음으로 인사해.

흐려지는 정원의 말끝에 태준은 웃는다. 사전에 거절 코드란 없다.

"산책 좋지. 저녁은 뭐 먹을까?"

"음…… 고기 구워주세요."

"이 여자가, 고급 인력더러 자꾸 고기 나부랭이나 구우래."

정원의 이야기가 더럭 반가워 고개를 끄덕이면서도, 머릿속은 이미 숯불을 올리고 있으면서도 이런 와중에도 주둥이는 정직하기만 하다.

"맛있었는데. 가끔 생각났어요, 여기서 먹었던 고기가."

"알았어, 구워줄게. 어우, 벌써 배고프네. 후딱 찍자고."

품 안에서 정원이 또다시 웃는다. 서로의 추억이 마주친 순간. 태준의 마음에 이내 온기가 스며든다.

……어쩌지, 네가 웃는 것만 봐도 나는 마음이 쥐었다 펴졌다, 숨이 막혔다 쉬어졌다, 심장이 뛰었다 멈췄다.

"자! 갈게요!"

큰일이다, 어쩌지.

"준비됐나?"

"그럼요."

정원은 고개를 끄덕였다. 태준은 손을 높게 들어 보였다.

"스탠바이- 레디- 액션-!"

"이랴!"

태준은 발을 굴러 출발했다. 품 안의 정원이 떨어질까 태준은 정원을 더욱더 세차게 안았다.

지구 열두 바퀴를 달리라고 해도 할 수 있겠다, 바다를 건너라고 해도 할 수 있어. 너를 안고 천지를 오르라면 그것 또한 못 할 것이 무엇이겠느냐마는.

"어어!"

달리던 말은 난데없이 중심을 잃고 앞발이 꺾였다. 태준은 고삐를 놓치며 휘청거렸다.

"강태준!"

김 감독의 외침이 울려 퍼지고 태준은 정원을 안은 채 말에서 떨어졌다. 고삐를 놓은 손으로 정원의 머리를 본능적인 움직임처럼 감싸 안았다.

뒤따라 달리던 재민과 석환은 놀라 말을 멈췄다.

"정원 씨! 태준 씨!"

순식간에 아수라장이 되어버린 촬영장. 모든 장비를 집어 던진 스태프들이 뛰어왔다. 대기 중이던 구급 요원들은 바람을 가르듯 날쌘 몸놀림으로 달려왔다.

아…… 아프다…….

몇 바퀴를 굴렀을까. 태준의 품 안에서 의식을 잃지 않은 정원이 슬며시 눈을 떴다. 생각처럼 움직이지 않는 목을 가누며 간신히 태준을 바라보았다.

"괜찮…… 아요……?"

태준의 감겼던 눈이 천천히 떠지며 품 안의 정원을 응시했다. 의식은 있는 듯했기에 다행이다. 정원은 태준을 바라보며 힘겹게 웃었다.

"괜찮…… 아요……?"

"……넌."

"괜찮아요. 나…… 도 괜…….""

무엇을 확인하였을까, 이내 태준의 눈이 감긴다.

"태준아! 정원 씨!"

달려오는 김 감독과 스태프들. 말을 멈추고 달려오는 재민. 정원은 아스

라이 멀어져 가는 의식 속에 눈을 천천히 깜빡였다.

……피다.

'해를 내어주십시오. 그분을 위해서. 시간을 뒤로 돌린다고 해서 삶을 되돌릴 수는 없습니다.'

"태준아! 정원 씨!"

스륵, 정원은 태준의 품에 그대로 쓰러졌다.

[강태준, 민정원 촬영 중 '낙마' 촬영 비상사태]

[강태준, 촬영 중 낙마…… 의식 없어 '중환자실']

['연꽃을 닮은 노래' 촬영 전면 중지 긴급회의]

"정원아, 정신 들어? 정원아, 정원아!"

현실과 의식이 만나는 순간. 정원은 힘겹게 눈꺼풀을 올렸다. 낯선 천장. 낯선 침대.

……병원이다.

"정원아, 괜찮아?"

재민의 목소리가 귓가에 울리지만 목소리를 잃은 것처럼 말이 떨어지지 않는다. 의식보다 먼저 찾아온 건 태준의 안부, 하지만 휘몰아치는 두려움에 물어볼 수가 없다.

"나 좀 봐봐, 정원아. 정원아 나 좀 봐봐!"

"어…… 때……?"

휴. 그제야 재민은 의자에 털썩 앉았다. 두 손을 모아 올리며 하느님, 감사합니다. 낮게 중얼거렸다.

"긁힌 정도래. 뼈 상한 곳 없고 괜찮대. 괜찮아, 정원아."

"나…… 말고."

"태준 선배도 괜찮아."

정원은 눈을 감았다. 사방에서 밀려드는 모든 감정은 잠재되었던 세포마저 깨워 일으키는 기분.

"일어…… 났어?"

"……아니, 아직."

정원의 감은 시야에 선명했던 태준의 혈흔이 보인다. 마지막으로 마주했던 태준의 힘겨웠던 눈빛이 떠오른다. 재민은 정원의 손을 잡았다.

"CT도 찍고 했는데, 괜찮대. 나뭇가지에 찔렸는지 목 주변이 많이 찢어졌대. 수술도 잘했고 그것 빼고는 괜찮대."

내가…… 안 괜찮아…….

"재민아, 나 좀 일으켜줄래?"

"누워 있어. 너도 온몸이 다 긁히고 찍히고. 안정 취해야 한다니까 그냥 누……."

문이 열리고 자리를 비웠던 서 실장이 들어왔다. 정원의 시선을 마주하고는 잰걸음으로 달려와 정원의 상태를 살폈다.

"정원아, 일어났어? 괜찮아?"

"오빠, 나 강태준 씨 좀 봐야겠어."

낙마할 때 정원을 안고 온전히 자신의 충격을 흡수했기에 상대적으로 태준의 상태가 더 좋지 않은 상황.

"오빠, 나 좀 다녀올게요."

"지금 다녀왔는데 면회가 안 된대, 정원아."

"그래도 가볼래."

♪♫♩♫♩♫

서 실장의 휴대폰이 울린다. 방송국이다. 종일 쉬지 않고 울리는 서 실장의 휴대폰은 잠시도 쉴 틈이 없다.

"정원아, 나 통화 좀 하고 올게. 여기 있어, 나가지 말고."

정원은 천천히 재민의 팔을 잡았다. 여기저기 긁히고 쓸린 상처가 완연한 정원의 얼굴은 핏기가 없어 싸늘하기까지 하다. 재민은 눈가가 뜨거워져 입술을 세차게 깨물었다.

……그래도 네가 괜찮아서. 이 못된 나는, 그저 그게 다행이라서.

"재민아, 나 좀. 가볼래. 부탁해."

"면회 안 된다니까 좀 기다려보자, 정원아."

"그 앞에라도 갈래, 가야겠어."

정원은 주삿바늘을 빼며 천천히 슬리퍼를 신었다. 조금씩 밀려오는 현실감에 얼굴 여기저기 긁힌 곳이 쓰리기 시작했다.

"지금 밖에 기자들도 많고 태준 선배 소속사 박 대표님도 와 있어. 황 이사님도 왔고."

모든 전의를 상실하게 하는 한마디. 정원은 움직이던 모든 행동을 멈추고 가만히 침대 끝을 응시했다.

"잠잠해지면 가자. 지금 밖에 보는 눈이 많아."

침대 위로 무릎을 세워 팔 안에 가두며 정원은 무릎 사이로 고개를 묻었다.

말에서 떨어지는 찰나, 그의 품 안에서 추락하던 순간 너무나도 많은 것들이 스쳐 지나갔다. 어쩌면 이 찰나 같은 인생 속에 나는 무엇이 두려워 그 자가 내미는 손을 잡지 못하는 것일까.

왜……

……왜.

재민은 침대에 걸터앉아 천천히 정원의 머리를 쓰다듬었다.

"재민아, 나 순간 너무…… 무서웠어……."

없이는 살 수도 없으면서, 무엇이 두려워 나는 그토록 귀한 시간을 허비하고, 작은 생채기를 수도 없이 그 사람의 가슴에. 내가, 무엇을 위해서.

……무엇 때문에.

"못 해준 말이 너무 많은데…… 그게 한꺼번에 생각이 나서…… 그 짧은 시간에 그게 다 떠올라서……."

머리를 쓰다듬는 재민의 손길이 따뜻하다. 한껏 웅크려 작아진 그녀의 어깨는 재민의 모든 것을 내려놓게 했다.

……재민아.

"해주면 되지. 태준 선배 일어나면 하나씩 다 해주면 되지."

날개를 떼어버린 지난 시간이, 초라해 너를 잡지 못한 그때의 내가, 돌아갈 수도 돌이킬 수도 없는 내 모든 시간이.

"태준 선배도 듣고 싶은 말이 많아서 금방 일어날 거야. 다…… 해주면 되지……."

지난 사랑 앞에서 다른 사람을 향해 울고 있는 내가 미워. 죽고 싶을 만큼 나는 내가 용서가 안 돼.

"미련하고…… 또 미련하고…… 바보 등신…… 난 정말……."

바보 같은 여자. 미련한 너…….

재민은 정원을 품에 안았다. 멈추지 않는 정원의 눈물이 재민의 마음을 적시기 시작했다.

……재민아, 웃기지. 그 사람을 잃는 것보다 두려운 것도 없으면서, 이렇게 흐르는 눈물 하나 감당 못 하면서. 가려도 가려도 마음은 자꾸만 그 사람을 향하는데.

"민정원 미련하다. 바보 등신 맞다."

마음 하나 숨길 자신도 없으면서 내가 그 사람을 밀어내. 살아보겠다고 떵떵거려. 해보겠다고 자꾸만 거짓말을 해.

기어이 그리해보겠대, 내가. 모든 나날 산소 없이 살아보겠다고.

"괜찮아…… 뭐가 무서워서 울어…… 다 잘될 건데……."

아…… 살며시 문을 열고 들어서던 주희는 이내 황급히 문을 닫았다. 재민의 품 안에 정원이 있다.

"그 사람 못 일어나면 어쩌지? 일어나도 혹시 나를 못 알아보면 어쩌지?"

"일어날 거고 너 알아볼 거니까 그런 쓸데없는 걱정하지 마. 태준 선배가 너를 어떻게 못 알아보겠어."

"재민아……."

사실은 나를 보라고 하루에도 수백 번씩 소리 없는 악을 지르면서. 그대 없이는 못 살겠다 하루에도 수백 번씩 마음으로 그 사람의 옷자락을 잡으면서.

이런 나는, 나는…….

"너무…… 무서워……."

정원의 서러움이 복받쳐 올라온다. 파르르, 떨려오는 그녀의 어깨를 가만히 감싸 안은 채 재민은 지나가는 시간을 삼켰다.

울지 마라…… 울지 마……. 재민은 그저 다독인다. 해줄 수 있는 것이 그저 그뿐인 것이다.

내가 너를 위해 해줄 수 있는 게 없어서. 행복해지라는 마음 말고는 들려줄 수 있는 게 없어서.

"나는 민정원이 행복했으면 좋겠어……."

나보다 먼저 행복해지라고. 기다리겠다고.

"울지 마. 바보같이 왜 울어, 씩씩해야지."

나를 위해서라도 꼭 너무 늦지 않게…… 행복해지라고…….

문밖의 주희는 손에 쥔 음료 두 캔을 내려다보았다. 멍한 눈빛은 금방이라도 눈물이 떨어질 것 같다.

"그랬구나……."

무엇 하나 행복하지 않은 시간이 흐른다. 누구도 행복하지 않은, 해가 없는, 시간.

"석환아!"

해영은 병실 밖에서 걸어오는 석환을 애써 밝은 목소리로 불렀다. 휴대폰에서 시선을 떼며 힐끔, 해영을 바라본 석환은 표정이 없다. 애써 밝은 표정으로 두어 걸음 석환에게 다가서던 해영은 흔들던 손을 멈추며 걸음을 따라 멈췄다.

……늘 웃었는데. 너만은 나를 보며, 웃어줬는데.

"오늘 스케줄 있다고 하지 않았어?"

호칭이 빠진 대화. 해영은 어쩐지 씁쓸한 마음에 고개를 저었다.

"그쪽에서 미뤄줬어. 기자들 몰릴 거라고."

"그랬구나."

석환은 정원의 병실을 바라보며 들어갈게, 해영을 스쳐 지났다. 해영과 마주칠까 봐 스케줄 있다는 시간에 맞춰 왔는데 결국, 해영을 마주하고 말았다.

"저기, 석환아!"

해영은 뒤돌아 멀어지는 석환을 부른다. 대답 없이 돌아보는 일 없이, 그저 석환은 멈추어 섰다.

"그날…… 화내서 미안해."

"그건 내가 미안하지. 사과받을 일은 아니잖아."

석환은 다시 걸음을 옮기자 해영이 다급하게 불러 세웠다.

"환아! 석환아!"

걸음은 멈췄지만 석환은 끝끝내 돌아보지 않았다. 나 할 말이 있어. 해영은 두어 걸음 석환에게 다가갔다.

"우리…… 전처럼 지낼 수는 없을까?"

서너 초나 흘렀을까. 석환은 이내 소리 없는 웃음을 터트렸다. 무너지는 마음을 감당할 길이 없었는지 석환의 미간은 소리 없이 일그러졌다.

"나는…… 아무래도 예전처럼 너하고 잘 지내고 싶……."

"이제 보니까 되게 이기적이네?"

석환은 뒤를 돌아 해영을 바라봤다. 눌러쓴 캡 모자 사이로 자신을 바라보는 석환의 눈빛은 살며 처음 마주한, 드라마에서나 마주했던 차갑고도 쓸쓸한…….

"남해영은 이런 사람이었구나. 난 이제 알았네. 전처럼 지내고 싶어? 정말로?"

"아니, 내 말은 우리 이렇게 서로 피하고 그러는 것보다는 그게 나을……."

"그래, 해보자. 까짓것 해줄게. 간 쓸개 다 빠진 놈처럼 누나, 누나, 잘 따라줄게. 허파에 바람 든 것처럼 웃어줄게. 뭐, 어려워?"

영화 한 편 찍는다고 생각하면. 현실이 아닌 드라마 촬영 현장이라고 생각한다면. 큐, 소리와 함께 마주하는 너에게 웃어주는 일 따위, 어렵지 않을 테니까.

"내 말은 그게 아니잖아! 너 왜 마음대로 해석해? 내 뜻은 그게 아니……."

"그럼, 뭔데. 말 똑바로 해봐. 뭔데."

석환이 두어 걸음 다가오자 해영은 저도 모르게 고개를 수그렸다. 손에 들린 꽃다발을 내리며 석환은 말해보라고. 얘기해보라고. 내가, 대체. 너에게 어떻게 하면 좋을지.

……알려달라고.

"원하는 게 그거야? 다시 예전으로 돌아가는 거?"

알잖아. 이미 나는, 그럴 수가 없는데. 어떻게 이런 나에게, 어떻게 그런 말이 나와. 어떻게,

어떻게…….

고개를 들지 못하는 죄인 같은 해영의 모습. 이럴까 봐 마주하고 싶지 않았는데. 석환은 짧은 한숨에 이내 돌아선다.

……그래, 나는, 해볼게. 까짓것, 한번 해볼게.

"알겠어. 예전처럼 지내. 불편하게 해서 미안해. ……누나."

"네. 염려하지 않으셔도 됩니다. 심려 끼쳐 죄송합니다, 대표님. 네, 네. 태

준 씨 깨어나는 대로 연락드리겠습니다. 네. 네, 알겠습니다."

통화 종료. 박 대표는 휴대폰을 바라보며 한숨을 내쉬었다.

"태준이 큰아버지예요?"

"아, 감독님."

박 대표는 문 앞에서 김 감독을 마주 섰다. 초조했는지 박 대표 손에 들린 종이가 구겨졌다.

"뉴스 보고 걱정 많이 하셨나 봐요. 전화를 다 주셨네."

"못 오시니까 더 걱정하실 텐데, 대표님도 놀라셨죠."

"나보다 감독님이 더 놀랐겠어요."

힐끗, 김 감독은 병실 문을 바라보았다. 다행히 머리를 다치지 않아 의식만 회복한다면 고비는 넘길 듯하다. 정말인지 아찔했던 순간이다.

……숨이 넘어갈 정도로.

"대표님, 저랑 커피 한잔해요."

김 감독은 박 대표의 가방을 들어주며 팔을 끌었다.

"태준이한테 대충 이야기 들었어요."

박 대표는 고개를 끄덕였다. 당연히 들었겠지, 하는 표정이다.

"어때요, 감독님도 내가 잘못했다고 생각해요?"

음. 커피를 넘기며 김 감독은 되도록 말을 아끼는 쪽을 선택했다.

"어느 측면에서 보느냐에 따라 견해가 다르니까요. 그래도 이왕이면 심장은 뜨거웠으면 하는 쪽이라."

박 대표는 커피를 한 모금 삼키며 인상을 찌푸렸다.

"병원 커피, 진짜 맛없어."

박 대표의 수척해진 표정엔 많은 말을 하지 않아도 내려앉았을 마음이, 놀라 움츠러들었을 심장이 고스란히 묻어난다.

"있잖아, 감독님. 나는 태준 씨가 좋아. 그 열정이 좋고 그 성실함이 좋고. 자기 컨트롤하는 절제력도 좋고. 그릇이 남달랐죠, 처음부터."

김 감독은 끄덕였다. 철저한 자기 관리와 안주하지 않는 노력. 대중이 무엇을 좋아하는지 본능적으로 파악하는 남다른 안목.

"처음 태준 씨 우리 사무실하고 계약할 때, 나한테 뭐라고 그랬냐면요. 지금 생각해봐도 건방져, 한없이 건방져."

박 대표는 목소리를 가다듬으며 짐짓 태준의 표정을 따라 했다. 손가락으로 거드름을 피우며 다리를 떠는 모습이 영락없는 강태준의 모습이다.

"이봐, 박 대표. 강남에 길을 터주지. 빌딩을 올려주지. 쓰다 쓰다 지쳐 죽을 부귀영화를 안겨주지."

김 감독은 웃음을 터트렸다. 상상이 간다.

"강태준 스물일곱에 말이야. 그게 보통 배짱이냐고요."

"약속은 지켰네요, 태준이가."

"……그러게, 그러고 보니까 약속은 지켰네."

서로는 허무한 웃음이 터져 고개를 절레절레 흔들다가 시선을 마주했다. 뭐, 그런 애가 다 있니, 박 대표는 못 살겠다는 표정을 지었다. 이내 입가에 미소를 지운 박 대표는 종이컵을 응시하며 기억을 떠올렸다.

"나는, 그때 생각한 게 있어요. 아. 강태준은 정말로 연기만 좋아하는구나. 얘는 진짜구나."

"태준이니까요. 돈이 아쉬운 친구는 아니었잖아요, 처음부터."

박 대표는 고개를 끄덕였다. 그 학벌에 그 집안에, 그 배경에. 무엇이 아쉬웠겠냐마는 태준이 원하던 단 하나는 연기. 오로지 그것뿐이었다.

"그런 사람이 무서운 거야, 감독님. 나는 아직도 그렇게 하나만 아는 태준 씨가 무서워."

아직 강태준은 만족하지 않았으니까. 박 대표의 웃음은 잘게 부서져 흔적 없이 사라진다.

"사실 나도, 그렇게 배우의 인생까지 들여다보게 된 건 태준 씨가 처음이었어요."

처음엔 상품가치에 기대했다. 강태준이라는 배우가 회사에 안겨줄 이득만을 계산하며 꿈꿨다. 하지만 함께해온 칠 년이라는 세월 동안 그가 가진 에너지에, 그가 날아오르는 모습에 다른 것은 잊어버리기에 십상이었다. 어느새 자신은 강태준이라는 배우가 성장하는 모습에 집중하게 되었더라고.

"실은 목이 마를까 봐 걱정됐어요. 사랑이 끝난 후의 태준 씨가 무섭기도 했고. 지금 태준 씨 눈에 뭐가 보이겠어."

"쉽게…… 끝나진 않을 거예요. 태준이니까요."

맛이 없다더니 박 대표는 연신 커피를 삼킨다. 그저 버릇처럼 홀짝이는 것 외엔 맛도 향도 아무것도 의미가 없다.

"민정원 씨도 날개 달았으니 날아봐야죠. 다시 오지 않을 기회거든요. 감독님도 알잖아. 여기서 멈추면 민정원 씨 죽도 밥도 안 돼요."

"……대표님."

박 대표는 종이컵에서 시선을 떼며 김 감독을 바라보았다. 김 감독은 손을 비비며 눈썹을 추켜올렸다.

"열중하던 것을 도중에 멈추면 정신적으로 강박이 형성돼서 미련이 남고. 뇌리에 박혀 없어지지 않는 심리 현상이 있어요. 심리학에서는 '자이가르닉 효과'라고 하죠."

"자이가르닉…… 효과요?"

김 감독은 고개를 끄덕이며 종이컵을 비웠다.

"예를 들면 그런 거. 집중해서 보던 드라마가 끝나면 다음 주 그 드라마가 할 때까지 계속 뇌리에 남아 있는 거예요. 자꾸 기다리게 되죠. 자이가르닉 효과를 기대하기에 모든 방송은 엔딩 컷에 온 힘을 다하는 거고."

무슨 뜻인지 모를 리 없다.

"여기서 끝나면 더 미련이 남을 거란 얘기죠, 감독님."

태준은 어쩌면, 다시 일상으로 되돌아오기 힘들 수도 있다고.

"지금의 태준이라면요. 모르시겠지만 태준이 녀석 지금, 정원 씨에게 올인 중이거든요."

박 대표는 종이컵을 휴지통으로 던지며 가방을 챙긴다.

"내가 뭘 어쩔 수 있겠어요. 뻔히 그 뒤가 보이는데, 내가 태준 씨, 민정원 씨 손을 잡고 지옥문 열고 들어갈 수는 없잖아."

경험이라는 건, 가보지 않은 길 끝에 펼쳐진 가시밭길을 알려주기도 하는 거니까. 그런 거니까…….

"만날 인연이면 언젠간 다시 만나겠죠. 지금이 아니길 그저 바랄 뿐."

커피 잘 마셨어요. 박 대표는 몸을 일으켰다.

"언젠간 나를 이해해주지 않을까. 태준 씨도 민정원 씨도. ……감독님도."

"강태준 선배님 많이 피곤하셨나 봐요. 아직도 자네……."

정원의 병실 밖 복도 의자에 재민과 주희가 나란히 앉아 음료수를 마신다.

"일어날 거예요."

만나야 하는 사람이 있으니까. 기다리는 사람이, 있으니까.

……태준이 의식 없는 시간이 벌써 이틀. 병실 안 정원은 그야말로 숨만 쉬는 산송장이 되었다. 혼자 있고 싶다는 정원의 말에 복도로 나선 두 사람은 마른 한숨을 내쉬었다. 이내 말이 끊긴 공간 무안했던 주희는 미지근해진 음료를 한입, 목을 축였다.

"오빠, 정원 언니 좋아하시죠."

음료수 캔을 만지작거리던 재민의 동작이 멈췄다. 주희는 고개를 끄덕이며 대답하지 않아도 괜찮다고. 괜찮다고.

"그냥 알았어요. 어쩌다가, 어쩌다 보니."

부정할 수 없는 관계. 재민은 고개를 수그렸다.

"그냥요, 나는 정원이가 행복해지길 바라는 사람이랄까."

"진짜 있네, 운학 같은 사람이. 진짜로 있네, 있구나……."

재민과 주희의 주변 공기가 가라앉는다. 옆에 앉은 그녀의 마음을 알고 있는 이상, 줄 것이 없는 마음을 더는 숨길 수 없다.

"주희 씨."

"……네, 오빠."

"저는 살면서 정원이에게 갚아야 하는 빚이 있어요. 지금은 그것만 보여요."

겁쟁이로 살게 한 죄. 사랑을 믿지 못하게 한 죄. 잃는다는 두려움을 안겨준 죄. 너를, 사랑하는 죄.

얼마나 시간이 흘렀을까. 옆에 앉은 그녀는 아이처럼 웃는다.

"언니한테 이자 쳐서 갚으셔야 해요. 원래 갚을 때는 알아서 얹어주는 거거든요."

미리 말해줬다면 이렇게 좋아하는 일은 없었을지도 모르는데. 누구라도 먼저 들려줬다면 이렇게 좋아하지 않았을지도 모르는데. 그럴 수 없었던 현실을 누구보다 이해하면서도.

……누구보다 잘 알면서도.

"오빠 저, 너무 신경 쓰지 마세요. 우리 지금처럼 잘 지내요. 제가 원래 이런 건 또 쿨하게, 잘 넘기거든요."

미안해요. 재민은 목 안에서 일렁이는 말을 삼켰다. 아마 충분히 자신의 마음을 알고 있으리라. 다른 곳을 바라보는 사람을 향한다는 게 무엇인지 너무나 잘 알고 있을 테니까. 전하지 못한 미안함을.

하지만 어쩔 수 없음을.

"서 실장님!"

코너를 꺾으며 걸어오는 서 실장의 모습이 보이자 재민과 주희가 일어섰다. 손을 들어 인사를 받더니 말없이 정원의 병실로 향했다. 그렇게 서너 초나 흘렀을까. 정원이 뛰어나왔다.

"정원아!"

재민이 불러도 들은 척이 없다. 헐겁게 묶어둔 그녀의 머리끈이 또르르, 재민의 발끝에 떨어졌다.

"서 실장님, 정원이 어디 가요?"

서 실장의 눈빛이 정원의 뒷모습을 향한다. 멀어지는 뒷모습, 그저 바라볼 수밖에.

"태준 씨, 깨어났어요."

정원은 달리고 달린다. 지나치는 의사도 간호사도 환자도, 모두 정신없이 달려가는 정원을 바라봤다.

"조심! 부딪히잖아요!"

휠체어를 끌던 여인은 막무가내로 달려오는 정원을 피하며 소리쳤다. 하지만 멈추지 않는 다리. 눈물이 뚝뚝뚝. 달리는 그녀의 시야가 흐려진다.

……이틀. 당신이 잠들어 세상이 기다린 이틀. 내가, 죽을 것 같았던. 이틀.

항상 나는 마음을 숨기고, 그래서 나는 항상 불행해. 그러곤 모든 것을 상대방에게 넘겨. 내가 이렇게 괴로우니 너도 괴로워보라고. 내가 불행하니 너도 행복하지 말라고. 양의 탈을 쓰고 사실은 악마의 저주를 걸어. 나를, 잊지 말라고.

……VIP 병실로 통하는 코너 벽을 꺾는다. 이를 악물어보지만 터져 흐르는 눈물은 제힘으로 온전히 막을 수가 없다.

손발이 없어진 것 같았던 느낌. 하루가 천 년 같았던 시간. 재가 되어버린 마음.

……내가 당신을 기다린, 이틀.

"누나, 어디 가?"

꽃병에 물을 받아 오던 석환은 달려가는 정원을 바라보다 꽃병을 내려놓고는 따라 달린다. 엘리베이터를 탈 생각도 하지 못한 채, 정원은 비상구 문을 열고 계단을 뛰어오른다.

……가제트 팔처럼 늘어나는 손으로 당신을 잡고 앞으로 걸어가. 사실은 도망가는 것처럼 보이지만 마음은 항상 그곳에, 그 자리에.

"누나! 정원이 누나!"

늘어날 대로 늘어난 팔이 더 이상 앞으로 갈 수 없어 제자리걸음을 걸어. 가증스럽게도 애처로운 척을 해. 당신이 다가오라고.

정원은 달리고, 또 달린다. 새벽녘 한참을 서성였던 태준의 병실은 눈 감고도 찾아갈 수 있을, 희미해진 시야 따위는 무엇도 방해되지 않는.

[면회 절대 사절]

당신이 힘겨운 걸음으로 내게 다가오면 나는 다시 앞으로 나아가지. 다시 팔은 끝까지 늘어나. 기어이 또, 제자리걸음.

정원은 있는 힘껏 문을 열어젖힌다. 후. 후…….

박 대표와 황 이사, 김 감독이 일제히 정원을 바라봤다. 뒤따라온 서 실장과 재민, 석환과 주희가 정원의 뒤에 멈춘다.

있잖아요, 나는요.

……태준이 바라본다.

호랑이탈을 다시 써야 한대도.

……태준을 바라본다.

세일러문 복장을 다시 입는대도.

모두가 말을 잃은 공간. 숨이 차 헐떡이는 정원의 눈물이 하염없이 흘러내렸다. 얼마나 서로 마주 본 것일까. 태준은 정원을 향하여 천천히 두 팔을 벌린다.

……나는, 어쩔 수 없이.

정원은 뛰어가 두 팔 벌린 태준을 힘껏 안는다.

나는, 당신 곁에서. 죽어도, 당신 곁에서.

태준은 품 안에 흔들리는 정원의 어깨를 가만히 끌어안았다. 꽉 잡은 정원의 팔이 수술 자국을 눌러 미간이 찌푸려지지만 그것도 잠시. 놀라 아무 말 못 하는 모두의 앞에서.

태준이 웃는다. 해를, 보았다.

야윈 그녀의 어깨를 감싸 안으며 느껴지는 삶의 공기 속에서, 태준은 눈을 감는다. 꿈과 현실이 만나는 순간. 꿈이었던 네가, 현실이 되어 날아온 순간.

들릴까 말까, 태준은 속삭인다.

"⋯⋯잡았다."

6. 너만이 전부인 내 세상

"손 좀 놔요."

정원은 힐끔힐끔 눈치를 보며 난처한 표정을 지었다. 금세 찾아드는 무안함. 분위기가 분위기인지라 정원은 태준에게 붙잡힌 손을 빼보려 하지만 태준은 끄떡도 없다.

"손 좀……."

침대에 나란히 앉은 태준과 정원 앞으로 팔짱을 끼고 바라보는 황 이사, 미간을 찌푸린 박 대표. 저쯤, 혼자 싱글벙글한 김 감독.

고개 숙인 정원과는 달리 태준은 잡은 정원의 손을 놓지 않고 세 사람을 마주했다. 시간을 죽이던 황 이사가 정원을 향해 어렵게 입을 뗀다.

"얼마나 됐어."

"드라마…… 시작하……."

"영화제. 민정원 씨 세일러문으로 왔을 때, 그때요."

설마 토크쇼 그 세일러문이, 그 세일러문?

태준이 정원의 말을 가로채며 대꾸하자 박 대표는 크게 놀라 눈을 치떴다.

"말을 했어야지, 민정원."

맙소사. 황 이사 역시 관자놀이를 짚으며 잠시 휘청거렸다.

"죄송해요……."

사실 그 영화제 세일러문은 황 이사가 의도적으로 보낸, 스케줄 펑크 대타가 아닌 황 이사의 목적에 의한.

"제가 말하지 말라고 시켰어요. 민정원 씨 잘못 없습니다."

황 이사는 연꽃 주연으로 김 감독에게 정원의 프로필을 넘기고 한동안 많은 생각을 했었다. 정재민이 출연한다고 하면 결단코 정원은 주연이든 무엇이든 하지 않을 터. 그러함에 계기가 필요했다. 계기. 더 이상 추락할 곳 없는 밑바닥이란 현실을 알 수 있는 동기부여.

악이라도 품으면 올라올까 싶어 의도적으로 보낸 행사였다.

"죄송해요, 이사님……."

다행히 황 이사의 목적은 달성되었으나 새끼 사자를 피해 마주친 것은 다름 아닌 북극곰이었다. 두 사람은 생각보다 깊고, 오래되었다.

"태준 씨, 우선 안정 취하고 나중에 얘기해."

황 이사의 표정이 좋지 않아 전전긍긍한 박 대표는 태준을 눕혀보려 하지만 소용없다.

"이럴 거야, 정말? 누워. 정원 씨도 일어나, 어서."

말 들어. 창피하니까. 박 대표는 태준을 쏘아보며 이를 악물고 복화술을 해보지만 흥, 몰라, 안 들려, 태준은 고개를 돌리며 그런 박 대표의 성화에도 굴함이 없다.

내가 강태준 이미지를 어떻게 만들어 놨는데 너 정말 이럴 거야? 이사님이 뭐라고 하겠어!

눈으로 쏘아보고 복화술로 윽박질러도 흥, 몰라, 태준은 안하무인이다. 한술 더 떠 태준은 정원의 손을 자신의 무릎에 척, 올리더니 이내 정원의 어깨 위에 척, 올린다.

"뭐, 뭐 해, 태준 씨. 열여덟이야? 황 이사님 계시는데 뭐 해!"

"이봐, 박 대표. 뭘 걱정하는지는 아는데, 손바닥으로 하늘이 가려지던가? 난 그런 재주 없는데."

"태준 씨. 누워, 조용히 하고. 제발."

"이틀을 누워 있었다며 뭘 자꾸 또 누우래!"

태준을 말리면 말릴수록 정원의 어깨를 더 꽉 잡았다. 그 모습에 박 대표는 부아가 치밀어 오르지만 의식되는 황 이사를 곁눈질로 바라보며 애써 미소 지었다. 하지만 본성은 쉽게 수그러들지 않는다. 결국, 폭발하여 본성을 드러내는 박 대표는.

"누워! 진짜 말도 드럽게 안 들어! 다리라도 부러뜨려 줘? 늑골 한번 강타해줄까?"

"안 누워! 대표라는 사람이 말이야. 사람 협박이나 하고 말이야. 어느 조항에 걸리는지 읊어줘?"

"뭐, 뭐야?"

"대표가 점잖은 구석이 없어. 누가 누구더러 창피하다는 건지, 나 원!"

"가, 강태준!"

박 대표와 태준이 실랑이를 하지만 귀에 들어오지 않는지, 황 이사는 정원에게서 눈길을 떼지 못했다.

다행인 걸까. 지난 사랑을 잊고 네가 다시 삶을 살아가겠다는 것은, 눈앞에 놓인 날개보다 더, 다행인 것일까.

태준의 눈길이 황 이사를 따라서 정원을 향했다. 이곳저곳 긁힌 정원의 얼굴이 안쓰러운 걸까, 바라보는 시선에 애처로움이 가득하다.

그런 눈빛이…… 있었어…… 태준 씨……?

박 대표는 태준을 바라보며 부산하던 손길을 멈췄다. 잠시 바라본 두 사람의 모습은 상상 그 이상으로, 모든 예상을 뛰어넘어 훨씬 더 단단하고, 강하게 얽혀 있음을 느낄 수 있었다.

……사람에게 애정이 담긴 눈빛이라는 건 그런 건가 봐.

박 대표는 낯선 태준의 시선에 멍하다가도 이내 고개를 절레절레. 말리면 안 돼. 말리면 안 돼.

말리면…… 안…… 돼…….

"아, 나도 몰라! 알아서 해! 나중에 엎어졌네, 꺾어졌네! 난리들만 쳐봐, 진짜. 가만 안 둬! 걸리지 마! 이사님, 나 먼저 가요."

더 이상 있어 봐야 황 이사 앞에서 좋은 모습을 보일 리 없다고 판단한 박 대표는 문을 쾅 닫으며 퇴장했다. 박 대표의 뒷모습에 눈을 반짝이던 김 감독은 태준을 잠시 바라보았다.

"형! 부탁해!"

김 감독은 고개를 끄덕였다. 이내 손을 들어 보이며 정원을 향하여 '파이팅!'을 외치더니 곧장 박 대표의 뒤를 따랐다.

……후. 짧은 한숨에 황 이사도 돌아섰다. 이 모든 것을 정리할 시간과, 생각할 시간이 필요하다.

"두 사람 모두 밖으로 새어 나가지 않도록 조심하고."

대중의 심판 앞에 피해자는 민정원이 되겠지만, 가해자 또한 민정원이 되리라. 이제 겨우 배우의 입지를 굳히고 있는 정원에게 스캔들이란 이미지 추락 이외의 것을 기대하기 힘들다.

"박 대표가 반대했던 건 두 사람 위한 거야. 오해하지 마."

아직 대중들은 그녀에게 벌어지는 모든 상황을 이해하고 응원하며 너그러울 수 있을 단계가 아니다. 세상은 아직 '민정원'이라는 여배우에게 관용을 베풀 준비가 되어 있지 않다는 뜻이다. 반면 강태준은 범법 행위가 아닌 이상 무슨 짓을 해도 대중들이 너그러이 이해하고 받아줄 것이다. 그것이 바로 오랜 세월 공들여 만드는 '이미지'의 힘이라는 것을, 황 이사는 모를 수 없다.

"그런 일 없습니다."

태준의 목소리에 이제 막 걸음을 옮기던 황 이사의 발걸음이 멈췄다.

"무엇을 장담하는지?"

"민정원 씨가, 다치는 그런 일."

혼자 울게 하는 일. 혼자 날개가 부러지는 일. 그런, 모든 일.

"그런 일은 없어요. 절대로, 없을 겁니다."

모르겠지. 다 가진 강태준은 무엇을 상상해도 저 바닥을 그릴 수 없겠지. 지금은 무슨 말을 해도 들리지 않으리라. 황 이사는 말없이 걸음을 옮겼다.

……대답을 미루기로 한다.

"푹…… 잤어요?"

온전히 둘만 남은 공간. 정원은 퉁퉁 부은 눈으로 태준을 바라보았다.

"기억도 없어. 낙마하고 잠깐 졸다 눈떴는데 병원인 것 같은 기분이야."

현실로 돌아온 태준은 꿰맨 목덜미가 욱신거려 죽을 맛이다. 하지만 이깟 통증쯤이야, 네가 내 곁에 있는데. 열 번 백 번 참지 못할 이유가 없다.

"아니, 이제 좀 꿰매놓고 살 만한가 싶은데 그 목을 그렇게 잡아 조르나?"

"아. 아! 맞다!"

태준의 카디건을 걸친 채 발장난을 치던 정원의 눈이 휘둥그레졌다. 이곳 저곳을 살피며 아팠어요? 묻는 정원의 눈가엔 삽시간에 눈물이 번졌다.

……이, 이봐. 농담인데.

"뭐, 이 강태준이 워낙 짐승 같은 회복력을 자랑해서 끄떡없긴 하지만."

"다행이에요, 그래도. 저는 진짜 크게 다친 줄 알고……."

걱정했다고. 무서웠다고. 정원의 표정이 그간의 시간을 말해준다. 수척해진 정원의 얼굴이나마 함께 있어 벅찬 마음. 태준은 슬며시 웃었다.

아스라이 감기며 미소 짓는 태준의 얼굴을 따라 정원의 얼굴에도 웃음꽃이 피어오른다. 누구랄 것 없이 환한 미소. 서로는 말없이 서로에게 들려준다. 그리웠다고. 애태웠다고.

"왜 웃어?"

"저요? 그냥…… 따라 웃은 건데……."

모든 것을 내려놓고 함께 있음에 미소 지어본 일, 얼마 만인가. 어쩌면 처음인지도 모른다.

"얼마나 입원해야 하나? 촬영해야 하는데."

이 와중에도 걱정하지 않을 수 없다. 찍어둔 촬영분이 많지 않을 텐데. 태준은 짧은 한숨을 내쉬며 달력을 바라보았다.

"당장 퇴원해도 무리는 없대요. 그래도 활동적인 촬영은 당분간 좀 힘드실 거래요. 대본 수정하고 있다고 들었어요."

한시라도 빨리 퇴원해야겠다. 태준은 천천히 정원에게 고개를 돌렸다. 자신을 올려다보는 정원의 얼굴에 상처가 가득하다. 어디에 쓸리고 긁혔는지 바라만 봐도 아픈 것 같아 태준의 미간이 좁혀졌다.

"그나저나 얼굴에 흉 져서 어쩌나? 어우, 많이도 긁혔네."

아프진 않고? 태준은 슬쩍, 손을 들어 정원의 한쪽 볼을 쓰다듬었다. 춘곤증 걸린 강아지처럼, 온기가 더해진 태준의 손길에 정원의 눈이 감겼다.

"못생겼어."

뭐, 뭐예요? 정원은 곧장 눈을 치켜뜨며 태준을 노려보았다. 그래, 이제야 좀 산 사람 같다. 생기가 더해지는 정원의 표정에 태준이 웃었다.

이틀을 누워 있었던 사람이 얼굴은 왜 이렇게 빛이 나. 보호자 같은 환자 얼굴. 태준의 얼굴 공격은 따로 할 수 없는 현실에 정원은 내심 분하다.

"그런데 진짜로 영화제에서 보고 제가 좋았어요?"

"아니, 그건 아닌데."

……알아. 나 지금 실수한 거지. 이렇게 말하면 안 되는 거잖아.

망한 주둥이는 오늘도 주인 맘을 알아주지 않는다. 상황을 모면해보고자 태준은 손사래를 치며 미간을 일그러뜨렸다.

"아, 아니. 사실 그때도. 봐봐, 내가 누굴 숨겨주고 그런 사람이 아닌……."

"됐어요, 알겠어요."

그럼 그렇지, 내가 뭘 기대했어. 정원의 표정이 좋지 않다.

"그것보다, 멋있어. 세일러문."

말 돌리기 신공을 보여주며 태준은 엄지를 들었다.

"역시 한 방이야, 세일러문. 사람을 한 방에 훅! 그런 건 대체 어디서 배우나? 장착된 고급 스킬은 아직도 많이 남았나?"

"고급 스킬이 대체 뭐예요?"

있어, 그런 게. 사람을 쥐락펴락, 들었다 놨다. 꼼짝 마라 해놓곤 삼십육계 줄행랑.

……그래도, 네가 기특하다. 말할 수 없을 만큼. 태준은 천천히 정원의 머리를 쓰다듬었다.

"이젠 무섭지 않아? 괜찮아?"

"다 괜찮아졌어요. 다 괜찮을 수 있어요."

태준은 천천히 정원을 쓰다듬던 손길을 멈췄다. 어쩐지 마음이 벅차오른다. 확고해진 정원의 눈빛에, 물기가 없어진 정원의 단단한 눈매에 태준은 천천히 정원을 끌어 그녀의 이마에 고되었던, 서글펐던 마른 입술을 맞춘다. 네 작은 어깨가 내 품에 들어와. 나 이렇게 살아 있다고.

나, 너로 인해 숨을 쉰다고.

"……예쁘다, 세일러문. 오늘 제일 예쁘네."

보여줄 수 있다면 수백 번도 더 보여줬을 텐데. 미안해, 말이 화려하지 못해서. 마음을 온전히 들려주지 못해서.

"가보자. 까짓것 뭐 있나? 이 한류스타 강태준이 연애 좀 해보겠다는데 어느 누가 뭐라 할 테지? 제정신인가?"

마음으로 내어준 햇살에 병실 안 가득 꽃이 피고 초록빛 나무가 울창한 빛을 발한다.

"가자, 가보자. 너하고 나하고 둘이서."

비로소 만난 두 사람의 마음에 볕이 들어 푸르름이 완연한 지금. 태준이 내미는 손을 꼬옥 쥐며 정원은 씩씩하게 답했다.

"네. 까짓것, 가요. 우리 둘이서."

"와, 박 대표님. 태준이하고 정원 씨 허락한 거예요?"

박 대표의 빠른 걸음을 쫓으며 김 감독이 손뼉을 쳤다.

"감독님, 하지 마요. 나 지금 장난할 기분 아니야."

김 감독은 박 대표의 표정이 울컥울컥하지만 쉴 새 없이 따라가며 손뼉을 짝짝짝, 짝짝짝. 기어이 잰걸음을 걷던 박 대표의 걸음이 멈췄다.

"박 대표님 스케일이 역시, 국보급."

기어이 내가, 내가! 못 살아. 못 살아! 강태준!

황 이사를 마주치기 전에 병원을 빠져나가고 싶은 마음. 박 대표는 엘리베이터를 누르며 김 감독을 힐끔, 바라보았다.

"감독님, 촬영 스케줄 다시 짜서 줘요. 미안해요, 드라마가 산으로 가게 생겼네."

"괜찮아요. 촬영분 가지고 버텨봐야죠. 그것보다 대표님, 갑자기 마음이 바뀌었어요?"

……아마도 사는 내내 잊히지 않으리라. 박 대표는 손에 쥔 가방을 물끄러미 응시했다.

"허겁지겁 민정원 씨가 들어오는데, 나는 처음에 귀신인 줄 알았어. 그게 산 사람 얼굴이야? 머리는 산발을 해서는."

병실 문을 열고 거친 숨을 내쉬던 정원의 표정이 떠오른다.

"다짜고짜 태준 씨를 끌어안는데……."

이길 수 없는 게임이었음을 인정한 박 대표의 눈빛이 쓸쓸하다.

"까치발을 드는 정원 씨 발이…… 맨발인 거야."

기어이, 그녀에게 마음을 내주고야 말았다.

"발바닥이 새카매. 그런데 그 발바닥이 이상하게 민정원 씨 마음으로 보이더라고요. 얼마나 속이 타들었겠어, 세상에."

휴. 박 대표는 짧은 한숨을 쉬며 김 감독을 바라보았다.

"감독님. 나는 태준 씨 위급하다는 연락 받고도 씻고, 화장하고, 머리 말리고. 운전해서 여기까지 왔어. 이런 내가 그 사람들을 무슨 수로 이해를 하겠어요."

보았다. 짐작만 했지 알 수 없던 그들의 크기를.

"신발 신을 삼 초도 부족해서 숨이 넘어갈 듯이 달려와 울고 짜고 하는데, 별수 있어요? 지들이 죽고 못 살겠다는데 내 말이 들려요? 몰라요, 나 이제. 망할 것들."

김 감독은 웃는다. 한 번도 태준을 이겨본 적 없는 사람. 그런, 박 대표.

"대표님, 그래서 사랑은 빠진다고 하나 봐요. 헤어 나올 수가 없어서. 들어가 쉬세요, 대표님. 피곤하실 텐데. 그럼! 전 숙제하러 먼저 갑니다!"

박 대표는 어서 가보라고 손짓으로 김 감독을 보내며 가볍게 이마를 짚었다.

후. 정신없어. 이틀이 괴롭기는 사실 박 대표도 마찬가지였다.

"……나도 몰라, 이제."

김 감독이 사라진 복도에 서서 박 대표는 가만히 가방을 내려다봤다. 가방 안엔 재민과 정원의 사진이 들어 있다.

디스패치는 개뿔, 어휴. 몰라! 모른다구!

누가 보는 것도 아닌데, 가방을 더욱 꼬옥 쥐고는 체념한 눈빛으로 서 있다.

"갈아버려야겠네, 이거."

틀어진 태준의 스케줄도 바로잡아야 하고, 쌓여가는 시놉시스들도 처리해야 한다. 그리고 리얼 디스패치가 다가올 그날을 위해 그들이 건널 가시밭길에 작은 다리를 놓아야 한다.

시간이 없다.

-띵동. 십일 층입니다.

엉망이 된 스카프를 바로잡고 작은 원룸 보증금은 될 법한 선글라스를 끼고. 도도한 걸음으로 박 대표는 서둘러 엘리베이터에 몸을 실었다.

[강태준 '의식 회복' 시청자 안도의 한숨]

[위급했던 순간 민정원을 구해…… 甲태준의 품격, 네티즌 '감동']

[윤은 연화를 구하고. 강태준은 민정원을 구해…… 위기탈출]

['연꽃을 닮은 노래' 촬영 중지에도 위풍당당 '1위']

"어서 와요, 정원 씨."

"안녕하세요."

한정식집. 직원이 열어주는 문틈으로 정원은 신발을 벗고 올라섰다.

"어서 와, 어서. 빨리. 냉큼."

"태준 씨, 조용히 안 해? 직원들 있어."

미리 도착한 박 대표와 태준이 정원을 맞이했다. 어제 봤으면서. 길게 말하면 어제 내내 하루 종일 병실에 같이 있어놓고는.

두 사람은 태준의 병실에서 원 없이 붙어 있었다. 문을 열고 들어서던 간호사는 두 사람의 애정행각에 흠칫 놀라 뒷걸음질을 쳤다. 태준은 간호사를 바라보더니 이내 정원에게 시선을 돌렸다.

'이봐, 민정원 씨. 그 상황에서는 그렇게 하면 안 된다니까?'

'그럼 어떡할까요? 더 애절하게 바라봐요?'

'그렇지. 여기서는 내가 민정원 씨 얼굴을 쓰다듬고. 이대로 호흡 이어서 대사를 하고.'

……뭐야. 대본 연습하잖아. 간호사는 이내 걸음을 옮기며 그러면 그렇지, 익숙한 솜씨로 태준의 상태를 체크하고 돌아섰다. 일말의 의심 없이 혀

를 내두른 간호사 덕분에 말도 많고 탈도 많은 병원에서, 그들의 불타는 대본 연습은 삽시간에 감동의 물결로 퍼져 흘렀다.

"몸은 괜찮아요?"

"네, 많이 좋아졌어요."

정원과 태준은 눈이 마주치자마자 뻔뻔했던 어제가 떠올라 웃음이 터졌다.

"좋아? 좋아, 그렇게?"

"어. 좋아. 좋아, 이렇게."

아, 저 입을 꿰매버려야 해. 박 대표는 눈을 흘기다가도 처음 보는 태준의 눈빛에, 올라가 내려올 줄 모르는 입꼬리에 이내 포기한 듯 웃음을 터트렸다.

"정원 씨, 우리 정식으로 만나는 거 두 번째죠?"

"네."

"기억 다 잊고 우리는 오늘 첫 번째로 생각하자구요. 난 드림스타 대표 박정은이에요."

반가워요. 우리 강태준 애인, 민정원 씨. 박 대표는 몸을 일으켜 시원시원하게 악수를 청했다. 정원은 떨리는 손끝으로 박 대표의 손을 잡으며 허리 굽혀 인사했다.

고작 박 대표 하나 넘었을 뿐인데 성취감이 이렇게 커서야. 썩 나쁘지 않은 기분이 드는지 태준은 두 사람을 바라보며 눈썹을 슬쩍 올렸다.

"자, 앉아요. 앉아."

도착 전 차기작 얘기가 오고 갔는지 곁에 서류가 제법 많다. 정원은 일식집처럼 만들어진 다다미 바닥에 다리를 포개어 앉았다.

아유, 다소곳하기도 하지. 그 모습에 박 대표는 미소 지었다. 정원에게 마음을 열고 나니 밑도 끝도 없이 예쁘게만 보이는 모양이다. 뭐, 처음부터 사람이 싫었던 건 아니니까.

밥이나 한 끼 하자는 박 대표의 뜻에 따라 태준이 정원에게 연락을 했고, 긴장감을 감출 수는 없지만 정원이 부랴부랴 나온 것이다. 하지만 박 대표 앞에 서면 작아지는 기분은 아직 어쩔 도리가 없다.

"애를 얼마나 쥐 잡듯이 잡았으면 저렇게 긴장을 하나?"

"내가 뭘? 웃겨, 태준 씨."

그렇죠? 우리 아무 일 없었죠? 박 대표는 웃으며 물잔을 채웠다. 잘은 모르겠지만 태준이 왜 박 대표를 신뢰하는지, 정원은 조금 알 것도 같다.

"배고프다, 우리 밥부터 먹죠. 들어요, 정원 씨. 여기 산적 맛있어."

정원의 앞으로 박 대표가 찬을 옮겼다. 어쩐지 처음 카페에서 보았을 때보다 정원은 더 살이 빠진 듯하다. 말랐다는 느낌보단 야위었다는 느낌이 더욱 강하게 밀려들었다.

안쓰럽고, 그저 미안하다.

"대표님도 드세요."

정원은 슬며시, 찬그릇을 다시 밀어 박 대표 쪽으로 건넸다.

이 사람들이, 나는 주둥이냐? 태준은 앞에 놓인 시금치를 집으며 이글이글하다. 하지만 좋잖아, 이런 모습. 이내 웃음을 터트렸다.

휴, 박 대표는 눈썹을 추켜 올렸다.

"너무 좋아하지 마요. 나 하나 넘어봐야 그게 무슨 소용이야. 대한민국 온 국민이 시어머니고, 시누일 텐데."

박 대표는 제일 먼저 사옥 옥상에 걸린 간판 사진부터 교체했다. 얼마 전 찍은 청바지 화보 촬영 사진이다.

"자꾸자꾸 보여줘야 해. 자꾸자꾸. 계속 둘의 모습을 보여줘야 사람들이 자신도 모르게 두 사람을 매치시켜. 나중에 스캔들이 터져도 '아, 어쩐지.' 한다고."

에이전시에서 흔히들 사용하는 마케팅 전략이다. 박 대표가 이번엔 샛노란 계란 물을 입힌 대구전을 정원 앞에 끌어주었다.

"언론 플레이는 시작했고, 낙마하면서 태준 씨가 민정원 씨를 구했다는 내용을 중점적으로 보도하고 있어. 호감도 상승세가 나쁘지는 않네."

먹어요. 박 대표는 분주한 손놀림으로 정원을 챙기며 식사를 돕기 시작했다.

"박 대표, 봐봐. 이렇게 잘할 거면서 그동안 왜 엄살은 부……."

아파! 이 아줌마가!

박 대표는 기어이 태준의 어깨를 때렸다. 말이나 못하면 덜 얄미울 것 같다.

"……드라마 끝날 때까지는 조심해요. 도중에 터지면 촬영장 마비될 거야. 특히 강태준! 내 말 알아들어?"

"그 정도는 알아."

휴. 박 대표는 찬물을 들이켜며 짧은 숨을 내쉬었다. 이 와중에도 태준은 힐끔 정원을 바라보았다. 먹는 것이 영 시원찮다.

"입맛이 없나?"

"아뇨, 뭐부터 먹을까 고민 중이에요."

"생선도 좀 먹고. 못하지만 발라줄까?"

박 대표는 다시 태준의 팔을 때렸다. 때린 곳을 정확하게 또 때리는 스킬을 보여주자 태준은 숟가락을 놓으며 팔을 비볐다.

"아파! 말로 해!"

"노처녀 앞에서 이러기야?"

"시집 좀 가! 누가 말리나?"

"누구 뒷바라지하다가 혼기 놓쳤는데, 지금 그게 말이야?"

참아보려 해도 쉽지 않은지 정원은 고개를 수그리며 미소 지었다. 꼭 막냇동생과 큰누나 같은 분위기다.

"정원 씨, 황 이사님은 뭐라 하셔?"

"아, 이사님이요. 별말씀 없으셨어요. 그냥…… 행동엔 책임이 따르니 항상 조심하라고…….”

♪♪♫♪♪♫♪♫

“정원 씨 잠깐만, 여보세요? 아, 네 팀장님. 식사했어요?”

울리는 전화에 박 대표는 말을 자르며 전화를 받았다.

“아, 그래요? 어쩌겠어, 태준 씨가 싫다는데. 일단 들어가서 다시 통화해요. 네네네.”

누구냐 묻기 전에 박 대표가 입을 열었다.

“중국. 헤이씽 감독 작품 거절 의사 보냈는데 그쪽에서 많이 아쉬운가봐.”

“헤, 헤이씽 감독이요?”

정원은 탄성을 내질렀다. 배우 탈 쓰고 있는 사람 중에 그 감독 모르는 사람이 있을까. 한때 한반도에 열풍을 몰고 왔던 무협의 거장이다.

……명성은 변함이 없다.

“사무실 들어가서 얘기해.”

혹여 박 대표가 입을 놀릴까, 태준은 말을 잘랐다.

“이런 기회 다신 없다니까 말도 안 들어. 알아서 해, 몰라. 정원 씨, 잡채 좀 먹어요. 불지 않아 맛있네.”

“아, 네.”

박 대표는 잡채를 크게 들어 정원의 접시로 옮겨주었다.

“영수 씨, 땡큐. 내 레시피대로 사 온 거지?”

“그럼요, 대표님. 늘 드시던 대로 사 왔습니다.”

한 잔에 만 원을 훌쩍 넘기는, 보기만 해도 어지러울 정도로 달아 보이는 이 커피는 박 대표의 전매특허 레시피다. 식사 후 시간 맞춰 커피를 돌리는 영수의 손에서 커피 한 잔을 건네받은 박 대표는 씽긋, 영수를 향해 웃었다.

그, 그렇게 웃으시는 게 더 무서워요, 대표님…….

"영수 씨, 서운해하지 마. 내가 설마하니 태준 씨 옆에서 떼어놓으려고 했겠어, 정말로?"

"알고 있습니다, 대표님."

"그런 자세 좋아, 죽어도 태준 씨 위해주는 자세. 매니저가 의리가 있어야지. 이번 기회로 영수 씨, 더 맘에 들었어."

"감사합니다. 더 열심히 하겠습니다."

"일 년만 더 고생하자. 내년엔 야간대학이라도 보내줄게."

영수 씨만큼 태준 씨 잘 봐줄 사람도 없을 거야. 잘 부탁해. 박 대표는 차에 올라타기 전 영수의 어깨를 두드렸다. 영수는 코끝이 찡해온다.

"둘 다 촬영이지? 수고하고. 정원 씨, 다음에 봐요."

"네. 다음에 또 뵙겠습니다."

이내 박 대표는 정원의 곁으로 다가서 귓속말을 건넸다.

"다음엔 강태준 떼고 봐요. 노처녀랑도 놀아줘."

"이봐, 박 대표. 다 들려."

박 대표는 손을 흔들며 차에 탔다. 고급 승용차. 선글라스를 낀 박 대표는 기가 막힌 포스를 자랑해주신다.

"정원 씨! 김 감독한테 안부 전해줘요!"

"네!"

"대본 수정 많이 됐네. 다시 외워야겠구만."

촬영장에 도착한 태준은 불편한 목덜미를 잡으며 대본을 중얼거렸다. 수정된 대본 탓에 쪽대본을 외우는 중이다.

"뭐, 뭐야."

"받으세요."

"싫어."

이내 자신을 외면하는 태준의 시선에 정원은 눈을 동그랗게 떴다.

"받으셔야 해요. 촬영하셔야 하잖아요."

"난 글쎄, 별로."

"받으시라니까요?"

정원은 억지스럽게 태준의 품으로 강보에 싸인 아기를 안겨주었다.

"어, 어어! 나 떨어트린다고!"

"꽉 안으세요, 그러니까."

아, 저…….

태준은 팔을 멀찌감치 떨어트리곤 아이를 어설프게 안았다. 정원은 무릎을 굽혀 앉으며 아이를 바라봤다.

"너무 예쁘죠, 이제 90일 됐대요."

90일. 90일…….

강보에 싸인 아기는 침으로 방울방울을 만들며 태준을 바라보았다. 시선이 마주치자 태준의 심장이 헐레벌떡 요동친다.

……아, 안녕.

"이름이 서율이래요. 요새 애들은 이름도 참 예뻐. 그렇죠? 서율아, 강태준 아저씨야. 안녕하세요~ 안녕하세요~"

정원은 아기의 손을 잡고 조심스럽게 흔들었다. 침으로 방울방울 잘도 만드는 아기의 시선은 태준에게 고정되었다. 돌처럼 굳은 태준은 뭐에 홀린 듯 아기로부터 시선을 뗄 수가 없다.

"이모가 안고 있을 때는 잘 몰랐는데 아저씨가 안고 있으니까 서율이 진짜 작네."

너는 이모고 나는 아저씨냐? 이상한 촌수. 하지만 태준은 꼼작도 할 수 없다. 이 주먹만 한 게 숨도 쉬고 눈도 뜨고 입도 벙긋거리고.

태준은 밀려드는 긴장감에 침을 꿀꺽, 삼켰다.

"처음 안아 봐요?"

태준은 말도 하지 못한 채 고개를 어설프게 끄덕였다. 주변에 아기가 있는 지인이 드문지라, 이런 어린 아기는 처음으로 안아본다. 어쩐지 강보를 들어 안은 태준의 팔이 영 어색하다.

팔뚝만 한 번데기는 뭐가 그렇게 궁금한지, 태준에게서 시선을 떼더니 세트장 이곳저곳 요리조리 살펴보기 시작했다.

"아기를 그렇게 안는 사람이 어딨어요, 품에 좀 가까이……."

"하, 하지 마. 조용."

태준은 번데기에게 시선을 떼지 못한 채 정원에게 가까이 오지 말란다. 오, 맙소사. 아기의 표정이 좋지 않다.

"데, 데려가."

"네?"

자세가 불편한 탓일까, 기어이 팔뚝만 한 번데기는 울음을 터트렸다. 당황한 태준은 벌떡 일어섰다.

"데려가! 울잖아!"

"달래봐요, 촬영은 어찌 하시려구요. 소리 지르면 애가 놀라잖아요."

"데, 데려가. 어어어어. 그래, 그래. 미안해, 미안해. 왜 우냐, 왜. 내가 미안해, 미안해. 불편하지. 안다, 나도."

어설프게 리듬을 타며 얼러보지만 우렁차기도 하지, 태준은 난처하다. 그 모습을 바라보며 뒤집어지도록 웃는 세일러문은 아무래도 도와줄 생각이 없는 듯하다. 촬영장에 난데없는 베이비 크라잉이다.

"야, 강태준! 시끄러워! 애를 울리고 난리야!"

"태준 씨! 달래봐요! 시끄러워 죽겠네!"

내가 죽겠다! 내가!

으어. 이제 보니 세일러문의 곡소리는 곡소리도 아니다. 이 주먹만 한 게 기차 화통을 삶아 먹었을까, 이빨 없는 잇몸으로 우렁차기도 하다. 곤룡포의 늠름한 임금께서 장차 보위에 오를 원자를 안아 들고는 쩔쩔매는 모습에 현장은 웃음바다가 되었다.

"미, 미안해! 울지 마! 아저씨가 미안해! 미안해!"

아기가 이렇게 울지만 눈물 없는 가짜 울음이라는 걸 모를 리 없는 애 엄마는 도와줄 생각 없이 동영상 촬영에 여념이 없다.

"으휴, 이리 주세요."

아기가 지칠까 염려스러워 정원은 기어이 태준에게서 강보를 받아 들고는 아기를 안아 달래기 시작했다. 금세 울음을 뚝 그친 아기는 다시 평화를 되찾은 표정을 지었다.

뭐, 뭐냐! 지금 편애하냐?

이글이글…….

"서율이가~ 무서웠어~ 응? 아저씨가 무서웠어~? 그랬어~? 저 아저씨 되게 이글이글하지? 괜찮아~ 괜찮아~"

정원은 제법 수준급으로 아기를 토닥토닥 잘도 달랜다. 제법 심신의 안정을 찾았는지 아기는 다시 침으로 방울방울 하며 옹알이를 시작했다.

……태준의 시선이 정원에게 멈췄다.

"엄마 어디 있어? 엄마. 엄마 어디 있을까? 저기 엄마 있네. 엄마~ 엄마~ 서율이 여기 있어요~"

아기의 손을 잡고 엄마를 향하여 흔들어준 정원은 이내 아기의 손에 입을 맞췄다. 그 모습을 바라보고 있자니 태준의 마음속으로 알 수 없는 벅찬 설렘이 밀려왔다.

"서율이 촬영 끝나고 맘마 먹으러 가야지, 맘마."

……이봐, 세일러문. 가끔 있잖아. 나는 이곳이 현실이었으면 해.

"이모랑 아저씨가 촬영 금방 끝날 수 있도록 열심히 찍을게."

가끔은 현실보다 더 현실 같아서. 앞뒤 가림 없이 너를 사랑하는 윤이 부러워서. 그들이 잡은 손이 가끔은 우리보다 더 단단한 것 같아서.

태준은 그저 물끄러미 바라봤다. 아이를 품에 안은 정원의 모습에서 어쩐지 알 수 없는 감정이 피어나 달콤한 미래를 꿈꾸게 했다.

……나는, 그들보다 너를 더 사랑하겠다고. 드라마보다 더 드라마 같은 현실을 만들어보겠다고. 오늘도 너를 보며 약속해.

정원의 장난에 아기가 까르륵까르륵 웃는다. 그 모습에 정원은 좋아 죽겠단다.

"이것 좀 보세요. 아기 웃는 거, 너무 예쁘지 않아요?"

"니가 더."

태준은 아기 울렁증에 손수건을 꺼내어 식은땀을 닦았다.

"자! 스탠바이 합시다!"

울려 퍼지는 스태프의 목소리가 번데기와의 촬영 시작을 알려오자 태준은 움찔한다. 옘병, 촬영이 무서워보긴 또 처음이다.

조명이 꺼질 사이 없는 촬영장. 태준은 여전히 불편한 뒷목을 잡으며 대본을 중얼거렸다. 수정된 대본 탓에 쪽대본을 라이브로 외우는 중이다.

태준의 부상으로 사냥신이 전면 취소되었고, 궁으로 돌아온 윤과 연화의 깨 볶는 장면이 추가되었다. 그것도 아주 들들들, 볶는 것이 이 철딱서니 없는 조선의 왕께선 아주 흡족하시다.

저쯤, 김 감독과 재민, 정원이 대화를 나눈다. 그들 역시 수정된 대본 탓에 새로 만들어진 동선으로 리허설 중이다. 움직이는 것에 큰 문제는 없지만 후유증을 염려하는 김 감독의 제안에, 태준은 하는 수 없이 앉아 있는 신에 집중하기로 했다.

"선배님."

곁에 쥐며느리가 찾아와선 쪼그려 앉았다. 치맛자락이 바닥에 질질 쓸려도 개의치 않는다.

저거, 저거, 지 옷 아니라고. 태준이 혀를 끌끌 차보지만 개의치 않고 쪼그려 앉은 안티 2호는 땅이 꺼져라 한숨을 내쉬었다.

"한숨 그 정도 쉬어서 어디 땅이 꺼지나."

"선배님, 정원 언니랑 선배님이랑 정말 좋아해요?"

봤잖아, 그날! 뭘 또 물어! 태준은 혹시라도 누가 들을세라 주변을 살피며 안티 2호에게 시선을 돌렸다.

"질문에 필터가 없네."

"필터 장착하고 물으면 대답이 달라요? 다시 필터 장착하고 물어볼까요?"

휴…… 쥐며느리는 기어이 한숨으로 땅굴을 파기 시작했다. 그렇게 삼 미터쯤 팠을까, 난데없이 정보 공유를 요청하기 시작했다.

"선배님, 좋아하는 사람 마음 휘어잡는 비법 좀 알려주세요."

비법? 그게 뭐지? 아마도 재민의 마음을 얻고 싶은 모양이다. 비법이라니. 그, 그런 게 있을 리 없잖아. 뭐 하나 뜻대로 굴러간 적 없던 만남이지만 태준은 정원에게 마음을 빼앗겼던 순간들을 찬찬히 떠올려보기로 한다.

한밤에 귤 한 봉지 들고 찾아가. 드라마 보자고 꼬셔. 와인을 막 먹여. 자는 척해. 막, 되게 비굴하고 불쌍한 척해. 가지 말라고 해. 뭔가 되게 슬픈 척해.

하……. 비굴하게 가지 말라 애원했던 이쯤부터 정원이 제게 마음을 열지 않았던가.

"네? 좀 알려주세요."

밥을 먹어. 젓가락을 들고 머리를 돌돌 말아 올려. 기어코 하지 말라는 설거지를 해. 갑자기 머리를 휙 풀러. 그리고 뒤돌아서 길 잃은 양처럼 바라봐.

……아, 옘병. 그때 난 영혼까지 줬어. 멍하니 정원을 바라볼 수밖에 없었던 순간들을 떠올리며 좋은지 저 혼자 웃는다.

"선배님! 대답도 없고. 너무해……."

태준은 이내 웃음을 거두며 눈동자만 돌려 안티 2호를 바라봤다.

다 필요 없고 눈 질끈 감고 말에서 한번 굴러떨어져 볼 텐가? 뒷목에 바느질 좀 하고 나면 혹시 모르는데.

150

예상하지 못했던 부상과 함께 돌아와 준 정원의 마음이 떠올라 권고해줄까 싶다가도, 땅콩만 한 쥐며느리는 아무래도 뒷목에 바느질만으로 끝날 것 같지 않아 그마저도 알려줄 수 없다. 태준의 마음을 알 리 없는 안티 2호는 땅굴 오 미터에 도전하기 시작한다.

"망했어요. 재민 오빠는 정원 언니 좋아하는데. 언니는 왜 저런 사람 두고 선배님을 좋아하는지 이해를 못 하겠어요."

"지금 내가 거동이 불편하다고 두서없이 뱉나? 내가 정재민보다 못한 게 대체 뭐……."

휙! 원망을 그득그득 담은 쥐며느리 눈빛이 태준을 향했다.

"선배님, 저 좀 도와주세요."

"싫어."

매몰차게 잘라내 보지만 굴하지 않는 안티 2호는 태준의 의자에 두 손을 모아 다가가 더 쪼그려 앉았다.

"선배님, 진짜 저 좀 살려주세요. 네?"

"싫어."

"은혜 잊지 않을게요."

"잊어, 괜찮아."

마음은 있는데 스킬이 없어. 미안.

쌀쌀맞은 태준의 대꾸에 안티 2호는 입술을 삐죽이며 칠 미터 정도, 땅굴을 파 내려가기 시작했다. 콩알만 한 녀석이 기운 없이 쪼그려 앉아 한숨을 내쉬는 모습에 영 심기가 불편한지 태준은 대본을 보는 척하며 힐끔힐끔 주희를 바라봤다.

……사람 귀찮게, 쥐며느리.

"개무시를 해봐."

시작은 그것부터.

"개…… 무시요?"

이자가 지금 무어라 말하는가. 개, 개무시라니. 안티 2호의 동공이 세차게 흔들렸다. 태준은 불편한 목을 잡으며 고개를 끄덕였다.

"눈도 마주치지 말고 말 걸어도 무시해. 그냥 무시 정도로는 안 되고, 개무시."

"지, 지금 장난하세요? 사람이 이렇게 진지하게 물어보는데 장난이 웬 말이에요!"

장난 아닌데. 효과 제대로인데.

확신에 찬 태준의 눈빛도 소용없다. 헛다리 짚었음이 분명한지 안티 2호가 풀파워로 일어섰다.

"콱, 차여라!"

"뭐, 뭐야!"

"빵, 차여서 19박 20일 끙끙 앓아누워라! 그 연애 망해버려라! 흥!"

태준의 입이 쩍. 안티 2호는 힘껏 눈을 흘기더니 치맛자락을 휙! 쥐여 잡고는 종종종종 앞으로 걸어갔다.

"이리 와! 야, 인마!"

알려줬잖아! 뭐가 문제야!

안티 2호의 모습이 멀어지자 동네북 태준은 급격하게 상승하는 혈압에 불편한 뒷목을 잡았다.

['헤이씽 감독' 차기작 강태준 러브콜 '불발']

보지 않으려고 해도 태준의 기사는 무엇에 홀리듯 열어 보게 된다. 뉴스 헤드라인에 올라와 있는 태준의 이름을 발견한 정원은 저도 모르게 기사를 꾸욱, 눌러 읽기 시작했다.

……무협, 멋있겠다.

"뭐 하나?"

"네?"

난데없는 태준의 등장에 정원은 황급히 읽어 내리던 뉴스를 끄고 휴대폰을 내렸다. 촬영장 스태프 중에 관계를 아는 이가 없으니, 말 한마디를 걸어도 이렇게 서로는 조심스럽다.

"뭘 보고 있었는데 그렇게 화들짝."

"……그냥요, 세상 돌아가는 거 보고 있었어요."

오래 함께 있을 수 없으니 태준은 용건만 간단히 전달해보기로 한다.

"오늘 저녁에 시간 어때? 스케줄 있나?"

"아니요, 스케줄 없어요."

태준은 불편한 목을 돌리며 저 앞에서 촬영을 준비하는 안티 2호를 가리켰다.

"쥐며느리하고 오늘 정재민이 데리고 바람이나 쐴까 하는데."

뜻밖의 제안. 바람을 쐬러 가자니. 그, 그것도 재민이와 주희와 함께……?

잘못 들었나 싶었는지 정원은 놀라 눈을 깜빡이며 태준의 질문을 재차 확인했다.

"바람이요? 재민이하고 주희하고 함께요? 내일 촬영도 있는데?"

"별로 안 멀어. 근교에…… 별장이 하나 있어."

"우와, 별장이요?"

언제였더라, 정원이 익명의 밥차 스캔들이 터졌을 때. 주희가 직접 나서 적극적인 해명으로 정원의 목숨을 구명해주었으니 한 번은 도와줘도 될 성싶다. 하지만 사실 딱히 마음에 들진 않는지 생각과는 달리 태준의 눈빛이 이글이글하다.

"김 감독은 오늘 뭐 하나, 편집인가?"

"아마도 그러시겠죠? 정신없을 텐데."

스태프가 잰걸음으로 다가와 손짓한다. 태준의 스탠바이다.

"그럼 그렇게 알고 나 촬영 간다."

"저는 안 데리고 가세요? 저도 스탠바인데."

맞다. 너도 촬영이지. 태준이 웃는다.

이곳엔 윤과 연화가 기다리고 있다. 그들만큼 애틋하며 그들만큼 사랑하는 조선의 두 사람이. 태준은 스태프가 그러했듯 어서 이리 오라 손짓을 한다. 그 손짓, 참으로 따뜻하다.

"이리 와. 가자."

"선배님! 선배님!"

넘어질 듯 구르듯이 달려오는 안티 2호가 숨넘어가는 목소리로 태준을 찾았다.

시끄러워!

…….

엎어져, 인마!

태준의 눈이 세모꼴이지만 그게 무슨 대수냐. 주희는 턱까지 차오른 숨을 내쉬며 태준이 앉아 있는 의자를 붙잡고는 발을 동동거렸다.

"대박, 대박이에요!"

밑도 끝도 없는 이야기. 태준은 얘가 또 뭘 잘못 먹었나, 싸늘하게 바라봤다. 하지만 그런 태준을 바라보는 안티 2호의 눈빛은 빛나다 못해 타올랐다.

"이, 있잖아요! 선배님이 시킨 대로 제가 말 시켜도 막, 대답도 안 하고 하니까 재민 오빠가 저를 계속 보고! 말도 시키고!"

이해가 필요한 삼 초. 안티 2호의 이야기가 비로소 이해가 된 태준은 웃음이 터지지만 참아보기로 한다.

"더 해, 더. 개무시 더."

"더요? 더 해요?"

고개를 끄덕이는 태준의 모습에 안티 2호 눈빛이 더욱 빛난다. 밑져야 본

전이라 해본 것이 기대 이상의 수확을 안겨주었는지라, 연애를 글로 배운 태준을 바라보는 안티 2호의 눈빛은 마치 고명하신 스타 강사라도 보는 듯하다. 전향했다. 팬클럽 1호로.

"들었나? 우리 민정원 씨한테? 오늘 저녁?"

쥐며느리는 공손히 두 손을 모으고 깝죽깝죽, 고개를 끄덕이며 인사를 한다.

"암요! 암요! 선배님의 민정원 언니에게 다 들었어요. 저 감동이에요. 제가 팬클럽 가입해드릴까요?"

됐어! 너 아니어도 차고 넘쳐!

태준은 사방을 살피다가 팬클럽 1호에게 다가오라더니 귓속말을 한다.

"그럼 내가 알려주는 대로 잘해봐."

귀를 쫑긋 세운 주희에게 태준은 모처럼 진지한 표정을 지은 채 속삭였다.

"……있나?"

"있어요! 있어요!"

다시 속닥속닥.

"어때, 할 만한가?"

팬클럽 1호는 태준의 제안에 눈이 동그랗다. 흥미가 없는 건지 알 수 없어 태준은 이내 쓱, 제자리를 찾아 제 의자에 등을 기댔다.

"싫음 말고."

"아니요! 아니요! 좋아요! 좋아요!"

태준은 그제야 의자에 기댔던 상체를 일으키며 팬클럽 1호께 다시 이리 오라 손짓했다. 그 손짓을 따라 다시 귓속말을 들으며 연신 고개를 끄덕이는 팬클럽 1호.

"알았나? 이게 바로 누이 좋고 매부 좋은."

"네네네네네네! 선배님! 네네네네네! 난 누이! 선배님은 매부!"

조용히 해! 다 들려!

태준의 말이 끝나기가 무섭게 쥐며느리는 고개를 초 단위로 끄덕였다.

"선배님 존경해요……."

흥, 이 태느님을 뭐로 보고.

"아까 19박 20일은 죄송해요. 사실 마음을 다해 빌지는 않았어요."

"……몰라. 이번 한 번만이야."

무엇이 그렇게도 즐거워. 태준은 까르륵거리는 쥐며느리와 기어이 하이
파이브를 하고야 말았다. 정원과 재민은 말없이 두 사람을 바라보다가 서로
의 눈이 마주쳤다.

어깨를 쓱, 들어 보이며 재민이 모르겠단다. 따라서 정원 역시 어깨를 쓱,
들어 보였다.

"와, 짱이다."

별장에 들어서자마자 주희는 쪼르륵 이곳저곳 정신없이 움직이며 사람
혼을 쏙 빼놓는다. 가끔 태준이 인근 호수로 낚시도 오고, 머리를 식힐 때 찾
던 곳이다.

하늘을 지붕 삼아 호수를 벗 삼아 고요한 자태를 자랑하는 태준의 별장
은 김 감독을 제외하고 처음으로 객들을 맞이했다. 고즈넉한 공간엔 작은
수영장이 딸려 있고, 별빛이 쏟아지는 산책로는 단정하다. 바비큐를 구울
수 있는 발코니와 잘 다듬어진 조경이 아담하다.

정원은 가방을 슬쩍 내리며 이곳저곳을 둘러보았다. 그런 정원의 곁으로
재민이 웃으며 곁에 섰다.

"장난 아니다. 이거 좀 봐봐, 정원아. 자기 사진으로 도배를 해놨네."

"누가 아니라니."

사방 어디를 둘러보아도 태준의 모습인 터에 재민을 따라 정원이 웃는다.
태준은 익숙한 손놀림으로 불을 켜고 냉기가 웃도는 공간에 온도를 맞췄다.

"마음에 드나?"

준비가 완료되었는지 태준은 정원 곁으로 가까이 섰다.

"별장은 처음이에요. 대단하시네요."

니 거야, 니 거. 내 거 아니고.

……어디 이것뿐이겠는가.

"별장 있는 남자가 흔하진 않겠지만 이것들은 모두 네……."

"언니! 우리 이 층 가요!"

구조가 제법 궁금했는지 일 층을 돌아본 주희는 정원의 손을 끌며 이 층으로 올라가기 시작했다. 이런 제길, 하나뿐인 제자는 페어플레이를 모른다.

이글이글한 태준의 눈빛은 허공을 맴돌고, 재민은 두 사람이 사라진 복층 계단을 바라보다 팔을 걷어붙였다.

"그럼 저녁 준비해볼까요?"

옘병, 귀찮아. 태준은 한숨을 내쉬었다. 얻어먹는 밥은 글렀다.

"최고! 진짜 최고!"

고기 한 점을 먹더니 쥐며느리는 벌떡, 일어나 브레이크 신공을 펼친다. 온몸으로 맛을 표현하는 주희의 모습을 보고 있자니 어린 동생 장기자랑을 보는 듯한 기분. 정원과 재민은 웃음을 터트렸다. 여기, 고기 굽는 반도의 남자를 제외하고.

망할. 이걸 언제 다 구워!

연기에 연신 인상을 구기는 태준이 보기 미안했는지 재민이 곁으로 다가 섰다.

"제가 나머지 구울게요. 식사하세요, 선배."

집게를 넘겨볼까 하는데 그 와중에 찌릿, 쥐며느리의 불꽃 레이저가 느껴졌다.

"……됐어, 가."

태준은 뻗쳐오는 혈압에 이글이글하지만 참아보기로 한다. 그래, 이왕지사 도와주기로 했으니 이 정도는.

이글이글 고기 굽기 삼매경에 빠진 집사 강태준을 위하여 정원은 이것저것 상추쌈을 집어 다가섰다.

"연기 매워. 가까이 오지 마."

"이거, 드세요."

태준은 상추쌈을 들고 와선 예쁘게도 건네는 정원의 손끝을 바라본다. 크다. 주먹만 하다.

……그래도 니가 주는 거니까. 태준은 입을 푸르르 털고는 한입에 쌈을 넣었다.

"맛있네."

불맛이 그대로 밴 고기 한 점에 적당한 곁들이 채소들이 한데 어우러져 진미를 선사한다. 태준은 정원을 향해 엄지를 들어 보였다. 모처럼의 자유가 느껴졌는지 편안한 태준의 모습에 정원은 아이처럼 웃어 보였다.

"주희 씨, 술?"

"아니요! 오늘은 안 마실래요!"

재민이 술을 들자 반가워할 줄 알았던 주희가 웬일인지 가만히, 고개를 절레절레 흔든다. 옳지! 잘한다! 태준은 만족스러움에 고개를 끄덕이며 고기를 마저 숯불에 올렸다.

"그, 그래요. 피곤하구나, 주희 씨."

"아니요? 저 하나도 안 피곤한데요?"

"아, 그래요. 안 피곤하구나, 주희 씨."

재민은 오늘따라 눈도 마주치지 않고 말도 걸지 않는 주희가 이상했는지 이것저것 챙겨보려 하지만 영, 주희의 반응이 냉랭하다.

잘했어! 잘하고 있어, 쥐며느리! 만족스럽다는 듯 태준이 오케이를 신호를 보내자 힐끔거리며 태준을 바라보던 주희가 고개를 끄덕였다. 하지만 그것도 잠시.

"……매, 맥주 한 잔만 할까요?"

이런 날이 다시 올지 안 올지도 모르는데!

도저히 아쉬워서 못 참겠다. 주희는 재민에게 공손함을 담아서 기어이 잔을 내밀고야 말았다.

그 모습에 한껏 미소 지은 재민은 조심스럽게 맥주를 따라주었다. 이 남자 정체가 대체 뭐냐. 뭔데 이렇게 웃기만 해도 설레. 재민이 슬쩍 웃기만 해도 주희의 마음이 설레는 터에 공연히 얼굴이 붉어진다.

작전이 성공할 수 있을까. 태준은 좀처럼 배운 대로 하지 않는 수강생 덕분에 심기가 불편하다.

"가라니까. 연기 매워."

"괜찮아요."

혼자 두기 미안한지 곁에 선 정원은 움직일 줄 모른다. 태준은 금방 구워 김이 나는 꽤 큼직한 고기 한 점을 집어 정원에게 건넸다. 정원도 조금 전 본 대로 입을 푸르르, 고기를 가득 양 볼에 채워 넣었다.

……그래, 니가 갑이다.

부풀어질 대로 부풀어진 정원의 볼을 보며 태준은 눈에서 하트가 쏟아져 내렸다. 태준은 정원의 손을 슬며시 잡고 고기를 마저 구웠다.

"이봐, 정재민. 나도 맥주 한 잔."

"아, 네. 잠시만요."

얼마 만의 목적 없는 여행인가. 네 사람은 깊어가는 밤이 마냥 즐겁기만 하다. 세상 모두의 밤이 같을 순 없겠으나 그런 밤도 있는 것이다. 별이 쏟아져도 모를 것 같은, 달이 숨어도 밝을 것만 같은.

사랑만이 가득한. 청춘의, 밤.

셋은 안으로 들어와 맥주를 홀짝이지만 주희는 어디로 갔는지 아까부터 보이지 않고. 태준은 힐끔, 초조한 시선으로 시계를 바라보았다. 이내 무언가 결심했는지 재민에게 시선을 옮겼다.

"이봐, 수영장에 과일 띄워놓은 것 좀 가져와."

"어우, 이것도 많아요, 그만 먹어요."

안 돼!

정원이 손사래를 치자 태준의 눈빛이 이글이글하다. 재민은 정원의 어깨를 잡으며 일어섰다.

"다녀올게."

재민이 사라지는 소리가 들리고 태준은 마주 앉은 정원을 물끄러미 바라보았다. 이제는 곧잘 맥주도 마시고 발그스레한 볼로 고개를 갸웃거린다. 그 모습이 귀여워 한참을 바라보다 태준은 바닥에 대고 손가락을 구부려 똑똑똑, 신호를 보냈다.

마주친 정원과의 시선. 태준은 웃으며 정원에게 카디건을 던졌다. 누이는 물가로 보내놓고 매부는 실속을 제대로 차릴 모양이다.

"일어나. 우리는 산책하러 가자."

"언제와…… 추워……."

수영장 안, 물속에서 사다리를 부여잡고 몸을 한껏 웅크린 주희가 오들오들 떨며 재민을 기다리고 있다. 태준과 촬영장에서 속닥거렸기를, 수영장이 있으니 달빛 아래 수영을 하란다.

재민을 그쪽으로 보내줄 테니 한껏 물놀이를 하다가 여배우의 스킬을 발휘하여 깊고 그윽함을 담아 짠~ 하고 재민의 눈을 마주치란다. 남자들이 또 그런 젖은 모습을 좋아한다고. 그럼 뭐, 자기는 그 시간에 산책을 다녀오겠다나? 달이 떴다.

……슈퍼 초승달이다.

달빛은 개뿔, 실처럼 가느다란 슈퍼 초승달은 희미하기까지 하다. 주희는 배신감에 이가 부득부득 갈렸다.

내가 미쳤어, 강태준 말을 듣다니. 이거, 계곡물이잖아! 추워. 추워…….

한여름에도 높은 해가 없이는 감히 들어갈 수 없다는 계곡물. 앓던 이도 두 눈 번쩍 뜨이게 한다는 전설의 얼음물.

지, 지는 멋 부리며 산책하고! 나는! 나는! 추워…… 추…… 워…….

이까지 덜덜 부딪치고 물이 출렁거릴 때마다 소름이 쫙 목 끝까지 올라왔다. 차 안에 마침 가지고 다닌 수영복이 있어 용기 내어 입었다. 좀 과한가 싶어 셔츠를 하나 들고 나왔는데.

입지 않고는 추워서 견딜 수가 없어 셔츠를 입었다, 벗었다, 반복하다 결국엔 살이 베일 것 같은 추위에 셔츠를 입었다. 수영복을 입으면 뭐하나. 추워서 보이지도 않는다.

그때였다. 저 멀리서 누군가 걸어오는 발소리가 들린다. 올 것이 왔는가 싶은 마음에 주희의 눈이 휘둥그레졌다. 조금 전까지는 분명히 추웠는데 감각도 마비되었는지 느낌이 없다. 주희는 냅다 머리까지 입수하며 발장구를 치기 시작했다.

사실은, 수영을 못한다.

그냥 무작정 입수하고는 우아하게 물살을 가른다. 마음은 인어공주인데, 현실은 개헤엄이다. 어찌 됐거나 이쯤이면 됐겠지, 스승의 가르침대로 주희는 몸을 일으켜보지만.

……발이, 닿지 않는다.

키가 작아 남들 어깨까지 오는 곳에서 주희가 어푸푸, 어푸푸. 아까 미처 마시지 못한 술을 대신하여 수영장 물을 원 샷 드링킹을 한다.

"주, 주희 씨!"

때아닌 물소리에 수영장을 살피던 재민은 달빛 아래 물먹는 하마로 전향한 주희를 보고는 기겁을 했다. 어푸푸, 어푸푸, 오만상을 쓰고 물에 들어갔다 나오기를 반복하는 주희의 원맨쇼에 재민은 허겁지겁 카디건을 벗었다.

"주희 씨!"

그렇지, 뭐, 그런 것 아니겠는가. 재민은 망설임 없이 물속으로 뛰어들었다.

"어우, 차가워!"

생각보다 차가운 물에 놀란 재민의 두 눈이 번쩍 뜨였다. 성큼성큼, 주희에게 다가가 여전히 원 샷 드링킹하는 주희를 안아 수영장 물을 아껴보기로 한다.

"뭐 해요, 주희 씨! 세상에. 이렇게 찬물에서 수영해요, 지금?"

쿨럭쿨럭. 우웨엑. 우에에에에엑.

살았다는 안도감. 혹여 떨어질까 재민을 꼭 부여잡은 주희가 수영장 물에 침도 뱉고 코도 풀고 눈물도 찔끔찔끔. 진정이 되지 않는지 서너 차례 우악스러운 기침을 뱉어내며 헛구역질을 했다.

"괜찮아요? 주희 씨, 나가요, 우리 빨리."

괜찮지 않은 모양인지 주희는 고개를 좌우로 흔들며 재민을 꼭 끌어안았다. 당황한 재민은 자신의 목에 매달린 채 고개를 흔드는 주희를 보듬지 못한 채, 두 팔을 허공에 벌리고 멈춰 섰다. 주희는 재민의 어깨에 얼굴을 묻고 오만상을 찌푸리며 입술을 벙긋벙긋, 무언의 자책을 쏟아냈다.

이게 뭐야! 달빛 아래 우아하게 촤라락~ 올라오라고 했는데! 망했어, 망했어!

그래도 슈퍼 초승달이나마 달빛은 흐르고, 얼어붙을 것만 같은 계곡물에 서로가 덜덜덜. 꽉 잡은 이 둘이 살을 에는 추위에 때아닌 타이타닉이다. 매달린 주희가 재민의 목을 더 끌어안았다. 사실은 재민을 볼 수가 없어 더 꽉, 끌어안았다.

휴.

"……망했어요."

무슨 뜻일까. 재민은 한참을 생각하다가 입가에 미소를 그린다. 새파래진 입술로, 이렇게 깜깜한 밤에, 이렇게 살을 에는 추위에. 내가 안 오면 언제까지 있으려고…….

재민에게 늦은 봄이 오는 걸까. 아니면 흐린 달빛마저 예쁜 탓일까. 아니면. 아니면…….

생각을 마친 재민은 사시나무 떨듯 떨려오는 주희를 살포시 안았다.

……사랑은 우연하게 찾아와 운명처럼 머문다. 지금의 그들처럼, 너처럼. 나처럼.

"……성공인데."

잘들 하고 있는지. 정원의 손을 잡고 천천히 산책로를 향해 걸음을 옮기는 태준은 누이가 있을 수영장 쪽으로 자꾸만 귀가 곤두섰다.

평창, 처마 끝자락, 비에 젖은 연화 뒤로 밝은 달이 두둥실. 마음을 쿵 하니 떨어트린 것이 기억나 그대로 알려주었을 뿐이다. 빗물을 퍼부어줄 수 없으니 수영이라도 하라는 임시방편을 알려 보내는 주었으나 어찌 되고 있는지, 스승의 염려와는 달리 하나뿐인 제자는 청출어람이거늘. 알 리 없는 태준은 자꾸만 신경이 쓰이는 듯했다.

"무슨 생각 하세요?"

"아니, 그냥."

남의 인생 신경 쓰고 사는 성격이 아니건만 어쩐지 지금의 정재민은 이제 좀 웃었으면 하는 작은 바람을, 이제 좀 내려두었으면 하는 작은 마음을 품게 했다.

가진 자의 여유라고 해도 좋다. 무엇으로 비쳐도 좋으나 그자의 안위가 곧 옆에서 함께 걷는 그녀의 마음의 짐을 한 꺼풀 벗겨 내리라는 건 믿어 의심할 수 없는 상황이다.

정재민과의 디스패치는 박 대표의 마지막 공갈 히든카드였음도 알게 되었고, 남은 것이라곤 그자의 행복과 여기, 세일러문 마음속에 남은 빚을 청산하는 길뿐이다. 또 하나, 서로의 손을 잡고 세상 밖으로 나가는 안전한 방법만이.

……얼마 만인가. 그대의 손을 잡고 평화로운 것이.

태준은 폭을 좁혀 정원의 걸음에 맞춰 느린 걸음을 옮겼다. 내일부터 밀려들 쪽대본에 24시간 현장 대기라는 김 감독의 엄포가 새삼 두렵기까지 하지만 하루가 48시간이어도 모자란 지금, 그 24시간 현장 대기는 태준에게 몹시도 소중하고, 고마운 선물이다.

"춥지 않아?"

"괜찮아요. 따뜻해요."

멈춰 선 태준은 제 겉옷을 벗어 정원의 어깨를 감쌌다. 이내 코끝을 스치는 익숙해 마지않는 그의 향기에 정원은 자그만 미소를 지었다.

"입고 있어. 걷다 보면 추워."

"……네."

그녀의 가녀린 어깨에 그의 온기마저 더해져 작은 보호막이 형성되었다. 투박한 손길로 외투를 걸쳐준 태준은 이내 정원의 손을 잡고 걸음을 옮겼다. 두어 걸음이나 걸었을까, 깍지를 낀 채 굳게 잡은 손과 손 사이로 얇은 바람이 일어 스친다. 바람도 들어올 수 없을 만큼 꽉, 태준은 정원의 손을 잡았다.

……무엇도 싫다. 들어오지 마라.

"차기작 준비하나?"

"글쎄요, 이사님하고 얘기 중인데 이사님은 지금 이대로 이미지 굳으면 당분간은 청순가련밖에 못 한다고. 캐릭터 변화가 있었으면 좋겠다 하세요."

반도의 액션배우가 웃는다.

킬러 어때. 이 한류스타 강태준의 숨통을 들었다 놨다, 명줄을 늘렸다가 줄였다가.

"저기, 있잖아요."

"응?"

"……무협, 왜 안 하세요?"

예상치 못했던 정원의 질문에 태준은 잠시 당황하였는지 헛기침을 내뱉었다. 이내 반동을 일으켜 앞뒤로 손을 흔들며 태준은 가볍게 대꾸했다.

"그냥, 더빙도 해야 하고. 영 별로네."

정원은 멈칫한다. 지금 이자의 말은, 거짓말이다.

"만약에 저라면 갈 거예요."

정원은 걸음을 온전히 멈춘다. 태준은 따라서 걸음을 멈추었다.

"하고 싶은 거 참으면, 나중에 후회해요. 6개월 금방 가요. 한류스타 발 묶어놓고 나중에 원망 듣고 싶지 않은데."

꿈꾸라고. 주저하지 말라고. 있는 힘껏 더 멀리 날아올라 보라고.

"어차피 차기작 들어가면 한국에 있나 중국에 있나 못 보는 건 매한가진데요. 차라리 멀어서 못 보는 게 덜 억울할 것 같아요. 다녀오세요."

단호한 정원의 일침. 태준은 정원과 마주 잡은 손을 크게 흔들며 작게 웃었다. 마음을 들킨 것만 같은 당황함에 쉽게 변명도 뱉을 수 없다.

……너는 어쩌면 이럴 수 있을까. 너의 행복은 잡을 방법도 몰라 두 발을 동동거리면서, 남의 행복은 어쩌면 이렇게도 확고하게. 확실하게…….

"이젠 하다 하다 출입국관리법 68조, 출국명령까지. 센데."

"진심으로 하는 말이에요. 기회잖아요."

"내가 알아서 할게."

태준은 멈췄던 걸음을 옮기며 고개를 빼들어 하늘을 올려다본다. 사실은, 솔직히는.

망설였다. 드라마가 끝나면 어차피 다른 차기작을 해야 한다. 영화를 들어가면 정원의 말처럼 못 보는 건 매한가지. 믿을 거라곤 보이지 않는 서로의 마음뿐인 지금, 가야 할 길마저 주저할 수는 없으니까. 멈추기엔 아직 목이 마르다. 그러기엔 아직, 심장이 뜨겁다.

……하지만.

하지만…….

"다녀와요, 괜찮아요. 돌아오면 더 커져 있는 울창한 정원을 만날 수 있을 거예요. 기대하셔도 돼요."

전생에 나이팅게일이었는가. 뭘 자꾸 이렇게 남을 위해 살아. 그대는, 도대체.

"다른 놈이 들어와서 물 주고, 벌레 잡아주고 하면 어쩌나. 어쩌지."

태준의 싱거운 노파심에 정원이 웃는다.

"아무도 모르게 문 잠그고 있을게요."

……희한하지, 불안하지가 않다. 곁에 두어도 자꾸만 불안해 바라보게 하더니 이젠 육 개월 그까짓 것, 아무것도 아닌 게 되어버려. 무엇을 초월하였을까.

나는…….

……너는.

"그건 차차 박 대표하고 상의할게. 그건 그렇고, 내일부터 밤샘 촬영이라는데 이를 어쩌나."

"어쩔 수 없죠. 저는 외려 좋은데요? 눈치 안 보고 같이 있을 수 있고."

아픈지 기쁜지도 알 수 없는 이 고요한 밤 한가운데 서서, 서로는 제 온기를 모두 더해 길고 깊게 마음을 나누며 이 밤을 헤아린다.

"그래, 나도 좋다."

태준은 정원을 바라본다. 깊게. 크게. 온전히, 가득하게.

……나는 네게 뭐라도 해주고 싶어. 뭐라도 나누고 싶어. 그게 무엇이든 다 주고 싶어. 결국은 내가, 너에게. 무엇이라도, 되고. 싶어.

"하고 싶은 건 없나? 갖고 싶은 거라도."

"저요? 글쎄요. 무명일 땐 집 앞 카페도 가서 커피도 마시고, 책방 가서

책도 읽고. 보세옷집 가서 옷도 보고 했는데, 그런 걸 못 하니까 좀 답답하긴 해요."

지금 집이 좁으니 차라리 집을 한 채 사달라고 하지. 불편하니 어디 내놓을 수 있을 만한 차라도 한 대. 번쩍번쩍한 반지라도 차라리. 차라리……

속도 모르고 해줄 수 없는 것들만 털어놓는 정원의 소원에 태준은 더욱 마음 한쪽이 아리다. 그것들이 숨 쉬는 것처럼 소박해서. 소원이라는 게 눈물 나게 평범한 것들이라.

그럼에도 불구하고 해줄 수가 없어서.

"일 없으면 집 밖을 못 나오지."

"맞아요, 갈 곳이 없어요."

태준은 혹시나 정원의 손이 시리지는 않을까, 두 손으로 정원의 손을 비비며 불어오는 바람을 느낀다. 시간이 흐를수록 더욱 높아지는 하늘에 그득한 별들은 제각각 그 빛을 자아내며 서로의 앞길을 밝혀준다.

"좋다. 바람이 선선하니 걷기도 좋고."

"알아봐 주고 멈춰주고, 내가 인연이라고 믿어줘서. 고마워요."

달빛은 숨고 별빛은 내리쬐는 공간에서, 사랑하는 내 여인의 고백을 듣는다. 귓가에 맴도는 그녀의 음성. 태준은 고개를 돌려 정원의 울렁이는 시선을 마주한다. 갈 길은 아직 멀고도 험하지만 서로의 마음만 닿아 있다면 그 무엇이 다가오더라도 헤쳐갈 수 있을 것만 같은 기분. 정원은 말없이 자신을 바라보는 태준을 응시하며 말갛게 웃어 보였다.

"고마워요. 내게서 멈춰줘서."

쏟아지는 별. 그보다 더 빛나는 당신께. 더 이상의 그 어떤 표현도 의미 없으리라.

……잠시 찾아온 적막. 말을 뱉고 나니 어쩐지 부끄러운 마음에 정원은 불쑥 얼굴을 붉히며 어깨를 으쓱, 올려 보였다.

"저는요, 드라마 촬영하면서 나이를 열 살은 더 먹은 기분이에요."

"난 철들었어. 이거 찍으면서."

"이 드라마 안 했으면 어쩔 뻔했나 싶어요. 아마도 우린 모르고 살았을 텐데."

"……이 드라마 아니어도 만났을 거야."

내가 너를, 그냥 지나쳤을 리 없으니까.

태준은 천천히 마주 서 바라보는 정원의 어깨를 다잡았다. 바람이 고요하니 하늘이 높다. 부시어 바라볼 수 없는 별들이 수도 없이 비처럼 쏟아져 내린다. 시선을 마주하는 정원의 눈빛이 참으로 맑다. 그녀는 도대체 무엇을 이겨낸 것일까. 비가 온 뒤 청명해진 하늘처럼, 맑다. 깨끗하다. 온전히, 평화롭다.

……내가, 이 말을 한 적이 있던가. 나 혼자는 수도 없이 되뇌었는데, 너에게는 들려준 적이, 있었던가.

"사랑해."

가만히, 정원은 태준의 품에 얼굴을 기대며 눈을 감았다.

"못 들었어요."

이 여자가! 기어이 고급 스킬을!

"사랑해. 세일러문."

"네?"

대답 대신 태준이 제 가슴에 기댄 정원의 입술에 입을 맞춘다. 온기가 따뜻하여 정원은 다시 눈을 감았다. 제 몸 가누지 못해 동서로 빗겨 흐르는 별들처럼 정원은 태준에게 온전히 제 몸을 내맡겼다.

태준의 커다랗고 따뜻한 손길이 정원의 얼굴을 감싸 안았다. 이내 제 얼굴에 번져드는 온기에 정원은 고요했던 마음이 아득해짐을 느낀다. 언제고 느꼈지만 이자의 손은, 참으로 따뜻하다. 아득해지는 마음 다잡을 수도 없게, 쏟아지는 별빛을 품에 안을 사이 없이.

천천히 태준은 정원을 바라본다.

고백. 바라보고 있어도 그대 생각이 간절한 그들만의 정원에 서서.

백 번을 말해도 백 번이 아쉬운.

"사랑해."

천 번을 들어도 천 번이 설레는.

"……사랑한다, 민정원."

7. 정원을 지켜요

녀석들, 잘 놀고 있을까?

늦은 밤. 김 감독은 옷이나 갈아입을까 싶어 집엘 들렀다. 태준도 정원도 한 걸음 더 내디딘 것 같아 더없이 흡족한 마음. 위기란 여차하는 순간에 다시 또 찾아와 그들을 괴롭히겠지만 그것은 비단 모든 이의 숙명이자, 삶의 자잘한 재채기에 불과할 테니까.

"이왕 집에 온 김에 커피나 한잔 내려 마시고 갈까……."

고단하다. 김 감독은 이제야 제법 눈을 오랜 시간 뜨고 있었던 것이 생각났다. 집에 들어오니 긴장이 풀렸는지 심신이 노곤하여 걷는 걸음걸음 하품이 줄을 이었다.

일단 씻자. 김 감독은 화장실 슬리퍼를 신었다. 그때였다. 딩동 딩동 울리는 초인종 소리에 김 감독은 뒤를 돌았다. 이 시간에, 누구? 태준?

아니지, 그 안하무인 철면피 예의범절 제로인 강태준이라면 예고 없이 그냥 들어올 텐데.

김 감독은 방문객이 누구인지 감이 잡히지 않아 손목시계를 확인했다. 시간은 밤 열한 시 오십 분. 띵동- 다시 한 번 울린 초인종 소리에 김 감독은 슬리퍼를 벗고 현관문을 열었다.

"동주 씨, 안녕?"

김 감독은 두 눈이 휘둥그레졌다. 벌어진 입술과 깜빡이는 두 눈은 잠시 꿈과 현실을 분간할 수 없는 상태라는 것을 여실히 말해주었다.

"뭐야, 설마 나 오면 안 되는 곳에 온 건가? 동주 씨 표정이 영 반갑지 않은 모양인데?"

익숙해서 더욱 당황스러운 향기. 어제 들은 것만 같아 믿기지 않는 목소리. 여전히 철렁 내려앉은 가슴에 두 다리를 휘청거리게 하는 그녀의 미소.

"정말 나 여기 계속 세워둘 생각이야, 동주 씨?"

"지, 지수야!"

"회사에서 한국에 브랜드 론칭했어. 일정 끝내고 호텔로 돌아가다가 그냥, 문득 생각나서."

"언제 들어왔어?"

"……일주일 전쯤?"

그녀는 김 감독이 내려준 커피를 홀짝 한 모금 마시더니 이내 머그잔을 돌렸다. 김 감독은 그랬구나, 고개를 끄덕이며 머그잔이 움직이는 방향으로 시선을 고정했다. 아주 오래전에 그녀와 나란히 한 개씩 나누어 가졌던 머그잔이다. 모든 것을 정리하고 한국으로 돌아올 때, 차마 버리지 못하고 가져왔던 추억을 머금은 잔.

"실은 와도 되나, 실례는 아닌가, 혼자 있는지 어쩐지도 모르겠는데 그냥 뭐…… 이렇게 됐어, 미안해."

"미안하긴, 내가 혼자 있지 않을 이유가 없잖아."

돌려 말하는 서로의 말끝엔 난 아직 혼자라고. 아직 다른 이를 곁에 두지 않았다고. 마음은 그 시절 그 이후, 주인 없이 버려졌다고.

"전화도 없이, 미안해. 동주 씨."

늦은 밤 난데없이 불쑥 찾아와 마주하고 있는 이 여자. 김 감독의 끝난 사랑, 한지수.

"일주일이면 서울에 꽤 있었구나. 연락하지 그랬어."

"그럴까 하다가 그냥. 참, 동주 씨 드라마 잘 보고 있어. 태준 씨 나오더라?"

반가운지 그녀가 웃는다. 다른 건 몰라도 김 감독과 태준의 각별한 우정은 잊으려야 잊을 수가 없다. 미국에 잠시 머물렀던 태준과 셋이 함께했던 추억이 불현듯 떠올라 김 감독은 지수를 따라서 웃어 보였다.

"어렵게 섭외했지, 뭐."

"여전하겠어, 두 사람은."

김 감독은 힐끔, 자동적으로 그녀의 왼손으로 시선이 머물렀다.

……반지가 없다.

"잘 지냈어?"

"그럼, 잘 지냈지. 동주 씨도 잘 지냈지?"

"……잘 지냈지."

지인의 소개로 만나 누구랄 것 없이 서로가 서로에게 빠져들었다. 주변의 반대를 무릅쓰고 삼 개월 만에 결혼까지 골인했다. 독립적이고 합리적이며 예술적 감성이 뛰어났던 지수, 유쾌하고 진실하며 곁의 사람을 편안하게 해주던 김 감독.

두 사람은 누구보다 행복했고 싱그러운 미래를 꿈꿨다. 문제는 거기서부터 시작되었다.

"그런데 동주 씨, 용케 집에 있었네? 촬영 바쁘지 않아?"

"아, 어. 어. 오늘은 일찍 끝났어."

가봐야 하는데. 앉을 새도 없이 씻고 편집실로 향했어야 하는 것을. 김 감독은 저도 모르게 말꼬리를 흐리며 얼버무리고 말았다.

"동주 씨, 이러고 있으니까 우리 되게 옛날 같다……."

결혼 삼 개월 차. 서로가 행복을 지키는 방법을 몰랐다. 김 감독이 좋아한 그녀의 모든 것들은 결혼생활에 아무것도 필요하지 않았다. 그녀가 좋아한 김 감독의 모든 것들은 결혼생활에 아무런 영향을 주지 않았다.

서로를 사랑하는데, 희한하게 어긋나기 시작했다.

"우리 옛날엔 커피 한 잔에 서너 시간씩 이야기하곤 했는데."

"……하루 종일 이야기하기도 했지."

상대방에 의하여 본인이 행복하기만을 희망했다. 상대방의 배려를 일방적으로 요구하다 보니 대화가 통하지 않았다. '너만 이해하면, 모든 것이 쉬워져!'라고 서로는 서로에게 외쳤다.

금이 가기 시작했지만 손쓸 겨를도 없었다.

"그리고 여전히 동주 씨 커피는 참 맛있다. 참…… 따뜻해."

결정적으로 두 사람은 일에 대한 열정이 남달랐다. 얼굴을 마주할 시간도, 대화를 나눌 시간도 바쁘다는 핑계 속에서 점차 사라져 갔다.

완전한 하나가 되어 보지도 못한 채, 그렇게 또다시 남남이 되었다.

"동주 씨는 나한테 궁금한 게 하나도 없나 봐. 어렵게 찾아왔는데 말도 한 마디 없고."

그리고 김 감독은 도망치듯이 한국으로 돌아왔다. 보고 싶었지만 참을 만했다. 생각이 났지만 견딜 만했다.

죽을 것 같았지만, 죽지 않았다.

"미국 언제 다시 들어가?"

지수는 머그잔을 내렸다. 긴 생머리와 오래전 자신이 좋아했던 가벼운 셔츠 차림의 그녀는 눈을 감고 날짜를 계산하는 듯했다. 시간이 너만 피해 간 것일까, 무엇 하나 변한 것이 없다.

"일주일 뒤에. 여기 일정 끝나면."

김 감독은 끄덕였다. 지수를 한국에서 마주한 게 사실 처음은 아니다. 언젠가 오늘처럼 그녀가 찾아왔었다. 그때도 지금처럼 커피 한 잔을 끝으로 아무 일 없다는 듯 태연하게 일어섰던 그녀였다.

"일정 끝나고 돌아갈 때 연락 줘. 데려다줄게."

그녀가 웃는다. 됐네요, 하는 표정이다.

"촬영은 어쩌고 그 귀하신 몸 끌어다 운전을 시켜. 됐어, 동주 씨."

볼일이 끝난 것일까, 아니면 애초에 아무 볼일도 없었던 것일. 지수는 가방과 외투를 들었다.

"갈게. 시차 때문에 영, 머리가 띵해. 커피 잘 마셨어."

내일 밥이나 먹자. 김 감독은 선뜻 말을 꺼낼 수 없다. 내일부터 쉴 틈 없는 촬영이 시작된다. 시간이, 될 리가 없다.

"……데려다줄게."

지수는 손을 들어 보였다. 단호하리만치 확고한 그녀의 모습에 김 감독은 그저 우뚝 서서 그 모습을 바라볼 뿐이다.

"근처야, 괜찮아. 갈게, 동주 씨."

"내가 뭐랬어, 내 말이 맞지?"

"짱이에요. 선배님, 존경합니다. 감사합니다. 고맙습니다."

수강생은 스타 강사 앞에서 머리를 굽실거렸다. 뜨거운 물로 씻어도 온몸에 한기가 들었는지 몸이 바들바들 떨려왔지만 주희는 재차 굽실거리며 인사를 했다. 더 이상 알려줄 것이 없는 스승의 빈껍데기를 아는지 모르는지, 철없는 수강생은 철없는 스타 강사에게 머리를 조아리며 다가섰다.

"저는 이제 뭘 하면 좋을까요, 선배님?"

얕은 지식. 더는 알려줄 것 없음에 태준의 얼굴에 당황한 모습이 역력히 떠올랐다.

모, 몰라! 나도 이게 끝이야!

"저 이제, 뭐 하면 될까요?"

"뭐, 뭘 더 알려달라는 거야. 이제 니 갈 길은 니가 알……."

기대에 반짝이던 눈동자를 내리며 어깨를 축, 늘어트린 수강생의 얼굴은 금세 시무룩하게 변했다. 옘병, 가지가지 귀찮게 한다.

"기다려봐, 찬찬히 생각해서 알려줄 테니."

시무룩한 표정이 영 마음에 들지 않는 태준은 마음에도 없는 시간 끌기에 착수했다. 그제야 수강생의 얼굴에 화색이 돌기 시작한다. 이 정도면 맹신이다.

"주희야, 이제 우리 올라가서 자자."

정원이 씻고 나와 주희를 부르며 손짓하자 태준은 이글이글한 눈빛으로 툭툭, 수강생에게 발로 모스부호를 쳤다.

"아! 언니! 저 전화 좀 하고 올게요!"

눈치는 또 일등이라, 수강생은 스승의 연애를 방해하고 싶지 않았는지 한기가 든 몸을 이끌고 후다닥 밖으로 나갔다. 분주히 사라지는 주희의 뒷모습을 바라보던 정원은 태준에게 시선을 옮기며 눈을 동그랗게 떴다.

"여기, 오 분만."

태준은 소파에 앉으며 어서 곁으로 오란다. 정원은 이제 막 씻어 젖은 수건을 돌리며 웃었다. 사실 아쉽기는 매한가지다.

누가 시키지 않아도 정원은 소파에 앉자마자 태준의 어깨에 머리를 기대었다. 아직, 이자의 사랑한다는 울림이 가시지 않아 마음이 떨리고 설렘이 만개한다.

"내일 저는 오전 신 끝나면 잠깐 CF 촬영장 다녀와야 해요."

태준은 팔을 뒤로 돌려 제게 기댄 정원의 어깨를 감싸며 고개를 끄덕였다.

"잘 다녀와. 나도 내일 아침에 박 대표 만나서 스케줄 조정해야 해."

"박 대표님은 왜 시집 안 가셨을까요? 되게 멋있는데."

"남자보다 멋있는 여자, 남자가 좋아하나?"

장정 열이 덤벼도 어쩐지 이길 것 같은 박 대표. 그 만만찮은 카리스마가 떠올라 정원은 웃음을 터트렸다.

"그럴 수도 있겠네요."

"그때 결혼을 해야 했는데, 놓치고 나니 벌써 이렇게 됐지, 뭐."

정원은 고개를 들었다. 어어? 몰랐어? 뜻을 몰라 자신을 올려다보는 정원을 향하여 태준은 정말 몰랐느냐는 표정을 지었다.

"몰랐어? 박 대표, 황 이사하고 약혼한 사이였는데?"

짧았던 여행을 끝으로 돌아온 현실.

드라마는 2회 연장에 들어갔고, 하루하루 결말의 스포일러를 막기 위한 쪽대본이 대부분이었다. 40%를 육박하는 시청률로 쏟아지는 관심 속에 스포일러를 막기 위한 어쩔 수 없는 선택이었지만 김 감독은 마음에 들지 않았다. 시청률이 낮아도 마음 편히 찍던 때가 그리울 정도다.

하지만 얻는 것이 있다면 응당 잃는 것도 있는 법. 시청자가 원하고 투자자가 원하는 이상 어쩔 수 없는 선택이라고, 김 감독은 그렇게 스스로를 위안하기로 한다. 곁에 앉은 태준을 힐끔, 바라보자니 손에 대본을 든 채 잠이 들었다. 지쳐 잠든 태준의 모습을 처음으로 마주한 김 감독의 눈빛에서 안쓰러움이 묻어났다.

마지막 촬영은 일주일 정도 남겨두고 있다. 배우들이 밤샘 촬영과 이어지는 현장 대기에 지쳐가는 것이 눈앞에 훤히 보였다. 두어 시간 눈 좀 붙이고 오라고 하고 싶지만 그마저도 여의치가 않다.

잠시 후, 태준의 촬영이다.

"스탠바이 하겠습니다-!"

목이 쉬어버린 FD의 처량한 외침이 현장을 울리자 태준은 힘겨운 눈꺼풀을 올렸다. 대기 중이던 영수가 달려와 태준에게 비타민 음료를 건넸다.

"됐어, 그만 마실래."

오늘, 다섯 개째다.

"힘들어서 어쩌냐, 얼마 안 남았어."

"감독님은 편집도 하잖아. 고생이네."

태준은 아직 불편한 목을 이리저리 조심히 돌리며 피로를 풀었다.

"감독님, 일주일 남았나, 우리?"

"육 일 정도."

그러고 보니 촬영 마지막 날이 지수가 출국하는 날과 겹친다. 어차피 데려다줄 수도 없게 생겼다. 태준의 긴 하품이 끝날 때쯤, 영혼 없는 정원이 터벅터벅 현장을 걸어왔다.

그때였다.

"어? 밥차네?"

스태프의 목소리에 태준이 뒤를 돌아보았다. 웅장한 포스를 풍겨주시며 밥차가 현장으로 들어온다. 지친 기색의 스태프들이 때아닌 밥차의 등장에 열렬한 박수를 보냈다. 밥다운 밥을 먹어본 것이 벌써 며칠 전인지 기억도 없다.

"민정원 씨 앞으로 밥차 왔습니다!"

앞 좌석에서 운전사가 내리며 외쳤다. 휙! 말이 끝나기가 무섭게 김 감독이 태준을 노려본다. 저쯤, 재민이 태준을 노려본다.

……정원이 노려본다.

"나 아니야, 아니야."

태준은 손을 저으며 부인해보지만 반응들이 영 시원찮다.

아니야! 아니라고!

"이거, 누가 보낸 거예요?"

"보자…… 민정원 씨 팬클럽이라고 되어 있네요. 아름다운 정원 팬클럽 일동이라고, 여기."

황급히 걸어온 정원에게 직원은 카드를 건넸다. 카드를 받아 든 정원은 당황한 눈빛으로 읽기 시작했다. 언제나 응원하고 있다는 플래카드와 함께

서른 명쯤 모여 찍은 단체 사진. 그리고 편지.

이건, 진짜다.

"팬클럽에서 보내줬네?"

"그런가 봐, 그렇게 적혀 있어."

정원과 재민과의 대화를 엿듣던 스태프들의 환호성이 뒤섞인 박수가 터지고, 정원은 카드를 읽고 또 읽었다.

"정원아, 최고."

"몰라, 나 지금 어안이 벙벙해."

대중의 사랑을 받는다는 것이 꼭 징표가 있어야만 느껴지는 것은 아니겠으나, 인터넷이고 TV고 일절 끊어버린 정원에게 대중의 사랑을 감지할 만한 끈이 있을 리 없었다.

그런 그녀에게 대중의 사랑이라는 건 보아도 믿기지 않고 들어도 믿기지가 않아, 정원은 꿈인가 싶어 현수막을 들고 사진을 찍어 보내준 팬들의 얼굴을 한참이나 바라보았다. 손가락으로 만들어준 팬들의 하트가 정원의 마음속으로 깊게 들어온다.

참으로 고된 나날이 아닐 수 없었다. 태준의 상대역이라는 이유로, 가당치도 않은 무명이라는 이유로 그들의 비난을 그저 삼킬 수밖에 없었던 지난 날들.

"정원아, 이런 건 사진 찍어서 올려줘야 해. 그래야 보내준 사람들이 보고 좋아하지."

"그래? 그럴까?"

정원은 주섬주섬 휴대폰을 꺼내어 밥차를 보이게 셀카를 찍기 시작했다. 밥차가 너무 커 잘 찍히지 않는다.

"서봐, 내가 찍어줄게."

재민은 뒤로 서너 걸음 걸어 사진을 찍어주었다.

"하나, 둘, 셋!"

정원은 브이를 그리며 활짝 웃었다. 언제 또 달려왔는지 식판을 든 주희가 따라서 브이를 그렸다. 사진을 다 찍은 정원은 물끄러미 뒤를 돌아 태준을 바라보았다.

팔짱을 끼고 몸을 벽에 비스듬히 기댄 채 이쪽을 바라보는 것이, 좋단다. 기쁘단다.

그저 흐뭇하다고.

"좋겠네, 우리 세일러문."

최고. 활짝 웃는 정원에게 태준은 웃으며 엄지를 들어 보였다.

"여보세요?"

대기실에서 정원은 낯선 번호로 걸려온 전화를 받았다.

-민정원 씨 휴대폰 맞습니까?

"네. 그런데 누구시죠?"

-여기는 한국당 김우찬 의원님 비서실입니다.

정원은 들고 있던 대본을 내려놓았다.

"한국…… 당이요?"

-다름이 아니라 저희 의원님께서 민정원 씨와 함께 저녁 식사를 희망하십니다. 저희 쪽에서 모시러 가려 합니다. 시간은 내일 저녁 여덟 시입니다.

"네? 여보세요?"

흔한 일인 걸까. 수화기 넘어 들려오는 목소리는 일개 사무적인 목소리가 틀림없다.

-스케줄은 없는 것으로 알고 있습니다. 촬영은 조정되어 시간 안에 끝날 테니 준비하시고 내일 여덟 시까지 뵙겠습니다.

"여보세요! 아니, 제가 왜 그분을 뵈어야 하죠? 그리고 제 스케줄은 회사를 통해서 직접……."

수화기 넘어 남자는 웃는다.

……그래, 처음엔 다 그렇더라. 하지만 걱정하지 마. 나중엔 네 발로 걸어올 테니.

-여보세요, 민정원 씨. 김우찬 의원님 모르십니까?

"아뇨, 알고 있습니다."

김우찬 국회의원. 현 집권당인 여당의 실세이자 대한민국을 흔드는 권력의 소유자. 상상도 할 수 없는 국가적 파워.

그럼 긴 말은 필요 없겠지, 수화기 너머 남자는 업무를 종료한다. 네가 배우로 살아가고자 하는 이상, 거부란 있을 수 없다.

-그럼 끊겠습니다. 내일 뵙죠.

"오빠, 한국당 김우찬 국회의원 알지?"

"알지 그럼. 대세잖아, 대세."

운전을 하는 서 실장이 호들갑을 떨며 말했다. 정치에 '정' 자도 모르는 서 실장이 저 정도로 말할 정도면 말 다 한 것이다.

"요번 서울 시장 후보라는 얘기가 있어. 대권에 나가려고. 당에서 그렇게 밀어준다는데."

정원의 머리가 복잡하다. 저도 모르게 엄지 손톱을 질끈 물며 차창 밖으로 시선을 돌렸다. 의원님 비서실이라며 전화를 걸어온 사내와의 마지막 대화가 자꾸만 떠오른다.

'그럼 끊겠습니다. 내일 뵙죠.'

'저기, 잠시만요. 제가 나가지 않겠다면요? 이런 전화가 처음은 아니시잖아요.'

사내는 잠시 망설였다. 이런 질문은 처음이었을까.

'……그런 일은 없었습니다. 감히 말씀드리지만 옳지 않은 선택은 하지 않는 게 좋습니다.'

기본적으로 매니저를 통하거나 에이전시를 통하지 않고 직접 걸려온 전화. 목적을 돌리지도 회유하지도 않으며 오로지 전달, 통보만이 있던 상황. 절차와 협의 따위 철저히 무시되었던 조금 전의 일들은 그가 '김우찬'이기에 가능했음을 모르지 않는다.

크게는 정치로부터 검찰, 언론까지 그로부터 시작되어 그로 끝나는 정치 인맥. 말 한마디로 태산을 움직인다는, 태어날 때부터 정치가라는 차원이 다른, 권력.

……답이 없다.

정원은 도무지 뭐라고 말을 꺼내야 할지 몰라 서 실장의 눈치를 보며 입을 열었다. 오늘 유난히 예민한 서 실장이기에 더욱 그러했다.

"오빠, 예를 들어 그 정도 되는 사람이 나를 불러 저녁 먹자고. 그런데 내가 안 갔어. 괜찮을까?"

뜬금없는 소리에 별 반응 없는 서 실장은 힐끔, 룸 미러로 정원을 바라봤다.

"만약이라도 그런 말 하지 마."

"아니, 그냥. 궁금하잖아."

"이민 가야지, 여기서 괜찮을까? 그런 사람들은 못 하는 게 없다는데, 못 만드는 일이 없다는데."

"……그렇겠지?"

"용돈 주겠다는 졸부 돈놀음이나 대기업 임원이 광고 꽂아주겠다며 들이대는 거랑 같겠어? 차원이 다른데."

그런 스폰서 있으면 하고 싶은 건 다 하고 살긴 하겠다. 서 실장이 농을 하며 웃는다.

"그래도 그런 사람들이 더 무서운 거야, 정원아. 잘못 잡히면 답도 없어요."

"그러게. 그렇지……."

후. 정원의 입술 사이로 긴 한숨이 흘러나온다. 자꾸만 손에서 땀이 나 청바지로 쓱쓱, 땀을 닦으며 마른침을 삼켰다. 얼마나 대단한 사람인지, 현실감이 없는 게 사실은 더욱 불안했다.

……가지 않는다면? 부름에 응하지 않는 대가를 예측할 수 없다. 저 하나로 끝날 문제인가, 정원은 아랫입술을 질끈 깨물었다. 상상조차 막연하다는 것이, 이렇게 무서운 일인 줄 몰랐다.

"오빠, 오늘 시간 좀 있어?"

"시간? 왜?"

"아니, 나 할 말이 있어서요."

"지금 해. 나 오늘은 사무실 들어갔다가 제사라 집에 바로 가야 해, 정원아."

야! 운전 똑바로 해! 차선을 급하게 변경하는 앞차 덕분에 덜컹 흔들린 차. 예민해진 서 실장이 저 혼잣말로 크게 흥분했다. 놓쳐버린 타이밍에 정원은 밖으로 시선을 돌렸다.

"……그럼 내일 잠깐 얘기 좀 해요. 지금은 운전하고."

정중하게 거절하면 될 거야. 정중하게. 스스로를 토닥이며 속삭였다.

오랜만의 이른 퇴근이건만 정원의 마음은 복잡하기 이를 데 없다. 그렇게 좋아하는 서울의 야경도 눈에 들어오지 않는다. 태준은 일이 있어 먼저 떠난 뒤였다.

"부르셨어요."

태준은 의자에 털썩 앉아 선글라스를 벗었다. 앞에 앉은 사내와 눈도 마주치지 않는 것이 좋은 관계는 아닌 듯싶다. 반가운 기색 없이, 왔냐는 인사 없이 사내는 태준의 모습을 주시했다.

"뭘 이렇게까지 내외하고 살아. 집에는 발도 들이지 않는다며."

"누가 찾아야 말이죠. 누가 보고 싶어 한다고 집엘 가요."

태준의 날 선 대꾸를 예상했다는 듯 앞에 앉은 사내는 고요하게 차를 마셨다. 향은 깊으나 다소 식어버린 차. 평소 다도를 즐기는 사내의 미간이 금세 구겨졌다.

"듣자 하니 기자 하나를 박살 냈다며. 인정머리 없긴. 고소 취하해줘."

멈칫, 의미 없이 휴대폰을 바라보던 태준의 시선이 정지한다. 자신의 이름으로 고소를 한 것도 아니건만 앞에 앉은 사내는 모르는 것이 없다.

"요즘 제 뒷조사하세요? 모르는 게 없으시네. 할 일이 그렇게 없으신가?"

"안 해도 들어와. 안 들리게 해."

태준은 신경질적으로 휴대폰을 테이블 위에 올려놓았다. 구겨진 미간은 앞에 앉은 사내 못지않다.

"취하 안 해요. 박살 내기로 이미 마음먹었으니까."

"심보 곱게 써. 기자가 드라마 조금 해쳤다고 고소를 해?"

"……모르는 소리."

섞을 수 있는 말이 많지 않기에 태준은 짧게 답하며 입을 다물었다. 딱히 마시고 싶은 생각은 없었으나 뭐라도 해야 할 것 같아 태준은 김이 서린 차를 마셨다. 한입 삼킨 태준은 이내 배신감에 찬 눈빛으로 이글이글 김이 서린 찻잔을 쏘아보았다.

아, 옘병. 이럴 줄 알았어. 뭔지 모르겠으나 쓰다. 드럽게.

"내가, 차기 대선에 출마하려고 한다."

태준은 차를 내려놓던 손길을 멈췄다. 하지만 이윽고 침착하게 다시 찻잔을 들어 차를 한입 삼켜냈다. 쌉쌀한 차의 풍미가 입안을 맴돌지만 더 이상은 감각이 없다.

"그래요, 저는 드라마 끝나면 아시아 투어 있어요. 그거 끝나면 중국 영화. 끝나……."

"태준이 네가 좀, 도와야겠다."

태준은 마시던 차를 내려놓았다. 고개를 저으며 거절하는 그 모습엔 일말의 망설임도 없다.

"뭘 도와요, 제가. 이제 와서 새삼스레. 딴따라한테 뭐, 바라는 거 있으세요?"

"……."

"큰아버지. 지금처럼 살죠, 우리. 사람 취급 안 하신 게 벌써 십 년이에요. 호적만 안 팠지 내가 이 집 식구는 아니지 않나?"

"그만둬, 이제. 놀 만큼 놀았으면 됐어."

강호섭. 현 한국당 최고위원. 태준의 큰아버지.

대법원 부장판사 출신으로 대한민국 6선 의원이다. 태준을 법대로 이끈 가장 큰 울타리기도 하다. 슬하에 아들이 없는 강호섭은 태준에게 남다른 애정이 남달랐다.

"놀다니. 누가요, 제가요?"

"그만둬. 네 나이가 이제 그럴 나이가 아니야."

"아니긴요, 한창인데. 게다가 누구처럼 정년퇴직 없는 직업이라."

그래서 그랬을까. 태준이 배우의 길을 걷겠다고 선언했을 때에 강호섭에게 제일 먼저 찾아온 것은 다름 아닌 분노였다.

"뭔 농담 따먹기를 이렇게 말끝마다 하고 있어."

"제가 지금 농담하는 걸로 보이세요? 답답하네."

대를 잇는 법조인으로 집안의 뿌리를 세우고자 했었다. 어릴 적부터 남다른 영특함을 자랑하던 태준은 강호섭의 희망이었고, 뿌리의 시작이었다. 하지만 모두의 반대를 무릅쓰고 기어이 배우가 되겠다며 태준은 일방적인 통보를 해왔다.

"떳떳하게 가족관계 밝히지도 못할 일을 대체 뭐하러 해!"

목소리가 제법 올라갔음을 느꼈는지 강호섭은 꽉 조인 넥타이를 느슨하게 풀며 한숨을 내쉬었다. 싱가포르에서 큰 로펌을 운영하는 태준의 부친은, 그길로 태준과의 연을 끊었다.

"떳떳하지 않아서 못 밝히는 게 아니고 서로 불편할까 봐 안 하는 것뿐."

하지만 혈연이다. 끊고 싶다고 끊어지는 관계는 아니었다.

"숨기는 것도 한계가 있어. 언제까지 숨길 수 있을 거로 생각해."

"숨길 수 있을 때까지. 하루라도 더."

차갑게 오가는 말과는 다르게 그간 태준의 뒤를 알게 모르게 봐준 것도 강호섭이다. 알 만한 사람들은 이미 가족관계를 알고 있었으나, 신문과 언론의 입을 막아 세상에 드러나지 않은 것이 벌써 이렇게 오래되었다. 잠시 격분했던 마음을 다스리며 날 선 표정의 강호섭은 의자 뒤로 등을 기대며 더욱 미간을 좁혔다.

"정리해. 이제 그만 은퇴하고 차라리 싱가포르 가서 애비나 도와."

"나보단 큰아버지가 가서 도와주는 게 더 좋을 것 같은데. 은퇴할 때 되지 않았나?"

집안에 딴따라가 생겼다며 태준을 보지 않고 산 것도 어느덧 십여 년. 때가 되면 멈추겠지, 알아서 돌아오겠지. 기다리며 지낸 세월이 벌써 강산이 변했다는 시간이다. 한마디도 지지 않는 태준을 매섭게 노려보던 강호섭은 천천히 차를 마셨다.

"김우찬 지지 세력이 만만치 않아. 자칫하면 밀리겠어."

"인생이죠, 국민의 뜻이 그렇다면 그걸 인력으로 막을 수는 없지 싶은 데."

……망할 놈, 성격이 지 애비랑 한 치도 다름없이.

김우찬. 호방한 성격과 대찬 정치, 올바르고 청렴한 이미지를 내세워 국민의 전폭적인 지지를 끌어내고 있다. 신흥세력이 더 무서운 것이, 젊은층의 지지에 힘을 얻어 온라인 세상을 군림한다. 상대적으로 지지층의 연령대가 높은 강호섭은 투표율에서 앞설 수는 있겠으나, 차기 대권후보를 가려야 하는 상황에 김우찬이 결코 만만한 상대가 아닌 것은 확실했다.

태준은 모처럼의 호출이 불편하다. 역시나 미간의 주름이 없어지지 않는다.

"그만하고 도와. 이제 가족관계도 세상에 알리고."

"아직은 생각 없네요."

젊은층의 지지율을 끌어올리는 데 강태준만 한 것이 또 있을까. 강호섭에게 그만한 히든카드는 다시없을 것이다.

태준은 시계를 바라보았다. 피곤하다, 드럽게.

"들을 얘기 다 듣고, 할 얘기 다 했는데. 저 자러 갑니다. 며칠 잠을 못 자서 지금 정신이 하나도 없어 미칠 지경이니까."

"결혼도 해야지. 네 나이가 올해 서른셋이던가?"

"제가 알아서 해요. 허튼 생각 꿈에도 마세요. 가요, 저."

강호섭이 웃는다. 천하에 몹쓸 놈, 앉은 자리에서 십 분을 허용치 않는다.

"또 보자."

"……찾지 마세요. 불러도 안 올 거니까."

"NG!"

집중력이 떨어진 탓일까, 정원이 재차 NG를 내고 있다. 때아닌 NG의 향연. 정원의 이마에 식은땀이 송골송골 맺히자 태준은 급하게 손수건을 꺼내어 정원에게 건넸다.

평소보다 지문이 많거나, 대사가 많은 편은 아니었다.

"왜 그래, 힘들어? 어디 아픈가?"

"아, 아니요. 금천교에 다시 오니 긴장했나 봐요. 죄송해요."

죄송은 무슨, 안색이 좋지 않아 염려되는 터에 태준은 정원의 얼굴을 살폈다. 무리한 일정에 피곤했는지 정원의 얼굴은 식은땀으로 가득하다.

"병원 가봐야 하는 거 아냐? 식은땀이 이렇게 나는데."

"더워서 그런가 봐요. 괜찮아요."

태준은 이 모든 사건의 원흉인 망할 김 감독을 노려보았다. 재촬영 준비에 여념이 없는 김 감독은 평온한 표정이기에 더욱 태준의 분노가 치솟았다.

애, 애를 잡아 죽일 셈인가? 입원하면 산재 처리 해주나! 노동청에 신고
해도 되나! 신문고에 탄원서 한번 올려줘?

엠병…….

밀려 넘치는 촬영이 마음에 들지 않지만 어쩔 수 없다. 비루한 쪽대본은
누구랄 것 없이 죽을 맛이니까.

"자! 집중합시다!"

다시 한 번 스탠바이다. 좀처럼 침착하게 가라앉지 못하는 마음. 정원은
심호흡을 하며 대사를 정리했다.

"어쩌지, 오빠. 오늘 여덟 시까지 나오라는데."

정원은 쉬는 시간, 대기실 안에서 서 실장을 붙잡고 실토했다. 서 실장은
흔들리는 동공을 깜빡였다. 단번에 이해하기 어려웠는지 예상보다 반응속
도가 현저히 느리다.

"오늘? 전화는 언제 받았어?"

"어제…….."

"어제 바로 말을 해야지! 바보야? 넌 진짜! 이럴 거야? 그래서 어제 김우
찬이 어쩌고저쩌고 물어본 거야? 너 진짜 정신 안 차릴래?"

할 말이 있다던 정원이 떠올라 서 실장은 말끝에 아차, 싶다. 조금 더 신
경 써볼 것. 조금 더 귀를 열어볼 것.

"어제 오빠가 정신이 없어서…… 오늘 말하려고…….."

"아무리 내가 정신이 없어도 그렇지, 이런 문제는 바로바로 얘기를 해야
지!"

이 바보야! 서 실장은 저도 모르게 음성을 높였다. 덩달아 덜컥 내려앉은
심장이 거세게 뛰기 시작했다. 하지만 누구보다 불안할 정원의 앞에서 흔들
릴 수 없는 상황이니까, 가능한 한 침착해보기로 한다.

"어쩌면 좋을까? 가야 하나? 그래도 가서 말하는 게 좋겠지?"

서 실장도 처음 겪어보는 일인지라, 섣불리 대답을 하지 못한 채 숨을 죽이며 망설였다.

"갈 때 가더라도 나하고 같이 가. 어제 전화 온 번호 있지? 나 좀 줘."

"이쪽으로 차를…… 보내준대……."

정원이 휴대폰을 들어 번호를 불러주자 서 실장은 빠르게 번호를 입력했다.

"너, 아무 생각 하지 말고 우선 촬영 집중해. 생각은 내가 할 테니까."

정원은 기운 없는 고개를 끄덕였다. 애타는 마음을 알 리 없는 시간은 잔인하게 흘러 묵묵히 제 갈 길을 가고 있다.

"정원아, 강태준 씨한테는 말 안 할 거지?"

"미, 미쳤어, 오빠?"

"할까 봐 걱정돼서 하는 소리야. 하지 마. 강태준 씨가 알아봐야 너한테 좋을 일이 없어."

……알아.

"황 이사님께는 보고드려야겠다. 아무래도 우리 둘이 생각하는 것보단 나을 거야."

"그냥 가서 정중하게 거절하고 오면 괜찮지 않을까? 난 그럴 생각이었는데……."

"너만 정중하면 뭐 해? 그쪽에서 정중해준대? 이런 제정신 아닌 사람들이 그렇게 신사적으로 나올 거 같아서?"

서 실장은 정원의 이마에 살짝 콩 하니 꿀밤을 놓았다.

"정신 차려. 배우가 연기나 해. 그래서 그렇게 NG를 냈어? 이런 걸 걱정이라고. 걱정하지 마! 오빠가 그렇게 무능력한 사람이야?"

평소보다 힘이 들어간 서 실장의 모습. 이상하게 힘이 되어 정원은 웃음을 터트렸다.

"아니, 우리 오빠 최고지."

"걱정하지 마. 이 오빠가 알아서 할게."

말은 떵떵거렸지만 막막하기로는 자신도 매한가지. 우선 황 이사에게 빠른 보고가 우선이라 생각하며 서 실장은 휴대폰을 들었다.

……문 뒤, 귤을 들고 서 있던 태준은 조용히 발걸음을 옮겼다.

"내가 지금 무슨 소리를 들은 거야."

들은 이야기가 쉽게 정리되지 않아 머릿속에서 버퍼링을 무한 반복하다 멈춘 태준은 이를 아득 물었다.

김우찬이라면 어제 만난 큰아버지가 말한 만만치 않다던 그. 그놈 아냐? 한국당?

복잡하게 엉켜들었던 머릿속이 조금씩 정리되자 그 소름 돋는 추악함에 소름이 돋았다. 깨끗한 이미지 같은 소리 하고 있네. 허. 태준은 이가 갈린다.

뒤로 호박씨를 까도 유분수지 이런 갈아 마셔도 시원찮은 것들. 오장육부를 뽑아 곱창을 구워도 분이 안 풀릴 것들을 보았나.

이 바닥에 그런 일이 흔하디흔한 일이라지만. 그래, 누군가에게는 하늘에서 내려오는 동아줄도 될 수 있다, 하지만. 없는 일이라 말하기엔 존재하고, 있는 일이라 말하기엔 모르는 게 약이라지만.

미치지 않고서야, 제정신인가?

생각을 마친 태준은 천천히 휴대폰을 꺼내 들었다. 서 실장은 어림도 없다. 상대가 그렇다면 제아무리 황 이사라도 어쩔 수 없을 것이다. 상대는 정권을 흔드는 국회의원. 벌집을 잘못 쑤시면 날아들 독침이 수십 방이다.

결심했을까. 태준은 조금 전 정원이 서 실장에게 불러준 비서실의 전화번호를 누르며 휴대폰을 들었다.

"여보세요? 네, 수고 많으십니다. 민정원 씨 매니저인데요. 오늘 여덟 시 장소가 혹시 어딘지 미리 알 수 있을까요?"

후. 정원은 조바심이 마음을 좁히는 까닭에 가방끈을 조심히 잡았다. 심장소리가 귓가에 맴돌아 현기증마저 일었다. 뭐가 이렇게 떨려, 세상에.

"가자, 정원아."

서 실장이 정원의 어깨를 툭, 쳤다. 황 이사한테는 이미 보고가 들어간 상황이었고, 문제를 크게 만들지 않기 위해 우선 이동하라는 연락을 받았다. 고개를 끄덕인 정원이 걸음을 옮기기 시작했다. 돌덩이라도 묶였을까, 걷는 걸음이 무거운 탓에 습관처럼 아랫입술을 말아 올렸다.

현관을 나서자 반들반들 윤기 흐르는 검은색 세단이 보인다. 두어 명의 사내가 정원을 발견하곤 급히 차에서 내렸다.

"모시고 갈 분은 한 분입니다."

사내는 감정 없는 음성으로 팔을 들어 앞을 가로막으며 서 실장을 제지했다.

"민정원 씨 매니저입니다. 같이 가겠습니다."

"두 번 말하지 않습니다. 모시고 갈 분은 한 분입니다."

정원이 뒤를 돌아 서 실장을 바라보았다.

"황 이사님도 오기로 했으니까, 걱정하지 마요."

……이런 것으로 유명세를 치를 아이였다면 진즉에. 이렇게 어렵게 돌아오는 일 없이, 목적이 성공이었다면.

단지, 그것뿐이었다면.

"갈게요, 오빠. 연락할게요."

전화해, 기다릴게. 사내들의 알 수 없는 위압감에 서 실장은 고개를 주억거리며 정원을 향해 낮게 중얼거렸다. 더 이상의 실랑이는 의미가 없는 것이다.

"전화해, 전화해. 정원아."

정원이 차에 올라타자 검은색 세단은 이윽고 출발했다.

황 이사는 먹먹한 발길로 익숙한 복도를 걸었다. 이곳은 영화제 시사회로 자주 찾았던 호텔이다. 발목이 묻힐 듯 폭신한 카펫 위를 걷는 황 이사의 표정은 평소엔 보기 드물게 날 선 기색이 역력했다.

스위트라니, 스위트라니.

비교적 평온했던 오후에 서 실장에게서 연락이 왔다. 이런 거물급 의원의 직접적인 호출은 황 이사도 처음이었는지라 책상에 앉아 생각에 몰두했던 때, 자신의 휴대폰으로 도착한 익명의 메시지엔 정원이 도착할 호텔의 시간과 호수가 적혀 있었다. 대놓고 역겨운 허세에 황 이사는 한숨이 나와 깊은 숨을 내쉬었다.

김우찬이라…….

박 대표에게 자문해볼 것을 그랬나. 그 당찬 성미라면 똑 부러진 대책을 내놓았을지도 모르는 것을.

……하지만 내 식구니까. 내 아이니까.

방도가 딱히 있는 것은 아니나 정원이 원치 않는 이상 방패가 되어야 한다. 스위트룸 앞에서 황 이사는 무엇도 하지 못한 채 한참을 망설였다.

시간은 오후 7시 40분. 잠시 후면 정원이 이곳에 도착할 것이다. 정원이 도착하기 전에 허락된 시간 내에 모든 용무를 마쳐야 한다.

후, 결심했을까. 굵은 한숨을 끝으로 황 이사는 스위트룸의 벨을 눌렀다. 무량억겁처럼 흘러간 서너 초. 잠시 후 문고리를 내리는 소리와 함께 황 이사의 마음만큼 무거운 현관문이 열렸다.

"다, 당신이 여긴 어쩐 일이야."

문을 열어 방 주인을 확인한 순간 황 이사가 놀라 주춤하여 두어 걸음 뒷걸음질을 쳤다.

"그러는 이사님이 여긴 왜?"

박 대표였다.

"이게 무슨 일이야, 태준 씨 연락받고 왔어?"

두통이 밀려올 것만 같다. 황 이사는 지그시 눈을 감으며 관자놀이를 눌렀다. 메시지는 태준의 것이었다.

"무슨 일이냐니까? 이사님이 나 부른 거야? 여기로?"

갑작스러운 황 이사의 등장에 놀란 것은 박 대표도 마찬가지였다. 볼일이 있으니 일곱 시 반까지 도착해 있으라는 태준의 엄포에 박 대표가 열 일 제쳐놓고 달려와 도착한 곳은 때아닌 호텔 스위트룸이었다. 무슨 일인가 싶어 전화를 그렇게 해도 받지 않더니, 방문객이 황 이사다.

물어도 답을 해줄 수 없는 두 사람이 말없이 시간을 죽이고 있는 그때. 똑똑, 스위트룸을 두드리는 소리에 박 대표는 태준인가 싶어 잰걸음을 걸어 문을 열었다.

"룸서비스입니다."

"네? 룸서비스는 시킨 적 없는데요?"

"이건 사전에 예약된 거라……."

예약이요? 박 대표는 꽤나 종류가 많은 룸서비스를 바라보다 이마를 짚었다. 강태준 너 이 자식!

멀뚱멀뚱 자신을 바라보는 직원을 바라보던 박 대표는 잠시 휘청거렸다.

"아, 들어오세요."

박 대표는 머뭇거리는 직원을 안으로 들여 룸서비스를 받았다.

"그리고 로비에서 이것도 함께 전해드리라 하셨습니다."

직원은 공손한 손길로 박 대표에게 카드를 건네주었다. 비교적 짧은 글을 읽어 내린 박 대표는 황 이사에게 카드를 던졌다.

"읽어. 이사님한테 보낸 거야."

말없이 창밖을 응시하던 황 이사는 테이블에 내동댕이쳐진 카드를 들어 읽기 시작했다.

[황 이사님, 걱정하지 마시고 박 대표와 좋은 시간 보내시길. -강태준]

"이게 대체 무슨 말이야? 응? 무슨 뜻이야, 이사님."

황 이사는 카드를 던져버렸다.

"으리으리하구만?"

7시 50분. 호텔 뒤 작은 별채 건물로 태준이 멈춰 섰다. 꽤나 격식 있게 차려입은 태준의 모습은 누가 보아도 비즈니스 차원으로 호텔을 방문했구나, 할 수밖에 없다.

"죽이네. 이런 곳을 숨겨두고 있었어."

태준도 이 호텔에 공적으로 수십 번 드나들었지만 별채가 있다는 건 오늘 처음 알았다. 구경도 정도껏이라, 지금은 목적 달성이 시급하니 감탄은 잠시 미뤄두기로 한다.

십 분이면 끝. 성큼성큼 걸음을 옮긴 태준은 일말의 망설임 없이 별채의 벨을 눌렀다. 얼마나 기다렸을까. 잠시 후 문을 열며 태준의 얼굴을 마주한 비서는 경직된 자세로 두 눈을 치켜떴다. 이내 밖을 힐끔 바라보며 사방을 살피는 표정은 꽤나 경계하고 있음을 느낄 수 있었다.

"무슨 일이십니까."

"여기 계신 의원님 좀 뵈러 왔습니다."

순간 흔들린 비서의 눈빛은 누가 무엇을 제보하였는지 사뭇 불안해 보였다. 하지만 이내 평정심을 찾은 듯 비서는 손을 들어 태준을 제지하며 설핏 사무적인 웃음을 보였다. 이 바닥 잔뼈가 굵은 비서에게 능동적인 일처리쯤은 갖춰야 할 기본 덕목이니까.

"사전 약속 없이는 어렵습니다. 죄송합니다."

그럼 이만. 비서가 서둘러 문을 닫으려 하자 태준은 급히 닫히는 문을 잡았다. 사무적이던 웃음마저 사라진 비서는 냉소한 표정으로 태준을 바라보았다.

"강태준 씨, 지금 이곳에는 김우찬 의원님이 안에 계십니다."

"알고 왔습니다."

"강태준 씨. 김우찬, 의원님이십니다."

"알고 왔다고 하지 않았나?"

태준은 조금 더 비서 곁으로 다가섰다. 그런 태준을 마주하는 비서의 표정도 무엇 하나 흔들리는 것이 없다.

강태준. 꽤나 똑똑한 줄 알았는데 그것도 아니었나 보다. 말귀를 제대로 알아듣지 못하는 태준을 향해 비서는 마지막으로 아량을 베풀어보기로 한다.

"의원님께선 잡음을 싫어하십니다. 그럼 이만 닫겠습니다."

"당신 주인 목숨 구하러 왔어. 열어."

"누구야."

나지막한 김우찬의 목소리가 들렸다. 태준은 엷게 웃었다.

"누구?"

태준은 별채에 들며 이곳저곳 훑어보기 시작했다.

……죽이네, 좋구만. 다음에 와야겠네, 우리 세일러문하고.

"배우 강태준입니다."

김우찬은 힐끔, 뒤를 돌아 태준을 바라보았다. TV 속 인자한 미소는 어디도 없이 바라보는 시선엔 표정이 없다.

"젊은 친구가 나에게 볼일이? 여기 있는 건 누구한테 들었는지?"

"중요한 것만 대답해드리죠."

주변을 물린 김우찬은 창밖으로 시선을 옮겼다. 상대가 강태준이라 한들 정권을 흔드는 이 세계에선 그저 한낱 딴따라에 불과하다. 하지만 어쩐지 예감이 좋지 않은 탓에 김우찬의 미간이 깊게 파였다.

"민정원 씨가 지금 이쪽으로 오고 있습니다. 돌려보내 주시죠. 용건은 이렇습니다."

얼마의 정적이 흘렀을까. 김우찬이 기가 차다는 듯 웃었다.

이건 또 뭐야.

"자네 지금, 무슨 일을 하고 있는 줄 아는가?"

태준은 소파에 털썩 앉았다. 테이블엔 한 잔 정도 마셨을 고급 와인병이 놓여 있다. 반 잔 정도 담긴 김우찬의 와인 잔.

"모를 리가. 당신 목숨 구명하러 왔다고 분명히 아까 그 친구한테 얘기했는데."

그리고 주인을 기다리며 비어 있는 와인 잔.

"건방이 지나치면 화를 면하기 어려울 터."

비어 있는 와인 잔을 응시하며 이내 참기 힘든 분노가 치솟았지만 태준은 심호흡을 하며 팔을 걷어 손목시계를 바라보았다. 3분이 지났다. 더는 시간이 없다.

후. 내가 이렇게까진 안 하려고 했는데. 태준은 중얼거리며 어디론가 전화를 건다. 신호음이 흐르는 휴대폰 스피커폰을 켜고, 탁자에 올렸다.

"여보세요."

태준의 행동을 주시하던 김우찬은 수화기 속 목소리에 자신의 귀를 의심한다.

이건! 이, 이건……!

"어디세요? 시간 다 돼가는데."

-거의 다 왔어. 무슨 일이야, 이 시간에.

태준은 손깍지를 낀 채 상체를 앞으로 수그리며 김우찬 쪽으로 시선을 돌렸다.

"그냥요, 식사나 하자고요. 보여드릴 사람도 있고."

강호섭이다. 강호섭이 확실하다.

김우찬은 밀려오는 긴장감에 소파에 기댄 몸을 일으켜 휴대폰을 노려보기 시작했다.

-근처야. 금방 가.

"전화 주세요."

간단한 대화를 끝으로 태준은 휴대폰을 들어 통화를 종료했다.

"모르나? 이 목소리?"

"니가…… 강호섭을…… 말도 안 되는 소리."

"듣고도 못 믿나? 통화, 연결해드려요?"

의심이 많으시네. 태준은 또다시 중얼거리며 휴대폰을 휘휘, 김우찬 코앞에 들이밀었다. 움찔움찔, 태준이 휴대폰을 제 얼굴에 들이밀 때마다 김우찬이 움찔한다.

5분이 흘렀다. 이젠 정말 종료해야 한다.

"전화 넣으시죠, 민정원 씨한테. 그렇지 않으면 오늘 강호섭 씨하고 나하고 민정원 씨하고 여기서 고스톱 칠 준비하시고. 광 좀 팔아보셨나? 난 잘 파는데."

……뭐냐, 넌. 대체 누구냐.

김우찬은 지금은 후퇴가 최선이라는 것을 알고 있다. 어떤 이유로 강호섭을 알고 있는지 모를 일이나 확실한 건 강호섭이 이쪽으로 오고 있다는 것이다. 판단을 마친 김우찬은 애써 덤덤한 표정을 지으며 천천히 휴대폰을 들었다.

"난데, 올 것 없어. 내려줘."

태준의 날 선 눈빛이 김우찬에게서 떠날 줄을 모른다.

"내려! 말이 많아!"

결국은 감정 조절에 실패했는지 김우찬은 휴대폰을 부술 듯이 탁자에 내려놓았다.

업무 종료. 태준은 옷매무새를 다듬으며 일어섰다.

"그럼 가보겠습니다. 사람이 그렇게 살면 벌 받습니다. 국민을 속여? 내 세금으로 월급 받으면서. 좋은 정치 하십쇼, 의원님."

태준은 속주머니에서 작은 녹음기를 꺼내며 김우찬을 향해 흔들었다.

"아, 그리고 이거 다, 녹음됐어요. 여차하면 공증 맡깁니다."

"공증이라니. 그깟 녹취 따위로 지금 내 발목을 잡아보겠다?"

태준은 힐끔, 김우찬을 바라보았다. 말과는 다르게 식은땀이 흘러내리는 김우찬의 안색이 좋지 않다.

"녹음된 내용을 문서화하여 녹취록으로 가지고 있으면 효력이 좀 있죠. 모르시나? 난 아는데. 난 법대 나왔거든요."

그리고 이깟 녹취가 대수가 아닐 텐데 뭘 모르시네. 태준은 중얼중얼하며 휴대폰을 주머니에 넣었다.

"뒤가 무섭지도 않은 모양이지?"

돌아서는 태준의 발걸음이 멈췄다. 김우찬의 날 선 음성은 이대로 물러설 수 없다는 경고의 뜻이 다분했다.

"인생이 그렇게 오기와 호기로만 이루어질 수 없다는 것을. 언젠간 알게 될 테니 기대하라고."

"기대하죠. 의원님께서 만들어주실 배우 강태준의 다른 인생을."

"인간 강태준도 다른 인생을 살게 될 거야."

아. 거참 말 많네. 빨리 가야 하는데. 태준은 더 이상의 대꾸는 의미가 없으리라. 걸음을 옮기기로 한다.

"민정…… 원이라고 했나?"

다시금 태준의 발걸음이 멈췄다.

"그깟 보잘것없는 계집이랑 연애라도 하나? 대체 내게 이러는 이유가 뭐지? 이유는 말해줘야 할 것 아닌가?"

이를 아득 문 태준의 표정이 좋지 않다. 김우찬의 입가에 비릿한 미소가 흘렀다.

"안타깝군. 그 여자 배우 인생도 자네 덕분에 여기서 종 치게 생겼으니 말이야."

후. 태준은 제법 감정 조절이 어려운지 타이를 느슨하게 풀어 내리며 손목시계를 매만졌다. 분노가 일렁이는 태준의 표정을 보지 못한 김우찬은 태준의 뒷모습에 마지막 인사를 고한다.

"그깟 연애 따위 한답시고 지금 자네가 내게 한 모든 일은 저 문을 열고 나서는 순간 후회할 테니. 시답잖은 연애의 최후가 어떤지 두고 보지."

태준이 대답하기도 전에 주머니 속 전화가 울린다. 결심했는지 태준은 다시 휴대폰을 탁자에 내리며 스피커폰을 켰다.

"여보세요?"

-왔어. 정문이야. 어디냐.

김우찬의 표정이 순식간에 일그러졌다.

설마, 설마 이놈이.

"지금 가요. 식당 자리 좀 잡아주세요. 세 사람으로."

김우찬이 벌떡 일어섰다. 휘둥그레진 눈동자는 금방이라도 튀어나올 것 같다.

내려줬잖아! 이, 이 자식이!

-도대체 누군데, 누굴 만나자는 거야.

태준은 자비 없는 미소를 지으며 테이블로 좀 더 상체를 수그렸다. 김우찬의 이마에 굵은 식은땀이 맺혀 흘렀다.

"큰아버지도 잘 아는 사람인데."

-내가? 누군데. 내가 아는 사람이라니.

크, 큰아버지라니. 동공이 풀린 듯 휘둥그레진 김우찬의 눈동자는 초점이 제대로 맞춰지지 않는다. 태준은 인정 없는 시선으로 김우찬을 응시하며 대사를 읊는 것처럼 감정 없는 음성으로 말을 이었다.

"둘이 볼까 했는데 영 안 되겠네요. 여기 그냥 두고 가려니 내 마음이 좋지 않네."

"이, 이봐. 강태준이……."

김우찬은 무릎을 꺾으며 다급하게 태준의 이름을 불렀다. 이 중요한 시국에 당내 최고위원 앞에서 추잡스러운 스캔들이라니, 정치가의 목숨줄이 달렸다.

"제발. 제발. 없던 일로 하겠네. 없던 일로……."

혹시라도 목소리가 들릴까 개미만 한 목소리로 태준에게 애원하는 김우찬의 모습엔 조금 전의 풍채는 어디서도 찾아보기 힘들다.

-여보세요. 태준아.

"아, 네."

태준은 고개를 조아리며 제게 애원하는 김우찬의 등허리를 바라보았다. 역시나, 무엇도 깃들지 않은 감정 없는 눈빛이다.

-누군데. 내가 알고는 가야 할 것 아냐.

"내, 내가 잘못했네. 내가 잘못했어."

손이 발이 되도록 빌며 김우찬은 태준에게 무릎걸음으로 다가섰다. 고요한 시간. 태준은 잠시 그 모습을 주시하며 말을 아낀다.

"제발…… 제발 부탁이네, 제발……."

얼마나 지났을까. 자신의 발목에 매달린 채 고개를 조아린 김우찬의 모습을 보고 나서야 태준은 날카로운 시선을 돌리며 천천히 휴대폰을 들었다.

……연애하는 사이냐고?

"민정원 씨요. 모르세요?"

아니. 당신이 틀렸어.

"제가 결혼할 사람이에요. 인사시켜드리죠, 오늘."

8. 얼마나 사랑하는지

태준은 달린다. 시간상 호텔을 벗어나진 않았을 것이다. 내가 불안해서, 중국은커녕 강원도나 가겠는가?

역시나, 저 앞에 느린 걸음을 옮기는 정원이 시야에 들어왔다.

"이봐!"

무슨 생각을 하는 것일까, 정원은 듣지 못한 채 걷는 걸음을 멈추지 않았다. 부리나케 달려 숨이 턱까지 차오른 태준은 가까스로 정원의 어깨를 잡았다.

밤의 어둠이 안온하게 사방을 감싸 안던 길목. 마치 두 사람이 만나기를 기다렸다는 듯 일시 환하게 점등된 불빛들은 두 사람의 간격을 더욱 밝게 비췄다.

"부르는데 후. 후…… 듣지도 못하고 후…… 후……."

놀라 움츠러든 정원이 뒤를 돌아보았다. 커다랗게 놀란 눈빛으로 태준을 훑는다. 빛줄기를 받은 정원의 표정은 무엇에 견줄 바 없이 찬연스럽다.

……안녕, 서프라이즈 하지. 나는 언제나, 너에게 그런 사람이 되어줄 것이다.

"여, 여기서 뭐 하세요?"

"너 만나러 왔지."

정원은 눈을 급하게 깜빡였다. 짧은 시간 필름처럼 스쳐 가는 수도 없는 생각들. 생각이 반영이나 된 듯 정원의 눈빛은 세차게 흔들리기 시작했다.

뭐야, 이 사람. 알고 있어……?

시사회에서 튀어나온 것처럼 말끔한 그 모습에 정원은 다음 말을 잇지 못하고 태준을 응시할 뿐이다. 좀 진정이 되었을까, 태준은 정원의 어깨를 툭, 쳤다.

"고명하신 국회의원 만나러 온 거 아닌가?"

"네에?"

그…… 걸…… 어…….

태준은 말없이 웃는다. 대체 알 수 없다는 표정의 정원을 밀며 다시 정문 쪽으로 걸어 올라가기 시작했다. 아무래도 장난기 가득한 그 표정을 보아하니 작당을 한 것이 분명하다.

"그 국회의원, 나랑 같이 보러 가자."

너만 모르는, 작당.

태준은 따라오라며 무작정 걸음을 옮기기 시작했고 얼떨결에 정원은 태준을 따라 걷기 시작했다. 돌아가는 사태 파악이 되지 않아 정원은 걷는 걸음걸음에 혼이 없다. 스폰서를 만나는 길에 애인을 대동하는 여자라. 이거 뭔가 좀, 이상한데.

타이밍이 절대적으로 좋지 않다. 여기서 다른 사람도 아닌 강태준을 만나다니. 그래, 어찌 됐든 상황을 뒤집어야 한다. 백 번 생각해봐도 강태준이 끼어봐야 좋을 일이 없으니까.

아무래도 안 되겠던지 정원은 걷는 걸음을 멈추며 태준의 팔을 잡았다.

"어? 보는 눈 많은데 막 성큼성큼 더듬어?"

……아. 정원은 황급히 태준을 잡았던 제 손을 떼었다.

"저기, 있잖아요. 사실은 저 아까 안 와도 된다는 연……."

태준은 정원의 손을 잡았다. 보는 눈이 있으나 개의치 않기로 한다. 이젠, 숨지 않을 거니까.

"난 몰라, 이제. 따라와."

들어선 식당 안이 한산하다. 룸이 마련되어 있지 않은 호텔 레스토랑은 비상이다.

이 모든 사태의 원흉 강호섭 국회의원은 혼자서 유유자적 차를 마신다. 한 모금 넘기며 인상을 구기는 것이 아무래도 드럽게 쓴맛인 모양이다.

호텔은 VVIP의 갑작스러운 방문에 임시로 외부인 출입을 제한하기로 했다. 두 테이블쯤 예약이 잡혀 있던 일정은 호텔 최고급 룸에서 최고급 음식을 무료로 제공하기로 고객과 원활한 합의가 되었다. 저쯤, 태준이 정원의 손을 부여잡고 등장했다.

태준에게 붙잡혀 끌려가듯 걸음을 걷고 있는 정원은 꿈인가 생시인가 싶다. 자꾸만 땅속으로 빨려 들어갔으면 하는 생각 외엔 아무것도 들지 않는다. 저기, 스폰서의 뒷모습이 보이기 시작했다.

망…… 했…… 다…….

끌려가는 것 외엔 아무것도 할 수 없는 지금. 태준의 손에 도살장으로 끌려가듯 걸음을 옮기며 정원은 아랫입술을 깨물었다.

이자가 어쩔 셈인가. 한바탕 또 난리를 칠 셈인가. 어쩌려고. 어쩌자고…….

"저 왔어요."

태준의 인사. 신문을 읽던 스폰서가 고개를 들었다. 정원은 우뚝, 걸음을 멈춰 섰다. 무슨 상황인지 알 수 없었다.

"어서 와라."

김우찬이, 아니다.

당혹스러움에 정원은 두 눈을 크게 떴고 태준은 의자를 당기며 정원을 끌었다. 태준에게 끌려 자리에 착석한 정원은 숨 쉬기를 잊은 듯 보였다.

"합의하에 나온 건 아닌가 본데. 강태준이."

강호섭은 태준을 보며 비웃는다. 무슨 상황인지 알 길이 없어 고개도 들지 못하는 정원이 죄인처럼 웅크려 앉아 있다. 게다가 앞에 있는 저 사람은 뉴스만 틀면 나오는 여당의 최고위원 강호섭이다. 이게 대관절 무슨 일이라오…….

태준은 고개를 숙인 정원의 손을 잡았다. 이내 얼굴 가까이 다가서며 정원의 귓가에 나직하게 속삭였다.

"민정원 씨, 인사해. 우리 큰아버지."

얌전히 고개를 수그리고 있던 정원이 풀파워로 고개를 들었다.

"네에?"

정원의 놀란 표정에 제법 당황했는지 강호섭은 앞으로 상체를 일으켰다.

"야, 인마, 너는 소개도 안 하고 끌고 왔냐?"

"소개해준다면 애가 고분고분 오나? 안 오니까 끌고 왔지, 별수 있나?"

"집안 망신 다 시켜, 니가! 알아, 인마!"

"소리 질렀어요, 지금 나한테!"

둘 다 눈빛이 이글이글하다. 큰아버지 맞다. 의심의 여지가 없다.

목소리가 컸다 싶은지 헛기침을 두어 번 하며 이내 평정심을 찾은 강호섭은 고개를 까딱, 하며 정원에게 인사를 건넸다.

"반가워요. 민정원 씨라고 했나?"

"네, 처음 뵙겠습니다. 민정원입니다."

정원은 벌떡 일어서 배꼽 인사를 했다. 어찌나 머리를 깊게 수그렸는지 따라놓은 물잔에 정원의 머리카락이 담겼다.

"어어, 조심. 샴푸 없네, 여기."

태준은 정원의 머리카락을 쓸어 조심히 뒤로 넘겨주었다. 그 다정한 손길에 강호섭의 입이 쩍, 벌어졌다.

"넌 누구냐. 누구야, 인마!"

"조카잖아. 왜 이래요, 새삼스레."

눈을 씻고 다시 봐도 저건 강태준이 아니다. 강호섭은 허어, 한탄스럽다.

"민정원 씨는 올해 몇 살인가?"

"올해 스물일곱입니다."

……이런 상 도둑놈 같으니라고. 강호섭은 게슴츠레 눈을 뜨며 태준을 노려보았다. 양심이 적잖게 찔리는지 태준 역시 헛기침을 하며 고개를 돌렸다.

"옆에 앉은 강태준이가 가족관계는 말을 안 해준 모양인데. 보다시피 평범한 집안은 아니라."

"아, 네……."

무안한지 자꾸만 시선이 내려가는 정원의 얼굴을 찬찬히 살폈다. 관상을 믿는 편은 아니지만 얼굴에 악의가 없어 마음에 든다.

"말해주면 도망갈까 봐. 난 그저 때를 기다린 것뿐."

"지금도 늦지 않은 모양인데. 여자 나이 스물일곱이면 한창이지."

"날 만나면서 더욱 한창이 되었죠."

조용히 해요, 정원은 태준의 팔을 툭 치며 밉지 않게 미간을 구겼다. 태준은 영 심기가 불편한지 큰아버지를 바라보는 눈빛이 이글이글하다.

강호섭은 자포자기한다. 같은 업을 하는 사람은 아니었으면 좋겠다고 생각했으나 태준이 좋다면 좋은 것이다.

"일도 하고 연애도 하고 그 직업 좋구만?"

"그걸 이제 아셨어요?"

말려도 들어 처먹을 위인이 아닌 줄은 알고 있다. 나이지리아에서 적선을 하며 살아도 기어이 결혼하고 말 성격이란 것을.

강호섭의 심란함을 아는지 모르는지 정원은 조금씩 정신을 차리며 주위를 살폈다. 이곳은 언젠가 태준과 식사를 했던 그곳, 그 자리다.

"식사 준비해드리겠습니다."

정원이 한껏 과거에 머물러 회상하고 있을 즈음 준비된 식사가 나왔다. 좌우지간 김우찬이 보낸 차에서 볼일이 끝났으니 가도 된다는 말을 듣고 내렸고, 자신은 지금 다른 용무를 보고 있는 것이다. 지금은 이 자리에 최선을 다하면 된다. 그 이후에 생각해도 늦지…… 않겠지?

정원은 짧은 한숨을 쉬며 물을 마셨다.

"그래서, 결혼은 언제?"

강호섭의 돌직구에 정원은 풀파워로 물을 뱉었다. 쿨럭쿨럭, 기침이 끊이질 않아 급한 마음에 휴지로 입을 가렸다. 사레가 들려 얼굴이 붉어진 정원의 모습에 태준은 휴지를 더 뽑아 정원에게 쥐여 주었다.

"글쎄, 내년쯤?"

이, 이자의 입이 무어라 놀리는가!

허! 정원의 놀란 눈이 태준을 향한다. 강호섭은 힐끔, 태준과 정원을 번갈아 바라봤다.

"옆은 금시초문인데? 결혼이 혼자 되나?"

"안 되니까 데려왔지. 눈치가 그렇게 없으세요? 도대체 집안에 도와주는 DNA는 누가 가지고 있나? 누가 가지고 있길래 대체 나눠주질 않고."

태준은 여태 얼굴이 붉은 정원에게 시선을 옮겼다.

"이봐, 민정원 씨. 생각이 없는 건가, 마음이 없는 건가?"

"둘 다 없는 거지. 내 보기엔 그런데."

태준은 휙, 또다시 이글이글한 눈빛으로 강호섭을 노려보았다. 아랑곳없는 강호섭은 덤덤한 표정으로 와인을 마셨다.

"보채지 마, 인마. 도망가."

"내, 내가 언제 보채요?"

"꼴사나워. 집안 망신."

태준이 정색한다.

"집안 망신? 난 전혀. 모르는 일."

"니 애비가 청년 DNA가 없어 못 물려줬지. 지 애비도 대가리에 법 말고 든 게 뭐가 있어, 대체. 나중에 태준 애비 만나 봐요. 철이 없기로는 둘째가 라면 서러운 판박이니."

저기…… 모르시겠지만…… 똑같으세요…….

정원은 아무리 참아보려 해도 참아지지 않아 조용히 미소 지었다. 강태준 둘이 앉아 만담을 나누니 이 어찌 참을 수 있으랴.

무슨 말을 꺼내려는지 태준은 헛기침을 세차게 하더니 와인 잔을 들며 어렵게 입을 열었다.

"복잡한 일 끝나면, 하신다는 일 협조해드리죠."

샐러드를 한입 가져가던 강호섭은 멈칫, 포크를 내리며 태준에게 시선을 고정했다. 얘가 지금 뭐라 하는가. 어제만 해도 이를 갈며 싫다더니.

"약은 두통약하고 감기약만 먹어. 다른 건 먹지 말고, 조사하면 다 나와."

"진심이니까. 나중에 연락드릴게요."

강호섭의 눈이 크게 떠지지만 이내 사그라진다.

"갑자기 왜, 죽어도 싫다더니."

"……그냥, 큰아버지가 무조건 됐으면 해서."

무슨 뜻인지 알 수 없는 정원은 그저 미각 잃은 입안으로 꾸역꾸역 닥치는 대로 조금씩 밀어 넣었다. 무얼 먹는지 무얼 마시는지 감각이 없다.

태준은 그런 정원의 모습에 테이블 밑으로 가만히 손을 잡으며 와인 잔을 들었다. 괜찮다고. 괜찮아도 될 시간이라고.

"와인 한 잔 더 드려요? 팔자 좋네. 드럽게 비싼 건데 막 사 드시고."

"돈은 니가 더 벌어. 좀 사라, 좀."

태준은 단호하다.

"결혼 앞둔 남자가 돈 모으는 게 쉬운 줄 아세요? 연예인은 대출도 안 돼.

보증 좀 서주시나?"

망할 놈. 누가 물려줬나, 저 드러운 유전자는. 강호섭은 혀를 차며 잔을 내밀었다.

"민정원 씨도 한 잔."

"아, 네."

정원이 따라서 와인 잔을 들었다.

"테이블 밑으로 손잡고 그런 거 하지 마. 시대가 어느 시대인데 아직도 그런 구닥다리 연애를 해. 창피한 놈."

"모르는 척, 못 본 척, 이런 건 좀 안 되나? 그 나이에 심술이 웬 말인지."

이글이글 타오르는 강호섭의 얼굴을 바라보던 정원이 조금 더 크게 웃는다. 어쩐지 마음이 따뜻하다.

그래, 세상 모든 정치가가 똑같지는 않을 것이다.

"오늘, 반가웠습니다, 민정원 씨. 기회 되면 다음엔 점심 합시다."

세상 모든 배우가 다 똑같지 않듯이.

"……네, 알겠습니다."

"뭘 이렇게도 많이 보냈어. 강태준은 정말."

산처럼 쌓인 룸서비스 음식을 바라보며 박 대표는 황 이사의 눈치를 살폈다. 이윽고 소리 내어 한숨을 내쉬었다.

모쪼록 잘 해결되었다는 정원의 연락을 받았음에도 황 이사는 수 분째 말이 없다. 분주하게 식사 준비를 하는 박 대표의 움직임을 힐끔, 또다시 차려진 음식을 힐끔 바라보던 황 이사는 기어이 자리를 털고 일어섰다. 놀란 시선의 박 대표는 황 이사의 움직임을 바라보았다.

"머, 먹고 가, 이걸 누가 다 먹어."

"……."

"이사님! 어차피 저녁 먹어야 하잖아! 이사님! 황 이사!"

들은 척도 없이 황 이사는 걸음을 옮긴다. 박 대표는 벌떡 일어섰다.

"그래! 원래도 그런 줄 알았지만 정말이지 진절머리가 난다, 그 고리타분한 성격!"

정말이지! 치가 떨린다구!

눈앞의 음식들이 대수냐, 이깟 것들이 다 뭐라고! 박 대표는 잰걸음을 걸어 멈춘 황이사의 앞으로 걸어갔다.

"당신 지금 나 무시해? 내가 그 옛날에 박정은인 줄 알아? 혼자만 그렇게 잘났어? 당신 혼자 그렇게 고고해?"

삿대질만 없지 박 대표의 기세는 청도 소싸움 대기 중인 뿔난 누렁소 한 마리다. 언제나처럼 황 이사는 잠자코 듣고 있다.

"가더라도 내가 먼저 가! 누가 먼저 가래, 누가! 나한테 등 보이지 말라고 내가 몇 번 말했어! 그 등짝만 쳐다보면 내가 멀미가 난다고, 내가!"

박 대표는 또다시 성큼성큼 걸어 소파 위 널브러진 클러치를 신경질적으로 집어 들었다.

누군 좋아서 왔어? 누가 오고 싶어 왔는 줄 알아? 망할 강태준, 만나기만 해봐 가만 안 둘 거야!

박 대표는 높은 하이힐이 버거울 만큼 빠른 걸음을 옮기다 우뚝 섰다.

"가도 내가 먼저 가. 누구라도 만나서 오해받기 싫으니까 이사님은 삼십 분쯤 있다가 나와."

조금 누그러진 걸까. 이마에 손을 올린 박 대표는 다소 차분해진 음성이다. 황 이사는 스카프를 대충 두르며 뒤돌아서는 박 대표의 손목을 붙잡았다. 늘 그랬듯이 다정함은 어디서도 찾아볼 수 없는 모습이지만, 박 대표는 멍하니 입술이 벌어졌다.

"……샴페인이 없어서 시키려던 참이야. 앉아."

"되게…… 멋있으세요."

"큰아버지?"

정원은 끄덕였다.

경호원들과 함께 먼저 떠난 강호섭은 정중하게 정원과 인사를 나누었다. 도무지 발길이 그냥 떨어지진 않는 모양이었는지, 강호섭은 철없는 태준을 잘 부탁한다는 당부를 잊지 않았다.

"가슴이 두근거렸어요. 카리스마 짱."

"이봐, 눈앞에 누가 앉아 있는데. 누가 멋있다는 건지."

아직 자신도 한번 못 들어본 소리가 잘도 나온다. 커피를 홀짝이는 태준의 눈빛은 쉴 틈 없이 이글이글하다.

하지만 그것도 잠시. 이제 가야 할 시간이다. 태준과 눈이 마주친 정원은 작게 미소를 지었다. 서 실장과 통화도 했고 황 이사와도 통화를 끝냈다. 말하지 않아도 오늘 일은 저자가 도왔음을, 알 수 있다.

"……말 못 해서 죄송해요."

"죄송할 필요는 없어. 나라도 말 못 했어."

니가 사는 세상을 내가 이해하지 못하면 누가 이해를 하겠는가.

하지만 이번 한 번뿐이다.

"앞으로는 뭐든 나하고 상의할 수 있도록. 알겠나?"

"……네."

태준은 물끄러미 정원을 응시했다. 시선이 느껴졌는지 제법 무안함이 찾아든 정원은 한 모금 남은 커피를 마신다.

……이제 다 마셨다.

"이제 그만, 일어날까요?"

"이봐, 세일러문. 내가 깜짝 놀랄 만한 얘기 하나 해줄까?"

태준이 웃는다. 기대할 만하다는 표정이다.

"뭔데요?"

"지금 스위트룸에 황 이사하고 박 대표, 같이 있어."

"네에?"

정원은 다소 느린 웃음이 터졌다. 우리 노총각 황 이사님, 이제 좋은 소식 있는 건가요?

입가에 가득 미소를 그린 정원을 바라보며 태준은 검지를 까딱까딱 흔들었다. 놀라기는 아직 이르단다. 반대편 손엔 카드키가 있고 태준은 익살스러운 표정으로 카드키를 흔들었다. 이건 또 뭔가, 정원은 태준을 멀뚱멀뚱 바라봤다.

물어보지 말걸.

"그건 뭐예요?"

궁금해하지 말걸.

"……이건 우리 거."

"저 처음이에요, 이렇게 영화 보는 거."

주희는 평소답지 않게 부끄러운지 곁으로 시선을 주지 못한 채 분주하게 손끝을 움직였다. 두 손을 모은 채 하릴없이 종종이는 게, 그 모습이 사뭇 귀여워 재민은 웃음을 터트렸다.

'오빠, 저랑 하루만 데이트하지 않을래요?'

찬 계곡물에 몸을 내던졌던 슈퍼 초승달이 비치던 그 밤. 주희가 용기 내어 신청했던 데이트. 한기에 몸을 부들부들 떨면서도 방글방글 웃던 그 모습이 귀여워 재민이 흔쾌히 받아들였으나 역시나 이쪽도 마땅히 갈 곳이 없기는 매한가지다.

이번에 개봉한 블록버스터 영화나 볼까 싶어 재민은 자동차극장을 찾았다. 괜찮을까 망설였는데 넙죽넙죽 고개를 끄덕이며 따라나서더니 지금은 봉지 과자를 품에 잔뜩 안고 헤벌쭉, 웃고만 있다.

들어가는 보조개는 언제 보아도 사랑스럽다.

"이 영화 정말 보고 싶었어요. 완전 신나요, 완전!"

리액션의 여왕, 주희는 발을 동동거리며 어서 영화가 시작되길 기다렸다. 영화가 시작되자 재민은 혹시 주희가 과자 먹다 목이 마를까 미리 사다 놓은 커피를 뜯어 주희의 손에 건넸다.

"주희야, 커피."

네……?

주희는 눈을 깜빡이며 한동안 멍하니 재민을 바라보더니 다시 발을 동동거렸다. 정말 많이 보고 싶었는데, 시작된 영화는 눈에 들어오지도 않고.

"다시 말해주세요! 다시 말해주세요!"

'주희야' 다시 해주세요! 해주세요! 제 이름을 외치는 주희의 힘찬 발음.

아, 진짜 못 말리겠다. 재민은 고개를 절레절레 저으며 끊임없이 미소 지었다. 기억을 더듬어보니 곁에 앉은 이 여배우와 함께 있으면 내내 웃었던 것 같다.

여전히 발을 동동거리며 볼 깊숙하게 보조개를 드러낸 주희를 바라보자니 마음이 설레어 왔다. 재민은 흠, 흠, 목소리를 가다듬으며 언젠가 자신이 찍었던 커피 CF처럼 운전대를 잡은 채 커피캔를 흔들었다. 판매량을 급상승시켰던 멘트 끝 윙크도 잊지 않은 채.

별조차도 자리를 못 잡고 구름 속에서 헤매는 밤. 주희의 눈에서 하트가 백만 아흔한 개 발사된다.

"주희야, 이 오빠랑 커피 한잔, 할래?"

"벌써 시간이 이렇게 됐네."

시계를 바라보던 지수는 몸을 일으켰다. 오늘도 막무가내로 김 감독의 집을 찾아온 지수는 어김없이 커피 한 잔뿐이다.

"벌써 가?"

"가야지, 늦었어."

김 감독의 표정을 회피하며 가방과 겉옷을 챙기던 지수의 시선은 옛 추억이 가득한 머그잔에 머물렀다. 도저히, 마음을 혼자 안고 있을 자신이 없었다.

"……커피를 가득 끓였어."

지수는 천천히 머그잔을 들어 매만지며 무슨 말을 하려는지 잠시 말을 멈추었다.

"그런데 말이야, 동주 씨. 그 가득 끓인 커피를 내내 집중해서 마시던 사람은 식어가는 온도에 좀 더 긍정적인 것 같아. 좀 더 따뜻함을 원한다면 다시 데우기도 하고, 식지 않게 미리 보온하기도 하고."

우리의 사랑도 그런 건 아니었을까.

"혹은, 스스로 잘 이해하면서 식어가는 커피를 온전히 받아들이는 것 같아. 시간이 흘렀으니까 식는 거라고. 따뜻할 시간은 지난 거라고."

지켜봤다면, 늘 생각했다면.

"그런데 욕심에 가득 끓여놓고는 다른 일에 한창 집중하다가 다시 이 머그잔을 들면 차가워진 커피를 느껴."

……돌아보니 식어 있던 사랑은 아무런 온기도 느껴지지 않았다.

"막연히 따뜻할 커피를 떠올리며 입술을 가져다 댔는데 너무 차가워서, 갑자기 마시기가 싫어지는 거야."

서로가 서로의 일에 집중하는 동안 의도하지 않게 방치되어 있던 사랑은 돌아보니 식어 있었다. 예고도 없이. 언제 뜨거웠냐는 듯이.

"이상하지. 뜨거워도 식어도 똑같은 커피인데, 그땐 버려야만 할 것 같은 느낌이었어."

돌아선 사랑은 자책해도 후회해도 모습을 드러내는 법이 없다.

뜨거웠던 사랑은 대체 어디로 흘러갔을까. 식어버린 추억만이 잠적하는 공간에서, 분위기를 바꿔볼 요량인 듯 지수는 눈썹을 추켜세우며 목소리를 한껏 올렸다.

"불시에 찾아와 미안해. 동주 씨가 내려주는 커피가 가끔 마시고 싶었어.

잘 마셨어."

안녕일 것이다. 이것은 그녀가 들려주는 마지막 안녕이다. 김 감독은 아랫입술을 깨물었다.

……늘 그 자리에 있을 것만 같아서 등한시했던 사랑은 이별 뒤에도 문득문득 찾아와 마음을 괴롭혔다. 버려도, 버려지지 않았다. 기억은 한 개 두 개 말라가는데, 닦으면 닦을수록 젖어드는 휴지처럼 그리움은 번져만 갔다.

"지수 너, 그래도 일찍 끝나는 날 잘 맞춰왔네. 저번에도 그렇고 이번에도 그렇고."

김 감독의 말에 지수가 웃는다. 그 웃음이 무엇을 뜻하는지 그땐 알 수 없었다.

"운이 좋았지, 뭐. 갈게, 동주 씨."

"저녁이라도 먹자. 근처에 괜찮은 파스타……."

지수는 손을 들어 보였다.

"됐어, 입맛도 없어. 점심을 늦게 먹었나 봐."

김 감독은 따라서 일어섰다. 무슨 말이라도 하고 싶지만 생각처럼 쉽지 않다.

얼마나 숱한 밤을 헤매었나. 달려갈 수도 없게. 안을 수도 없게.

"지수야. 데려다줄게, 기다려."

지수는 재킷을 입으며 고개를 저었다.

"아냐, 됐어. 근처래도. 동주 씨 피곤하잖아. 며칠 잠도 못 잤다면서."

김 감독은 마음이 조급하다. 어쩐지 지금 돌아서는 지수를 영영 볼 수 없을 것 같은 기분이 든다.

……우리의 안녕은 아직 진행형이라고.

김 감독은 기어이 가방을 드는 지수의 손을 붙잡았다.

"가지 마."

안녕의 온점은 아직, 이었으면 한다고.

지수는 그대로 멈춘 채 가방을 올리지도, 내리지도 않았다.

"가지 마, 지수야."

"동주 씨, 그거 알아?"

젖은 지수의 눈빛이 김 감독을 향한다. 이내 긴 머리를 쓸어 올리며 씁쓸하게 웃어 보였다.

"동주 씨 일찍 끝나는 날 운 좋게 맞춰서 온 거, 아니야."

숙소 여기서 되게 멀거든. 그리고 나 오늘 커피 스무 잔도 넘게 마셨거든. 그런데 당신이 내려주는 커피가, 그리웠어.

"나, 여기 매일 왔었어."

……사실은 당신이 그리웠는지도.

긴 머리에 가려져 지수의 표정이 보이지 않는다. 오늘도 어김없이 김 감독이 좋아하던 낡아버린 셔츠와 청바지 차림이다.

김 감독은 지수를 끌어안았다. 용기 없어 못 했던 말. 무서워 피했던 말. 또다시 방치된 커피처럼 식을까 두려워 숨겨왔던 말.

"가지 마. 가지 마, 지수야."

난 아직 안녕, 하지 못했다고.

"가지 마. 가지 마……."

난 아직 안녕, 하지 않겠다고.

익숙하고 낯선 김 감독의 품. 지수는 그제야 손에 든 가방을 떨궜다.

카드키를 흔드는 태준을 바라보는 정원의 입술이 벌어졌다.

"미, 미쳤어요? 진짜 감기약이랑 두통약 말고 혹시 다른 약 먹었어요?"

흥, 태준은 말이 없다.

"저 집에 갈래요."

"싫어."

"뭐, 뭐가 싫어요? 제 발로 제가 가요. 싫다면 제가 못 가요?"

"좋아. 그럼 안 돼."

뭐, 뭐라구요?

태준의 뻔뻔함에 정원은 기가 막혔다. 한참 동안 딴청만 피우던 태준의 눈이 난데없이 의심의 눈초리다.

"이봐, 죄졌나? 설마."

설마?

"미성년자 아냐? 신분증 줘봐."

허! 저자가 지금 무어라 농간질을!

"진짜 어디가 어떻게 된 거 아니에요, 지금? 농담이 나와요?"

태준은 손을 들어 정원의 이야기를 일시 정지시켰다. 정원갑과 둘이서 대화를 해봐야 절대적으로 불리하기 짝이 없다.

태준은 다시 멀리 손을 들어 지배인을 호출했다. 멀찍하게 떨어져 VIP를 모시던 지배인이 한걸음에 달려온다. 허어. 그 모습에 정원은 탄식했다.

이자가, 기어이 실성을 하였다.

"저희는 이만 올라가겠습니다."

뻔뻔한 태준의 멘트에 정원은 이마를 짚었다. 지배인은 놀라는 표정 없이 가볍게 묵례를 하며 정중히 대꾸했다.

"두 분 VIP 엘리베이터로 모시겠습니다. 층으로 올라가시는 동안 외부 출입이 되지 않을 테니 염려하지 않으셔도 됩니다. 로비 직원은 최소한으로 남겨두었습니다."

태준은 매우 흡족하다. 연륜이란 이러한 것. 말 한마디에 백 가지를 알아듣는다.

"두 분 축하드립니다. 결혼식은 저희가 모실 수 있다면 영광이겠습니다."

김칫국을 백 사발쯤 먼저 들이켜는 지배인이 미래를 꿈꾸며 벌써부터 영업 모드를 선보이기 시작한다. 기분이 썩 나쁘지는 않은 모양인지 태준은 웃으며 일어섰다.

"기자회견도 함께 해드리겠습니다. 민정원 씨, 가시죠."

정원은 두 눈을 질끈 감았다. 빤히 바라보는 지배인 때문에 무어라 반항
도 할 수 없다. 모두의 시선이 제게 있는지라 더는 지체할 수 없어 이를 악
문 정원이 천천히 일어섰다.

아는지 모르는지 태준의 머리 위엔 음표가 둥둥, 망설이는 정원의 손을
신속하게 낚아챈 후 지배인의 뒤를 따랐다.

"좋네. 널찍하니. 잠버릇 있나? 굴러도 반나절은 걸리겠네."

"……여보세요."

"어우, 이건 드럽게 비싼 건데. 공짜로 주나?"

태준은 이곳저곳 휘휘 돌아다니며 정원의 불꽃 레이저를 피해 보기로 한
다.

"여보세요. 강태준 씨!"

"같이 있자."

거울 앞에 멈추어 딴짓을 하던 태준은 고개를 들어 거울로 반사되는 정
원을 응시했다.

"같이 있어, 오늘. 누가 잡아먹나?"

……망할 주둥이. 취소해라, 마지막 말.

잡아먹을 건데. 태준은 잠시 미간을 찌푸렸다.

"지금 그런 말이 아니잖아요. 진짜 대책 없어. 아세요?"

"드라마 끝나면 발표하자."

태준은 정원의 느린 움직임을 거울로 주시했다. 갈증이 나는지 정원은 물
을 따라 마른 입술을 축였다.

"그래요, 발표 좋고 뭐도 좋은데요. 지금 이건 드라마 끝나기 전에 인터넷
에 도배 당할 상황이라구요."

"……."

"저는 그렇다 쳐요. 어차피 저야 뭐, 원래도 무명이었고 드라마 시작하면서 악플도 많이 늘었으니까. 하지만 어쩔 셈이에요, 도대체? 무슨 생각을 하는지 도저히 모르겠어요."

태준은 천천히 뒤를 돌아 정원을 바라보았다.

……웃기지. 우린 무엇에 얽매여 세간의 눈을 피해 애만 태워야 하는가. 다 내려놓을 것이다. 이미 결심한 것을.

"서 실장하고 너하고 어제 대기실에서 하는 얘기 들었어. 그래서 알았어. 오늘 여덟 시."

가슴이 쿵, 하니 내려앉은 정원의 입술이 천천히 벌어졌다. 할 말을 잃은 듯한 표정은 태준의 움직임을 주시할 뿐이다.

"대기실을 돌아서며 걷는데, 그 생각이 들더라고."

태준은 곁에 있는 의자를 빼내어 앉았다.

"난 중국도 가야 하고 아시아 투어도 해야 하고. 짧게는 일주일, 길게는 반년 가까이 너와 떨어져서 있어야 하는데."

그런데. 그런데 말이다.

"……불안하던데. 이것이 마지막이라고 어느 누가 장담할 수 있지? 그때마다 내가 짠 하고 나타날 수 없을 땐?"

다리가 휘청거렸어. 세상이 너를 만만하게 보지 않을 수 있는 방법이, 이것밖엔 떠오르지 않아서.

"그렇다고 박 대표님하고 상의도 없……."

"내 인생이야. 누가 누구랑 상의를 해."

정원은 천천히 눈을 감았다가 뜨며 마른침을 삼켰다.

참 이상하다. 저자의 한마디 한마디는 심금을 울려. 안 되는 줄 알면서도 자꾸만 따라가게 해. 아닌 줄 알면서도 자꾸만 모른 척하게 해.

태준은 멀리 있는 정원에게 손을 내밀었다. 잡기엔 너무 먼 거리. 정원은 태준의 손끝을 아득하게 마주했다.

"잡고 가기로 하지 않았나? 걱정되면 뒤에 숨어. 눈 감고 귀 막고 잠시만 있어."

천천히 정원은 걸음을 옮겼다. 태준이 앉아 있는 의자에 무릎을 낮춰 앉아 시선을 맞추며 손을 잡았다.

……당신 손을 잡아요, 나는.

"그래요. 뒤에 숨지, 뭐. 강태준이 지켜준다는데."

눈을 감고 귀를 막은 채.

"잘 숨으라고. 알아듣나?"

정원은 고개를 끄덕였다. 태준은 미소를 지으며 그런 정원의 머리를 쓸어 넘긴다. 애틋하니 흐르는 시간이 아까워 한시도 눈을 떼고 싶지 않다.

휴. 아무래도 대화가 끊긴 방 안은 어색한지 정원은 풀파워로 일어섰다.

"그럼 이제, 우리 그만 취침할까요? 내일도 촬영인데."

태준의 드러운 눈동자가 흔들리기 시작했다. 꿀꺽. 음흉한 마른침이 넘어간다. 드러운 뇌는 풀가동이 되었는지 정원의 청바지 화보 촬영 때 모습이 눈앞에 아른거린다. 기어이 집 떠난 양 떼 일억 오천만 마리가 주인의 부름에 종종종종 해맑게도 컴백했다.

"나, 난! 씻으러 간다!"

귓가에 울려 퍼지는 양떼 소리. 정신을 차릴 수 없는 환청에 성큼성큼, 태준은 걸음을 옮기며 샤워실로 직행했다. 쿵, 하고 닫히는 문소리가 들리자 정원은 태준이 앉아 있던 의자에 털썩 앉았다. 두근, 두근, 두근.

……진정이 될 리가 없잖아. 정원의 마음에도 태준이 선물해준 양 떼 일억 오천만 마리가 떼 지어 밀려들었다.

아우, 민망하네.

태준이 먼저 씻고 나온 후, 샤워를 마친 정원도 문을 열고 조심스레 샤워실을 나섰다.

이자는 어디 있는가. 인기척이 없다. 발걸음을 조금 더 옮기자 침대 끄트머리에 앉아 있는 태준의 뒷모습이 보인다.

객실 안에 비치된 의자가 이렇게나 많은데, 의도치는 않았으나 태준은 본능적으로 침대 곁에 앉았다. 역시나 뒤집은 삼각김밥은 가운을 입혀놓아도 자태가 가려지는 법이 없다. 오늘은, 침대 화보 날이다.

소리 없는 깊은 한숨을 내쉰 정원은 비장한 표정으로 쭈뼛쭈뼛, 걸음을 옮겼다.

"매, 맥주 한잔할래?"

태준은 이미 한 캔을 마시고 있다. 들고 있는 나머지 맥주캔을 격하게 흔들며 정원에게 물었다.

"주세요! 주세요!"

정원은 황급히 고개를 끄덕이며 태준의 곁으로 조심히 다가섰다. 캔을 따자 분수처럼 솟구치는 맥주에 태준은 허둥지둥한다. 저도 모르게 흔들어버린 맥주.

으어, 넘친다, 넘쳐. 태준은 황급히 맥주를 마시며 수건으로 넘친 맥주를 닦아냈다.

"여, 여기 앉아서 마셔."

"아, 네네."

숨 막히는 영롱한 시간이 흐른다. 말없이 서로 맥주 넘기는 목청소리만 들려준 것이 얼마나 되었을까. 민망함에 정원은 생전 안 하던 다리를 떨기 시작했다.

"잘 마시네. 맥주."

"저요? 아…… 어쩌다 보니……."

정원은 벌써 두 캔이나 비워냈지만 얼마나 긴장했는지 취기도 없다. 그러는 태준은 벌써 네 캔째다. 마셔도 마셔도 갈증이 나는 터에 태준은 자꾸만 맥주캔을 입에 가져갔다. 양 떼를 불러놓고 집 나간 정신줄은 돌아올 기약이 없는 듯했다.

정원은 목까지 붉게 달아오른 태준을 힐끔, 바라보더니 이내 웃음을 터트리고야 말았다.

"왜, 왜 웃어? 맥주 마시는 거 처음 보나?"

"그냥요, 좋아서."

태준도 긴장한 제 모습이 우스웠는지 피식 웃으며 정원의 시선을 마주했다. 웃음 뒤 조금은 편안해진 서로의 시선.

물기 어린 정원을 바라보자니 예전 평창이 떠오른다. 비에 젖었던 정원의 모습은 지금처럼 애틋했고, 시간을 멈추게 했다.

다시 말이 없어진 공간 속에서 정원은 가만히 맥주캔을 응시했다.

'사랑해.'

태준과 함께 걷던 산책로가 떠올랐다. 잠시 눈을 감은 정원의 마음에 산책로의 별빛이 쏟아져 내린다. 다시 살금 눈을 떠 마주한 태준의 미소. 긴장감에 얼어붙어 있던 마음이 사르륵 녹아내리기 시작했다.

······크기도 짐작이 가지 않아 받는 것도 두려웠던 당신의 마음. 나는 온전히 당신에게 제대로 내 마음을 건네었던 적이, 있었던가.

"춥지 않아? 추운 것 같은데. 온도 좀 올려줄까?"

"아뇨, 나는 따뜻한데."

내가, 당신을. 따뜻하게 해줄 수, 있다면.

정원은 마음을 굳힌 걸까. 의자에서 일어나 태준의 곁에 앉았다. 깊고 진한 그 눈매는 금방이라도 젖어들 것만 같다. 태준은 심장이 떨어져 나갈 듯한 기분을 느낀다. 정원은 그 세차게 떨리는 태준의 눈빛을 올곧게 마주했다.

······늘 받기만 해서, 줄 거라곤 미안함뿐이던 당신께.

"무, 무슨 볼일 있나?"

초라하지만 결코 작지 않을 내 사랑을 드려요.

"볼일 있죠."

정원은 헤실헤실 웃으며 젖은 머리카락을 가닥 집고 빙빙 돌리기 시작했다. 태준은 꿀꺽, 침을 삼켰다.

다, 다니는 학원 이름 좀 알려주게. 내 오늘은 기필코 알아야겠으니.

태준의 마음속 양 떼가 늑대 오억 삼천만 마리 떼거리에 순식간에 쫓겨 나간다. 기어이 오늘 고급 스킬의 정점을 찍는가. 정원은 잔망스럽게도 태준의 귀에 속삭였다.

"저, 가운 안에 아무것도 안 입었어요."

딸깍. 태준의 뇌의 회로가 끊긴다. 동공의 움직임도 없는 태준을 바라보며 수줍은지 배시시, 말끝에 정원이 웃었다.

……으르렁! 태준은 정원을 침대로 쓰러트렸다. 별 저항 없이 순순히 침대로 누운 정원의 위로 태준이 두 팔을 뻗은 채 그녀의 얼굴을 마주했다.

"방금 한 말, 명백한 도발인데."

정원은 대꾸 없이 천천히 손을 뻗어 태준의 얼굴을 쓰다듬었다. 그 눈빛엔 도저히 가늠할 수 없을 그녀의 결심이 서려 있다.

그녀의 손길은 천천히 태준의 눈썹을 쓸었고, 서서히 눈가로 내려왔으며. 그의 콧날을 따라 미끄러졌다. 더욱 깊게 느끼고 싶은 마음이었는지 긴 속눈썹으로 제 눈동자를 덮은 정원은 천천히 손을 내려 태준의 입술을 매만졌다.

"이렇게 생겼네요. 잘생겼다."

눈을 감고 조용히 태준을 그리듯 얼굴을 만지고 있는 정원의 입에서 튀어나온 이야기는 뜻밖이었다.

두 팔 안에 정원을 가둔 태준의 시선이 흔들렸다. 그녀의 검지와 중지는 느린 손길로 태준의 입술을 쓸었다.

"입술은 이렇게도 따뜻해요."

봉인을 해제하듯 기다란 속눈썹은 위로 올라가며 다시금 그녀의 눈동자를 내보였다. 침대 위에서 물결치는 그녀의 머릿결은 비단처럼 매끄러웠다.

"도발은 아니었어요."

정원은 천천히 태준의 가운까지 손길을 내렸다. 그 손길을 따라가는 정원의 눈빛은 고요했으나 결코 작위적이지 않았다.

다리와 다리가 교차하였다. 태준은 자신의 가슴팍까지 내려온 정원의 손을 잡으며 그녀의 머리 위로 손을 올렸다. 시선은 조금 더 가깝게 부딪쳤다. 서로가 내뱉는 숨결은 뜨겁게 뒤섞였다. 조금씩 벌어지던 서로의 입가는 어느새 하나 되어 포개졌다.

누구의 가슴이랄 것 없이 서로의 심장은 맹렬하게 뛰어올랐다. 조금 더 깊숙하게, 조금 더 과감하게 서로의 입안을 탐하는 두 사람의 모습은 오랜 기간 갈구해왔던 것처럼 서로를 느끼기에 급급했다.

태준의 남은 한 손이 천천히 정원의 가운을 끌렀다. 중심점이 흐트러지며 가볍게 풀리는 끈을 마지막으로, 정원을 감싸고 있던 모든 천 조각이 사라졌다.

서로는 아무런 말이 없었다. 필요한 건 고작 그런 것들은 아니었다. 태준의 뜨거운 입김은 정원의 가녀린 목덜미를 점령했고 파르르, 떨리던 그녀의 눈동자는 조금씩 뜨거워져 갔다.

"가, 간지러운데."

더는 못 참겠는지 정원은 태준을 조금 밀쳐내며 숨을 내쉬었다. 조금의 장난기도 보이지 않는 태준은 가볍게 자신의 가운을 벗어 던졌다. 마치, 서로를 둘러싼 그 모든 것을 없애버리겠다는 그 어떤 다짐처럼 그는 확고한 눈빛으로 정원을 내려다보았다.

그러나 또다시 정적만이 흘렀다. 그녀의 봉긋한 두 가슴이 태준의 커다란 손길로, 뜨거운 입술로 뒤덮였다.

아……! 정원의 입술에서 짧은 탄성이 흘렀다. 찰나의 전율에 그녀는 베개 끝으로 머리를 온전히 대며 턱을 들어 올렸다.

또다시 태준의 손길이 정원의 전신을 훑었다. 그녀의 가녀린 어깨로부터 적당하게 솟아오른 가슴을 지나, 날렵하게 들어간 허리를 지나치고. 그의 손길은 또다시 미끄러질 듯 매끄러운 그녀의 허벅지를 스쳤다.

여린 체구에 비해 적당한 살집이 붙은 정원의 허벅지는 더없이 만족스러운 촉감을 지녔다. 태준은 마치 도자기를 빚고 있는 듯한 세심함으로 정원의 온몸을 어루만졌다. 열기로 가득 찬 태준의 시선은 정원의 시선으로 향했다. 간신히 눈을 바로 뜨며 태준을 응시한 정원의 표정은 금단의 열매를 품고 있어 더없이 고혹했다.

두 팔을 뻗어 탄탄한 태준의 상체를 옭아맨 정원은 태준의 목덜미를 끌어 내리며 그 입술에 자신의 입술을 맞대었다. 서로의 숨결은 또다시 교차했고 뜨거움은 한없이 고조되어갔다.

"도발, 아니었네."

아쉬움이 가득 담긴 입술을 떼어낸 태준은 설핏 미소 지으며 정원을 바라보았다. 눈을 깜빡이는 가벼운 동작조차 매력적으로 느껴지는 정원의 얼굴은 어느새 선홍빛으로 물들었다.

"민정원 씨, 오늘 잠은 다 잔 것 같은데."

태준은 다시 그녀의 가슴에 얼굴을 묻으며 길고 길 밤을 예고한다. 한참 동안 말의 뜻을 생각했는지 좀처럼 말이 없던 정원은 제 가슴에 얼굴을 묻은 태준의 머리를 쓸어내리며 장난기 섞인 입술을 열었다.

"설마, 자려고 한 건 아니겠죠?"

신호탄처럼 또다시 서로는 엉켜들었다. 태준은 정원의 귓가에 뜨겁게 속삭였다. 단언컨대, 이 밤을 잡을 수만 있다면 영혼이라도 팔 수 있을 것만 같았다.

"설마, 그럴 리가."

9. 빈틈없이 사랑하기

"해영 씨, 괜찮아요?"

"괜찮아요? 어디 좀 봐요. 괜찮겠어요?"

B팀 촬영이 한창이던 현장. 대기실로 걸음을 옮기던 석환이 멈추었다. 이내 고개를 돌려 바라본 곳엔 스태프 서너 명이 해영의 곁에서 그녀를 살피고 있다.

"아이고, 많이 부었네. 생각보다 심각한데?"

……상관할 수 없는 일이라고. 듣지 못한 거라고.

"해영 씨 아무래도 병원 가봐야 할 것 같은데?"

대기실로 발길을 돌리던 석환이 다시 멈추었다.

그렇죠? 병원 가봐야겠죠? 저들끼리 웅성거리는 소리. 석환은 버릇처럼 손에 쥔 검을 힘주어 잡으며 부르튼 입술을 세차게 깨물었다.

이런 한심한 놈. 석환은 방향을 틀어 해영에게 걸어갔다. 이미 제 것이 아닌 마음은 나침반의 바늘처럼 그녀에게만 향해 간다.

스태프 사이를 비집고 들어선 석환은 해영을 바라보았다.

"왜 그래요?"

"아, 석환 씨. 해영 씨가 조금 전에 촬영하다가 계단에서 미끄러졌는데, 발목을 삔 모양이에요."

……이미 네게 줘버린 내 마음은 불러도 돌아올 기적이 없어서.

"벼, 별거 아냐. 조금 부었는데 앉아서 쉬면 될 것 같……."

"어디 봐봐."

석환은 한쪽 무릎을 꿇고 앉아 해영의 발목을 살폈다. 스태프들은 두어 걸음 물러서 걱정스러운 눈빛으로 바라보았다.

"괜찮아. 석환아, 나 괜……."

"해영이 누나 촬영 언제 시작이에요?"

……네가 웃고 숨 쉬는 모든 것을 당할 재간 없는 나라서.

석환은 해영의 말을 끊으며 스태프를 바라보았다. 시간은 넉넉하다는 듯 스태프는 시계를 바라보며 대꾸했다.

"급한 촬영은 마무리가 된 것 같구요. 시간은 괜찮아요. 그런데 지금 해영 씨 매니저가 자리를 비운 상황이라……."

"저도 다음 촬영 점심 이후니까 누나 데리고 병원 다녀올게요."

"괜찮아! 석환아! 나 괜찮아!"

해영은 손사래를 치며 석환을 말려보지만 석환은 들은 척도 없다.

"매, 매니저 올 거야. 그럼 그때 병원 갈게. 석환아, 나 진짜 괜……."

아! 석환이 발목을 슬쩍 누르자 해영이 날카로운 비명을 내질렀다.

"이래도 괜찮다는 말이 나와?"

석환은 이내 한쪽 무릎을 세워 일어서며 손에 들었던 검을 스태프에게 넘겼다.

"저, 석환 씨. 아무래도 해영 씨 혼자 일어나기가 좀 힘들어 보여요. 우리가 그럼 부축해서 차까지……."

"업힐래, 내가 안을까."

촬영 아닌 순간에 말을 섞어본 적이 오랜만인지라 해영은 울 듯한 표정으로 석환을 올려다보았다. 걱정된 모두의 시선이 해영을 향했다.

"지금 여기 바쁜 사람들 발 묶인 거 안 보여? 누나 때문에 다음 촬영 늦어지잖아."

"……업힐게."

석환은 지체 없이 다시 뒤를 돌아 해영에게 등을 내밀었다. 스태프들은 석환의 등에 업힐 수 있도록 해영을 조심스레 부축했다.

"의상 갈아입을 시간도 없네. 그냥 가려고요?"

"그냥 다녀올게요."

"그래요. 전화 주세요, 석환 씨."

무릎을 세워 일어선 석환은 성큼성큼 현장을 빠져나갔다.

"일어났어, 동주 씨?"

"언제 일어났어? 뭐 해?"

"뭐 하긴, 아침 먹어야지."

눈이 떠지지 않아 김 감독은 한껏 인상을 구긴 채 주방을 바라보았다. 밥을 해 먹은 지가 꽤 오래되었는지라, 김 감독의 시선에 익숙하지 않은 광경이 펼쳐졌다. 낯선 집밥 향기. 찌개가 끓는 낯선 소리. 도마를 두드리는 낯선 칼 소리.

……그보다 더 낯선, 그녀가 서 있는 풍경.

주섬주섬 안경을 쓰고 다시 정면을 응시하는 김 감독의 눈동자가 이내 동그랗게 변했다. 자신의 커다란 티셔츠만 입은 채 지수가 밥상을 차리고 있다. 언제부터 일어나 준비를 했는지 마무리 단계다.

"이게 다 뭐야? 피곤할 텐데 이걸 언제 다 했어."

"내가 한 거 없어, 동주 씨. 이거 다 냉장고에 있던 거야."

지수는 턱 끝으로 냉장고를 가리켰다. 그래도 영 마음이 좋지 않은지 김 감독의 표정이 탐탁지만은 않다.

"잘 잤어?"

"그럼, 잘 잤지. 시차 때문에 매번 잠 설치고 했는데, 정말 얼마 만에 잘 잤는지 모르겠어."

그래, 다행이다. 김 감독은 소리 없는 미소를 지었다.

지수의 일정한 숨소리를 들으며 그 곁에서 모습을 바라보던 김 감독은, 사실 내내 잠을 설쳤다. 그 긴 속눈썹을 바라보다가 고운 머리카락을 쓸어 넘겨주며. 손을 잡아 온기를 더해주다가 바람이 들까 봐 이불을 여며주며.

그러다가 새벽녘 설핏 잠이 들었을까. 잠깐이었지만 평소완 다르게 깊이 잠들었던 모양이다. 혼자 아닌 그녀의 곁에서.

"동주 씨, 다 됐어. 아침 먹자, 우리. 무슨 혼자 사는 남자 냉장고가 이렇게 푸짐해?"

"가끔 엄마가 와서 봐주고 그래."

지수는 도마 위 손을 잠시 멈추었으나 이내 아무렇지 않다는 듯 씨익, 웃어 보였다.

"어머님도 아버님도, 잘 지내시지?"

대답 대신 김 감독은 고개를 끄덕였다. 속 편할 리 없는 주제이기에 길게 나누고 싶은 마음은 들지 않는다. 흐르는 공기가 순식간에 탁해지는 기분. 김 감독은 크게 팔을 흔들며 지수 곁에 섰다.

"내가 도와줄 건 없어?"

지수는 음. 사방을 살펴보더니, 없는 것 같은데? 말끝에 웃음을 터트렸다. 낯설었던 풍경이 어느새 익숙하게 변해간다.

혹시 알까, 그런 기분. 시계를 뒤로 돌린 것만 같은. 아니, 달력을 뒤로 넘긴 것만 같은.

"밥이라도 퍼서 놓을까?"

아니, 낡아버린 앨범을 펼쳐 들고 그때로 다시 돌아간 것만 같은.

"좋아. 부탁해."

그런, 기분.

"동주 씨랑 헤어지고 동주 씨 한국 가고. 한 이틀을 굶었을까? 도저히 안 되겠다 싶어서 냉장고를 열었는데."

찌개를 뜨는 김 감독의 손길이 멈췄다.

"웃겨, 냉장고에 물밖에 없는 거야. 하기야 뭘 사다 놨어야 말이지."

정지한 김 감독의 손을 대신하여 지수는 김 감독의 밥그릇에 밑반찬을 올려주었다.

"그걸 보니 그제야 생각이 드는 거야. 내가 결혼하고 동주 씨 밥을 해준 적이."

"……."

"손에 꼽혀. 세 번? 네 번?"

제법 미안함이 서린 지수의 음성에 정신을 차린 김 감독은 그게 뭐 대수냐는 표정을 지어 보였다.

"우리 서로 바빴으니까. 그런 건 그냥 무언의 합의 아니었을까?"

괜찮다는 김 감독의 대꾸에도 마음의 무게는 덜어지지 않는 모양인지, 지수는 희미하게 웃었다.

"아무리 그래도 그렇지, 결혼한 여자가. 냉장고가 그게 뭐야. 텅텅 비어서는."

아무것도 없었다.

텅 빈 냉장고는 무서울 정도로 시렸다. 찬기 가득한 냉장고 문을 닫을 생각도 못 한 채 지수는 자리에 서서 한참을 울었다.

"비어 있는 냉장고를 보는데 갑자기 동주 씨랑 헤어진 게 실감이 나는 것도 같고."

그 텅 빈 냉장고는 죽어도 채울 수 없을 것 같은 기분마저 들었다.

"갑자기 너무 무섭더라구……."

……서너 초가 흘렀을까. 이제 와 이것들이 다 무슨 소용이겠는가. 돌아볼수록 가슴만 시릴 것을.

어리석었단 생각이 들었던 모양이다. 지수는 애써 밝은 표정으로 김 감독을 바라보았다.

"빨리 밥 먹자. 언제고 한 번은 만나서 아침 밥상 한번 차려주는 게 소원이었는데 오늘 소원 성취했네. 먹어, 동주 씨. 내가 한 건 찌개뿐이지만."

휴. 지수는 속으로 마르지 않을 한숨을 내쉬었다.

정원은 뒤척이며 이불을 끌었다. 가볍고 포근한 구스 이불 감촉이 기분 좋게 밀착되어 온다. 움직일 때마다 보스락거리는 이불 소리는 어릴 적 듣던 자장가처럼 평안하기만 했다.

그런데 있잖아, 우리 집엔 이런 이불 없어. 이질감에 꿈길에서 헤매던 정신줄이 현실로 돌아온다.

……척! 정원의 눈이 번쩍 뜨였다.

"엄마야!"

코앞에 태준이 비스듬히 누워 자신을 바라본다. 놀라 나자빠질 것 같은 기분에 정원은 황급히 이불로 얼굴을 숨겼다.

"뭐, 뭐 해요!"

"보고도 모르나?"

안녕. 서프라이즈 하지. 어젠 더 서…… 프…… 라…… 이…….

"사람 자는 걸 왜 보고 있어요!"

"일어나도 보려고. 미리 보고 있었지."

허! 미, 미리 보기를 하고 있었다니! 말이나 못하면!

태준보다 늦게 자고 태준보다 먼저 일어나 부스스한 모습 따위 보여주고 싶지 않았는데. 이런 젠장, 피곤했던 육신은 따뜻한 구스 이불에 녹다운 되고 말았다.

이불 속에서 한껏 얼굴을 구긴 정원은 입술을 벙긋벙긋하며 무언의 자책을 쏟아내었다. 어지간히 무안했는지 이불을 잡은 채 손톱만 내놓은 정원을 바라보며 태준은 입가에 미소를 그렸다.

"……잘 잤나?"

재깍 대답하지 못한 채 뜸을 들인 정원은 이불 속에서 머리를 끄덕였다.

"잘…… 잤구나……."

옆에 누가 누워 있는데. 누워서 잠이 오냐? 이 한류스타 강태준의 옆에서. 잠이 와? 잠이 와?

지가 잘 잤냐고 물어봐놓고는 태준이 난데없이 이글이글하다. 말이라도 한숨도 못 잤어요, 하는 설탕밥 같은 이야기를 듣고 싶었는지도.

이글이글함에 정적이 흐르자 바깥 사정이 궁금했는지 정원은 빼꼼, 이불을 들친 채 눈만 내어놓았다. 맑은 눈빛은 특유의 청초함이 줄줄 흐르지만 태준은 여느 때처럼 동하지 않는다.

흥, 이젠 순진한 척해도 소용없어. 넌 이미 내게 유주얼 서스펙트 이후 다시없는 최고…… 의…… 반…… 전…… 이…….

아, 이러면 안 돼. 태준은 난데없이 고개를 휘휘 저었다. 주둥이가 기어이 사고를 쳐 등짝 스물아홉 대를 맞을지도 모른다는 생각에 태준은 근질근질한 입을 꾹, 다물었다.

"언제 일어났어요?"

뜻 없는 정원의 질문에 태준의 눈썹이 씰룩씰룩하다. 글쎄, 잤어야 일어나지. 뭐라고 대답을 해줄까.

"좀 전에 일어났어. 일어나. 촬영 가야지."

하아암. 정원은 피곤함이 가시지 않는지 긴 하품을 하며 옆으로 몸을 웅크렸다. 태준은 토닥토닥, 정원의 등을 토닥였다. 그 손길에 정원은 아이처럼 칭얼거린다.

"일어나야 하는데, 눈이 잘 안 떠져요."

그녀의 잠긴 목소리는 또 처음인지라, 태준은 그마저도 곱고 예쁘단다. 입가에 그린 미소는 지워질 줄 모른다.

"피곤하지. 어쩌나, 촬영도 많은데."

피곤하겠지. 그것도 되게 몹시. 몹…… 시…… 피…… 곤…… 하…….

아, 이렇게 까불다가 진짜 등짝 맞겠다. 태준은 자꾸만 웃음이나 입술을 달았다. 마음을 알 리 없는 정원은 몸을 돌려 베갯잇에 얼굴을 묻었다.

"할 수 없죠. 일해야죠, 계약직인데. 그런데 진짜 가기 싫다, 그렇죠?"

그러게 말이다. 태준은 허공을 응시하며 탄식했다.

하루 종일 이렇게 있고 싶다. 영화도 보고 밥도 먹고, 차도 마시고 산책도 하고. 그저 하루쯤은.

……얼마나 그것들이 대단하기에.

태준은 정원의 등을 토닥이는 느린 손길을 멈추지 않는다. 그 손길에 사랑이 담뿍 담겨 있음을 모를 수가 없다. 여전히 베갯잇에 얼굴을 묻은 정원의 입가에도 미소가 떠올랐다.

"아, 가기 싫다."

태준은 비스듬히 누워 있던 자세를 풀어 옆으로 눕더니 이내 정원을 끌어당겼다. 반대편으로 돌아누워 있던 정원은 뒤에서 자신을 끌어안는 태준의 손길에 화들짝 놀란 표정이다. 하지만 그것도 잠시, 등 뒤에서 느껴지는 따스한 온기에 정원은 천천히 눈을 감았다.

"가기 싫어. 어쩌지."

"그럼 쉬세요. 저는 가볼게요. 둘 다 빠질 수는 없으니까……."

혼자 쉬란다. 태준은 피식 웃음을 터트리며 정원을 더욱 끌어안았다.

"의리 없이 혼자 출근하겠다, 이건가?"

"저는 누구처럼 안 나가도 받아줄 곳이 있는 게 아니라서요."

대답과는 달리 정원도 일어날 생각이 없어 보인다. 태준은 살며시 감은 눈을 떴다.

······눈뜬 아침. 그녀가 곁에 있다. 돌아누운 모습일지라도 온전히 제게만 보이는 그녀가, 곁에 있다. 더 바라고 싶은 것도 더 바랄 것도 없는 지금, 태준은 헝클어진 그녀의 머릿결을 쓸어 넘겼다.

"아침은, 먹나?"

"아뇨, 저는 생각 없어요."

나도 그래. 태준은 끄덕였다. 영수를 시켜 촬영장으로 간단한 샌드위치나 가져와 먹여야겠다.

태준은 몸을 일으켜 시계를 바라보았다. 넉넉히 시간 잡고 일어났으니 준비하는 데 문제는 없겠다. 그런데 진짜 되게 가기 싫다. 태준은 침대 끄트머리에 앉아 잠시 소리 없는 발버둥을 쳤다.

망할 직장. 연차, 이런 것도 없나? 유급휴가, 이런 거 없어? 무단 퇴사 안 되냐? 옘병······.

흐아아······ 더는 못 참겠는지 태준은 기어이 하품을 토했다. 큰일이다. 촬영은 코앞이건만 잠들지 못한 밤을 말해주는 태준의 눈은 붉게 충혈되었다.

태준은 영혼 없는 걸음을 옮기며 기지개를 켰다. 이내 침대 멀찍이 떨어진 커튼을 젖히고 창 하나를 열었다. 젖혀진 커튼 틈 사이로 아침 햇빛은 부챗살 모양으로 삽시간에 펴져 흐른다. 정신없이 쏟아지는 햇살이 제법 밝아 눈부셨는지 태준은 잠시 미간을 일그러트렸다.

"날씨는 좋구만."

밤새 천재지변이라도 일어났기를 내심 바랐는데. 더럽게 마음에 들지 않는다. 이글이글 내리쬐는 햇볕도 어쩐지 마음에 들지 않는다.

하지만 평소엔 귓등에도 머물지 않을 지절지절 지저귀는 새소리에 태준의 귀가 쫑긋한다. 마음에 들지 않는다던 눈빛은 어디로 사라지고, 창밖을 응시하는 태준의 눈빛에 다정함이 쏟아져 내린다.

오늘은, 어제와는 다른 아침이니까.

"뭐 해요?"

"날씨가 어떤지 보려고. 좋네."

쏟아지는 햇살에 자체 발광 해주시는 광태준 씨께선 고개를 돌려 정원을 바라보았다. 뜻 없이 바라보는 세일러문의 얼굴이 어쩜 저렇게도 요망스러워 보일 수 있는지.

으어, 그건 무슨 뜻이야. 나 지금 또 해석이 필요한가?

제게서 시선을 떼지 않는 정원과 한참 동안 마주 바라보다가 태준은 창문을 쿵, 닫았다. 이내 암막 커튼까지 닫은 터에 광태준은 빛의 속도로 사라졌다.

"열어놔요, 볕 좋은데."

안 돼! 어림없어!

태준은 혹시라도 요망한 세일러문을 누가 볼까 싶어 들은 척도 없이 샤워실로 향했다.

……휴. 인기척이 사라진 공간. 그제야 정원은 주변을 살피며 이불 속에서 천천히 얼굴을 내밀었다.

"이봐!"

후다닥, 태준의 목소리에 놀란 정원은 다시 이불 속으로 들어간다.

"왜, 왜요!"

샤워실로 들어간 줄 알았던 태준이 난데없이 침대 곁으로 걸어왔다.

"뭘 내외하나? 이제 와 새삼스레?"

그런다고 없던 일이 되나? 난 이렇게 생생한데! 어디 생생하기만 한가? 재연할…… 수…… 도…… 있…….

"아, 가요! 씻어요, 빨리!"

"나 지금 되게 가기 싫은데."

휙! 정원이 이불을 들치며 머리를 내어놓고는 태준을 노려보지만 그렇게 쏘아봐도 소용없다며 태준은 침대 끄트머리에 앉았다.

"무슨 여자가 아침저녁이 이렇게 달라, 아수라 백작인가?"

"씻으러 가요, 빨리. 이러다 늦겠어요!"

"서 실장한테는 내가 전화해줄까? 내가 태우고 간다고?"

급히 상체를 일으킨 정원에게 기어이 등짝을 한 대 맞았다.

"미, 미쳤어요? 씻어요, 빨리!"

맞아도 좋은지 태준이 웃는다. 또다시 헝클어진 정원의 머리를 쓸어 가지런히 빗겨 주었다. 내리쬐던 햇볕과는 비할 바 없는 따뜻한 태준의 눈빛이 정원의 얼굴로 번져들었다.

……사랑이 찾아온다. 가둬두었던 만큼 크게.

"오 분이라도 더 자."

못 해준 만큼 애틋함으로 무장하여.

"씻고 나와서 깨워줄게."

"괜찮아요. 이제 잠 다 깼어요."

그렇게 서로는 얼마나 시선을 주고받았을까.

후. 우리 아쉽지만 십 분만 헤어져. 이제 정말 씻을 요량인지 태준은 일어섰다. 할 말이 있는지 멀뚱멀뚱 정원을 바라보더니 엄지를 척, 내보이고는 이내 돌아 샤워실을 향한다.

"뭐, 뭐예요, 그 엄지!"

정원은 얼굴이 터질 듯이 붉어졌다. 이불 안에서 동동거리는 발. 태준은 샤워실에서 크게 웃음을 터트렸다.

"뭐예요! 그 엄지!"

"형, 나 손 좀 봐. 하도 검을 쥐었더니 굳은살이 이 모양이야."

석환은 재민의 곁에 앉으며 자신의 상처투성이 손바닥을 내밀었다. 성한 곳 없는 석환의 손바닥엔 그간의 고되었던 시간이 고스란히 묻어났다.

"야, 장난하냐."

재민은 자신의 손바닥을 내밀어 석환에게 보여주었다. 여기저기 상처투성이에 굳은살이 박인 만만치 않은 재민의 손바닥.

이런, 상대를 잘못 찾아왔네. 석환은 무안함에 웃음을 터트렸다. 부르튼 입술이 아픈지 이내 눈살을 찌푸렸다.

"형, 나 드라마 끝나면 도장이나 차릴까 봐. 애들 가르칠 정도는 되겠어, 이제."

"나는 사범으로 써주라. 월급 많이 줘."

강도 높았던 무술 훈련에 이제는 대역 없이도 절륜함을 자랑하게 되었다. 때론 스스로가 진짜 훈이라고 착각할 만큼 석환은 완연하게 캐릭터에 녹아 있었다.

이내 말이 끊긴 두 사람. 활기찬 현장과는 사뭇 다른 정적인 공기. 석환은 쥐고 있던 검을 내려놓으며 기지개를 켰다.

"저기 해영이 누나네. 발목은 괜찮나?"

······아. 재민의 목소리에 정면을 응시하던 석환과, 걸음을 옮기던 해영은 시선이 마주쳤다.

"물어봐야겠다, 괜찮은지."

"그냥. 부르지 마, 형."

석환은 저도 모르게 기지개를 켜던 팔을 움츠리며 급하게 시선을 돌리고 말았다. 이내 굳어지는 석환의 표정. 잠시 걸음을 멈췄던 해영 역시 천천히 고개를 돌리며 절뚝거리는 걸음을 옮겼다.

"뭐야. 두 사람, 병원 가서 무슨 일 있었어?"

차를 타고 병원을 가고, 해영이 무사히 치료를 받고 다시 촬영장으로 돌아오던 순간까지 단 한마디도 섞지 않았던 두 사람이다.

"뭔데, 왜 이러는데."

······어떡하지, 나는. 바라만 봐도 이렇게 가슴이 아파. 웅크릴수록 점점 더 숨이 막혀와.

"일은 무슨 일. 누나 촬영 들어가니까 괜히 부르지 말라는 거지."

가둬놓은 마음은 자꾸만 미어져. 나는 아무것도 할 수가 없는데. 해서는 안 되는데…….

'내가 남해영을 좋아하니까!'

준비 없이 터져버렸던 고백. 주인에게 전달되지 못한 마음. 세차게 떨려오던 해영의 눈빛.

"거짓말하지 마. 그런 게 아닌 것 같은데?"

재민의 말에 석환은 두 눈을 꽉 감았다.

……사실은 나도 잘 몰랐어. 내가 너를 이렇게까지 좋아하고 있다는 걸. 고백을 해도 하지 않아도 어차피 현실은 다를 게 없는데.

"말 안 해줄 거면 표정이라도 잘 감춰보든가. 뭐냐, 죽을상을 하고서는."

이젠 너를 보면서 나는 웃을 수 없을까 봐. 세상 모든 사람이 너를 향해 웃어도 나는 그럴 수 없을까 봐. 나는 그게 너무 아프고, 슬프고. 힘이 든다.

슬그머니 눈을 뜬 석환은 설핏한 웃음을 보이며 힐끔, 재민을 바라보았다.

"형, 심장에도 손바닥처럼 굳은살이 생겼으면 좋겠다. 그러면 좀 덜 아플까?"

이렇게 자꾸 부딪혀서 단단한 굳은살이 박이면 좋으련만.

너를 마주해도 아무렇지 않게. 바라봐도 아프지 않게. 하지만. 하지만…….

그런 날은 오지 않을 것만 같았다. 수없이 바라고 또 바라도 시간을 죽이는 것 외엔 별도리가 없을 것만 같았다.

……역시나, 그랬구나. 재민은 표정 잃은 석환을 바라보다가 천천히 시선을 돌렸다.

"굳은살이 박여도 아프던데. 그건 그거대로, 그렇던데."

분주한 공간 속에 멈춰 있는 두 사람. 서로의 상처가 천천히 물들어간다.

마음을 들려주지 않아도, 꺼내어 보여주지 않아도 아프다고. 나도 너만

236

큼, 아프다고.

"그나저나, 형. 알고 있었어? 정원이 누나하고 태준 선배하고."

"알고…… 있었지."

저 멀리서 해영과 정원은 촬영 전 서로 대본을 맞추며 이야기를 나누고 있다. 스탠바이였다.

……그 눈빛을 보고도, 그 웃음을 보고도.

김 감독 옆에 앉아 있는 태준은 그런 정원을 쉼 없이 바라보고 있다. 정원은 사방의 눈치를 살피다가 태준을 향하여 활짝 웃어 보였다.

도대체 내가 어떡하면. 그 사람을 사랑하는 너를, 모를 수가 있겠니…….

"술이나 한잔하자, 형. 나는 요새 술이 물이었으면 좋겠어."

"……속 버려, 자식아. 밥이나 먹고 나서 얘기해."

재민은 곁에 두었던 보물 같은 검을 쥐어 들며 일어섰다.

"대본 좀 맞춰줘. 대사가 입에 안 붙어."

"알았어."

서로가 바라는 것이 있다면 오늘은 어제보다 슬프지 않길. 내일은 오늘보다 아프지 않길.

"오늘 NG 내면 컷당 만 원."

"오케이, 콜."

모레는 내일보다 그립지 않길…….

조선의 대들보. 석환 역시 검을 들며 자리에서 일어섰다.

"아무리 그래도 피디님, 민정원은 아니죠. 제가 몇 번 말씀드려요."

방송국 복도를 걷던 태준의 걸음이 멈췄다. 휴게실을 힐끔, 바라본 태준은 이내 휴게실 밖의 벽으로 붙어 귀를 기울였다.

"야, 나라고 좋겠냐? 위에서 결정이 난 걸 나더러 어쩌라고, 인마."

커피 자판기 앞에서 커피를 마시며 대화를 나누는 두 사람.

국경일을 맞이하여 BMS에서 특선다큐를 준비했다. 방송국에서 야심 차게 준비한 대형 프로젝트이니만큼 다큐 내레이션으로 태준이 섭외되었고, 구성안이 나왔다는 연락에 방송국을 찾은 태준이었다.

"솔직히 제가 민정원하고 같은 급은 아니죠. 걔는 스폰서 스캔들도 있었고 지금 이미지도 별로인데."

"야, 그래도 드라마 찍으면서 많이 좋아졌지 뭘 그래? 위에서도 다 생각이 있으니까 결정하지 않았겠어?"

태준은 대체 이게 무슨 소리인지 감이 오지 않는 탓에 미간을 좁히며 생각을 더듬었다. 한쪽은 방송물을 먹는 사람이 틀림없고, 다른 한쪽은 프로그램을 맡은 프로듀서임이 틀림없다. 하지만 들은 것만으로는 당최 감이 오질 않는다.

"그러지 말고 피디님이 얘기 좀 해주세요. 차라리 신주희를 해달라니까요?"

드럽게 마음에 들지 않는지, 사내의 성난 목소리가 짜증으로 바뀌기 시작했다.

"아, 그게 내 맘대로 되냐고. 어차피 더빙뿐이니까 이번 한 번만 참고 해."

더빙. 더빙이라…….

'이번 국경일 특선 만화영화에 더빙 맡게 되었어요. 더빙은 처음이라 엄청 떨려요.'

며칠 전. 스태프들의 눈을 피해 차 안에서 샌드위치를 함께 먹었던 오후. 다소 상기된 얼굴로 제게 말하던 정원의 이야기가 그제야 떠올랐다.

'좋겠네, 더빙도 하고. 우리 세일러문 잘나가네.'

'특선다큐 하신다면서요. 비교가 되겠어요?'

태준은 이마를 짚었다. 아무것도 모른 채 더빙을 하게 되었노라 얼굴을 붉히던 정원의 모습이 떠올라 이내 속이 쓰려지기 시작했다.

'개그맨 이도학 씨 아세요?'

238

'아, 이도학. TV에서 몇 번 봤어.'

'그분이랑 같이할 것 같대요. 평소에도 팬이었는데. 만나면 사인 받을까 봐요.'

저런 놈인 줄도 모르고 우리 세일러문은 사인을 받네, 마네. 그러고 보니 아직 내 사인도 해달란 말이 없었는데.

……더 열 받는다. 모든 이야기가 정리가 되었는지 태준의 눈빛이 매섭게 불타오르기 시작했다.

"아, 진짜 싫은데. 격 떨어진다구요. 급 좋은 여배우랑 해서 더 탄력 받아야 하는데."

"글쎄, 나 붙잡고 이래 봐야 소용없다니까? 난들 힘이 있냐? 자자, 커피나 마시고 기분 풀어."

손에 쥔 구성안이 태준의 악력을 못 이겨 구겨지고 말았다.

……이도학이라면. 시청률 좀 나온다는 공중파 개그 프로그램에서 유행어 하나로 단숨에 인지도를 높인, 요즘 꽤나 잘나간다는 개그맨이다. 모두가 저만 원하는 것 같은 기분. 한창 세상을 발밑으로 볼 시기가 아니던가.

"벌써 시간이 이렇게 됐네. 조금 이따가 회의 시작할 거니까 들어가자고."

"피디님, 저 화장실 갔다가 올게요."

"다녀와, 다녀와. 여기 있을게."

소득 없던 대화는 종결되었는지 종이컵이 휴지통으로 던져지는 소리와 함께 누군가 휴게실 밖으로 걸음을 옮겼다. 태준은 저도 모르게 뒤를 돌아 구겨진 구성안으로 얼굴을 가린 채 어깨를 움츠렸다.

"어후, 저 구두쇠. 매번 삼백 원짜리 커피지. 스크루지도 이거보단 낫겠다."

이도학은 휴게실을 바라보며 낮게 불만을 토로하더니 화장실로 걸음을 옮겼다. 태준은 그제야 힐끔, 뒤를 돌아 그 뒷모습을 바라보았다.

"저 졸린 학대가리 같은 놈이 지금 뭐라고 지껄이는 거야."

따라가 뒤통수라도 가격해주고 싶은 마음이 굴뚝같지만 뭐 하나 마음처럼 할 수 있는 일이 없다. 학대가리를 기다릴 요량인지 휴게소에서 나오지 않는 프로듀서. 태준은 급히 휴대폰을 들었다. 집중한 표정이 뭔지 모르겠지만 폭풍 검색하는 모양이다.

만족스러운 걸까. 이내 주머니에 딸랑거리는 동전 몇 개를 확인한 태준은 알 수 없는 미소를 지으며 휴게실로 걸음을 옮겼다.

"아, 짜식. 그냥 하라면 할 것이지 말 참 많네……."

태준이 들어선 줄 모르는 프로듀서는 창밖을 응시하며 남은 커피를 털어 마셨다.

"어? 안녕하세요. 최국영 피디님이시죠?"

누구야, 이건 또. 제 이름을 부르는 목소리에 종이컵을 입에 물고 프로듀서는 곁을 돌아보았다. 자판기에 동전을 넣으려는 모습으로 멈춘 채 저를 바라보는 이 남자.

"아, 아이고! 아이고, 강태준 씨!"

바닥에 종이컵을 내팽개친 프로듀서는 자동 구부러지는 허리 모양을 하고는 태준에게 다가섰다. 영롱하신 강태준의 손을 마주 잡는 이 프로듀서는 아무래도 살찐 수달을 닮았다.

"반갑습니다. 한번 뵙고 싶었는데."

"저를 아세요? 강태준 씨가요?"

마주 잡아 힘차게 흔드는 손을 바라보며 수달 PD는 두 눈을 동그랗게 떴다. 사실 마주치려야 마주칠 일 없는 관계였기에 더욱 놀랍지 않을 수 없다.

"당연히 알죠. 방송국 드나들면서 피디님을 모르면 되나요. 프로그램 늘 잘 보고 있습니다."

"아, 아이고! 아이고, 감사합니다!"

바쁘실 텐데! 굽어진 허리는 펴질 줄 모른다. 강태준이 알아주는 PD라니

황송스러움에 어쩔 줄을 모르는 모습이다.

"요번에도 편성 받으셨더라고요. 국경일 특선 만화."

"그런 것까지 아세요?"

아, 이 드럽게 자상한 미소. 태준은 고개를 끄덕이며 아쉽다는 표정을 지어 보였다.

"연락이 안 오더라구요. 알긴 알고 있었는데. 내심 기다렸는데."

"기, 기다리셨다구요?"

내심 기다렸는데. 기다렸는데. 기다렸는데.

태준의 마지막 멘트가 뇌리에서 사라지지 않는다. 이 살찐 수달 PD께선 놀란 마음과 머리가 진정되지 않는지 어색한 헛기침을 내뱉었다. 눈동자를 이리 굴리고 저리 굴리는 모습을 보자니 아무래도 연신 머리를 굴리는 모양이다.

그러거나 말거나 태준은 쓱, 다시 동전을 꺼내어 자판기에 투입하려 했다.

"강태준 씨, 커피 드시게요?"

"아, 네. 시사교양국에 볼일이 있어 왔는데 커피나 한 잔씩 돌릴까 해서."

매니저가 없어서 나갈 수가 없으니 테이크아웃 커피는 돌릴 수가 없네요. 태준은 멋쩍은 웃음을 내보였다.

크게 손사래를 치며 수달 PD가 성큼 다가섰다. 커피 몇 잔에 강태준을 섭외할 수 있다면.

"아유, 그렇다고 이런 걸 드시면 됩니까? 요 밑에 카페 가시죠. 제가 쏘겠습니다."

태준은 수달 PD보다 더 강하게 손사래를 쳤다.

"아닙니다. 인원이 많아요. 그냥 이걸로도 충분……."

"아니요! 제가 사겠습니다!"

단호해 마지않는 수달 PD의 눈빛은 외려 애원에 가깝다. 태준은 부드러운 미소를 지으며 무안하다는 듯 동전을 주머니 속으로 넣었다.

"그럼, 부탁드리겠습니다. 아메리카노로."

"에이, 아메리카노라뇨. 제가 마시지는 않지만 아메리카노가 제일 싼 줄은 압니다. 다른 거요. 카페모카? 라테?"

스크루지도 울고 갈 구두쇠라더니, 태느님 앞에서 절로 열리는 지갑은 돌아올 수 없는 강을 건넌다.

"이럴 게 아니라 저희 사무실로 들어가 계시면 제가 사 가지고 가겠습니다. 예. 예."

어떻게든 태준의 발을 묶어둬야 한다. 이번 특선 만화에 태준을 섭외할 수 있다면? 모두가 자신의 섭외 능력에 감탄할 테니까! 머릿속엔 이미 졸린 학대가리는 안중에도 없는 듯하다.

"그럼, 부탁 좀 드리겠습니다."

수달 PD는 인원과 커피를 체크하기 위해 늘 가지고 다니는 메모지와 펜을 들었다. 여전히 사람 좋은 미소를 짓고 있는 태준이지만, 얼마나 사악한 미소인지 그때는 알지 못했다.

흠. 태준은 결심했는지 입술을 열었다.

"우선 캐러멜 프라푸치노로."

"아. 캐러멜…… 프라…… 푸…… 치노. 네네. 이름 참 어렵네요. 몇 잔이죠?"

비싸겠지? 사천 원? 오천 원? 그래. 까짓것 이 정도는 투자한다, 내가.

생각보다 주문이 간단하다. 제 돈 주고 카페 아메리카노도 마셔본 적 없는 수달 PD였지만 꽤나 비장한 표정으로 고개를 끄덕였다. 태준의 표정은 자상함을 넘어 그윽하기까지 하다.

하지만. 이 정도로는 어림없어. 이내 열리는 태준의 입술을 바라보며 수달 PD는 멍하니 모든 행동을 멈추었다.

"거기에 헤이즐넛시럽 한 펌프, 자바칩 넣어서 같이 갈아주시고. 초코 드리즐과 캐러멜 드리즐은 컵 벽에 먼저 뿌린 다음 휘핑크림 올리고 통 자바 칩을 따로 더 올리고. 그 위에 또다시 초코 그리즈과 캐러멜 드리즐을 잔뜩 뿌려주시면 됩니다."

괜한 짓거리를 했다는 생각은 소용없겠지. 아득해지는 정신줄에 수달 PD는 사색이 되어간다.

외우기도 힘든 레시피를 읊은 태준은 가볍게 묵례를 했다. 여전히 자상한 미소는 잊지 않은 채.

"제가 지금 시사교양국에 계신 모든 분께 커피를 돌리기로 해서요. 사십 잔, 부탁드립니다."

'총 사십칠만 육천오백 원입니다.'

커피 사십 잔에 오십만 원 육박한 금액이 순식간에 털렸다. 수달 PD는 멍하니 엘리베이터를 타고 올라왔다. 주문도 주문이거니와 만드는 데 꽤나 시간이 걸린다는 이야기에 급한 대로 태준의 것만 챙겨 올라온 것이다.

"커, 커피 한 잔에 무슨 돈 만 원씩이나……."

그래도 커피만 내놓기가 무안했는지 이것저것 쿠키니 뭐니 집어 온 수달 PD의 걸음이 바쁘다.

그래, 강태준을 섭외할 수만 있다면 이것은 충분한 투자가치가 있으니까. 속은 되게 쓰리지만 나름 만족해보기로 한다.

"좋아. 내가 이번에 한 건 올려보겠어."

……그래도 세상에, 이런 커피를 마시는 인간이 다 있구나. 걷는 걸음에 커피를 내려다보았다. 역시 반도의 한류스타. 과연 처먹는 것부터 클래스가 다르다.

"아이고, 태준 씨! 오래 기다리셨어요?"

문 앞에서 썩어 문드러지던 표정을 고쳐먹은 수달 PD가 환히 웃으며 태준에게 커피를 건넸다. 태준은 급히 일어서며 커피를 건네받았다.

"이러지 않으셔도 되는데……."

"아이고, 무슨 말씀이세요. 이런 건 아무것도 아니에요, 아무것도."

아하하하하. 아하하하하하하하하. 어색한 수달 PD의 웃음소리가 사무실을 가득 메운다. 태준은 실뱀 같은 눈을 뜨고 커피를 바라보았다.

대체 이걸 어떻게 마신다는 얘긴지. 사실 한 번도 마셔본 적 없는 커피. 꼭 이 커피만 고수하며 마시는 박 대표의 전매특허 '악마의 레시피'를 외워버린 것뿐. 보기에도 드럽게 달아 보이는 커피는 입을 가져다 댈 엄두조차 나질 않는다.

"자, 태준 씨. 이건 우리 기획안이에요. 한번 보세요."

수달 PD는 급하게 편성 받은 기획안을 태준에게 내밀었다. 마시는 시늉만 하다가 커피를 내린 태준은 건성건성 기획안을 손에 들었다.

"아직 섭외는 안 하셨나 봐요?"

"뭐, 그런 셈이죠. 민정원 씨는 하게 될 것 같고요."

태준은 크게 놀란 눈빛으로 고개를 들었다. 최대의 약점이라 생각했는지 표정이 좋지 않은 수달 PD는 역시나 상대가 별로냐는 표정이다.

"민…… 정원 씨요?"

"아, 뭐. 그렇게 됐어요. 요즘 강태준 씨 나오는 드라마가 워낙 뜨다 보니."

"민정원 씨가 더빙을 한단 말입니까?"

앞으로 상체를 수그리며 반문하는 태준의 모습에 수달 PD는 왜 그러냐는 모습이다. 뭔가 찝찝하긴 하지만 고개를 천천히 끄덕이며 대꾸했다.

"아, 예. 무슨 문제라도…… 아니, 사실 저도 민정원 씨는 그렇~ 게 하지 말자고~ 말자고 했는데 위에서 어쩔 수가 없다니 저도 물론 마음에 들지는 않……."

"하, 민정원 씨 섭외를 하셨다구요? 그 바쁜 여배우를?"

네? 한 번에 했는데요?

수달 PD는 태준을 바라보며 영문을 알 수 없다는 표정을 지어 보였다. 그러거나 말거나 태준은 말도 안 된다는 표정이다.

"요즘 이쪽 업계 섭외 1순위가 민정원 씨인데. 섭외를 하셨다구요?"

"아, 네. 그렇긴 한데……."

"피디님이 직접 하셨나요?"

네? 아니요? 대답을 하려다 헙, 입을 다물었다. 순진하게 잘도 돌아가는 수달 PD의 버퍼링은 철저히 태준의 예상대로 흘러가고 있다.

"그럼요! 제가 했죠! 제가 섭외를 했습니다!"

"어쩐지. 민정원 씨가 피디님 이야기를 자주 했거든요. 피디님 작품이라 단번에 승낙한 모양입니다."

"그래요? 제 얘기를요?"

허허. 나 원. 제가 이상하게 사람을 끌어요. 희한하죠? 배를 뒤집고 웃는 살찐 수달 PD의 성품은 팔랑이는 귀만큼이나 가벼워 보인다.

"대단하시네요. 민정원 씨를 섭외하시다니."

"제가 제 입으로 이런 말씀 드리기 뭐하지만 제가 이 구역의 섭외킹으로도 사실 유명하죠."

아하하. 아하하하하하하하하하. 제 입으로 이런 말을 하게 되는 날이 오다니. 지도 무안한지 박수까지 치며 수달 PD는 웃음을 터트렸다.

뭐야. 하도 이도학이 민정원 별로래서 진짜 그런 줄 알았더니 그것도 아니구만?

천하의 강태준이 인정하는 여배우를 못 알아보다니. 이도학 그 녀석, 역시나 사람 보는 안목이 없어도 너무 없는 녀석이다.

"피디님! 언제 들어오셨어요? 기다리신대서 한참 찾았잖아요."

이내 문을 열고 들어오는 사내. 태준은 힐끔, 곁을 바라보았다.

……오호라, 너 잘 만났다. 태준은 비스듬히 소파에 등을 기대며 소파 헤드에 팔을 걸친 채, 턱을 들어 올렸다.

방자함의 클래스가 다른 태준을 바라보며 더는 말을 잇지 못한 채 우뚝 멈춘 사내. 태준을 여기까지 오게 한, 졸린 학대가리의 등장이었다.

"아, 아! 도학 씨, 인사해. 강태준 씨 처음 보지?"

이게 무슨 광경이냐. 졸린 학대가리는 엉겁결에 묵례하며 태준에게 인사를 건넸다.

"안녕하세요. 이도학입니다."

평소와는 다르게 태준은 까딱, 고개 인사로 인사를 받는다. 비스듬히 소파에 기댄 상체는 여전히 방자하다.

"여기 제작진인가 보네요."

태준은 누구인지 전혀 모르겠다는 표정으로 이내 시선을 돌리며 수달 PD를 응시했다.

나, 나를 몰라? 이도학은 금방이라도 거품을 물것처럼 두 눈을 까뒤집었다. 그러든지 말든지 흥미 없다는 시선으로 태준은 힐끔, 다시 고개를 돌렸다.

길게 뻗은 다리를 거만하게 꼬고 앉아 소파 헤드를 두드리는 태준의 모습은 사진에서 튀어나온 듯 통 실재감이 없다. 그런 태준에게 종전과는 다른 기류가 느껴졌던 모양인지 수달 PD는 눈동자를 이리저리 굴리며 손사래를 쳤다.

"아, 이도학이라고. 신인 개그맨이에요, 개그맨. 모르실 거예요, 아마."

"피디님! 신인이라뇨! 저 정도 되는 급이 신인은 아니잖아요!"

밑으로 후배도 생겼는데! 정말 이러실 거예요?

기가 막히고 코가 막히는 터에 졸린 학대가리는 입을 쩍 벌리며 씩씩대는 표정을 지었다. 태연자약하신 갓태준께서는 거만한 표정으로 졸린 학대가리를 응시했다.

되게 아무것도 안 하는데, 되게 약 올리는 것 같다.

"지금 특선 만화 더빙 관련해서 중요한 미팅 중인데 불쑥 찾아오시면 곤란합니다."

"더, 더빙 관련 미팅이요?"

졸린 학대가리는 잠이 깼는지 눈이 튀어나올 듯 치켜떴다. 제법 무안했는지 수달 PD는 고개를 돌리며 헛기침을 내뱉었다.

"피디님, 이게 무슨 말씀이세요? 회의라뇨. 저 빼고 지금 무슨 회의를 해요, 특선 만화로!"

대체 강태준이 특선 만화로 회의를 할 만한 일이 무엇이란 말이냐. 주인공 친구로 등장하는 멍청한 거북이를 맡았을 리도 없고, 악당으로 등장하는 애꾸눈 까마귀를 맡았을 리도 없지 않은가!

"아, 도학 씨. 내가 나중에 다 설명할게. 돌아가 있으면 내가 바로 전화……."

"피디님!"

태준은 만지작거리던 기획안을 소리 나게 내려놓으며 매서운 눈빛으로 학대가리를 바라보았다. 힘줘 누른 미간의 주름이 깊게 파인다. 나갈 진도에 맞춰 천천히 기술적으로 표정을 만들고 있는 태준을 알 리 없다.

"이봐요, 이도락 씨."

"이도학입니다! 이도학이요!"

"아, 그래. 이도학."

태준은 고개를 돌려 짧은 한숨을 내쉬더니 다시 고개를 돌려 학대가리를 응시했다. 찰나였으나 서늘했던 태준의 기운에 학대가리의 등 뒤로 소름이 돋아났다.

"이봐, 개그맨 친구. 여기가 어디라고 목소리를 높이는지?"

……너도 한번 당해봐, 개무시.

"그게 아니라 이 특선 만화는 원래 제가 맡기로 되……."

"기본이 없어도 이렇게 없나? 낄 데 안 낄 데 구분도 못 하고."

너도 한번 느껴봐. 기분이 어떤지.

"뭐, 뭐라고요?"

"요즘 방송인들 다 이렇습니까, 피디님?"

붉게 물들어가는 학대가리의 표정은 안중에도 없다. 웃음이 사라진 태준의 시선은 수달 PD에게 곧장 향했다. 순식간에 바뀐 태준의 분위기. 달달한 커피나 마시겠다며 제게 웃어주던 갓태준은 어디로 가고.

마찬가지 오싹한 소름을 느끼며 수달 PD는 황급히 손을 내저었다.

"아닙니다! 아니에요! 원래 기본이 없는 친구라 그러니 강태준 씨께서 넓은 아량으로……."

"피디님 진짜 이러실 거예요? 진짜 이렇게 나오신다, 이거죠!"

아, 글쎄, 전화한다니까! 수달 PD는 답답한지 전화하겠다는 동작까지 해보이며 손을 저었다.

"하, 진짜 너무하시네요, 피디님. 해달라고 그렇게 말씀하실 때는 언제고."

졸린 학대가리는 벌게진 얼굴로 태준을 바라보았다. 도저히 지고는 못 살겠다는 표정이다.

……덤벼봐.

"저를 진짜 모르세요? 저번에 프로그램도 한 번 같이 나왔었……."

"내가 그쪽을 알아야 할 급은 아니지 싶은데."

말이 끊긴 공간. 태준은 거만한 몸짓으로 목을 풀며 힐끗, 멍하니 서 있는 학대가리를 응시했다.

"대답해봐. 내가 그쪽을 알아야 할 급인지."

"자, 자, 강태준 씨. 고정하시고……."

"개그맨이라 했나? 자네 직속 선배가 누구지? 대체 이 오만하고 방자한 태도는 어디로 이야기하면 이해가 빠르려나?"

기다릴 필요도 없이 사색이 되어가는 학대가리의 표정은 이제야 번지수를 잘못 짚었음을 인지하는 모양이다. 머리끝부터 발끝까지 거만함이 흘러도 조금도 어색함이 없는 반도의 배우께서 말문이 막힌 학대가리를 향해 자비 없는 눈빛을 보낸다.

"이리 와봐."

태준은 이내 손가락을 까딱까딱. 숨이 멎을 것만 같은 수달 PD는 그저 마른침만 삼킬 뿐이다. 학대가리는 천천히 걸음을 옮기며 저도 모르게 두 손을 공손히 모았다. 태준은 자리에서 일어나 가까이 마주 섰다.

'솔직히 제가 민정원하고 같은 급은 아니죠.'

……참을 수 없는 분노가 치밀어 오른다.

"아무 데서나 까불지 마. 방송생활 영구 정지시켜주는 수가 있어."

날 선 태준의 목소리. 조금 전의 방자함은 어디서도 찾아볼 수 없을 정도로 위축된 학대가리는 끔쩍끔쩍 눈만 깜빡였다.

"대답 안 하나?"

"아, 네네. 죄송합니다. 죄송합니다."

태준은 이내 옷매무새를 가다듬으며 목을 풀었다. 공간을 압도하는 태준의 분위기는 쉽사리 사과조차 할 수 없는 긴장감을 만들었다.

'걔는 스폰서 스캔들도 있었고 지금 이미지도 별로인데.'

……평소와는 달리 감정 조절도 쉽지 않다.

'아, 진짜 싫은데. 격 떨어진다구요. 급 좋은 여배우랑 해서 더 탄력 받아야 하는데.'

태준은 제 어깨까지밖에 오지 않는 학대가리를 끌었다.

"그리고 너, 아무 데서나 급, 급, 하지 마. 급은 나 정도 돼야 찾는 거야."

"네, 죄송합니다. 죄송합니다."

자신을 비난했대도 이렇게까지 반응하진 않았을 것이다. 면전에서 무시를 당했다 해도 이렇게까진 하지 않았을 테지. 잔뜩 위축된 채 서 있는 학대가리를 바라보던 태준은 뒤를 돌아 수달 PD에게 시선을 옮겼다. 저도 모르게 두 손을 공손히 모은 수달 PD는 침을 꿀꺽 삼키며 태준의 시선을 마주했다.

"오늘은 영 피디님과 대화할 기분이 나질 않네요. 이만 가보겠습니다. 다음에 기회 되면 또 뵙죠."

"아, 아. 네, 강태준 씨."

간단다. 그런데 빨리 가주셨으면 좋겠다. 너무 무섭다.

"소란 피워 죄송합니다. 제가 또 피디님들한테 함부로 하는 방송인들 보면 가만있을 수가 없어서요."

"아무렴요! 아무렴요, 강태준 씨!"

또 보자고. 태준은 잔뜩 굳은 학대가리의 어깨를 툭툭 치며 걸음을 옮겼다. 두어 걸음이나 옮겼을까. 뒤를 돌아 입도 대지 않은 커피를 힐끔, 바라보며 수달 PD에게 가볍게 묵례했다.

"커피는 마신 걸로 하겠습니다. 또 뵙죠."

"가, 감사합니다. 감사합니다."

그냥…… 로또를 오십만 원어치 샀다고 생각하자. 잠시 잠깐 대박을 꿈꾸며 즐거웠다고.

수달 PD는 고개를 풀파워로 흔들며 태준의 인사를 받았다. 분위기는 거지같이 만들어두고. 열리는 문틈으로 태준이 유유자적 퇴장한다.

"조심히 들어가십시오!"

졸린 학대가리의 90도 인사가 자신을 향하지만 태준은 돌아보지 않는다. 가볍게 손을 들어 받았다는 인사만 대신하기로 한다.

엘리베이터를 타고, 빠른 걸음으로 주차장을 걸어온 태준은 차에 올라타자마자 숨을 몰아 내쉬었다. 내뱉는 숨은 차라리 한숨에 가까웠다. 도저히 안 되겠던지 태준은 주머니를 뒤적뒤적하더니 휴대폰을 빼 들었다. 신호가 몇 번이나 갔을까, 상대방이 전화를 받았다.

"촬영하고 있나?"

간단한 인사마저 생략한 채 입가에 미소를 그리는 것으로 보아하니 상대방이 누군지 대번 알 것도 같다.

"밥은 먹었고? 나도 이제 갈 거야."

점점 태준의 얼굴에서 미소가 사라져 간다. 들려오는 정원의 목소리가 밝은 것이 영 속상한 모양이다. 아무것도 모른 채 더빙에 참여하게 될 정원의 모습이 떠올라 태준은 잠시 눈을 감았다.

"그럼. 볼일 다 끝났지."

자신이 어떻게 해도. 어쩔 수 없이. 이런 시간은 또다시 마주하게 될 테니까.

"그럼 점심 먹지 말고 있어. 금방 갈 테니까."

……그래도, 너만 모를 수 있다면.

태준은 잠시 모든 행동을 멈추었다. 제 손끝을 바라보며 천천히 미간을 구겼다.

세상 사람들이 이유 없이 널 미워한다 해도.

"이봐, 세일러문."

네? 반문하는 정원의 맑은 음성. 태준은 잠시 수화기를 떼며 짧은 한숨을 내쉬었다.

나도 이유 없이 널 사랑하니까. 이해하기로 하자.

"그냥. 촬영 바쁠 텐데 힘내라고."

멋쩍은지 태준은 분주히 손을 움직였다. 잠시 당황했는지 수화기 저편, 머뭇거리던 정원의 웃음소리가 들려온다. 그 웃음에 태준도 따라 미소 지었다. 굵은 눈썹을 한번 추켜세우더니 통화를 종료한다.

"……힘내. 세일러문."

통화가 종료된 휴대폰 액정을 바라보며 태준은 낮게 읊조리듯 말했다. 뭐, 좌우지간 오늘도 드럽게 멋있고 늠름하며 완벽한 이 반도의 강태준 씨께서 또 한 번 위기에 빠진 세일러문을 구하고야 말았다. 급이 달라 다행이야, 하마터면 못 구할 뻔했어. 태준은 중얼거리며 재킷 안쪽에서 선글라스를 꺼냈다.

이내 분노 따위 날려버리고 평정심을 찾은 갓태준의 표정엔 잃어버렸던 여유가 되살아났다. 곱씹어야 속만 쓰릴 뿐, 듣지 않고 보지 않은 걸로 하는 게 세상 가장 속 편한 일이다.

"잊자, 잊어."

오늘은 영수 없이 혼자 방송국을 방문한 터라 익숙한 솜씨로 시동을 걸었다.

……그래도 아쉽다. 졸린 학대가리 목이라도 조르고 왔어야 했는데. 오늘은 이쯤에서 용서하는 걸로.

난, 클래스가 다른 한류스타이니까.

"재민아."

대본을 바라보던 재민이 고개를 들었다. 놀라 황급히 일어서는 재민은 환히 웃는 정원을 반긴다.

"촬영 끝났어? 어서 앉아."

몸을 비켜 자리를 내어준 재민은 느닷없는 정원의 방문에 다소 놀란 모습이다. 정원이 대기실로 찾아온 것은 처음 있는 일이다.

"대본 보는데 내가 방해하는 거 아냐?"

"그럴 리가."

비켜준 자리로 정원이 자리했다. 당의 속에서 주렁주렁 귤을 꺼내며 테이블에 올려놓는다.

"귤 배달 왔습니다."

정원은 양손에 두어 개씩 귤을 쥐고 흔들며 웃는다. 재민은 대본을 내리며 귤을 건네받았다.

"귤을 잘못 고르셨네요. 이렇게 크고 껍질이 두꺼운 귤은 맛이 없습니다."

"그래요? 몰랐네요."

그런가? 귤을 요리조리 살피는 정원에게 재민은 먹기 좋게 귤을 갈라 건넸다. 휴대폰에 틀어놓은 듣기 좋은 발라드가 대기실을 가득 울린다.

"그래도 맛있다."

정원이 귤을 우물우물 먹으며 웃는다. 이내 제 입으로 귤을 넣으며 재민도 따라 웃었다.

"태준 선배는?"

"방송국 갔어. 이제 오고 있을 거야."

여전히 어색하기만 한 주제. 재민의 입을 통해 듣는 태준의 이름은 어쩐지 낯설고 어려운 탓에 정원은 고개를 수그렸다. 언제고 괜찮아질 것 같지 않다.

"태준 선배 얘기만 나오면 이러더라. 부끄러워?"

"부, 부끄럽기는……."

정원은 익살스러운 표정으로 자신을 바라보는 재민을 바라보다 웃음을 터트렸다. 정원은 천천히 고개를 돌려 테이블을 응시했다. 알맹이가 사라진 귤껍질은 이제, 버려지는 일만 남았다.

"주희랑은…… 어때?"

귤껍질을 치우던 재민은 멈칫, 손길을 멈췄다. 더운 기운이 밀려와 재민은 크게 헛기침을 하며 마저 손을 놀렸다.

"어떻긴, 그냥 뭐……."

"그냥 뭐? 어떤데?"

"아니, 그냥…… 뭐…….."

"부끄럽구나?"

정원은 재민이 제게 지어 보였던 것처럼 익살스러운 표정으로 재민의 얼굴을 살폈다. 허리를 반쯤 구부린 채 제 얼굴을 올려다보는 정원의 시선을 마주한 재민은 피식, 조용한 웃음을 터트렸다.

"뭐가 부끄럽냐? 그런 거 아니야."

"에이, 부끄러운 거 맞는 거 같은데? 그런 거 같은데?"

분주한 손놀림이 끝났는지 재민은 소파에 몸을 기댔다. 트랙이 끝나 다음 노래가 흘러나오는 휴대폰은 절묘한 타이밍을 자랑한다.

말이 끊긴 공간. 재민과 정원의 시선이 교차했다. 따뜻하지만 뜨겁지 않은 서로의 시선에 정원은 조용히 미소 지었다.

"괜찮아. 주희 괜찮은 친구야."

"……알아."

"널 지켜주고 싶대."

재민은 고개를 돌렸다. 도저히 그 시선을 마주하고는 들을 수가 없다.

……나도 널 지켜주고 싶었어. 얼마나 그랬는지 몰라.

"그 마음이, 너무 예쁘지 않아?"

너의 현재를. 너의 미래를. 너의 사랑을.

"솔직한 거. 사람이 예쁘다는 건 이런 거구나. 주희 보면서 나 많이 느꼈어."

지켜주고 싶었어. 단지…… 그것뿐이었던 내 마음이 오늘도 네게 말해.

재민은 천천히 고개를 돌려 정원을 바라보았다. 자신을 바라보는 그 눈빛이 무얼 말하는지 모를 수 없어서. 제게 보여주는 그 미소가 무얼 뜻하는지 모를 수가 없어서 재민은 마른 입술을 축였다.

"주희…… 씨 좋은 사람인 거 나도 알아."

……네가 아닌 다른 이를 사랑할 자신도 없는 나라서.

"나도 알고…… 아는데……."

그저 멈춰 있는 것 외엔 할 줄 아는 게 없었다고.

정원은 말끝을 흐리며 제대로 말을 잇지 못하는 재민을 한참 바라보다 손을 잡았다.

"괜찮아."

온기가 뒤섞이며 서로의 마음이 맞닿는다. 재민은 끝끝내 두 눈을 꽉 감았다.

"괜찮아. 재민아, 다 괜찮아."

정원은 재민의 손을 토닥이며 미소 지었다.

……감사해. 한동안 너로 인해 행복할 수 있게 해준 것에 대해서.

"나는 이제…… 너도 행복해졌으면 좋겠어."

우리의 이야기도 언젠간 처음부터 없었던 것처럼, 모두 괜찮아질 거라고.

"망설이고 머뭇거리다가…… 놓치는 일은 없었으면 해……."

그리고 언젠간, 자연스럽게 멀어질 수 있을 거라고. 시간을 따라서. 시간에 기대어.

돌렸던 고개를 들어 재민은 정원을 바라본다. 마주친 시선은 한없이 익숙하고 따뜻해서 재민은 잡은 손을 더욱 힘주어 잡았다.

……옛사랑이 어서 가라 손짓한다. 다른 이의 손을 잡으라 말을 한다.

"행복하지?"

사랑했던 너와 나는 시간 속에 지나간다, 작게 속삭여준다.

"그럼, 행복하지."

하아. 재민은 짧은 한숨을 쉬며 고개를 끄덕였다. 섣불리 물어볼 수 없었던 말. 아니라고 할까 봐, 너는 지금 행복하지 않다고 할까 봐.

"그래, 그거면 됐어."

이젠 자신 있게 물어볼 수 있게 되었다. 몇 번을 물어도 들을 수 있을 것만 같았다. 행복하다고. 아주 많이 그러하다고.

"태준 선배…… 만나는 동안 쉽진 않을 거야……."

"그래, 그럴 것 같아."

정원은 눈썹을 추켜세우며 고개를 끄덕였다. 말이 없는 재민의 표정이 편치 않다.

"그래도 이젠 도망치지 않아. 않기로 했어."

재민은 저도 모르게 아랫입술을 깨물었다. 다행이라는 안도가 아닌, 잘했다는 기쁨이 아닌, 온갖 것들이 한데 섞여 색을 잃은 감정이 밀려들었다.

단단한 정원의 눈매. 재민은 더는 말을 붙일 수 없어 감각 없는 미소를 지어 보였다. 무엇을 더 바랄 수 있는가. 이제 겨우 사랑을 잊게 된 그녀에게.

"민정원 너, 힘들다고 울기만 해봐라."

"어어? 언젠 힘들면 너한테 말하라며?"

이제 겨우 사랑을 믿게 된 그녀에게.

"내가 이제 무슨 필요야. 태준 선배 있잖아, 태준 선배."

"와, 말 바뀌는 거야? 치사한데?"

……다시 오지 않을 시간이 흐른다. 죽어도 마주할 수 없을 것만 같았던 과거가 흐려져 간다.

"우리, 이거 마저 먹을까?"

천천히, 재민은 정원의 손을 놓으며 남은 귤을 집어 들었다. 정확하게 반을 갈라 정원에게 내밀었다. 정원은 선뜻 손을 내밀지 못한 채 재민의 손끝을 내려다보았다.

……아무 힘도 없을 과거로 인해, 우리 더 이상 아프지 말았으면 한다고.

제 마음은 충분히 전달되었으리라. 정원은 웃으며 귤을 받아 들었다. 트랙이 또다시 바뀌며 새로운 노래가 흘러나온다. 익숙한 걸까. 정원은 나직하게 노래를 따라 불렀다.

"재민아, 나 이거 먹으면 오늘 다섯 개째야."

"난 여덟 개."

"으아, 안 되겠다. 더 먹어야지."

노래에 물든다. 따뜻함이 번진다.

상처 위로 새살이 돋아나듯이, 서로는 마주 보며 아프지 않기로 한다.

태준은 졸린 눈이 떠지지 않아 김 감독 옆에 앉아 눈을 비볐다.

"뭐야, 태준. 어제 잠 못 잤어?"

"글쎄, 피곤하네."

촬영이 막바지에 다다를수록 고된 촬영은 제아무리 강태준이라 할지라도 버겁기 한량없다. 극의 긴장감이 탄탄하게 드러날 수 있도록 내면의 감정 연기를 그 어느 때보다 강도 높게 요구했기에 더욱 그러했다.

"태준아, 촬영 쉽지 않지?"

"……쉽지 않지."

한 나라의 지존(至尊)을 연기한다는 것. 모든 것을 다 가졌지만 그것들을 지키기 위해 삶의 전부를 바쳐 살아가야 하는 캐릭터에 동화된다는 것. 결코 쉽지 않은 일이라는 것을 곁에 앉은 김 감독도 모를 리 없다.

"드라마 끝나면 좀 쉬어?"

"글쎄, 미뤄둔 일정이 있어서 쉽지 않을 것 같은데."

태준이 덤덤할수록 김 감독은 마음이 착잡하다. 배우의 길을 걸어온 동안 단 한순간도 자신만을 위해 살아본 적 없는 태준이었기에.

"좀 쉬어. 나중을 생각해서라도."

쉬는 법도, 쉬어가는 법도 모르는 태준은 머쓱한 미소를 지으며 대본을 펼쳤다. 주변의 그 누구도 자신의 휴식을 바라지 않았다. 물론, 누구보다 스스로가 원치 않았다.

"저기, 태준아."

물끄러미 촬영장을 응시하는 김 감독의 눈빛이 예사롭지 않다. 대본으로 눈길을 주던 태준은 힐끔, 김 감독을 바라보았다.

"지수 왔어."

태준은 다소 느린 반응으로 상체를 일으켜 앞으로 구부렸다. 이름이 기억나지 않는 듯했다.

"누구? 지수? 지수가 누……."

하지만, 때로는 잊을 수 없는 이름이 있기도 하다.

"형수?"

김 감독은 고개를 끄덕이며 의미 없이 정면을 응시했다.

"어딜, 한국에?"

"우리 집에."

태준의 입이 쩍, 벌어졌다. 주위를 살피며 목소리를 낮춰보지만 격양된 음성은 숨길 수 없다.

"뭐야, 그럼 내내 같이 있었어?"

"하루."

사랑이 시작될 때부터 끝날 때까지. 그의 모든 과정을 지켜보았던 태준이다. 자신의 이야기에 인색했던 김 감독이었지만 표정만으로, 눈빛만으로. 알 수 있었다.

"감독님도 심란하겠네."

한국에 돌아온 김 감독은 뭐에 홀린 듯 일만 찾기 시작했다. 오로지 그 하나만을 위해 살겠다는 것처럼.

"나는 내내 괜찮은 줄 알았는데, 그게 아니었나 봐, 태준아."

살기 위해선 그럴 수밖에 없다는 것처럼.

"지수를 보는데 내 심장이 덜컹, 하고 내려앉더라고."

"그래서, 합칠 생각은 있나?"

김 감독은 일말의 망설임도 없이 도리질을 쳤다. 아랫입술을 깨무는 표정이 무엇을 뜻하는지 모를 수 없다.

"다시 미국에 들어가야 한다네. 잠이 한숨도 안 와서 내내 설치다 왔다."

한번 어긋난 사랑을 이어가기란 생각만큼 쉽지 않았다. 감성은 이성 앞에 자취를 감추었고, 꿈은 현실 앞에 뒤를 돌아섰다. 서로는 다른 길을 희망했다. 아직도.

……여전히.

"마음이 시키는 대로 해. 적어도 밤에 잠이 오지 않는 일은 없을 테니까."

무게를 덜어올 자신이 없다. 오로지 김 감독의 몫임을 태준은 누구보다도 잘 알고 있다. 제법 낮게 깔린 태준의 음성에 흘깃, 곁을 돌아본 김 감독은 부스스한 웃음을 터트렸다.

"일이 끝나지 않았으면 좋겠다. 요즘 같아선 그래."

공감하는지 태준은 고개를 끄덕였다. 그때였다.

"오빠!"

촬영장 한쪽에서 재민과 대본을 맞추던 정원이 한걸음에 달린다. 앉아 있던 태준과 김 감독은 동시에 고개가 뒤로 돌아갔다.

"누가 찾아왔나 본데."

정원의 반가운 걸음. 서 실장 곁에 서 있던 낯설고도 음흉하며 능글맞은 사내가 정원을 보며 웃는다.

뭐, 뭐야! 태준의 눈빛이 순식간에 세모꼴로 변했다.

정원은 치맛자락을 붙들고 한걸음에 달리더니 기어이 사내의 품에 폭, 하니 안겨 방방 뛴다. 허! 태준은 저도 모르게 일어섰다. 정원을 품에 안고 활짝 웃는 사내의 얼굴을 요모조모 뜯어 태울 듯이 바라보았다.

"누군지 몰라도 좋아 죽네, 정원 씨."

신인인가, 얼굴이 낯설다. 서 실장이 데려왔으니 회사 식구일 터. 무슨 친분이 저리 두터워!

"정원이 친오빠네요."

휙! 태준은 어느새 곁에 다가선 재민을 바라보았다. 김 감독의 시선도 재민을 향했다.

"누, 누구?"

"정원이 친오빠요. 아마 기억이 맞다면 태준 선배보다 한 살 많아요."

혀, 형님?

태준은 휙! 다시 고개를 돌려 정원을 바라보았다. 정원의 손을 잡은 자상하고도 인자하며 호감 가는 사내의 얼굴에 때아닌 빛이 난다.

철딱서니 없는 조선의 왕께선 곤룡포가 무색할 정도로 경직되었다. 아는지 모르는지 연락 없이 나타난 오라비의 출두에 정원의 입가에 때아닌 웃음이 한 바가지다.

"오빠 언제 왔어? 오늘 평일인데?"

"서 실장님이랑 같이. 출장이 근처라서 혹시나 해서 연락드렸는데 너 잠깐 보고 가도 된다고 해서."

정원을 닮은 눈매가 환하게 웃는다. 애정이 흘러내리는 눈빛은 정원을 닮아 따스하다. 객지에서 만난 식구가 어찌나 반가운지 제자리에서 방방 뛰는 정원의 마음은 쉽게 가라앉지 않는 모양이다.

"이봐, 민정원 씨."

기어이 뒷짐을 진 조선의 왕께서 출두하셨다.

……으아! 정원이 획, 돌아서며 태준을 바라보았다. 이내 난처함이 서리는 눈빛은 긴장감과 설렘이 뒤섞인 채 동그랗게 변했다.

"아! 오빠! 이, 인사해! 가, 강태준 씨야!"

설명하지 않아도 모를 수가 없다. 사내는 웃으며 태준에게 악수를 청했다.

"드라마 잘 보고 있습니다. 민정훈입니다. 실물이 훨씬 좋으신데요."

태준은 그 손을 세차게 잡아 흔들며 미소를 그렸다.

"강태준입니다. 반갑습니다."

"아, 그런데 오빠 있잖아. 언제 내려가? 오늘은 서울에 있어? 잠은 어디서 잘 거야?"

"하나씩 물어야지, 하나씩."

오라비도 오랜만에 만난 누이가 반가운지 연신 입가에 웃음을 멈추지 않는다. 터울이 있어 그랬을까, 오가는 대화가 앙증맞기 그지없다.

"내일 내려갈 거야, 오늘은 서울에 있고. 잠은 이제 근처 적당한 곳 잡아서 자야지."

"서울에 있어, 오늘? 그럼 나랑 저녁 먹자, 오빠!"

촬영은 어쩔 셈인지 정원이 덥석 저녁을 먹잔다. 아무리 봐도 곁에 선 조선의 왕은 잊어버린 지 오래인 듯하다.

흠. 흠. 여기 나도 있어. 태준의 입술이 들썩거리며 움직인다. 혹시나 이자의 입에서 헛소리가 나올까 봐 정원의 심장이 두근거리기 시작했다. 태준은 망설이던 입술을 떼었다. 사내의 시선이 태준을 향했다.

"강태준 씨! 민정원 씨! 스탠바이 하겠습니다!"

예, 옘병! 아직 한마디도 못 했는데!

말을 섞어볼 틈도 없이 정원과 태준의 촬영이다. 정원은 오라비의 아쉬운 손을 놓으며 전화하겠단다. 태준은 종종거리며 뛰어가는 정원에게 시선이 고정된 마음속 형님께 인사를 건넸다. 긴 이야기는 다음으로 미뤄도 괜찮을 테니까.

"그럼, 다음에 또 뵙겠습니다."

속뜻을 알 리 없는 사내는 웃으며 태준에게 답례를 한다. 이제 보니 웃는 모습이 정원과 판박이다.

"우리 정원이 잘 부탁드립니다."

잘 부탁드립니다. 사내의 말끝에 태준은 고개를 끄덕였다. 크게 의미를 담은 이야기는 아니었겠지만 태준에게는 남달리 들려왔을 테니까.

"태준 씨! 빨리!"

간다! 간다고, 이것들아!

"가보겠습니다."

태준은 익선관을 벗으며 짧은 묵례를 건넸다. 뒤돌아 걷는 걸음걸음 힘을 실은 태준의 뒤태는, 흡사 런웨이를 방불케 했다.

"먼저 가볼게요."

촬영장. 김 감독의 배려로 선 촬영을 끝낸 정원은 태준의 대기실에 들러 인사를 건넨다.

"저녁 잘 먹고."

태준은 못내 아쉬워 정원의 손을 잡았다. 촬영분이 많아 오도 가도 못 하는 신세. 사실 그게 아니었대도 앞에 서 있는 그녀는 데려갈 마음이 없어 보이긴 하지만.

"오빠 본 지가 오래되었거든요. 깜짝 선물 받은 기분이었어요."

설레는가. 홍조 가득한 그녀의 볼이 발그스레하다.

"참, 이거."

태준은 지갑에서 카드를 한 장 꺼내어 정원에게 내밀었다.

"맛있는 거 먹고 꼭 이걸로 계산. 알아듣나?"

"……저 돈 있어요."

그게 아니라고. 태준은 손가락을 까딱까딱 흔들며 고개를 저었다.

"돈 아니고 마음."

함께하지 못하는 마음. 보여줄 게 이것밖에 없는 마음.

"숙소는 영수한테 얘기해서 잡아놨어. 서 실장한테 전달해 놨으니까 푹 쉬시라 해."

뭐라도 해주고 싶은 마음까지 담아서.

더는 거절할 수 있는 말이 떠오르지 않아 정원은 태준의 카드를 천천히 받아 들었다.

"맛있는 거 먹고. 좋은 곳 가서."

정원은 물끄러미 태준을 바라보았다. 곤룡포를 입은 자태가 사뭇 철이 들어 보이기도 하고, 의젓해 보이기까지 하는 것이. 과연 이자가 정녕 내 사람인가 싶은 모양이다.

"다음번엔…… 같이 만나요."

당연하지, 당연한 얘기 아닌가?

아쉬움 가득한 정원의 음성에 태준은 고개를 끄덕이며 웃었다.

"어서 가. 기다리시겠다."

놓기 싫지만 놓아야겠지. 태준은 아쉬움을 뒤로한 채 정원의 손을 놓으며 등을 떠밀었다.

"내일 만나요. 가볼게요!"

정원은 폴랑거리는 발걸음을 떼며 태준의 대기실을 나섰다. 대기실 문이 닫히며 조용해진 공간, 피곤이 밀려오는지 태준은 짧은 한숨을 내쉬었다.

촬영이 많이 남았어. 옘병…….

남아 있는 촬영이 징글징글한지 태준의 눈빛이 이글이글하다. 하지만 그것도 잠시. 태준은 소파에 얼굴을 기대며 그제야 고된 눈을 감았다.

다음 촬영까지 삼십 분 남짓 시간이 있다. 쪽잠이라도 반가운 태준이었다.

"강태준 씨."

촬영이 끝난 현장. 한껏 짐을 챙겨 차로 먼저 떠난 영수의 뒤로 태준이 피곤한 발걸음을 옮기고 있었다. 그때 누군가 그를 뒤에서 불러 세웠다.

음성이 익숙하지 않아 뒤를 돌아보니 웬 사내가 자신을 바라보고 있다. 빠르게 훑어보니 기자의 냄새가 폴폴, 진동을 하는 것이, 예감이 좋지 않다.

"무슨 일이신지."

두어 걸음 다가선 사내가 사방을 의식하며 목소리를 낮췄다.

"시간 괜찮으시면 십 분만 할애해주시죠."

"시간이 괜찮지 않습니다. 그럼 이만."

"민정원 씨 관…….."

사내의 말이 끝나기도 전에 태준은 뒤로 돌았다.

"제 차에서 뵙죠."

태준은 말없이 차로 걸음을 옮겼다. 사내는 조심스러운 발걸음으로 태준의 뒤를 따랐다.

"거두절미하겠습니다."

역시나 빠르다. 사내는 차에 앉자마자 노란 봉투를 꺼내어 태준에게 건네주었다. 제법 묵직하니 크기나 감촉만으로, 굳이 확인하지 않아도 무엇인지 알 수 있다.

⋯⋯사진이다.

태준은 사진 한 뭉치를 쓱, 꺼내어 한 장 한 장 살피기 시작했다. 꽤 오래 전 사진부터 현재까지 자신과 정원의 모습이 고스란히 담겨 있다. 호텔 로비 사진도 함께 있다.

"그래서, 얼마를 달라고 이걸 보여주시나."

감사하게도 이해력 빠른 대꾸. 기자는 안도의 숨이 절로 쉬어졌다. 자신도 이 상황이 즐겁지만은 않으니까.

"아시겠지만 워낙 스타시니까. 어지간한 특종하고는 격이 다르죠."

그렇지, 그건 그렇지.

끄덕끄덕. 사내의 대꾸가 마음에 드는지 태준은 조용히 고개를 끄덕였다.

"밥은 먹고 다니쇼? 이걸 언제 이렇게 다 찍었을까."

"말도 마세요. 비에 젖은 삼각김밥도 먹고, 빵도 우유 없이 먹⋯⋯."

아, 이게 아닌데. 기자는 잠시 도망가는 정신줄을 잡아본다. 들었는지 말았는지 사진을 바라보는 태준의 눈빛이 달라진다.

⋯⋯엇, 이 사진 잘 나왔네. 우리 세일러문 이렇게 웃으니 좋구만.

태준은 꽤나 관심이 가는 듯 멈추지 않고 사진을 넘겼다. 드라마 스틸 컷과 화보 촬영을 제외한 일상 사진은 실로 처음이다.

예, 옘병, 눈 감았어!

마른침을 삼키며 사내는 태준의 표정을 살폈다. 시시각각 변하는 태준의 표정은 무슨 생각을 하는지 종잡을 수 없다. 태준은 힐끔, 기자를 곁눈질로 바라보았다.

"그런데 왜, 바로 넘기지 않으시고?"

"개인으로 움직이다 보니 돈을 받고 사진을 넘기는데, 아무리 봐도 강태준 씨만큼 크게 쳐줄 사람이 있을까 싶어서."

태준은 또다시 고개를 끄덕였다. 장황하지 않은 사내의 답변이 솔직하니 마음에 든다. 건네준 사진만 수백 장. 내내 숨어 지켜본 노고는 가히 칭송할 만하다.

"고생 좀 하셨겠는데."

"워낙 숨어 만나시니까 쫓아다니기도 힘들고, 제가 차가 없거든요. 택시비도 엄청 들었⋯⋯."

아, 이게 아닌데. 기자는 또다시 입을 꾹 다물었다. 그러거나 말거나 태준은 또다시 어느 사진 한 장에 눈길을 멈췄다. 콩나물국밥집에서 정원과 함께 걸어 나오는 사진이다.

한산한 길가. 서로를 바라보며 웃음 짓는 주변으로 벚꽃이 흐드러지게 흩날린다. 서로의 눈빛과 표정과, 봄날의 배경이 한데 어우러져 마치 영화의 한 장면을 보는 것 같은 느낌을 주었다.

⋯⋯캬, 죽이네. 태준은 만족스러웠는지 사진을 뽑아 들어 한참을 바라보기 시작했다. 옆에서 무어라 무어라 하지만 들려오지 않는다.

그리고 보니 세일러문과 사진이 한 장도 없구만. 남들이랑은 잘만 찍으면서, 왜. 나는 내외하나?

"⋯⋯씨?"

숨죽이며 지내왔던 세월의 무상함에 허탈함이 찾아온 탓이었을까. 태준은 설핏한 미소를 내보이며 고개를 저었다.

이봐라, 세일러문. 다 부질없다니까.

"⋯⋯세요?"

사진 한 장도 남기질 못했을 만큼 너와 나는 숨을 죽였다고 생각했는데, 다 소용없는 짓이었다. 어쩌지, 세일러문.

"⋯⋯씨? 제 말 들리세요?"

힐끔, 사색을 방해하는 기자를 바라보는 태준의 눈빛이 이글이글하다.

"요점만 간단히. 그래서 얼마나."

드디어 올 것이 왔다. 기자의 침 넘어가는 소리가 태준에게까지 들려왔다.

"크, 큰 걸로…… 다섯 장."

한 장이 천만 원. 다섯 장. 다섯 장이라…….

미간을 좁힌 채 말없이 앉아 있는 태준을 바라보자니 너무 크게 불렀나 싶어 기자가 쩔쩔매기 시작했다.

"그게요, 있잖아요, 전세…… 집 보증금을 올려줘야 하는데 당장 돈을…… 구해…… 야…… 생활비도…… 당장……."

기자는 인상을 찌푸렸다. 누가 시킨 것도 아닌데, 왜 이런 얘기까지 구구 절절하게…….

하지만 그런 것에 그다지 관심을 보이지 않는 영혼 없는 태준의 목소리 가 이내 사내를 향했다.

"원본은 아닐 테고, 사진이야 수도 없이 현상해놨을 테고."

휙, 태준이 노란 봉투를 기자 무릎에 던졌다.

"당신이 이 정도 찍고 돌아다닐 시간에 남들은 안 찍었겠나? 시간문젠 데."

기자가 잠시 당황한다. 봉투만 던졌지, 사진은 태준의 손에 들려 있다.

"현상값은 주지. 사진 잘 찍으셨네. 전공인가? 맘에 드네. 특히 이 사진."

태준은 조금 전 만족스럽게 바라보았던 콩나물국밥집 사진을 기자 코앞 에 흔들었다.

"아, 그거 잘 나왔죠. 저도 보고서 야, 이건 진짜 화보다 생……."

……후. 미치겠다. 이게 아닌데. 점점 말려들어가는 기분에 기자의 이마 에 식은땀이 배어났다.

"눈 가리고 아웅 하고 싶은 생각은 없으니 터트리든 폭파를 시키든 알아 서 하……."

태준은 잠시 말을 멈추고 생각한다.

"아니지, 우린 또 이미지가 생명이니까. 듣고 보니 또 그것도 그렇고."

기자가 황급히 고개를 끄덕였다. 이제야 말이 좀 통하는 듯했기에 가슴을 쓸어내렸다. 무슨 생각을 했는지 태준은 아주 흡족하다는 표정을 지어 보였다.

"다섯 장? 오케이. 저기 저 앞에 서 있는 매니저한테 계좌, 이름, 전화번호 적어주고 가면 내가 내일모레 열두 시까지 처리해드리지."

"내일모레 열두 십니다. 제가 내일모레까지만 기다리겠습니다."

태준은 귀찮다는 듯이 손을 휘휘 저었다. 기자는 짧은 인사를 끝으로 차 문을 열었다.

태준은 말없이 사진을 내려다보았다. 한 장 한 장, 눈 감고도 그릴 수 있을 시간이 눈앞을 어지럽힌다.

사진 대부분이 태준이 정원을 일방적으로 바라보는 사진이다. 바라보는 눈빛은 본인이 봐도 넌 누구냐 싶다. 자꾸만 입가에 미소가 올라와 피식, 웃음 지었다. 그 씁쓸한 웃음의 끝에 태준은 손을 내리며 눈을 감았다.

……지나온 배우 인생이 필름처럼 촤르륵, 눈앞에 펼쳐졌다.

누구보다 열심히 달려왔고 누구보다 열심히 살았다. 명예를 좇아간 적은 없으나 뒤를 돌아보니 어느새 반도의 배우가 되어 있었다. 연기가 좋아서 그 열기에 취해서, 시간도 계절도 잊은 채 앞만 보고 달려왔던 지난날.

고개를 돌릴 때마다 손을 뻗을 때마다, 수도 없이 쏟아져 내리던 함성은 끝나지 않을 것만 같았다. 마음을 아우를 배우가 될 수 있다고 믿어 의심치 않았고, 자신뿐 아닌 대한민국 모두가 부정하지 않았다.

그렇게, 살았다.

"때가 된 건가……."

첫 주연작을 맡았던 때를 떠올리며 태준은 다시금 미소를 그렸다. 페이지를 넘기듯 태준의 머릿속엔 처음으로 레드카펫을 밟아보던 시상식이, 트로피를 쥐고 손을 크게 흔들었던 남우주연상이, 체육관을 가득 메운 팬들이 외쳐 부르던 제 이름이-

하지만 그 길었던 나날은 잠시였던 것처럼 순식간에 흩어지고 만다. 태준은 미간을 좁히며 눈을 감았다. 애써 제 마음을 억누르며 고개를 세차게 저었다. 괜찮다. 괜찮기로 하지 않았나?

하지만…….

팬들의 환호가 아득히 들려온다. 모두가 숨죽인 공간 속 자신을 향해 켜진 조명이 밝아온다. 태준은 고개를 다시 한 번 세차게, 아주 세차게 저었다.

괜찮아. 너와 바꿀 수 있어. 나는, 괜찮다.

"출발해."

영수는 그제야 출발했다. 태준은 손에 쥔 사진을 힘주어 잡으며 아랫입술을 지그시 깨물었다.

10. 여기, 너는 그대로

    촬영장. 김 감독은 초조한 얼굴로 시계를 바라보았다. 오늘은 지수가 출국하는 날이다.

    미치겠네…….

    도무지 촬영에 집중이 되지 않아 김 감독은 세차게 고개를 흔들며 제 머리를 툭툭, 쳤다.

    "무슨 생각이 그렇게 깊어?"

    "아, 선생님."

    이제 막 신을 끝낸 홍국환은 커피를 마시며 김 감독의 곁에 앉았다. 홍국환의 매니저 손에서 커피를 건네받은 김 감독은 웃으며 커피를 한 모금 삼켰다.

    아마도 이 촬영장에서 마시는 마지막 커피가 되겠지. 홍국환은 교차하는 만감에 종이컵을 내려다보다가 힐끔, 곁을 돌아 김 감독을 바라보았다.

    "빚 받으러 올 사람 있는 모양이야."

    "네?"

    ……아. 홍국환의 시선을 따라 제 다리를 내려다본 김 감독은 자신도 모

르게 떨고 있던 다리를 멈췄다. 무안한 마음에 멋쩍게 웃어보지만 초조한 마음이 쉽게 없어지지 않는다.

"……선생님."

응? 말없이 커피를 마시던 홍국환은 고개를 돌려 김 감독을 바라보았다.

"헤어졌던 남녀가 다시 사랑하는 일이, 가능한 걸까요?"

사랑하는 일? 홍국환은 김 감독 입에서 나온 의외의 주제에 영문 모르겠다는 표정을 지어 보였다. 평소 같지 않은 김 감독의 표정에서 대강의 것들을 읽어낸 홍국환은 가볍게 고개를 흔들었다.

"질문 참 어렵구만."

홍국환은 물끄러미 현장을 응시했다. 알고 있다. 지금의 김 감독은 자신에게 어떤 답을 듣고 싶어 묻는 것이 아니라는 것을.

"결별의 이유는?"

그저, 터져버릴 것 같은 마음이 시킨 일일 뿐이라는 걸.

"……성격적 결함이었다 할까요."

"상대방의 성격 결함이라는 건 쉽게 극복하기 힘든 문제니까. 헤어질 만큼 치명적이었다면 반복될 확률이 높겠지."

역시, 그렇겠죠. 김 감독은 손안의 종이컵을 매만졌다. 홍국환은 고개를 돌려 김 감독을 바라보았다.

"하지만 그 결함까지 극복한 사람들이라면 말이야. 더 많이 사랑해줄 수도 있을 것 같은데."

어느 것도 정답이라 할 수 없다. 가보지 않고는 무엇도 장담할 수 없었다.

"잃은 뒤의 시간을 모르는 사람들보다 더 간절하지 않겠어?"

적어도, 김 감독에게는 그러한 문제였다.

"서로를 잃어본 적이 있었으니까, 말이야."

김 감독은 눈을 감았다. 극복할 수 있을까. 모르고 살았던 시간의 공백을.

"다시 잃을까 봐, 그게 무섭네요."

똑같은 실수가 벌어지진 않을까.

"……보기보다 겁이 많구만, 김 감독."

커피는, 다시 식을지도 모르는데. 어쩌면 아주 잠시 뜨거웠던 걸지도 모르는데.

'이번에 들어가면 다신 한국 오는 일은 없을 거야.'

아침밥을 먹던 그날, 데려다주는 차 안에서 지수는 말을 꺼냈다.

'지나고 나니 알겠어. 우리가 왜 헤어졌는지. 사실 난 잘 몰랐거든.'

신호에 걸린 차는 멈췄다. 지수는 횡단보도를 오가는 사람들을 멍하니 응시했다.

'타이밍인 거야. 인생은 정말 타이밍. 그런데 우린 늘 어긋나기만 했던 것 같아.'

간밤의 사랑이 무색할 정도로 지수의 표정은 덤덤했고, 냉정할 정도로 평화로웠다. 모든 것을 정리한.

'같은 길을 가야 하는데, 우린 그냥 각자의 길을 걸었어.'

……모든 것을, 비워버린.

'부부가 아니라 동지에 가까웠지. 낯선 이국땅에서 나와 같은 삶을 사는, 동지.'

고해성사가 끝난 것일까. 지수는 웃으며 손을 내밀었다.

'잘 지내는 것 같아 좋아 보여. 다행이야. 동주 씨가 만든 작품 보면서 혼자서 얼마나 좋아했었는지 몰라. 고스란히 앵글에 당신이 묻어 있는 것 같아서.'

정작 그녀의 손을 잡지 못한 건, 자신이었다. 마지막이라는 말에 동조하는 것 같은 기분이 들어 김 감독은 그녀가 내미는 손을 잡지 못했다. 결국, 악수 없는 안녕이 되었다.

'잘 지내. 흘러온 시간보다, 더.'

무안한 손을 치우며 지수는 차 문을 열었다. 뒤도 돌아볼 것 없이 지수는 앞으로 걸어갔다.

"이봐, 김 감독."

……계절이 돌고 돌아 다시 봄이 올 수 있다면.

"뭐든 리메이크된 작품이 원작만큼 흥행하기란 어려운 일이지. 그럼에도 불구하고 왜 그렇게 많은 사람이 리메이크를 하겠어."

홍국환은 김 감독의 어깨를 두드렸다. 표정을 잃은 김 감독은 천천히 홍국환을 바라보았다.

"원작의 아쉬움 때문이겠지. 다들 흥행하진 못하겠지만 원작을 뛰어넘는 작품도 더러 있으니까."

기회란 쉽게 오지 않는다고. 그것이 마지막이었음을, 혹은 시작이었음을 알 수 있는 사람은 아무도 없다고.

"본디가 원작보다 리메이크가 더 어려운 거야. 더 나을 거라는 기대 심리가 있으니까. 그 기대치를 낮추면 혹여 더 쉬울지도 모르지."

홍국환은 가볍게 종이컵을 구기며 일어섰다. 일어서려는 김 감독을 자리에 앉히며 홍국환은 미소를 그렸다.

……계절은 돌고 돌아 다시 봄을 만날 수 있다. 느끼려고만 한다면.

"앞으로만 가는 게 인생은 아니야. 가끔은 뒤를 돌아봐도 괜찮아. 마음이 거기 있다면 가지고 와야지 않겠어?"

등 돌리고 모른 척하려고 하지만 않는다면.

"현실과 타협하지 말라고. 세상사 모든 것 전부 타협하고 살아도 마음은 저 하고 싶은 대로 하게 내버려 둬도 괜찮아."

홍국환은 구겨진 종이컵을 들어 보이며 웃었다. 표정을 잃은 김 감독은 아무런 말이 없다. 쿵쿵 뛰어오르는 심장은 제 귓가를 세차게 울렸다.

"내 나이가 되면 말이야, 다 알 것 같은데 그것도 아니야. 나도 사는 내내 질문이 반이거든. 그중 절반만 답을 찾을 수 있고 나머지는 모두 계속해서 찾아 나가야만 하지. 참고하라고."

선택은 오로지 그대의 몫이라고. 홍국환은 마지막까지 열심히 해보자며 김 감독을 다독이다 걸음을 옮겼다. 말을 잃은 김 감독은 멀어지는 홍국환의 뒷모습을 바라보았다. 천천히 눈꺼풀을 내렸다 올리는 김 감독의 눈빛엔 무엇이 담겨 있는지 알 수 없다.

저 앞. 촬영장에 도착한 태준과 정원이 대본을 맞추고 있는 모습이 김 감독의 시선 속에 자리했다. 마음을 주고받는 일. 그 얼마나 아름다운 일이던가.

목적을 두지 않고서. 바라는 것 없이.

"감독님, 이것 좀 봐주세요."

"아, 그래요."

스태프가 건네는 서류를 받아 들며 김 감독은 멈춘 시간 속에 허탈함을 감추기로 했다.

도저히 오늘은 흘러가지 않을 것만 같았다.

똑똑. 입으로 소리 내며 문을 열고 들어서는 태준은 현장에 도착하자마자 정원의 대기실을 찾았다. 주고받을 것이 많지 않은 현장. 태준의 두 손엔 한 가득 귤이다.

"간밤 저녁 식사는 잘하셨는가?"

"그럼요, 잘 먹었죠."

정원은 웃으며 두 손을 모아 귤을 받았다. 태준은 의자를 끌어 앉으며 정원을 마주했다. 촬영은, 사실상 오늘이 마지막이다.

"오늘 촬영하면 끝이네요."

"그러게, 끝이네."

여운이 감도는 말끝에 서로의 아쉬움이 길다.

"잘 잤어?"

"그럼요, 잘 잤죠. 잘 잤어요?"

정원은 어쩐지 잠을 제대로 청할 수가 없어 긴 새벽을 지내고 온 길이다.

"……잘 잤지."

태준 역시 그러했지만 서로는 말하지 않기로 한다. 유일하게 허락되었던 공간이었기에 끝이 오지 않았으면 했던 나날. 누구의 눈치도 보지 않으며 서로를 사랑할 수 있었던 조선에서의 애달팠던 시간.

윤이라 불리었던 시간이, 연화로 살아왔던 나날이. 교차했던 눈길과 손길과, 다정했던 입맞춤이 다가온 이별 앞에 마지막이라는 의미로 돌아서고 말았다.

바라보는 눈빛은 말하지 않아도 진한 아쉬움에 서글프다. 먹먹한 안녕은 너무 이를지도 모르지만, 그렇다고 해서 피할 수 있는 것도 아니었다.

"오늘 눈물 좀 흘리시겠어요?"

정원은 대본을 흔들며 웃었다. 태준은 영 마음에 들지 않는 표정이다.

"대기실에 있어. 와서 구경하지 말고."

"그러려고 했어요."

어느 순간이라도 태준의 눈물을 마주하고 싶지 않다. 보여주고 싶지 않은 마음 또한 다를 바 없었다. 씩씩하게 정원은 태준이 건넨 귤의 반을 갈라 손을 내밀었다. 어지간히 싫은지 태준의 눈빛이 잠시 이글이글하다.

머, 먹기 싫은데. 굳이…….

하지만 우리 정원갑께서 특별히 하사하셨으니 마다할 수도 없다. 태준은 냉큼 받아 한입에 넣어버렸다. 괴로운 건 빨리 끝내야 한다.

"어제 파파라치가 따라와서 협박을……. 아우, 드럽게 셔."

"네?"

정원은 무슨 말인가 싶어 눈을 동그랗게 떴다. 태준은 이내 꿀꺽 삼키며 오만상을 찌푸렸다.

"파파라치가 와서 사진 한 장 건네주며 협박하던데."

정원의 입술이 순식간에 벌어졌다. 겁에 질린 동공은 무서운 거라도 마주

한 듯 커다랗게 변했다.

"어, 언제요? 어제요?"

세차게 흔들리는 정원의 눈빛을 마주하며 태준은 내쉴 수 없는 한숨을 삼켰다.

……그 사람이 너를 찾아갔으면 어찌 됐을까. 눈앞이 아찔하다. 세일러문.

"그래서요? 왜, 왜 말을 하다 말아요!"

"그래서 뭐, 협박을 하니 어쩌나. 당할 수밖에."

태준은 심드렁한 표정으로 의자에 기대며 별 얘기 없었어, 손사래를 쳤다.

"자세히 좀 말해봐요. 뭐, 뭐라는데요."

"돈이랑 사진이랑 바꾸자던데."

저 바닥으로 떨어져 내렸을 정원의 마음을 알면서도, 어쭙잖은 위로는 불안함을 크게 만들 거라는 걸 모를 수가 없어서.

태준은 힐끔, 정원을 바라보았다. 무슨 생각이 저렇게 많은지 깜빡이는 정원의 눈동자가 우사인 볼트 만보기 수준이다.

"어, 얼마나요?"

태준은 조용히 손바닥을 펼쳐 보였다.

"오, 오십만 원?"

……응? 태준은 정원의 허무맹랑한 대답에 잠시 표정을 살폈다. 그런 태준의 표정에 틀렸다는 생각이 들었는지 정원은 말도 안 돼! 기겁을 하며 똑같이 손바닥을 펼쳤다.

"오, 오백만 원이요?"

같은 시대 다른 계산. 태준은 웃음을 터트렸다.

아~ 이 여자야. 기껏 오백만 원 받자고 겁도 없이 나를 찾아왔을까. 하지만 놀란 저 표정을 보자니 더는 말이 안 떨어진다. 더 불렀다간 세일러문 뒷목 잡고 쓰러질까 싶은 마음에 태준은 대강 고개를 끄덕이며 시무룩한 표정을 지어 보였다.

"무, 무슨 사진 한 장이 오백만 원이에요. 누구예요, 그 사람. 신고하게."

하지만 정원의 오백만 원은 태준이 생각하는 오천만 원과 체감하기로는 다를 바가 없었기에.

"그러게, 우리 신고할까? 강태준이하고 민정원이 연애하는데 사진 찍어 협박한다고 112에 전화해서……."

아, 맞다. 그러네…….

신고는 무슨. 정원의 어깨가 축, 처진다. 태준은 고개 숙인 정원의 얼굴을 살피며 그제야 숨겼던 미소를 그렸다.

"고소는 어때. 형법 350조 공갈죄. 10년 이하의 징역이나 이천만 원 이하의 벌금에 처한다."

"자, 장난해요, 지금……."

음. 역시 똑똑해. 아직 잊지 않았어. 유유자적 미소를 그린 태준과는 달리 정원의 표정은 숨이 넘어갈 듯했다. 넘어야 할 관문이 또다시 등장했다는 위기감이 들었을까. 엉켜버린 정원의 머릿속은 매직으로 사정없이 칠하는 것처럼 복잡할 뿐, 별다른 생각은 떠오르지 않았다. 아무리 생각해도 답이 떠오르지 않는지 정원은 고개를 들었다.

"우리…… 어쩔까요?"

태준은 어쩔 수 없다는 표정을 지어 보이며 어깨를 으쓱, 올렸다.

"줘야지, 달라는데."

"오, 오백만 원을요? 오백만 원을요!"

머릿속으로 가로세로 100개짜리 스도쿠가 시작된 듯 정원의 표정이 혼란스럽다.

"할 수 없지, 무서우니까 줘버려야지. 그런데 줬는데 또 달라고 하면 어쩌지?"

김 감독으로 빙의한 태준이 휴…… 깊은 한숨을 내쉬었다.

이 맛에 김 감독이 나를…….

"곧 기사 터질 거야. 드라마 끝나기 전에 터질 수도 있어."

"말도 안 돼……!"

정원은 두 손으로 입을 가렸다. 쥐고 있던 귤 반쪽이 바닥으로 떨어졌지만 감각도 없다. 물이 오른 연기. 태준은 괴로운 듯 머리를 부여잡았다.

"내일 열두 시까지 입금해주기로 했어."

아…… 괴로워하는 태준을 두고 볼 수가 없는지 정원은 비교적 침착한 표정으로 돌아와 태준을 토닥이기 시작했다.

"괜찮아요, 제가 낼까요?"

아니! 그게 아니고!

"아마 입금해줘도 터질 거야. 원본을 줄 리가 없잖아."

후……. 태준의 한숨이 지나치게 길지만 알 리 없는 정원은 태준의 손을 잡았다. 강태준을 괴롭히는 지구인을 용서하지 않겠다. 내 남자의 위기에 강한 여자.

그 이름 세일러문.

"그럼, 우리가 먼저 발표할까요?"

태준은 풀파워로 고개를 들며 반색했다. 그것도 잠시. 빛의 속도로 반응했던 제 모습에 아차 싶었는지 빠르게 고개를 수그렸다.

"니가 마음의 준비가 안 됐는데…… 내가 무슨…….'

"나 괜찮아요."

정원은 단호하다.

아, 엠병. 이럴 줄 알았다면 진작부터 불쌍하고 비굴하게 갈걸. 지금 정원의 눈빛을 보아하니 지구 방위대 출신이라 해도 이젠 믿을 수 있을 것 같다.

"어차피 올 때까지 왔는데. 나 준비 다 됐어요."

고개를 끄덕이는 정원의 모습이 흡사 전쟁터에 나가는 참모총장 포스다. 웃으면 안 되는데. 아직은 안 되는데. 태준은 가까스로 올라가는 입꼬리를 참아보기로 한다.

아, 안 되겠다. 도저히 웃음이 참아지지 않는지 태준은 일어섰다. 볼일은 끝났다. 이젠 진정한 인간 강태준의 스탠바이다.

"그래, 그럼 그렇게 알고 난 촬영 간다. 또 보자고."

돌아서던 태준이 멈추더니 곤룡포 소맷자락을 뒤적인다. 뭘 찾는지 뭐가 없는지 계속해서 곤룡포 소맷자락을 뒤적뒤적, 이내 사진 한 장을 건넨다.

"이건, 선물."

정원은 가만히 내려다보았다. 사진을 바라본 정원의 눈이 휘둥그레졌다.

"이, 이게 뭐예요?"

지만 잘 나온, 정원은 눈이 풀린 이상한 사진이다. 대답 대신 태준은 냅다 대기실을 뛰어나간다.

"……이게 뭐예요!"

"오셨어요."

태준은 자리에서 일어나 황 이사에게 인사를 건넸다. 촬영장에서 그리 멀지 않은 작은 카페. 인적 없는 한산한 공간엔 태준과 황 이사, 둘뿐이다. 예전 박 대표와 정원이 마주 앉았던 자리이기도 하다.

"무슨 일로 나를 보자고?"

서로의 안부 정도는 주고받을 법도 하건만, 자리에 앉는 황 이사는 태준의 용건 이외의 무엇도 궁금하지 않다. 피차 시간 없는 태준 역시 황 이사를 직시하며 돌직구를 던졌다.

"민정원 씨하고 공식 발표 하려고요."

"안 돼."

말 끝나기가 무섭도록 황 이사는 단호하게 잘라 말했다. 예상했던 답변. 놀랄 일도 없다. 태준은 앞에 놓인 커피를 한입 마시며 봉투에서 꺼낸 사진 몇 장을 황 이사에게 건넸다.

"사진, 저한테 왔네요. 다행히."

휴……. 두어 장 살펴보던 황 이사는 더 이상의 사진은 의미가 없다 판단했는지 탁자에 내려놓으며 긴 한숨을 내쉬었다.

"터지느니, 선수 치는 게."

"안 돼."

"이사님."

황 이사는 태준을 마주 보았다. 좁혀진 미간은 상황의 심각성을 더욱 여실히 드러나게 했다.

"발표? 강태준에겐 민정원의 입장 같은 건 안중에도 없나?"

……이렇게 무너질 아이가 아니다.

"자네가 잃을 건 대체 뭐지? 예전 같지 않은 명성? 줄어드는 몸값? 그리고 또?"

이렇게 무너져선 안 되는 아이다.

"발표하면 정원은 무기한 활동 중지야. 알고 있나?"

"괜찮기로 했습니다."

"무슨 그런!"

목소리가 컸다 싶은지 황 이사의 음성은 다시 낮아졌다. 눈도 뜰 수 없을 만큼 미간을 누른 채, 황 이사는 다시 입술을 열었다.

"명성도 위치도 없던 여배우가 드라마 주연을 맡은 것도 모자라, 배우 강태준을 꼬셔 연애를 시작했다."

……굳이 누구의 입을 통해서 듣지 않아도.

"그 민정원이라는 여배우는 애초에 그런 목적으로 드라마를 시작했겠다. 역시나 근본 없는 것들은 그런 재주라도 있어야 살아남는다더라."

굳이 미래를 두 눈으로 지켜보지 않아도.

"강태준은 그럴 사람이 아니다. 아깝다! 인정할 수 없다!"

황 이사는 찬물을 반쯤 들이켜며 굵은 숨을 내쉬었다. 태준은 그저 말없이 테이블에 놓인 사진을 응시할 뿐이다.

"그런데 그것들을 자네가 감당해줄 수 있을 것 같아? 무슨 수로? 어떻게?"

결국은 너 혼자 감당해야 하는 일. 나는, 해줄 수 없는 일.

"지금껏 이 악물고 버텨왔던 그 아이의 시간이 한순간에 물거품이 되고 마는데, 괜찮기로 했다?"

"터질 겁니다."

"쉽게 터지지 않아! 강태준의 일이니까!"

후. 황 이사는 넥타이를 끌러 내리며 고개를 돌렸다. 좀처럼 진정되지 않는지 소리 없이 시간을 죽이기를 몇 분째. 굳게 마음먹었는지 표정의 변화도 없는 태준을 향해 황 이사는 다시 고개를 돌렸다.

막아야 한다.

"회사가 입을 손실은? 정원에게 투자했던 회사의 입장도 생각하라고. 둘만 결정하면 될 일이 아니야."

"더는 드릴 말씀 없습니다."

황 이사는 등받이로 몸을 기댔다. 말을 많이 섞어봐야 좋을 일이 없다.

"회사에선 무엇도 도와주지 않을 거야. 우선 기다려."

"얼마나 기다려드리면 되죠?"

답을 아는 태준이 황 이사의 대답을 종용해보지만 황 이사는 침묵으로 답변했다.

"강태준이 정상에서 내려올 때쯤? 민정원이 내로라하는 여배우가 될 때쯤? 대체 언제로 예상하시는지?"

한 달, 두 달의 문제가 아닌 것을. 모든 것을 각오했다.

황 이사는 대꾸를 하지 않은 채 태준을 응시했다. 한 치의 물러섬도 없는 태준의 시선이 견고하다. 마치 모든 것은 하늘의 뜻이라는 것처럼.

"의논드리고자 온 건 아닙니다. 발표, 할 겁니다."

황 이사는 미련하다는 눈빛으로 태준을 마주했다.

"병실에서 내게 정원이가 상처받을 일이 없을 거라고 했나?"

마음이 참담한 탓에 황 이사의 마른 주먹이 살며시 떨려왔다.

"그때 미뤄둔 대답 지금 해주지. 결국 상처는 자네가 제일 많이 줄 거야."

눈앞에, 보고 싶지 않아도 모든 그림이 그려지는 터에 황 이사는 잠시 눈을 감았다. 스위트룸에서 박 대표가 말하던 바로 그 가시밭길이다.

"사랑받는 여자의 삶은 살게 해주겠지. 하지만 배우 민정원은 끝일 수도 있다고."

비수가 날아든다. 저릿한 가슴에 태준은 아랫입술을 깨물었다. 황 이사의 표정 없는 시선이 태준의 얼굴로 쏟아졌다.

"자네만 연기에 온 힘을 쏟아부었다고 생각하지 마. 자네보다 더 긴 시간 동안 연기 하나만 알고 살던 아이니까."

……정원의 꿈이, 날아간다. 대중의 비난에, 의미 없는 악플에.

"살아온 거의 모든 나날을 카메라 앞에서 보낸 아이야. 자네처럼 떠받들어주던 역할이 아니라도 그 하나에 의미를 가지며 여기까지 온 아이라고."

차갑게 식어버린 모두의 시선에. 바닥으로 떨어진 실추된 이미지에.

가슴이 아파 더는 들을 수가 없다. 태준은 일어섰다. 처음부터 이성적인 사람에게 감성적인 이야기를 한다는 것 자체가 잘못이다.

"지켜도 못 지켜도 제가 합니다. 다 내던질 준비가 되었거든요."

그래도, 건너야 할 강이라면 나는 건너가겠다고.

"혼자 감당해야 한다고 하셨나요? 스스로가 이겨내야 한다고?"

품에 너를 안고 너의 눈과 귀를 막은 채. 가보겠다고.

"두고 보시죠. 혼자인지 둘인지."

어디 한번 해보겠다고.

태준은 짧은 고개인사를 끝으로 등을 돌려 걸음을 옮겼다. 자리에 남은 황 이사의 마른 한숨은 끊이질 않고 퍼져 흘렀다.

저 미련한 놈, 기어이. 기어이…….

그렇게 일이 분을 앉아 있었을까. 황 이사는 어디론가 전화를 걸었다. 아무래도 사태는 예상과 조금도 다르지 않게 흘러갈 것만 같았다.

"난데, 민정원 계약서 좀 준비해놔. 들어가는 대로 검토할 테니. 최 변호사 지금 사무실로 불러줘."

"컷! 오케이!"

"수고하셨습니다!"

"수고하셨습니다!"

촬영장에 박수가 터졌다. 환호와 아쉬움이 섞인 스태프들의 목소리가 울렸다. 서로가 악수를 하며 힘껏 껴안는다. 참으려 해도 벅차오르는 감정에 여기저기 울음이 터져 나왔다.

……고되었다. 여배우의 스캔들, 주연의 부상. 막아도 막아도 새어 나가는 결말의 스포. 드라마가 끝까지 갈 수 없을 것 같았던 불안함. 쪽대본의 향연과 끝도 없는 밤샘 촬영.

서서 잠을 자고, 뛰며 밥을 먹었다.

"모두 수고했어요."

"수고하셨습니다, 감독님."

마지막 순간을 기다리고, 미뤄왔다.

……끝이다. 김 감독은 눈을 감았다.

"수고 많았어, 태준."

불 꺼진 카메라 앞에서 홍국환과 태준이 껴안았다. 늘 태준의 곁에서 상선의 역할로 그의 아픔과 슬픔을 쓸어주던 홍국환이다. 그림자로 살아 더없이 흡족하던 세월이다.

"감사합니다, 선생님. 영광이었습니다."

"마지막 모니터링하러 가자고."

홍국환이 먼저 걸음을 옮긴다. 태준은 잠시 멈춰 서 세트장을 살폈다.

"……사극은 죽어도 싫었는데."

줄줄이 뱉기조차 어려운 대사, 근엄한 목소리. 절제된 눈빛, 고된 촬영.

생각만으로도 숨이 턱턱 막히던 시대극은 어느새 제게 꼭 맞는 옷을 입은 듯 편안하게 변했다. 한 번도 입 밖으로 꺼내본 적 없었지만 김 감독의 편집에 홀딱 빠져 허우적거렸다.

간결한 몇 마디 대사에 뼈를 에는 임금의 고통을, 슬쩍 뿌린 지문 몇 개에 정처 없는 임금의 사랑을. 만감이 교차하는지 태준의 입가에 미소가 그려진다. 이내 주변을 살피는 태준의 시선이 애틋해졌다.

……아마 다신 없겠지. 너와 내가 한 작품에서 다시 만날 일은. 주어진 촬영이 너를 품에 안는 일이라, 그래서 사실은 더 즐거웠는지도.

태준은 천천히 걸음을 옮긴다. 머리에 쓴 임금의 익선관을 천천히 벗었다. 끝이다.

저쯤, 스태프들과 인사를 나누는 정원이 시야에 들어온다. 이야기 끝에 웃음 짓던 정원과 태준의 시선이 마주친다.

수고했어, 세일러문. 영광이었다, 모든 순간.

정원의 연기에 때로는 소름이 끼쳤다. 이곳이 실로 조선이라 하더라도 조금의 어색함도 없던 그녀의 연기는- 사랑하는 여자이기 이전에 같은 일을 하는 배우로서 적잖은 충격을 안겨주었다.

손끝까지 온전히 연화를 연기하던 정원의 모습은 긴 시간 배우로 호흡해 온 내공이 고스란히 묻어났다. 태준은 먼발치에서 시선을 마주하는 정원을 길게 바라보며 두어 번 고개를 끄덕였다.

……나에게 그대는 그냥 최고이지만 여배우 민정원 역시, 두말할 것 없다.

무엇을 들었을까, 정원이 웃으며 엄지를 들어 보이며 답례를 한다. 태준은 익선관을 가슴으로 끌어당기며 허리를 구부려 정중히 인사를 건넸다. 오늘은 연인 민정원이 아닌, 배우 민정원에게로.

"촬영 정리되는 대로 회식이 있겠습니다! 다 같이 이동하겠습니다!"

FD의 목소리가 현장을 울렸다. 어느 때보다 힘차고, 떨려온다. 태준은 그제야 빠른 걸음을 옮겼다.

"준비 다 했어?"

"아, 재민아."

대기실을 나서는 정원의 어깨를 치는 재민. 정원은 고개를 끄덕이며 대기실을 바라보았다.

[연꽃을 닮은 노래 - 민정원 대기실]

마지막. 마지막이다. 내일이면 문 앞에 붙어 있던 종이도 떼어질 것이다.

"발이 안 떨어지지?"

재민의 질문에 정원이 부스스한 미소를 지어 보였다. 두어 번 끄덕이는 고갯짓으로 그렇다는 말을 대신해보기로 한다. 처음 가져본 대기실이었고, 수많은 기억이 짙게 녹아 묻어버렸다.

"막상 가려니 발이 안 떨어지네."

그와의 사랑이 있었고, 셀 수도 없는 설렘이 있었다.

아직 때 묻지 않은 기억이 추억이 되려고 하잖아. 교차하는 만감 속에서 정원은 천천히 숨을 내쉬었다. 재민 역시 문 앞에 붙은 정원의 이름 석 자를 깊이 새겨 넣듯 바라보며 낮게 중얼거렸다.

"나도 대기실 나설 때 그랬어. 발길이 안 떨어지더라고."

너와의 이별이 있었고, 퍼지는 아픔이 있었다.

숱한 나날 온기 든 귤을 손에 쥔 채 머뭇거렸던 기억들이 스쳐 간다. 공유되지 않을 기억이나마 너와의 것들이니까. 재민은 작게 미소 지었다.

"다들 이런 기분으로 대기실을 나서나 봐."

"아마도, 그렇지 않을까?"

정원은 대기실 문 앞을 길고 그립게 바라보았다. 수많은 문을 닫아왔지만 지금 닫은 이 문은, 돌아서면 다신 열리지 않을 것만 같았다.

"가자, 정원아."

"아, 응."

막연한 설렘은 두려움이라 해도 부정할 수 없었다. 발을 디디던 그 순간, 공기마저 다른 세계가 열린 듯했으니까.

연화로 태어나기 위해 대기했고, 윤을 만나기 위해 대기했다.

"재민아, 그동안 수고했어."

"……너야말로."

오지 않을 것 같은 그대를 기다리기 위해 대기했고, 결국 이 문을 열어준 그대를 위해 대기했다. 그런, 대기실이었다.

"가자. 가자, 재민아."

정원은 고개를 돌리며 발걸음을 옮겼다. 걷는 걸음, 그 발끝을 하염없이 바라보았다. 한 발, 오늘은 마지막이 되었다. 두 발, 어제는 추억으로 기억되겠지.

재민은 정원의 걸음을 조용히 바라보았다. 부디 그대가 걸어가는 이 길이 아무런 힘조차 없는 과거로 남지 않길.

기다란 복도, 결국은 그녀 혼자 걸어가야 할 길인 것을.

"어? 영수 씨."

코너에서 영수가 머쓱한 걸음으로 정원에게 다가섰다. 힐끔, 재민을 바라보던 영수는 정원을 끌며 낮게 속삭였다.

"저…… 태준이 형 대기실에 한번 가보실래요?"

"대기실에요? 왜요?"

재민이 마음에 걸린 탓일까. 영수는 제대로 말을 이어가지 못한 채 헛기침을 내뱉었다.

……이것이, 너와 내가 같이 이 길을 걸어갈 수 없는 이유일 테니까.

"정원아, 이따 보자! 나 먼저 가볼게!"

재민은 알아서 큰 소리로 정원에게 인사하며 걸음을 옮겼다. 못다 한 안녕은 넣어두기로 한다.

똑똑.

정원은 대기실 문을 두드렸다. 인기척 없는 공간.

'대기실에요? 왜요?'

'그게 다른 건 아니고요, 형이 좀…… 이상해서…….'

똑똑똑. 정원은 다시 문을 두드렸다. 반응이 없다. 얼마나 기다렸을까. 망설이던 정원은 용기 내어 문을 열었다.

깜깜한 대기실. 정원은 다시 나와 문 앞에 적힌 태준의 이름을 확인하고 대기실로 들어섰다.

"아무도 없나……?"

불을 켜보려고 정원은 벽을 더듬었다. 자신이 사용하던 대기실과는 구조가 다른 탓에 스위치를 찾는 일이 쉽지 않았다. 그때였다.

"그냥 이리 와."

"아, 깜짝이야!"

정원은 황급히 전방을 주시했다. 어둠이 천천히 눈에 익자 소파의 형체가 보이기 시작했다.

"거, 거기 있어요?"

"불 켜지 말고. 그냥 이리 와."

들려오는 목소리는 소파 쪽이 아니었다. 소파 왼쪽으로 벽에 몸을 기댄 채 바닥에 앉아 있는 사람의 형체가 시야에 들어왔다.

"바닥에 앉아 있어요? 소파 놔두고 왜요?"

"그냥. 그냥 좀 있고 싶어서."

정원은 가방을 내리며 태준에게 다가갔다. 벽에 머리를 기댄 채 자신을 바라보는 태준의 시선이 느껴졌다. 어둠에 둘러싸인 태준은 현실감이 없었기에 마치 통화를 하는 것처럼 목소리에 온 신경을 집중하게 했다.

"왜 이러고 있어요. 끝나니까 아쉬워요?"

정원은 무릎을 구부리며 쪼그려 앉아 태준의 시선과 수평을 맞췄다. 온전히 어둠이 눈에 익자 태준의 눈빛이 보이기 시작했다. 연화를 사랑해서 기쁜 윤의 눈빛도 아니었고, 연화를 잃어 슬픈 윤의 눈빛도 아니었다.

"왜요, 정말 아쉬워서 그래요?"

이것은, 그런 것들과는 다른 종류의 눈빛이었다.

태준은 말없이 정원을 품으로 끌었다. 또다시 정원의 시야로 어둠이 밀려왔다. 그 어둠이 시각을 마비시키자 그제야 그의 뛰는 심장 소리가, 마른침을 삼키는 소리가, 깊게 내리쉬는 숨소리가 들려오기 시작했다. 이윽고 알 수 없는 애틋함이 밀려오기 시작했다.

"아쉬워서 어쩌지."

태준은 정원의 머리를 쓸어내리며 작게 웃었다. 정원은 태준의 품에 얼굴을 기대며 두 눈을 깜빡였다.

"그러게요. 우리 아쉬워서 어쩌지. 더 잘할 걸 그랬나 봐요."

더 잘할 걸. 더 사랑할 걸. 더 주고 더 받을 걸.

태준은 더는 말이 없는 정원의 어깨를 조금 더 힘주어 안았다. 마음에 있는 말들이라곤 고작 그렇고 그런 후회뿐인 이야기라, 들려줄 수 있는 것이 사실 많지 않았다. 그럼에도 불구하고, 쉽게 발길이 떨어지지 않는다.

"이봐, 세일러문."

"네?"

'사랑받는 여자의 삶은 살게 해주겠지. 하지만 배우 민정원은 끝일 수도 있다고.'

"너랑 내가 발표하면…… 당분간 연기 활동은 못 할 수도 있어."

어둠 속에 태준의 목소리가 바닥으로 낮게 깔려오기 시작했다. 정원은 천천히 눈을 떠 의미 없이 짙은 어둠을 마주했다. 한 치 앞도 보이지 않는, 미래를 보는 것만 같았다.

'자네만 연기에 온 힘을 쏟아부었다고 생각하지 마. 자네보다 더 긴 시간 동안 연기 하나만 알고 살던 아이니까.'

"오랫동안 배우 생활하면서 살아왔잖아. 힘들진 않겠어?"

"새삼스럽게······."

어느 날은 도망치고 싶었고, 어느 날은 땅속으로 꺼져버리고 싶기도 했다. 이름 석 자 누구도 기억해주지 않는 배역은 희망조차 고문인 날들도 있었다. 그래도 이 길이 아닌 다른 길은 꿈조차 꿀 수 없었다.

하지만 어쩔 수가 없다. 당신을, 만나버렸으니까.

"지금 나 걱정해주는 거예요?"

정원은 애써 밝게 물었다. 태준은 정원이 고개를 들지 못하게 머리를 감싸 안으며 눈을 감았다.

'살아온 거의 모든 나날을 카메라 앞에서 보낸 아이야.'

"그냥. 그냥 그런 생각이 들어서. 문득."

'자네처럼 떠받들어 주던 역할이 아니라도 그 하나에 의미를 가지며 여기까지 온 아이라고.'

왜 몰랐겠는가. 누구보다 잘 알고 있었다. 그녀의 꿈을. 열정을. 소망을.

"기사 나가고 나면······ 우리 세일러문이 카메라 앞에 다시 못 설 것 같아서."

빌어먹을 현실은 아무것도 해줄 수 있는 게 없어서.

"그냥······ 그런 게 걱정이 돼서······."

지켜보는 것밖엔. 곁에 있어 주는 것 외엔. 아무것도 없어서······.

정원은 태준의 품속에서 고개를 들었다. 천천히 태준은 정원의 머리를 감싸고 있던 손을 내렸다. 어둠 속에 서로의 타는 시선이 얽혀들었다.

"농담한 거 아닌데. 나 정말 괜찮기로 했어요."

어둠 속에 그녀의 단단한 목소리가 날아가지 않고 응집되어 태준의 마음 속을 물들였다.

"말했잖아요. 다 괜찮을 수 있다고."

괜찮은 것이 아니다. 괜찮기로 한 것이다. 스스로 주문을 외며, 제 맘을 다독이며, 그렇다고 믿을 수밖에 없도록.

"내가…… 미안해."

죄인은 난데. 죗값은 네가 받아야만 할 것 같은 아픔.

서로는 서로의 손을 마주 잡는 것 외엔 이 마음을 전할 길이 없다. 태준은 다시 정원을 품으로 끌었다.

온기. 더해도 더 주어도 추울 것만 같아서.

"나 때문에 괜한 일 겪을 것만 같아서……."

용기. 북돋아도 힘주어도 떨릴 것만 같아서.

정원은 잠시 머뭇거리던 손길을 뻗어 태준을 토닥이기 시작했다. 괜찮다는 말도, 신경 쓰지 말라는 말도 마음에 닿지 않을 것만 같아 뱉어낼 수가 없다. 그저 어깨에 닿는 손끝에 제 마음을 모두 실어 전달되기만을 바랄 뿐.

정원은 이내 태준의 얼굴을 따뜻하게 감싸며 시선을 마주했다. 창문 밖 어스름 속에 비춰 들어오기 시작한 불빛이 서로의 얼굴을 세상 전부처럼 비춰주었다.

"강태준은 듣지 않아요."

정원은 살며시 태준의 귀를 막았다. 태준의 마음이 무너져 내린다.

"강태준은 보지도 않고요."

정원은 천천히 태준의 두 눈을 감겨준다. 태준은 이를 아득 물며 천천히 눈을 감았다.

"그러고 있으면 돼요. 다 괜찮아질 거예요."

태준은 자신의 눈을 가리던 정원의 두 손을 맞잡았다. 뜨거운 것이 복받쳐 올라 태준은 그 두 손을 슬며시 제 입술에 맞대었다.

정원은 천천히 제 두 손을 내려 태준의 어깨를 잡으며 다시금 시선을 마주했다. 백 마디, 천 마디 말보다 훨씬 더 진실한 그녀의 눈빛.

"저기, 나는요."

서글서글한 정원의 눈빛은 말했다. 무너지지 않겠다고. 씩씩해보겠다고.

"강태준을 가지게 돼서, 그래서……."

괜찮을 것이다. 그렇지 않을 이유가 없다.

"기뻐요."

……숨도 삶도 멈춘 것 같은 시간. 정원은 천천히 태준의 이마에 입술을 맞대었다.

전해지는 그녀의 온기. 태준은 눈을 감았다.

정원은 서 실장과 이미 밖을 나선 상황. 태준은 급한 걸음으로 뛰다시피 다른 대기실을 찾았다. 홍국환의 대기실이다.

똑똑. 문을 두드리자 들어오라는 홍국환의 목소리가 들려왔다. 태준은 슬쩍 문고리를 잡아 돌리며 고개를 내밀었다.

"선생님, 아직 계셨네요."

"태준!"

짐을 정리하던 홍국환의 매니저는 태준에게 짧은 묵례를 하며 잠시 자리를 비켜주었다. 반가운 마음에 홍국환은 읽던 책을 내리며 태준을 맞이했다. 꾸벅, 인사를 하며 태준은 홍국환이 내어주는 의자에 앉았다.

"다들 회식 장소로 출발하지 않았나?"

"지금 대부분 출발한 것 같은데, 잘 모르겠네요."

홍국환은 쓰고 있던 안경을 벗으며 손때가 묻은 낡아빠진 책을 내려놓았다. 유명한 작가의 작품은 아니었던 듯, 태준에겐 생소한 작품이었다. 책 제목에 머물러 있는 태준의 시선을 의식한 홍국환은 책 제목을 쓸어내리며 웃음을 보였다.

"짐 챙기는 데 시간 좀 걸린다고 해서, 적적하니 심심풀이로 읽고 있었지."

"심심풀이로 너무 많이 읽으셨나 봐요."

낡아버린 표지를 바라보던 홍국환은 웃음을 터트렸다. 마음에 번뇌가 찾아들 때면 때와 장소를 가리지 않고 읽기 시작한 지 어언 이십여 년.

활자의 위대함. 작가는 이미 세상에 없지만 그가 남긴 작은 흔적은 한 사람의 인생을 함께 걷고 있었다.

때로는 따뜻한 위로를 건네고.

"마음 달래주는 건 이 책만 한 게 없어."

때로는 용기를 불어넣어 주며.

"꼭 나한테 해주는 말 같거든."

홍국환의 이야기가 꽤나 공감 가는지, 태준은 고개를 천천히 끄덕거리며 작게 미소 지었다. 뇌리엔 정원의 눈빛이, 귓가엔 그녀의 목소리가, 이마엔 그녀의 온기가 선연하다. 강태준의 마음을 달래주는 건 아무래도 민정원이 제격인 듯했다.

"끝났네요, 선생님."

"그러게, 또 이렇게 작품 하나가 끝났네."

홍국환은 아쉬운 미소를 내보였다. 탁자엔 아직 [최종회]라고 기재된 대본이 놓여 있다. 얼마나 펼쳐 보았는지 끝이 다 벌어져버린 대본. 홍국환은 대본을 집어 들었다.

"첫 회 대본을 받은 게 엊그제 같은데 말이야."

세월의 무상함이 덧없는지 홍국환은 허무한 웃음을 터트렸다. 후드득 대본을 넘기는 주름진 손길엔 알 수 없는 따뜻함이 서려 있었다.

"노상 정신을 차려보면 끝이더라고. 이제 좀 할 만한 것 같은데 말이지."

수도 없는 작품을 해왔지만 언제나 이별의 순간은 아쉽고, 허전하다.

하. 짧은 한숨을 끝으로 홍국환은 대본을 덮었다. 조심히 탁자 위에 내려놓으며 태준을 바라보았다.

"무슨 일로 왔어? 할 말 있는 표정인데."

"아…… 그게……."

태준은 굳게 다물었던 입술을 열며 무안한지 두 손을 비볐다. 뜬금없는 태준의 모습에 홍국환은 의외라는 표정을 지어 보였다.

"다름은 아니고…… 감사하다는 인사를 드리고 싶어서 찾아왔습니다, 선생님."

그게 무슨? 홍국환은 모르겠다는 표정을 지으며 태준을 응시했다. 멋쩍었는지 태준은 머리를 긁적이며 엷은 미소를 띠었다.

"선생님 덕분에 제가 봄바람을 잡았거든요."

……아아. 무슨 말인지 알겠다는 듯 그제야 홍국환은 크게 웃었다. 태준의 어깨를 두드리며 잘했다는 듯 고개를 끄덕였다.

"이야, 강태준이. 어려운 결정했구만? 쉽지 않았을 텐데."

"……아뇨, 하고 나니 제일 쉬운 선택이었던 것 같네요."

아무렇지 않게 대꾸하는 태준의 말속에 잡은 봄바람에 대한 사랑의 깊이가 느껴진다. 처음부터 그랬었지. 그녀가 받을 대중의 심판이 두려울 뿐이라고.

홍국환은 말없이 태준을 바라보았다. 아무래도 서로는 비 온 뒤 굳어진 땅처럼 더 단단해진 것이 분명했다. 느낄 수 있었다. 이전과는 다른 태준의 표정에서.

"그래, 젊은 날 뜨거울 때 사랑해야지. 뜨겁지 않으면 사랑도 머리로 하게 되는 법이거든."

그래도 편치만은 않으리라. 홍국환은 부디 너무 거센 비바람이 불지 않길 바라며 등받이에 몸을 기대었다.

"누가 그러더구만. 내일은 상상 속에만 있는 거라고."

상상 속에 자리하고 있는 불투명한 미래에 움츠리지 말고 눈앞에 놓인 오늘을 살아보라고.

"그러니까 오늘 사랑해야지, 올지 안 올지 감도 없는 내일에 오늘을 버리기엔 인생이 짧아도 너무 짧아."

태준은 빙그레 웃음 지었다. 홍국환은 따라 미소 짓다가 짐짓 표정을 굳히며, 지금부터 내가 하는 말 잘 들으라는 표정을 지어 보였다.

"그리고 꼭 명심하라고. 잡은 고기라 생각하면 그때부터 틀어지는 거야. 여자는 물고기처럼 돌아서면 잊어버리는 법이 없어. 늙어 누룽지 한 사발이라도 얻어먹으려면 젊었을 적 잘해야지, 안 그러면 늙어 소용없으니까."

"네, 선생님."

경험담일까. 주름진 홍국환의 눈가에 장난기가 가득하다.

언제 들어도 버릴 이야기가 없는 시간. 태준은 다른 작품에서 다시 한 번 마주할 수 있길 바라며 미소를 그렸다. 흐음. 홍국환은 팔짱을 끼며 등받이에 대었던 상체를 떼며 앞으로 수그렸다.

"대체 누구야, 누구길래 이렇게 정신 쏙 빠지게 마음을 줬어?"

"아…… 그게……."

"농담이야. 나중에 뉴스에서 보면 되지."

태준의 난처한 표정을 살피던 홍국환은 손사래를 치며 뒤로 물러났다. 그게 아니라는 듯 태준도 손사래를 치며 다급히 말을 이었다.

"아뇨, 아뇨, 선생님. 인사시켜드리겠습니다."

홍국환은 웃으며 고개를 끄덕였다. 사실 그 사랑 비밀이래도 아니래도, 힘껏 응원해주고 싶을 뿐이다.

"그나저나 우리 집사람은 슬퍼하겠네. 태준이 자네한테 죽고 못 사는데. 아, 남편이 나오는 드라마에 오매불망 자네만 보고 있으니."

"가서서 잘 좀……."

선생님! 준비 다 되었습니다! 매니저는 한껏 정리한 짐을 들고 노크하며 대기실 문을 열었다. 홍국환은 미련 없이 일어섰다.

"일어나야지. 회식 가나?"

"네. 가시죠?"

"암만. 참석해야지."

태준의 팔을 끌며 홍국환은 대기실을 나섰다. 불 꺼진 대기실. 비로소 모든 사람이 촬영장을 떠나는 순간이었다.

[다시 한 번 안내 말씀 드리겠습니다. 19시 10분. 인천공항에서 LA국제공항까지 여행하시는 손님 여러분께서는 유나이티드 항공 1042편…….]

지수는 멍하니 공항 대기실에 앉아 있다. 옆에 앉아 있던 사람들이 가방을 챙기며 일어섰다. 방송을 듣고 일어난 것으로 보아하니 행선지가 LA인 듯했다.

텅 빈 대합실. 웅성거림이 사라진 고요한 공간에서 지수는 티켓을 가만히 내려 보았다.

도착지 : John F. Kennedy International Airport.

뉴욕으로 돌아가야 한다. 이 얇은 종이 한 장은 지구 반대편으로 자신을 인도해줄 것이다.

하아, 그녀의 마른 입술이 한숨을 내뱉으며 바르르 떨려왔다. 허공을 응시하는 눈빛엔 초점이 없다.

"기대하지 마, 바보. 촬영이 겹겹인데 여길 언제……."

지수는 자꾸만 그와의 마지막 밤이 떠올라 목이 메어왔다. 떠올리고 싶지 않아도 머릿속을 지배하는 단 하나의 장면. 마치 인화한 사진처럼 움직이지 않는 기억은 머릿속에 걸어놓은 듯 좀처럼 지워지지 않았다.

다시 둘이 되기 위해 하나가 되었던 그 밤. 내일이 예견되지 않았기에 더더욱 서로에게 집착하게 했던 그 밤. 그가 입고 있던 셔츠를 벗어 던졌을 때. 그때.

덩그러니 그의 목에 걸려 있던 결혼반지…….

지수는 왼손 약지에 껴 있는 결혼반지를 찬찬히 돌렸다. 며칠 반지를 빼고 있었더니 허전했는지라 바라보는 시선은 더욱 애틋하기만 했다.

"그래도, 나만 가지고 있던 건 아닌가 봐, 동주 씨."

남아 있던 억울함이 날아가는 기분이 든다. 혼자만 지켜온 것은 아니었을 테니까. 그의 집 앞 현관 벨을 누르기 전, 주머니에 감춰야만 했던 반지는 그의 미안함을 덜어주기 위한 최선의 방법이었다. 어쩐지 마음이 편안해진 탓에 지수는 천천히 반지에 입술을 맞댔다.

다신 사랑할 수 없겠지. 우리 맘이 닿기엔 너무 멀리 날아갈 테니.

[존 F. 케네디 국제공항까지 여행하시는 손님 여러분께 잠시 탑승 안내 말씀 드리겠습니다. 19시 50분 존 F. 케네디 국제공항으로 출발하는 유나이티드 1074편······.]

슬퍼도 미워도. 그리워도 보고 싶어도. 안녕.

지수는 티켓을 말아 쥐며 입술을 떼었다.

[······으로 여행하실 손님 여러분께서는 11번 탑승구로 탑승해주시기 바랍니다. 감사합니다.]

이젠 정말 그대에게 말해야 하는 일. 그대가 할 수 없다면 나라도 해야 하는 일. 늘 그래왔듯 나 혼자 조용히, 그대의 뒷모습에 손을 흔들어야 하는 일.

안녕······ 안녕······.

······안녕히.

"그동안 수고 많으셨습니다. 모두가 연꽃을 닮은 노래 주인공입니다. 꼭 다시 한 번 뭉치겠습니다. 위하여!"

김 감독은 잔을 높게 들었다. 여덟 시. 김 감독은 입술을 떼며 눈을 감았다.

잘 가.

"위하여!"

공간이 쩌렁하게 울리는 순간. 모두의 잔이 김 감독의 외침에 따라 허공 높이 올랐다.

잘 가…….

김 감독은 단숨에 맥주잔을 비워냈다. 뜨거운 것이 자꾸만 올라와 숨이 멎을 듯 심장이 아려왔다. 그녀와 헤어졌던 삼 년 전, 허겁지겁 한국으로 도망칠 땐 몰랐다.

남겨진다는 건,

"감독님 내 말 들려?"

이런 기분이었음을.

태준은 시끄러워진 주변과는 달리 힘없이 자리에 앉는 김 감독의 팔을 툭, 쳤다. 촬영이 끝난 시원섭섭함 때문인지 아무리 봐도 김 감독의 표정이 평소와 같지 않았다.

"아, 아, 어. 왜?"

"정신이 어디 가 있어."

"아니, 아니 그냥."

태준은 김 감독의 잔을 채우며 힐끔, 김 감독을 바라보았다.

"감독님, 내가 지난번 평창 내려갈 때 차에서 한 말 혹시 기억하나?"

"무슨? 무슨 말?"

채워주는 잔을 받으며 김 감독이 태준을 마주 보았다. 그 중요한 말이 기억나지 않는 거냐며 이글이글한 태준의 표정에도 김 감독은 웃음이 나지 않는다.

……태준아, 미안하다. 내가, 오늘 일도 기억에 없다.

"됐어, 모르면 말고. 두 번은 못 하겠으니까."

흥, 나중에 뭐라고 하기만 해봐라. 난 분명히 그때 미안하다고 했다. 언젠간 이 말이 필요할 테니 넣어두라고 난 분명히 말했어.

태준은 쓴웃음을 지었다.

"태준, 한마디 해야지."

뭐 해, 어서 일어나. 앞에 앉은 홍국환은 손짓으로 태준을 부추겼다.

"아, 선생님 먼저."

저는 나중에 하겠습니다. 나~ 중에.

태준의 강력한 요청에 마지못한 홍국환이 일어서자 모두는 황급히 자리에서 따라 일어났다. 홍국환은 천천히 고개를 돌리며 자리한 스태프 모두를 바라보았다. 몇몇 소식을 듣고 참석한 기자들도 고개를 돌리며 홍국환을 응시했다.

"이 자리에 함께한 것도 영광이지만 작품이 별 탈 없이 끝나 마음이 좋습니다. 앞으로 하시는 일 모쪼록 잘되시고. 고생하셨습니다."

홍국환은 손을 머리 위로 뻗으며 잔을 높이 들었다.

"원 샷!"

격한 목소리의 홍국환이 솔선수범으로 맥주잔을 단숨에 비워냈다. 환호성이 담긴 박수 소리와 함께 이내 모두의 잔이 비워진다. 서로 허울 없이 왁자지껄 떠들며 웃는 소리. 그간 촬영하면서 살가워졌음을 알 수 있었다.

……이봐! 그만 마셔!

툭툭. 태준은 옆에 앉은 정원의 발을 슬쩍 밟았다. 하지만 괜찮다고, 정원은 이글이글한 태준의 눈을 마주하며 끝까지 잔을 비웠다.

허! 지금까지 내숭이었는가? 쭉쭉 잘도 마시는구만?

시원하게 비워진 정원의 잔을 바라보는 태준의 입이 쩍 벌어졌다. 몇 달 전만 해도 저 맥주 한 잔에 두 볼이 붉게 물들어가지 않았던가.

또 정신줄 놓으려고, 이 여자가. 무슨 일이 닥쳐올지도 모르면서 말이야.

대체 무슨 꿍꿍이속인지 알 리 없는 정원은 태준에게 어서 마시라며 손짓을 했다. 서너 모금에 금방 맥주 한 잔을 비운 태준은 식도를 타고 내려가는 시원함에 코끝을 찡그렸다.

"강태준! 강태준!"

올 것이 왔는가. 스태프들은 일정한 속도로 손뼉을 치며 태준의 이름을 외쳤다.

……더 불러라. 더.

"강태준! 강태준!"

정원도 웃으며 외침에 합류한다.

"강태준! 강태준!"

점점 커지는 함성에 태준은 마지못한 듯 일어섰다. 두말하면 입 아픈 연꽃 히어로의 등장에 가게 안은 떠내려갈 듯한 박수가 터졌다.

"잘생겼다!"

"완전 멋있어요!"

"가지고 싶다!"

알아. 조용히 해.

…….

가지고 싶다 누구야!

태준의 손짓으로 고요해진 자리. 영롱하신 강태준의 기립에 눈치껏 기자들도 카메라를 들었다. 깊은 숨을 끝으로 태준은 입을 열었다. 심장은 그 어느 때보다 거세게 뛰어올랐다.

"여기 계신 분들은 잘 모르시겠지만 강태준에게는 세 가지 복(三福)이 있습니다. 그 첫 번째는 감독 복."

오~ 스태프들이 웃는다. 김 감독은 으쓱, 어깨를 올리며 별거 아니라는 표정을 지어 보였다.

"두 번째는 작가 복."

마지막 날까지 대본을 수정했던 모습이 고스란히 남아 있는 초췌한 황 작가가 손을 높이 들며 브이를 그려 보였다. 촌철살인의 대사를 만들었던 주인공. 황 작가의 노고에 또다시 스태프들의 환호가 터졌다.

태준은 잔을 높이 들었다. 스태프들의 눈빛에 백만 스물일곱 개의 하트가 쏟아져 내린다.

"세 번째는."

화보 때나 보여줄 법한 미소를 그린 태준은 그윽한 눈빛으로 사방을 둘러보았다.

"과인의 백성들, 그대들이다. 내 어찌 그대들을 잊겠는가. 어림없다."

윤으로 빙의한 태준을 바라보며 스태프들은 머리 위로 손뼉을 치며 물수건을 돌렸다. 정원은 따라서 웃는다. 괜스레 가슴이 두근두근. 이 남자, 정말 가지가지 멋있다.

공간이 떠들썩해지자 태준은 손짓으로 스태프들을 진정시켰다.

"그런데 강태준에게 네 번째 복이 찾아오더군요."

정원의 마음에 쿵, 하니 돌덩이가 내려앉는다. 태준은 아니나 다를까, 정원을 바라보았다.

"민정원 씨, 일어서."

모두의 놀란 입술이 벌어지기 시작했다. 마른침을 삼키는 사람들의 눈동자가 두 사람을 향한다. 공간은 물을 끼얹은 듯 조용하기만 하다.

놀라 바라보는 홍국환의 입이 쩍 벌어졌다. 잡으라며 용기를 불어주었던 태준의 봄바람은, 다름 아닌 정원이었다.

재민은 그 모습 바라보다 고개를 내리며 조용히 미소 지은 채 술잔을 비웠다. 태준은 정원의 손을 꼭 잡아 위로 올렸다.

……나를 위해 다 버려준 너를 위해. 태준은 정원을 쓱, 한번 바라보며 잡은 손에 힘을 주었다. 확고한 서로의 눈빛. 정원은 말없이 고개를 끄덕이며 웃었다.

가보자. 어디 한번.

"민정원! 사랑한다!"

태준은 단숨에 맥주잔을 비워냈다.

역사에 남을 밤. 찢어질 듯한 함성이 가득 밀려왔다.

11. 아프지 않게

"그만 줘, 힘들어."

이, 이것들이. 누굴 죽일 셈인가?

"빼지 말고 마셔, 태준 씨. 도저히 배신감에 안 되겠어."

"맞아. 너무해, 태준 씨. 대체 언제부터? 대박이다, 정말."

서운함에 몸서리치는 스태프들은 태준이 눈을 이글이글 떠봐도 소용없단다. 태준은 기어이 잔을 가득 채워주는 스태프의 손길에 에라, 모르겠다. 포기하고 만다. 어차피 내일은 촬영도 없다.

태준은 잔을 비우며 눈을 번쩍 떴다. 안주 먹을 틈도 없이 다음 차례가 술병을 들자 태준은 짐짓 심각한 표정을 지으며 고개를 흔들었다.

"그만 줘. 나 정말 죽을 것 같아서 그래."

"그래? 그럼 우리 이제 정원 씨한테 가서 술……."

내놔! 따러!

야비한 오징어 떼가 정원에게 걸음을 옮기려고 하자 가까스로 옷자락을 붙든 태준이 술잔을 다시 내밀었다. 그제야 사악한 김 감독 나부랭이 스태프들이 다시금 태준의 술잔을 가득 채워주었다.

"그때! 기억나? 왜 태준 씨하고 정원 씨 둘 다 밥 생각 없다고 하면서 사라졌었잖아!"

"비 오던 날? 맞아! 난 그리고 태준 씨가 정원 씨 손목 잡고 끌고 가는 것도 봤었어!"

저들끼리 태준과 정원의 알리바이를 떠올리며 소름! 소오름! 야단법석이다.

"용서할 수 없어, 강태준이. 감히 나를 속여?"

순서가 된 음향감독은 명품 연기에 속아 넘어간 것이 자못 분했는지 태준을 힘껏 노려보았다. 입이 열 개라도 할 말 없는 태준은 힘없이 술잔을 내밀었다.

"김 감독은 알고 있었다며! 이 자식이 사람 차별하냐?"

"걸린 것뿐. 알려준 게 아니고."

"알려줬어요. 태준이가 저희 집에 찾아와서 먼저 말해줬거든요."

시끄러워! 불난 집에 부채질하지 마!

김 감독의 대구에 음향감독은 '강태준, 너도 나를 좋아하는 줄 알았다. 서운하다, 서운해.' 술잔을 가득 채우며 투덜투덜했다.

"청첩장 보내지 마, 인마. 안 갈 거야."

"감독님 안 오면 누가 축하를 해줘요."

"넌 나 신경도 안 쓸 거잖아!"

"그럴 리가. 내가 감독님을 얼마나 좋아하는데."

그래? 정말이지? 금세 애정으로 녹아내리는 눈빛. 태준은 음향감독이 내미는 잔을 힘차게 부딪치며 차가운 소주를 비워냈다. 옘병. 끝도 없다. 술 한 잔 주겠다고 대기하는 스태프들이 일렬종대 수두룩하다.

……으어. 내가 먹고 죽으련다. 먹고 죽어.

이놈 저놈 술을 주니 정신이 없다. 정원은 여자 스태프들에게 싸여 그들만의 인터뷰에 당혹함을 감추지 못하고 있다.

섣불리 어디도 갈 수 없는 박찬은 자리를 지키며 조용히 술을 따랐다. 이런 사이인 줄도 모르고 지난날 태준에게 정원의 스폰서 이야기를 잘도 했겠다. 언뜻언뜻 자신을 향해 뿜어내던 태준의 냉랭했던 공기의 이유를 알 것만 같은 느낌. 후회가 밀려오는 탓에 박찬은 눈을 질끈 감았다.

김 감독은 어수선한 가게 안을 물끄러미 바라보았다. 규모가 제법 있는 가게였기에 꽤 많은 종업원도 있고, 눈치껏 자리했던 기자들도 있었다. 뉴스는 삽시간에 퍼졌을 것이다. 기자들을 통해, 개인 SNS를 통해.

대체 어쩔 셈인지 감이 잡히지 않는 터에 김 감독은 고개를 절레절레 저었다. 이 와중에도 태준은 스태프들의 아우성에 정신을 차리지 못하는 모습이다. 술잔을 비우며 태준은 힐끔 시계를 바라보았다. 지금쯤이면 이미 각종 포털사이트에 제1면을 장식하고 있을 것이다.

……올려라. 어서. 퍼트려라, 빨리.

요란한 틈을 타 오징어들 사이를 비집고 무임승차한 재민은 재빨리 태준에게 다가섰다.

"제 술은 안 받으세요?"

"넌 패스."

손사래를 치며 단호히 거절하는 태준의 모습에 재민은 아쉽다는 표정으로 가볍게 술잔을 내렸다.

"정 그러시다면 안 받을게요. 빨리 마시고 저기 가서 정원이 구해주려고 했는데 안 되겠……."

마셔! 마신다고!

이놈 저놈 정원갑을 인질로 협박을 일삼는다. 태준은 폐부 깊숙한 곳에서부터 숨을 끌어 내쉬며 재민에게 잔을 내밀었다. 콸콸콸콸…….

이봐! 그만! 그, 그만!

태준은 잔을 위로 들며 그만 따르라고 해보지만 재민은 찰랑찰랑하게, 끝까지 잔을 채웠다.

"선배는 역시 뭐가 달라도 다르시네요. 폭탄선언을 하시다니."

기자회견도 없이, 회사 공식 발표도 없이 종방연 한가운데서 폭탄선언을 할 줄 누가 알았겠는가. 이렇게 급하게 선수 친 이유까지 알지 못하는 재민은 그래도 걱정스러웠는지, 정말 괜찮겠냐는 표정을 지었다.

"별일 없을 테니까 그런 표정 짓지 말고 한잔 받지."

"아, 네."

재민은 공손하게 빈 잔을 내밀었다. 태준은 곁에 놓인 술병을 들어 재민의 잔을 꾹꾹 눌러 채우기 시작했다. 콸콸콸콸콸콸콸……

이글이글한 눈빛으로 술잔을 재운 태준을 바라보며 재민은 소리 내어 웃음을 터트렸다. 누가 강태준 아니랄까 봐. 소심한 한류스타께선 당최 혼자 죽는 법이 없다.

"선배, 한잔하시죠."

재민이 잔을 내밀자 태준은 난데없이 손가락을 까딱까딱 흔들며 고개를 저었다.

"선배 말고. 다른 건 없나?"

네? 재민은 뜻을 모르겠다는 표정을 지으며 태준을 바라보았다. 머쓱한지 다른 곳을 응시하던 태준은 힐끔, 재민을 바라보며 입술을 열었다.

"왜, 그, 뭐냐. 다른 거. 선배 말고 좋은 거 많잖아."

"아아. 네. 알겠어요."

헙! 재민은 목을 가다듬으며 다시금 태준을 응시했다. 변한 눈빛은 서로를 인정하기 충분했다. 재민은 편안하게 웃으며 다시 잔을 내밀었다.

……잘 부탁합니다. 행복하세요.

"형님, 한잔하시죠."

"형이라고 해. 형님은 무슨."

"네, 형. 한잔하시죠."

내 족보에 자네 이름을 올려주지.

태준은 그제야 재민과 잔을 부딪쳤다.

"대표님! 대표님!"

직원 한 명이 대표실 문을 부서질 듯 열어젖혔다. 퇴근을 준비하던 박 대표는 고개를 들었다.

"뭐야, 아직 퇴근 안 했어?"

"대표님!"

직원은 다음 말을 잇지 못한 채 달려오며 박 대표에게 휴대폰을 건넸다. 보통 일은 아닐 것이다. 박 대표는 재빨리 휴대폰을 건네받으며 가방을 책상 위로 올렸다.

[[속보] 강태준, 민정원 열애 인정]

[[단독] 강태준, 연꽃 종방연에서 민정원에게 '고백']

[[긴급] 강태준, '민정원! 사랑한다!' 크게 외쳐……]

아…… 강태준…… 말도 더럽게 안 들어 처먹지…… 내가 너 때문에 늙는다…… 늙어…….

예상외로 크게 놀라는 일 없이 박 대표는 휴대폰을 직원 손에 건네주었다.

"알고 있어. 퇴근해, 어서."

"네에?"

아, 알고 계셨다구요? 직원의 눈이 휘둥그레졌다. 갑자기 여기저기서 울리는 전화벨 소리가 대표실까지 들려오기 시작했다.

"전화 받지 말라고 나가서 전해줘."

"아, 네."

박 대표는 가방을 들며 오늘 낮에 태준에게 온 메시지가 떠올렸다. 간단

명료한 태준의 메시지는 오늘의 사태를 모를 수 없게 했다.

[박 대표, 미안해.]

강태준. 진짜 넌 제정신이 아니야. 어후, 내가 명이 줄어. 넌 미안하면 그만이지, 난 어쩌라는 건데!

……알고 있다. 태준은 적어도 뱉은 말을 번복하는 사람은 아니다. 무엇도 쉽게 택하지 않는 신중한 성격이기에, 하겠다고 굳힌 것은 자신의 신념에 따라 하고야 마는 것이다.

그러니 예견된 일이었다. 박 대표는 미간을 찡그리며 책상 위에 놓인 자신의 휴대폰을 물끄러미 바라보았다.

우리도 우리지만, 아트 에이전시 지금 뒤집어졌겠네. 여배우에게 더 치명적일 텐데, 아무래도.

휴. 내일부터 닥쳐올 전쟁 같은 시간이 막막한지 박 대표는 마음이 심란했다. 황 이사는 괜찮을까. 저녁이나 같이 먹을까 했는데. 전 직원 비상이겠네.

하지만, 남 걱정할 때가 아닌 것을.

"대표님, 유선 전화 받지 말라고 지시해두었습니다."

다시 문을 열고 들어선 직원을 향해 박 대표는 알겠다며 고개를 끄덕였다.

"참, 남 대리. 퇴근하고 약속 있어?"

"아니요. 없습니다."

"그럼 나랑 술 한잔하고 가. 참치 괜찮지?"

"아, 네 대표님."

맨정신으로는 내일을 맞이하고 싶지 않다. 박 대표는 직원을 끌며 방을 나섰다.

태준은 비틀거리는 걸음으로 가게 밖을 나섰다. 널찍한 공터에 쉼터 의자가 놓여 있는, 나름 잘 가꾸어진 조경을 바라보며 태준은 한숨을 내쉬었다.

으어, 죽겠다. 어지러워. 드럽게.

정신을 차릴 모양인지 고개를 세차게 흔들던 태준은 주머니에서 휴대폰을 꺼내 사진첩을 열었다. 태준의 입꼬리를 슬쩍 올라가게 한 사진의 정체는 재민과 주희가 나란히 술잔을 기울이는, 아주, 몹시, 다정한 장면이었다.

……잘 찍었네. 만족스러운지 태준은 피식, 웃음을 흘리며 고개를 주억거렸다.

내가, 니들을 빼도 박도 못 하게 해주겠다. 쥐며느리에게 다시없을 은인이 되어주지.

후. 짧은 한숨에 결심했을까. 태준은 슬쩍 포털사이트를 열었다. 검색할 필요도 없다. 누르자마자 확인되는 각종 뉴스와 실시간 검색어 1위부터 5위까지 삽시간에 휩쓸어버린 영롱한 세 글자. 강태준.

기사를 눌러 댓글을 확인할 용기까지는 부족했는지 휴대폰을 만지작거리던 태준은 아랫입술을 깨물었다.

"뭐 해요?"

정원의 목소리에 태준은 이내 휴대폰을 내렸다. 걱정되었는지 따라 나온 모양이다.

"왜 나왔어. 안에 있지."

"다들 나가보라고 해서……."

뱉은 말과는 다르게 찾아와준 정원이 반가운지 태준은 덥석 정원의 손을 잡았다. 처음으로 누구의 눈치도 보지 않고 윤과 연화가 아닌 우리가 손을 잡는다. 온기를 나눈다. 사랑을 말한다.

이것이 허무한 꿈은 아니기를. 태준은 잡은 손을 앞뒤로 흔들며 허공에 외쳤다.

"좋다! 아무 눈치 안 보고!"

"뒤, 뒤 좀 봐요."

태준은 정원의 난처한 표정을 살피며 뒤를 돌아섰다. 창문에 다닥다닥 붙은 스태프들은 동물원 코끼리 구경하듯 바라보고 있었다.

뭘 봐. 들어가.

…….

안 들어가?

태준의 이글이글한 눈빛에 흠칫 놀란 스태프들이 야유를 하며 흩어졌다. 태준은 다시 뒤를 돌아 하늘을 바라보며 잠시 생각에 잠긴 듯한 표정을 지었다.

"이봐, 세일러문."

"네?"

이내 주변을 돌아보던 시선을 정원에게 고정했다.

"그…… 계약서 가지고 있나? 아트 에이전시 계약서."

"계약…… 서요?"

태준은 끄덕였다. 당연하다는 표정을 지으며 정원은 태준을 바라보았다.

"가지고 있죠. 왜요?"

"내일 계약서 좀 가지고 우리 사무실로 와."

"내일요? 왜요?"

태준은 잡은 손에 더욱 힘을 주며 별일 아니라고 작게 미소 지었다.

"그냥. 좀 볼 게 있어서."

딱히 대꾸할 말이 없는지 정원은 알겠다며 고개를 끄덕였다. 장난스러운 태준의 눈길이 정원의 시선에 머물렀다.

"어쩌나. 우리 내일부터 전쟁인데."

무서워. 드럽게. 태준은 소리 없이 웃으며 팔을 흔들었다.

정원은 어깨를 축, 내리며 시무룩한 표정으로 태준을 올려다보았다. 장단을 맞춰주는 정원의 눈빛은 태준만큼 장난스럽다.

"무서워요. 저 길 가다가 돌 맞으면 어떡해요?"

"길을 다니지 마."

장난으로 시작한 말이지만, 어쩐지 뱉고 나니 서로는 찾아드는 적막함을 외면할 수 없다. 까만 물이 퍼져 흐르는 것만 같은 하늘. 그 하늘을 수놓은 자갈돌 같은 별빛은 각자의 빛을 비추고 있다.

별빛 속 태준의 얼굴이 불시에 환해지고 예고 없이 따스해졌다. 곁을 지나는 바람에 정원의 머리카락이 표표히 흩날렸다.

"힘내. 세일러문."

"……힘내요."

태준은 스치는 바람에 제 마음을 전해주었다. 저 끝 어딘가에서 다시 돌아오리라. 돌고 돌아서 더는 갈 곳이 없을 때, 이 바람은 다시 불어와 제게 들려줄 것이다. 오늘을 잊지 말라고.

오늘을 기억하라고.

"내일부터 인터넷 금지."

"저는 원래 인터넷 안 해요."

앞으로 다가올 태풍 같은 일들이 겁이 나지 않는다면 실은 거짓이겠지만. 숨어 있을 만큼 잘못한 것 없고 배우이기 이전에 사람이고, 얼굴 없는 독이 묻은 활자에 감정을 실어 담을 만큼 사상적으로 여유롭지 않으니.

너만, 곁에 있다면.

"아, 바람 좋네. 시원하니."

잃는 것은 기억에 두지 않을 것이다. 떨어져 나가는 것들에 미련을 두지 않을 것이다. 우리만, 곁에 너만. 잡은 손만. 그것만 기억하겠다.

……그리할 것이다.

"들어가자. 기다리겠다, 사람들."

휙! 태준이 뒤를 돌아보자 또다시 다닥다닥 붙어 있던 스태프들이 황급히 떨어졌다. 이글이글한 태준이 정원의 손을 잡고 들어갔다.

망했네…… 휴…….

휴대폰을 손에 쥔 파파라치가 망연자실하니 공원 벤치에 앉아 있다. 내일 열두 시는 필요도 없이, 이미 인터넷 세상은 어딜 보아도 온통 태준의 기사다.

전세 보증금은 열흘 뒤에 올려줘야 하는데 소용없게 되었다. 집사람에게 큰소리 떵떵 쳤는데. 기다리는 마누라가, 어린 자식이, 눈앞에 아른거린다.

"이거…… 어떡하지……."

이사라면 진절머리가 난다. 하지만…… 전월세로…… 아니, 일단은 월세로…….

그냥 언론사로 넘길 것을 욕심이 과해 결국은 얻은 것이 아무것도 없다. 밤잠 못 자며 들킬까 몸을 숨기고 부지런히 따라다녔던 그간의 시간은, 한심스럽기 그지없다.

휴. 절로 쉬어지는 한숨을 끝으로 검은 봉투에 담긴 삼각김밥 하나를 꺼내 들었다. 멍하니 뒤집힌 삼각김밥을 바라보는데 괜스레 울컥울컥한다. 땅바닥에 집어 던질까 하다가, 김밥이 무슨 죄냐. 종일 긴장하여 공복이다.

이거라도 먹고…… 집에는 가야지…….

무엇이 서러운지 자꾸만 목구멍이 뜨거워 잔기침을 내뱉었다.

"애 엄마는 저녁이나 먹었는지. 오래간만에 일찍 들어가 다리나 좀 주물러 줘야겠네."

띵동. 메시지가 도착한다. 한입 베어 물려던 파파라치는 뭔가 싶은 마음에 메시지를 확인했다. 파파라치의 눈이 휘둥그레졌다.

[XX은행 22시 15분. 입금 50,000,000원. 입금자 강태준]

헉, 소리도 나지 않는 상황. 들고 있던 삼각김밥을 떨어트렸다. 파파라치는 눈을 깜빡이며 읽고 다시 또 읽는다.

띵동. 이어 메시지가 도착한다.

[입금한 돈은 현상비로 해두지. 우리가 사진이 없어서. 보증금 잘 내쇼.]

입을 틀어막은 파파라치는 숨이 잘 쉬어지지 않아 딸꾹질을 하며 모든 몸짓을 정지했다. 정신을 차릴 틈도 없다. 띵동. 이어 메시지가 하나 더 도착한다. 재민과 주희의 다정한 사진이다.

이게…… 무슨…….

띵동. 마지막 메시지가 도착한다. 강태준이 보내준 특급 미션이다.

……모두의 밤이 아름다웠으면. 사랑 없는 세상은 너무도 서글플 테니까.

[얘네 요즘 좀 수상함. 이상 끝.]

"태준 씨!"

"아, 오셨어요."

점심시간 드림스타 사무실 안. 똑똑, 노크 소리와 함께 문이 열리자 시놉시스들을 뒤적이던 태준이 고개를 들었다. 서 실장이다.

이미 정원에게 나갈 수 없다는 연락을 받은 후라 일어선 태준이 서 실장을 급하게 반겼다.

"어후, 진짜 장난이 아니네요."

서 실장은 도리질을 치며 심각한 표정으로 태준과 마주한 채 자리에 앉았다. 전날 회식을 마치고 집으로 돌아간 길. 늦은 시간이었건만 특급 뉴스로 집 앞에 구름떼처럼 기자들이 몰려 있었다.

주차장 차량 진입은 도저히 불가한 상황이었다. 궁여지책으로 서 실장은 정원과 몰래 모범택시를 타고 겨우 들어갈 수 있었다. 휴. 단편적인 기억에도 소름이 끼친 서 실장은 짧은 한숨을 내쉬었다.

"난장판이었겠네요."

"어후, 말도 마세요."

……아침은 더 끔찍했다.

지난밤보다 더 늘어난 기자들로 도저히 통제가 불가했던 오피스텔 입구. 기어이 주민 신고가 들어와 경찰까지 출동하여 기자들을 정리했다. 차량이 움직일 수 없던 출근길엔 주민들과 기자들의 육탄전도 오고 갔다. 결국, 정원을 데리고 나올 수 없어 서 실장 혼자 태준을 만나러 왔다.

"전쟁이 따로 없네요, 정말. 태준 씨는 괜찮았어요?"

"아, 네. 뭐⋯⋯."

말꼬리를 흐리는 태준은 고개를 주억거렸다.

"당분간 정원이는 집에서 못 나올지도 몰라요."

"⋯⋯그렇겠죠."

드라마 촬영이 끝나 이제 막 쏟아질 예정이던 정원의 모든 일정은 예상대로 취소되었다.

"태준 씨도 일정 전부 취소하셨다면서요?"

"보다시피 움직일 수가 없어서."

여기 드림스타도 사정은 마찬가지다. 박 대표는 태준의 모든 일정을 취소, 끊임없이 사방에서 울리는 전화에 기어이 전화선을 끊어버렸다.

"가지고 오셨는지?"

컵을 들어 목을 축인 태준은 곁에 있던 시놉을 치우며 서 실장을 재촉했다.

"아, 여기."

서 실장이 내미는 서류를 전달받은 태준의 미간에 골이 깊게 파였다.

"가지고 오라 하셔서 가져오긴 했는데⋯⋯."

정원의, 계약서다.

"그런데 이건 갑자기 왜요?"

태준은 말없이 한 장 한 장, 계약서를 넘겼다. 순식간에 집중한 눈빛은 날카롭기까지 했다. 꽤나 많은 조항. 태준은 신중하게 한 글자 한 글자 읽어 내리던 시선을 들며 서 실장을 마주했다.

"보통 계약서는 다 이렇습니까?"

"네?"

뜻을 모르겠다는 듯 서 실장의 눈이 동그랗게 변했다. 태준은 고개를 저었다.

"아니, 원래 여배우 계약서는 항목이 이렇게 많은 건지, 아니면 아트 에이전시가 유난히 많은 건지."

제법 간단명료한 자신의 계약서와는 차원이 다른 빽빽한 조항들. 태준의 말뜻을 이해했는지 서 실장은 웃음으로 답했다.

"다른 여배우나 일반 아이돌 항목치고는 아트 에이전시가 적은 편이죠. 정원이 계약서는 형식에 불과하고요."

"형식에 불과한 계약서라. 듣도 보도 못한 소리를 하시네."

그렇게 몇 장을 넘겼을까. 태준은 어느 한 부분에서 날카로운 시선을 멈췄다.

[을은 갑과 논의된 바 없는 행위(직, 간접을 포함)로 인하여 갑의 금전적, 또는 이미지상에 손실을 입힌 경우, 갑은 을에게 배상을 요구하여 비용 청구를 할 수 있다.]

……역시나, 있다. 태준은 계약서를 내리며 서 실장을 바라보았다.

"서 실장님. 민정원 씨 계약 기간이 얼마나 남았습니까?"

"음…… 2년 9개월 정도 남았는데요. 왜 그러세요?"

무슨 생각인지 태준은 테이블에 계약서를 내려놓았다. 영문을 알 수 없어서 실장의 눈빛이 더욱 의문스럽게 변해갔다. 태준은 마른침을 삼키며 입을 열었다.

"어제부터 지금까지 황 이사님한테 따로 연락받은 건 있으세요?"

"아뇨…… 아직……."

서 실장은 일순간 말을 멈췄다. 작게 벌어진 입술은 경황이 없어 생각을 못 했다는 것을 여실히 보여주고 있었다.

황 이사에게, 연락이 없다.

"안 그래도 여기 들렀다가 곧장 사무실로 들어가 보려고 했어요."

"상식적으로 지금까지 연락이 없을 분은 아니시죠."

"그렇긴 한데……."

화가 많이 나셨나? 에이, 말도 안 돼. 서 실장은 고개를 휘저었다. 다른 것도 아닌 정원의 일이니까. 잠시도 다른 생각은 할 수 없다.

"태준 씨가 잘 몰라서 그럴 수도 있는데요. 황 이사님이 우리 정원이를 얼마나 아끼……."

말과는 다르게 흔들리는 서 실장의 눈빛. 마주하는 태준의 표정은 비교적 침착했다.

"아끼기 이전에 회사를 운영하는 사람이죠. 아니길 바랄 뿐이지만. 회사 사무실 직원 중에 친분이 좀 있는 사람 있습니까?"

서 실장은 무엇에 홀린 듯한 표정을 지으며 고개를 끄덕였다.

"비서실 윤 과장님하고는 좀 친하죠."

"그럼 가셔서 돌아가는 상황이나 좀 알아봐 주세요."

"아, 네."

서 실장은 일어섰다. 차마 발길이 떨어지지 않는다.

"저…… 알고 계시죠?"

태준은 고개를 들었다. 망연자실한 서 실장의 표정이 다음 이야기를 듣지 않아도 짐작하게 했다.

"두 사람 열애설에 반응이 상당히 좋지 않아요."

하루 사이 정원의 안티 카페는 수십 개나 늘었다. 두 사람의 연애를 반대한다는 카페, 블로그가 우후죽순으로 늘어났다. 뿐인가. 조회 수를 늘려야 하는 각종 포털사이트의 헤드라인은 두 사람의 열애 소식을 선정적인 문구를 내세워 집중적으로 다루고 있었다.

"대부분 화살은…… 정원이를 향하고 있고요."

"……알고 있습니다."

추측에 지나지 않은 기자들의 끄적거림에 네티즌들은 칼날 같은 댓글을 달기 시작했다. 정원이 이전에 유흥주점에서 일하는 것을 목격했다는 글이 개인 SNS를 타고 꽤나 신빙성 있는 글로 포장되어 퍼져 나가기 시작했다.

음지에선 정원의 얼굴이 합성된 음란 사진이 손 뻗을 겨를도 없이 퍼져나갔다.

고작, 하루가 되었을 뿐이다.

"그건 상대가 강태준 씨라서 그런…… 거겠죠?"

차마 말을 잇지 못한 태준에게서 시선을 옮긴 서 실장은 발끝을 내려다보았다. 마주한 현실은 상상했던 것보다 훨씬 더 날카롭고 차갑기만 해서. 그 여린 아이가 무너지지 않고 견뎌줄 수 있을까 싶은 마음에. 하지만 어찌 되었든 상처로 가득한 정원에게 새 시작을 꿈꾸게 해준 사람이다. 그게 눈앞의 강태준이라도.

그게 이렇게, 아이에게 힘든 오늘을 살게 하더라도.

"제가 괜한 말을 했네요. 그럼 저는 바로 사무실 들어가 보겠습니다."

이런 상황에 사무실까지 등을 진다면 정원의 끝이 아득하다. 시간이 없는지라 서 실장은 발길을 옮기기로 한다.

"괜한 심려 끼쳐드려서…… 드릴 말씀이 없네요."

태준은 일어서며 서 실장을 향했다. 손사래를 치는 서 실장은 단단한 눈빛으로 태준을 응시했다. 이 또한 지나가리라. 그대들만 견고하다면.

"태준 씨, 힘내세요. 우리 정원이도 씩씩하거든요."

서 실장의 응원에 태준은 슬며시 미소를 지었다. 간단한 대꾸도 차마 하기 어렵다.

"무슨 일 있으면 연락 주세요. 서 실장님."

"네, 연락드릴게요."

서 실장은 고개를 끄덕이며 문을 열고 나섰다. 다시 자리에 앉은 태준은 소파에 머리를 기댄 채 천장을 응시했다.

……결국은 아무것도 해줄 수 없는 무능한 사람이 될 것이다. 믿으라던 지난 약속은 말뿐이었던 것처럼 무색하게 떠오르겠지. 발버둥을 치면 칠수록 세상은 더욱 너를 옭아맬 테니까.

똑똑. 초점 없이 허공을 응시하던 태준은 힐끔, 고개를 돌려 문 쪽을 바라보았다. 슬쩍 열린 문틈으로 마케팅 부서 막내의 얼굴이 태준을 마주했다.

"저, 태준 씨. 점심 뭐로 하실래요? 우린 오늘 중화요리나 시켜 먹을까 하는데."

회사도 문만 열면 기자들투성이라, 직원들도 창살 없는 옥에 하옥되었다. 미안함이 온몸을 감싸지만 태준은 아무렇지 않게 웃어 보이며 고개를 끄덕였다.

"난 짬뽕. 내가 살 테니 직원들 맛있는 거 먹으라고 해요. 요리도 좀 시키고."

"아, 네!"

태준은 돌아서는 직원을 불렀다. 남아 있는 숙취에 속이 쓰리던 때였으니 차라리 잘됐다. 이왕지사 해장을 할 거면 제대로.

"난 삼선으로, 얼큰하게."

"우리는 내일 공식 입장 발표할 거야."

후룩, 커피를 삼킨 박 대표는 말끝에 황 이사의 표정을 살폈다. 마주한 지 삼십 분이 지났건만 아직 황 이사는 한마디도 하지 않았다.

"아트 에이전시는 발표…… 안 할 거야?"

"안 해."

마찬가지로 커피를 한입 마신 채 미간을 구긴 황 이사의 표정이 좋지 않다. 박 대표는 상체를 수그리며 황 이사를 바라보았다. 이렇게 앉아 있을 시간이 아닌 것이다.

"이사님, 지금 우리보다 급한 건 아트 에이전시 아니야?"

박 대표는 도저히 상황을 이해할 수 없다. 평소처럼 조용한 아트 에이전시. 업무를 보고 있는 직원들의 모습도 지나치게 침착했기에 더욱 그러했다. 사태가 시급한데, 더 이상 루머가 퍼지기 전에 공식 입장 발표는 당연한 것을.

"이사님, 그럼 공식 발표는 내일 우리만 하는 걸로 해?"

"좋을 대로."

대체 무슨…… 생각인 거야…….

"박 대표, 이거 검토하고 나중에 대답 줘."

황 이사는 무엇이 떠올랐는지 팔을 뻗어 꽤나 두툼한 서류 봉투를 집어 들더니 박 대표에게 건네며 말했다.

"이게 다 뭐야?"

꽤 많은 서류를 꺼내며 박 대표가 찬찬히 살펴보기 시작했다. 그것도 잠시. 서류를 내리는 박 대표의 표정이 일그러지기 시작했다.

"화, 황 이사님! 이게 뭐야. 대체 뭐야?"

"읽고 나중에 예, 아니오, 대답이나 해. 일주일, 그 안에 답을 주면 좋겠어."

황 이사는 표정의 변화 없이 머그잔을 들어 조용히 커피를 마셨다. 외려 속이 타는 쪽은 서류를 받아 든 박 대표인 듯했다.

"이사님, 대체 무슨 생각이야. 말 좀 해봐, 무슨 생각인데."

"소란 떨 것 없어. 대답이나 줘."

황 이사는 일어섰다. 박 대표의 시선이 따라오지만 더 길게 자리해도 지금 당장 답을 줄 수 있을 것 같지 않았다.

"어찌 되었든 내일 아트 에이전시 공식 발표 없어. 아니, 당분간 없어. 참고해."

"이, 이사님……."

"난 외부 미팅이 있어서 나가니까 알아서 가."

다정한 말 한마디 기대한 건 아니지만 찬바람 일으키며 문을 나선 황 이사를 바라보던 박 대표는 반쯤 일으켰던 몸을 구부리며 자리에 앉았다.

"이렇게 손님 대접하는 경우가 어디 있어. 너무하네, 정말."

황 이사의 사무실에 덩그러니 남겨진 박 대표는 멍하니 서류를 응시했다.

대체…… 무슨 생각인 거야…….

더는 생각할 수 없다. 드림스타라고 여유 있을 리 없으니까. 발등의 불이 시급한지라 박 대표 역시 서둘러 자리를 일어났다.

[드림스타는 22일 공식 기자회견을 열었다. 드림스타는 배우 강태준과 (33) 아트 에이전시 소속 배우 민정원(27)의 열애 사실을 인정했다. 두 사람은 같은 드라마를 촬영하면서 4개월 전부터 조심스레 교제를 시작했다고 언급했다. 이에 항간에 떠도는 '결혼설'과 '임신설'을 강하게 부인하며 아직 시작 단계이니만큼 조심스럽다는 견해를 밝혔다. 아트 에이전시는 아직 공식 입장을 발표하지 않았다. (관련기사 더 보기……)]

"알아? 회사 주가가 엄청 하락했어."

태블릿 PC를 종료하며 박 대표는 긴 한숨을 내쉬었다. 왼편에 앉은 태준은 별 반응이 없다. 하루 사이 주식 가치가 곤두박질을 치고 있건만 예상했다는 눈치다.

……그래, 니가 회사가 망하는 게 무서웠으면 일을 이 지경으로 만들지도 않았겠지. 박 대표는 유유자적한 자태로 자리를 지키는 태준을 노려보며 입술을 열었다.

"지금 무슨 얘기까지 있는 줄 알아? 민정원이 스폰서 아이를 임신했는데 강태준이 그래도 좋다고 했대. 자기 아이로 키우겠다고. 얘는 누구니? 몇 살이니, 대체. 소설도 요즘은 이런 막장 없어."

"좋네. 절절하니. 김 감독한테 시놉으로 전해줘."

"노, 농담이 나와?"

회사 공식 입장이 발표되었음에도 창문 밖 기자들은 끊임없이 인터뷰를 요청했다. 박 대표는 어깨를 올리며 소파에 상체를 기댔다. 멍하니 태준의 표정을 살피던 박 대표는 어렵게 말을 이었다.

"있잖아, 태준 씨. 황 이사가 이상해. 아트 에이전시가 무슨 생각인지 모르겠어."

"……무슨 생각이 있으시겠지."

고개를 저으며 박 대표는 잘 모르겠다는 표정을 지었다.

"열애설이 처음도 아닌데, 반응이 이럴 수 있어? 그 정도 매뉴얼은 회사에 있을 텐데 공식 입장도 발표 안 하고 정원 씨 그냥 방치하잖아."

황 이사에게 받은 서류를 얘기할까 하다가 박 대표는 입을 다물었다. 아직은 황 이사의 마음을 짐작할 수 없기에 신중해야 한다. 섣불리 말할 수 있는 사항은 아니었다.

"몰라. 불안해. 불안해, 태준 씨. 뭐가 이렇게 한 치 앞도 안 보이는지."

"공식 발표는 우리가 했으니 됐어. 그쪽에서 부정하지 않는 한 긍정인 거야."

"그건 그렇지만……."

다리를 흔들거리는 태준은 콧노래를 부르며 휴대폰을 응시했다. 박 대표가 슬쩍 고개를 들어 바라본 태준의 휴대폰엔 정원의 얼굴이 화면 가득했다.

난데없는 저 미소. 박 대표는 기가 막혔다. 무슨 저런 놈이 다 있을까.

우, 웃음이 나와? 이거, 니 얘기거든?

"아, 어쩌지. 보고 싶은데 갈 수가 없네."

눈이 휘둥그레진 박 대표가 또다시 상체를 일으켰다.

"태준 씨, 우리 검사 좀 받아볼까? 뇌도 초음파 찍지 않아?"

"CT. 이 사람아."

레이저라도 발사할 듯 자신을 노려보는 박 대표는 안중에도 없는지, 태준은 휴대폰을 들어 어딘가로 전화를 걸었다.

"아, 형. 난데. 어디? 알았어, 지금 가."

"누구야. 김 감독님?"

태준은 고개를 끄덕이며 일어섰다. 박 대표는 뇌의 회로가 끊기는 기분이다.

"태, 태준 씨, 어디 가! 미쳤어?"

"우리 세일러문 보고 싶어서 할 수 없이 가봐야겠어."

"태준 씨!"

손을 휘이휘이 들어 보이더니 재킷을 들고 유유자적, 태준은 선비 걸음으로 사무실을 나섰다. 밧줄로 꽁꽁 묶어둘 수도 없고. 대책 없는 강태준은 오늘도 정원앓이에 정신줄을 놓았으니.

미쳤나 봐, 얘가 정말! 박 대표는 급하게 창문에 붙어 밖을 살폈다. 시국이 이러하니 얌전히 대기할 거란 생각은 오산이었다. 잠시 후 주차장에서 태준의 차가 빠져나온다. 대기 중이던 기자들은 태준의 차를 알아보고는 우르르 달려가 전방을 막아섰다.

"저 바보가 몰라서 저러고 있어, 진짜."

박 대표는 손톱을 물며 상황을 주시했다. 잠시 후 소형차 하나가 어지러운 상황을 틈타 주차장을 급하게 빠져나간다. 이윽고 태준의 차에서 영수가 내렸다.

"강태준 씨 여기 없습니다! 다들 비켜주세요!"

……너 때문에 내가 미친다, 내가.

초딩 같은 꼼수. 박 대표는 블라인드를 내리며 웃음을 터트렸다.

"장난 없구만."

직원 차를 빌려 나와 인근에 세워두고 모범택시로 갈아탄 태준은 경악했다. 개미떼처럼 몰린 기자들이 정원의 집 앞을 포위했다.

태준의 집은 그나마 경비가 삼엄해서 기자들이 정문까지 올 수 없다. 게다가 기사를 접한 경비 측에서 사설 보안 인원을 늘려주었다. 지금 이곳을 뚫고 들어가는 것도 문제지만 주변 상가나 주민 불만이 장난 아닐 터. 불만

은 비난으로, 이 모든 사태에 대한 화살은 또다시 정원을 향해 쏟아질 것이
다.

"저…… 출발할까요?"

모범택시 기사가 룸미러로 태준을 바라보았다. 태준은 기사를 바라보며
괜찮겠냐는 표정을 지었다.

"저기, 뚫으실 수 있겠어요?"

"해야죠, 해드려야죠."

기사의 각오가 대단한 모양이다. 자신도 이런 상황은 살며 처음 겪는 일
인지라, 고개를 끄덕이는 그 얼굴은 비장하기까지 했다. 이윽고 기사는 좌
우를 주시하며 포진된 기자들을 향해 혀를 찼다.

"청춘 남녀가 만난다는데 그게 무슨 불륜이라도 되나! 왜들 저 난리인지
모르겠네요."

"그러니 말입니다."

"드라마 잘 보고 있습니다. 두 분 응원합니다."

마찬가지로 사방을 주시하던 태준과 기사의 눈이 룸미러로 마주쳤다.

"원래 지지하는 사람들은 크게 나서는 법이 없어 잘 드러나지 않는 것 같
아요. 세상은 워낙 목소리 큰 사람들이 많아서."

당장은 소란스러운 세상의 이야기가 전부처럼 들리겠지만, 기운 내라고.

"분명 두 분 응원하는 사람들도 많을 겁니다. 힘내세요, 강태준 씨."

태준은 고개를 끄덕였다. 난데없이 만난 인연에 용기를 얻는다.

"감사합니다. 성원에 보답하겠습니다."

"자, 그럼 갑니다."

엄숙한 표정의 택시기사가 적진으로 출발할 요량인지 핸들을 굳게 잡았
다. 태준은 본능적으로 몸을 낮게 수그렸다. 김 감독이 미리 연락해둔 경비
실 직원이 쏜살같이 달려오는 모범택시 번호를 보고는 황급히 차량 진입을
도왔다.

"가, 강태준이다! 강태준!"

"강태준 씨! 잠시만 시간 좀!"

"찍어! 빨리 찍어!"

용케 알아본 기자들이 벌떼같이 달려들지만 그것도 잠시. 날쌘 차량 속도에 기자들은 허겁지겁 뒤로 물러섰다. 쏜살같이 지하주차장까지 내려온 모범택시 기사가 긴장감에 숨을 내쉬었다.

달려드는 기자들이 긴장감에 좀비처럼 보였다. 정말이지 이런 짜릿함은 처음이다.

"태준! 빨리!"

엘리베이터를 잡고 대기 중인 김 감독이 태준을 불렀다. 황급히 택시에서 내린 태준은 엘리베이터에 몸을 실었다.

……007이 따로 없구만. 본드걸 만나기 쉽지 않네. 캡 모자를 벗으며 황당했는지 태준은 웃음을 터트렸다.

"좋냐? 이 난리 속에?"

소리 내어 웃던 태준은 김 감독과 눈이 마주쳤다. 김 감독도 어찌나 당황스러웠는지, 저도 모르게 터진 웃음은 태준의 웃음소리와 섞여 엘리베이터를 가득 메웠다.

-여보세요?

휴, 다행이다. 수화기 너머로 들려오는 정원의 목소리가 밝다. 007 작전을 방불케 하는 난리 끝에 김 감독의 집으로 들어온 태준은 푹신한 소파에 몸을 기대며 휴대폰을 반대편 귀로 옮겼다.

"뭐 하고 있었어?"

-저요? 지금 책 읽고 있어요.

사랑하면 닮는다더니 이 난리 속에 유유자적 독서를 하고 계신단다.

……거짓말일지도 모르지. 잔뜩 웅크리고 있던 어깨를 펴고 부러 밝게 웃

고 있는지도. 태준은 고개를 기울이며 쓸쓸한 미소를 지었다.

"누구랑 같이 있나?"

-아, 집에 서 실장 언니가 있어요.

다행이네. 혼자는 아니라서.

태준은 자유롭게 몸을 기울이며 눈을 감았다. 들려오는 정원의 목소리에 이상하리만치 여유로운 기분을 느낀다.

"내려와. 나 지금 김 감독 집."

-네에?

정원이 풀파워로 일어서는 소리가 들린다. 태준의 입가에 종전보다 더욱 진한 미소가 지어졌다.

"이봐, 멋지다, 막, 응? 뭐, 그런 말 모르나? 내가 여길 오려고 007을 찍었는데."

반대편 수화기에선 아무런 말도 들려오지 않는다. 그럼에도 불구하고 태준의 입가에 미소는 떠나질 않는다.

……알아, 웃는 거. 이 여자야.

-그럼, 지금 내려갈게요.

지금 내려갈게요. 그게 무슨 대수라고 설렌다. 태준의 심장이 가파르게 뛰어오르기 시작했다.

어제 헤어졌건만. 이렇듯 하루도 애틋한데 너를 곁에 두지 않고 이런 내가, 무슨 수로 내일을 맞이할 수 있을까.

"그래, 빨리 와."

끊긴 전화. 태준은 김 감독을 부르며 물 좀 달라 외쳤다. 니가 따라 마시라고 욕하면서도 김 감독의 발길은 이미 주방으로 향하고 있다.

……아, 옘병. 나른해. 드럽게.

아무것도 하지 않고 숨만 쉬며 앉아 있는 게 얼마 만에 부려보는 호사인가. 게다가 곧 있으면 자신의 인생에 있어 최고의 사치인 그녀가 올 것이다.

김 감독 나부랭이 집에서 호의호식하며 이삼 일 머물러야겠다. 태준은 휴대폰을 내리며 웃었다.

"검토는 끝났습니다. 배상금은 말씀드린 금액으로 청구하겠습니다."

"더는…… 어려운가?"

"네?"

긴 회의를 끝으로 자료를 정리하던 최 변호사가 황 이사를 바라보았다. 이해를 못 한 것은 아닐 텐데. 귀를 의심하는 최 변호사의 표정을 마주하는 황 이사는 입술을 열었다.

"배상 금액이 더 클 순 없는지. 배상이 어려울 정도로."

"말씀드린 금액이 현재의 최대한입니다."

그렇겠지. 처음부터 최대한을 요청했으니까. 황 이사는 천천히 고개를 끄덕였다. 최 변호사는 서류 가방을 정리하며 손목시계를 바라보았다.

"그럼 그렇게 알고 소장 접수는 내일모레 하는 걸로 하겠습니다."

"빠르면 빠를수록."

최 변호사는 당황함에 다시 고개를 들었다. 민정원은 적어도 이 회사에 십여 년 이상 몸을 담았던 여배우라는 것을 모를 리가 없다. 소속사 측에서 이렇게 빠른 시간 내에 손을 떼는 일이 상식적인 일은 아니었다. 아무것도 시도해보지 않고 기다렸다는 듯 버릴 카드로 내몰아버리는 황 이사의 처신은 이해하기 어려울 정도로 냉정하고, 차가웠다.

이렇게도, 매정한 사람이었던가.

"의견 정정하여 소장은 내일 접수하도록 하겠습니다. 접수 후 연락드리겠습니다."

가벼운 묵례를 끝으로 최 변호사는 방을 나섰다.

태준의 연인에 국한되지 않는 인간 민정원을 향한 마녀사냥이 시작되었다. 유흥주점 출신이라는 이야기, 몸을 팔아 김 감독 드라마에 캐스팅이 되었다는 이야기, 더 이상은 입에도 담기 어려운 루머.

소재가 자극적일수록 사람들은 더욱 귀를 기울였다. 진실과 거짓은 무엇도 중요하지 않다. 끝끝내 거짓이라 밝혀져도 사람들의 뇌리에서 쉽사리 지워지지 않을 것이다.

아득해지는 마음에 황 이사는 눈을 감았다. 기다리라고 했다. 기다리라고. 때가 될 때까지 기다리라고. 하지만 태준은 듣지 않았다.

"후……."

그래, 단순히 사진을 가져온 파파라치 때문만은 아닌 것을 알고 있다. 마음을 급하게 움직인 것은 정원에게 손을 뻗었던 국회의원 사건이 시작이었다는 것 또한.

불안했겠지, 누구라도. 사랑하는 여자를 지킬 방법은 이것뿐이라고 생각했겠지.

"빌어먹을……."

그게, 누구였대도.

아트 에이전시는 드림스타보다 더욱 회사 주가가 폭락했고 계약 예정이던 정원의 CF는 모두 해지되었다. 이미 계약된 상품들은 그들이 입은 경제적인 피해 보상을 요구하며 날 선 목소리를 높여왔다. 그로 말미암아 회사가 입은 금전적 손실은 말할 수 없을 정도로 불어나기 시작했다.

……끌어내려야 한다.

황 이사의 귓가로 정원의 꼬마 시절 까르륵거리는 웃음소리가 들려오는 듯한 환청이 일었다. 유난히 정이 많고 웃음이 많던 아이는 자신을 잘 따라주었다. 정원은 자신의 첫 배우였고, 모든 것을 지켜주고 싶은 아이였다. 하지만. 하지만…….

할 수 없지 않은가. 내 손으로 너를 바닥까지 내릴 것이다. 저 바닥끝까지. 저 나락 끝까지. 다시는 일어설 수 없도록 기어이 그 바닥까지, 너를 버릴 것이다.

누구도 손을 쓸 수 없도록. 내가. 내가, 너를……

아무리 마음을 다잡아 보아도 오늘 밤은 잠이 올 것 같지 않다. 황 이사는 긴 한숨을 내쉬며 소파 뒤로 머리를 기대었다. 말아 쥔 정원의 계약서를 더욱 힘주어 잡았다.

"그, 그만 좀 울지."

태준은 당황한 얼굴로 휴지를 대강 뽑아 정원에게 건네주었다. 스킬 없는 태준의 고된 노력에도 불구하고 정원은 어깨까지 들썩이며 기어이 더 큰 목소리로 눈물을 쏟아냈다.

"이, 이봐. 나 여기 있는데."

함께 저녁을 먹은 김 감독이 편집실을 향하고, 멀뚱멀뚱 서로 얼굴만 바라보던 둘은 영화나 한 편 보기로 했다. 정원이 보고 싶다고 강력히 추천하는 바람에 하는 수 없이 태준은 자신의 영화를 틀었다.

시사회가 아닌 공간에서 타인과 자신의 영화를 보는 일은 굉장히 난처한 일이 아닐 수 없었다. 하지만 정원이 원한다기에 식은땀은 좀 나도 마지못해 틀어줬건만.

"이, 이봐. 이봐, 세일러문……."

작년에 개봉한 영화로 별점 9.8을 자랑하며 태준에게 수십 개의 상을 안겨준, 천만 관객의 중심에 우뚝 서 있는 자랑스러운 작품. 하지만 이 순간 무엇보다 중요한 건 마지막에 태준이 죽는다.

영화가 끝난 지금, 정원의 곡소리에 태준은 식은땀이 비 내리듯 흘렀다.

예, 옘병. 골라도 하필 이런 것을. 안 죽고 잘만 싸우는 액션이 얼마나 많은데 하필 이런 걸…….

"이봐, 이봐. 나 여기 있는데. 너무 몰입한 거 아닌가?"

그것도 다른 여자 구하다가 죽었는데. 눈물이 나오냐? 나와!

조금 진정이 된 걸까, 정원이 숨을 고르며 휴지로 눈물을 찍어냈다. 그 모습에 태준이 안도의 한숨을 내쉬기가 무섭게 또다시 정원의 어깨가 들썩였다.

눈물은 끝도 없이 흐른다. 허구인 줄도 알고 곁에 있는 것도 다 아는데, 이입된 감정은 쉽게 지워지지 않는다.

이런 내가, 당신 없이 살아보겠다고 미친 짓을. 다신 안 해…….

"이봐, 이, 이제 진정 좀 되나?"

태준은 안절부절못하는 표정으로 정원을 응시했다. 겨우 고개를 끄덕인 정원은 멍하니 올라가는 엔딩 크레디트를 바라보았다. 바라보는 눈빛은 이미 태준앓이로 한창이다.

"와, 연기 정말, 대박. 대박이에요."

"그, 그걸 이제 아냐?"

천만이나 봤는데 너는 이걸 이제 봤단 말이지. 이제 봤어…… 너는…… 잘도 이제 봤겠다…….

태준의 눈빛이 이글이글. 하지만 정원은 올라가는 엔딩 크레디트를 그저 물끄러미 바라볼 뿐이다.

영화 속 태준은 두말할 것 없는 반도의 배우. 반도가, 사랑하는 배우.

하아. 저 사람이 내 남자라는 현실감이 늦도록 찾아오질 않는 탓에 정원은 천천히 눈을 깜빡이며 시간을 죽였다. 시간은 얼마나 흘렀을까. 정원은 고개를 돌려 충혈된 눈빛으로 태준을 바라보았다.

"가지 말고, 여기 있어요."

그의 부재는 막연한 상상만으로도 공포, 그 자체였다.

"아무 데도 가지 말고. 곁에 있어요. 와, 보니까 진짜 무섭다."

"기어이 이 여자가 쐐기를 박는구만."

태준은 쿵, 하고 마음에 못질을 하는 정원의 머리를 쓸어 넘겼다.

"그럼요. 인생이 지금 쑥대밭 됐는데 제가 곱게 보내줄 것 같아요? 어림없는 소리. 책임져요. 이제 난 시집가기도 글렀어요."

"별걱정을 다."

태준은 이제야 마음이 놓이는지 미소를 지었다. 무엇이 기억났는지 정원이 난데없이 눈을 반짝이며 태준을 응시했다.

"맞다. 그 영화 보고 싶었는데."

이번에도 자신의 영화인 것 같은 느낌이 들었는지 태준은 난처한 표정으로 정원의 시선을 마주했다.

"예고편에서 본 적 있는데요. 그 대사 되게 좋았거든요. 나한테 그 대사 해주면 안 될까요?"

무슨? 태준이 눈으로 물으며 대답을 재촉했다. 궁금하긴 한 모양이다.

"왜, 있잖아요. 그 영화 제목이 뭐더라. 이거 전에 나온 영화였는데."

"……바람의 끝에서."

안 봤냐, 이것도? 대체 본 게 있긴 하냐?

관심이 없어도 너무 없구만? 태준의 분노 게이지가 풀파워로 상승하지만 몇 번이나 봐놓고도, 정원은 모른 척 태준을 조르기 시작했다.

"아! 맞다. 바람의 끝에서. 왜, 있잖아요, 저격수한테 총을 겨누면서 인질로 잡힌 여자……."

말이 끝나지도 않았는데 태준은 정원의 눈앞에 손으로 총을 만들어 겨누었다. 순식간에 킬러의 날 선 눈빛으로 변한 태준의 모습에 정원은 목덜미로 소름이 끼쳐 올랐다.

얼어버린 공기. 태준의 이런 시선은 처음이기에 정원은 숨조차 내쉬지 못한 채 모든 행동을 멈추었다.

정원을 옭아매는 그의 눈빛엔 킬러의 고독함이, 말하지 못한 외로움이, 서툴러 더욱 애틋한 사랑이 삽시간에 흘러내렸다. 지금 이 순간 정원에게 스며드는 그의 눈빛은- 곧장 그녀를 위해 죽을 수도 있을 것만 같았다.

사랑이라서. 사랑이니까.

"……민정원을 찾으러 왔다. 대신 쥐며느리를 내어주지."

"아, 뭐예요. 이거 말구요."

잔뜩 긴장을 했던 정원은 난데없이 김이 빠진 탓에 빈 웃음을 흘렸다. 저런 감정선으로 이 와중에 장난을. 참으로 건강한 태준의 멘탈이 아닐 수 없다.

"돈 주고 봐. 양심도 없이 천만 영화를 라이브로 거저먹으려 드네, 이 여자가."

서로의 웃음은 곧장 날아가 버리고 엔딩 크레디트도 끝나 모든 소리가 잠적한 거실. 무슨 일이 있는지 창밖으로 사이렌 소리가 멀게 들려오기 시작했다.

……또 주민 신고가 들어온 듯. 희미하게 들려오는 그 사이렌 소리가 거실 안을 가득 채웠다. 그 소리는 마치 앞으로 위험한 일이 있을 거라고 미리 알려주는 경고의 신호인 것만 같아 정원은 괜스레 마음이 불안해져 왔다. 도망가라고. 어서, 도망가라고.

"궁금해도 뉴스…… 같은 건 괜히 보지 말고."

"네……."

태준은 정원을 끌며 어깨를 감싸 안았다. 정원은 천천히 태준의 어깨에 얼굴을 기댔다.

"금방…… 지나갈 거야."

해줄 수 있는 말이 당장은 이것뿐인지라, 품에 안긴 정원을 느리게 토닥이며 태준은 마른침을 삼켰다. 말뿐인 위로라도 무엇보다 위로되는 내 사람의 마음. 정원은 아늑해지는 마음에 눈을 감았다.

"오래 걸리지는 않을 거니까."

"괜찮아요. 나 걱정하지 말구……."

이 집을 마음 편히 나갈 수 있는 날이 오려는가. 밖은 여전히 기자들로 배수진이다.

그래도, 우리 함께하잖아.

상상 속의 내일은 막연히 따뜻하기를 바라며 내일이 아니라면 그다음 내일이, 그다음 내일도 어렵다면 그다음 내일이라도 모두 다 괜찮아질 거라고 우리, 믿어보기로 하자.

태준은 정원을 따라서 눈을 감았다.

"이사님!"

이튿날. 노크할 생각도 하지 못한 서 실장은 헐떡이며 사무실을 뛰어 들어왔다. 예견했다는 듯 황 이사는 묵묵히 서류를 응시할 뿐, 고개를 들어 서 실장을 바라보지 않았다.

"이사님! 황 이사님!"

어디서부터 뛰어왔을까. 서 실장은 거칠게 숨을 내쉬며 심호흡을 했다. 여전히 황 이사의 눈길은 서 실장을 향하지 않는다.

"고, 고소라뇨. 고소라뇨, 이사님!"

"앉아."

결심했는지 황 이사는 몸을 일으켜 소파로 향했다. 무슨 생각이 있겠거니, 그래도 정원이의 일인데 무슨 계획이 있으시겠지. 여전히 황 이사를 믿는 눈빛으로 서 실장은 황 이사를 따라 자리에 앉았다. 내치실 분은 아니니까. 아닐…… 테니까.

"고소를 하셨다는 게 무슨 말이에요. 제가, 잘못 들은 거죠, 이사님?"

아니어야만 하니까.

침묵 속의 시간이 흘렀다. 마음만큼 무거운 입술을 여는 황 이사의 뜻은, 아무래도 서 실장의 기대와는 다를 것만 같았다.

"송달될 거야. 기다려."

"이사…… 님……."

그제야 마주한 시선. 황 이사의 눈빛은 차갑다 못해 베일 것만 같다. 언젠가 정원의 스폰서설이 터졌을 때 보았던, 심장을 얼려버릴 만큼 섬뜩한 눈빛.

"민정원 스캔들에 회사 손실이 얼마인 줄 아나?"

"하지만!"

황 이사는 손을 들어 보였다. 손에 들린 종이는 다름 아닌 정원의 계약서였다.

"계약서대로 해. 계약서대로. 없는 일 지어서 만든 것 아니니까."

"이사님!"

잔인하게도 그는, 회사의 운영자일 뿐이었다.

"여배우가 스캔들 터진 지 얼마나 됐다고 열애설이야. 정신이 있는 건가? 내가 언제까지나 봐줄 거라고 믿어 그런 건가?"

"황 이사님!"

"지켜야 할 식구가 민정원만 있는 게 아니야!"

황 이사는 두통에 인상이 찌푸려졌다. 약을 먹었음에도 쉽사리 가라앉을 두통은 아닌 듯했다.

"강태준이 갚아주겠지. 내버려둬. 서 실장도 신경 끄라고."

"황 이사님!"

"두 사람, 이 정도는 이미 각오하고 시작한 일 아닌가? 그런 줄 알고 있는데?"

⋯⋯끌어내리겠다고.

"회사는 무엇도 도와줄 수 없다고. 기다리라고 이미 난 충분히 전달도 했었고."

저 끝까지, 어디 한번 내려보겠다고.

"하, 하지만 이사님⋯⋯."

"수습할 수 있는 단계를 넘어섰어. 회사가 나서봐야 할 수 있는 일이 없다고."

정원의 회생을, 희망하지 않는다.

단호한 황 이사의 말끝에 서 실장은 무릎을 꿇고 앉았다. 차가운 황 이사의 눈길이 고개 숙인 서 실장의 정수리를 향했다. 그 누구도 가히 괴롭지 않을 수, 없었다.

"일어서. 뭐 하는 짓이야."

"살려주세요."

서 실장은 황 이사의 옷자락을 붙잡았다.

"이사님, 우리 정원이 살려…… 주세요……."

서 실장의 얼굴에 뜨거운 눈물이 흘러내렸다. 자신을 올려보는 서 실장의 얼굴을 차마 마주하지 못한 채 황 이사는 고개를 돌렸다. 서 실장은 조금 더 황 이사에게 다가갔다.

"이사님…… 우리 정원이 여기서 포기하시면 안 돼요……. 이사님…… 제발요……."

"……일어서. 벌어진 일이야."

흐를 사이 없이 떨어져 내리는 서 실장의 눈물이 쉼 없다. 어깨를 들썩이며 끅끅거리는 서 실장의 눈물이 조용한 공간 속을 물들여갔다.

"살려주세요…… 이사님…… 우리 정원이 살려…… 주세요……."

아트 에이전시가 정원을 놓는다 해도 이런 상황에서 다른 회사로 이적도 쉽지 않을 것이다. 지금 이 순간에도 눈덩이처럼 불어나고 있는 루머. 대응 없는 회사. 줄줄이 이어질 계약 취소. 얼마나 물어야 할지 모를, 위약금.

바람을 막아주고 비를 피해줄.

"제가 이렇게 빌게요…… 제가 이렇게…… 이렇게 빌게요, 이사님……."

……집을, 잃을 아이.

"일어나. 이런다고 달라지지 않아."

사실 힘든 적도 많았다. 정원이 어둠 속으로 숨어버린 후 상대적으로 줄어든 소득에 생활이 어려워지기 시작했다. 낮이면 매니저로 밤이면 대리운전을 하며 틈틈이 눈을 붙이는 생활을 연명했다.

아이가 용기를 내기 시작할 때쯤 더는 버티기 어려운 생계였지만 혼자는 둘 수 없어 믿으라며, 믿으라고 버텨온 시간이. 그렇게 기다려온 시간이.

눈앞에서 부러진 정원의 날개가.

"일어나. 마지막이야."

아무것도 해줄 수 없는 서 실장의 마음이 미어져 온다. 일어서지 못한 서 실장은 그저 황 이사의 옷자락을 쥐고는 눈물만 흘릴 뿐이다.

돈이야 그래, 강태준이 갚아줄 수 있다 해도 고소가 진행되는 긴긴 시간 내에 정원에게 남을 상처와 아물지 않을 고통은, 도저히 나눠 가질 수 없을 것이다.

황 이사는 무릎을 꿇고 있는 서 실장을 두고 일어섰다.

"계약대로 한 것뿐이야. 끝까지 민정원의 편으로 서겠다면 다음엔 변호사 대동해서 보자고."

얼음보다 차가운 공기. 서 실장은 한동안 일어설 줄 몰랐다.

"정원 씨, 나 좀 들어가도 될까요?"

"아, 언니."

서 실장의 와이프는 한 걸음, 정원의 방으로 들어섰다. 의미 없이 들여다보던 책을 내리며 정원이 자세를 고쳐 앉았다.

천천히 다가와 정원의 손을 잡는 서 실장 와이프의 손이,

"저기, 정원 씨."

……차다.

말이 이어지지 않지만 정원도 섣불리 어서 말해보라고 재촉할 수 없다. 어쩐지 무서웠고, 듣기 두려웠다.

"방금…… 그이한테 연락이 왔는데……."

서 실장의 와이프는 차마 다음 말을 잇지 못한 채 입술을 깨물었다.

"연락이…… 왔는데요……."

서 실장이 결혼 전 정원의 매니저로 일한 지 삼 년 정도 되던 때였을까.

서 실장의 홀어머니가 쓰러져 갑작스레 병원 신세를 지게 되었다고 했다. 다행히 큰 고비는 넘겼으나 수술비에 입원비 등으로 한순간에 빚더미에 올라 집까지 날아가 오도 가도 못 하는 신세가 되어버렸을 때, 정원이 서 실장에게 내민 것은 그녀의 전 재산이 들어 있는, 통장이었다.

"회사에서…… 고소를 한 모양이에요."

있는 이들에겐 우스울 푼돈에 불과했겠지만 정원이 날개가 꺾이고도 한 푼 두 푼 모아 착실히 저금하며 모아둔, 나름의 종잣돈이었다.

통장을 받아 들고 서 실장은 많이 울었다고 들었다. 그리고 그때 다짐했다고 한다.

"다시 전화 주겠다고…… 끊었어요……."

정원의 끝이 어디든 포기하지 않겠다고.

"아…… 네……."

간신히 대꾸를 마친 정원의 마음에 태풍이 휘몰아쳤다. 어제 들었던 사이렌 소리가 마음속에서 빨간 불빛을 동원하며 세차게 달려왔다.

"우선 그이가 황 이사님 만나 뵙겠다고 했으니까 기다려봐요, 우리……."

정원은 천천히 고개를 끄덕였다. 설령 자신에게 더한 것을 했대도, 입이 열 개라도 할 말이 없다. 회사 입장에선 당연한 일인 것을. 애당초 황 이사에 겐 기대도 원망도 할 수 없다. 지금까지 이렇게 살게 해주신 것으로도,

……그것만으로도.

"이러지 말고 정원 씨, 태준 씨한테 말하고 같이 의논해보는 건 어때요?"

"네, 언니. 그럴게요."

서 실장 와이프는 잡은 손을 더욱 힘주어 잡았다.

남편의 꿈이 오로지 정원이라, 어려운 살림을 군말 없이 이끌었다. 근근이 파트타임을 하며 어려운 살림을 도왔지만 그마저도 아이를 낳고는 어려웠다. 사람답게 좀 살아보자고 어느 날은 악다구니가 목 끝까지 차올라도, 좋은 날이 올 거라 믿어 의심하지 않는 남편의 뒷모습에 삼켜내며 살아왔다.

눈앞의 정원은 남편의 꿈이자 희망이었다. 정원의 날개가 남편을 웃게 했다. 알고 있다.

"미안해요 정원 씨, 내가 아는 게 없어서…… 도와줄 게 하나도……."

"아니에요. 고마워요, 언니. 정말, 정말로."

차라리 위로라도 할 수 있다면 좋으련만. 눈앞의 정원은 무엇을 포기하였을까. 내내 침착하고 다가올 미래에 순응하는 모습이다.

[민정원에게 진실을 요구합니다] 카페가 출범했고 하루 사이 가입자 수가 삼십만을 훌쩍 넘겼다. 그 수십만의 사람들은 정원이 지금까지 살아온 꿈을, 과거를, 사랑을, 매몰차게 부정했다. 그녀의 무엇도 믿으려 하지 않았다.

"정원 씨, 기운 내요. 우리 점심에 비빔국수 해 먹을까요?"

이런 상황은 보통의 사람이라면 견딜 수 없을 것이다. 혼자라면, 더욱더.

"저 완전 좋아하거든요. 언니가 만들어준 비빔국수, 기대하고 있을게요."

"기다려요. 내가 금방 해줄게요."

태준의 따뜻한 품을 믿어볼 외에는, 달리 방도가 없다.

짧은 한숨을 내쉬며 커피를 마시는 박 대표는 서류 봉투를 만지작거리며 눈썹을 올렸다. 제법 스스로도 눈치가 빠르다고 생각하며 살아왔지만 이번 황 이사의 뜻은 가늠하기 어려웠다.

"도대체 심중을 모르겠네. 뭐지……."

테이크아웃 잔을 탁자에 내린 박 대표는 얼마 전 황 이사와 마주쳤던 스위트룸을 떠올렸다.

'곧 터지겠어. 태준 씨하고 민정원 씨.'

'그럴 수도.'

덤덤한 황 이사의 대꾸에 박 대표의 한숨이 이어졌다. 준비해야 하는데, 무엇이 터져도 침착하게 대응할 수 있도록 해야 하는데. 그들이 건너가야 할 가시밭길에 다리는커녕 아무런 대책도 구하지 못했다.

'대비를 해야 하는데, 막막하다. 이게 어지간히 큰일이어야 말이지.'

하지만…… 단 하나 분명한 건 아트 에이전시의 피해가 더욱 클 것이라는 것이었다. 아무래도 걱정스러웠는지 박 대표는 힐끔, 황 이사를 바라보았다.

'우리보다도 상대적으로 황 이사님이……'

박 대표의 걱정 어린 음성. 그것도 오랜만인지라 황 이사는 피식, 웃음을 내보였다. 어지간한 일에는 속내를 보이지 않는 황 이사의 성격은 이런 순간에도 무엇을 생각하는지 알 수 없게 했다.

'황 이사님은 어쩔 셈이야. 정원 씨 여차하면 완전 매장당하게 생겼어. 알고는 있는 거야?'

하아. 황 이사는 소파에 기대며 마른세수를 했다.

'글쎄, 생각해봐야겠지. 회사 손실을 고려하지 않을 수 없으니.'

손실. 손실이라……. 박 대표의 사고가 멈췄다. 봉투를 가만히 내려다보는 눈빛이 달라지기 시작했다.

손실을…… 최소화하는 법…… 최소화하는 법…….

그때였다. 똑똑. 노크와 함께 기다리는 법도 없이 열린 문틈으로 직원이 뛰어 들어왔다.

"대표님! 아트 에이전시에서 지금 민정원 씨 상대로 고소장을 접수했다는데요?"

"뭐, 뭐라고?"

박 대표는 귀를 의심하며 자리에서 벌떡 일어섰다. 눈앞에 놓인 서류를 천천히 집어 들었다. 그제야 톱니바퀴가 맞물리듯 서서히 모든 것들이 끼워맞춰지기 시작했다.

"……설마."

그제야 알아차린 황 이사의 뜻. 너무 늦어버린 건 아닐까. 지금까지 나, 당신을 외롭게 둔 건 아니었을까.

혼자서 준비해왔을 황 이사의 고독한 시간. 박 대표는 밀려드는 현기증에 휘청거렸다.

……황 이사님!

[아트 에이전시는 오늘 오전 서울중앙지방법원에 배우 민정원(27)을 상대로 1차 고소장을 제출했다. 아트 에이전시 소속 최승욱 변호사는 '아트 에이전시의 금전적 손실을 감당할 수 없는바, 손해배상 고소장을 접수했다'고 발표했다. 청구 금액은 정확히 언급하지 않았다.]

[민정원 끝도 없는 과거 행렬…… '충격적인 사실']

[배우 민정원 광고 상품 '불매 운동' 업계 난항]

[강태준을 돌려달라…… 드림스타 사옥 앞 집단 농성 '돌입']

할 말을 잃은 김 감독과 태준은 멍하니 앉아 시간을 죽이고만 있다. 아직 분량이 남은 드라마에도 파장이 일어 어느 곳에도 숨 쉴 만한 곳이 없었다. 세상은 그들과 관련된 누구라도 찾아다니며 인터뷰를 요청했다. 제작진, 스태프, 출연진들까지 어느 한 사람도 편히 하루를 마감할 수 없었다.

"고소를……"

하지만 지금은 그런 것들이 문제가 아니다. 김 감독은 탄식이 흘렀다.

그래도 황 이사는 믿었는데. 다른 대표들과는 다를 거라고, 어쩌면 다를지도 모른다고 믿었는데.

그랬는데…….

"넌 그래서, 이제 어쩔 셈이야?"

김 감독의 질문에 태준의 눈길이 의미 없이 허공을 맴돈다. 뉴스를 접하고도 꽤 오랜 시간 정원에게 연락을 취하지 못한 태준이다.

"아트 에이전시에 배상해야지. 그쪽에서 원하는 게 그거 아닌가?"

미안해서. 말도 떨어지지 않을 만큼 너무도 미안해서.

"금액이 꽤 될 텐데 얼마나 되려나."

……미안하다는 말도 차마 미안해서.

"얼마가 되어도, 얼마든지."

차라리 돈으로 대신할 수 있는 것은 얼마든지 해줄 수 있다. 하지만 고소라는 것이 하루 이틀 안에 끝날 수 있는 문제는 아니었기에, 조금씩 지쳐갈 정원의 시간이 걱정될 뿐이다.

"긴 시간이 필요하겠지만 나중에 다 정리되고 나서, 정원 씨 드림스타로 부를 순 없을까?"

"잘 모르겠어. 그건 나중에 천천히."

처분할 수 있는 대로 먼저 드림스타 주식을 처분해야겠다. 그리고. 그리고, 또……?

다음 생각이 제대로 이어지지 않을 만큼 태준은 머릿속이 뒤엉켜 버렸다. 하아. 긴 한숨을 내쉬며 태준은 아랫입술을 깨물었다.

"태준아, 절대적으로 정원 씨가 불리한 상황인 거지? 법적으로도?"

"계약서 훑었는데 방법이 없어. 그쪽에서 취하해주지 않는 이상."

"……."

"어떻게 그런 계약을 했는지 몰라. 그런 일방적인 계약도 계약이라고. 읽어보고 한 계약이 맞나 싶을 정도로."

빠져나갈 틈은 없다. 아무리 훑고 또 훑어도 그런 일은 벌어질 수 없었다.

"황 이사님을 태준이 니가 한번 만나보는 건 어때."

"……소용없을 것 같아서."

취하를 할 생각이었다면 애초에 하지 않았을 것이다. 몇 번 마주한 적 없으나 황 이사는 말보다는 행동을, 행동보다는 자신의 신념을 믿는 사람이었다.

태준은 용기 내어 정원에게 전화를 해볼까 하다가도 관두기로 한다. 그녀에게도 시간은 필요할 것이다. 모든 것을 받아들일 수 있는 시간.

"봤어? 민정원에게 진실을 요구합니다, 뭐, 그런 카페 생겼던데."

"……뭘 그런 걸 들여다보고 있어."

김 감독은 어처구니가 없다는 듯 고개를 저었다. 잠깐 들러본 카페는 올라오는 게시글 제목만 보아도 상당히 충격적이었다.

"기가 막히더라. 같은 한국 사람인가 싶기도 하고. 니들 둘이 연애하는 게 대체 그 사람들하고 무슨 상관인지."

"나도 알고 싶다."

태준은 피식, 웃음을 터트렸다.

♪♫♪♫♪♫

태준은 울리는 휴대폰을 황급히 바라보았다. 어제 바꾼 전화번호를 알고 있는 사람은 몇 없었기에. 다름 아닌 박 대표다.

"여보세요. 어디긴, 여기 김 감독 집."

요리조리 태준의 표정을 살피는 김 감독은 상대방이 누군지 궁금한 모양이다.

"알았어. 끊어."

태준은 끊긴 휴대폰을 만지작거리더니 고개를 들었다.

"형, 박 대표 잠깐 이리 온다고 하니까 경비실에 말 좀 해줘."

경로당이냐, 여기가. 김 감독은 무거운 몸을 일으켰다.

"뭐 해?"

"아, 오빠."

주희의 사무실을 찾은 재민은 곁에 앉아 주희의 휴대폰을 들여다보았다.

"댓글 달고 있었어요. 이건 완전 악성 댓글이에요. 도저히 참을 수가 없어요."

주희는 분해 죽겠단다. 휴대폰을 재민에게 보여주며 표정을 구겼다.

"오빠, 이것 좀 봐요. [배우 신주희입니다. 얼굴 안 보인다고 이런 식으로 사람 헐뜯지 마세요.] 이렇게 남겼더니 일 분 사이 댓글이 스무 개나 달렸어요."

재민은 주희에게서 휴대폰을 받아 댓글을 살폈다.

[신주희? 야, 니가 신주희면 나는 강태준이다.]

[개소리하네. 신주희는 더 싫어 ㅋㅋㅋ]

[펀드냐? 쉴드 쳐주면 개정원이 너도 스폰 연결해준다던?ㅋㅋㅋ]

재민은 이젠 감각도 없는지 의도하지 않은 웃음이 터졌다. 주희는 관리되지 않는 표정으로 재민을 바라보았다.

"드림스타는 태준 선배님 보호하느라 정신없는데. 왜 정원 언니네 사무실은 보호는 못 해줄망정 고소를 했어요?"

재민은 쉽게 답할 수 없다. 궁금하긴 마찬가지였으니까.

"달면 삼키고 쓰면 뱉고. 진짜 나도 여기서 일하지만 치가 떨려. 배우 목숨이 아무리 파리 목숨이라지만 정말…… 너무해……."

주희는 지나온 삶에 회의가 드는지 고개를 수그렸다. 도저히 남의 일 같지 않은 이 모든 상황이 속상했다. 답답하고, 화가 났다.

어지간히 마음이 좋지 않은지 말이 없는 재민의 표정도 편치 않았다. 부디 그녀의 삶에서 이 모든 악몽은 홍역같이 지나가길 기도해보지만,

……툴툴 털고 일어서길 바라보지만.

이를 아득 문 재민의 표정을 살피던 주희는 몸을 일으키며 재민의 손을 잡았다. 대신 아파줄 수는 없겠지만, 함께해줄 수는 있을 것 같았다.

"이러지 말고 우리, 정원 언니 보러 갈래요?"

♪♫♪♫♪♫♪♫

정원은 천천히 고개를 돌려 울리는 휴대폰을 바라보았다. 황 이사다.

울리는 휴대폰 이름만 보아도 눈물이 흘러내린다. 간신히 통화를 연결한

정원은 한마디도 내뱉지 못했다. 그렇게 시간이 얼마나 흘렀을까, 수화기 너머 황 이사의 목소리가 들려오기 시작했다.

-어디야.

"집…… 이요."

간신히 말을 뱉은 정원은 젖은 목소리를 들킬까 싶어 떨리는 손으로 물을 마셨다. 잠시 후, 또다시 황 이사의 음성이 들리기 시작했다.

-소장 접수됐어. 이미 들었겠지만.

하아. 황 이사의 한숨 소리가 들려온다. 그 마른 숨소리는 무의식중에 내뱉은 한숨인 것을 모를 수가 없다. 황 이사의 타들어 간 속내가 보이는 것만 같아 정원은 입을 막고 고개를 수그렸다.

-출석해야 할 거야.

이어지는 침착한 황 이사의 목소리에 정원은 입술을 사리물었다.

재민을 피해 웅크려버렸던 지난 어느 날. 그만두고 싶다는 이야기를 하며 정원이 황 이사를 찾아갔던 적이 있었다. 자신으로 인해 피해를 보고 있는 서 실장과 황 이사를 더는 두고 볼 수는 없었기에 결정한 일이었다.

'포기하지 마. 지금은 숨어도 좋고, 도망쳐도 좋으니까. 아주 떠날 생각은 하지 마.'

하지만 기다려주었다. 그만두겠다는 진심 없던 이야기를 받아주지 않았다.

'언제가 되더라도 기다려줄 테니까. 때가 되면 다시 시작해보자고.'

하여 버틸 수 있었다. 할 수 있다고. 다시 시작할 수 있다고 믿어주었기에.

-기자들도 많을 거고 시민들도 많을 거야. 서 실장으로는 부족해.

……덤덤한 목소리로 정원의 귓가를 울리는 이 사람은.

-사설 경호원 보내줄 테니까 출석 날 늦지 않게 출석해.

"네……."

그런, 사람이었다.

-미리 말해두지만 취하는 없어.

"……네."

죄송해요……. 정원은 차마 말이 나오지 않는다. 자꾸만 음성이 떨리는 탓에 소리 없이 숨을 내쉬었다.

"집…… 비워 드릴게요……."

나가야 한다고 생각했다. 제일 먼저 해야 하는 일이라고. 하지만 상황이 여의치 않아서, 오도 가도 못 하는 신세에 이사는 엄두도 낼 수 없어서…….

하지만 빠른 시일 내에 비워줘야 한다. 이곳은 자신이 감히 있을 수 있는 공간이, 아니다.

"제가 당장은 그래도 다음 주 내로 집 비워드……."

-있어. 그대로.

……짐작조차 할 수 없는 마음을 받는다는 것은.

-거기 그대로 있어.

때로는 몸서리치게 아픈 일이기도 했다.

-정원아.

정원은 아무 말이 나오지 않는다. 들려오는 황 이사의 목소리가 너무도 따뜻해서. 이건 마치, 꿈인 듯해서.

-나 믿고, 기다려.

숨겨보려 노력했던 눈물이 더는 감춰지지 못한 채 터져 나와 정원은 소리 내어 울기 시작했다.

무엇을 안도하는지. 무엇이 이토록, 서글프게 다가와 제 가슴을 울리는지.

-아무 말도 듣지 말고 보지 말고. 믿지 마.

들려오는 황 이사의 떨리는 목소리. 도저히 참을 수가 없어 정원은 자리에 주저앉아 버리고 말았다. 대꾸도 못 한 채 울음을 터트린 정원의 모습이 훤히 보이는 것만 같아서, 황 이사의 마음도 뜨겁게 적셔지기 시작했다.

-숨지 말고 당당하게, 아프겠지만 견뎌.

정원 역시 수화기 넘어 이를 아득 물었을 황 이사가 보이기 시작했다. 관자놀이를 짚었을 손이, 질끈 감아 마음을 억누르고 있을 두 눈이.

-나도…… 견뎌볼 테니.

정원은 그저 흐느낀다.

별도 달도 아파 구름 뒤로 숨은 밤. 평생을 갚아도 갚아지지 않을 마음을 받는다. 벌어졌던 모든 것은 일순간 아무것도 아닌 게 되어버린다.

-들려? 내 말 듣고 있어?

황 이사의, 깊은 마음 앞에.

-대답해, 민정원. 들려?

"네……."

-울지 말고. 거의 다 왔어. 절대 너 혼자 힘들게 안 할 테니.

그리고 다가온다. 깊은 밤, 정원을 아끼는 황 이사의 모든 것이.

-……날 믿어. 그리고 기다려.

12. 그대, 나를 사랑해주오

정원과의 통화를 끝내고 휴대폰을 내린 황 이사는 버릇처럼 타이를 끌러 내렸다. 그러곤 천천히 팔을 뻗어 자신의 명패를 매만졌다.

정원의 매니저였던 시절, 직원이라곤 고작 네 명으로 시작한 회사. 386컴 퓨터 석 대를 가지고 시작했던, 운영하기엔 어렸던 나이에 대표 자격을 숨 기고 시작한 황 이사의, 회사.

황 이사는 고개를 돌려 찬찬히 주변을 살피기 시작했다. 얼마 가지 않아 멈춘 시선. 난을 바라보는 황 이사의 입가에 슬며시 미소가 그려졌다.

오래도록 키워온 보람이 있었을까, 황 이사가 가장 좋아하는 난에 얼마 전 꽃이 폈다. 이 난(蘭)이라는 것이 얼마나 까다로운지 키우는 이가 관심이 없으면 금방 죽어버린다. 성가시지만, 애정을 담아 키우면 기어이 꽃을 피 워 보답한다. 난이란 그런 식물이다. 늘 돌아봐야 하고 늘 지켜봐야 하는, 자 태가 조용하니 기개 있는 모습.

……정원을, 닮았다.

또다시 천천히 시선을 옮기던 황 이사의 눈길은 벽에 걸린 큼지막한 액 자에 머물렀다. 현재 몸담고 있는 임직원 모두의 증명사진이 붙어 있는 액

자. 제법 많은 사람이 아트 에이전시를 위해 땀 흘리며 일하고 있었다. 아마도 변두리 지하에서 시작했던 아트 에이전시가 강남 한복판에 건물을 세울 수 있었던 가장 큰 원동력이었을 것이다.

지나온 세월이 새삼스러웠는지 황 이사의 입가에 종전과는 다른 종류의 미소가 떠올랐다. 천천히 시선을 옮기자 바로 옆, 아주 오래전부터 걸어두었던 정원의 아역 사진이 시야에 들어왔다. 황 이사가 가장 좋아하는 사진이다.

무엇도 변한 것 없이 커버린 정원의 모습에 황 이사는 또다시 미소를 지었다. 아득해지는 마음에 눈을 감자 어둠 사이로 까르륵거리는 어린 정원이 자신을 향해 뛰어왔다.

드디어 모든 준비가 되었을까. 황 이사는 의자를 돌리며 천천히 몸을 젖혔다. 이번에 정원을 희생시킨다 해도 또 다른 정원이 나올 것이다. 그렇게 배우의 희생을 밟아 올라서는 유령 같은 회사를 이끌고자 여기까지 오진 않았다.

황 이사는 더욱 미간을 좁히며 굵은 한숨을 내쉬었다. 어둠이 내린 사무실은 고요하다 못해 서늘하기까지 했지만 가슴은 자꾸만 뜨거워왔다.

하지만 혹시 모르지. 악다구니라도 쓸 줄 안다면, 이대로 나를 버릴 거냐고 울분이라도 토할 줄 알았다면. 그런 너였다면 달라졌을 수도.

며칠이 지나도록 봐달라는 전화 한 통, 살려달란 말 한마디 아무것도 없던 정원이었다. 미련할 만큼 아무것도 할 줄 몰랐고, 미안할 만큼 아무것도 바라지 않았다. 처음부터, 그랬던 아이니까.

"후……."

황 이사는 굳게 감았던 눈을 슬며시 뜨며 휴대폰을 응시했다. 정원과 통화하기 조금 전 박 대표에게도 제의를 수락하겠다는 확답을 받았다. 모든 것은 준비되었다. 이젠 자신이 흙탕물 속으로 들어갈 일만 남은 것이다.

……기꺼이 들어갈 것이다. 나 하나는 어렵지 않으니.

황 이사는 목덜미를 죄여오는 갑갑함에 조금 더 타이를 끌러 내렸다.

"이제…… 끝인가……."

두어 번 느리게 눈을 감았다 뜨며 상체를 일으켜 탁자 끄트머리에 놓여 있는 작은 통을 집어 들었다. 온종일 두통약을 먹어도 쉽사리 사라지지 않는 두통.

오늘 밤도, 잠이 올 것 같지 않다.

서 실장은 일찌감치 카페에 나와 누군가를 기다리며 시계를 바라보았다. 자신의 주머니 속에 담긴 작은 녹음기를 만지작거리며 서 실장은 아랫입술을 피가 나도록 물었다.

"휴……."

꿇은 무릎을 펴지 못했던 그때. 한동안 말이 없던 황 이사는 걸음을 옮겨 책상에 놓여 있던 녹음기 하나를 서 실장에게 건넸다.

'BMS 다큐 황의철 PD하고 서 실장 이름으로 미팅 잡아줄 테니까 가서 건네.'

녹취. 종전까지 정원을 살려달라고 빌고 빌던 자신과 비수 같은 말들로 자신의 가슴을 후벼 팠던 황 이사가 서로 주고받았던 대화가 담긴 기록이었다.

'정원이 연애 금지 조항 계약 내용 오픈해. 필요하면 계약서 자체를 오픈하고.'

'네? 그, 그게 무슨 말씀이세요, 이사님.'

'말 들어. 이 방면엔 선수들이니까 가져다주면 알아서 할 거야.'

대체 언제부터 준비했던 것일까.

'계약 내용 정리해서, 정원이 회사에 불공정 계약이 되어 있다는 점만 강조해. 최대한 정원의 신상에 대해 어필 잘하고.'

황 이사를 불신했던 자신의 모든 것이 원망스럽다. 마치 다른 사람이 된 것처럼 악랄하게 뱉어내던 모든 말이, 정원을 일개 소모품처럼 언급하던 그 모든 내용이 이 작은 녹음기 안에 고스란히, 담겨 있다.

"이사님……."

처음부터. 오로지 정원만을 위해서…….

서 실장은 다른 손에 쥔 계약서를 힘주어 잡으며 아득해지는 마음을 다잡았다. 일전에 정원이 회사와 계약 연장을 하던 날, 이전과는 달리 좀 너무하다 싶을 만큼의 계약 항목이 들어 있었다. 이해하지 못해 황 이사에게 물었던 적이 있었다.

'언젠간 다 쓸 곳이 있을지 모르니 걱정하지 마. 형식에 불과할 테니.'

긴장한 탓에 땀이 흥건하여 서 실장은 두 손바닥을 비볐다. 황 이사의 확고했던 눈빛이 도무지 잊히지 않는다.

'아무것도 생각하지 마. 니 배우 저렇게 무너지면 가만 안 둘 테니 알아서 판단해.'

'이사님은요, 이사님은요!'

'걱정하지 마. 잃을 게 없어, 난.'

잃을 게 없다니, 모든 걸 내려놓겠다는 뜻이나 마찬가지인 것을. 하지만 어쩔 수 없지 않은가. 이대로 둔다면 정원을 영영 구하지 못할 수도 있다. 무엇보다도 이미 결심한 황 이사의 마음을 밟고 지나가는 일밖에 되지 않을 것이다. 서 실장은 깊은 한숨을 내쉬었다.

정원이만…… 지금은……. 정원이만…….

끼익, 문이 열리며 제시간에 도착한 황의철 PD가 모습을 보였다. 서 실장은 자리에서 일어섰다.

"날이 좋습니다."

"네, 대표님. 올해는 여름이 길다 합니다. 건강 유의하셔야겠습니다."

강호섭은 말이 없다. 그의 가슴팍에 붙은 국회의원 배지는 경건하게 반짝

였고, 액자 속 태극기는 지금의 강호섭 마음만큼이나 웅장했다.

"다름은 아닙니다. 요즘, 많이 시끄럽죠."

언론중재위원회. 남진덕 위원장은 대번에 뜻을 알아채고는 고개를 수그렸다.

"드릴 말씀이 없습니다. 불찰입니다."

"국민의 알 권리를 침범하고 싶은 마음은 없습니다. 다만, 알 권리를 넘어선 언론의 보도는……."

강호섭은 고개를 가로저었다.

"정보의 자유를 유린하는 터무니없는 그런 기사들은 아니라고 생각합니다."

한껏 서로에게 기댄 채 웅크리고 있을 그들의 시간은 무슨 수를 써도 막아줄 수 없을 것이다. 그것이 대중의 뜻이라면 겸허히 받아들여야겠지.

"예, 대표님. 즉각 시정하겠습니다."

하지만 비난의 도가 지나쳤다. 네티즌의 관심에 언론의 칼은 점점 더 날카로워졌고, 내용은 더욱더 선정적으로 변해갔다.

강호섭은 천천히 뒤를 돌아섰다. 곁에선 수행비서는 고개를 수그리며 조금 더 물러섰다.

"갈 길이 먼 청춘들입니다. 누구도 그들의 인생을 망칠 권리는 없습니다. 그리고."

그리고. 남 위원장은 천천히 고개를 들며 강호섭을 마주했다. 강호섭과 태준이 혈연이라는 사실을 지금껏 잘 숨겨준 위원장은 강호섭의 다음 이야기에 다시 황급히 고개를 수그렸다.

"식구가 될지도 모르는 사람입니다. 부탁드립니다, 위원장님."

뜨겁다 식어버릴, 그저 그렇고 그런 불장난은 아니었던 것이다.

"예, 대표님. 그리하겠습니다."

고개를 끄덕이며 다시 창밖으로 시선을 돌린 강호섭은 작게 한숨을 내쉬었다. 말이 끊긴 공간. 비로소 모든 임무 수행이 전달되었다.

"덥다, 더워."

손부채질을 하며 누군가를 기다리는 이 남자. 더 스타 매거진 박창환 기자. 다른 손으로 턱을 괸 채 그는 조용히 창밖을 주시했다. 세상이 온통 태정 커플의 스캔들로 떠들썩한 지금, 멀지 않은 곳에 자리한 두어 명의 사람들이 그들의 이야기를 화제 삼아 대화를 나누고 있는 대화 소리가 들려왔다.

"말도 안 돼. 이게 말이 된다고 생각해? 드라마는 안 찍고 강태준만 꼬셨나 봐. 너무 싫어, 민정원. 진짜 너무 짜증 나."

"그래도 둘이 은근히 잘 어울리지 않아? 민정원 꽤 예쁘게 생겼잖아."

"야, 그거 술집 다니면서 돈 벌어 전신 성형한 거래. 기사 못 봤어?"

"걔 아역 출신이거든? 얼굴 똑같던데, 뭘."

"편들지 마! 강태준 꼬시는 것들은 전부 나빠! 그건 그렇고 나 어제 이 옷 샀는데 어때? 어제 옷 사고 미용실 갔다가 남친 만나러 갔는데……."

일상으로 돌아가는 대화. 박 기자는 짧은 한숨을 내쉬며 커피를 마셨다. 이렇듯 시간을 죽이고 있자니 언젠가 화장실 유리창을 깨부수던 태준의 눈빛이 떠올랐다. 특종에 눈이 멀어 터트렸던 민정원은, 태준의 연인이었다.

어후…… 말을 하지…… 그렇게까지…….

밥차를 손수 보냈다던 태준의 이야기가 귓가를 울리기 시작했다. 비아냥거리는 줄 알고 흘려들었던 그의 말은, 며칠째 박 기자의 마음을 강하게 두드리며 사라질 기미조차 보이지 않았다. 지금 생각해보니 이성을 잃고 있던 태준의 눈빛은, 민정원은 내 여자라고 말하고 있었다.

"창환아!"

"형!"

박 기자를 찾아온 사내는 테이블 위에 카메라를 놓으며 라틴 의자에 앉았다. 반가운 마음에 박 기자는 웃으며 사내를 맞이했다.

"오랜만이네. 뭐 했어, 형? 몇 달 동안?"

"그냥. 이것, 저것."

사내는 두리뭉실한 이야기로 답변하며 웃었다. 박 기자가 미리 주문해둔 아이스 아메리카노를 꿀꺽꿀꺽 들이켠 사내는 무엇이 떠올랐는지 근심스러운 표정으로 박 기자를 바라보았다.

"맞다. 그나저나 너, 민정원 씨 사건으로 고소는 아직 진행 중이야?"

"……그렇지, 뭐."

짜식, 힘들겠네. 사내는 안쓰러움에 고개를 주억거리다가 급한 손길로 들고 있던 서류 봉투를 박 기자에게 건네주었다.

"이거, 혹시 너한테 도움 될까 싶어서."

박 기자는 사내의 얼굴을 멀뚱멀뚱 바라보며 건네주는 서류 봉투를 받았다. 이내 봉투를 열어 사진을 꺼내 한 장 한 장 바라보기 시작했다.

"뭐가 이렇게 많아?"

"……"

"강태준이잖아!"

사내는 고개를 끄덕였다. 이내 웃음기가 사라진 사내의 결연한 눈빛은 엄숙하기까지 했다.

"사실은 내가 강태준 씨를 도와야 할 일이 있어. 그래서 니가 필요해, 창환아."

물어볼 새도 없이 사내는 박 기자의 손을 덥석 잡았다.

"난 개인으로 뛰는 사람이라 기사는 쓸 수는 없는 거, 잘 알잖아. 그러니까 니가 좀 써줘."

"내, 내가? 강태준 씨 기사를?"

형…… 사실 그 고소…… 강태준이 한 거야…….

강태준의 '강' 자만 들어도 오금이 저린 것을. 앞뒤 사정 알 리 없는 사내는 찾아도 하필 박 기자를 찾아와 사진을 건네주었다. 단단한 사내의 눈빛에 더는 묻지 못한 박 기자는 사진을 또다시 한 장 한 장 넘기기 시작했다.

다정하다. 아니, 따뜻하다. 유리창을 깨부수던 강태준, 맞나?

"창환아, 그 표정들 좀 봐. 아니, 민정원 씨를 바라보는 강태준 씨 봐봐. 아무래도 강태준 씨 팬들도 그 사진을 보면 마음이 좀 움직이지 않을까?"

"글쎄, 그게 그렇게 쉬워? 고작 사진 몇 장에."

언젠가 태준의 차로 숨어들었던 파파라치는 더욱 상체를 앞으로 구부렸다. 단 몇 사람의 마음이라도 움직일 수 있다면 해야만 하는 것이다.

"그래도 부탁해. 내가 꼭 도와야 할 일이 있어."

"알았어, 형. 나야 고맙지. 이런 건 어디서 구하지도 못해."

"잘 써줘. 얼마나 서로 좋아하는지. 부탁할게."

박 기자는 도통 알 수 없다는 표정이다. 파파라치가 스캔들 터진 배우를 도와야 할 일이 대체 무엇이란 말인가. 게다 부르는 게 값일지도 모르는 이런 귀한 사진을 대가 없이 건네주다니, 아무리 친분이 있기로서니 말이다.

어찌 되었든 자신이 해야 하는 일이라면. 더 이상의 말이 없는 사내를 두고 박 기자는 일어섰다. 시간이 곧 싸움이다.

"나 갈게, 형. 바로 올려야겠어."

박 기자는 고개를 끄덕이는 사내를 두고 빠른 걸음으로 사라졌다. 그제야 라틴 의자 뒤로 상체를 기대며 사내는 아랫입술을 사리물었다.

……강태준 씨. 덕분에 보증금 잘 올렸습니다. 큰 아이는 다니고 싶다던 피아노 학원을 보냈구요, 작은 아이는 태권도 학원을 보냈습니다. 조금이나마 도움이 되었으면 좋겠습니다. 부디, 당신의 사랑이 아름답게 쓰였으면 합니다.

사내는 미처 전하지 않은 사진 한 장을 주머니에서 꺼내어 바라보았다.

……이건 제가 가지겠습니다. 이것 말고도 많으니까요. 이 한 장은 기념으로 제가 보관하겠습니다.

태준이 가장 마음에 든다던 콩나물국밥집 앞 사진이다. 한참을 바라보던 사내는 거친 숨을 내리쉬며 곁에 둔 카메라를 들고 일어섰다. 시간이 없기는 마찬가지다. 태준의 다음 미션 수행을 하러 가야 하니까.

"내일 긴급 편성이야! 회의 준비해!"

"네에? 긴급 편성이요? 준비한 기업 간 담합은요! 편집 거의 다 끝나가는데요, 피디님!"

"그게 문제가 아니야, 지금!"

뛰어드는 다큐프로그램 황 PD의 발걸음이 분주하다. 황 PD의 소란스러운 등장에 사무실 모든 이가 영문을 모르겠다는 표정으로 주시했다. 말아 쥔 서류와 테이프를 들고 거친 숨을 몰아쉬는 황 PD의 표정이 날카롭다.

……특종이다.

"대체 뭔데요, 피디님."

잠시도 지체할 수 있는 시간이 없다. 서둘러야 한다.

"피디님!"

"갑의 횡포."

황 피디는 곁으로 다가선 스태프를 바라보았다.

"여배우의 노예계약과도 같은 소속사 연애금지조항 전격 공개. 민정원 계약서 입수했어. 십 분 후 회의 시작. 서둘러!"

"밖에 기자들은 밥도 안 먹어? 몇 날 며칠을 대체, 아후."

박 대표는 탁자 위 봉투를 내려놓으며 갑갑했는지 스카프를 풀러 내렸다.

"아트 에이전시 고소 봤어? 또 강태준이 배상해주겠지? 돈이 마빡에서 튀잖아. 맞지?"

"이봐, 박 대표. 싸우러 왔으면 기자들 두어 명 불러서 판 좀 키워?"

말이 끝나기가 무섭게 박 대표는 옆에 앉은 태준을 힘껏 때렸다.

"아, 아파!"

이 아줌마가!

"봐봐. 눈이 있으면 좀 봐! 너 때문에 지금 몇 사람이 고생하는지!"

"나, 김 감독, 세일러문. 셋."

"셋? 세엣?"

아, 실수. 태준은 손을 들어 보이며 정정하기로 한다.

"서 실장, 넷."

"나는! 나는!"

"글쎄, 업보랄까."

아…… 이 화상을 왜 보겠다고 내가…… 지금…….

어지러움이 밀려오는 탓에 어휴, 박 대표는 짧은 한숨을 쉬며 이마를 짚었다.

허공으로 시선을 옮긴 태준은 박 대표가 방문한 이유를 알고 싶지만 먼저 입을 열 때까진 재촉하지 않기로 한다. 아무런 목적 없이 이곳을 오지는 않았을 것이다. 역시나 오랜 침묵을 깨고 입을 연 건 박 대표였다.

"황 이사가 얼마 전에 서류를 주더라구."

힐끔, 태준은 박 대표가 탁자에 놓아둔 서류 봉투를 응시했다. 박 대표도 김 감독도, 따라서 서류 봉투를 바라보았다.

……바라만 봐도 마음이 저려 와. 이게 당신의 마음이라고, 말할 자신이 없어.

하지만 다른 누구보다도 태준이 알아야 하는 일이다. 박 대표는 다시금 붉은 입술을 열었다.

"도대체 이게 뭔가…… 뭐지…… 했는데, 이제 알겠어."

궁금한 마음에 태준은 저도 모르게 쓱, 봉투 쪽을 향해 상체를 수그렸다. 박 대표는 그런 태준의 손을 제지했다.

"쉽게 열지 마. 쉽게 열어볼 수 있는 거 아니야."

세상 어느 것을 가지고 온들 지금 이 봉투의 무게를 따라올 수는 없을 것이다.

"황 이사의 전부가 들어 있으니까."

김 감독의 시선이 박 대표를 향했다. 때아닌 갈증이 느껴진 박 대표는 잘근, 입술을 깨물었다.

……자신의 사랑은 지킬 방법을 몰라 이별을 바라만 보았던 남자는.

"아트 에이전시, 드림스타에서 매수할 거야."

그대들의 사랑에 자신의 모든 것을 내던졌다고.

"황 이사에게 승낙하고 오는 길이야."

태준은 앞뒤 설명 없는 박 대표의 이야기를 단번에 알아듣기가 어렵다. 아니, 맞춰지는 퍼즐은 거짓말이라고 믿고 싶다.

"그게 무슨 소리야."

"말 그대로잖아. 드림스타에서 아트 에이전시 매수할 거라고."

"그 큰 회사를 무슨 재주로 박 대표가."

박 대표는 태준을 바라보았다. 감정을 참아 내리는 그녀의 눈빛이 삽시간에 젖어들었다.

"무너질 테니까. 아트…… 에이전시는."

사랑하는 남자의 내리막길이다. 설령 그곳이 바닥이래도 따를 수밖에 없는, 그의 선택이다.

"밑바닥. 내릴 수 있을 만큼 내릴 거야. 민정원 씨. 탈출구 없는 곳까지."

설마. 태준은 마른침을 삼키며 천천히 고개를 돌려 서류 봉투를 바라보았다. 박 대표는 멍하니 제 손끝을 응시했다.

"동정론이…… 올라올 때까지 밟을 생각인 거야. 여론에 벌써 움직임이 있어."

소속사에서 감싸봐야 여론이, 네티즌의 마음이 동할 리 없다. 그들의 마음이 스스로 움직이지 않는 이상 소속사의 몸부림은 아무런 의미가 없다.

그럼, 반대로 가볼 수도 있지 않겠는가.

"갑의 횡포. 잔인할 정도로 밟아버리고, 여론이 스스로 움직이길 기다려 보겠다……."

혼잣말을 되뇌며 김 감독은 조용히 웃었다. 황 이사의 치밀함에 소름이 돋는다.

"이미 아트 에이전시 주가가 많이 하락했어. 아트 에이전시의 비정상적인 태도에 아마 더 많이 하락할 거야. 우리 사무실에서 차명으로 사들이고 있고."

박 대표는 태준에게 서류 하나를 꺼내 건네주었다.

"이건 오늘 방송국에 보내라고 주더라. 서 실장을 시키긴 했는데 보기보다 마음이 약해 혹시 못 하면…… 나더러……."

태준은 말없이 손을 내밀어 천천히 서류를 받아 들었다. 생채기가 난 듯 가슴이 쓰려 박 대표는 작은 주먹을 쥐고 숨을 참았다.

"그래, 나는 독하다, 이거지. 나더러 이걸, 내 손으로 이걸……."

건네받은 서류는 태준이 얼마 전에도 검토했었던, 아트 에이전시의 갑의 횡포가 기재된 정원의 계약서 일부분이었다.

'정원의 계약서는 형식에 불과하니까요.'

언젠가 서 실장이 제게 말해주었던 이야기가 떠올랐다. 그 터무니없던 계약서가, 그 모든 것들이 이럴 때를 대비해서. 그래서…… 그렇게…….

태준은 쓴 물이 올라와 미간을 좁히며 굳게 입술을 닫았다. 결심했는지 박 대표는 나머지 서류를 꺼내 들었다.

"이건 아트 에이전시 전체 소속 배우들 프로필하고 이적 동의서……."

"……."

"황 이사 회사 지분 양도서……."

태준은 또다시 천천히, 박 대표가 내미는 서류를 받아 들었다. 모든 서류를 태준의 손에 건넨 박 대표는 스위트룸에서 들었던 황 이사의 마지막 말을 떠올렸다.

'가시밭길에 작은 다리를 놓는다고 했나? 그 다리는 내가 놓을 테니 당신은 걱정하지 마.'

서로는 서로를 지키라고.

"……알겠어, 태준 씨? 이게 황 이사의 마음이야."

'강태준에게 정원이 곱게 보내줘야지. 박 대표 너를, 내게 보내줬으니.'

나는, 그대들을 지키겠다고.

"이게…… 그 사람이야."

눈코 뜰 새 없이 바쁜 나날들. 석환은 이어지는 스케줄에 다소 퀭한 얼굴로 대기실을 나섰다.

드라마는 막바지에 이르고, 상대적으로 주연배우들보다 출연료가 적은 조연배우들이 더욱 바쁜 나날이었다. 게다 드라마 캐릭터가 폭발적인 사랑을 받으며 라이징 스타로 거듭난 석환과 해영의 경우는 더욱 그러했다. 그동안 이렇다 할 대표작이 없어 조명 받지 못했던 석환과 해영이었기에, 지금의 환호성은 꿈꾸듯 다가왔지만.

"해영 씨!"

그렇다 하여 마음 놓고 기뻐할 일만도 아니었다.

석환의 매니저가 앞서 걷는 해영을 불렀다. 멈칫, 걷는 걸음을 옮기던 해영은 천천히 뒤를 돌아보았다. 오늘은 석환과 해영이 같은 예능 프로그램에 동반 출연하는 날이다. 모든 준비를 마친 해영은 쿵, 하니 떨어져 내리는 마음을 숨기며 석환을 바라보았다.

"해영 씨, 또 보네요."

석환의 매니저는 사람 좋은 웃음을 내보이며 먼저 가 있을게, 석환에게 속삭인 후 잰걸음으로 빠르게 사라졌다. 복도에 남겨진 두 사람. 서로의 공간으로 어색함이 흘러들어왔다.

"오랜만이야."

정적을 먼저 깬 것은 해영이었다.

"아, 어. 오랜만이야."

석환은 시선을 어디에 둬야 할지 모르겠다는 눈빛으로 바닥을 응시했다. 해영은 자신을 제대로 바라보지 않는 석환의 시선에 사뭇 섭섭함이 온몸을 감싸기 시작했다.

"오늘도 잘 부탁해. 석환아."

"……나야말로 잘 부탁해."

석환과 동반 출연이라는 사실을 알고 나서부터 며칠 동안 제대로 잠을 청하지 못한 해영이다. 만나면 어색할까 봐. 예전처럼 나눌 이야기가 없을까 봐. 하지만 그것만으로 밤잠을 설친 건 아닌 듯싶었다.

"저기 혹시, 오늘 끝나고 시간 좀 있어?"

무엇보다도, 보고 싶었다.

용기 내어 건넨 한마디. 해영의 느닷없는 질문에 석환은 그제야 바닥을 배회하던 시선을 들어 해영을 마주했다.

"나…… 끝나고 다음 스케줄 있어."

"아, 그래……."

해영은 당황했는지 고개를 크게 끄덕이며 손끝을 말아 쥐었다. 여전히 차갑기만 한 석환의 모습은 누구의 탓도 아닌, 자신의 탓이라는 것을 모를 수기 없다.

"저기, 석환아!"

먼저 스쳐 지나는 석환을 불러 세운 해영은 다급하게 석환의 팔을 잡았다.

"있잖아, 저기……."

해영의 작은 손이 떨려왔다.

"내, 내가 할 말이 있어, 석환아."

그대로 멈춰버린 석환은 마른침을 삼키며 흔들리지 말자고. 기대하지 말자고. 바보처럼 굴지 말자고.

"내가 할 말이 있어서. 혹시 잠깐이라도 시간 내줄 수 있을까?"

"글쎄, 시간 봐야 할 것 같은데. 할 말 있으면 지금 해. 누나."

석환은 용기 내어 해영을 천천히 바라보았다. 서로의 시선이 마주 닿아 교묘히 물들기 시작한다. 마치 서로의 살결이 닿은 듯 상대의 온기가 느껴지기 시작했다. 석환은 제멋대로 뛰기 시작하는 제 마음을 숨겨보려고 이내 고개를 돌리며 헛기침을 내뱉었다.

버려진 마음 따위, 어디도 쓸 곳이 없었다.

"그동안 내가 많이 생각해봤는데……."

해영 씨! 가요! 대기실 문을 닫으며 매니저가 해영을 부른다. 다음 말을 꿀꺽 삼킨 해영은 다소 미간을 구기며 눈을 감았다.

"어? 석환 씨! 오랜만이에요!"

"네, 오랜만이에요."

매니저는 해영의 옷자락을 잡으며 바쁘다는 듯 조심히 끌었다. 여기저기 인사를 하려면 서둘러야 할 것 같았다.

"가봐, 누나."

"어? 어, 그래. 나중에 보자, 석환아."

매니저의 얼굴을 슬쩍 바라본 해영은 힘없는 미소를 지으며 석환의 곁을 스쳤다. 석환은 두 눈을 꽉 감았다.

……너랑 나, 사랑이라도 해볼 걸 그랬어. 손잡고 사랑하다 헤어졌다면 얼마나 좋았을까. 시작도 못 해본 사랑은 이렇게도 아파. 추억은 아무것도 없는데. 위로가 될 만한 우리 기억은 아무것도 없는데…….

상처는 또다시 제자리걸음. 탈출구 없는 그리움. 석환은 천천히 뒤를 돌아 걸음을 옮기는 해영을 바라보았다.

['민정요' 카페 회원 수 60만 '돌파' 네티즌의 끊이지 않는 '항의']

[강태준 이르면 내달 초 정상 스케줄 '돌입' 숨죽인 아트 에이전시…… 여전히 '묵묵부답']

[드림스타 박 대표. 네티즌에 일침 '근거 없는 루머 법적으로 대응할 것']

[사회적 물의로 퍼진 '태정커플'. 보다 못한 언론중재위원회. 언론사 관계자 '긴급 소집']

"난리구만, 난리."

대수그룹 그레이스 화장품 영업관리팀 신 과장은 고개를 절레절레 흔들었다. 이제 곧 계약 해지가 진행될 것이다. 더불어 위약금 청구 소송도 진행될 터.

"이건 뭐…… 사람 하나 죽는 거 시간문제네……."

남 일 같지 않았는지 신 과장의 마음은 씁쓸했다. 그때였다.

"과장님!"

같은 팀 차 대리가 서류를 들고 뛰어왔다.

"어, 알아봤어?"

민정원 광고 상품 불매운동이 네티즌 사이에 한창이다. 판매량은 바닥까지 떨어졌을지 모르는 상황. 차 대리는 급하게 서류를 내밀었다.

……뭐야.

"차 대리, 이거 잘못 뽑은 거 아냐? 작년 매출 아니고? 맞아?"

"확실해요. 저도 몇 번이나 확인했어요."

신 과장은 눈을 비비며 다시 확인했다.

"뭐야, 수직 상승이잖아?"

신 과장과 차 대리는 서로를 멀뚱멀뚱 바라보았다. 분명히, 불매운동이…… 한창…….

"말로는 불매운동이라며 사실 너 나 할 것 없이 구매 중인가 봐요."

허. 신 과장은 기가 막힌 탓에 탄식을 하며 들고 있는 서류를 내렸다.

"강태준을 빠지게 한 민정원의 모든 것이 궁금한 건가?"

"아무래도. 화장품이나 이런 건 소비자의 즉각적인 반응이니까요. 그렇다고 봐야겠죠, 아무래도?"

"말로는 사네 안 사네들 난리면서 속으로는 따라 한다, 이거지, 지금?"

네티즌의 두 얼굴에 두 사람은 할 말을 잃었다. 이러고 있을 때가 아닌지 신 과장은 일어섰다.

"우선 부장님 좀 만나야겠어. 이게 뭐, 어찌 돌아가는지. 부장님 지금 사무실에 계시지?"

"아, 네. 아직이요."

"민정원 씨 다른 광고 상품 판매량 좀 알아봐. 계약 해지 준비 중인 곳은 몇 곳이나 되는지."

"네!"

바쁜 걸음을 옮기는 신 과장의 심장이 난데없이 두근거렸다.

그도 그럴 것이 지난 일주일, 정원이 광고 중인 그레이스 화장품의 새로운 라인인 '뉴 페이스'가 출시 이후 사상 최고의 판매량을 기록한 탓이다.

……수직 상승이라, 그레이스 판매 역사상 가장 이례적인 일이기도 했다.

"오늘 다큐 방송이던데, 예고편 나오더라."

박 대표의 걱정스러운 음성에 말없이 황 이사는 고개를 끄덕였다. 누구보다 악랄하게 비쳤으면 끝도 없이 비열하게 나왔으면.

후…….

"애들은 좀 어때."

"그냥 뭐, 그렇지. 태준 씨는 내달 초부터 다시 스케줄 진행할 거야. 움직여도 괜찮을 거 같아."

박 대표는 의자 뒤로 몸을 기대며 황 이사의 명패 쪽으로 시선을 옮겼다. 오래전 그 흔한 명패 하나 없던 황 이사에게 자신이 선물한 명패다.

"저거, 아직도 저기 있네."

파혼은 이 년 전, 박 대표에 의한 일방적인 통보였다. 같은 일상은 넌덜머리가 날 만큼 지겨웠다. 일밖에 모르는 황 이사가 답답했고, 융통성 없고 미련한 고지식함엔 질리고 말았다.

곁에 있으나, 외로웠다.

"시간은 참, 너무 무식하게 빠른 것 같아. 그렇지 않아, 이사님?"

사랑하긴 하는 거냐고, 고함을 질러 물어도 대답이 없었다.

"이사님, 내가 저 명패 선물해줬던 날 기억나?"

헤어지자는 말에도, 그는 조용했다.

"……기억나지."

박 대표는 덤덤한 황 이사의 음성에 미소 지었다. 기뻐할 그의 표정을 떠올리며 두근두근한 마음으로 명패를 들고 사무실을 찾아갔을 때, 일에 치여 퀭한 눈빛으로 자신을 올려다보던 황 이사의 눈빛이 불현듯 선연하게 밀려오기 시작했다. 그쪽에 대충 놓으라며 거들떠보지도 않던 저 명패는, 십 년째 그 자리를 지키고 있다.

회사가 몇 번의 이전을 하며 모든 것이 새로운 것들로 채워질 때에도 낡아버린 명패는 늘 그 자리였다. 명패에 새겨 넣은 그의 이름처럼, 그의 마음에 새겨졌던 자신을.

몰랐던 것은 아니었다.

"더 좋은 명패로 바꿔주고 싶었는데……."

믿지 않았던 것도 아니었다.

그저 확인받고 싶었던 어느 날, 괜한 자존심에 뱉어버렸던 이별은 서로의 걸음을 멀어지게 했다. 볼 수 없게 했고, 만질 수 없게 했다.

……나도 참 미련하다. 박 대표는 슬쩍, 웃음이 나와 고개를 돌렸다.

허공을 응시하는 그녀의 시선은 옛 기억을 따라 내달리고 있음이 분명하다. 이런 박 대표의 마음을 아는지 모르는지 머그잔을 내리는 황 이사는 덤덤한 표정이다. 눈썹을 추켜세우며 박 대표는 이젠 아무래도 좋다는 표정을 지었다.

"회사 나한테 떠넘기고, 그 많은 식구 죄다 나더러 책임지라 해놓고. 뭐할 거야, 이제?"

"글쎄. 일자리를 구해봐야 하나."

박 대표는 웃음을 터트렸다. 부디 바라건대 강태준하고 황 이사하고 반반씩만 섞였으면 좋겠다.

"이사님, 너무 걱정하지 마. 이 박정은이 있잖아?"

힐끔, 그제야 황 이사는 박 대표를 바라보았다. 목에 걸린 명품 스카프는 지금의 그녀만큼이나 도도하다. 박 대표는 황 이사의 시선을 피하지 않는다.

……절대로, 당신 안 떠나. 이제.

"황 이사님, 박정은을 믿으시죠? 걱정하지 마. 황 이사님은 이 박정은이 구해줄게. 아주 멋지게 말이야."

태준은 자신의 무릎을 때리며 웃는다. 모습을 보아하니 눈물까지 맺혀가며 포복절도 중이시다. 정원과 재민, 주희는 멍하니 태준을 바라보았다.

"재, 재미있어요?"

"아니, 별로."

기가 차다는 주희의 질문에 태준은 웃음을 뚝. 여태 웃어 놓곤 이내 정색한다.

"재 저거, 한 칠십 번은 봤을걸요."

김 감독은 고개를 가로저으며 한숨을 내쉬었다. 태준이 가장 좋아하는, 학창 시절부터 즐겨 보았다던 만화책이란다. 뭐든 하나밖에 몰라 한번 꽂힌건 열 번이고 백 번이고 그것만 본다고.

사람 둘이 놀러 왔으나 기척도 없이 그저 좋아 죽겠단다. 이글이글한 눈빛으로 초마다 웃어주시니, 하도 어처구니가 없어 바라보는 이들만 멍할 뿐이다.

이 와중에…… 그게…… 그렇게……. 대체 저 머릿속엔 뭐가 들었어…….

보다 못한 주희가 볼멘소리를 시작했다.

"선배님! 밖에 기자들이 천지인데, 만화책이 눈에 들어와요?"

"그럼, 불러다 떡이라도 돌릴까?"

헛. 곧 죽어도 잘했단다!

"사람이 놀러 왔는데 어쩜 이럴 수 있으세요? 반기는 척이라도 하셔야 되는 거 아니에요?"

"목적은 내가 아닐 텐데?"

"다 떠나서 선배님은 정원 언니가 지금 어떤 상황인지 모르세요? 누구 때문에 언니가 이 고생인데!"

태준은 잠시 움찔하다가 이글이글한 눈빛으로 주희를 바라보며 소리를 빽 질렀다.

"가! 시끄러워!"

"부, 불리하니까 소리 지르고!"

흥. 태준이 만화책을 다시 집어 들며 시선을 돌리자 주희의 입술은 또다시 쩍, 벌어졌다.

어디까지 봤는지 까먹었잖아! 옘병…….

푸드득푸드득 만화책을 넘기던 태준은 신경질적으로 만화책을 덮었다. 주희와 태준의 옥신각신함으로 우울했던 공간에 묘한 활기가 생기자 정원은 조용히 웃으며 재민이 사다 준 귤을 집어 들었다.

……황 이사와의 마지막 통화는 정원이 쥐고 있던 모든 것을 내려놓게 했다. 믿고, 기다릴 것이다.

절대로 황 이사를 혼자 두지 않을 거라던 박 대표의 이야기와 토닥여주던 태준의 위로도 정원의 귓가에 맴돈다. 정원은 턱을 괴고 태준을 바라보았다. 똑같은 만화책 칠십 번째 보고 있는 저 남자를 사랑하는 일은, 참으로 멀고도 험하다.

손바닥만 한 만화책을 쥐고 앉아 투덜투덜하는 태준을 바라보고 있자니 정원은 자꾸만 웃음이 터져 나왔다. 며칠 만일까. 이런 가벼운 웃음을 지어 본 것이.

사뭇 오랜만이었는지 제 웃음에 저도 놀란 정원은 더욱 밝게 웃음을 터트렸다. 공간을 울리는 맑은 웃음소리에 힐끔, 태준은 만화책을 탁자에 내려놓으며 정원을 바라보았다.

정원과 통화를 끝낸 황 이사는 곧장 태준에게 전화를 걸었다. 앞으로 해야 할 일들과 태준이 취해야 할 적절한 매뉴얼을 알려준 황 이사는 부연 설명 없이 전화를 끊으려 했다.

'이사님,'

간신히 불렀으나 더는 말을 이을 수 없어 태준은 입술을 깨물었다. 세상이 만들어놓은 인사말로는 지금의 마음을 대신할 수 없었다.

절대로, 불가한 일이었다.

듣지 않아도 모를 수 없는 태준의 다음 이야기. 황 이사는 잠시 침묵으로 일관했다. 낮은 숨소리는 황 이사의 마음만큼이나 무거웠다.

'인사는 모든 상황이 정리되고 받도록 하지.'

끊긴 전화. 태준은 박 대표가 두고 간 황 이사의 지분 양도서를 바라보며 한동안 많은 생각에 잠겼었다. 명심하라고. 섣부른 대응은 상황을 더 악화시킬 뿐일 테니 정원을 도와주고 싶다면 아무것도 하지 말아야 할 것이라고.

태준은 정원을 따라서 미소 지었다. 보는 이로 하여금 절로 미소 짓게 하는 정원의 웃음.

……그래, 우리 믿어보기로 하자. 당장은 나도 믿어보는 수밖에. 너를 구할 수 있는, 어쩌면 마지막 방법.

태준은 다시 탁자에 놓인 만화책을 집어 무작정 펼쳤다. 무게 잡고 앉아 있어 봐야 도움 될 일이 없다. 사실은 만화책이 눈에 들어올 리 없지만 평소보다 더 크게, 더 즐거운 듯 웃어 보이며. 정원의 마음을 안심시킬 수 있다면

백 번이고 천 번이고 봐줄 수 있을 것만 같았다.

"언니, 우리 영화나 볼까요?"

"그럴까? 보고 싶은 거 있어?"

주희는 재민이가 나온 영화가 보고 싶단다. 재민은 절대로 안 된다며 주희와 입씨름을 시작했다.

"아무거나 틀지? 기왕이면 정재민 영화로."

태준이 웬일로 주희를 거들며 리모컨을 들었다. 영화 제목이라도 검색해볼 모양인 듯싶다.

"그런 거 없나? 마지막에 죽는 거."

"재민이 오빠가 죽는…… 거요?"

"내용은 상관없고 난 결말이 중요한데. 막. 응? 죽는 거."

없나? 죽는 거? 없을 리가?

…….

있을 텐데?

하얗게 질린 얼굴로 자신을 바라보는 주희에게 태준은 이봐, 죽는 게 최고야. 무언의 가르침을 내려 보지만 여기, 웃음을 터트린 정원 말고는 아무도 뜻을 알아챌 수 없다.

된다, 안 된다 옥신각신 또다시 다툼이 벌어진 주희와 재민은 내버려두기로 하고, 태준은 소파에서 스르륵 내려와 정원의 곁에 앉았다. 연꽃어린이집이 북적북적하자 때아닌 두통이 밀려오는지 김 감독은 팔짱을 낀 채 상황을 응시했다.

역시나 월세를…… 받았어야…….

오늘도 조용하긴 글렀다, 김 감독은 고개를 세차게 저었다.

이걸…… 뭐라고 써야 가장 확실하게…….

사진 파일을 스캔한 박 기자는 사무실에 앉아 한참을 망설이고 있다. 가장 잘 나온 사진 몇 장을 추린 채 키보드에 손을 올리고 수 분째 멈춰 있다.

아무래도 사안이 사안인지라 쉽게 써볼 엄두는 나지 않는 것이다. 게다, 강태준의 일이 아니었는가.

"내용 전달을 위한 가장 확실한 방법. 뭐가 있을까. 뭐가……."

그래! 그거야! 좋은 수가 떠올랐는지 한참을 망설이던 박 기자의 눈이 빛나기 시작했다. [민정원에게 진실을 요구합니다] 카페를 클릭하며 박 기자는 신중하게 스크롤을 내렸다.

카페 가입자는 어느덧 60만을 넘어섰다. 어느 게시판 할 것 없이 태준과 정원을 둘러싼 갑론을박. 누군가들의 열띤 공방이 한창이었다. 뿐인가, 검증되지 않은 정원의 루머들과 온갖 추측들이 뒤섞여 진실인 양 자리하고 있었다.

"개판이네, 개판이야."

미간을 찌푸린 전직 추측 전문 기자 박 기자는 진작 회원가입을 해둔 터라 게시판 하나를 선택하고는 글쓰기 버튼을 눌렀다.

후……. 내리쉬는 한숨 속엔 지난날에 대한 후회가 진하게 묻어 있다. 준비가 된 모양인지 눈썹을 한번 추켜세우며 박 기자는 자판을 두드리기 시작했다.

[안녕하세요. 저는 더 스타 매거진 소속 기자 박창환이라고 합니다. 오늘 제가 이곳에 글을 올리는 까닭은 다름이 아닌 배우 강태준 씨와 민정원 씨 관련한 몇 가지 글과 사진을 보여드리고자 합니다. 조금은 긴 글이 될 수도 있으니 오해 없이 읽어주시기 바라겠습니다.]

많은 도움이 될 수 있을지 자신은 없지만 당장은 믿어볼 뿐이다. 부디, 진실이 진심으로써 빛을 발할 수 있기를. 알 권리와 정보의 자유를 충족시킬 수 있는, 완벽한 기사가 될 수 있기를.

썼다 지우기를 반복하며 박 기자의 타이핑은 한동안 계속 이어졌다.

[BMS 다큐 '충격적인 소속사 횡포' 전격 공개]
[여배우 '연애금지조항' 수면 위로 떠올라…… '네티즌 항의 빗발']
[배우 민정원 계약서 공개…… '공공연한 갑의 횡포']
[여전히 말이 없는 아트 에이전시…… '대표 잠적']

"대표님!"

직원 하나가 박 대표의 사무실에 급히 들어왔다. 멍하니 생각에 잠겼던 박 대표는 손에 쥔 아트 에이전시 지분 양도서를 급하게 내리며 고개를 들었다.

"뭐가 또 이렇게 숨차? 뛰어 들어올 때마다 불안해 죽겠어, 아주."

"카페 '민정요'에 올라온 기자 글 보셨어요?"

"봤어. 더 스타 매거진 소속 기자잖아."

"네. 예전에 민정원 씨 스폰서설 최초 보도했던 기자더라고요."

그래? 거기까진 몰랐는지 의외라는 표정을 지으며 박 대표는 눈을 동그랗게 떴다.

올라오자마자 폭발적인 조회 수를 올린 기자의 게시글은 세간의 뜨거운 감자로 떠올랐다. 태정커플을 향한 옹호적인 태도를 고수하며, 최대한 진실을 밝히고자 노력했던 모든 것이 활자 하나하나에 묻어 있었다.

"마녀사냥을 멈추고 카페를 폐지해야 한다는 이야기도 점점 커지고 있어요."

"좋은 현상이네."

많은 사람이 태준과 정원의 사진에 놀라움을 감추지 못했고, 태준의 시선에 많은 의혹을 씻어버렸다. 그런 사진을 어디서 구했는지는 모르겠으나 카페에 올라왔던 기자의 글은 순식간에 퍼졌고, 여전히 분위기는 그녀를 인정하지 않는 듯했지만. 소리 없이 그들을 응원하고 있던 사람들을 하나둘 수면 위로 올려놓기 시작했다.

"기사의 흐름도 바뀌고요. 다행이에요."

정당한 절차를 거쳐 정원이 캐스팅되었음을 증명한 김 감독 측 이야기와, 촬영 현장에서 정원이 보여주었던 진정성은 제작진과 스태프들의 생생한 증언을 통해 퍼지기 시작했다.

그녀의 지난 작품이 주목받기 시작했고, 이름 없던 독립 영화는 다운로드 역주행을 시작했다. 여배우 연애금지 조항을 만든 건 소속사만의 잘못이 아닌, 그것들을 원하고 유도한 우리 모두의 책임이라는 홍국환의 따끔한 일침도 단단히 한몫했다.

……전세는 바뀌고 있음이 틀림없었다.

"대표님, 이것 좀 보세요."

직원이 가져온 종이 하나를 내밀었다.

"이게 뭐야?"

"연관 검색어예요. 너무 웃기죠."

박 대표는 찬찬히 종이를 훑었다. 민정원 패션. 사진 속 민정원 립스틱. 민정원 고양이 티셔츠. 민정원 가방. 민정원 ST.

"지금 검색어가 죄다 이런 거야?"

"네. 지금 검색어 순위가 전부 이런 거예요. 그리고 민정원 씨 광고 계약 해지 아직 한 건도 없어요."

그래? 때아닌 박 대표의 눈이 반짝이기 시작했다.

"사진 더 뿌려. 아트 에이전시에 연락해서 민정원 씨 평소 사진 뿌리라고 해."

"네!"

'민진요'에 올라온 태준과 정원의 사진은 네티즌들에게 민정원의 모든 것을 검색하게 했다. 사진 속 그녀가 입고 있는 옷들은 이미 각종 블로그, 검색어를 통해서 정보가 공유되고 있었고, 민정원 ST가 붙은 상품들이 빠르게 판매가 이루어지기 시작했다. 사진 속 유난히 자주 등장하는 손에 쥔 귤은 제철 아닌 지금 검색어에 등장할 만큼 소비자의 구매 욕구를 증폭시켰다.

"······좋았어."

지금 이런 상황이라면 분명히 여성들의 워너비 아이콘이 될 수도 있다. 언론이 잠잠해지면 각종 매체에서 민정원의 섭외가 이루어질 것이다. 어쩌면 지금부터 눈치 싸움을 하고 있을 터.

"후, 그럼 난 뭐부터 해야 하지?"

황 이사는 바람이나 쐬겠다며 훌쩍 떠났고. 세상이 이 난리인데 이것들은 대체 밥이나 먹고 사는지 연락 한 통들 없고. 다들 잘났지! 누구랄 것 없이 니들만 잘났어! 아주!

으휴. 이놈 저놈 마음 알아주는 놈은 하나도 없다. 짧은 한숨을 쉬며 박 대표는 다시 내려둔 서류를 들었다. 평소 같지 않게 긴장감이 몰려온 이유는 아트 에이전시- 매수일이 다가오고 있는 탓이었다.

[아트 에이전시······ 비난 속 손해배상 청구 '취하 없다']

['아름다운 정원' 팬클럽 일동 고소 취하 '진정서 제출']

[무너지는 아트 에이전시 '증권가 소문 무성']

[한국당 강호섭 최고위원 '공인 연예인 계약에 관련한 표준계약서 법률안' 발의]

태준은 오랜만에 김 감독 집을 벗어나 한적한 인공호수에 도착했다. 며칠째 연락이 두절되었던 황 이사의 호출이다. 그렇게 정원이 전화해도 받지 않더니, 태준에게 전화가 걸려왔다.

"법률안 발의되었던데. 강 의원님이 좋은 일 하셨어."

"이사님 덕분이죠."

그 말에 황 이사는 아무 말 없이 그저 호수만 응시했다. 전부 내려놓은 까닭일까, 가벼운 차림만큼 그의 마음 또한 가벼워 보였다.

"다음 달 중국 들어간다고 하지 않았나?"

태준은 대답 대신 고개를 끄덕였다. 해외 스케줄은 예정대로 진행될 예정이다. 발길이 떨어질 것 같진 않았지만 더는 사심으로 회사에 피해를 줄 수도 없는 노릇이었다.

"가야죠. 가기로 했으니."

말끝에 착잡함이 묻어나는 태준의 음성은 길게 이야기하지 않아도 심경을 짐작하게 했다. 적진에 혼자 두고 도망치는 기분. 정원이 괜찮을까, 눈을 떠도 감아도 내내 근심뿐이다.

하지만.

"그전에 여론도 좋아질 거야. 걱정하지 말고 다녀와."

배우 강태준은 모두의 희생을 물거품으로 만들 수 없다.

"정원이가 드림스타로 이적하는 건 이달 말이면 충분할 테니, 정상 활동도 다음 달 중순이면……."

뜨거워지는 마음에 황 이사는 마른 입술을 닫았다. 더는 제 몫이 아닌 그녀의 출발. 기어이 아이를 떠나보낼 시간이 된 것이다.

부대끼는 바람 소리는 그들의 마음처럼 고요하기만 하다. 견고한 두 남자의 마음 앞에 바람은 그 무엇도 흔들지 못한 채 언제 불었냐는 듯 멀리 사라져갔다.

"중국, 다녀와서 결혼 발표할 겁니다."

천천히, 황 이사는 태준에게 시선을 돌렸다. 뱉은 말에 대한 약속, 행동에 따르는 책임감. 기어이 모든 것을 바르게 끌어가는 태준의 모습은 쉽게 사람을 믿지 않는 황 이사의 마음까지 움직이고 말았다. 그러나 역시나 쉽게 감정을 드러내지 않는 황 이사의 표정은 변하는 일 없이 고요하기만 했다.

"말처럼 쉽지 않을 텐데."

"혼자 두는 게 더 쉽지 않네요."

무엇을 선택해도, 그것보다 어렵지는 않으리라.

"박 대표한테 얼핏 들었어요. 드림스타가 아트 에이전시 매수한다고."

"넘길 거면 박 대표가 낫지. 일을 잘하잖아."

가지지 말았으면 한 많은 덕목을 갖춘 여인이었다. 하여 인생이 피곤하고, 삶은 마치 장군의 삶과 진배없었다. 늘 씩씩하여 용감했고, 누구보다 앞장서 뒤를 돌아보는 여자였다.

그 도도한 얼굴이 떠올랐는지 황 이사는 슬쩍 입가에 미소를 그리며 잠시 눈을 감았다. 이번엔, 편하게 해주고 싶었다.

"저, 이거."

태준은 곁에 두었던 서류 봉투를 황 이사에게 건넸다.

"제 드림스타 주식이에요. 양도해드리려고."

뜻밖의 이야기. 서류 봉투를 건네는 태준의 손끝을 바라보던 황 이사는 이내 고개를 돌렸다. 감사한 마음을 갚을 길이 없어 선택한 일. 황 이사가 내어놓은 모든 것을 돌려주고 싶었던 태준의 진심.

"박 대표 가져다줘. 난 이미 마음이 없어."

"드림스타 이름 바뀌는 거 아세요?"

태준이 모처럼 웃는다. 빚지고는 못 살겠다는 저 표정.

웃는 모습은 처음 마주하는지라 어리둥절한 황 이사의 손에 서류를 억지로 넘기며 태준은 확고히 말했다.

……받아달라고.

"다시 오셔야 할 겁니다."

돌아오라고.

"드림아트로, 바뀌거든요."

태준은 힐끔, 시계를 바라보았다. 나올 때가 됐는데…….

사진 한 장을 손에 쥐고는 대학교 건물 앞, 때아닌 잠복근무 중이시다. 강의가 끝났는지 서서히 학생들이 나오기 시작했다. 긴장한 태준은 얼굴을 확인할 요량인지 사진을 물끄러미 응시했다.

……닮았다.

한 명 두 명 나오던 입구는 우르르 몰려나온 학생들 덕분에 순식간에 북적북적해졌다. 태준은 집중했는지 미간을 좁힌 채 내려오는 무리를 살피기 시작했다.

"오케이, 찾았다."

얼마 지나지 않아 닮아도 너무 닮은 여대생이 친구들과 재잘거리며 건물을 빠져나오는 모습이 포착되었다. 수업 빼먹고 땡땡이쳐서 엇갈리면 어쩌나 했는데, 제법 착실한 학생임이 확실한 듯했다.

"민정희 씨!"

차에서 내린 태준은 크게 이름을 불렀다. 우렁찬 목소리에 우르르…… 저들끼리 떠들던 학생들은 뒤를 돌아 태준을 바라보았다.

……꺄아아아아아아아아아악-!

0.3초나 흘렀을까, 건물이 무너질 듯한 소리가 메아리치기 시작했다.

예, 옘병!

이런 반응, 예상 안 한 건 아니었지만 고막이 찢어질 듯한 돌고래 초음파까지는 예상 못 했는지라, 태준은 귀를 막은 채 토끼 눈이 되어 입이 쩍 벌어진 그녀에게 성큼성큼 다가갔다.

꺄아악! 꺄아아아아아악! 꺄악! 꺄악!

3D로 다가오는 한류스타를 무방비로 영접한 학생들은 발을 동동 구르며 고함에 가까운 함성을 멈추지 않았다. 태준은 알았다며 손을 들어 보였다.

알았어. 그만, 그만.

…….

시끄러워! 조용히 해!

"가, 강태준이다!"

"강태준! 오빠!"

우르르…… 구름떼처럼 사방에서 힘도 세고 기도 센 천하무적 대딩들이 모여들기 시작했다. 태준은 인파를 뚫으며 넋을 놓은 듯한 학생에게 다가섰다.

"정희, 맞지?"

"네? 네. 아! 네!"

"강태준이다! 대박!"

"오빠! 완전 멋있어요!"

으어, 어지러워. 당기고 밀치고 들러붙는 바람에 서 있기도 어려운 상황.

오빠아아아아아아아-! 강태주우우우우우운-!

저돌적으로 밀착해오는 천하무적 대딩들에게 압사당할 것만 같다. 태준은 급한 표정으로 학생의 손목을 잡았다.

"뛸 생각은 없나? 내가 여기 오래 못 서 있겠는데!"

"네?"

눈치 없기로는 세일러문 동급이다. 태준은 잡은 손목을 끌며 차로 달리기 시작했다.

오빠아아아-! 정희야아아아-! 나도 데려가아아아아아아-!

우르르…… 구름떼처럼 뒤를 쫓아 달려오는 천하무적 대딩들. 꺅꺅대는 소리에 손목 잡힌 여대생은 흐려지는 정신줄을 잡느라 사리 판별도 어렵다. 데려가라며 제 이름을 목 놓아 부르는 친구들의 목소리에 여대생은 가까스로 뒤를 돌아보았으나 태준은 날렵하게 그녀를 차에 태우고 문을 닫았다.

"다음에 만납시다!"

태준은 손을 들어 보이고는 여대생을 납치, 빠르게 학교를 빠져나갔다.

들려오던 함성은 점점 멀어져만 갔다.

"안녕?"

반가운 듯 인사를 건네며 태준이 웃는다.

"아, 안녕하세요."

당황함은 쉽게 가시지 않아 정희는 꼭 쥔 주먹을 무릎 위에 올려놓으며 고개 인사를 건넸다.

"민정원 씨 동생, 맞나?"

"네. 맞아요."

아니면 어쩌려고 무작정 차에 태우고 물어보는지.

고개를 끄덕이는 정희의 심장은 터질 것만 같다. 뉴스로 접해서 알고는 있었지만 놀랄 수밖에. 이 사람, 진짜 강태준이다.

"민정원 씨가 지금 집에서 몇 날 며칠 혼자 있어. 가서 좀 놀아줘."

"저, 저요? 제가요?"

태준은 힐끔, 정희를 바라보았다. 말끝에 놀라는 눈빛마저 닮았다.

"약속 있나?"

"아, 아니요. 그건 아닌데. 저 진짜 언니 만나러 가도 돼요?"

뉴스를 접하고 통화도 쉽지 않았다. 걱정되는 마음에 잠도 설치며 하루에도 몇 번씩 메시지를 남기기 일쑤였다. 언니 힘내라고. 언니 사랑한다고.

가족의 목소리를 듣는 순간 곧장 울음이 터질 것만 같아 전화도 쉽지 않았을 언니의 전화. 며칠 만에 연락해온 언니는 걱정하지 말라고. 괜찮다고. 덤덤하게 말해주던 언니의 목소리는 그것이 마지막이었다. 가족들은 기다리는 것 외엔 다른 방법이 없었기에 그저 믿고 기다렸을 뿐 찾아가는 일은 엄두도 나지 않았다.

"밥은?"

그런 와중에 거짓말처럼 태준이 찾아왔다.

"아까…… 점심이요……."

잘됐네. 태준은 고개를 끄덕였다. 미소는 자동반사인 듯했다.

"그럼, 밥 먹자. 나하고."

여전히 정신 못 차리는 정희는 이게 꿈인가 생시인가 싶다. 언니에게 전화를 해볼 요량이었는지 정희는 휴대폰을 들었다.

"어어, 안 돼. 그거 반칙."

"네?"

"민정원 씨 알면 나 등짝 열다섯 대."

너네 언니 손 맵다? 알고 있나? 말끝마다 태준이 웃는다. 3D 미소에 정희는 눈앞이 아찔하다. 우리 언니 남자 친구. 반도의 한류스타. 명불허전.

……잘생겼다.

"밥 먹고 너네 언니 보러 가자. 밥은 뭐 좋아하나?"

"저, 저요? 저는 아무거나……."

정희의 대꾸에 태준은 자꾸만 웃겨 죽겠단다. 은연중 비치는 정원의 모습 때문이겠지. 역시나, 유전자란 고유하다.

"자, 그럼 우리 아무거나 먹으러 가볼까."

흥한 걸까. 태준이 나오는 노래를 흥얼거린다. 잘 모르는 노래인지 하나도 맞지 않는다.

"안전벨트, 생명줄인데."

"아, 네. 네."

정희는 떨리는 마음으로 안전벨트를 당기며 작은 한숨을 내쉬었다. 친구들의 연락에 휴대폰이 미친 듯이 울렸지만 받지 않기로 한다.

"초밥 좋아하나?"

"네, 좋아해요. 잘 먹겠습니다."

일식집 안, 태준은 마주 앉은 정희의 이것저것을 챙긴다. 틈틈이 얼굴을 흘깃거리며 기분을 살피는 모습이, 평소의 태준 같지 않다.

……잘 보여야 한다.

"물부터 마시고."

"아, 네."

내리깐 눈빛이며 긴 생머리, 고운 입가와 차분한 눈매까지. 신기할 정도로 정원의 모든 것을 닮았다.

"요새 언니 때문에 속상하지?"

"아뇨, 좀 놀라서…… 괜찮아요……."

묻고 싶은 말은 많았으나 아무것도 물어볼 수 없다. 태준의 얼굴을 마주하고는 아무 말도 나오지 않는 정희다. 굳이 꺼내어 묻지 않아도 얼마나 사랑하는지, 얼마나 아끼고 있는지. 모를 수가 없다.

언니가 사랑하는 사람이기 이전에, 언니를 사랑하는 사람이기도 했다.

"미안해. 언니는 아무 잘못 없는데 괜히 나 때문에."

"아, 아니요. 아니에요."

태준은 정희의 난처한 시선에 다른 화제로 바꾸기로 마음먹는다. 이내 정희의 종지 그릇에 간장을 따랐다.

"남자 친구는 있나?"

"저, 저요? 네. 있어요. 어, 언니는 몰라요."

호오. 태준은 고개를 끄덕이며 알겠다는 표정을 지어 보였다. 비밀이 생겼다는 느낌이 썩 나쁘지 않았는지 언니에겐 비밀로 해주겠다며 태준은 또다시 웃었다.

"남자 친구는 같은 학생?"

"군대…… 갔어요. 얼마 전에."

"헤어져."

네? 놀란 정희의 눈이 동그랗다. 태준은 아니라며 이내 손사래를 쳤다. 국경선도 넘고 인종도 초월하는 게 사랑이라지만 단 하나, 군부대 담은 못 넘는다고. 말해줄까 하다가 이내 웃으며 넘기기로 한다. 혹시 모르잖아, 바늘구멍에 낙타가 들어가는 일이 있을지도.

"집은?"

보리새우 하나를 정희의 접시로 건네며 태준은 호구조사를 시작했다.

"강릉이요."

"강릉 사람이야? 사투리 안 쓰네?"

"부모님이 예전에 서울에서 살다가 내려가셔서……."

잘 만났다. 이왕 만난 거, 정원에게 못 물어본 걸 다 물어볼 참이다.

"부모님은 뭐 하시고?"

"아빠는 그냥 PC 관련 일 하시고 엄마는 가정주부예요."

"아빠 닮았나, 아니면 엄마 닮았나?"

"네?"

태준은 활어 초밥 하나를 먹는다. 두툼하고 싱싱한 생선살이 살살 녹는 게, 맛이 괜찮다.

"오빠도 그렇고. 셋이 많이 닮았네. 어느 분 닮았나 싶어서."

"아, 저희 셋 다 아빠 닮았어요. 성격은 엄마……."

정희는 긴장한 탓일까, 젓가락질이 뜻대로 되지 않아 밥과 생선 살이 분리되었다. 그 모습을 바라보던 태준이 정희 그릇에 놓인 초밥을 잘 정리하여 집더니 아- 하란다. 곁눈질하던 식당 종업원들과 손님들의 입이 쩍, 벌어졌다.

"저, 제, 제가 먹을게요."

"나중에 언니한테 자랑해. 내가 먹여줬다고. 아-"

으아, 낮술이라도 하고 싶다. 정희는 눈을 질끈 감고 초밥을 받아먹었다. 우물우물 토끼처럼 먹으며 볼이 부푸는 모습도 정원을 닮았다.

태준은 미소 지었다.

"언니는 학교 다닐 때 얌전했나? 막 껌 씹고 돌아다닌 거 아냐?"

정원은 대학을 다니지 못했다.

"언니요? 언니 착했어요. 연기 활동 하느라 학교를 잘 못 다녀서 그렇지."

사실 언니가 공부를 잘하는 편은 아니었어요. 정희가 말끝에 웃는다. 앞에 앉은 언니의 남자 친구는 매너가 딱히 좋은 것 같진 않은데, 희한하게 편안하다.

"우리 언니…… 어디가 좋으세요?"

연어초밥을 입으로 가져가던 태준은 멈칫, 했다.

……이거, 언젠가 들어본 질문인데. 기억의 끝에 태준은 눈썹을 슬쩍 올리며 연어초밥을 마저 입에 넣었다.

"자꾸 궁금하게 해."

정희 접시에 참치초밥 하나를 올려주며 태준은 웃었다.

"밥은 먹었는지 어디 사는지, 동생은 누군지 부모님은 어떤 분이신지. 자꾸 궁금하게 해. 너네 언니가."

대답은 마음에 들었을까. 내내 긴장된 표정으로 자리하던 정희도 태준을 따라서 웃는다.

"언니도 초밥 좋아하나?"

"완전 좋아해요."

태준은 종업원을 불러 포장을 부탁한다.

"종종 만나. 용돈 필요하면 전화하고. 전화번호 저장했나?"

"네, 저장했어요."

연락해, 아무 때나. 당부를 건네는 태준은 고개를 끄덕이는 정희를 보며 아주 좋단다.

동생을 정원에게 데려다주고 들러야 할 곳이 있다. 오빠를 보고 반가워 동동거리던 정원이 떠올라 외로울 정원에게 선물처럼 보내줄 생각이다.

"이거, 마저 먹고."

마지막으로 남은 갸름하게 생긴 장어초밥을 정희의 접시에 올리며 태준은 고개를 들었다. 마주한 정희는 꿀꺽, 침을 삼키며 태준을 응시했다. 신기할 정도로 닮은 그녀의 동생을 바라보는 태준의 눈빛엔 이미 깊은 애정이 흘러내린다.

아마도 귀한 인연이 될 것이다. 평생을 함께할 또 하나의 가족.

"잘 부탁해. 내가 나중에 형부 될 사람이야."

그녀가 사랑하는 만큼, 자신도 사랑해야 할 사람일 테니까.

"저도 잘 부탁드려요."

"휴, 피곤하다."

어둠이 내린 도로. 석환은 시원스레 뻗은 도로를 내달리며 창문을 열었다. 냉랭한 바람이 순식간에 쏟아져 들어와 석환은 그제야 숨 좀 쉬겠다는 표정으로 운전대를 툭툭, 쳤다.

빡빡한 스케줄은 차라리 다행이었다. 가끔은 잊은 것도 같았고, 가끔은 떠오르지 않는 것도 같았으니까. 이런 적막함이 찾아올 때면 버릇처럼 떠올랐지만, 오늘도 어제처럼 참아내면 그뿐이었다.

"노래나 들어볼까."

분위기 전환이 필요했는지 석환은 혼잣말을 중얼거리며 라디오를 켰다. 즐겨 듣는 라디오에선 광고가 한창이었고, 이어서 낯익은 DJ의 음성이 들려오기 시작했다.

"이 형은 라디오 되게 오래 하네. 한번 만나야 하는데."

평소 친분이 깊던 라디오 DJ의 목소리가 반가웠는지 석환은 볼륨을 다소 높이며 미소 지었다. 말이 많고 활달한 성격으로 알려진 DJ는 사실, 여간해선 웃는 일도 흔치 않은 조용한 성격이었다.

-자! 광고 듣고 오셨습니다. 제가 너무 늦진 않았죠? 어디 가신 건 아니시죠?

활짝 웃는 서비스 직원처럼 최선을 다해 일을 하는 것뿐이었지만. 세상은 그 모습을 그의 전부라 여기며 믿고 있었다. 길을 걸으면서도 웃어야 했다. 밥을 먹으면서도 활기차야 했다. 어느덧 인생은 출근도 없고, 퇴근도 없는 삶이 되어버렸다.

점점 자신을 잃어가는 것만 같아 힘들다던 DJ 형의 푸념이 떠올라 석환은 씁쓸한 마음에 작은 한숨을 내쉬었다.

-여러분께서는 지금 달빛 DJ와 함께하는 라디오를 듣고 계시는데요, 오늘의 게스트! 네, 요즘 이분 너무 바쁘시죠. 남해영 씨 모셨습니다!

석환은 저도 모르게 브레이크를 밟았다.

"야, 이 새끼야! 너 미쳤어?"

빵- 경적을 울린 뒤따라오던 차는 석환을 스쳐 지나며 거센 욕을 퍼부었다. 두 눈을 세차게 깜빡인 석환은 다시 액셀을 밟아 출발하며 마른침을 삼켰다. 혹시 해영의 목소리가 잘 들리지 않을까, 급하게 창문을 올렸다.

-안녕하세요, 남해영입니다.

이윽고 들려오는 그녀의 목소리. 석환은 손톱을 깨물며 부산한 시선으로 전방을 주시했다. 떨어져 내린 마음은 기다려도 돌아올 것 같지 않다.

DJ와 도란도란 이야기를 주고받는 해영의 목소리. 특유의 웃음소리로 난처한 질문을 요리조리 잘도 피하는 해영의 입담에 석환은 아랫입술을 힘주어 깨물었다. 도무지 듣고 있을 자신이 없어 이제 그만 꺼야겠다, 석환은 버튼으로 손을 뻗었다.

-해영 씨는 그런 적 없었어요? 이 사연 주신 분처럼 누가 막 좋다고 쫓아다니거나, 그런 적이요. 해영 씨는 많았을 것 같은데?

-……있죠.

석환은 손길을 멈추었다.

-뭐라 그러시면서 쫓아다니시던가요? 남성분은 우리 해영 씨 때문에 굉장히 애를 태웠겠어요.

-아뇨, 오히려 먼발치에서만 바라보는 사람이었어요. 제가 불편할까 봐…….

-동갑이었나요? 오빠?

-연하요.

걸린 신호에 석환은 차를 멈추며 뭐에 홀린 듯 라디오가 흐르는 곳을 바라보았다.

-원래 연하들은 막 저돌적인 게 매력인데, 안 그래요?

-가만히 있어도 매력 있는 친구였어요. 배려 깊고…… 제가 아플 때면 만사 일을 제쳐놓고 병원에 데려다주기도 했고요.

세차게 뛰어오르는 심장 소리에 석환은 아득해지는 주변을 느낀다. 모든 소리가 사라져도 그녀의 목소리는 귓가를 떠나지 않았다. 마치, 정전기가 일어나 들러붙는 먼지처럼.

-그래서 해영 씨는 그 연하 친구를 뭐라고 거절하셨어요?

……거절.

알고 있었으면서. 두말할 것 없는 거절이었는데도. 너와 나 사이엔 고백과 거절만이 존재했던 것을, 모르고 있었던 것은 아니었음에도.

다음 이야기를 듣기가 두려웠던 탓에 석환은 무의식중에 핸들 가까이 고개를 수그렸다. 해영은 잠시 말을 잇지 못하며 시간을 흘려보냈다. 라디오 특성상 묵음은 불가했기에 노련한 DJ는 이야기를 매듭짓도록 한다.

-그래요, 해영 씨. 이런 말은 또 공개적으로 하기 뭐할 수도 있…….

-나중에 깨닫고 나니, 저도 그 친구를 좋아하고 있었더라고요.

뜻밖의 대답에 목소리가 격양된 DJ의 대꾸도, 다음 질문도 잘 들려오지 않는다. 과거의 일처럼 버무려버린 그녀의 이야기는 이 시간에 흘러나오는 이별 노래와 이별 주제와 솔직한 게스트의 입담으로 정리되기 충분했다.

……하지만 지구상의 단 한 명. 그럴 수 없는 자가, 여기 있다.

석환은 천천히 고개를 들었다. 마치 곁에서 제게 해주는 말처럼 가까이,

그리고 온전히 그녀의 음성은 석환의 마음을 후벼 파기 시작했다.

-깨달았을 땐 너무 늦어버렸어요. 타이밍을 놓친 거죠. 이 라디오를 듣는 청취자 여러분께서는 어긋나 사랑을 놓치는 일 같은 건 없었으면 좋겠어요.

-이 라디오를 어딘가에서 듣고 계시다면 그분도 좋은 사랑 하셨으면 좋겠습니다. 자, 이쯤에서 신청곡 들어볼까요? 해영 씨가 추천해주셨습니다. 노래 듣고 올게요!

신호가 바뀐다. 석환은 힘껏 액셀을 밟았다. 해영이 추천했다는 라디오에서 흘러나오는 노래는, 다름 아닌 자신의 오랜 통화연결음이었다.

"이 바보……."

생방송이 한창인 라디오국. 석환은 힘껏 핸들을 돌려 U턴을 시도하면서 창문을 다시 내렸다. 잘하면 시간을 맞출 수 있을 것이다, 석환은 긴장한 듯 좌우를 주시하며 도로를 내달렸다.

종전과는 다른 따뜻한 바람이 물밀듯이 밀려들어 왔다.

"유치해."

"유, 유치해요?"

앞에 앉은 주희는 포기했다는 듯 푹신한 소파에 몸을 기대며 새초롬하게 두 눈을 치켜떴다. 이것도 싫다, 저것도 싫다. 대체! 원하는 게 뭐냐구!

고문 아닌 고문이 삼십 분째 현재진행형이지만 물러설 기미 없는 태준은 커피만 삼킬 뿐이다.

주희의 인터뷰가 끝난 촬영 현장으로 태준이 불시에 방문했다. 찾아와 반가운 사이는 아니었기에 주희는 불퉁한 입술을 삐죽거리며 고개를 저었다.

"더 없나?"

"없어요."

"있을 텐데?"

"없어요! 없어요! 없어요!"

이글이글한 태준의 눈빛이 맹렬한 기색으로 향하지만 주눅 들지 않는 주희는 흥, 쏘아보셔도 소용없어요, 홱 하니 고개를 돌리고야 만다. 그러곤 서너 초나 흘렀을까. 주희는 종전과는 다른 음성으로 힘겹게 입술을 열었다.

"선배님, 저 사실은…… 오늘 촬영 많이 힘들었거든요. 요즘 제대로 쉬지도 못했고…… 드라마 끝났더니 우울증이 오는 것도 같고…… 빨리 집에…… 가고 싶어요."

"답 주고 가."

쳇. 안 속네. 최대한 시무룩한 표정을 지어 보이며 축 처진 연기를 선보였건만 눈 하나 깜짝하지 않는 스승님께선 일말의 망설임도 없다. 자꾸만 삐죽이는 입술 찾아와준 이가 강태준인 게 불만임이 틀림없었다.

"빨리 내놔. 정답."

"제가 그걸 어떻게 알아요!"

허어. 이 엄지손톱만 한 게 창의력은 새끼손톱만 하네. 게다 시끄럽기까지. 정재민이 불쌍해, 불쌍하도다. 작게 중얼거리며 태준은 혀를 찼다.

"다 들리거든요?"

고양이 눈처럼 치켜뜬 주희가 약이 바짝 오른 듯한 표정으로 노려보지만 태연자약하신 스승님께선 정원갑이 아닌 이상 무엇도 두렵지 않은 모양이디.

"미안한데 나는 너랑 밤을 지새우고 싶은 생각이 없어."

"누, 누구는 지내고 싶대요? 보내달라구요!"

이 아저씨 미, 미쳤나 봐. 주희는 저 뻔뻔한 멘트에 입이 쩍 벌어졌다.

"그러니까 어서 어서 생각해보라고. 빨리. 서둘러서."

아시아 투어가 시작되기 전, 정원에게 괜찮은 프러포즈라도 해볼까 싶어 하나뿐인 수제자를 친히 방문했으나. 나오는 이야기들이라곤 손가락 발가락 없애지 않고는 들을 수 없는 오글오글한 것들뿐이다.

풍선을 불어? 초, 뭐? 뭐를 켜?

"그런 쓸모없는 흔한 이야기나 듣고자 내가 친히 여기까지 방문한 게 아니야."

지금 누가 여기까지 걸음 했는데. 협조 안 해?

"제가 아는 건 이런 것들뿐이라서요. 다른 곳에 도움을 청……."

꿀밤이라도 한 대 쥐어박을 것 같은 태준의 이글이글함에 주희는 흠칫, 어깨를 좁히며 말을 멈췄다.

휴. 아무래도 오늘 집에 가긴 그른 것 같다. 주희는 묶인 머리를 풀어 다시 묶으며 시계를 힐끔 바라보았다. 화장도 지워야 하는데. 피곤해 죽겠는데. 앞에 앉은 스승께선 원하는 대답이 나올 때까지 보내주지 않을 참이다.

"방식이 어디 있어요. 선배님 하고 싶……."

"정재민이한테 감동한 적 없나?"

"저요?"

저는요, 오빠와의 매 순간이 감동이에요. 이내 깍지 낀 제 두 손을 얼굴에 가져가며 재민과의 기억 속으로 여행을 떠난 주희의 표정은 금방이라도 하트를 발사할 것만 같다.

재민의 이름만 들어도 행복한지 붉어진 주희의 얼굴. 이제 보니 삽질의 블랙홀이다.

"이러지 말고 재민이 오빠한테 물어볼까요? 재민이 오빠는 너무너무 자상하고 상냥하고 감동 짱 많이 주는데."

"제정신이 아니구만. 119를 타봐야 정신을 차리려나?"

112를 태워주랴? 뭘 태워주면 정신이 돌아올 수 있지? 태준은 굳어지는 얼굴로 주희를 쏘아보았다.

다른 이도 아닌 정재민이라니. 재민이 정원의 옛사랑이었다는 생각까진 못했는지 아아, 실수 실수, 주희도 대번 태준의 눈치를 살피며 고개를 끄덕거렸다.

"그럼 제가 더 생각해볼게요."

발이 닿지 않는 의자에 앉아 버릇처럼 다리를 앞뒤로 흔들며 주희는 생각에 잠겼다. 연애를 글로 배운 이들에게 프러포즈란 그렇고 그런 이야기들. 나름 블로그도 뒤져보고, 카페도 들여다보았으나 대부분이 비슷해 스승의 마음을 움직이지 못하는 것이다.

"반지는 샀어요?"

"반지? 내가 지금 어디 가서 그런 걸 살 수 있는 형편이 아니라."

반지라니. 언감생심 꿈도 못 꿀 일. 주얼리 가게 문을 여는 순간 곧장 결혼이다. 정원에게 반지를 건네기도 전에 이미 대한민국이 들썩들썩, 정원의 귀에 들어가는 건 시간문제다.

"흠……."

둘이 합쳐 평민쯤 되는 연애스킬. 머리를 맞대봐야 거기서 거기. 더 있어봐야 기대에 부응하는 답을 듣긴 어려울 성싶었다. 그때였다.

"아!"

정적을 깨는 주희의 외침. 무엇이 떠올랐을까, 모처럼 주희의 눈빛이 반뜩 빛난다.

"귤이요!"

……응? 전혀 간조차 잡지 못한 태준의 영혼 없는 시선이 주희를 향했다.

"대박, 대박! 선배님! 대박!"

주희는 분주한 손길로 제 가방을 뒤적이더니 오래되어 말라비틀어진 귤 하나를 꺼내 들었다.

대박 아닌 것 같은데.

"선배님! 귤이에요. 제가 완전 이날 쓰러졌잖아요!"

나는 아무리 봐도 대박이 아닐 것만 같은데.

"자, 장난하냐, 지금? 귤 주면서 뭘 어쩌라고!"

태준은 아오, 이걸 쥐어박을 수도 없고. 장난 같은 주희의 아우성에 태준은 주먹을 살짝 쥐고 쥐어박는 시늉만 할 뿐이다.

"모르시죠? 프러포즈엔 귤이 짱이에요."

……나와 결혼해주오. 귤 백 개를 받아주겠소? 나름 감귤이오. 뭐, 뭐 이런 거라도 하라는 거냐?

무엇을 상상하는지 혈압이 급격하게 상승하는 스승님의 표정에 주희는 서둘러 정색하며 태준을 진정시켰다.

"워워, 진정하세요. 급하시네요. 사람 말도 안 들어보고."

"난 왜 듣지 않아도 들은 것처럼 참담한 결말이 보이는지?"

아무리 혼자 생각하기 어려워도 여길 오는 게 아니었어. 제길.

체념한 듯한 태준이 차 키를 주섬주섬 챙기며 몸을 일으키려 하자 주희는 급한 듯 손사래를 치며 상체를 일으켰다. 속닥속닥. 꽤나 진지하게 주희의 이야기를 듣던 태준이 공방 삼십오 분 만에 협상을 체결한다.

"오! 오! 쥐며느리!"

"네? 쥐며느리요?"

"아니, 아니. 오, 오!"

쥐, 쥐며느리라니. 뭔가 석연찮지만 주희는 뿌듯한 마음에 활짝 웃어 보였다. 사실 별 기대 없었건만 주희가 속삭여준 이야기가 만족스러운 걸까. 더는 망설일 이유가 없어 태준은 고개를 끄덕이며 풀파워로 일어섰다.

"좋아. 좋은 정보 얻었으니 내 답례를 해주지."

"성은이 망극하옵니다."

무엇을 하사해주실 예정인지 궁금한 주희는 쪼르르 태준의 곁에 다가서며 두 손을 공손히 내밀었다.

"줄 건 여기 없어."

……미래를 보았을까. 주희는 알 수 없는 웃음을 흘리는 태준의 표정에

한기가 들어 오싹하다. 태준은 주희의 어깨를 툭툭 치며 돌아섰다.

아마도 굉장한 답례품이 될 것이다.

"며칠만 기다려봐."

모르긴 몰라도 꽤나 좋아할 것이다.

"곧 좋은 소식 있을 테니."

[민정원 고소 취하 '네티즌 서명운동' 이틀째]

[아트 에이전시 소속 배우들 '드림아트 이적 움직임']

[아트 에이전시…… 이대로 무너지는가. 업계 향후 '방향']

['민정원 스타일'…… 민 ST 없어서 못 팔아요. 때아닌 업계 호황]

"내일 매수 합병이야. 언론플레이는 오늘부터 시작."

밝은 표정으로 씩씩하게 말해보려 해도 속상한 마음은 쉽게 감춰지지 않는다. 박 대표는 소파에 앉으며 목적 없이 허공을 떠도는 태준의 시선을 살폈다.

"할 일이 이렇게 많을 줄 알았으면 하지 말걸. 힘들어 죽겠어."

때아닌 박 대표의 앓는 소리에 시선을 내린 태준은 테이블에 놓아두었던 서류를 들며 박 대표에게 건넸다.

"황 이사님이 내 주식 거부해. 등기로 다시 왔어. 그냥 이거, 박 대표가 전해줘."

태준은 반송되어 돌아온 서류봉투를 박 대표에게 내밀었다. 박 대표는 그럴 줄 알았다는 표정으로 미간을 좁혔다.

대나무로 만들었어…… 대쪽이지, 아주…….

"황 이사가 내가 준다고 받을 사람이야?"

혼자 그렇게 고고해…… 재수 없어, 정말…….

"뭐 해? 팔 아파."

준다고 받을 황 이사도 아니지만, 그렇다고 도로 가져갈 강태준도 아니니라. 어후, 이 화상들. 박 대표는 서류 봉투를 건네받으며 아랫입술을 깨물었다.

언제였지, 황 이사가 웃는 모습을 보았던 마지막이?

기억나지 않는 그의 미소. 좀처럼 웃는 일 없는 황 이사였기에 보여주는 미소는 순간순간이 소중했고, 황홀했으며, 희소가치까지 더해져 박 대표의 마음을 무너지게 했다.

그런 사랑이었다. 웃어줄수록 애가 타서. 바라봐줄수록 숨이 막혀서. 무심한 듯 보여주는 그 뒷모습을 감당할 자신이 없어서 결국 놓아버리고 말았던.

박 대표는 서류 봉투를 표정 없이 바라보며 작은 주먹을 움켜쥐었다.

……하아, 보고 싶다. 그 사람 웃는 거.

혼자만의 사색이 무안했을까. 박 대표는 다시금 표정관리를 하며 태준을 향해 목소리를 높였다.

"맞다, 태준 씨. 민정원 씨는 이르면 내달 초. 태준 씨하고 같이 스케줄 복귀할 거야."

"가능해? 이 상황에?"

박 대표의 손에서 정원의 스케줄표를 건네받은 태준은 뜻밖이었는지 눈을 동그랗게 떴다. 그에 비해 박 대표는 꽤나 여유가 흐르는 표정이다.

"가능하게 해야지. 그게 소속사의 힘 아니겠어?"

……이래서 박 대표. 이 고속도로 성격. 시원시원하다.

태준은 만족스러운지 더는 반문하지 않은 채 정원의 스케줄표로 다시 시선을 옮겼다. 시작된다는 날로부터 빼곡하게 적힌 그녀의 스케줄.

"뭐, 뭐가 이래?"

"장난 없지?"

태준은 앞으로 몸을 일으켰다. 집중해서 스케줄표를 바라보는 표정이 느닷없이 진지하다.

"난리야, 지금. 역시나 패션업계가 손이 빨라. 언더웨어 CF까지 들어왔어. 소주 광고도 들어오고."

언, 뭐! 언더, 뭐? 안 돼! 장난하나?

그 와중에 속옷 CF만 들려온다. 절대 반대를 눈빛으로 표현해보지만 박 대표의 표정은 반드시 그녀를 정상에 올려놓으리라, 결연하기까지 하다.

"정원 씨가 들고 걸치고 입는 건 죄다 완판이야. 없어서 못 판대. 업계가 지금 발칵 뒤집혔어."

박 대표는 어깨를 으쓱, 살다 보니 별일이 다 있구나 싶다.

"다행인 건 정원 씨한테 연기 논란은 없었다는 거야. 이적 완료되면 들어오는 시나리오도 볼만할 듯."

……후. 태준은 안도의 한숨을 내쉬었다. 말마따나 그렇게만 되어준다면 무엇을 더 바라겠는가. 조금만 기다리면.

조금만…… 더 기다리면…….

"중순부터는 스케줄이 없네?"

태준의 뜻 없는 질문에 박 대표가 얄밉게도 웃는다. 무엇인가 아주 몹시 수상하다.

"비밀이야. 넌 안 알려줘."

"나 몰래 무슨 짓을 꾸며. 이봐, 박 대표."

웃음을 뚝, 거둔 박 대표는 태준의 손에서 스케줄표를 빼앗아간다.

"이제 내 아이야. 알지? 나 몰라? 난 황 이사랑 달라서 엄청 달리고 달리는 거. 강태준도 알지?"

"이봐! 박 대표!"

"태준 씨."

짤막한 한숨을 내쉰 박 대표는 뜨거워지는 마음에 작게 고개를 끄덕였다.

"내가, 정원 씨 얼마나 큰 사람으로 만드는지 잘 봐."

스스로를 향한 다짐인지도 몰랐다.

"이제 시작이야. 두고 보라구, 태준 씨."

몸집이 커질 대로 커진 드림아트 출범이 하루 앞으로 다가왔다. 황 이사의 못다 한 꿈을 이룰 때가 온 것이다.

……민정원 씨. 기대해도 좋다구요. 박 대표는 소리 없는 웃음을 지으며 스케줄표를 내리더니 이내 허리를 숙이며 태준을 향했다. 아무래도 강태준은 동네북이 맞는 듯싶었다.

"속옷 CF는 정재민이랑 찍을 건데? 어쩌지?"

"예, 옘병! 박 대표!"

13. 그대 내 품에 편히 머물라

지친 발걸음을 옮기며 해영은 지하 주차장으로 들어섰다.

계획 없이 덜컥 터져버렸던 이야기는 전파를 타고 사람들에게 널리널리 퍼지고 말았다. 대부분의 청취자들은 듣고 흘려버릴 수 있었을 그 이야기는, 사실 현재의 것이라 더욱 해영의 마음을 저리게 했다. 누구도 그녀의 현재 일이라고 생각하진 않았겠지만.

"미쳤다. 미쳤다, 남해영."

걷던 걸음을 잠시 멈추며 해영은 아랫입술을 세차게 깨물었다.

……석환이 들었을까 봐.

"그 노래, 괜히 신청곡으로 했나……."

듣고 알았을까 봐.

저도 모르게 뇌리에 박혀 온종일 듣게 되었던 석환의 통화연결음은 그의 마음 같아서, 어느 날은 이유 없이 눈물이 흐르기도 했고, 어느 날은 두근거려 잠을 청하지 못하기도 했다.

그가 떠난 빈자리를 오롯이 채워주었던.

"해영 씨, 저 잠깐 5층 좀 다시 다녀올게요. 이거 전해드려야 해서."

그런.

"아, 네. 차에 있을게요."

노래였다.

해영의 매니저는 차에서 서류 한 뭉치를 꺼내며 잠시 다녀오겠다고 빠른 걸음을 옮긴다. 휴. 이제 와 곱씹어 무엇하랴. 해영은 짧은 한숨을 내쉬며 차 문을 열었다.

"진작 말해줬으면 좋았잖아."

……들었던 것이다.

찰나의 전율에 해영은 손길을 우뚝 멈추며 긴장된 표정으로 두 눈을 깜빡였다. 거리를 두고 뒤에서 들려오던 음성은 돌아보지 않아도, 그 얼굴 마주하지 않아도.

"나한테, 먼저 말해줬으면 더 좋았잖아."

누구인지 모를 수가 없어서.

해영은 두 손끝이 떨려와 저도 모르게 두 손을 맞잡았다. 차마 돌아볼 용기가 나질 않는 탓에 아랫입술을 숨긴 채 마른침을 삼켰다.

"남해영."

들어주길 바랐었나. 나 혹시, 네게 들려줄 수 있었으면 했었나.

기다렸다는 듯 눈물은 차오르기 시작했다. 남해영. 제 이름이 원래부터 이토록 아프고, 슬프고, 서글픈 이름이었던가.

작은 어깨가 떨려왔다. 안쓰러운 고개는 자꾸 수그러져 갔다. 그리워 헤매던 지난날들은 서러워 참아지지 않았다.

"남해영. 나 좀 봐봐."

어느새 곁으로 다가선 석환은 해영의 어깨를 잡았다. 착한 아이처럼 그제야 손쉽게 돌아선 해영은 힘주어 살짝 고개를 흔들며 시선을 마주할 수 없는 비겁함을 실토했다.

"미안해, 석환아. 내가…… 미안해……."

나보다 더 많이 아팠을 텐데. 그댄 나보다 더 많은 밤을, 뒤척이며 잠 못
이뤘을 텐데.

"어쩌면 너는 다 정리했을지도 모르는데 괜히 내가…… 너를…….

표정이 감춰지지 않아 해영은 두 손으로 얼굴을 가리며 미간을 일그러트
렸다.

"이제 와서 내가…… 내가…… 미안해…….

잊을 수 없는 사람이 있다고 생각했다. 사랑하지 않는 날이 올 수 없는,
그런 사람이 있다고 생각했다. 이루어져 본 적 없어 더욱 욕심났고, 모두가
안 된다 하기에 더욱 고통스러웠던.

"나도 내가…… 너무 못된 것 같아서…….

죽어도 잊을 수 없는 사람이 있다고, 생각했다.

"내가 너를 좋아해도 되는지 잘 모르겠고…… 내가 그래도 되는지, 나는
그러면 안 될 것 같은데…….

그러던 어느 날 문득, 깨닫게 되었다. 더는 그 사랑을 생각하지 않게 되었
음을. 오로지 제 머릿속엔 앞에 서 있는 이 남자의 모습으로만, 가득했음을.

석환은 말없이 해영의 손목을 끌었다. 예기치 못했던 행동에 적잖이 놀랐
는지 해영은 그제야 고개를 들었다.

"어, 어디 가?"

석환은 대꾸 없이 해영의 팔을 끌며 자신의 승용차로 걸었다.

"어디 가? 어디 가, 석환아."

조금 더 자신의 손을 내려 해영의 손을 잡은 석환은 천천히 뒤를 돌아섰
다. 맞닿은 손바닥의 온기가 심장까지 전달되어 석환은 간신히 입술을 열었
다.

그녀의 지난 사랑까지도 아껴줄 자신은 없다. 상처뿐인 과거를 언제든지
껴안아줄 큰 사람이라고도, 자신할 수 없다. 하지만.

"어디긴, 남해영 데려다주러 가지."

그것들이 결국 지금의 너를 만들어준 것들이라면. 겸허히 받아들여보겠다고. 너의 아픔과 상처를 키우는 일 따위는, 절대로 만들지 않을 거라고.

"우리 애인 집에 데려다주려고."

……시작하자.

놀란 해영의 눈빛이 석환의 얼굴로 쏟아져 내렸다. 마주 잡은 손끝에 조금 더 힘을 실은 석환은 다른 손으로 보조석의 문을 열었다.

"타, 가자."

거부할 이유도 마음도 없다. 해영은 열린 차 안을 바라보다 천천히 걸음을 옮겨 제 몸을 실었다. 활짝 열린 그의 마음 안으로 그녀가 들어선다. 조심스러운 발걸음으로, 불안함과 설렘이 가득 담긴 몸짓으로.

보조석의 문을 조심스레 닫고 빠르게 운전석으로 돌아온 석환이 시동을 걸며 해영을 바라보았다.

"배고프지 않아?"

해영은 조심스레 고개를 끄덕였다. 매니저에게는 먼저 가보겠다고 메시지를 보내야겠다, 휴대폰을 꺼내 들었다.

"자, 그럼 우리 밥 먹으러 출발할까? 뭐 먹고 싶은 거 없어?"

메시지를 마친 해영은 다시 물끄러미 석환을 응시했다.

……도무지 마주칠 것 같지 않던 두 사람의 마음은.

"그냥 맛있는 걸로…… 부탁해."

그랬기에 더욱 애틋하게 마주 보며 서로의 마음속으로 자리했다.

고개를 끄덕이며 입가 가득 그린 석환의 미소에 해영은 따라 웃었다. 오늘부터 1일. 석환의 차는 빠르게 주차장을 빠져나갔다.

"드림아트 소속된 거, 축하해요."

정원의 집을 방문한 박 대표는 씽긋, 웃어 보이며 계약서를 서류 가방에 집어넣었다.

드라마는 시끄러운 와중에 최종회 방송을 마쳤다. 불행인지 다행인지 태정커플의 스캔들까지 더해져 시청률은 BMS역대 최고 시청률 TOP3에 랭킹되었다.

내생에도 나를 만나주오. 윤의 진실했던 눈빛은 시청자들의 마음을 울렸으며, 연기가 아니라니 더욱 애절하게 느껴지는 것이었다.

"반응이 썩 나쁘지 않아서, 스캔들이 드라마엔 시너지였다고 볼 수 있겠어요."

누구도 윤의 마음이 아파지는 것을 원하지 않았다. 그러므로 그의 곁엔 연화가 곁에 있어 주기를 희망했다.

"호의적인 기사도 제법 눈에 보이기 시작했고, 물론 시간은 조금 더 필요하겠지만."

게다 그것들이 실제 강태준의 마음일지도 모른다는 현실에 모두의 마음은 동요하기 시작했다. 포커스는 강태준을 빼앗아간 민정원에서.

"조금만 더 기운 내요. 머지 않은 것 같으니까."

민정원을 사랑하는 강태준으로 이동하기 시작했다.

"네, 대표님."

박 대표의 위로에 정원은 힘차게 고개를 끄덕이며 제 손에 들린 계약서를 내려다보았다. 기계적인 활자들이 모인 사무적인 문서였으나 지금 이 손에 들린 계약서는 구구절절한 연애편지보다 더욱 마음을 적시는, 황 이사의 모든 것이었다.

"대표님, 황 이사님은……."

"싫대, 이 바닥 다시 오기 싫대요."

정원은 고개를 수그렸다. 황 이사의 반듯한 눈빛이, 좀처럼 웃는 일 없던 그 표정이, 짙게 내뱉던 마른 한숨이 온 마음을 저리게 했다. 그 마음을 갚을 수 있을 거란 허무맹랑한 기대도 할 수 없는 지금의 현실은 감히 그러하여 더욱 서글펐다. 무엇을 어떻게 한대도, 도저히 갚을 수가 없을 것만 같았다.

"정원 씨."

눈앞의 정원이 무슨 생각을 하는지 박 대표는 모를 리 없다. 황 이사가 정원을 아껴온 만큼, 그를 따라주던 아이였으니까.

……황 이사님, 들려? 보고 있어?

"정원 씨, 내 말 좀 들어봐요."

이제는 내가 당신의 꿈을 대신 이뤄보려 해.

"정원 씨는 앞으로 나의 꿈이고, 이사님의 꿈이고."

그녀에게 힘차게 날아갈 수 있는 더 큰 날개를, 더 예쁜 날개를 달아줄 테니까.

"강태준의 꿈이에요. 알죠?"

사랑하는 당신을 대신해서.

마른침을 삼켜내는 정원에게도, 그녀를 응시하는 박 대표에게도 뜨거움이 휘몰아친다. 박 대표는 정원의 손을 잡았다. 기나긴 어둠의 터널 속, 희미한 빛줄기가 보이기 시작하는 지금.

"정원 씨를 사랑하는 사람들이 단 하나, 바라는 건 정원 씨의 행복이에요."

그녀의 행복이 곧 그들의 행복이라면.

"정원 씨가 행복해야 그 사람들이 웃을 수 있어. 나랑 같이 가요, 이제."

환한 빛줄기가 내리쬐는 그곳까지, 우리 함께 날아보자고.

"네, 대표님."

확고한 박 대표의 시선에 정원은 천천히 고개를 끄덕였다. 갈 것이다. 끝이 어디든. 모두의 깊은 염원을 담아.

활기차게 웃어 보이는 박 대표는 아주 좋다는 표정이다. 이윽고 손에 쥔 서류 하나를 정원에게 건네주었다.

"이건 검토해봐요. 태준 씨한테는 당분간 비밀."

정원이 서류를 한 장 넘기더니 이내 눈이 휘둥그레졌다. 이건……!

"대…… 표님……."

쉿! 입가에 손가락을 가져가며 찡긋, 박 대표는 소리 내어 웃었다.

['연꽃을 닮은 노래' BMS 역대 최고 시청률 TOP3 '랭킹']

[윤의 눈물…… 시청자를 울려 '잠 못 이룬 밤']

[드림아트 출범…… 아트 에이전시 소속 배우들 '이적 완료']

[태정커플 사랑하게 해주세요.…… 네티즌 '고소 취하 전자서명 3일째 성화']

옘병. 쉬는 날이 일하는 날보다 더 바쁜 듯. 오전 볼일을 마친 태준이 정원의 집 초인종을 눌렀다.

"왔어요?"

태준임을 확인하고 문을 열어준 정원의 표정이 좀처럼 밝지 않다. 내내 집에만 있었던 탓일까. 생기 잃은 눈빛은 어제오늘의 일은 아닌 듯했다.

……안녕. 이젠 서프라이즈 하지 않겠지만.

머뭇거리던 정원은 슬쩍, 몸을 비켜 태준이 들어설 수 있는 공간을 만들어주었다.

"들어오세요."

"됐고, 나와."

"네?"

태준은 정원의 손목을 잡았다.

"나가자. 바람 쐬러."

"저, 저기! 저기요!"

맨발의 정원은 걸리는 신발 아무거나 신고 태준의 힘에 끌려 문밖을 나섰다.

"어, 어디 가요!"

흥, 몰라. 열리는 엘리베이터에 억지로 정원을 태워 감금에 성공한 태준은 재빠른 손놀림으로 1층을 눌렀다.

"어디 가는데요!"

"글쎄."

"지갑도 휴대폰도 아무것도 없는데!"

"필요한가? 나가서 사주지, 그럼."

"뭐, 뭐라구요? 지금 밖에 기자들이 천지인……."

끙. 정원이 어쩌고 할 시간도 없다. 15층에서 열린 문틈으로 누군가가 올라탔다. 휙-! 둘 다 누구랄 것 없이 뒤로 돌아섰다. 힐끔, 두 사람을 바라보던 사내는 관심 없다는 듯 지하 2층을 눌렀다.

뒤돌아선 정원이 지금 뭐 하는 거냐고 눈빛으로 따져 물어도 태준은 아랑곳하지 않는다. 천금 같은 시간이 흐르고, 야속한 엘리베이터는 1층에서 공손히 문을 열어주었다. 정원은 쉽게 발걸음이 떨어지지 않아 문턱에서 망설였다.

"내리시죠, 민정원 씨. 타고 계신 분께 실례인데."

태준은 정원의 등을 쿡쿡 찌르며 발끝에 힘을 준 정원을 밀었다. 그제야 태정커플임을 알아본 사내는 두 눈을 크게 치떴지만 문은 순식간에 닫히고야 말았다.

내가 못 살아, 정말. 대책 없는 태준의 태도가 영 못마땅한 정원은 힘껏 태준을 노려보았다.

"죄졌나? 그럴 리가."

마음의 준비가 필요한데. 이렇게 막무가내로 달려들고 싶진 않았는데. 태준의 손에 이끌려 억지 걸음을 걷는 정원은 오랜만에 마주한 세상에 심장이 걷잡을 수 없을 만큼 뛰어오르기 시작했다.

"강태준! 강태준이다! 찍어!"

영혼 없이 서 있던 몇몇의 기자들이 밖으로 나온 태정커플을 발견하고는 재빠른 손놀림으로 카메라 셔터를 누르기 시작했다. 여기저기 정신없이 터지는 카메라 플래시. 그 모습에 정원은 현기증이 밀려와 잠시 무릎 아래가 없어지는 기분을 느낀다.

"괜찮아. 둘이잖아."

태준은 정원의 손을 힘주어 잡았다. 터지는 플래시 세례 속에 정원은 태준을 천천히 응시했다.

……둘이니까. 둘이라서.

"그래요. 둘이니까."

어찌하여 눈앞의 이 남자는 불구덩이 속이라도 함께라면 뛰어들고 싶게 하는지. 잡은 손을 놓을 수 없어 달려가게 하는지.

정원이 웃는다. 준비가 되었을까. 터지는 플래시에 묘한 오기마저 발동된 정원은 긴 심호흡 끝에 고개를 끄덕였다.

"갈까, 그럼?"

태준은 정문을 열며 정원의 어깨를 감싸 안았다. 고개 숙인 정원의 얼굴 위로 플래시가 어지럽게 터졌다.

"강태준 씨! 강태준 씨! 한마디만 해주세요!"

"두 분 곧 결혼하신다는 소문이 사실입니까?"

"민정원 씨! 여기 잠깐만 봐주세요!"

다른 손으로 기자들을 막으며 태준은 정원을 더욱 품으로 끌었다. 혹여 정원이 다칠까 사방을 제지하며 버텨보지만 이대로는 상황 해결이 될 것 같지 않다.

"달릴 생각 없나?"

"간절하네요."

정신없이 터지는 플래시 속에서 서로는 누가 먼저랄 것이 손을 잡고 달리기 시작했다.

"강태준 씨! 한마디만 해주세요!"

"민정원 씨! 임신설이 사실입니까? 한마디만 해주세요! 민정원 씨!"

우르르…… 기자들은 그 뒤를 따라 달렸다.

"좋네. 달달하니."

태준은 마시던 커피를 내려놓았다. 한 손엔 마주 앉은 정원의 손을, 다른 손으로는 턱을 괴며 콧노래를 흥얼거리기 시작했다.

"커피가…… 넘어가요, 지금?"

볕이 좋은 카페. 창문 밖으로는 수백 명의 인파가 유리창을 뚫고 들어올 것처럼 몰려 있다.

"맛이 없나? 난 괜찮은데."

"맛이 없는 게 아니라 이 상황에 커피가 지금……."

태준은 잡은 정원의 손을 더욱 힘주어 잡으며 미소를 그렸다. 아주 잠시 웃었을 뿐이지만 창밖으로 두 사람을 구경하던 사람들은 절대고음 영역에 도전하는 함성을 내질렀다.

"뭐, 뭐 해요, 지금."

늘 카메라를 통해 대중을 만났던 정원은 사태가 익숙하지 않은 모양이다. 안절부절못하는 정원의 모습에 태준은 천천히 고개를 돌려 창밖을 응시했다.

꺄아아아아아아악-!

천지가 흔들리는 함성. 태준은 숙련된 미소를 내보이며 손을 흔들었다. 들려오는 소리가 어찌나 아찔했는지 정원은 저도 모르게 눈을 감았다.

……이 남자. 정말 감기약, 두통약 말고 정말 다른 약 먹었나 보다.

"오랜만에 나오니까 좋지 않나? 마시고 책방 가자."

"네?"

태준은 제 귀를 의심하는지 두 눈을 동그랗게 뜬 정원을 바라보았다. 지우개로 지우듯 조금씩 그녀를 제외한 나머지를 지워가기 시작했다.

이제 더는, 숨어 있게 하지 않을 것이다.

"언젠가 그러지 않았나? 집 앞 카페에서 커피도 마시고, 책방에서 책도 읽고 싶다고."

"아······."

작은 것도 잊지 않고 기억해주는 그의 마음이 더럭 고마워 정원은 가만히 제 손을 잡은 태준의 손끝을 내려다보았다. 커다란 함성도, 정신없이 찰칵거리는 사진 촬영도 조금씩 아득해지며 멀어져 간다.

"진짜로 서점 데려다줄 거예요?"

"물론."

좋은데요? 정말로. 정원은 그제야 눈썹을 추켜세우며 환히 웃었다.

내내 경직된 표정으로 앉아 있던 정원의 밝은 웃음. 그 웃음에 유리 밖 세상은 또다시 함성으로 흔들리기 시작했다. 정원의 따스한 웃음은 태준의 마음에 향기 가득한 꽃송이가 되어 내려앉았다. 태준은 조금 더 상체를 일으켜 테이블 쪽으로 수그렸다.

······한 걸음 더, 우리는 세상 밖으로.

"대한민국에 듣도 보도 못한 스캔들 역사를 만들어주지. 내가 너를 얼마나 사랑하는지 전 국민에게 몸소 보여 줄 테니."

가렸던 너의 눈을 풀고 귀를 열고, 세상 속으로.

모처럼 반짝이는 정원의 눈빛에 태준은 아주 좋단다. 잡은 손을 세차게 흔들며 태준은 또다시 입술을 열었다.

절대로 혼자 아프게는 하지 않아.

"강태준이 너 없으면 못 살겠다고. 죽일 테면 죽여 봐, 내 그럴 참이거든."

끝내는, 내가 너를 지켜.

"어때, 민정원 씨. 혹시 동참할 계획, 있나?"

"계약은 내일 오후에 민정원 씨하고 같이 하는 걸로 하죠."

"네. 요청하신 사항 수정해서 내일 뵙겠습니다."

박 대표를 찾은 한 차장은 서류를 정리했다. 유명 언더웨어 브랜드 광고 판촉팀 소속인 한 차장은 정원의 CF 건으로 드림아트를 방문했다. 기업에서도 정원의 CF 체결은 노이즈 마케팅으로 이어질 수 있어 한시도 늦출 수 없는 사안이었다.

"정재민 씨도 내일 계약하시나요?"

박 대표의 질문에 한 차장은 고개를 끄덕였다.

"연꽃을 닮은 노래가 워낙 인기 좋아서요. 내수용보다는 수출용으로 제작될 겁니다."

게다가 아직 톱스타 몸값을 자랑하지 않는 정원으로부터 태준으로 인한 광고 효과까지 기대할 수 있다는 점이 가장 큰 장점이라면 장점이라 할 수 있겠다.

"그냥 민정원 씨하고 강태준 씨로 가는 편이 나을 수도 있었을 텐데."

아쉬움이 담긴 박 대표의 말끝에 한 차장은 웃으며 손을 내저었다.

"어우, 아시겠지만 강태준 씨 몸값이 만만치가 않아요. 타사하고 겹치는 것도 있고 해서."

……하는 수 없지. 이게 다 지 복이지, 뭐.

그 이글이글 타는 눈빛이 떠올라 내심 태준과 정원이 함께하길 바랐건만 기업의 입장에서 강태준은 무리였던 듯싶다. 그렇다 하여 현실적으로 태준의 몸값을 내려 계약을 타진할 수는 없는 노릇이니까. 내린 몸값은 다시 올릴 수 없다. 돈의 가치를 떠나 강태준의 가치가 떨어지는 일이기에 그런 일까지 감행하며 진행할 사안은 아니었다.

"그래요, 내일 뵙겠습니다."

소속사에서 요구할 수 있는 내용은 더우 아니었기에 박 대표는 더 이상의 말은 하지 않기로 한다. 며칠 이글이글하니 싸돌아다니겠지, 뭐. 지가 비싸 그렇다는 걸, 지가 어쩔 거야? 박 대표는 작게 입술을 삐죽이며 자리에서 일어섰다.

"아시겠지만 민정원 씨를 포함해서 소속사에서도 굉장히 중요한 출발이에요. 잘 부탁드리겠습니다."

박 대표는 비즈니스적인 미소를 지으며 손을 내밀었다.

"아무렴요. 당사도 기대하고 있습니다. 내일 정식 계약 때 다시 뵙겠습니다."

한 차장은 옷매무새를 다듬으며 황급히 일어서 박 대표가 내미는 손을 잡았다.

"휴…… 피곤해……."

지수는 익숙한 걸음을 걸으며 집 안으로 들어섰다. 대충 슬리퍼를 꿰차며 들어선 공간. 빛이 사라진 세상 속 어둑한 집은 고요함을 지나쳐 온기마저 없다.

고단한 몸을 잠시 기대는 것 외엔 따로 하는 일 없는 그녀의 집은 이렇게도 쓸쓸하고, 곳곳엔 알 수 없는 먹먹함이 그득했다.

"죽겠다, 죽겠어. 휴."

신상품 준비에 강행군이 이어졌던 요 며칠. 지수는 목에 둘렀던 스카프를 빼며 탁자에 가방을 올렸다. 요 며칠 사이 제대로 먹지도 잠을 청하지도 못했던 그녀였지만 입맛이 없는 탓에 딱히 밥 생각이 나지 않는 표정이다. 그저 더운물로 씻고 눕고 싶은 마음뿐, 활력도 의욕도 잃어버린 삶은 날이 갈수록 그녀를 메마르게 했다.

한참 동안 고개를 수그린 채 눈을 감고 있던 그녀가 움직일 요량인지 머리를 쓸어 넘기며 고개를 들었다. 머리를 쓸어 넘기는 그녀의 왼손에 문신 같은 반지가 여전하다.

……버리지 못해서.

"목마르다……."

버릴 수가 없어서.

하루 종일 이리 뛰고 저리 뛴 탓에 퉁퉁 부어버린 다리를 두들기며 지수는 냉장고를 열었다. 물병을 집으려고 늘 비치해둔 공간으로 손을 뻗던 지수는 놀란 표정으로 두어 걸음 뒷걸음질을 쳤다.

"뭐, 뭐야."

물 말고 다른 건 사다 놓은 기억이 없건만 열린 냉장고는 곳곳이 빼곡하게 채워져 있다. 작은 틈조차 보이지 않는 냉장고 안은, 가지런히 정리되어 채워둔 이의 정성마저 느껴지게 했다.

……동주 씨?

지수는 급하게 몸을 틀어 걸으며 방문을 열었다. 어둠에 가려 온전하지 않은 형체나마 익숙한 그의 모습이 시야에 가득 담겼다. 지수는 우뚝 걸음을 멈추었다.

"냉장고는…… 앞으로 내가 채울게."

사랑했던 이유는 있었으나 되찾을 타당성을 발견하지 못해 서성였던 날들.

"커피도 앞으로 매일…… 내려줄게."

떠나온 세월을 변명할 길이 없어 혼자이던 모든 것에서. 김 감독은 비로소 솔직해지기로 한다. 처음보다 더, 시작했던 때보다 더욱, 너를 사랑할 준비가 되었다고.

"있어 줘. 예전처럼."

잠시 말이 끊긴 공간. 그 타는 듯한 서로의 마음이 순식간에 두 사람 사이에 흐르던 시간을 멈추게 했다. 삐- 삐- 열어둔 냉장고에서 경고음이 흘렀지만 마음이 이곳에 있는지라 누구도 쉽게 움직일 수 없다. 그녀를 기다렸던 하루. 비어버린 냉장고를 묵묵히 채우며 앉지 못한 채 종일 방 안을 서성였던 오늘.

김 감독은 지수를 길게 바라보았다. 내려앉은 어둠도 그에게서 그녀를 가릴 수는 없다.

"미안해."

더는 감출 도리 없는 내 마음이. 떠날 수도 없어 배회하던 내 사랑이 이제 야 네게 말해.

"미안해, 바보 같아서. 내가 너무 못난 사람이라."

너를 사랑하는 일 외엔 할 줄 아는 게 아무것도 없는 나였다고.

"동주…… 씨……."

지수의 표정은 그에게서 헤어날 길이 없어 아득하다. 감정을 어쩌지 못해 두 손으로 얼굴을 가리는 지수의 손엔 혼자 지켜왔을 결혼반지가 반짝이고 있었다.

"다시 시작하자."

지수는 꿈일까, 혹은 환영일까 눈물을 닦으며 고개를 들었다. 어둠 속, 조 금씩 완연하게 모습을 드러내는 김 감독의 모습은 이것이 현실이라고. 그리 워 아득했던 꿈길은 결코 아니라고.

멍하니 할 말을 잊은 채 자신을 바라보는 지수를 향해 김 감독은 천천히 자신의 왼손을 들어 보였다. 오랜 시간 목에 걸어두었던 그의 결혼반지는 비로소 제자리로 돌아왔다.

"너랑 나, 다시 해보자. 우리 다시 해보자, 지수야."

그녀의 어깨가 흔들리기 시작했다. 마음을 눌러도 참아도 끝끝내 터져버 린 눈물은 그녀의 고되었던 시간을 온전히 말해주었다.

"동주 씨……."

그의 고해성사가 끝난 불 꺼진 어스름한 방, 지수는 김 감독에게 달려갔 다. 서로는 힘껏 서로를 안았고 김 감독은 품 안에서 흐느끼는 지수를 위로 했다. 벅차 말로 표현할 수 없는 마음이 자꾸만 눈물로 번져 흘러 지수는 한 동안 김 감독의 품에서 어깨를 들썩였다.

"나…… 잘할게, 동주 씨……."

오랜 시간을 돌아 다시 만난 두 사람이 새로운 출발선 앞에 서서 신호를 기다린다.

"……사랑한다."

어둠을 휩쓸어가는 그의 낮은 음성에 지수는 작게 입술을 열었다. 들릴 듯 들리지 않을 듯, 눈물로 번진 그녀의 목소리는 천천히 공간을 밝게 물들였다. 김 감독은 천천히 눈을 감으며 그녀의 이마에 입술을 맞대었다.

다시는 헤매지 않길 바라며. 다시는 어긋나지 않길 바라며.

"내가 더 사랑해…… 동주 씨……."

어긋나 헤매어도 내가 너를 다시 찾길 바라며.

태준과 정원은 등을 마주 대고 바닥에 앉아 책을 읽고 있다.

한쪽 무릎을 세운 태준이 표정 없이 책장을 넘긴다. 두 무릎을 세운 정원이 감동한 표정으로 책에 집중한다. 전부터 보고 싶었던 유명 작가의 신작을 손에 쥐고 글자 하나하나 눈에 박을 듯 바라보는 정원과는 달리, 태준은 감흥 없다는 듯 책장을 휙휙 넘겨주신다. 역시나, 세일러문의 얼굴이 아니고는 무엇도 감흥이 없는 것이다.

찰칵. 찰칵. 주변은 온통 휴대폰으로 사진 찍는 사람들로 북적북적하다. 차마 크게는 말하지 못하고 서로 주고받는 이야기들이 태준의 귓가를 어지럽힌다.

"대박, 레알 존잘이야. 어쩌지? 현실감이 없어."

"내일 학교 가면 애들이 우리 완전 부러워하겠다. 대박, 대박."

뭐? 뭘 잘? 무슨 잘?

여고생 두어 명이 속닥이는 소리에 태준은 한글 좀 곱게 써라, 미간을 살짝 일그러트렸다. 하지만 그렇다 하여 반응을 할 수는 없다.

"여보세요? 야, 대박 니 어딤? 여기 강태준 있어, 민정원하고. 진짜라니까? 얘 정말 노답이네. 내가 보낸 사진 못 봤어?"

"여보세요? 오빠 난데 여기 지금 태정커플 있어. 책 사러 왔다가 이게 무슨 개이득?"

각자 지인들에게 속닥이며 통화하는 소리. 책에 완전 집중하여 정신을 놓은 정원과는 달리 태준의 귀가 쫑긋쫑긋하다. 도대체 요즘 아이들이 하는 말은 도통 알아들을 수가 없다.

……아무래도 시끄러울 텐데. 자고로 독서는 집중할 수 있는 공간에서 해야 제맛인데. 우리 세일러문 책이나 제대로 읽겠는가?

힐끔, 태준이 목을 돌려 등을 맞댄 정원을 바라보았다. 다른 손으로는 주머니를 뒤적이더니 이어폰을 꺼내 들었다.

"어이,"

낮은 목소리로 정원을 부르자 목만 가까스로 돌린 정원이 태준의 어깨에 시선을 준다. 그 모습에 여기저기 탄성이 흐른다. 두 사람의 작은 움직임만 바라보아도 신기한 모양이다.

"어때, 들어볼 텐가?"

태준은 이어폰을 정원에게 건네며 나직하게 속삭였다. 이 와중에도 찰칵, 찰칵. 끊임없는 사진 촬영이 이어진다.

"노래예요?"

태준은 대꾸 없이 고개를 끄덕였다. 서점을 가기로 마음먹었던 오늘 아침, 어김없이 들려올 잡음에 태준이 정원의 정독을 방해할까 싶어 미리 구매해둔 이어폰. 정원은 강태준과 어울리지 않는 자그마한 이어폰에 사뭇 놀란 눈빛으로 이어폰을 응시했다.

……핑크색이다.

영수가 사다 주었을까, 정원은 소리 없는 웃음이 터졌다. 그 웃음에 주변은 또다시 웅성웅성. 그들을 둘러싼 많은 이가 단 한순간도 놓치지 않으려는 눈빛으로 두 사람을 주시했다.

"잘 들을게요."

정원은 끄덕이며 이어폰을 건네받았다. 주머니에서 휴대폰을 꺼낸 태준은 정원의 양쪽 귀에 꽂힌 이어폰을 확인한 후 미리 선곡해둔 노래를 틀었다. 몇 초 뒤, 정원은 책을 내리며 고개를 들었다.

……아. 언젠가 태준의 차에서 들려오던 라디오 음악이다.

"이 노래……."

정원이 좋아하는, 정원이 즐겨 듣는.

"어떻게 이 노래를……."

이름 없는 가수의, 이름 없는 노래.

지난날이 짧게 스쳐 지나는 터에 정원의 입가에 고운 미소가 떠올랐다. 아는 이가 많지 않던 노래였기에, 태준의 차에서 흘러나오던 이 노래는 소름이 끼칠 만큼 반가웠다.

'라디오야.'

둘러댈 말주변도 신통치 않아서 라디오라며 온 산통을 깨트렸던 태준이 쩔쩔매던 모습. 운전대를 잡고 힐끔힐끔 제 표정을 살피며 안절부절못하던 그 모습이 떠올라 기억의 끝에 결국 소리 내어 웃음을 터트리고야 말았다.

귓가를 간질이는 익숙한 멜로디. 낯익은 보이스. 정원은 한쪽 이어폰을 빼며 고개를 뒤로 돌려 태준에게 물었다.

"이 노래, 어떻게 찾았어요?"

"제목을 몰라서 내가 얼마나 힘들었는지 아나?"

대체 어떻게 찾았을까. 힘들었을 텐데. 정원은 미소를 가득 머금은 채 다시 이어폰을 꽂고 책으로 눈길을 돌렸다. 서로 마주 댄 등의 온기가 따스하다.

"노래 좋다……."

태준은 정원이 낮게 중얼거리는 목소리에 작은 미소를 지었다. 선곡은 한 개뿐이라, 그게 마음에 좀 걸리지만.

……마주 보지 않아도, 함께 서지 않아도.

"조금만 기댈게요."

서로의 등 뒤에서 서로의 마음을 느낀다.

"얼마든지."

한참 동안 수그려 책을 읽었던 정원은 목이 결려오는 탓인지 태준의 어깨에 머리를 기댔다. 주변의 짧은 탄성과, 이어 울리는 셔터음이 공간을 가득 메우지만 정원에게는 더 이상 들려오지 않는다.

쉿! 태준은 입가에 손가락을 가져가며 둥글게 모인 사람들에게 신호를 보낸다. 그 모습에 웅성이던 사람들은 순식간에 모든 행동을 멈추고 일시정지 한 듯 입을 다물었다.

조용. 태준이 입을 벙긋거리며 소리 없는 미소를 그리자 마치 뭐에 홀린 것처럼 사람들은 고개를 끄덕이며 고요함을 유지했다.

하지만 이 적막함이 오래가지는 않을 것이다. 태준은 시선을 돌렸다. 아무리 봐도 둥글게 둘러싼 사람들은 정원이 책을 마저 보고 자리를 일어설 때까지 움직이지 않을 것 같다.

……저기, 중학생쯤 되었을까. 태준에게 사인 한 장 받아볼까 싶어 노트를 손에 꼭 쥔 채 발을 동동거리는 교복 차림의 어린 학생이 시야에 들어왔다. 키도 작고 몸집도 작은 탓에 기도 세고 힘도 센 천하장사 대딩들과 그냥 센 언니들 사이에서 유독 눈에 띄는 아이.

숙제하는 공책인지 손에 들린 노트는 귀엽기만 하다. 이리저리 밀리면서도 꿋꿋하게 첫 줄을 자리하며 자신에게서 눈을 떼지 못하는 그 모습에 태준은 결심했는지 조용한 손짓으로 아이를 불렀다.

"저, 저요?"

태준은 끄덕이며 자신의 손목시계를 툭툭 쳤다. 시간이 없으니 빨리 오라고.

눈이 휘둥그레진 아이가 앞으로 후들후들하는 걸음으로 걸어 나온다. 태준의 얼굴이 가까워질수록 아이의 얼굴이 타들어 갈 듯 붉어져 왔다. 태준은 팔을 뻗어 아이의 손에 들린 노트와 펜을 건네받았다.

"이름이?"

"저, 저는 황은별이라고 합니다."

"몇 살?"

"열네 살이요."

"이름이 얼굴만큼 예쁘네."

태준은 고개를 끄덕이며 읽고 있던 책을 뒤에 대고 익숙하게 사인을 하기 시작했다.

"학원 안 가?"

"가야 하는데……."

"늦었지?"

"네……."

넌 이제 엄마한테 혼났다. 태준은 눈 한쪽을 찡긋거리며 작게 웃었다. 아이는 심장이 쿵 하니 떨어져 나간다.

"어, 엄마한테 혼나도 괜찮아요."

"그래? 아저씨 만났다고 하기 없음."

"우리 엄마도 팬이에요."

그래? 태준은 고개를 끄덕이며 노트 뒤를 넘겨 사인 한 장을 더 했다. 아마도 아이의 엄마를 향한 사인인 듯했다. 심장이 튀어나올 것만 같은 두근거림에 아이는 경직된 자세로 노트만 뚫어지게 바라볼 뿐이다. 정성껏 사인을 마친 태준이 아이의 이름까지 예쁘게 적어주곤 노트를 건네었다.

"감사, 감사합니다."

"뒷장은 엄마 가져다드리고 조금 덜 혼났으면 좋겠네. 어서 가. 공부 열심히 하고."

고개를 크게 흔드는 아이를 잠시 바라보던 태준은 아이를 끌며 귓속말을 건넨다. 아이의 두 눈이 휘둥그레졌다.

"잘 좀 봐줘. 결혼 못 하면 은퇴할 거야."

심장의 쿵쾅거림이 멈출 기미가 없어 연신 고개를 흔들던 아이는 기어이 태준에게 충성을 맹세한다. 다음에 또 만나자. 태준은 아이와 악수를 마지막으로 인사를 건넸다.

이 무슨 가문의 영광이란 말인가. 현실감이 없어 멍한 표정으로 아이가 돌아서자 사방은 또다시 작은 웅성거림으로 분주해졌다. 너 나 할 것 없이 주섬주섬 종이를 꺼내 드는 모습.

……휴. 태준은 손목을 돌리며 조심스럽게 풀었다.

상황을 알 리 없는 정원은 노래에 젖어 더욱 활자의 세계로 빠져들었다. 순번을 정한 것도 아니건만 약속이나 한 듯 사람들은 한 명씩 나와 태준에게 사인을 받기 시작했다.

"이름이?"

"박이슬이요."

정원의 독서를 방해할까 봐, 자신보다 더 목소리를 낮추며 제 이름을 말해주는 고마움에 태준은 또다시 미소 지었다. 아예 휴대폰에 제 이름을 써서 가져와 내밀어 주는 사람들까지. 끝이 보이지 않는 행렬이 아찔하지만 태준은 정원의 독서가 끝날 때까지 해볼 참이다.

정원의 곁엔 읽지 않은 두 권이 남아 있다. 둥근 형태로는 사인을 받기가 곤란하다는 생각이 들었는지 행렬은 태준의 정면으로 일사불란하게 정리되었다.

누구 하나 큰 소리 내는 법 없이 조용하게. 질서를 지키며.

"이거, 드세요. 두 분 응원할게요."

사인을 건네받은 여대생이 조심스레 속삭이며 태준과 정원이 마실 음료수를 건넸다.

"감사합니다."

태준은 곁에 음료수를 내리며 환한 웃음으로 답했다. 다음 차례. 눈인사를 건넨 태준이 이름을 물어보기도 전에 스스로 먼저 말해준다. 흔한 경호원 한 명 없지만.

"저는 이혜성이라고 해요. 이렇게 작게 말해도 될까요? 들리세요?"

그 어느 때보다 가지런히 줄 맞춰 조용한 서점 안이었다.

"뭐야? 동주 씨 언제 일어났어?"

놀란 눈빛으로 그녀가 방문을 활짝 열고 달려 나왔다. 커피를 내리던 김 감독은 느닷없는 그녀의 등장에 고개를 들었다.

"잘 잤어? 난 좀 전에 일어났지."

……아. 긴장감이 풀리는지 지수는 벽을 짚으며 천천히 숨을 내쉬었다. 별 뜻 없던 대꾸에 휘청거리는 지수를 바라보던 김 감독은 아일랜드 식탁을 돌아 나와 그녀에게 걸음을 옮겼다. 안색이 파리한 그녀의 얼굴은 상황이 좋지 않음을 모를 수가 없었다.

"오늘 출근하지 않아도 된다고 하지 않았어? 난 그래서 일부러 안 깨웠……."

말을 채 마무리하기도 전에 지수는 김 감독의 허리를 끌어안았다. 놀란 나머지 말을 멈춘 김 감독은 벌린 팔을 내리지 못하고 멈춰 섰다.

"왜 그래, 무슨 일 있어?"

지수는 깊은 숨을 몇 번이고 내쉬었다. 김 감독의 뛰는 심장 소리를 들으며 안도하듯 눈꺼풀을 내렸다.

그의 존재를 확인받고 싶어서.

"……꿈인 줄 알았어."

꿈이 아니라는 현실감을 느끼고 싶어서.

지수는 더욱 깊게 김 감독의 품을 파고들었다. 허무하다는 듯 휑한 웃음을 터트리면서도 끝끝내 떨어질 수 없다.

"일어났는데, 혼자인 거야."

당연하다는 듯, 늘 혼자였던 옆자리는 오늘도 비어 있었다.

"눈을 몇 번이고 깜빡였는데, 잘 모르겠더라고."

나, 혹시 너무 깊은 꿈을 꾸었나. 너무 많이 그립지 말라고, 그대 잠깐 꿈에 다녀갔나.

눈은 떴으나 몸은 움직일 수가 없었다. 목이 타는 듯이 말랐으나 침을 삼킬 수도 없었다. 꿈이라 하기엔 너무도 선명했지만.

"동주 씨가 없는 줄 알고……."

그럴 수도 있을 것만 같았다. 거짓말처럼 제 눈앞에 나타나준 그의 모습은 꿈보다 더, 꿈 같았으니까.

김 감독은 제 품으로 파고들며 토해내듯 말을 뱉어내는 지수의 등을 토닥였다. 이내 시린 미소를 지으며 아랫입술을 깨물었다. 마치 어미 고양이에게 매달린 새끼 고양이처럼 힘껏 제게 매달린 채 짧은 숨을 내쉬는 그녀의 모습은 본능, 그대로였다.

가르쳐 주지 않아도, 배우지 않아도.

"잘 잤어?"

자연스럽게 살을 비비며 제 어미를 따르는 새끼처럼.

김 감독은 헝클어진 그녀의 머리를 쓸어 넘기며 아무 일 없다는 듯 이마에 가볍게 입을 맞췄다. 해줄 수 있는 일이라곤 내일도, 그다음 내일도, 너와 함께 있을 거라는 믿음을 주는 일 외엔 아무것도 없을 테니까.

"동주 씨는? 잘 잤어?"

그것은 내뱉는 말로 보여줄 수 없는 것들이라, 김 감독은 빙그레 웃음 지으며 고개를 끄덕였다. 더는 불안하지 않게, 더는 마음 졸이지 않게.

"잘 잤어. 우리, 아침 먹어야지."

나, 네게 그런 사람이 될 수 있도록 살며 모든 노력을 다하겠다고.

……얼마나 흘렀을까. 현실감이 찾아오는지 지수는 세차게 끌어안았던 김 감독의 허리를 놓으며 이마를 짚었다. 잠결에 별걸 다 하는구나, 스스로

가 생각해봐도 기가 막히는지 입을 벌렸다가 모았다가. 정신 나간 사람처럼 피식, 피식. 웃음을 터트리기 시작했다.

"나 좀 봐. 내가 이래, 동주 씨."

지난밤, 서로는 뜨거웠다. 떨어져 있던 시간을 들려줄 수 있는 방법은 오로지 그것뿐이었다. 원하고, 또 원하고. 안고, 또 안았다.

"내가 못 살아. 아무리 생각해봐도 정말 너무 웃긴다……."

서로는 서로의 손길에 녹아내릴 듯 반응했다. 내뱉는 서로의 이름 끝엔 사랑한다는 말을 잊지 않았다. 마치, 그간의 시간을 흔적 없이 메꾸려는 몸부림처럼.

"지수야."

정신 나간 사람처럼 피식, 웃던 지수는 시선을 돌려 김 감독을 바라보았다.

……평생을 함께한다는 건.

"아침 먹고 간단한 산책, 오후엔 영화 한 편. 어때?"

어쩌면 두 사람이 생각했던 것만큼 어려운 일은 아닐지도 모른다.

피곤해? 어때, 괜찮아? 김 감독은 그녀의 표정을 살피며 의견을 물었다. 지수는 마음에 번져드는 안도감을 느낀다. 그 눈빛은 수많은 시간이 흘러도 변함없이 자신을 향해줄 것만 같았다.

잃어본 적 있기에, 다시 잃지 않기 위하여 해야 할 서로의 노력들을 곱씹으며 매 순간을 지금처럼 살아볼 것이라고. 그녀는 작게 미소 지었다.

사랑합시다. 긴 어둠이 그대를 지우기 전에.

"좋아, 동주 씨. 중간에 카페 가서 커피도 마시고 싶어."

흐르는 시간이 우리를 갈라놓기 전에.

"좋아. 찬성."

김 감독의 오케이 사인이 떨어지자 지수는 그제야 해사한 웃음을 지으며 다시 그의 허리를 끌어안았다.

세월의 파도가 우리를 휩쓸어가기 전에.

"동주 씨, 다시 와줘서 너무 고마워."

여명을 다한 불빛처럼 사라지기 전에.

다시, 사랑합시다.

……안녕이여, 안녕. 지수의 입술에 제 입술을 포개며 김 감독은 지수의 얼굴을 감싸 안았다.

주희는 귤을 만지작거리며 감춰놓았던 보조개를 드러냈다. 말라비틀어져 먹을 수 없게 된 귤이 뭐가 좋다고 그저 닳을 듯이 만지고 있다.

헷. 놓은 의자에 앉아 두 발을 흔들며 미소를 그리는 것이, 누구를 떠올리는지 묻지 않아도 알 수 있을 것 같다.

"멋있다, 멋있다, 최고 멋있다."

거슬러 올라간 그날은 드라마 마지막 촬영 날이었다.

아쉬움에 자꾸만 목이 메어 여느 때 같지 않게 시무룩했던 날이었다. 마음 놓고 바라볼 수 있었고, 또 마음 놓고 함께할 수 있었던 모든 시간을 안녕해야 하는 순간이었기에 어쩐지 먹먹하기까지 했던 시간.

드라마 끝엔 비눗방울처럼 톡, 하니 터져 정말로 없던 일이 될까 봐. 증명 하나 할 수 없을 제 마음은 흐지부지 과거로 사라질까 봐. 열쇠를 잃어버린 아이처럼 불안했고, 길을 잃어버린 아이처럼 두려웠다.

스탠바이 된 촬영장에 재민과 정원이 웃으며 대본을 맞추고 있었다. 물끄러미 두 사람을 바라보던 주희는 세차게 입술을 깨물었다.

도저히 자신을 바라보던 눈빛과 같은 눈빛이라고 해석할 수 없는 시선. 성원을 바라보는 재민의 시선엔 형용하기 어려운 따스함이 서려 있었다. 주고받는 마음이 아니라 해도 저 눈빛을 멈추게 할 재주는 제게 없을 것만 같았다.

자신 없는 마음에 당의 속으로 작은 손을 숨기며 주희는 고개를 수그렸다. 그때였다.

'뭐 해?'

'아, 오빠.'

이야기를 마쳤는지 제게 걸어온 재민. 주희는 언제나처럼 보조개를 드러내며 준비해둔 가면을 내보였다. 얼마나 활짝 웃어 보였는지, 올라간 입꼬리만큼 베인 마음은 물색없이 저미기 시작했다.

'우리 오늘이 마지막이네.'

'네, 우리 마지막이에요.'

마지막. 마지막⋯⋯.

자꾸만 가면이 헐거워지는 탓에 주희는 이를 악물며 웃음을 이어갔다. 그 마음을 알 리 없는 재민은 여느 때처럼 웃어 보였다. 따뜻하게. 녹아내리게.

그렇게 웃지 마요. 자꾸 그렇게 웃으니까 내가 이렇게 힘들잖아요⋯⋯.

'재민 씨! 스탠바이!'

'아! 네!'

언제나처럼 짧은 안녕. 이제 곧 재민의 스탠바이다.

'갈게, 이따 보자. 이건 내 마음.'

재민의 여느 때처럼 주희의 손바닥에 귤을 올려주었다. 평소처럼 건네준 귤을 전해 받은 주희는 재민의 뒷모습을 마지막으로 가만히 제 손을 내려다보았다.

'⋯⋯어?'

걸어가는 재민과 귤을 번갈아 바라보던 주희의 얼굴은 놀라 경직되었다. 재민은 뒤를 돌며 두 눈이 휘둥그레진 주희에게 손을 흔들었다.

'이건 내 마음.'

직접 그렸을까. 뚫어져라 바라보는 그것은 다름 아닌 귤 한편에 매직으로 그린.

하트였다.

"스케줄 나왔던데."

"봤어요. 박 대표님이 가져다주셨어요."

정원의 어깨를 감싼 태준의 온기가 따뜻하다. 발걸음을 맞추는 두 사람은 목적 없이 길을 걷는다.

"바쁘겠네."

"바쁘고 싶어요. 그냥 지금은…… 그게 더 나을 것 같아요."

그 마음 모를 수가 없어 태준은 말없이 고개를 끄덕였다. 밤하늘을 보며 걷는 것이 참으로 오랜만인지라, 정원은 숨을 크게 내쉬며 현실을 인지하려 노력한다. 눈앞에 펼쳐진 산책로는 마치 잘 그린 그림처럼 실재감이 없었다.

"좋은데요, 사람도 별로 없고."

때아닌 빗방울이 부슬부슬 떨어져 한적한 산책로. 급히 장만한 비닐우산은 어른 두 사람의 몸을 온전히 가리기엔 다소 협소했기에 태준의 옷자락이 젖어들기 시작했다.

"이리 더 가까이 와요, 비 맞잖아요."

우산 지분율 8할을 가진 정원갑께서 태준의 팔을 끌며 조금 더 가까이 곁에 섰다. 그러나 정원이 태준을 끌어당길수록 태준의 팔은 조금 더 정원에게 기울었다. 아무리 끌어당겨도, 여전한 8할이다.

"좋네. 비라면 지긋지긋했는데."

그녀의 근심 어린 눈빛에 화제를 돌리며 태준은 시선을 위로 올렸다. 투두둑거리며 비닐우산 위로 떨어지는 빗소리가 청명하니 세상 그 어떤 음색보다 달콤하고, 사랑스럽다. 흙내가 섞인 바람 냄새에 마음은 곧장 훈훈해져 왔다.

"아, 좋구만."

서걱서걱. 천천히 내딛는 발걸음에 젖은 흙이 밟혀 태준은 잠시 소리에 잠착해보기로 한다. 인터넷 세상은 이미 그들의 데이트 목격담이 실시간 랭킹을 자리매김하고 있건만 들여다보지 않는 이상 그저 먼 나라의 이야기일 뿐, 진절머리 나는 그 세상은 도저히 알고 싶지 않다.

……잠시 놓아도 괜찮아. 속세를 잠시 잊은 두 사람이 작은 우산 하나를 지붕 삼아 무릉도원 길을 걷는다.

"박 대표가 나 없는 사이 격정 멜로 같은 시나리오 주면 기자회견 열어. 갑의 횡포. 알아듣나?"

정원은 뜻밖의 이야기에 소리 내어 웃음을 터트렸다. 걱정되는 게 고작 그런 것들뿐인 듯하다.

"내용 탄탄하고, 캐릭터 좋으면 해야죠. 저는 박 대표님 무조건 믿고 따라 갈 거예요."

저는, 박 대표님의 꿈이자 이사님의 꿈이니까요.

정원의 속을 알 리 없는 태준이 난데없이 이글이글하지만 정원갑께선 이제 그쯤은 강 건너 불구경 수준으로 치부할 수 있다.

……어느덧 웃음도 대화도 끊긴 공간. 태준은 아무리 장난 같은 말투로 웃어넘겨보려 해도, 아무것도 아닌 척 덤덤히 내보이려 해도 가슴에 있는 진심은 애틋함으로 무장하지 않고는 나오지 않을 것만 같았다.

끊긴 대화 끝으로 제 마음에 먹먹함이 찾아와 태준은 작게 한숨을 내쉬었다. 잠시, 안녕할 시간이 다가오고 있음에.

"바쁠 거야. 건강 관리 잘하고."

꿈을 향해서, 서로 잠시 멀어질 시간이 찾아온 탓에.

"연락…… 자주 할게."

대꾸 없는 정원은 제 어깨를 감싸고 있던 태준의 손을 내려 잡으며 앞뒤로 반동을 일으켰다. 의외로 씩씩하게 걸음을 걷는 정원은 그 애틋한 속내를 들여다보기라도 한 것처럼 조금의 아쉬움도, 일말의 미련도 내보이지 않았다. 정원은 온전히 그의 손에 방향을 맡긴 채 천천히 눈을 감았다.

……투둑투둑. 빗소리가 마치 우산 속과 세상 밖을 단절시킨 것처럼.

"있잖아요."

나, 그대 아니고는 아무 의미가 없게 되어버려.

"할 말이 있어요."

할 말이 있어요. 말끝에 잠시 뜸을 들이던 정원은 천천히 태준의 어깨 쪽으로 얼굴을 기울였다. 익숙한, 그래서 더욱 간절한. 그의 향기가 정원의 코를 간지럽힌다.

"……사랑해요."

풍경이 멈추고, 태준이 멈추었다. 차마 제 어깨에 기댄 정원을 바라보지 못한 채 태준은 정면을 응시하며 천천히 눈을 감았다 떴다.

가파르게 뛰어오르는 제 마음 추스르기도 전에, 곱씹어 생각하기도 전에. 다시 한 번 그녀의 음성이 우산 속을 따스하게 적셔오기 시작했다.

"내가 정말로, 사랑해요. 강태준을."

사랑해요. 태준의 심장이 더는 참지 못하고 세차게 반응하기 시작했다. 의심해본 적 없이 당연한 사실이라 생각했지만, 만나오는 내내 말 없는 그녀의 눈동자가 사실을 알려주어 그리 알고는 있었지만.

듣고 싶었다. 태준은 고개를 돌려 천천히 정원을 응시했다.

알고 싶었다. 그대 나를 사랑하는가, 묻고 싶었다.

멈춘 우산 속 두 사람 사이로 떨어지는 빗소리가 쉼 없다. 조금 더 빗줄기가 굵어진 탓일까. 빗줄기는 다소 둔탁하게 우산 위를 노크하며 빠르게 떨어져 내렸다. 그러곤 물어왔다.

지금 그녀의 마음을, 잘 들었냐고.

숨을 내뱉는 것조차 쉽지 않아 정원의 얼굴만 바라볼 뿐, 태준은 더 이상 무엇도 할 수 없다. 그에 비해 떨어진 심장은 마치 태준의 몫이라는 것처럼 마주한 그녀의 얼굴은 편안하기만 하다. 그 덤덤함 속 울리는 그녀의 목소리는 숨소리 하나까지, 모두 그를 향하기 시작했다.

"떠날까 봐 무서웠어요. 강태준의 마음도 언젠가는 변할 것 같아 쉽게 전부를 못 보여주겠더라고요."

다시 또 혼자가 될까 봐.

"거짓말 같았거든요."

울다 지쳐 잠들게 될까 봐.

차마 마주할 자신은 없었는지 정원은 태준의 반대 방향으로 고개를 돌리며 탁 트인 사방을 주시했다. 반짝반짝. 어둠 속에 흐르는 강물은 일방적으로 제 품으로 달려오는 빗물을 조용히 끌어안아 제 갈 길을 마저 간다.

……저 강물처럼, 나도. 당신을 모두 안아.

"얼마나 무서웠는지 몰라요."

모두 안아. 우리의 길을, 갈 수 있다면.

"어느 날 내 옆에서 없어진대도 괜찮을 만큼만…… 딱 내가 죽지 않을 만큼만 사랑해야겠다고……."

무슨 말을 해주어야 할까, 태준은 제 마음을 대변할 단어를 찾지 못해 말을 이을 수 없다. 정원은 예고 없이 태준을 바라보았다. 몸 안 가득 차오르는 벅찬 기운에 정원은 숨을 가득 들이켰다.

"마음을 다 주고도 괜찮을 수 있을지, 자신이 없었거든요. 그랬는데. 그랬는데……."

처음으로 뱉어본 말들에 무안했는지 이내 너털웃음을 흘리며 정원은 코끝을 찡그렸다.

"망했어요. 안 되잖아요."

이제는 말할 수 있을 지난 시간. 그의 사랑이 크다 말할수록 서글픔은 산소처럼 주변을 부유했다. 믿으면 믿을수록 믿을 수가 없었다. 아니.

"강태준 없이는 이제 아무것도 할 수가 없어요."

도무지 믿기지 않았다.

늘 가슴속을 맴돌기만 하던 말들이 담을 수 없을 만큼 쌓여 끝끝내 터져버린 지금. 정원의 시선을 마주한 태준의 눈동자는 흔들렸다. 감히 장담하기를 누구보다 행복했으나 누구보다 아팠을 그녀의 시간이었기에. 도저히 다른 말은 생각나지 않는지 태준은 답 대신 정원을 품으로 끌어안았다.

……사랑이란.

"이거 봐요, 젖었잖아요."

"괜찮아."

젖어버린 한쪽 어깨쯤이야 지금 내게 중요하지 않다고.

"나도, 할 말이 있어."

축축한 제 어깨에 정원의 얼굴이 닿을까 조금 더 정원을 품속으로 끌어당기며 태준은 낮은 목소리로 우산 속을 채웠다.

말이 화려하지 못해서 늘 미안했던 내가. 말 속에 마음을 담을 길 없어 늘 초조했던 내가.

"결혼하자."

오늘도 화려하지 않은 고백으로 내 마음을 네게, 보여주어도.

……빗소리가 거세진다. 우산 위로 쏟아지는 빗줄기는 모두의 박수 소리처럼 공간을 울려오기 시작했다.

"이렇게 말하고 싶진 않았는데, 오늘 말하고 싶어."

솜씨 없는 나의 서툰 고백을 오늘도 네가, 들어줄 수 있다면.

정원은 태준의 품 안에서 눈을 감았다. 세차게 내리는 빗소리와 태준의 목소리가 뒤섞여 낮은 목소리나마 공간을 압도하기 충분했다. 고개를 들지 않은 채 정원은 부스스하게 웃었다. 뱉어놓고 수습이 안 되는지 태준은 말이 없는 정원을 향해 재차 물었다.

"답 안 해주나?"

그녀의 올라간 입꼬리가 무엇을 뜻하는지 모를 리는 없었겠지만.

"이거 반칙이에요. 오늘은 나만 말하려고 했는데."

……청혼.

흔한 반지 하나 없이, 꽃길도 초도 켜지 못한 빗속의 산책로에서. 그는 절대로 흔하지 않을, 세상 어떤 불빛보다 더욱 환히 빛날 사랑을 비처럼 쏟아내 주었다.

"그래서, 답은?"

급한 성격에 자꾸만 답을 종용하는 태준의 목소리에 정원은 고개를 들었다. 투박한 말투와는 다르게 따라 입가에 웃음이 번지는 태준의 눈빛을 바라보며 정원은 살며시 고개를 끄덕였다.

"내 답은요."

태준의 뜨거워오는 애정 어린 눈빛 속, 정원은 살금 까치발을 들었다. 그의 목뒤로 팔을 두르며 그의 귓가에 자그맣게 속삭였다.

바람은 분다. 나는 네게로 불어들고 너는 내게로 불어온다.

소매 끝을 적시는 빗물처럼 너는 내게로 온전히 스며든다.

"그 말, 나도 할래요."

너는 나를 사랑하니, 물어본다면 답해줄 수 있겠니.

알려다오. 마치 내일은 오지 않을 것처럼.

"오늘, 민정원도 강태준에게 청혼해요."

14. 악녀의 재림

"뭐가 또 이렇게 많아."

태준은 수북한 시나리오를 보며 기가 차다는 듯 뒤적거렸다. 그도 그럴 것이 태준의 해외 활동이 시작될 예정임을 모르는 사람은 아무도 없었으니까.

……아. 모두가 원하며 드럽게 존재감 있는 이 강태준은 때와 장소를 가리지 않고 태준앓이를 시키는구만. 절대로 평범하게 살 수 없어 힘들도다. 힘들어.

"내려놔. 그거 태준 씨 거 아니거든?"

PC를 끄고 소파에 앉으며 박 대표는 얘 뭐라니, 정색한다.

그래? 내 거 아니야? 태준은 쌓여 있던 시나리오 쪽으로 고개를 다시 돌리며 들고 있던 시나리오를 슬쩍 내려놓았다. 꿈도 꾸지 말란다. 니 거 아니니까.

"민정원 씨 러브콜이야. 강태준은 무슨."

뭐? 누구? 태준은 다소 당황한 눈빛으로 상체를 수그렸다.

예, 옘병! 그제야 훤히 시야에 들어오는 제목들. 제일 위에 눈에 띄는 시나리오는 [불꽃처럼 타오르다].

불, 불꽃? 태워? 무엇을? 대체 어디서 무엇을 태운단 말이지?

그 뒤로 줄줄이 [내 여자의 클래식], [사랑 브런치], [그 모델의 사생활]······.

사, 사생활······. 태준은 휙! 시나리오를 신경질적으로 헝클어트리며 수그렸던 상체를 다시 소파 쪽으로 기울였다. 이글이글 타오르는 눈빛에는 뱉어내지 못하는 온갖 짜증이 뒤섞여 있다.

또 저런다, 또. 박 대표는 뻔한 일 아니겠냐는 표정을 지으며 눈을 치켜떴다.

"왜 이래? 당연한 일 아니야? 아마추어처럼 당황한 척하지 마."

"아오."

태준의 입에서 앓는 소리가 절로 난다. 떠올려 상상하는 것만으로도 환장할 노릇인지 뱉어내는 탄식은 좀처럼 멈출 기미가 보이지 않는다.

"참, 오늘 정원 씨 언더웨어 광고 계약."

"아오······ 아오······."

앓는 소리는 점점 깊어진다. 태준은 소파 뒤로 얼굴을 기댔다. 보자 보자 하니 철이 없어도 너무 없는 초딩 강태준의 탄식에 할 말 잃은 박 대표는 태준의 무릎을 때렸다.

"이게 얼마나 정원 씨한테 중요한 건데? 이럴 거야?"

나한테도 중요해······ 그 바디는 내 바디니까······.

"여배우가 주류, 화장품, 속옷. 이거면 끝난 거야. 몰라서 이래? 최고야, 최고!"

알고 있으니까 이러고 있네, 이 아줌마야······.

호들갑스러운 박 대표의 성화에도 태준은 별말 없이 잔뜩 미간을 구기고 있을 뿐이다. 박 대표의 말대로 대세를 입증하는 종목이 아니었다면 이렇게 앓는 소리로만 그치지 않았을 것이다. 그쯤은, 잘 알고 있으니까.

"얘가 대체 왜 이래, 정말."

박 대표는 생경한 태준의 모습에 두 눈을 동그랗게 뜨며 말을 멈췄다. 심각하게 미간을 구긴 채 말이 없는 태준의 얼굴은 불쾌함을 넘어선 종류인지라, 처음 보는 표정은 심경의 상태를 종잡을 수 없었다.

정재민…… 강아지…… 풀떼…… 기…….

상상만으로도 끔찍한지 눈 감으면 떠오를까 번쩍 뜬 눈은 쉽사리 감지도 못하겠다. 박 대표는 이글이글 뜨고 있는 태준의 눈을 바라보다 피식, 실소를 흘렸다.

뭐야. 질투해, 지금?

"어머, 태준 씨."

박 대표는 한껏 비웃을 요량인지 입꼬리 한쪽을 슬며시 올렸다. 대꾸도 하지 않는 태준의 이글이글한 눈빛은 좀처럼 식을 기미가 없다.

"어머. 너 뭐야, 질투하니, 지금? 누구니, 너?"

강태준이 질투를 해? 촬영인데? 박 대표는 웬만한 개그 프로그램보다 웃기다고 손뼉까지 치며 폭소했다.

예, 옘병! 웃기냐? 웃겨!

자꾸만 재민의 따뜻한 웃음이 의미심장한 늑대 웃음으로 변질되어 태준의 머릿속을 헤집고 돌아다닌다. 도저히 함께 있는 장면을 두 눈 뜨고 지켜볼 자신이 없다.

"뭐야, 애. 질투하나 봐. 강태준 진짜 가지가지 한다."

배를 부여잡고 눈물까지 흘리며 웃던 박 대표는 조금 진정했는지 눈가를 정리하며 입술을 열었다.

"안 그래도 내가 물어봤는데, 태준 씨 몸값이 너무 비싸서 안 된다고 하더라고."

"공으로 해줄 수 있는데."

얘가 정말 보자 보자 하니까! 박 대표는 이번엔 좀 더 세게 태준의 무릎을 때렸다.

"제정신이야? 세상에 자기 몸값 깎는 배우 봤어? 미쳤어? 절대 안 돼!"

스스로 생각해도 말도 안 되는 일이라. 태준은 답답한 심정을 토할 길이 없어 허공을 응시했다.

"사실 이 정도면 양반이지, 안 그래?"

양반 아닌 것 같은데.

"양반도 이런 양반이 없어. 까불지 마, 강태준."

나는 아무리 생각해봐도 그건 양반이 아닌 것 같은데.

아무래도 박 대표와 태준이 알고 있는 계급도는 전혀 다른 것 같다. 태준은 허공을 응시하며 내 팔자야, 내 팔자야, 한탄을 이어나갔다. 다른 남자에게 두 눈 뜨고 인터셉트 당할 팔자라니. 그것도 다름 아닌.

"정재민 씨는 계약했나? 우리가 먼저 하려나?"

강아지 풀떼기한테!

풀파워로 상승하는 혈압은 분기 최고점을 찍을 것만 같다. 태준은 낮게 심호흡을 하며 자신을 다스려보기로 한다. 커피를 홀짝 마신 박 대표는 검토해야 할 다른 서류를 들며 태준에게 일침을 놓았다.

"앞으로 정원 씨 연기하는 내내 다른 배우하고 러브신 많을 텐데. 태준 씨 벌써 이러면 곤란해."

"으어, 죽겠고만."

그냥 눌러 앉혔어야 해……. 은퇴를…… 시켰어야…….

혼잣말만 되뇌던 태준은 고개를 조금 내려 박 대표를 바라보며 영 탐탁지 않은 목소리로 입을 열었다.

"촬영이 언젠데. 어디서 하는데."

"싫어. 안 가르쳐줘. 궁금해?"

"아니!"

허. 그게 뭐라고. 궁금하지 않아.

태준은 심드렁한 표정으로 손사래를 쳤다. 박 대표는 그럼 묻지 말라는 표정으로 고개를 저었다.

"궁금하지도 않으면서 뭘 물어. 안 가르쳐······."

"어딘데. 말해봐."

아니야, 궁금해! 지금 제일 궁금해!

박 대표는 서류를 바라보다 고개를 들었다. 주춤주춤 올라가는 그녀의 입꼬리는 상황을 즐기고 있음이 분명했다.

아, 이런 옘병. 조종당하고 있어.

하지만 지금은 악당 박 대표의 손을 들어줄 수밖에 없다. 태준은 작전을 변경했는지 또다시 상체를 일으켜 박 대표 쪽으로 조금 더 몸을 기울였다.

휴. 나 강태준. 내가 이렇게까진 안 하려고 했는데.

"왜, 왜 이래?"

뜬금없이 다가온 태준의 얼굴을 바라보며 박 대표는 질겁한 표정을 지었다. 태준은 서서히 기계적인 미소를 장전하고는 화보 눈빛을 발사하기 시작했다.

"왜, 왜 이러냐고."

태준은 가급적 부드럽게, 아주 달콤하게, 목소리를 굴리며 입술을 열었다.

"이봐, 박 대표."

박 대표에게 이입하기 꽤나 쉽진 않았지만 나, 프로 강태준은 모든 환경에 숙달되었기에 얼마든지 할 수 있다.

"어디야, 말해봐."

치명적인 강태준의 미소를 보여주지. 빨려 들어올 수밖에 없는 그대는 내게 답을 하라.

"응? 언젠데. 나한테 말해봐."

"싫어. 말 안 해줄 거야."

시, 실패했다!

획, 하니 소파로 다시 상체를 기대는 태준의 얼굴이 분노에 타오른다. 잘

생긴 남동생에게 마음을 빼앗기는 여인은 없으리라. 박 대표는 솜털만큼의 심경 변화도 느끼지 못한 채 오만상을 찌푸렸다.

"알려주면 따라올 거 아냐? 어후, 동네 소문이라도 나봐."

창피해, 정말. 박 대표는 생각만 해도 아찔하다. 어떻게 만들어 놓은 이미지인데 이렇게 한순간에.

그럴 수는 없다. 강태준은 끝끝내 멋지고 카리스마 넘치는 한류스타로 남아야 하니까. 박 대표는 손짓으로 문을 가리키며 태준을 추방하기로 한다.

"가, 빨리. 정원 씨 올 거야. 계약해야지. 광고주도 도착할 시간 다 됐어."

옘병…….

악당 박 대표. 반드시 처결하리라. 결국 소재지는 파악도 하지 못한 채 태준은 몸을 일으켰다.

"대표님!"

직원 한 명이 뛰어 들어왔다. 노크 없이 태준과의 시간을 방해하는 일이 보통은 아니겠다는 생각에 박 대표는 동그란 눈으로 직원을 응시했다. 태준 역시 힐끔, 직원을 바라보았다.

"뉴스. 뉴스 보세요!"

그 호들갑스러운 목소리에 박 대표와 태준은 서로의 시선을 마주했다.

"또 무슨 사고 쳤어!"

"사, 사고는 무슨!"

"너 아니면 쟤들이 뛰어 들어올 일이 없어, 일이!"

뭐야! 니가 먼저 말해봐! 괜히 뜨끔한 태준이 이내 정색하지만 박 대표는 앙칼진 목소리로 태준을 노려보았다.

"저…… 대표님……."

난처한 음성으로 말을 건네는 직원을 천천히 돌아보며 박 대표는 다시금 표정을 관리해보기로 한다. 두어 번 마른침을 삼키며 무슨 일이 닥쳐도 절대 흔들리지 않으리라, 다짐까지 하며.

"태준 씨 일이야? 뭔데?"

예상과는 달리 힐끔힐끔 태준을 바라보던 직원은 도리질을 쳤다.

"강태준 씨 아니고요, 대표님."

태준의 입꼬리가 올라가기 시작했다. 박 대표는 멍하니 눈을 깜빡였다. 결국, 일은 될 대로 될 수밖에 없다.

"정재민 씨하고 신주희 씨, 스캔들 터졌어요."

"형!"

"여어, 오랜만."

스포츠 의류 브랜드 동반 촬영이 있어 재민과 석환은 오랜만에 스튜디오 현장에서 마주쳤다. 소화하기 바쁜 일정에 실로 오랜만에 마주하지만, 꾸준한 연락으로 대강의 일들은 알고 있는 두 사람이다.

"살쪘다, 정석환?"

재민은 석환의 얼굴을 보자마자 관리 안 하냐? 웃음 지으며 석환의 어깨를 둘렀다.

"살찐 게 아니고 운동을 한 거지. 어깨 더 넓어진 것 같지 않아?"

"웃기네. 어깨가 그렇게 쉽게 넓어지냐?"

촬영에 필요한 모든 준비를 마친 두 사람은 모처럼 즐거운 촬영이 될 수 있을 것만 같은 기분에 익살스러운 표정을 지었다. 재민은 어깨동무를 하고 앞으로 걸어가며 석환의 옆구리를 찔렀다.

"좋냐?"

"뭐가. 뭐가 또."

"좋냐고."

질문의 뜻을 어찌 모를 수가 있겠는가. 석환은 숨길 수 없는 미소를 지으며 고개를 끄덕거렸다. 그 모습에 재민은 석환의 어깨에 둘렀던 팔을 풀며 제 팔을 비볐다.

"내가 닭이 되겠다, 아주 닭이 되겠어."

"먼저 물어봐 놓곤 반응이 뭐 이래?"

아아. 쑤신다. 크게 팔을 돌리며 무슨 말을 할 생각인지 석환은 목소리를 낮췄다. 아무리 봐도 강태준을 이어 얘도 장래희망이 팔불출인 듯싶다.

"우리 해영이가 '환아~' 이렇게 부르면서 배시시 웃으면 으어, 내가 녹아요, 녹아."

그 애교가 특급 애교야. 봤어? 못 봤지? 못 봤으면 말을 말아요. 말끝에 석환은 눈썹을 찡그리며 웃는다.

"아우, 환장하겠네."

잔뜩 넉살 부리는 석환의 모습에 재민은 눈을 부릅뜨다가도 허한 웃음을 터트리고 만다.

나이는 숫자에 불과한 것이라. 서른을 바라보는 해영이 아이처럼 제게 웃어줄 때면, 세상이 만들어둔 잣대는 아무런 의미도 주지 못했다. 먼저 태어나 자신보다 오래 자신을 기다려준 그녀가 고마울 뿐.

"아, 맞다."

무엇이 떠올랐는지 걷던 걸음을 멈추며 재민은 석환을 바라보았다.

"내가 해영이 누나한테 언젠가 애인 생기면 형님으로 잘 모시겠다고 약속했는데."

너 때문에 족보가 꼬였어. 재민은 어쩔 셈이냐며 다시 석환의 목을 조르 듯이 팔을 둘렀다.

"당연한 거 아니야? 나를 잘 모셔줬으면 좋겠어, 형."

목을 졸려도 좋단다. 석환은 뿌리칠 생각도 없는지 그저 몸에 힘을 죽 뺀 채 입만 놀릴 뿐이다. 포기했는지 재민은 팔을 풀며 석환의 허리를 찔렀다. 어지간히 친한 사이 아니라면 할 수 없는 행동이다.

"아, 이럴 때가 아니라 우리 애인한테 전화해야지."

석환은 가볍게 워밍업으로 몸을 풀며 휴대폰을 꺼내 들었다. 그 목소리

한시도 듣지 않으면 고막에 거미줄이 칠 것만 같다.

……좋을 때다, 좋을 때야. 재민은 말없이 미소 지으며 석환을 따라 몸을 풀기 시작했다.

"뭐 해? 촬영해?"

석환은 움직이던 상체를 멈추며 휴대폰에 온 신경을 다하기 시작했다.

"밥은 먹었지. 우리 애기는 밥 먹었나요?"

허. 마찬가지로 움직이던 상체를 멈추며 재민은 석환을 바라보았다. 애기라니. 해영은 석환보다 세 살 많은 누나가 아니던가. 만나는 사이에 '누나, 동생' 호칭은 어울리지 않는다 해도 애기는 좀…….

"응. 나 재민이 형 만났어. 이따 또 전화할게. 사랑해. 응, 사랑해요. 네네. 제가 더 사랑해요. 아니요? 제가 더 사랑하거든요. 네네. 사랑해요. 안녕~"

"죽고 싶냐?"

끊긴 휴대폰을 바라보는 석환을 향해 재민이 손을 뻗었다. 재빠르게 재민의 주먹을 막아내며 석환은 오, 아직 녹슬지 않았어, 스스로의 반사 신경에 웃음을 터트렸다.

"장난 없네. 진짜 정석환 소름 끼친다."

"형, 원래 사랑하면 다 이렇게 되는 거야."

"야, 난 주희 만날 때도 그렇게는 하지…….."

재민은 말을 멈추었다. 천천히 석환이 막고 있던 제 주먹을 내렸다. 경직된 표정과 동그랗게 떠진 눈은 무엇을 생각하는지 알 수 없었다.

"……석환아."

응? 휴대폰을 주머니에 넣으며 석환은 재민을 바라보았다. 넋을 놓은 듯 멍한 표정으로 정면을 응시하던 재민은 두 눈을 깜빡이며 마른침을 삼켰다.

"내가 지금 주희라고 했지?"

……네가 떠오르지 않았어.

"어, 주희라고 했지. 왜?"

나, 처음으로 네가 떠오르지 않았나 봐.

재민은 굳게 감았던 눈을 천천히 뜨며 방망이질 치는 제 심장에 손을 가져다 대었다.

아주 오랜 버릇처럼 모든 생각의 1순위는 정원이었다. 생각이 나기도 전에 불쑥불쑥 튀어나오는 그것들은 도저히 막을 방도가 없었다. 퇴행한 사랑이라 한들 오랜 버릇을 고치기는 당분간 어려울 성싶었다.

"이게…… 진짜 끝이라는 거구나."

그랬다.

"응? 뭐라고?"

그랬는데…….

재민은 천천히 가슴에 올렸던 손을 내리며 희미한 미소를 지었다.

"아냐, 아무것도."

……아무리 애를 써도 날아갈 것 같지 않던 너의 기억은.

"아, 촬영 빨리 끝났으면 좋겠다. 형 이거 끝나고 다음 스케줄 있어?"

그렇게 노력해도 지워질 것 같지 않던 너의 기억은.

"아니, 없어."

"잘됐네. 그럼 나랑 같이 우리 애인 보러 갈래?"

어느새 이렇게. 간다는 말도 없이 나도 모르게.

재민은 의식 없이 고개를 끄덕이며 세차게 아랫입술을 깨물었다. 그때였다. 석환은 저 멀리서 뛰어오는 재민의 매니저를 발견하고 넋을 놓은 재민의 어깨를 툭, 쳤다.

"형, 저기."

재민은 고개를 돌려 뛰어온 매니저를 바라보았다. 다급함이 서려 있던 그 표정은 예상할 순 없었으나 무슨 일이 생겼음은 알 수 있었다.

"재민아. 재민아."

"형, 무슨 일 있어?"

"너 인마, 지금 스캔들 터졌어!"

석환은 황급히 제 주머니에서 휴대폰을 꺼내 들며 기사를 확인하기 시작했다. 손끝 하나, 발끝 하나 움직일 수 없는 재민은 마치 남 일이라는 것처럼 표정을 잃기 시작했다.

"형, 이거 봐봐! 주희랑 형인데, 이거?"

격양된 석환의 목소리도, 당황한 매니저의 표정도 점점 아득해져 간다. 재민은 고개를 떨구며 허무하다는 듯 입가에 미소를 그렸다. 별 반응 없는 재민이 답답했는지 매니저는 부산스러운 손놀림으로 휴대폰을 꺼내며 속사포로 말을 뱉었다.

"빨리 소속사에서 조치하지 않으면 안 되겠다. 내가 일단 소속사에 전화해볼 테······."

"아니, 하지 마. 형."

재민은 고개를 들었다. 얼어붙은 듯 동작을 멈춘 매니저는 재민의 시선을 훑었다. 변한 표정. 무엇을 이겨내었을까. 재민의 확고한 눈빛에 매니저의 입술이 슬며시 벌어졌다.

······너로 인해 행복했던 지난날들이여.

"정정하지 마. 거짓말하고 싶은 생각 없어."

"재민아!"

너로 인해 아름다웠던 지난날들이여.

"이여, 형 멋진데? 주희 좋아하겠네."

이제야 비로소 머리 아닌 가슴이 네게 안녕이라 말해.

재민은 천천히 눈을 감았다. 깊게 파인 보조개를 드러내며 제게 웃음 짓는 주희의 모습이 조금씩 선연해졌다.

마음이 곁에 없다는 걸 알면서도 그 모든 시간을 고운 미소로 고스란히 감싸 안아 주었던, 묵묵히 제 뒤에서 조용히 자신을 기다려주었던 그녀의 해맑은 얼굴이.

잠시의 침묵. 석환은 빠른 몸짓으로 재민의 매니저를 다독이며 휴대폰을 억지로 주머니에 넣어주었다.

"에이, 재민이 형이 알아서 할 거예요. 별일 아닌데 뭘 이렇게."

결심했을까. 재민은 발걸음을 옮기기 시작했다. 갑작스러운 재민의 움직임에 석환의 시선이 돌아갔다.

"형, 어디 가?"

"전화하러."

……가슴이 뛴다. 설렘이 깃든다. 행복이 찾아와 조용히 마음을 두드리며 발자국을 남긴다.

"누구한테 하러 가는데! 형!"

다름 아닌, 그녀로 인해.

재민은 뒤를 돌아보았다. 완벽하게 평온해진 그의 표정 속에는 사랑이 찾아왔음을 모를 수가 없었다.

안녕. 어서 와, 반가워.

두 팔 벌려 안아주고 싶은 내 사랑아.

"누구긴, 나도 우리 애기한테 전화하러 간다."

"그쪽에서도 울며 겨자 먹기야. 드라마 수출 국가 겨냥해서 제작되는 거라, 선택의 여지가 없지, 뭐."

재민과 정원의 CF 계약이 최종 사인을 목전에 두고 파기되었다.

"정재민 아니면 강태준인데. 정재민이 지금 스캔들 터져 오도 가도 못한다……."

결국, 언더웨어 CF는 제 몸값을 주고 태준을 선택했다. 중간에 두 사람이 헤어지기라도 한다면 큰일이겠지만, 선택의 여지가 없었기에 긴급회의를 통해 결정되었다.

"잘된 일이라고 해야 하는지, 아니라고 해야 하는지, 이거, 원."

박 대표는 마주 앉은 황 이사를 바라보며 중얼거렸다. 올라가는 입꼬리를 참아가며 빛의 속도로 사인을 하던 태준이 떠올라 박 대표는 잠시 열나는 속을 진정시켜보기로 한다.

썩 기분이 나쁘지 않은지 커피잔을 매만지던 황 이사는 오랜만에 속내를 보이는 웃음을 보였다. 그 모습에 박 대표는 멍하니 황 이사를 응시했다. 얼마 만에 보는지 알 수도 없는, 그의 미소. 공연히 가슴이 뛰어올라 박 대표는 이내 화제를 전환했다.

"이사님 정말 안 올 거야? 나 혼자 너무 힘들어."

"……엄살은."

황 이사는 버릇처럼 테이블에 놓인 정원의 시놉을 뒤적거렸다.

"정원이 몸 쓰는 일은 피해. 아직은 무리야. 틈틈이 체력 단련도 시켜주고."

"난? 난 어떻게 살면 되는데? 나도 좀 알려줘, 이사님."

"잘 살잖아. 부족함 없이."

"재수 없어, 정말."

박 대표는 식어버린 커피를 한가득 삼켰다. 식어버린 커피도 사랑도 무엇 하나 맘에 드는 게 없다. 잠시 마음을 다독인 박 대표가 짧은 한숨을 내쉬며 곁에 두었던 서류 봉투를 황 이사에게 내밀었다.

"태준 씨가 큰돈 들여 거둔 주식이야, 받아줘. 태준 씨 빚지고는 못 살아."

"일없어. 내가 그걸 왜 받아."

하아. 그냥 벽보고 얘기할래. 박 대표는 체념한 표정으로 고개를 끄덕였다.

"그래…… 어려워…… 어려우셔, 황 선비. 뭐하러 지금 태어났어? 조선에 태어나서 한 이름 남겨주시지. 역사책에서 만날 걸 그랬네?"

황 이사는 또다시 웃었다. 사랑한다는 백 마디보다 달달하니 듣기 좋은 박 대표의 잔소리.

예상했다는 듯 박 대표는 두 팔을 으쓱, 들어 보였다.

"알겠어. 그 주식 내가 갖지, 뭐. 부자 돼서 강남에 빌딩 하나 더 올려야겠다."

그러든지. 황 이사는 볼일이 끝났는지 일어날 채비를 하며 상체를 일으켰다.

"태준 씨 중국 다녀오면 이사님, 나랑 결혼해."

후룩. 박 대표는 식어버린 커피를 이내 남김없이 마셨다.

식어도 마실 거야. 식어도 안 버려. 절대로!

황 이사는 대꾸 없이 흐트러진 타이를 정리하며 일어섰다.

"그 주식 내가 가질 테니까, 이사님 나하고 결혼해서 살아. 싫어?"

황 이사는 뒤를 돌아섰다. 이어 울리는 그의 목소리. 그 대답 참으로 간단 명료하다.

"요란 떨 것 없어. 짐 챙겨서 들어와, 당장."

예상 답변은 아니었는지 박 대표의 입이 쩍 벌어졌다. 커진 눈동자는 황 이사의 동선을 따라 움직이기 시작했다.

"이사님! 저, 저기! 황 이사님!"

문을 나서는 황 이사를 크게 부르며 박 대표는 대표실 문밖을 바라보았다. 직원들은 무슨 일인가 싶어 힐끔, 파티션 위로 얼굴을 내밀었다.

"데리러 올 거지? 나 오늘 짐 싼다, 진짜! 전화해! 전화해요!"

황 이사는 손을 들어 보였다. 걸어 나서는 얼굴에 때아닌 웃음꽃이 활짝 펴, 황 이사는 손으로 입술을 가린 채 가득 미소를 그렸다.

[드림아트 배우 민정원 고소 취하…… '일정 시작']

[CF 촬영 '연인과 함께' 뜨거운 관심 실시간 검색어 등장]

[찍지도 않았는데…… 티저 영상 공개 요청 쇄도 '태정커플 효과']

[태준의 연인 '트렌드를 주도하다' 완판. 완판. 끝없는 '완판']

"콘티는 받아보셔서 아시겠지만 여자 편, 남자 편으로 나눠서 촬영 들어갈 거예요. 지면 광고나 잡지로 실릴 촬영분은 두 분 같이 촬영하실 거고요."

정원은 집중한 눈빛으로 콘티를 바라보았다. 지면 광고 촬영부터 시작된단다. 대개 여성 잡지에 실리게 될 사진이라 콘티 내용이 진하고 도발적이어서 매우 선정적으로 보이는 장면들이 많았다.

표정이 영 불안해 보이는 정원의 얼굴을 살핀 담당자는 그 마음 들여다보기라도 한 것처럼 말을 덧붙였다.

"좀, 진하죠? 구매력 있는 여성 소비층의 마음을 단 한 컷으로 잡아야 해서."

"아, 네. 네네."

정원의 콘티는 태준에게 매달려 도도한 얼굴로 정면을 응시하는 장면이다. 서로의 입술이 닿을 듯 말 듯.

"어차피 이 장면은 태준 씨가 리드할 거라 잘 따라가 주시면 돼요."

밀착이 생명인 이 장면은 매혹적인 표정으로 소비자를 희롱할 듯이 연출해야 한다고.

태준의 첫 의상은 상반신 노출이다. 아무래도 언더웨어 상품이 메인이니만큼 정원의 의상 역시 과감했다. 화려하지 않은 다크 계열의 롱드레스였지만 몸의 굴곡을 그대로 보여주는 타이트한 사이즈. 상품을 부각하기 위해 앞이고 뒤고 사정없이 파버린 라인.

……휴. 한숨이 절로 나오다 못해 깊어 땅이 꺼질 것만 같다. 정원은 힘겹게 고개를 끄덕이며 다음 콘티를 바라보았다.

"자, 이건 정원 씨가 리드하는 콘티예요."

아아, 신이시여. 정원은 넋이 나간 듯 콘티를 바라보았다.

거의 천 조각이나 다름없는 저 여인의 드레스는 나의 것이렷다. 지금 보니 조금 전 봤던 그 롱드레스는 교복이었구나.

아득해지는 정신줄을 잡으며 정원은 콘티를 응시했다. 딱히 벗을 일 없는 콘티 속 남자는 말쑥한 슈트 차림이다. 문제는 그곳에 있지 않다.

"흑……."

저도 모르게 터져 버린 탄식. 여자 담당자는 이해한다는 심정으로 고개를 끄덕거렸다.

"좀…… 세죠? 아무래도 두 분 연인이라 사심이 더 있…… 어…… 서……."

일을 일로만 볼 수는 없겠지. 아무래도 연인이니까.

이 바닥의 일이라는 것이 켜진 조명 아래 촬영이라고 생각하면, 프로에게 그다지 어렵지만은 않은 것이었다. 하지만 실제 연인이나 부부의 경우는 조금 달랐다. 더욱 자연스러운 장면이 연출되기도 하지만.

"그래도, 잘 해주실 거라 믿어요."

오늘처럼 더욱 경직되는 경우도 허다했다.

촬영에 집중하다 보면 상대방에게 은근한 승부욕을 느껴 더욱 도발적으로 임하게 되는 상황이 종종 벌어지는데, 그것은 좋은 사진이 나올 수 있는 중요한 요소이기도 했다.

태정커플처럼 무의식 속 서로를 의식할 수밖에 없는 깊은 관계는, 외려 촬영에 독이 되는 경우도 허다했기에. 담당자는 촬영을 위해서라도 정원의 마음이 편안해지기를 기다리는 수밖에 없다.

위로처럼 건네는 담당자의 말끝에 정원은 기계처럼 고개를 끄덕이며 입술을 깨물었다. 콘티 속, 탐할 듯 여인의 쇄골에 깊게 얼굴을 맞댄 남성의 표정은 진지하여 더욱 서글펐다.

"그럼 정원 씨, 우리 메이크업 시작할게요. 괜찮죠?"

"네……."

정원은 몸을 일으켰다. 파리하게 질린 얼굴이 귀여웠는지 담당자는 웃음을 터트렸다.

"두 분 오늘 기대할게요. 몸. 대. 화."

몸…… 대화요…….

귀까지 빨개진 정원의 어깨를 두드리며 담당자는 지나가는 스태프를 붙잡았다.

"강태준 씨는?"

"오 분 안에 도착하신답니다."

"오케이."

오늘도 다사다난하겠구나. 정원은 슬리퍼를 끌며 메이크업실로 향했다.

스튜디오에 태준이 들어서자마자 분위기가 변한다. 진짜 촬영이 시작되는구나, 긴장감 속에 모두는 다소 커진 몸짓으로 걸음을 옮겼다.

태준은 의자에 느슨하게 앉아 툭툭, 검지로 테이블을 두드렸다. 앞에 앉은 담당자는 상품 설명, 상품 비전에 대한 설명을 늘어놓다가 이내 콘티를 들어 올렸다.

"제가 너무 장황했죠? 바로 콘티 보시죠."

이 바닥 십수 년. 상대의 눈빛만 보아도 알 수 있는 것이다.

드디어 오매불망 학수고대 궁금해했던 콘티의 세계가 펼쳐졌다. 청바지 콘티가 강렬했던 탓인지 뭘 봐도 놀라지 않을 자신이 있을 것만 같았다.

"첫 콘티예요."

오호라. 태준의 입가에 자동반사 미소가 지어진다. 역시나 정원과는 다른 반응. 담당자는 아주 좋다는 표정을 지으며 한시름 놓기 시작했다.

"이 정도면 괜찮으시겠죠? 민정원 씨는 보더니 기겁을 하시더라고요."

"이런 촬영이 익숙하지 않은 분이라."

제법 구미가 당기는지 콘티 쪽으로 상체를 기울이며 태준은 유심히 바라보았다. 치렁치렁 길게 내려오는 드레스는 정원에게 아주, 몹시 잘 어울릴 것 같다.

예전과는 달리 표정을 숨길 필요도 없는 지금. 태준은 좋다는 표시로 고개를 끄덕였다. 앞이고 뒤고 사정없이 파였지만 정원이 아닌 관계로 크게 눈에 들어오지 않는 듯했다.

"아시겠지만 태준 씨가 리드하는 컷이에요. 표현은 거칠게 해주실수록 좋아요. 나쁜 남자의 느낌으로."

태준은 힐끔 고개를 들어 담당자를 바라보았다. 처음으로 시선을 마주한 태준의 눈빛에 자칭 이 바닥 왕 언니라는 담당자 역시 잠시 두근거림을 느낀다.

"태준 씨가 거칠게 표현해주실수록 구매 욕구가 올라갈 것이라 확신하니까요."

"알겠습니다."

"그럼, 다음 콘티 보여드릴게요."

……오. 마이. 갓.

교복이 지나가자 역대급 시스루가 다가온다. 강렬한 레드 시스루. 가슴 언저리와 허리 밑으로 반짝이는 비즈만 제외한다면 벗었다 해도 믿을 수 있는, 그런 의상이었다.

입술이 마르는지 태준은 곁에 두었던 음료를 한 모금 삼키며 헛기침을 내뱉었다. 지금이야말로 표정관리가 필요한 때. 태준은 근래 들어 별로 할 일 없었던 발가락에 힘주기를 해 보이며 미간을 눌렀다.

"옷이 참 예쁘죠?"

구렁이 담 넘어가듯 태준의 마음속을 들어갔다 나온 담당자는 저도 그렇게 생각해요, 활짝 웃으며 말을 이었다.

"민정원 씨가 리드하는 컷이라 잘 해주셔야 할 텐데, 많이 굳어 있어서."

아무래도 걱정이 되는지 담당자의 말끝이 흐려진다. 모델이 아닌 배우였기에 베테랑이 아닌 이상 이런 단편적인 장면을 요구하는 사진촬영은 어려울 수도 있었다. 게다 콘셉트가 콘셉트이니만큼 담당자의 걱정은 더욱 그러했다.

"뭐, 잘할 겁니다."

정원이 소화하기엔 다소 어려울 수도 있겠다, 태준도 마찬가지 걱정은 되지만 해보기 전엔 아무도 모를 일이었다.

……허. 태준은 무엇이 떠올랐는지 난데없이 이글이글해지기 시작했다. 사정없이 타오르는 눈빛에 담당자는 흠칫, 입가에 미소를 지우며 두 손을 모았다. 하지만 눈앞에 있는 담당자는 이미 안중에도 없는 듯, 분노의 눈빛은 콘티를 태울 듯이 타오르기 시작했다.

이걸. 지금 이걸. 강아지 풀떼기랑 할…… 뻔…… 했…….

후. 비록 지난 일이기도 하고 긍정적으로 마무리되었으며, 대단히 흡족한 결과물을 얻었지만 일억 백육십오 번은 더 곱씹어 줄 테다. 태준은 콘티를 덮으며 일어섰다. 이내 긴장한 담당자를 바라보며 별거 아니었다는 듯 아늑한 미소를 지었다.

"준비하죠. 메이크업부터."

"아, 네. 이쪽으로 오시죠."

담당자는 앞장서 걸으며 그제야 다시 편안한 미소를 내보였다. 뒤돌아 태준을 바라보며 조금 전 정원에게 던졌던 멘트를 던져보기로 한다.

"두 분 오늘 기대할게요. 몸. 대. 화."

역시나, 고개를 끄덕이며 답하는 강태준은 모두의 기대를 저버리지 않는다. 강태준은, 역대급 프로니까.

"물론. 최대한 깊은 대화 해드리죠."

사, 사방이 적군이다!

태준은 주위를 두리번거리며 분노의 레이저를 쏘았다.

저기도 남자. 여기도 남자. 청바지 화보 촬영 때와는 전혀 다른 분위기의 이곳은 여자 스태프라곤 손에 꼽힐 만큼 적은 수컷들의 향연이었다.

"오 분 뒤에 촬영 들어가겠습니다!"

변신을 완료한 정원의 실루엣은 진한 화장 속 고혹적인 분위기로 촬영장을 한껏 달구었다. 그 섬연하고 고운 몸매를 감싼 은은하고 부드러운 색감의 드레스는 태초에 가진 정원의 고급스러운 분위기를 고조시키기 충분했다. 게다 깊게 파인 가슴선은 상품의 목적에 더할 나위 없이 적합했다.

영 적응이 되지 않는지 안절부절못하며 손바닥을 쥐었다 폈다, 반복하는 정원의 표정은 잔뜩 긴장한 빛이 역력했다.

"두 분 자연스럽게 대화도 하면서 촬영에 임해주시면 되겠습니다. 아셨죠?"

태준은 대강 고개를 끄덕이며 들고 있던 거울을 영수에게 건네주었다. 이놈 저놈 할 것 없이 정원을 흘깃거리는 남자 스태프들의 입에서 때아닌 앓는 소리가 진동을 한다.

……누구야! 어느 놈이 지금!

박스를 들고 자리를 옮기던 스태프 한 명이 걷던 걸음을 멈추고 멍하니 정원을 바라보고 있다. 벌어진 입술 사이로 영접한 여신을 향한 탄성이 흘러나왔다. 휙! 태준이 빠른 걸음으로 정원을 돌려세우며 이글이글함을 뿜어냈다.

"왜요?"

"아니, 그냥."

엠병, 돌렸더니 시원하게 파인 등은 허리 끝까지 그녀의 보디를 그대로 노출시켰다. 간드러지게 가냘프고 야리야리한 허리 라인을 부각하는 곡선은 좀처럼 드러나는 일 없었기에 더욱 매혹적으로 다가왔다.

"태준 씨! 촬영 준비해주세요!"

이번 촬영은 태준의 상반신이 그대로 노출되는 장면. 스태프의 목소리에 태준은 가운을 벗어 영수의 손에 건넸다. 오래간만에 세상 구경을 하는 뒤집힌 삼각김밥은 오늘도 흐트러짐 없이 그 자태를 드러냈다.

흥, 듣도 보도 못한 나의 뒤태를 보여주지.

하지만 예상과는 달리 남자 스태프들이 많아서일까, 반응이 냉랭하기만 하다. 너 따위 백번 벗어도 우리는 관심 없어. 남자 스태프들은 정원에게 고정된 시선을 옮기는 법 없이 태준의 자태를 완강히 거부했다.

엠병…… 맘에 안 들어…… 안 들어…….

힐끔, 태준은 정원을 바라보았다. 야심 차게 벗었건만 안중에도 없는 맹인 정원갑께서는 초조한지 손톱을 물며 자꾸만 움직였다.

볼륨감을 더해 아래로 묶은 머리스타일은 원래도 작은 정원의 얼굴을 마카롱 사이즈로 만들었다. 우아함을 강조한 롱드레스와 어울어진 그녀의 표정은 눈에 어릴 정도로 고아함을 과시했다. 눈매는 깊다 못해 빨려 들어갈 것 같다.

"저, 사진 한 장만……."

기어이 망설이던 스태프 한 명이 찾아와 태준의 눈치를 살피며 정원에게 말을 건넸다.

"아, 네네."

뒤돌아서 있던 정원이 스태프를 향해 몸을 돌리며 고개를 끄덕였다. 촬영 현장에서 흔하지 않은 광경이라 태준의 입이 쩍, 벌어졌다.

"야야, 옆에 강태준 씨가 있는데, 니가 그러면 돼?"

사진작가가 웃으며 농을 던지자 태준은 사람 좋은 웃음을 보이며 손을 휘저었다.

"괜찮습니다. 찍으세요. 어서. 빨리."

태준의 다소 반어적인 불꽃같은 호응에 스태프는 용기 내어 떨리는 팔을 살포시 정원의 어깨에 올렸다.

그, 그건 반칙이잖아, 인마!

태준이 이글이글 레이저를 쏘아보지만 소용없다. 정원은 수줍다는 표정으로 스태프의 휴대폰을 응시했다.

"진짜 팬이에요. 완전 사랑합니다."

촬영을 마친 스태프가 배꼽 인사를 꾸벅, 하자 정원도 따라서 감사하다며 배꼽 인사를 꾸벅, 했다.

어어! 다 보이네! 이 여자가!

거품이라도 물 듯 휘둥그레진 태준의 눈빛은 곧장 정원의 목덜미로 향했다. 망할 촬영장은 사방이 지뢰밭. 한시도 쉴 틈을 주지 않는다.

"자! 준비되었으면 시작할게요! 태준 씨! 콘셉트 잊지 마시고! 짙어도 됩니다!"

보여다오, 나쁜 남자.

준비를 마친 사진작가는 태준에게 외치며 카메라를 들었다. 짙어도 된다고, 공중파 광고용이 아닌 잡지용이기에 아찔하면 아찔할수록 땡큐라고.

몸 대화. 몸 대화. 바디 랭…… 귀…… 지…….

흠. 흠. 태준은 준비되었는지 그녀를 향해 시선을 돌렸다.

"준비됐나?"

"……네."

말이 끝나기가 무섭게 태준은 정원의 허리를 필요 이상 세차게 끌어안았다. 그 굵은 손길에 현장 속 뭇 남성들의 앓는 소리가 터져 나온다.

"왜, 왜 이래요."

사진작가에게 훤히 등근육을 자랑하며 태준은 익숙하게 정원의 등을 온전하게 감싸 안았다.

거, 거칠다. 정원은 예상보다 저돌적인 태준의 손길에 밀어낼 요량인지 태준의 어깨에 손을 올렸다. 찰칵. 플래시가 터지고 이도 저도 할 수 없는 정원은 우뚝 멈추었다.

……흥, 보여주지. 네깟 것들이 범접할 수 없는 나의 영역을.

정원의 목덜미에 태준의 얼굴이 가깝다. 날렵한 태준의 코끝이 정원의 목덜미를 스쳤다.

찰칵. 찰칵. 익숙하게 짧은 온기만을 남긴 채 태준의 얼굴이 정원의 얼굴 가까이 올라왔다.

그 천진한 눈매가. 이 모든 상황은 자신과 전혀 관계가 없다 말하는 무책임한 표정의 부조화가.

"왜, 왜 이렇게 붙어요."

마치 동화 속에서 튀어나온 듯이 맑고 깨끗한 그녀의 음성이.

"난 그저 할 일을 할 뿐."

태준의 내면에 숨겨져 있던 묘한 승부욕을 자극하기 시작했다. 게다 홀린 듯 바라보고 있는 수컷들의 시선까지 더해져 태준은 조금 더 과감하게, 정원의 등을 감싸고 있던 손길 부드럽게 내리기 시작했다.

으어어……. 수컷들의 앓는 소리에 스튜디오가 흔들린다. 정원은 소름이 끼쳐 다리를 휘청거렸다.

찰칵, 찰칵.

"아주 좋아요! 굿!"

흥이 난 사진작가는 계속해서 셔터를 눌렀다. 어떻게 찍어도 이 두 사람은 그림, 완벽, 그 자체다.

적당히 정원을 컨트롤하며 표정과 포즈를 만들어주는 태준의 기술적인 노련함에 작가는 혀를 내둘렀다. 태준과 처음으로 호흡을 맞춰보는 사진작가는 비로소 강태준의 진가를 체감하는 것이다.

"자! 태준 씨, 조금만 움직여볼게요!"

작가의 말이 끝나기가 무섭게 기다렸다는 듯 태준의 손길이 정원의 가슴과 배꼽, 그 중간 어디쯤에서 갈 곳 잃은 채 헤매기 시작했다. 숨을 멈춘 정원의 허리 라인을 천천히 쓸어내리며 태준은 고개를 들었다. 마른침을 삼킬 뿐 행동능력을 잃어버린 듯한 정원의 표정이 외려 자극적으로 다가왔다.

"계속 그렇게 보고 있을 건가?"

상대를 완전히 제압해버린 태준의 눈빛은 익살스러웠고, 잔인할 정도로 여유로웠다.

"아, 저기, 저기요."

"숨 쉬어야지."

아. 정원은 태준에게서 풍겨오는 익숙하지 않은 기운에 말끝을 흐리며 몰

444

린 숨을 내쉬었다.

으어어! 으어어! 태준의 굵은 손짓에 정원이 소녀 같은 얼굴로 흠칫하자 일시정지 한 남자 스태프들의 곡소리가 사방에서 터져 흘렀다. 뒤돌아 서 있는 태준이 씰룩씰룩 웃지만 정원을 빼고는 아무도 모를 일이다. 다시금 표정을 만들며 고개를 돌린 태준의 옆선은 분명 승리에 도취된.

……더 앓아봐.

스튜디오 안 모든 수컷의 부러움과 원망을 받으면 받을수록 우월함에 가 득 차올라.

"정원 씨! 표정을 조금만 도도하게 해줘요!"

"아. 네!"

……잘못 앓으면 어찌 되는지, 내 똑똑히 보여주지.

태준은 상체를 조금 낮춰 정원이 편하게 팔을 올릴 수 있도록 했다. 정원 은 간신히 태준의 목덜미를 끌어안았다. 떨리는 손끝은 그녀가 얼마나 긴장 했는지 짐작할 수 있었다.

일시 정지한 스태프들이 꿀꺽, 침을 삼키며 정원에게 시선을 꽂았다. 이 런 상황이 익숙지 않은 그녀에게는 그저 생고문이 따로 없을 뿐이다. 아무 리 노력해도 도도한 눈빛은 나올 성싶지 않았다.

"그대로 콘티 장면 들어가겠습니다!"

스륵. 태준의 손이 정원의 허벅지와 골반, 그 중간 어디쯤에서 또다시 헤 맨다. 꽤나 길게 갈라진 드레스는 아찔하게 벌어졌다. 적당히 살집이 오른 허벅지와 매끈하게 뻗은 정원의 종아리가 그대로 드러났다.

"저, 저기……."

"괜찮아."

난…… 안 괜찮거든요…….

으어어어어! 청춘의 곡소리가 울려 퍼지면 퍼질수록 태준의 의기양양함 은 하늘을 치솟았다.

넘보지 마라. 어림없는 소리. 더 앓아라! 더!

태준의 목덜미를 꼬옥 잡은 정원은 허벅지를 스치는 그의 손길에 눈앞이 아찔했다. 기어이 못 참겠는지 정원은 태준과 잠시 떨어져 뒷걸음을 걸었다.

……어디 가! 어림없어!

정원이 숨을 고를 틈도 없다. 태준은 다시 품으로 정원을 끌었다. 단단한 태준의 상체에 고정된 정원의 상반신은 전해지는 그 뜨거운 기운에 위축되었다.

"정원 씨 조금만 더 카메라 쪽으로 틀어주세요!"

"네!"

가까스로 태준의 상체에서 벗어난 정원이 작가의 요구대로 카메라 앞으로 콘티 자세를 만들며 멈췄다. 반쯤 고개를 돌린 채 자신의 볼에 맞댄 태준의 코끝에서 더운 기운이 느껴졌다. 다른 어떤 조형물보다도 완벽한 태준의 뒤태. 그 굵은 선을 더욱 완성하는 것은-

"자연스럽게요! 더 자연스럽게!"

고개를 반쯤 돌린 채 자신을 바라보고 있는 부드러운 옆선. 하지만 그런 태준과는 달리 카메라를 정면으로 보고 있는 정원은 자신의 표정이 어떤지도 느낄 수 없다.

찰칵. 찰칵.

"진짜 좋아! 느낌 좋아!"

으어어어어! 작가의 흥이 고조되면 될수록 굵은 목청의 곡소리는 더욱 울려 퍼졌다. 정원은 태준의 목에 매달려 떨리는 손끝에 힘을 주었다. 콘티 장면보다 더 바짝 붙은 것만 같은 태준에게 정원은 속삭였다.

"떠, 떨어져요, 조금."

"싫어."

"사람들 안 보여요?"

"안 보여."

눈 뜬 봉사, 심태준의 손길이 거침없다. 짙은 메이크업 분위기와 상반된 정원의 소녀 같은 표정은 외려 앵글에 흥미롭게 출력되었다.

"……좋아!"

작가는 군더더기 없는 촬영을 이어갔다. 훤히 드러난 정원의 등을 찬찬히 쓰다듬으며 태준은 슬쩍 미소를 내보였다. 이 와중에도 손길은 드럽게 따뜻하다.

"세상이 내 여자라고 다 알아줘서. 좋네, 눈치 볼 것 없이."

준비할 틈도 없다. 태준의 입술은 어느새 정원의 입술과 가까이 마주했다. 이 와중에도 턱 선을 살려 밀착하는 것이, 프로는 프로의 몸짓이다.

"아…… 저기……."

허리를 휘어잡은 태준의 굵은 팔뚝에 잠시 정원은 손을 올리며 지탱했다. 입술만 가까워진다면 포즈는 콘티의 완성이다. 예고 없이 다가온 태준의 입술이 닿을…… 듯, 말…… 듯.

닿을…… 듯, 말…… 듯!

태준의 한쪽 손이 그녀의 턱을 붙잡았다. 살짝 벌어진 태준의 입술. 멈춰선 정원의 눈앞은 신드바드의 모험이다. 아무래도 오늘은 태준월드 자유이용권인 듯싶다.

찰칵. 찰칵.

…….

찰칵. 찰칵.

"자! 수고하셨습니다!"

휴……. 그제야 스튜디오 모든 남성의 막힌 숨통이 트였다. 긴장의 끈이 풀리는지 정원은 태준의 품에서 휘청거렸다.

"두 번째 촬영 준비 부탁드릴게요!"

후…… 후…….

이글이글한 반도의 배우를 제외하고, 여기는 나머지 사람들의 격정에 사로잡힌 한숨만이 휘몰아치는 스튜디오 촬영 현장이었다.

"정원 씨, 준비 끝났어요?"

"아, 네."

두 번째 촬영을 위해 메이크업실에서 준비 중이던 정원이 문 쪽을 바라보며 고개를 끄덕였다. 변한 정원의 모습이 꽤나 마음에 들었는지 담당자는 흡족한 웃음을 내보이며 정원의 곁으로 들어섰다.

"와, 이건 또 이거대로 너무 예쁘다, 정원 씨."

"어색해요."

단 한 컷을 위해 야심 차게 마련한 의상. 생각했던 것보다 훨씬 더 잘 소화해준 정원이 고마운지 칭찬을 아끼지 않으며 담당자는 자리에 앉았다.

"저기, 정원 씨."

거울을 바라보던 정원이 고개를 돌리며 담당자의 시선을 마주했다. 사진작가와 이야기를 나누고 정원을 찾아온 담당자는 조금 난처하다는 표정을 지었다.

"첫 번째 촬영은 우리가 생각했던 이미지는 아니었지만, 정원 씨의 그런 소녀 같은 표정도 괜찮다고 판단했기 때문에 그대로 진행했는데요."

……무슨 말을 하려는지 알 것 같았다.

"이번엔…… 정원 씨가 첫 촬영처럼 주저주저하면 안 돼요. 재촬영이 잡힐 수도 있고, 아예 사진을 사용 못 할 수도 있어요."

"아, 네……."

죄송합니다. 정원은 고개를 수그렸다. 그런 정원의 모습에 담당자는 크게 손사래를 쳤다.

"아뇨, 아뇨. 저는 정원 씨에게 용기를 주고 싶어서 들어온 것뿐이에요. 오해하지 마세요."

담당자는 작게 출력해온 콘티를 정원에게 보여주며 침착한 설명을 이어갔다. 프로가 아닌 이상, 짧은 시간 콘티를 이해하며 완전히 녹아들기는 어렵다는 것을 누구보다 잘 알고 있는 담당자였기에.

"처음은 태준 씨가 촬영을 리드하는 거라 괜찮았어요. 그런데 지금은 정원 씨, 보시면 알겠지만 의상도 그렇고 분위기도 그렇고."

절대적으로 남성을 리드할 수 있는 분위기가 필요했다. 그 '리드'라는 것은 단순히 상대방의 포즈를 이끌어 내주고, 표현을 끄집어내주는 것에 그치지 않는다.

"문제는 극대화거든요."

극대화. 단 한 장으로 담아내야 하는 절대적인 요소. 포즈의 문제가 아니다. 눈빛만의 문제는 더더욱 아니었다.

"이건, 정원 씨가 다른 사람이 된 것처럼 스스로에게 최면을 거는 수밖에 없어요."

정원은 고개를 끄덕이며 아랫입술을 깨물었다. 담당자는 자리에서 일어나며 정원의 어깨를 돌려 거울을 향하게 했다.

"봐요, 정원 씨. 거울 안에 있는 사람, 정원 씨가 봐도 예쁘기만 한 사람은 아니죠?"

거울 속 자신을 바라보던 정원은 천천히 자신을 컨트롤하기 시작했다. 조금씩 변하는 그녀의 눈빛에 오케이, 담당자는 미소를 그리며 조금 더 정원의 최면을 돕기로 한다.

"지금부터 세상 가장 나쁜 여자가 되는 거예요. 우리 콘셉트 들으셨죠?"

정원은 고개를 끄덕이며 거울에 비치는 담당자를 올려다보았다.

……나쁘게.

"태준 씨의 마음을 빼앗는 게 아니에요."

……지독하게.

"가지고 노는 거예요."

"네."

예상보다 쉽게 나오는 그녀의 답변에 담당자는 고개를 끄덕이며 다시 문을 열었다.

"준비되면 나오세요. 지금까지의 민정원은 여기에 두고 나오셔야 해요."

언제나처럼 먼저 준비가 끝난 태준은 잘 차려입은 슈트에 각을 잡으며 가볍게 목을 돌렸다.

출발이 순조롭다. 격했던 촬영. 숨도 제대로 내쉬지 못한 채 제게 매달려 휘청거리던 정원의 모습이 떠올라 태준은 작게 미소 지었다. 오늘이야말로 제대로, 아주 제대로 리드를 해볼 참이다.

"촬영 뭐, 별거 없구만."

희한하지. 정원이 제게 의지하면 할수록 잠재되어 있던 묘한 기운이 발동하여 더욱 매달리게, 더욱 애원하게 하고 싶어지는 것이었다.

문이 열리고 틈 사이로 정원이 나오는 듯했다. 마지막으로 짧게 한숨을 내쉬며 태준은 천천히 눈을 떴다.

"촬영 준비 끝내주세요!"

준비 완료. 태준은 뒤를 돌아섰다. 또각거리는 소리를 따라 반쯤 돌린 고개. 멈춰버린 시선은 서서히 자태를 드러난 정원에게 고정되었다. 그 붉은 자태에 스튜디오는 물을 끼얹은 듯 삽시간에 조용해져 갔다.

또각또각. 그 공간을 울리는 위험한 소리.

너의 시선도.

"민정원 씨 마지막으로 의상 정리 좀 해주세요!"

나의 시선도.

모두의 시선은 정원에게 고정되어 움직일 수 없다. 마지막으로 의상을 점검하는 정원의 곁으로 다가선 담당자는 계속하여 콘티의 분위기를 설명해주기 여념이 없다.

"할 수 있죠, 정원 씨?"

"그럼요. 해야죠."

고개를 끄덕이며 정원의 붉은 입술이 움직였다. 첫 촬영 때처럼 긴장하면 안 된다, 이번 촬영은 분위기가 전혀 다르다. 담당자는 다시 한 번 당부하며 정원에게 재차 설명했다.

"아, 네. 조금 전보다 더 턱을 당기면 될까요? 아. 네네."

집중했는지 제법 심각한 표정으로 담당자와 대화 중인 정원을 바라보는 모두가 그 아찔함에 숨을 죽였다.

……시야를 압도하는 극강의 농염함. 모든 이의 심장 박동은 그녀의 전신에서 뿜어져 나오는 붉은 기운을 따라 불규칙하게 반응하기 시작했다. 그녀는 이렇듯, 무방비 상태로 서 있을 뿐인데도 말이다.

하. 태준의 입술을 비집고 작은 실소가 터져 흘렀다. 들렸을까. 혹은 모든 것이 스탠바이 된 것인가. 정원은 두어 번 더 끄덕거렸던 고갯짓을 끝으로 방향을 틀어 태준을 향해 걸음을 옮겼다.

또각또각. 강렬한 레드 스틸레토 힐은 아슬아슬했다. 태준의 벌어진 입술은 그녀의 레드 힐이 가까워질수록 말라가기 시작했다.

……위험신호(危險信號).

새하얀 그녀의 피부는 붉은 시스루에 둘러싸여 자비 없는 고혹함을 과시했다. 사정없이 빛을 내뿜는 비즈들은 그녀의 가슴과 그녀의 골반과.

"자! 모두 준비해주세요!"

그 아래로 이어진 허벅지까지 완전하게 감싸 완벽, 그 이상의 라인을 만들어내었다.

……치명적(致命的).

붉은 시스루, 그 농염한 분위기 속에 그녀의 가려지지 않는 볼륨감이 위태롭게 자리했다. 과하지도, 또한 부족하지 않게 도드라진 그녀의 가슴선은 적당하게. 그리고 아찔하게.

"자! 촬영 시작하겠습니다! 이번에도 자유롭게 촬영하다가 콘티로 넘어갈게요! 서로 대화도 하면서 최대한 자연스럽게!"

붉은 스틸레토 힐은 태준의 곁에 멈춰 섰다. 끊임없이 그녀의 동선을 따라가던 시선은 고정되었다. 태준은 마른침을 삼켰다.

어쩌지. 지금 나.

"조명 준비!"

숨이 멎을 것만 같다.

이런 태준의 기운을 알고는 있는 걸까. 정원은 눈을 감은 채 부디 스스로에게 걸어놓은 최면이 사라지지 않기를 기도하며 마음을 다잡을 뿐이다. 준비가 되었을까. 후. 붉은 입술은 작은 숨을 불어 내쉬며 하나, 둘…… 셋.

"일 분 정도 후에 촬영 시작할게요!"

스탠바이. 그녀가 눈을 떴다.

기다란 속눈썹이 들리고 그녀의 눈동자가 태준을 향한다. 그 강렬한 눈빛에 묶이기라도 한 것처럼 태준은 꼼짝도 할 수 없다.

'지금부터 세상 가장 나쁜 여자가 되는 거예요. 우리 콘셉트 들으셨죠?'

정원은 결심한 듯 입술을 열었다. 맑고 깨끗하다 해서 어린이 만화 더빙에도 섭외되었던 그녀의 음성은.

"있잖아요. 이 콘티 여자의 콘셉트, 혹시 들으셨어요?"

듣는 이로 하여금 몽롱하게, 은밀한 기운을 풍겨내고 있었다.

삼십 분 전. 제게 매달려 흔들리는 눈빛으로 휘청거리던 그녀는 사라졌다. 태준은 고개를 움직였다. 끄덕였나. 아니, 저었을까. 도발하듯 저를 올려 보며 입꼬리만 살짝 올린 그녀의 눈빛은 본 적 없는 기운을 담고 있었기에 반응해야 하는 방법도 떠오르지 않았다.

"이번 콘셉트가 뭐냐면요."

알려줄까요? 정원은 매혹적인 웃음을 지으며 검지로 태준의 어깨를 쓸었다. 제어되지 않는 심장. 태준은 그녀의 손끝이 움직이는 방향에 따라 반응하는 위험신호를 감지한다.

고양이쯤 되려나. 붉은 장미 정도면 될까. 그도 저도 아니면 대체 뭔데.

대체, 뭐길래.

"악녀래요."

조명이 켜졌다.

……통제불능(統制不能).

사진작가의 카메라가 켜지기도 전에 태준은 정원을 끌었다. 평소라면 두 눈이 번쩍 뜨였을 태준의 굵은 손길에도 정원은 동요하지 않는다. 그래도 잠시 놀랐는지 두어 번 깜빡인 눈꺼풀은 이내 평정심을 찾았다. 이런 와중에 태준의 반응이 흥미롭다는 듯 눈웃음까지 치며.

……지금의 강태준은 흠칫 놀라 숨을 멈춘 민정원을 기대했을 것이다. 그런데, 그런데 있잖아.

미안하지만.

"그렇게 안으면 어떡해요."

지금은 아니야.

잠시 표정을 잃었던 정원은 픽, 하고 웃으며 두 팔을 서서히 뻗어 태준의 허리를 여유롭게 감았다. 손끝까지 느껴지는 그녀의 농염함에 태준은 으스러질 듯 더욱 힘을 주어 그녀를 안았다. 감정도 힘도, 마치 제 것이 아닌 것처럼 조절할 수 없다.

그런 태준의 귓가를 간질이는 그녀의 음성은 전에 없이 태연하기만 하다.

"그렇게 안으면 나, 조금 어지러워요."

찰칵. 촬영은 시작되었다. 혼탁해진 태준의 시선이 정원을 향했다. 그녀의 매끈하게 정리된 붉은 손톱이 태준의 얼굴에 닿았다.

"어지럽다니까요."

아이를 다루듯 나긋나긋한 음성과 상반된 짙은 그녀의 눈빛. 그래, 맞다. 힘을 더 풀어야 할 텐데. 이렇게 세게 안고 있으면 어지러울 텐데. 하지만 마음뿐. 태준은 엔진이 멈춘 자동차처럼 그녀를 안고 있는 팔을 풀 수 없다.

"정말 어지러운데."

거짓말. 철저히 영혼까지 탈바꿈하지 않고서야 이럴 수는 없다. 속삭이는 말과는 다르게 여유가 묻어나는 그녀의 표정은 말하고 있다. 걷잡을 수 없을 정도로 심장이 뛰어올라 힘 조절도 어려운 태준을 향해서.

이봐요, 강태준 씨. 정신 차려.

"두 분 속도 좀 내보겠습니다!"

네가 나를 안고 있는 게 아니고.

"자! 조금만 더 분위기 고조시켜 볼게요!"

내가 안겨 있는 거야.

……악녀(惡女).

붉은 그녀의 입술이 조금 벌어졌다. 감각이 마비되는 것처럼 태준의 온 신경이 끓어오르기 시작했다. 낯선 향기. 풍겨 나오는 진한 향기는 눈 감아도 찾을 수 있을 것만 같던 정원의 것이 아니다. 시각적으로도, 후각과 청각적으로도. 거듭 겪어왔던 민정원은 결단코 아니었던 것이다.

"뜨겁게 가봅시다! 뜨겁게! 네! 좋아요!"

정신을 차릴 틈도 없이 태준의 마음이 지배당하기 시작했다. 그녀가 움직이는 대로 두고 볼 수밖에 없는 상황.

"이번에 출시되는 보정속옷이 대단하긴 대단한가 봐요."

구경하던 스태프가 아찔한 정원의 라인에 담당자의 곁으로 다가와 말을 건넸다. 집중이 흐트러졌는지 힐끔, 곁을 돌아본 담당자의 입꼬리가 조금 올라갔다.

"아냐."

네? 뜻을 모르겠다는 듯 자신을 바라보는 스태프에게 손을 저으며 담당자는 어깨를 으쓱, 들어 보였다.

"정원 씨, 우리 보정속옷 안 입었어."

입힐 필요가 없어서. 자신의 말끝에 놀라 입을 다물지 못하는 스태프의 표정을 끝으로 담당자는 정원에게 시선을 고정했다. 단번에 흐름을 바꿔버린 정원의 기운에 전율이 일었다.

그녀의 쉼 없는 도발에 시간은 흐르고, 사진에 적합할 자세의 변화는 필요했다. 태준의 허리를 끌어안았던 정원의 팔이 움직인다. 천천히 올라온 그녀의 두 팔이 태준의 목을 감싸 안았다.

……밀착(密着).

아슬아슬한 스틸레토 힐은 조금 더 태준에게 다가갔다. 단단히 동여매듯 태준의 목을 부여잡은 채 정원은 깊은 숨을 내리쉬었다. 온전히 정원에게 주도권을 빼앗긴 태준은 자신을 올려다보는 그녀와 시선을 당면했다. 여기서 그녀가 조금 더 다가온다면, 가까스로 잡고 있는 이성의 끈을 놓아버릴 것만 같았다.

"정원 씨! 아주 잘하고 있어요!"

분명 처음과는 다른 정원의 모습. 작가도 담당자도 모두가 만족하여 고개를 끄덕이기 바쁘다. 정원은 목을 둘렀던 한쪽 팔을 슬며시 내리며 손끝으로 천천히, 태준의 턱 선을 어루만졌다. 느린 화면처럼 이어지는 정원의 손길은 거기서 멈추지 않았다. 스르륵, 태준의 팔을 쓸며 내렸다.

"들었어요?"

지금보다 더. 지금보다 더 많이.

"나, 잘하고 있대요."

당신이 나를 감당할 수 없었으면 좋겠어.

손목을 가볍게 스치며 손끝까지 내려갔던 그녀의 손길은 천천히 다시 올라가기 시작했다. 태준은 자신의 손끝에 그녀의 붉은 손톱이 닿자 짜릿함을 넘어 모든 것이 마비되는 듯한 아찔함을 느꼈다. 이미 태준에게는 환한 조명도, 터지는 플래시도. 모여든 스태프들의 넋이 나간 표정도.

무엇도.

"자! 좋습니다! 좋아요, 지금!"

아무것도.

……중독(中毒).

헤어 나올 수가 없다. 빠져나갈 수도 없다. 가볍게 자신의 목을 두른 그녀의 팔은 무겁게 태준을 짓눌러왔다. 새털처럼 가볍게 자리했으나 괴력에 억눌린 것처럼 두 팔도, 어깨도 움직이지 않았다. 자극적인 몸짓도, 인위적인 동작도 없었으나 그녀는 다가오는 것만으로도.

"이제 태준 씨가 조금 움직여볼게요!"

제게 팔을 두른 채 바라보는 것만으로도 모든 것을 낯설게 했다.

사진작가의 외침은 끝났으나 웬일인지 태준은 미동도 하지 않는다. 뭐, 지금도 저 두 사람 그림 꽤 좋으니까. 사실 현재의 모습도 나쁘지는 않았기에 계속 진행을 하며 태준이 변형된 동작을 취해주길 기다려 보기로 한다.

모두가 같은 생각이었는지 담당자도, 바라보는 스태프들도 집중하여 바라볼 뿐, 이의를 제기하지는 않았다. 하지만 모두의 예상과는 다르게 태준은 단지.

"나, 어쩌지."

몸이 말을 듣지 않을 뿐이다.

태준은 설핏 웃으며 정원의 팔을 천천히 내렸다. 덫에 걸린 듯 옴짝달싹할 수 없는 두 손을 간신히 들어 그녀의 얼굴을 마주 잡았다.

"지금이라도 당장 촬영 접고 싶은데."

"접으면? 접고 나면 그다음엔 뭘 하고 싶은데요?"

……유혹(誘惑).

끝없이 심장을 뒤흔드는 악녀. 그녀는 눈빛 한 번 흔들리는 법 없이 태준의 말을 받아쳤다. 얼마나 힘들게 내뱉은 말인데 이리도 쉽게 대꾸를 하다니. 태준은 꽤나 곤혹스러운지 미간을 살짝 일그러트린 채 입술을 말아 올렸다.

"어디, 얼마나 더 나를 힘들게 할 생각인지?"

"내가 뭘요?"

정원은 전혀 모르겠다는 표정으로 태준의 어깨를 살며시 누르며 그를 뒤에 마련된 소파 팔걸이로 앉혔다. 이윽고 정원은 태준이 걸터앉은 소파 팔걸이에 천천히 오른쪽 무릎을 구부리며 올렸다.

"말해봐요."

자연스레 그녀의 상체가 앉아 있는 태준에게 가깝게 다가왔다. 태준은 저도 모르게 상체를 뒤로 빼며 그녀와의 간격을 유지했다.

"내가 대체, 뭘 어쨌다는 말이죠?"

삽시간에 붉은 시스루 사이로 아찔한 그녀의 속살이 태준의 시야를 어지럽히기 시작했다.

……제발. 제발 부탁인데.

"얘기, 안 해줄 건가요?"

도발은 여기서 그만.

가장 많은 시간을 함께했으나 이 순간 그녀가 낯설고 당혹스러운 건 태준, 단 한 명인지도 모른다.

촬영은 절정을 향해 치닫고 있다. 콘티의 장면처럼 쇄골 가까이 얼굴을 가져가야 하는 때가 도래한 것이다. 소파 팔걸이에 앉은 태준이 정원을 적당히 안고 쇄골 정도에 입술을 맞추면 비로소 콘티의 대미를 장식할 수 있었다.

"자! 두 분 마지막이라 생각하시고!"

사진작가의 외침. 태준의 뇌리로 번쩍 불이 들어온다. 삽시간에 돌아오는 눈빛은 망각했던 촬영이 인지되었음을 말해주는 듯했다. 그저 놀라울 따름인지 태준은 정원을 낯설게 바라보며 속으로 실소를 터트렸다.

아. 이런 치명적인 여자를 봤나. 진짜 아수라 백작 맞네.

태준은 눈썹을 한번 추켜세우며 적당히 몸을 기울였다.

"그래, 뭘 어쩌진 않았지."

드디어 정신을 차린 걸까. 조금 늦은 감은 없지 않아 있었지만.

······각성(覺醒).

태준은 슬쩍 카메라를 향해 고개를 돌렸다. 이미 자비 없는 유혹에 혼을 빼앗긴 태준의 눈빛엔 허기짐이 가득했다. 정신없이 셔터를 누르던 사진작가는 잠시 멈추며 고개를 들었다.

"이제 콘티 갈게요."

"아, 네. 태준 씨."

태준은 상체를 바르게 일으키며 정원의 손목을 잡았다. 무게가 실렸으나 종전과는 다른 힘. 정원은 최면이 깨어나는 기분에 마른침을 삼켰다. 악녀의 영혼은 육체를 이탈하기 일보 직전이다.

작가는 황급히 사진기를 들며 다시 앵글에 그들을 담기 시작했다. 지금 저 두 사람, 단 한 컷도 놓칠 수 없으니까.

"······와."

뜻을 알 수 없는 태준의 짧은 탄성. 신호처럼 정원의 붉은 기운이 조금씩 흐려지기 시작했다.

"대단하네. 우리 민정원 씨."

온전하게 여유를 되찾아 풀린 태준의 표정. 모두는 숨을 죽였다. 지금 강태준에겐 더 강한, 더 센 녀석이 찾아왔음이 분명했다. 뿜어져 나오는 태준의 기에 눌린 악녀는 왔던 흔적도 없이 정원에게서 빠져나가기 시작했다.

······그러니까 뭘 어쨌어야지.

"그런데 민정원 씨, 잊은 게 있나 봐."

날 이렇게 돌아오게 하면 어떡해. 난, 지금 그냥. 단지 그냥.

"강태준은 도발에 약하다고."

돌아버렸잖아.

붉은 그녀의 입술이 움직여 다시 혼이 빠지기 전에 태준은 정원을 거칠게 끌었다. 스틸레토 힐은 흔들렸다. 붉은빛으로 물든 손톱은 손바닥으로 숨어버렸다. 주먹을 쥔 채 흔들리고 있는 정원의 품으로 태준의 얼굴이 떨어졌다.

"좋습니다! 좋아요!"

아니, 아직.

집어삼킬 듯 태준의 입술이 천천히 열렸다. 꺾으면 부러질 것만 같은 정원의 가녀린 뒷목을 끌어 잡았다.

……아직 부족해.

쇄골 가까이 닿은 태준의 입술이, 목 언저리에 맞닿은 태준의 코끝이 조금 전 정원이 했던 것처럼 자비 없이 밀착해오기 시작했다. 비로소 인지된 현실. 그제야 정원의 눈이 번쩍 뜨였다.

"정원 씨! 각도! 아까 말했던 각도!"

아. 각도.

터지는 플래시와 담당자의 외침에 간신히 표정을 유지한 정원은 연습한 대로 턱을 들어 올렸다. 담당자의 외침이 아니었다면 지금 자신은 어떤 모습으로 이 남자를 마주하고 있을지 까마득했다.

"최고! 두 사람 지금 최고!"

탄력 받은 태준의 입술이 조금씩 내려가기 시작한다. 정원은 주먹을 세차게 쥐었다.

각도를 유지해야 하는데. 턱을 들어야 한다고. 그래야 한다고, 했는……데…….

태준은 손을 뻗어 그녀의 팔을 잡았다. 천천히 제 어깨에 올리며 조금 더, 조금 더 쇄골 밑으로 입술을 내렸다. 촬영장은 열기로 뜨겁게 달아올랐다.

……잊었나 봐. 민정원 씨. 니가 아수라 백작이 되었던 그날.

"자! 조금만 더 가고 끝낼게요! 조금만! 조금만 더!"

내가 어땠는지.

"그렇지! 그렇게! 태준 씨 잘하고 있어요!"

잘 알잖아.

태준은 콘티와 완벽히 일치한 모습으로 멈추었다. 한 치의 어긋남도 허용하지 않는 태준의 완벽한 턱 선의 각도, 거기에 더해진 여유 있는 표정까지.

정원의 심장은 가파르게 뛰어올랐다. 거세지는 숨은 제대로 내쉬기도 벅차 보였다. 그저 내리지 못한 턱을 꼿꼿이 들며 표정을 유지하는 것조차 기적 같았으니까.

"두 분! 그대로 움직이지 마세요!"

그렇게, 그녀의 피부에 뜨거운 태준의 입김이 맞닿은 지 얼마나 되었을까. 태준은 시작 전 정원이 했던 것처럼 눈을 감고 생각했다. 하나, 둘…… 셋.

"자! 수고하셨습니다! 오늘 촬영 여기서 마치겠습니다!"

촬영은 완성되었다. 바라보던 몇몇은 다리가 풀리는지 땅바닥에 주저앉았다. 황급히 태준에게서 떨어진 정원은 지영이 가져다주는 가운을 받으며 고개를 돌렸다.

여전히 소파 팔걸이에 걸터앉은 태준은 알 수 없는 표정으로 정원을 응시했다. 아니, 아무런 표정도 없었기에 무슨 생각을 하는지 알 수 없었다.

"이봐, 민정원 씨."

"네?"

거칠게 타이를 풀어버린 태준은 빠르게 정원에게 걸어와 귓가에 속삭였다.

"오늘, 집에 가면 가만 안 둬."

……젠장. 그딴 악녀 개나 주라지.

정원은 화끈거리는 얼굴에 거세지는 심장이 떨어져 내릴까 봐 입술을 깨물었다. 아직도 멍한지 두어 번 고개를 세차게 흔들며 걸음을 걷던 태준은 우뚝 멈췄다.

무엇이 떠올랐을까. 다시 뒤를 돌아 끌러버린 타이를 정원의 목에 걸어주며 태준은 속삭였다.

"물론, 같이 있어도 가만 안 둬."

악녀의 완패였다.

현관문을 열고 들어서자마자 두 사람은 뜨겁게 입을 맞췄다. 오로지 감각에만 의존한 채 신발을 벗었고, 아무렇게나 집어 던진 가방은 묵직한 소리와 함께 바닥으로 떨어졌다.

태준은 더는 내어줄 것이 없을 것 같은 정원의 입술을 집어삼킬 듯이 훑었다. 또 그럼에 정원은 모든 것을 내어줄 것 같은 손길로 태준의 목덜미를 끌어안았다.

벽에 부딪혔고, 이번엔 테이블에 부딪혔으며, 다시 벽에 부딪혔다. 가까스로 입술에서 멀어진 태준이 정원을 가볍게 끌어 올리자, 허공으로 올라간 정원의 두 발끝이 태준의 허리를 감싸 안았다. 마치 잘 짜인 한 편의 연극처럼 두 사람의 행동은 충동적이었으나 막힘이 없었고, 즉흥적이었으나 합이 잘 맞았다.

"잠깐만요."

정원은 열기로 가득 찬 태준의 시선을 바라보다 가까스로 바닥에 발을 맞대었다. 순순히 내려주고자 했던 마음이 없었는지라 태준은 조금의 틈도 주지 않고 정원의 두 볼을 부여잡았다.

"알았어요, 알았다니까요."

정원은 태준의 두 손을 잡고 내리며 미소를 올렸다. 태준은 말없이 그런 정원의 얼굴을 응시했다. 그녀의 손끝이 천천히 자신의 블라우스로 향했다. 조련을 당하기엔 이미 너무나도 순종적이었지만 태준은 한시도 가만히 있지 못하고 그녀의 카디건을 벗겼다.

툭, 그녀의 손끝에서 단추가 풀렸다. 시선 속에 담기는 그녀의 속살은 늘 항상 미지의 세계였다. 끝없이 탐험하고 싶은 욕망을 불러일으켰고, 나만이 정복하고 싶은 욕심을 들게 했으며, 다만 널 사랑하고 있음을 너의 온몸 구석구석에 남겨두고 싶게 했다.

단추는 끝도 없이 풀렸다. 벽에 머리를 기댄 채 어깨를 세운 정원의 시선이 태준에게 오래도록 머물렀다. 블라우스의 모든 단추가 풀리고, 느린 손길로 블라우스를 바닥에 떨굴 때까지 그녀는 시선을 거두지 않았다.

이윽고 느슨한 그녀의 손길이 태준의 타이를 풀었다. 악녀의 조용한 속삭임처럼 그의 옷을 벗겨냈다. 버클을 끌렀고.

"나, 계속 세워둘 거예요?"

자신의 치마를 끌러 내렸다.

태준은 정원을 가볍게 들어 안으며 침대가 있는 방으로 들어섰다. 쉼 없는 입맞춤은 끝도 없이 이어졌다. 그녀는 숨을 내쉬는 것만으로 절대의 의미를 내주었고, 눈꺼풀을 들어 올리는 것만으로 오직의 의미를 부여했다.

열에 들뜬 그녀의 눈빛은 더없이 매혹적이다. 어서 오라 손짓하는 그녀의 숨소리가 귓가에 내려앉고, 이 공간을 가득 메운 그녀의 향기는 어느덧 태준에게 흡수되었다.

"아……."

태준의 뜨거운 입술이 지나치는 자리마다 열꽃이 피어났다. 그녀의 붉은 입술 사이로 진한 신음이 터져 흘렀다. 이제 막 피어오를 듯한 열꽃송이들을 지나, 팽창해 있는 그녀의 가슴에 머문 그의 입술은 한동안 더없이 만개한 꽃을 피워냈다. 정원은 예민하게 감지되는 꽃의 노래에 화답하듯 뜨거움을 토해냈다.

두 사람은 말을 잃었다. 이성을 내려놓았다. 태준의 시선은 끊임없이 그녀의 표정에 머물렀고, 그녀의 전신에 고루 퍼진 열꽃은 그로부터 시간을 붙잡도록 했다.

사랑한다는 말로는 부족했다, 가져야겠다는 다짐은 더없이 부실했다, 오직 너만이 나를 파괴하고 다시 일으켜 세우며, 존재 이유를 부여한다. 지금의 행위로부터 서로의 존재를 육신으로 기억할 두 사람의 다짐은 전신을 가득 채웠다.

고통을 동반한 경이로움이 두 사람 사이를 관통했다. 서로의 온몸으로 비가 내렸다. 말이 끊긴 자리는 서로의 숨소리만이 자리했고, 간간이 이어진 탄성만이 쾌락의 중심에 선 현실을 알려주었다.

사랑은 더없이 숭고했다. 그 경건한 손짓과 눈빛이 서로를 한데 어우러지게 했다. 그의 손끝에서 그녀는 더없이 완벽한 여자가 되었고, 그녀의 안에서 그는 더없이 강인한 남자가 되었다.

하나가, 되었다.

15. 둘이라는 건 어쩌면

"아주 발광을 하고 왔다며? 다 들었어!"

흥, 박 대표의 앙칼진 목소리에 태준은 못 들은 척 고개를 돌렸다. 정원은 무안함에 영혼 없는 몸짓으로 시나리오를 뒤적뒤적.

"저건 뭐야. 집 나왔나? 그럴 나이가 아닐 텐데?"

태준은 화제를 전환해볼 요량인지 하던 딴짓을 멈추고 사무실 한편에 줄줄이 놓여 있는 캐리어를 가리켰다.

"모, 몰라도 돼!"

당황한 박 대표는 소파에 앉으며 손부채질을 해 보였다. 황 이사의 집으로 한꺼번에 옮기지 못한 캐리어 몇 개가 아직 방치되어 있었기에.

괜히 혼자 얼굴 붉히며 어쩔 줄 모르던 표정도 잠시, 캐리어와 연관된 무엇이 떠올랐는지 박 대표는 자세를 바로 하며 태준을 바라보았다.

"태준 씨도 이제 짐 정리해야지. 슬슬 정리해, 얼마 안 남았잖아."

"뭘 그렇게 상기를 시켜줘. 달력은 나도 있어."

태준은 정원의 손을 잡으며 소파 뒤로 편히 머리를 기댔다. 출국 날짜가 다가오고 있다는 생각만 해도 짜증이 나는지 이내 허공에 대고 발길질을 한다.

"왜, 왜 이래요."

정원이 박 대표 눈치를 보며 태준의 손을 토닥여보지만 태준의 발길질은 서너 차례 더 이어졌다.

아…… 저 화상……. 박 대표는 이마를 짚으며 입술을 열었다.

"태준 씨, 그냥 내가 계약 해지해줄게. 다른 회사 가라. 제발 가, 이제."

"싫어. 누가 여기 있는데, 가긴 어딜 가."

어림없는 소리. 태준은 고개를 세차게 흔들며 턱도 없는 소리 말란다. 그 모습에 정원은 웃음을 터트렸다. 태준에게 잡힌 손을 빼보려 했지만 힘주어 잡은 손은 놓아 줄 생각이 없는 듯하다.

"박 대표 우리 간다. 시간이 없어서."

태준은 정원의 손을 잡고 일어섰다. 출국일까지 고작 일주일 남았다. 일 분일초가 소중한 지금, 이러고 앉아 있을 시간이 없다.

"가…… 빨리……."

박 대표는 이마를 짚은 손을 내리지 않으며 다른 손을 휘저었다. 어서 꺼지란다.

차 키를 들고 태준이 사무실 문을 나선다. 파티션 위로 직원들이 인사를 건네자 여유롭게 손을 흔들었다. 잡고 있던 정원의 손가락 사이로 제 손가락을 교차하며, 태준은 더욱 힘주어 그녀의 손을 잡았다.

"옴마? 임금님이네? 시방 또 어쩐 일이여?"

미닫이문을 열고 들어서는 태준을 바라보던 주인장이 몸을 일으켰다. 마지막으로 태준이 다녀갔던 날, 가게 안을 가득 메웠던 그의 좋지 않던 기운을 기억하고 있었기에.

일이 있어도 뭔 일이 크게 있구나. 안주엔 손 한번 가져가는 일 없이 쌓여가던 술병에 마음을 졸이지 않았던가. 잘 있는지, 일은 잘 해결되었는지 내심 궁금했는데 태준이 다시 방문하다니. 반가움에 주인장은 빠른 걸음을 옮겼다.

"옴마, 세상에. 이게 누구여!"

그 걸음을 우뚝 멈추게 한, 익숙한 얼굴이 그 뒤를 따라 들어섰다.

"안녕하세요, 이모."

오래전, 갓 스무 살이었던 정원은 친조카처럼 자신을 잘 따라주었다. 바빠서 제대로 챙겨주지 못할 때엔 서빙을 도와주기도 했고, 설거지를 도와주기도 하며.

때로는 함께 앉아 저녁을 먹기도 했고, 자식이 속 썩일 때 장사도 접고 함께 앉아 막걸리를 마시기도 했다. 그럴 때마다 잘될 거라고, 괜찮을 거라고 얼마나 성심을 다해 위로해주던 정원이었는가.

"오메, 오메! 우리 정원이네, 정원이!"

그런, 그녀가 서 있다.

"정원이 맞는겨? 진짜 우리 정원이여?"

"연화. 연화."

태준이 급하게 끼어들며 내가 임금이면 애는 연화라고 각인을 시켜주어도 소용없다. 주인장에게는 그저 정원일 뿐이다.

"세상에…… 세상에…… 더 예뻐졌네, 세상에…… 시방 지금 둘이 온겨?"

"네. 오늘은 임금님이랑 같이 왔어요."

"접때 재민이랑 임금님이랑 같이 왔었어. 그 뒤로 재민이도 안 오고, 궁금했는데."

정재민은 재민이고. 세일러문은 정원이고. 왜 나는! 왜 나만 임금님인가? 편애하시나?

태준의 눈빛이 세모꼴이지만 사무친 반가움에 관심들이 없다. 휴. 짧은 한숨 끝에 태준은 삐거덕거리는 의자 두 개를 골라 그나마 더 괜찮은 의자를 정원이 앉을 곳에 놓아주었다.

"임금님 뭐로 줄까? 껍데기? 술은?"

"맥주 하나, 소주 하나."

주인장은 빠른 걸음으로 술을 내오며 서운함이 깃든 목소리를 내비쳤다.

"드라마 끝나서 허전해 죽겠어. 아니, 무슨 왕이 그렇게 울어. 내가 얼마나 울었는지 아는감?"

"저도 연기하느라 힘들었거든요."

태준의 대꾸에도 들은 척 만 척, 주인장은 본인이 하고 싶은 말만 한다. 아쉽다, 서운하다. 아직도 재방송을 본다고.

"이제 드라마 끝나서 나는 무슨 낙으로 사나. 아이고……."

안주를 챙겨줄 요량인지 혼잣말을 반복하던 주인장은 주방으로 사라졌다. 정원은 미소를 가득 머금은 채 주위를 두리번거리며 작은 숨을 내쉬었다.

오랜만이다.

돌아가긴 갈까, 의심스럽던 낡은 벽걸이 선풍기도, 꾸벅꾸벅 잠이 든 이모님을 대신해 셀프로 가져다 먹던 술 창고도, 십 년 전 유행하던 스타의 빛바랜 소주 광고 포스터도. 빼곡한 낙서. 그리고. 그리고…….

주인장이 익숙한 솜씨로 찬을 깔아주며 껍데기를 내려놓았다. 그 익숙한 밑반찬의 모습에 정원의 마음은 또다시 울렁이기 시작했다.

……기억이 역류한다.

"듣도 보도 못한 껍데기를 구워주지."

태준이 가볍게 눈썹을 추켜세우며 집게를 집자 정원은 천천히 웃으며 그 모습을 바라보았다. 위아래 입은 옷의 가격을 합쳐 몇백은 우습게 넘길 반도의 배우가, 시장통 껍데기집에 앉아 열과 성을 다해 껍데기를 굽는다.

"여기, 정말 오랜만이에요."

"그래. 그렇겠다."

정원의 눈빛은 자꾸만 갈 곳 없이 헤맨다. 시계를 거꾸로 돌린 듯 피부에 들러붙는 과거의 파편은 좀처럼 침착하기 어렵게 했다.

……알고 있어?

재민과 함께 앉아 웃음을 흘날렸던 모습이 선명하게 펼쳐져 어제의 일처럼 다가왔다. 그녀의 입가에 희미하게 지어지는 미소는, 고왔기에 더욱 서글프게 자리했다.

……저 끝 어딘가에, 너와 내가 있어.

감당할 수 없을 만큼 쏟아져 역류하는 기억에 정원은 잠시 눈을 감았다. 스무 살이었고, 진주처럼 영롱하게 반짝이는 삶이었고, 돈이 없어도 충분히 풍만한 삶이었다.

정원은 서서히 눈을 떴다. 과거와 현재를 정신없이 오가는 감정은 단 하나로 정의하기 어려웠다.

"시간 참 많이 흘렀나 봐요. 스무 살이었는데."

진흙 속의 진주는 보잘것없었고, 미래가 없어 충분히 서글픈 삶이었다.

당신을, 만나기 전엔.

앞에 앉은 한류스타께선 들도 보도 못한 껍데기를 구워주겠다더니 꽤나 집중한 모양이다. 정원은 저도 모르게 손을 뻗어 잔을 들어 맥주 한 모금을 삼키며 긴 숨을 내쉬었다. 시원하고 청량한 탄산감이 목 안을 따갑게 스쳐 내려가기 시작했다.

"건배도 없이 막 마시나?"

기다렸는데!

아차, 정원이 손을 들며 미안하단다. 그제야 태준도 목이 말랐는지 차가운 소주를 들이켰다. 쌉쌀하게 식도를 타고 내려가는 차가운 기운에 태준은 캬, 좋다. 미간을 구기며 고개를 끄덕였다.

정원은 양철 탁자에 턱을 괸 채 그 모습을 바라보다 슬며시 미소 지었다. 겹쳐지는 재민의 얼굴은 자신을 향해 다정히 웃고 있다.

슬펐던 기억도 있을 텐데. 싸웠던 기억도 있을 테데. 미화된 기억의 오류들은 재민과의 연분홍 나날만 수면 위로 올려놓기 시작했다.

"여기 오니까, 기분이 되게 이상해요."

그런 날들은 마치, 처음부터 없었던 것처럼.

"그럴 만도 하지."

그래도 이젠, 아프지 않다. 정원은 시간이 가져다준 치유력에 감탄하며 짧은 한숨을 내쉬었다.

태준은 제법 노릇노릇 잘 구운 껍데기 하나를 후후 불며 정원의 빈 그릇에 올렸다. 후후…… 불어주는 태준의 그 모습이 어찌나 다정한지, 무엇인가 복받쳐 올라오는 기분에 정원은 입술을 사리물었다.

알 수 없는 마음의 진동에 정원의 눈가는 촉촉하게 젖어들기 시작했다. 태준은 집게를 내리며 말없이 정원을 바라보았다. 왜 모르겠는가. 그녀의 마음을.

말이 끊긴 공간. 쉽게 사라지지 않는 여운에 긴 시간 침묵으로 일관하던 정원의 입술이 열렸다.

"제가…… 여기 되게 좋아했거든요. 다시 올 수 있을 거라곤 생각도 못 했는데……."

"왜, 막 저기. 응? 저기 정재민이 보이고. 막, 응?"

지금 눈앞에 누가 앉아 있는데. 옛사랑 기억이 나냐?

태준의 의미 없는 장난질에 정원이 희미하게 웃는다. 장난스러움을 담고 있던 태준의 얼굴에도 씁쓸한 미소가 떠올랐다.

알고 있다. 이곳이 어떤 곳인 줄, 모르지 않는다.

태준은 고개를 돌려 천천히 주변을 살폈다. 빈자리 구석구석, 태준의 시야에도 어린 재민과 정원의 모습이 그려졌다.

……기시감. 마치 그 시절을 함께 보내온 것 같은 기시감이 파도처럼 밀려들기 시작했다.

"이제 빚은, 다 갚았나?"

태준은 소주를 따르기가 무섭게 바로 비워냈다. 대꾸를 미루며 정원은 맥주 두어 모금을 삼켰다. 정적이 휩쓸고 간 자리에 남은 그녀가 천천히 고개를 수그렸다.

"난 왜 그랬을까요. 대체 왜."

계절이 바뀌는 줄도, 해가 지나는 줄도 몰랐다.

"잘 살아야 했는데 되게 미련했어요. 재민이가 잘되길 바라면서도 한편으론 그래, 난 이렇게 바보같이 살 테니까."

잊는 방법을 몰라 헤매었다. 자신을 망가트리는 것 외엔, 무엇도 할 수가 없었다.

"어디 한번 얼마나 너 혼자 잘 사는지, 두고 보자고……."

무엇을 해야 하는지도, 어떻게 살아야 하는지도 알 수 없었다.

……길을, 잃어버렸다.

"잘 살아야 했는데. 나도…… 그랬으면……."

추억은 늘 항상 눈물로 쏟아져 내렸다. 그리움은 늘 항상 먹먹함으로 가슴을 채웠다. 멈춰 있는 것 외엔, 주저앉아 있는 것 외엔 아무것도 하고 싶지 않았다.

"사실 다 믿진 않았거든요. 재민이가 자기 정말 성공하고 싶다고. 미안한데 너랑 만나면서는 그럴 수가 없을 것 같다고. 미안하다고."

아니지, 거짓말이지. 다른 이유가…… 있는 거지…….

"그런데 못 물어보겠더라고요. 재민이가 미안하다고 말하는데 드는 생각이라는 게."

괜찮다고 말하면 될까. 어서 가라고 말해주면 될까.

"그냥…… 나는 너를 미안하지 않게 해주고 싶다……."

알려줘, 나. 네게 무슨 말을 해야 네 마음이 괜찮을 수 있는지…….

정원은 설핏 웃음을 내보이며 머리를 쓸어 넘겼다. 다른 이도 아닌 현재의 사랑에게 옛이야기를 털어놓기가 버거웠지만 앞에 앉은 태준은 다음 이야기를 들을 준비가 되어 있다.

누구에게도 뱉을 수 없어 묵어버린 마음이라면, 그저 내가 들어주겠다고.

우리, 다 털어내 보자고.

태준은 말없이 정원의 잔을 채워주었고, 고해성사를 하는 신자처럼 그녀는 끄집어내본 적 없던 마음을 털어놓기 시작했다.

……타닥타닥. 껍데기는 불판 위에서 노릇하게 익어간다.

"세상이 나만 빼고 행복한 기분이었어요."

난 이렇게 슬픈데. 난 이렇게 아픈데. 밝아오는 아침 해는 싱그러웠다. 해지는 저녁놀은 아름다웠다. 어깨를 스치는 연인들은 더없이 서로의 품에서 따뜻했다.

"내가 했던 사랑은 어떤 누구보다 특별한 줄 알았거든요."

아무도 몰라. 우리가 얼마나 사랑했는지. 그 수많은 이야기를, 셀 수 없이 많은 웃음을.

당신들은 아무것도…… 몰라…….

누구나 한 번씩은 그런 이별 겪고 산다며 어깨를 두드려주던 주변 사람들의 이야기도. 괜찮다고, 잊을 수 있을 거라 위로해주던 말들도. 자신에게도 그런 사랑 있었다던 선배의 덤덤했던 지난 경험담도.

들려오지 않았다. 듣고 싶지 않았다. 세상 그 누구도 그런 사랑은 알지 못할 것만 같았다.

"다른 사랑은 할 수 없을 줄…… 알았어요."

어리석은 생각이 들었는지 정원은 부스스 웃음을 터트리며 채워진 맥주 잔을 응시했다. 앞에 앉은 태준은 여전히 말이 없다.

……그랬겠지. 그것만이 전부였던 너였을 테니까.

"잊는다는 건 꿈도 꿀 수 없었어요."

감당할 수 없었을 것이다. 흘러가는 시간 속에 그리움은 더욱 그녀의 앞으로 고개를 내밀었을 것이다.

"그냥 이렇게 살겠구나…… 나는 그냥 이렇게…… 살아가겠구나."

……내일이면 올 거지, 기다리면 와줄 거지.

"웃으며 잘 살면 돌아봐 줄 것 같지 않았어요."

나 이렇게 여기서 바라보면, 언젠간 바라봐 줄 거지…….

"행복하게 사는 척하면 정말로 재민이가 그런 줄 알까 봐, 그러지도 못했어요."

휴. 정원은 작게 한숨을 내쉬었다. 어제였던 것처럼 선명히 기억되는 나날.

벌써 취기가 밀려오는 걸까. 그래, 그런 것 같다. 불에 덴 것처럼 뜨거워지는 마음은 멀미처럼 그녀를 울렁이게 했다. 취기라고, 믿고 싶다.

"다시 돌아가면…… 나도 잘 살 수 있을 것 같은데……."

새로운 사랑 앞에 파란불이 켜진 재민을 알고도 외면했다. 숨차 흔들리는 재민의 눈을 마주 보며, 새로운 사랑을 비수처럼 외쳤다.

"그렇게 피하고 도망치고, 안 그럴 수 있을 것 같은데……."

제게 돌아오기 위해 쉼 없이 날아오른 그를 알고 나서도, 알지 못하는 척했다.

"물론, 돌아갈 순 없겠지만요."

빚을 갚겠다고 말하면서 실은 아무것도 하지 못했다. 아니, 하지 않았다.

"그랬어요. 바보같이 살았어요, 나."

"먹어. 뜨거울 때 먹어야 맛있는데."

걱정스러운지 태준은 정원의 접시를 끌며 좀 먹으면서 말해. 눈빛으로 정원의 표정을 살핀다.

"와, 맛있는데요?"

고해성사는 끝난 것일까. 분위기를 바꿔볼 요량인지 식어버린 껍데기나마 맛있게.

정원은 적당히 익은 껍데기를 입에 넣더니 이내 엄지를 치켜들었다. 태준은 말없이 그런 정원을 응시했다.

"이봐, 세일러문."

오물오물 껍데기를 씹으며 자신을 바라보는 정원을 향해 태준은 괜찮다며 고개를 끄덕였다. 누구보다 아팠으므로 다가올 행복은 누구보다 더 크게, 더 많이.

"그런 시간이 있었으니까 지금도 있는 거야."

느끼며 살아보라고.

"과거 없이 만들어지는 현재는 없으니까."

어쩔 수 없는 그들의 이야기가 있다. 자신도 어쩌지 못할 그들만의 이야기.

과거는 그렇게 쉽게 헝클어지지 않는다. 단단하게 잡아 매어두었던 시간만큼 단단하게 변해버린 그들의 우정이란 이름이, 모든 빚을 청산해주길 바랄 뿐.

"그렇게 아파보고, 준비가 되었으니까. 우리가 만난 거야."

그도 그녀도. 이제는 행복할 테니까.

······누구보다도 너는 내가, 그리해줄 것이니.

"처음부터 다 알고 시작하는 인생 없어. 느끼면서, 배우면서 평생 살아가는 거니까."

조금만 더 우리가 일찍 만났다면 얼마나 좋았을까. 나, 조금만 더 네 아픔을 일찍 보듬어줄 수 있었다면. 태준은 소주를 한 잔 더 넘긴다.

누구보다 찬란하게 빛날 청춘을 어둠 속에 묻어버린 그들의 시간은 어디서 보상받을 수도 없이, 누구에게 책임을 물을 수도 없이.

"이젠 아프지 않아요."

정원은 천천히 고개를 들어 태준을 바라보았다. 사랑을 믿을 수 없어 다가가면서도 두려웠던 마음은, 어느새 온전히, 올곧게 그를 향해 달려간다. 올 것 같지 않던 시간은 어느새 제 눈앞에 펼쳐져 있다. 겁이 나 믿을 수도 없던 사랑은 시간이 지날수록 한 움큼씩 커가고 있었다.

"고마워요. 나는, 이런 시간이 올 거로 생각하지 못했어요."

모두가 제게 말해주던 그런 날은, 정말로 존재했던 것이다.

태준은 대답 대신 미소 지었다. 앞에 앉은 그녀는, 그 빚을 대신 갚아주겠다던 제 다짐을 알고 있을까. 돈이 아니라서, 물질이 아니라서 더욱 애가 탔던.

"벌써 고마우면 어떡하지."

그렇게 지내왔던 시간을.

"난 아직 해준 게 아무것도 없는데. 벌써 그런 인사를 하면 어쩌나."

정원은 웃음을 터트리며 맥주잔을 들었다. 건배라도 해볼 요량인지 정원은 팔을 내밀며 잔을 조심스럽게 흔들었다.

"맥주 잘 마시게 해주셨잖아요."

소주도 한번 도전해볼까요? 정원의 말끝에 태준은 풀파워로 고개를 저었다. 아무래도 소주 마시는 세일러문은 싫은가 보다.

태준은 정원의 잔에 자신의 잔을 가져가며 청명한 소리를 냈다. 그 끝에 정원을 응시하며 태준은 입술을 열었다.

……좋은 것만 느껴보자.

"민정원의 새로운 시간을 위해, 건배."

행복한 일들만 배워보자.

다시 잔을 내미는 태준을 바라보던 정원은 다시 자신의 잔을 가져가며 맑은 웃음을 내보였다.

"우리의 새로운 시간을 위해, 건배."

쩽강, 잔이 부딪치는 소리. 태준은 단숨에 털어버린 소주잔을 내리며 고개를 돌렸다. 이내 의자를 밀며 일어선 태준이 카운터로 향한다. 슬금슬금 목을 빼고 카운터를 살피더니 연필 통에 꽂힌 매직 하나를 가지고 자리로 돌아왔다.

"우리도 쓱쓱, 적어볼까?"

태준은 주위를 두리번거리다가 빽빽한 낙서 속, 그나마 한적한 공간을 찾아 매직을 움직였다. 정원의 촉촉했던 눈가에 기어이 눈물이 방울방울 떨어져 내린다.

망설임 없이 적어 내려간 굵은 글씨는 그녀의 마음속으로 한 글자 한 글자가 문신처럼 새겨졌다. 비로소 온전한 스물일곱의 청춘을 맞이한 것이다.

껍데기가 익어가는 이, 공간에서.

"다 썼다……."

온전히 마음의 빚을, 청산한다.

옛사랑을, 안녕히. 떠나보낸다.

[정원아, 사랑해.]

'꼭 먹어! 오늘 먹어!'

태준이 쥐여준 귤 하나를 들고 돌아온 정원은 현관문을 열었다. 맥주를 마신 탓일까, 난데없는 두통이 밀려와 정원은 미간을 찌푸리며 소파에 앉았다.

……정원아, 사랑해.

태준의 손끝에서 완성된 '정원'이라는 단어는 낯설기만 했다. 매번 세일러문을 외치던 그에게서 완성된 정원은 펼쳐질 미래만큼이나 벅찬 설렘을 가져다주었다.

"이제 말해줘야 할 것 같은데……."

정원은 천천히 상체를 수그리며 탁자에 놓아둔 중국행 비행기표 티켓을 들었다. 이내 번져드는 미소.

태준의 중국행이 결정되고, 같이 찍기로 한 무협 여배우의 계약이 결렬되면서 여주인공은 정원에게 돌아왔다. 수출된 '연꽃을 닮은 노래'가 대륙을 휩쓸고 있는 지금, 정원의 연기력과 잠재력을 눈여겨본 헤이씽 감독 측에서 드림아트의 제안을 흔쾌히 승낙한 것이다.

"이걸 언제 말해주지······."

놀라 휘둥그레질 태준의 얼굴이 떠올라 정원이 소파로 몸을 기대며 소리 내어 웃음을 터트렸다.

'꼭 먹어! 오늘 먹어!'

정원은 탁자 위에 놓인 티켓을 들며 내려둔 귤을 물끄러미 응시했다. 신 신당부하던 태준의 목소리가 생생하여 정원은 몸을 일으켜 귤을 잡았다.

"큰 귤은 맛없는데."

딱히 입맛이 없는 관계로 정원은 다시 탁자 위에 귤을 올려놓았다.

내일도 촬영, 모레도 촬영. 당분간은 국내 광고 촬영이 수두룩하다. 너 나 할 것 없이 기다렸다는 듯 밀려온 러브콜. 쉴 새 없이 바쁠 거라던 박 대표 의 엄포는 촬영에 굶주린 정원에게 단비 같은 소식이었다.

스르륵, 그대로 정원은 소파에 누웠다. 얼마 만에 느껴보는 마음의 여유 로움인가. 씻을 생각도 하지 못한 채 정원은 단잠에 빠져들기 시작했다.

'정원아, 사랑해.'

글씨는 자꾸만 태준의 음성으로 들려와 눈 감은 입가에 웃음이 번져들었 다.

"이봐! 박 대표! 박 대표!"

······올 것이 왔다.

쾅-! 문을 열어젖히며 대표실에 태준이 들어섰다.

"박 대표!"

"소, 소란 피우지 말고 앉아, 일단 앉아. 말하려고 했어. 태준 씨 어서 앉······."

어라? 당황함에 말까지 버벅대며 손사래를 치던 박 대표는 우뚝 멈춰 섰 다. 입이 찢어지기 일보 직전인 태준의 손에 난데없는 꽃다발이다. 박 대표 는 낯선 광경에 두 눈을 비볐다.

"뭐, 뭐야, 그건? 꽃이니? 니가 샀니? 아니지? 오다가 받은 거지?"

으하하. 으하하하하. 육성으로 공간을 울리는 태준의 웃음소리. 입이 쩍 벌어진 박 대표에게 성큼성큼 걸어와 턱, 하니 꽃다발을 품에 안기며 태준은 아주 좋다는 표정을 지어 보였다.

"날씨가 좋아. 아~ 주 좋아."

"비 오잖아, 밖에."

"그런가? 몰라. 난 좋아. 매우 좋아."

미리 알려주지 않았다고 분노하며 이글이글하니 사무실을 태우지는 않을까 걱정했는데. 생글생글하니 웃는 얼굴로 휘휘, 사무실을 돌아보는 강태준은 예상과는 다른 반응이다.

"이 꽃은 뭐냐구. 왜 날 줘? 니가 샀니? 아니지?"

"선물이야, 선물. 기프트."

속 보여! 너 속 보인다고!

으하하. 으하하하하하. 생일에도 받아본 적 없는 꽃다발을 안겨주며 육성으로 웃고 있는 태준이 얄미워 박 대표는 눈을 치켜떴다.

"박 대표 짐 가방은 어디 갔나? 설마."

"서, 설마! 뭐! 설마 뭐!"

"아니, 그냥."

뜨끔한 박 대표는 꽃다발을 내리며 태준의 시선을 피했다. 오늘 아침에도 황 이사가 내려준 달달한 커피를 마시고 출근했지만 절대로 알려주고 싶지 않다.

어후, 얼마나 놀리겠어. 당분간 말 안 해줄 거야!

평소와는 달리 버벅거리며 시선을 회피한 박 대표의 답변에도 별생각은 들지 않는 모양이다. 머리 위에 음표만 둥둥 띄운 채 박 대표의 어깨를 두드리는 태준의 표정은 원한다면 스승의 은혜라도 부를 참이다.

"연기에 집중할게. 절대로 딴짓 안 할게."

하겠다는 말이잖아! 박 대표는 태준의 손을 피하며 솟구치는 혈압에 언성을 높였다.

"징그러워! 저리 가! 누가 너 좋자고 그랬어? 꿈 깨셔!"

오늘, 정원의 중국행은 기어이 뉴스가 터지고 말았다. 말 안 했다고 길길이 날뛸 줄 알았는데, 꽃다발까지 품에 안기며 충성을 맹세하는 모습이라니.

저, 저, 저……! 아후, 혈압이야…….

여전히 육성으로 웃고 있는 태준을 바라보자니 현기증이 밀려왔지만 그것도 잠시. 박 대표의 마음에 알 수 없는 놀라움이 자리 잡기 시작했다.

……얼마 되지 않은 저 과거 어디쯤, 늘 날카롭기만 하던 태준의 모습이 있다.

일밖에 모르던. 불 켜진 조명 아래서만 웃음을 보여주던. 철저히 남과 자신을 분리하며, 속내를 드러내는 법이 없어 늘 긴장감 속에 바라보게 하던.

"박 대표는 밥 먹었나? 오랜만에 점심이나 할까?"

사랑 참 무섭다, 태준 씨. 사람을 바꿔. 이렇게 웃게 해. 기쁘다 느끼게 해.

"됐어, 나 바빠. 미팅 있어."

숨길 수 없어 사랑을 말하게 해.

"쉬엄쉬엄해. 시집은 가야지."

이게 정말! 박 대표는 질렸다는 표정으로 소파에 앉았다. 잽싸게 따라 앉으며 태준은 버릇처럼 쌓여 있는 시나리오를 뒤적였다. 무의식중에 흘러나오는 콧노래는 태준의 흥한 기운이 분기 최고점을 찍고 있음을 알려주고 있다.

"그나저나, 우리 세일러문은 어디 가셨나?"

"베이커리 CF 갔어. 내일은 아웃도어 CF."

"캬…… 돈 잘 버네. 능력 있네, 우리 세일러문."

싱글벙글 웃음을 잃지 않는 태준은 뒤적이던 시나리오를 내리며 의미심장한 표정으로 허공을 응시했다.

가만. 귤은 먹었나? 왜 말이 없어, 이 여자.

…….

버, 버린 거 아냐?

태준은 세차게 고개를 흔들며 그럴 리가 없다고 스스로를 위안하기 시작했다. 그럴 리가. 누가 준 귤인데 버렸을 리가. 당장 전화해서 물어보고 싶지만 하루만 더 참아보기로 한다.

시시각각 변하는 태준의 표정에 박 대표는 이마를 짚었다. 하루 열두 번, 얘만 생각하면 없던 고혈압도 생기는 것 같다.

"너도 일 가! 왜 이러고 있어! 촬영 없어?"

"갈 거야. 박 대표 꽃 주러 왔어. 영수 올 거야."

바쁘기는 태준도 매한가지. 이제 곧 전자제품 광고 촬영차 스튜디오로 이동해야 한다.

"참, 태준 씨 그거 알아?"

응? 뭘? 태준은 고개를 돌려 박 대표를 바라보았다. 박 대표는 아무리 생각해봐도 우스운지 입가에 가득 미소를 그렸다.

"영수 씨, 정원 씨 코디랑 사귄대. 이것들이 하라는 일들은 안 하고 촬영장에서 연애질만 했나 봐?"

띵동- 베이커리 촬영이 한창인 스튜디오. 대기 중인 정원의 휴대폰이 울린다. 태준의 메시지다.

[촬영 잘하고 있나? 나도 촬영 가는 중.]

정원은 입가 가득 미소를 그리며 키패드를 눌렀다.

[빵을 얼마나 먹었는지, 배불러요.]

[느끼하겠네. 귤 먹어. 어제 준 귤.]

"누구? 태준 씨? 어우, 얼굴에 다 보여!"

부러워, 부러워. 들어오던 스태프는 정원의 함박웃음에 밉지 않은 핀잔을 건네며 곁에 섰다. 정원은 무안함에 입술을 오므리며 가방을 열어 챙겨 나온 태준의 귤을 꺼내 들었다. 가방에서 찢어졌는지 꼭지 주변이 찢어져 있다.

그래도 알맹이는 괜찮겠지? 태준이 건네주었으니 언감생심 버릴 수는 없다. 익숙하게 귤껍질을 까는 정원을 바라보던 스태프가 손을 내밀었다.

"정원 씨, 나도 귤 좀 줘. 목이 텁텁해."

"아, 네. 잠시만요."

머리를 매만지던 스태프가 반만 달란다. 고개를 끄덕이며 귤을 까 내리던 정원의 손이 멈췄다.

"어머, 그거 뭐야?"

……네가 제일 좋아하는 거니까.

"어머, 세상에. 이거 태준 씨가 준 거야? 대박! 대박!"

가장 행복할 순간에 마주칠 수 있도록.

태준이 귓가에 속삭이는 것만 같다. 멈춘 정원이 무어라 반응하기도 전에 스태프는 대기실 문을 열고 뛰어나가며 현장에 소리쳤다.

"빨리 와봐! 강태준 씨가 귤 속에 반지 넣어줬어! 대박이야!"

말이 끝나기가 무섭게 스태프들이 우르르 달려왔다. 정원은 천천히 마저 귤껍질을 벗겼다. 격한 탄성과 박수 소리가 공간을 잔뜩 울렸지만 그녀의 귓가에는 무엇도 들려오지 않는다.

그의 마음만큼 눈부신 반지는 귤 한가운데 예쁘게도 박혀 있다. 그 영롱한 기운에 정원은 바라만 볼 뿐 아무것도 할 수가 없다.

"꺼내 봐, 정원 씨. 어서어서."

주변의 재촉에 정원은 반지를 조심히 꺼내 들었다. 비밀리에 이 반지를 사려고 007을 찍은 태준을 알 리 없겠지만.

띵동. 태준의 메시지다.

[그럴 일은 없겠지만 절대 한입에 먹으면 안 됨. 잘 살펴봐야 함.]

정원은 웃음을 터트렸다. 공간을 울리는 박수 소리는 한동안 세차게 이어졌다.

3개월 후.

"네! 이 곳 BMS연기대상 레드카펫엔 올해를 빛낸 배우들이 속속 등장하고 있는데요! 열기가 아주 뜨겁습니다!"

리포터의 격양된 목소리를 시작으로 카메라가 레드카펫을 비췄다. 번쩍번쩍한 밴들은 일사불란하게 순서를 기다렸다가 들어서며 레드카펫에 배우들을 내려주었다.

정신없이 터지는 셔터. 하늘까지 닿을 것만 같은 함성. 뜨거운 취재 열기. 이곳은 바야흐로 별들의 향연이다.

"네! 레드카펫 위로 신주희 씨와 정재민 씨가 도착했습니다! 두 분 다정히 들어오시네요!"

재민의 에스코트를 받으며 주희가 사뿐, 레드카펫 위로 발을 내디뎠다. 울려 퍼지는 함성 속 여기저기 꽃다발이 떨어졌다. 밟고 갈 수는 없는지라 재민은 제 발 가까이 떨어진 꽃다발을 주워 주희에게 건넸다.

"연인 발표를 하고 나서 더욱 대세가 된 두 분입니다! 네! 아주 다정하게 입장하시는데요! 드라마에서도 좋은 연기를 보여주셨으니 오늘 무척 기대가 됩니다!"

장면 하나하나를 놓치지 않고 전달하는 프로 리포터의 음성은 전파를 타고 전국으로 생중계 중이다. 주희와 재민은 익숙하게 포토존에 서서 손을 흔들었다. 신경 쓴 의상은 카메라 앞에서 더욱 진가를 발휘했다.

"네! 이어 강태준 씨 등장입니다!"

더욱더 격양된 리포터의 음성에 카메라는 황급히 레드카펫으로 돌아간다. 주희와 재민은 담당자의 경호 아래 입구로 사라졌고, 밴에서 내린 태준은 여유로운 모습으로 걸음을 내디뎠다. 하늘이 찢어질 듯한 함성에 태준은 미소를 지으며 손을 흔들었다. 한 걸음 한 걸음, 범접할 수 없는 기운이 풍겨왔다.

"이번 시상식에 참가하시려고 어제 막 귀국하셨다고 하죠! 네네! 강태준 씨께서 포토존에 입성하셨습니다!"

한 점 흐트러짐 없이 완벽함을 자랑하는 슈트의 자태는 감히 따라올 수 없는 최강의 비주얼을 선사했다. 격하게 터지는 플래시 속, 태준은 각도를 달리하며 손을 들었다.

"강태준 씨! 오늘 대상 후보인데 한 말씀만 해주시죠!"

"민정원 씨와는 함께 오지 않은 이유가 있습니까?"

"강태준 씨! 여기 좀 봐주세요!"

말을 아끼며 태준은 적당한 시간을 채운 뒤 담당 경호원을 바라보았다. 익숙하게 다가와 태준을 안으로 인도하는 담당자의 손길에 태준은 걸음을 옮겼다. 강태준의 등장으로 더욱 뜨거워진 현장 취재진들은 조금이라도 더 빨리 기사를 올리고자 분주해졌다.

몇몇의 배우들이 포토존을 거쳐 가고, 이윽고 최신 밴 한 대가 레드카펫 앞에 도착했다.

"네! 지금 또 다른 배우가 도착했는데요! 누굴까요! 아! 민정원 씨입니다!"

레드카펫으로 살며시 그녀가 발을 내딛는다. 쏟아지는 함성과 사방을 밝게 비추는 플래시 세례 속 정원은 걸음을 옮기기 시작했다.

"마찬가지로 민정원 씨도 오늘 시상식에 참가하기 위해 강태준 씨와 어제 동반 귀국을 했는데요! 여전히 아름답습니다!"

제 것 아닌 것만 같은 격한 환영은 처음인지라 정원은 걷는 걸음에 아득해지는 기분을 떨쳐버릴 수가 없다.

……꿈은 아닌 것이다.

둘이서 함께 들어가는 것은 좋지 않겠다는 박 대표의 판단에 각자 따로 출발했다. 스포트라이트를 함께 나눠 가질 필요는 없다는 박 대표의 철저한 경영 방침에 의한 일이었다. 지금, 그녀는 누구의 도움도 없이 혼자 빛나고 있다.

"민정원 씨! 오늘 좋은 꿈 꾸셨나요?"

"이쪽으로 손 한 번만 흔들어주세요! 민정원 씨!"

"민정원 씨! 지금 기분이 어떠세요! 한마디만 부탁드릴게요!"

태준보다 더 뜨거운 취재 열기. 그녀의 곁에선 경호원들은 격해진 취재 열기에 주변을 정리하며 걸음을 옮기는 그녀의 곁에서 보호 라인을 형성했다. 드디어 도착한 포토존에 서서 정원은 담당자의 안내에 따라 뒤를 돌아섰다.

……부직포 세일러문 복장을 하고 고개를 수그린 채 걸음을 옮기던 그녀는.

"민정원 씨! 이쪽을 향해서도 손 한번 흔들어주세요!"

"이쪽! 이쪽 좀 봐주세요!"

"이쪽! 이쪽도 봐주세요!"

누군가 직업이 뭐냐고 묻는다면 쉽게 입술을 열지 못했던 그녀는.

"한 말씀만 부탁드립니다!"

"지금 기분이 어떤가요! 짧게 한마디만! 민정원 씨!"

자신을 향해 쏟아져 내리는 플래시 세례 속에서.

"언니! 드레스 너무 예뻐요!"

"민정원 완전 예쁘다! 민정원 짱!"

제게 손 흔들어주는 많은 이의 애정 어린 시선 속에서.

정원은 용기 내어 손을 들었다. 오로지 자신만을 바라봐 주는 사람들을 향해 손을 흔들며 복받치는 감정을 억눌렀다. 입도 뗄 수 없는 긴장감 속에서 그녀를 지탱하는 단 하나. 이 순간은 무엇도 아닌 그저, 배우 민정원이라는 최면 속에서.

"이제 들어가시죠."

익숙하게 다가온 담당자의 보호 속에 그녀는 천천히 걸음을 옮겼다.

"언니! 태준 오빠랑 행복하세요!"

"완전 잘 어울려요!"

"민정원 흥해라!"

그녀의 귓가에 닿길 바라며 외치는 모두의 바람을 안고, 그녀는 작게 미소 지었다. 높은 굽에 혹시 엉키지는 않을까, 정원은 순백의 드레스 자락을 조심히 들고 입구에 들어섰다.

"춥겠다."

정원은 고개를 들었다. 2층 난간에서 자신을 바라보며 웃고 있는 태준의 모습에 정원은 활짝 웃었다. 내내 긴장하며 가슴을 졸였던 포토존 행사를 성공리에 마무리했다는 기분이 들었고, 무엇보다도.

"추워요."

태준이 반가웠다. 서로의 시선이 교차한 지 얼마나 지났을까. 태준은 빠른 걸음을 옮겨 계단을 내려오며 정원의 곁에선 경호원에게 묵례를 건넸다.

자신이 에스코트하겠단다. 태준의 뜻을 대번 알아차린 경호원은 황급히 뒤로 물러서며 고개를 끄덕였다. 미리 들고 있던 캐시미어 숄을 건네주는 태준의 손끝을 바라보던 정원은 종전보다 더욱 활짝 웃으며 태준을 응시했다.

"나 보고 있었어요?"

"물론."

이제 오나 저제 오나 목이 빠지게 기다렸다고. 들어가지 못한 채 2층을 서성이며 유리창 밖으로 정원이 오기만을 기다렸던 시간.

지금 당장 웨딩마치를 올린대도 손색없을 그녀의 드레스는 더없이 우아한 자태를 과시했다. 태준은 조심스럽게 손을 내밀며 그녀를 에스코트하며 걸음을 옮기기 시작했다.

"이여, 둘이 나란히 오는 거야?"

"태준 씨 오랜만! 보기 좋네?"

평소 친분이 있는 배우들의 인사에 태준은 미소를 지었다. 꽤나 흥미롭게 두 사람을 바라보는 모든 이의 시선 속, 정원은 두근거리는 심장을 주체할 길이 없어 잡은 손에 힘을 주었다.

"나 지금 정신이 하나도 없어요."

"들어가서 앉으면 좀 나을 거야."

무사히 시상식장으로 들어선 정원은 손끝에 힘을 주며 멈춰 선 태준을 바라보았다. 긴장을 풀어줄 요량인지 태준은 작게 속삭였다.

"팬입니다. 사인 한 장 해주시죠."

정원은 클러치로 입을 가리며 웃음을 터트렸다. 이내 짐짓 표정을 일그러트리며 고개를 가로저었다.

"바빠서요. 죄송합니다."

"그러지 말고 한 장만."

태준은 슬쩍 등을 내밀었다. 이런 닭살 행각이라니. 누가 보면 놀릴까 봐 정원은 검지로 빠르게 사인을 마쳤다.

여유를 되찾은 정원의 표정에 긴장은 좀 풀렸을까, 태준은 슬쩍 정원을 바라보며 다시 걸음을 옮겼다.

……대한민국을 빛낸 별들의 향연.

"어딜 봐도 제일 예쁘네. 우리 세일러문이."

"다, 다른 곳 가선 그런 말 하지 마세요."

감히 장담컨대 그중 최고로 빛나는 별 중의 별은 단연코, 두 사람이었으리라.

"네. 이제 1부가 거의 끝나갑니다. 이제 네티즌이 뽑은 인기상을 발표해야죠?"

"그렇습니다. 이제 네티즌이 뽑은 인기상 부문 시상을 해야 하는데요, 시상엔 전년도 수상자인 편은민 씨께서 맡아주셨습니다."

박수 속에 전년도 수상자인 편은민이 등장했다. 우렁찬 함성으로 가득 메워진 이곳, 감회가 새로운지 등장한 편은민은 잠시 객석을 살폈다.

"안녕하세요, 편은민입니다."

물을 끼얹은 듯 조용해지는 공간. 말끔한 슈트를 완벽하게 소화한 그의 모습은 부드러운 미소와 함께 시선을 사로잡았다. 지난해, 몸을 사리지 않은 액션 연기로 BMS 시청률을 책임졌던 그였다. 결혼하고 잠시 주춤거린다는 평가를 비웃기라도 하듯 그는 여전한 건재함을 과시했다.

가히 힘들었을 그의 시간. 평소 친분이 깊은 태준은 깊게 미소를 그리며 편은민을 주시했다.

"이 자리에서 수상을 한 게 엊그제 같은데요, 벌써 한 해가 지났다니. 감회가 새롭습니다."

미리 외워둔 큐시트의 내용에 따라 인사를 건네며 편은민은 매력적인 웃음을 내보였다. 모두가 긴장한 순간. 사방에 울려 퍼지는 북소리는 모두의 뛰는 맥박만큼 힘차게 들려왔다.

'여자 신인상에 민정원 씨, 축하드립니다!'

조금 전, 딱히 이렇다 할 대표작이 없던 정원에게 여자 신인상의 영광이 돌아갔다. 당황함에 소감도 제대로 말하지 못하고 돌아온 정원은 아직도 두근거리는 심장에 어지럽기까지 했다. 편은민은 큐카드를 넘기며 침착하게 다음 이야기를 이어갔다.

"이번 인기상은 시청자분들이 직접 참여. 약 한 달간 온오프라인으로 투표를 실시했으며, 올 한해 가장 BMS를 빛낸 최고의 연기자에게 수여됩니다."

후보는 정원과 태준을 제외 다섯 명. 총 일곱 명이 후보로 선정되었다. 누구 하나 막강하지 않은 배우가 없었기에 정원은 그다지 기대하지 않는 눈빛으로 편은민을 바라보았다.

아무래도 수상은 강태준의 몫일 것 같았다.

"바로 발표하겠습니다. BMS 연기 대상, 네티즌 인기상 부문 수상자는."

정원은 힐끔 태준을 바라보며 손뼉 칠 준비를 했다. 잠시 침묵을 일관하던 편은민은 큐시트를 바라보다 시선을 들었다.

"축하드립니다. 민정원 씨."

카메라는 곧장 정원에게 돌아갔다. 연꽃의 모든 출연진은 자리에서 일어섰다. 정원은 쏟아지는 박수 소리에 경직된 표정으로 두 눈을 깜빡였다.

"일어나야지, 민정원 씨."

맞은편, 자리에서 일어난 태준은 정원에게 일어서라 손짓한다. 정원은 황급히 자리에서 일어서며 기계적인 걸음을 옮겼다.

"네! 민정원 씨 축하드립니다. 일곱 명의 후보 중 투표율 24%를 차지한 민정원 씨는 올 한 해 BMS를 빛낸 연기자로 선정되었으며, 드라마 연꽃을 닮은 노래에서 극 중 연화 역을 잘 소화했다는 호평과 찬사를 받았습니다. 다시 한 번 축하드립니다."

MC석의 이야기도 잘 들리지 않는다. 정원은 편은민이 건네주는 트로피와 꽃다발을 엉겁결에 받아 들며 마른침을 삼켰다. 주변에 모여든 동료들이 안겨주는 꽃다발을 전해 받으며 정원은 수상 소감대에 섰다.

……말이 떨어지지 않는다.

"네, 민정원 씨가 많이 놀라셨나 봅니다. 수상 소감 부탁드릴게요."

"아…… 제가……."

미소 지은 태준의 얼굴이 카메라에 가득 담겼다. 정원은 눈을 세차게 깜빡이며 밀려드는 눈물을 참아보려 하지만 소용없다.

"제가…… 받을…… 제가 받는 상이…… 제가…… 받을 수 있을 거라고 생각을 못 해서요……."

터져버린 눈물. 정원은 잠시 고개를 수그렸다. 그런 그녀의 어깨 위로 수많은 박수갈채가 쏟아졌다.

"이런 큰 상을 제가 받아서…… 너무 죄송하고요…… 더 좋은 연기 펼쳐주신 다른 배우분들에게 너무 죄송스럽고……."

뭐라고 말하고 있는지, 사실은 감조차 없다.

"그저 좋은 배역을 주시고, 연화를 만나게 해주신 연꽃 식구들에게 너무 감사드리고…… 아…… 제가 그러니까…… 지금 너무 떨려서……."

네티즌의 한 표, 한 표가 모여 이룬 상. 그렇기에 무엇보다 뜻깊을 수밖에 없는.

"감사합니다. 감사…… 합니다."

그랬기에 누구보다 벅차오를 수밖에 없는.

정원은 눈물이 범벅된 얼굴로 수그려 인사를 했다. 더는 소감을 이어갈 수 없어 멈추기로 한다. 육안으로 확인될 만큼 후들후들 떨고 있는 그녀를 위해 해영과 주희가 나섰다. 조심스레 그녀를 부축하며 내려오는 그들의 모습에 객석은 또 한 번 뜨거운 박수를 쏟아냈다.

"민정원 씨의 앞으로의 행보를 더욱 기대하며 1부 여기서 마치겠습니다. 저희는 2부에서 다시 찾아뵙겠습니다."

MC의 마지막 멘트로 1부는 종료되었다. 정원은 트로피를 꼭 쥔 채, 해영과 주희의 앞에서 아이처럼 울음을 터트리고 말았다.

"가봐, 정원 씨 저렇게 우는데."

곁에 다가온 김 감독은 태준의 어깨를 치며 어서 가보란다. 태준은 고개를 저으며 정원을 응시했다.

……대견하다. 우리 세일러문.

"나중에."

이루 말할 수 없을 만큼. 더할 나위 없이.

정원은 가까스로 고개를 들었다. 젖은 눈빛으로 어깨를 들썩이며 원탁에 앉아 있는 태준을 바라보았다. 한쪽 눈을 찡그리며 웃어 보이는 태준은 이내 엄지를 치켜들었다.

축하해. 소리 없이 입 모양으로 마음을 전달하는 태준의 얼굴을 바라보며 정원은 미소 지었다. 세상 모든 일이 하얗게 지워진대도, 오늘은 지워지지 않을 것만 같았다.

"새해 복 많이 받으세요."

정원은 태준을 보며 웃었다. 서로가 함께하며 신년을 맞이하다니. 만감이 교차하는 기분이 드는 건 어쩌면 당연한지도 몰랐다.

"너도 받아야지. 새해 복."

태준은 정원의 손을 잡으며 혼자는 절대 받지 않겠다는 표정을 지어 보였다. 둘이 아니라면 모든 것을 원초적으로 거부해주시는 강태준 씨께선 오늘도 너와 함께가 아니라면 의미 없다, 빙빙 돌려 우회한 말투로 정원의 마음을 물들인다.

세상 모든 복이란 복은 다 끌어다 네가 가지라고. 하나부터 열까지 좋다는 모든 건 다 누리며 살아보라고. 태준은 시린 바람이 정원을 괴롭힐까 봐 힐끔거리며 하지 못한 말을 삼켰다.

"춥지 않아?"

"아뇨, 좀 갑갑했는데 시원해요."

1부 끝. 잠깐의 시간 동안 도둑 데이트를 즐겨보고자 태준과 함께 옥상으로 올라온 정원은 칭칭 감은 목도리를 툭툭 치며 웃었다.

"축하해. 네티즌 인기상이라니. 좋겠네."

"……좋아요. 진심으로."

수많은 나날을 카메라 앞에서 보내왔지만 처음으로 손에 쥐어본 상. 신인상이라는 영광도, 네티즌 인기상이라는 타이틀도 벅차기만 했다. 늘 사람들의 시선을 피해 웅크리기만 했던 그녀에게 지금 이 시간은 '보상'이라고 칭해도 손색이 없을 만큼 값지고, 귀하고. 꿈이 아니라니 더욱 마음을 울릴 수밖에 없는.

"축하해."

"고마워요."

그런, 순간일 수밖에 없었다.

태준의 축하 속에 더욱 진하게 밀려오는 감동. 정원은 작게 미소 지었던 얼굴에 초조함을 드러내며 힐끗, 뒤를 돌아보았다. 아무래도 불안한 성싶었다.

"사람들이 강태준 없어졌다고 찾으면 어떡해요?"

"걱정하지 마. 난 2부 끝에 필요한 사람이라."

드럽게 멋지고 잘생겼으며 늠름한 이 강태준은 영광스런 피날레를 장식하리라. 태준은 걱정스러운 정원의 얼굴을 바라보며 별거 아니라는 표정을 지어 보였다.

쳇. 누가 대상 후보 아니랄까 봐. 밉지 않게 미간을 찡그리며 예쁘게도 웃어 보이는 정원은 뽀얀 입김을 구름처럼 흘려보내며 태준의 어깨에 기대었다. 이제 허락된 시간은 단 십 분. 다시 시상식으로 돌아가야 하는 서로는 1분 1초도 허투루 낭비하고 싶지 않다.

"진짜 멋있다. 내 남자."

은은히 풍겨오는 태준의 스킨 향. 정원은 스르륵 눈을 감으며 태준에게 들리지 않게 아주 작은 목소리로 중얼거렸다.

응? 뭐라고? 태준이 되물어 오지만 고개를 작게 흔들며 아니라고. 정원은 그저 입가에 가득 미소를 그렸다. 별이 총총 박힌 밤하늘에 울려 퍼지는 종소리. 수많은 연인과 가족들의 새해 인사가 어우러지는 한가운데서 서로는 서로를 바라보았다.

이대로 시간이 멈춘대도. 혹은 지금 당장 지구 종말이 다가온대도.

"소원 없나?"

……무엇도 필요 없다.

"네? 소원이요?"

고개를 끄덕이는 태준을 바라보며 정원은 음, 생각하는 듯한 표정을 짓더니 이내 부스스 웃어 보였다.

"글쎄요, 올해도 대박 터지는 드라마 주인공 하기?"

"로맨스 안 됨."

"그런 게 어디 있어요? 그럼 할 수 있는 게 뭐 있다고."

대장금 같은 거 해, 대장금. 평생 연기해도 키스신 나오지 않는 그런 거. 손맛으로 승부하는. 허준의 예진 아씨, 이런 것도 괜찮은데.

……미실 콜.

태준은 차마 말을 뱉지 못하고 절대, 결코, 끝끝내 안 된다는 표정만 짓고 있을 뿐이다.

"졸지에 누구 때문에 백수 되게 생겼네요. 다시 호랑이탈 써야겠네."

"써도 예쁘니까 써도 괜찮아."

"으휴. 말이나 못하면."

태준은 제 어깨에 기댄 정원의 어깨를 감싸 안으며 농담이었다고. 이내 웃음을 터트렸다. 그녀가 무엇을 택한들 어찌 막을 수 있으랴. 그녀의 말은 곧 복종이며, 절대, 그 자체인 것을.

웃음 끝에 잠시 찾아온 적막. 고운 눈매만큼이나 고운 눈빛으로, 서울의 야경을 바라보는 그녀의 입술이 열렸다. 태준은 더욱 힘주어 정원의 어깨를 감싸 안았다.

"행복했으면 좋겠어요."

……행복. 당신 곁에서.

"지금처럼 강태준의 손을 잡고 내년 이 시간에도 함께했으면 좋겠어요."

단 하나의 소원. 더 바랄 것 없는 세상의 중심에서.

고요하게 그녀의 목소리가 바람을 타고 사라진다. 지금 불어 간 이 바람은 잊은 듯이 살다 보면 언젠간 돌아와 들려줄 것이다. 사는 내내 간간이 서로에게 불어와 잊지 말라고, 변하지 말라고. 옷깃을 스치며 머리카락을 흩날리며 지금처럼 그렇게.

살며 처음 불어온 듯한 온기 그대로.

"근데 그건 반칙인데."

소원은 이루어질 것이다.

"반칙…… 이요?"

멈추지 않을 것이다. 슬픔은 지나가고 기쁨은 날아가고, 행복은 오지 않을 수도 있지만 불행할수록 크게, 아플수록 더 많이.

내 사랑은 너를 향해 움직일 테니까.

태준은 정원을 끌었다. 두꺼운 외투 속으로 그녀를 감싸 안으며 정원의 귓가에 나직이 속삭였다.

……변함은 없을 것이다.

"그건 니 소원이 아니고."

사는 내내. 아마도.

"내 소원이야."

시간은 흐르고 생방송으로 진행 중인 연기대상도 피날레를 향해 달려가고 있었다.

"대헌 씨, 저는 지금 왜 이렇게 떨고 있는 거죠?"

여자 MC는 곁을 바라보며 떨린다는 표정을 지어 보였다. 이에 신속하게 맞받아치는 남자 MC는 그럴 수밖에 없다는 표정으로 대꾸했다.

"그럴 만도 하죠. 이제 대망의 시상만을 남겨놓고 있으니까요."

"맞아요. 그래서 그런가 봐요. 이제 곧 대상 수상자가 발표될 예정인데요. 올 한해 BMS를 빛낸 그 영광의 주인공이 누가 될지 끝까지 지켜봐 주시기 바랍니다."

"대상 시상에는 BMS 주철호 사장님과 작년도 대상 수상자인 안노준 씨께서 수고해주시겠습니다."

우레와 같은 박수갈채 속에 작년도 수상자인 안노준이 등장했다. 모델 출신답게 각 잡힌 그의 워킹은 들어서는 순간부터 숨 막히는 매력을 과시했다. 절제된 헤어스타일과 적당히 맵시 좋은 슈트는 신사적인 느낌을 강하게 안겨 주었다.

함께 나온 BMS 사장은 카메라가 어색한지 경직된 표정으로 정면을 주시하며 스태프의 신호가 떨어지기를 기다리는 듯했다. 이윽고 스태프의 신호가 떨어지고.

"반갑습니다. BMS 사장 주철호입니다."

"배우 안노준입니다."

짧은 묵례와 함께 가득 미소 지으며 객석을 바라보던 안노준은 제법 눈에 익는 사람들이 많은지 눈썹을 추켜세웠다.

"사장님, 올해에도 좋은 드라마가 BMS에 많았는데요. 가장 기억에 남는 드라마가 있다면 어떤 걸 선택하시겠습니까?"

"글쎄요. 열 손가락 깨물어 안 아픈 손가락이 없다고 하듯이, 저 또한 올 한해 방송된 모든 BMS 드라마를 사랑합니다."

큐카드에 적힌 대로 대답한 사장의 멘트에 안노준은 장난기 어린 얼굴로 기습 질문을 해보기로 한다.

"그럼 사장님께서는 올 한해 방영된 드라마를 다 보셨나요?"

"아니, 그건 아닌데……."

당황하며 말꼬리를 흐리는 사장의 대꾸에 객석은 웃음바다가 되었다.

"미안합니다. 시간이 나는 대로 전부 보도록 하겠습니다."

"네, 사장님께서 전부 시청해주시기로 약속하셨습니다. 내년에 또 물어봐야겠죠?"

적당히 완급 조절을 하며 생방송을 진행하는 안노준에게 프로의 기질이 느껴진다. 식은땀을 흘리는 사장의 얼굴에 당황함이 서린 미소가 그려져 객석은 또 한 번 웃음바다가 되었다.

"많이들 긴장하고 계실까 봐 잠시 사장님께 무례를 범하며 질문을 해봤습니다. 양해 부탁드립니다."

안노준은 BMS 사장을 향해 짧은 묵례를 하며 이내 큐카드에 적힌 대로 멘트를 읽어달라 눈빛으로 요청했다. BMS 사장은 큐카드로 눈길을 돌렸다.

"한 해 수고 많으셨습니다. 시청자의 눈과 귀를 만족시키는 방송, 마음을 움직이는 방송이 될 수 있도록 더욱더 노력할 것을 말씀드리며. 우리 BMS는 내년에도 양질의 콘텐츠로 여러분을 찾아뵐 것을 약속드립니다."

안노준은 사장의 멘트가 끝나기가 무섭게 객석을 살피며 마무리 멘트를 이었다.

"저 역시도 BMS의 무궁한 발전을 기원합니다. 대기하면서 대한민국에는 좋은 배우들이 참 많구나, 하는 생각을 잠시 했는데요. 이 자리에 함께 있을 수 있다는 것에 다시 한 번 감사하며 내년에도 변함없이 더 좋은 모습 보여드리겠습니다."

잠시 박수가 이어졌다. 짧고 군더더기 없는 멘트를 끝으로 안노준은 봉투에서 대상이 적힌 카드를 꺼내며 잠시 시간을 죽였다. 카메라는 순서대로 대상 후보의 얼굴을 비추었고, 마지막으로 잡힌 태준은 여전히 미소를 그린 채 정면을 응시할 뿐이다.

"발표를 해야겠죠? 안 할 수는 없겠죠?"

사장님, 그냥 제가 계속 유지하면 안 될까요? 굳어버린 객석에 또다시 웃음을 불어넣으며 안노준은 공손한 손놀림으로 사장에게 카드를 건넸다. 보는 이가 더 떨리는 순간. 모두가 고요한 가운데 울려 퍼지는 북소리를 긴장감을 더욱 극대화했다.

"BMS 연기 대상. 그 대망의 수상자는."

큐시트를 들어 올리며 사장은 목소리를 높였다. 북소리는 조금 더 강하게 들려오기 시작했다.

"강, 태, 준."

모두는 자리에서 일어섰다. 환호성과 박수갈채가 뒤섞여 들끓어 오르는 객석에서 주변의 모든 이는 태준의 자리로 모여들었다.

"강태준 씨 축하드립니다. 강태준 씨께서는 드라마 연꽃을 닮은 노래에 극 중 윤의 역할로 강렬한 존재감을 나타냈는데요. BMS 역대 최고 시청률 베스트 3위에 안착하며 한류 열풍의 선두주자다운 면모를 보여주었습니다."

"네, 그렇습니다. 강태준 씨는 처음 시도한 시대극임에도 불구하고 안정된 연기와 폭넓은 감정 연기로 극의 몰입도를 넓히며 긴장감을 이끌어 갔다는 큰 호평을 받았습니다. 현재 아시아 전역에서 연꽃을 닮은 노래의 인기가 엄청나다고 하는데요."

익숙하게 무대 위로 올라선 태준에게 스포트라이트가 집중되었다. 예견이라도 한 듯 태준의 주위에 모여 있던 카메라는 일사불란하게 태준의 동선을 따라가며 그 현장을 생생하게 비춰주었다.

"축하합니다."

"감사합니다."

사장은 태준에게 트로피를 건네며 악수를 청했다.

"축하해, 태준아. 수고 많았다."

태준보다 나이가 많은 안노준은 들릴 듯 말 듯 태준에게 인사를 건네며 꽃다발을 건넸다. 꽃다발과 트로피를 건네받은 태준의 곁으로 우르르 달려 나와 꽃다발을 안겨준 동료 배우들의 축하에 무대는 아수라장이 되었다. 기어이 전부 안을 수가 없어 바닥에 꽃다발을 내린 태준은 서서히 몸을 일으켰다.

……고요해진 공간. 수상 소감대에 서서 천천히 객석을 바라보던 태준의 입가에 알 수 없는 웃음이 잠시 흘렀다. 카메라는 잠시 정원을 비춰주었고, 두 손을 모은 채 반짝반짝 빛나는 눈빛으로 태준을 바라보던 정원의 모습은 안방 TV로 고스란히 비쳐졌다.

서너 초의 묵음을 끝으로 태준의 입술이 열렸다.

"안녕하세요. 배우 강태준입니다."

말이 끝나기가 무섭게 객석의 함성이 밀려온다. 태준은 종전보다 더욱 진한 미소를 그리며 소감을 이어나갔다.

"저는 언제 어디서나 같은 멘트로 인사를 합니다. '배우 강태준입니다.'라는 인사를 좋아하거든요."

배우. 살아보지 못한 삶을 온전히 이해하고 받아들이는 것. 그리하여 마치 현재 그러한 삶을 살고 있는 것처럼 타인에게 보여주는 것.

감정을 조절하지 못하는 미치광이가 되기도 했고, 사람을 죽이는 킬러가 되어 자비 없는 눈빛을 내보이기도 했다.

"배우라는 수식어에 부끄러움이 없도록 최선을 다해 연기하고자 노력했지만, 여전히 부족하다는 사실을 잘 알고 있습니다."

때로는, 사랑하다 죽을 것처럼 온 마음을 태우기도 했다.

태준은 무슨 말을 하려는지 잠시 숨을 멈추었다. 이내 열리는 입술은 객석의 긴장감을 증폭시켰다.

"올 한 해, 많은 일이 있었습니다."

밀려드는 함성. 그 많던 일을 오롯이 기억하는 객석의 사람들은 태준의 말이 끝나기가 무섭게 환호하기 시작했다. 무슨 일인지, 모를 수가 없었다.

"사실 안 하려고 했었거든요. 시대극. 너무 어렵기도 하고, 할 수 있다고 매번 큰소리는 쳤지만 잘할 수 있을지 걱정도 되었고."

그 말에 김 감독은 웃음을 터트렸다. 태준의 말 속에 숨겨진, 자신의 작품이 아니었다면 절대 하지 않았을 거라는 그 의미를 모를 수가 없다.

"하지만 지금은 이 작품을 하지 않았으면 어땠을까, 가끔 생각해보곤 합니다."

……감사해. 너를 만나게 해준 나의 모든 시간을.

"진정 어린 연기는 마음으로부터 시작된다는 것을 다시 한 번 깨닫게 되었고, 무엇보다 진심으로 행복하고, 또한 즐겁게 촬영에 임했기에 작품이 많은 사랑을 받았던 것 같습니다.”

한동안 너로 인해 행복했던 나의 모든 순간을.

차분하게 말을 이어나가는 태준의 눈빛은 그 어느 때보다 다정했다. 심장은 세차게 뛰어올랐지만 철저히 자신을 억누르며 내뱉는 정리된 멘트는 모두의 귓가를 울리기 충분했다. 태준은 긴장감 속 마른 입술을 움직였다.

“드라마를 찍으며 밤낮없이 고생해준 모든 식구에게 감사하다는 말씀 전하고 싶습니다. 그리고 무엇보다도.”

일순간 모두는 긴장했다. 약속이나 한 듯 태준의 시선은 정원에게 머물렀다.

……이 모든 일은 네가 아니라면 가능하지 않았을 일들이기에.

“오늘의 모든 영광은 완벽하게 윤을 연기할 수 있도록 도와주신 민정원 씨께 바칩니다.”

네가 없었다면 오늘의 나도 없었을 테니까. 이 상은, 네게 바치는 거라고.

태준은 팔을 높게 들며 트로피를 올렸다. 쏟아지는 함성 속, 카메라는 정원의 얼굴을 잡았다. 입가를 가린 채 자신을 바라보는 정원을 향해 태준은 미소 지었다.

다가올 내일은 더 아름다우리라. 세월이 흐르고 지날수록 그대는 더욱 내게 빛이 되리라.

태준은 잠시 깊게 심호흡을 하며 눈을 감았다 떴다. 이내 고요해진 객석을 바라보며 천천히 입술을 열었다. 까만 밤. 누구보다 빛나는 순간에 서서. 태준은 짧게 마무리하며 소감을 마치기로 한다.

그래요, 그녀는요,

“민정원 씨, 사랑합니다.”

그 남자의, 정원입니다.

에필로그. 그 남자의 정원

4년 후.

[강태준 한류잡지 새해 첫 커버모델…… 예약판매 '소진']
[탐정 미스터리 수사물 영화 '사라진 자들'…… 강태준 크랭크인]
[강태준 '사라진 자들' 박세준 감독과 인증샷…… 훈내 나는 '두 사람']

"이봐."

"……."

"이봐!"

아득히 들려오는 태준의 목소리에 정원은 수면 안대를 벗으며 눈살을 찌푸렸다.

"왜요……."

곧게 뻗어 들어오는 햇살에 간신히 눈을 뜬 정원의 시야로 이글이글한 태준의 모습이 들어왔다. 매일매일 그 모습을 마주해도.

"지금이 몇 시인 줄 알고. 안 일어나나?"

한결같이 미소가 지어지는 그 얼굴.

"어제 늦게 잤잖아요."

흐아암. 일어날 생각이 없는지 정원은 다시 눈을 감고 몸을 뒤척이며 반대로 누웠다. 그 앙큼한 대꾸에 태준의 입술이 쩍, 벌어졌다.

느, 늦게 자? 어제 아홉 시부터 눈 감은 건 대체 누구였지?

"피곤해서 그래요. 열 시까지만 잘게요."

이제는 태준이 속으로 꿍얼대는 소리까지 듣는 고급 스킬이 구비된 모양이다. 정원은 힘없는 팔을 들어 팔랑팔랑 저으며 조금 더 잘 테니 내버려두라고.

고된 촬영이 지속되는 요즘, 제대로 쉴 틈 없이 몸을 혹사한 터라 쉽게 잠을 깨지 못하는 듯했다.

허어. 이런 허무맹랑한 여인네를 보았나. 열 시까지만 잔단다.

"열한 시 반인데."

나갈 요량이었는지 말쑥한 복장으로 시계를 바라보던 태준은 짧은 한숨을 내쉬며 대답했다. 마음 같아선 더 재우고 싶지만 그럴 수가 없다.

……척-! 태준의 대꾸에 정원은 번쩍 눈을 떴다.

"며, 몇 시라구요?"

"열한 시 반."

거짓말! 두어 시간 잠든 것 같은데 벌써 열한 시 반이라니! 정원은 그제야 몸을 뒤척이며 휴대폰을 들어 시간을 확인한다. 진짜로 열한 시 반이다.

"오늘 촬영이라고 하지 않았나?"

"아…… 일어나야겠네……."

하지만 마음뿐. 깨어난 정신과는 달리 말을 듣지 않는 몸은 여전히 잠들어 있다. 예전엔 밤샘 촬영을 며칠씩 해도 거뜬했는데, 나이를 먹은 탓인지 이제는 하루만 밤샘 촬영을 해도 며칠씩 고단하곤 했다.

"그나저나 우리 아드님은 어린이집 갔어요?"

"모친의 입에서 나올 얘기는 아닌 것 같은데."

"오늘은 아빠가 보내는 날이잖아요."

허! 들으면 들을수록 태준은 기가 막히다.

"어젠 누가 보냈지? 그 전날은? 그 전전 날은?"

어린이집이 가기 싫다며 이글이글한 아드님의 손을 잡고, 어르고 달래가며 노란 어린이집 차를 기다리던 한류스타의 자존심이 위태롭다.

음. 멍하니 기억을 더듬던 정원은 그제야 며칠째 태준이 해왔다는 것을 깨달았는지 웃음을 터트렸다. 이럴 땐 말 돌리기가 상책이다.

"밥 안 먹어요? 오늘 촬영 있죠?"

태준의 이글이글함이 눈 감고도 훤히 보여 정원은 길게 미소를 그렸다. 일어나야 하는데. 진짜 일어나야 하는데. 고단함은 쉽게 날아가지 않고 침대에선 일어나기가 버겁기만 하다.

"밥? 밥이라고 했나, 지금?"

있어야 먹을 것 아닌가? 잘도 먹으란다, 잘도!

태준은 쿵, 이마를 짚으며 꿍얼거렸다. 며칠 전 공복에 영수에게 샌드위치나 사 오라고 시켰던 기억이 난다. 밥도 못 얻어먹고 다니느냐며 바라보던 그 동정 어린 눈빛이 잊히지 않아 아침은 잊고 산 지 오래된 이야기다.

생각해보니 밥을 한 기억이 없어 정원은 머쓱함에 또다시 소리 내어 웃었다.

"도와주기로 해놓고. 치사하게."

"내가 안 도와줬냐?"

대체 그건 뭐지?

억울했는지 태준은 침대 곁에 앉아 정원의 뒤통수를 태울 듯이 바라보았다. 하루 이틀의 풍경은 아니건만 오늘은 유난스럽게도 태준의 타박이 오래 간다. 실은 어제, 정원의 키스신에 이글이글한 모양이다.

절대로 객관적일 수 없는 태준의 주관적 입장을 그대로 서술하자면. 집필 작가의 의도마저 의심스러웠던 개연성 제로의 키스신은 두 눈 뜨고 바라볼 수 없을 정도로 진했고.

"일주일에 고작 설거지 다섯 번 도와주면서."

"일주일은 칠 일이야."

서로는 상당히 거친 호흡을 나누었으며.

"밥은 하루 세끼거든요."

"아침 점심을 이 집에서 누가 먹나? 그리고 청소하고 빨래는 왜 은근슬쩍 빼는지?"

온 가족이 보는 방송인데, 저래도 될까 싶을 만큼 드럽게 격정적이었다.

태준의 꿍얼거림이 멈출 기미가 없자 으차차, 정원은 힘겨운 상체를 일으켰다. 고작 해봐야 공중파 드라마에 나올 만큼 별것 아니었던 키스신이었지만, 태준의 눈에는 19금 딱지를 덕지덕지 붙여도 봐줄 수 없을 만큼 충격적이었다. 정말이지 그런 광경은 보고 또 봐도 익숙해질 수가 없다.

"봤어요, 어제?"

"아니? 안 봤는데? 그런 걸 왜 봐."

"그런 게 뭔데요?"

봤구나? 정원은 태준의 마음을 들었다 놨다, 앙증맞게 웃으며 기지개를 켰다. 자연스럽게 태준에게 상체를 기울이며 정원은 태준의 목을 끌어안았다. 이 와중에도 태준은 무의식적으로 정원의 등을 감싸며 천천히 정원의 상체를 토닥였다.

"보지 마라니까, 왜 자꾸 봐요."

"좋냐? 외간 남자랑 붙어서. 응? 그 막. 응? 비비고. 막. 응?"

애 딸린 유부녀가 새파랗게 어린놈이랑. 응? 연기 맞아? 맞냐고!

이 말이 하고 싶어서 아침 내내 정원이 깨기만을 기다렸던 모양이다. 정원은 불타오르는 태준의 눈빛을 느끼며 미소 지었다. 자꾸만 중간에서 정원을 인터셉트 당하는 기분. 태준은 이글이글한 눈빛으로 정원의 정수리를 내려다보았다.

김별…… 네놈을…… 아니, 그 전에 박 대표 먼저…….

"별이 또 우리 신랑한테 미움 받겠네. 큰일 났네."

요새 한창 뜨는 남자배우 김별. 정원과 함께 메디컬 드라마 주인공으로 나온다. 대한민국에 반도의 배우만 있는 건 아니었는지라 드럽게 잘난 배우들이 삼태기로 한 바구니다.

"그러니까 나처럼 다른 장르를 하라니까."

"액션이요? 나 정말 액션 배우나 할까 봐."

태준의 영화는 로맨스가 있기는커녕 하루하루가 전쟁 같은 액션물이다. 피칠갑은 기본이요, 대사 한마디 한마디는 살벌하기 그지없다.

몇 년째 로맨스는 바라보지도 않던 태준의 심경을 아는지 모르는지 정원은 태준의 손을 잡으며 자꾸만 칭얼거렸다. 정수리를 태울 것만 같은 눈빛과는 달리 본능적으로 정원의 등을 토닥이는 태준의 손길은 언제나처럼 따스하기만 하다.

"오늘은, 좀 일찍 끝나나?"

"글쎄요. 별이가 먼저 촬영할 수도 있어서."

태준은 정원의 등을 토닥이던 손길을 멈추었다. 이내 사정없이 일그러지는 미간은 무엇에 또 심사가 뒤틀렸는지 알 길이 없다.

"웬만하면 김별. 이렇게 불러주면 안 될까, 그 이름."

"몇 살이나 어린데. 봤잖아요, 저번에."

봤으니까! 봤잖냐, 내가 그 더럽게 탄탄한! 응? 그!

옘병…….

다시 토닥여달라고 정원이 태준의 품을 파고든다. 수년째 정원갑께 기분을 조종당하고 있지만 벗어날 길이 없다. 태준은 또다시 다정한 손길로 정원의 등을 토닥이기 시작했다.

하지만 잠시 안녕할 시간. 태준도 촬영에 늦지 않으려면 이젠 나가봐야 한다.

"다녀올게. 주스 갈아놨어. 마시고 가."

정원은 상체를 일으키며 어서 가라고 손짓을 했다. 흔한 배웅도 뭐도 없이, 앉아서 그냥 가란다. 이글이글한 태준이 현관문을 열었다. 오늘 촬영도 시간 안에 끝내려면 잠시도 지체할 여유가 없다.

불꽃 연기로 NG 없이 찍고 아드님을 모시러 가야 한다. 아드님의 성정이 어찌나 지 애비를 똑 닮았는지 일 분만 늦어도 이글이글. 말도 제대로 못 하는 게 어찌나 뜨거운 불꽃 눈빛을 쏘아대는지 태준은 전전긍긍이다.

일하는 도우미 아주머니가 사정상 한 달간 집을 비웠다. 오늘 저녁이나 돌아온단다.

빨리 와요…… 나 정말 죽을 것 같네…….

"나오셨어요!"

좋은 아침입니다! 대기 중이던 영수가 뛰어나와 차 문을 열어주었다. 볕이 좋아 눈이 부시다. 태준은 차에 올라타며 버릇처럼 결혼반지를 매만졌다.

"누나!"

"아, 별아."

대기실에서 대본을 보던 정원이 별을 반긴다.

'김별이라 불러!'

반도의 분노 열매는 혼자 다 드셨는지 분노에 가득 찼던 태준의 목소리가 귓가에 선연하다. 자신을 향해 반갑게 미소 짓는 별을 바라보던 정원은 아차 싶은 마음에 이내 입가에 미소를 지웠다.

"김별! 밥 먹었어?"

"아, 아, 네. 그럼요. 먹었죠."

난데없는 호칭. 별이 녀석은 머뭇거리다 고개를 끄덕거리며 정원의 곁에 놓인 의자에 앉았다. 메디컬 드라마에 빠질 수 없는 의사 가운은 별이 녀석의 희고 깨끗한 피부와 잘 어울린다.

"누나, 우리 어제 최고 시청률 나왔던데요?"

듣기만 해도 좋은지 정원은 대본을 내리며 웃음을 터트렸다.

"뉴스로 봤어. 난 어제 너무 피곤해서 본방 사수 못 하고 그냥 잤다?"

사실은 태준이 거실에 있어 시청하지 못했다. 함께 시청할 깜냥은 없고, 그렇다고 깨어 있기도 뭐해서 피곤하다는 핑계로 일찍 자리에 누웠던 어제. 설마 볼까 싶었지만 태준은 기어코 보고야 말았던 모양이다.

어디 보기만 했겠는가. 다시 보기를 구매해서 리플레이 아흔아홉 번은 했던 것 같다. 정원의 표정이 심취한 듯 보여 이글이글. 김별 놈이 내쉬는 숨소리가 노골적으로 거칠어 이글이글. 들려오는 드러운 OST가 비위에 맞지 않게 달달하여 이글이글. 아흔아홉 번 돌려 보는 내내 이글이글.

도저히 분노를 혼자 식힐 길이 없어 살금, 안방 문을 열어보았지만 정원은 이미 꿈나라. 언감생심 깨울 수도 없다.

그러함에 잠든 아드님 방에 찾아가 하소연하기를 또다시 삼십 분. 아빠의 투정에 잠에서 깬 산이가 빽- 울음을 터트려 그 와중에 어르고 달래기를 삼십 분. 외로운 유부남은 그렇게 밤을 지새웠건만 거기까진 알지 못한 정원은 아침에 마주했던 태준의 얼굴이 떠올라 미소 지었다.

무엇이 떠올랐는지 정원이 시계를 바라본다. 시계는 여덟 시를 향해간다.

……저녁은 먹었을까. 그래도 오늘은 마침 도우미 아주머니가 돌아오는 날이라, 촬영이 일찍 끝난 태준과 아드님께서 저녁은 든든히 먹으리라. 정원의 모처럼 가사를 잊고 촬영에 집중해보기로 한다. 빨리 끝내야 퇴근할 수 있을 테니까.

"스탠바이 하겠습니다!"

공간을 울리는 스태프의 외침. 곁에 두었던 의사 가운을 집으며 정원이 일어섰다.

"김별, 갈까?"

"아, 네. 가요."

정원의 입에서 튀어나온 딱딱한 호칭에 별이 녀석도 엉거주춤 함께 일어섰다. 대선배 입에서 나온 '김별'이라고 변한 호칭에, 자신이 무슨 실수라도 한 건 아닌가 싶은 불안함까지 동반하면서.

"누나, 혹시 저 뭐 잘못한 거 있는 건 아니죠?"

"잘못? 김별이 나에게 잘못할 일이 뭐가 있어, 늘 고맙기만 하지."

하지만 이내 맑은 정원의 웃음에 별이 녀석도 따라 웃었다. 언제나 보여주는 그녀의 웃음은 유부녀가 맞을까 싶을 만큼 맑다 못해 싱그럽기까지 했으니까. 이후 촬영장은 열기로 뜨겁게 달궈졌고, 그 중심엔 국민 여배우 민정원이 있었다.

"이봐 아들, 밥 안 먹나?"

"시어. 산이는 또봇이랑 놀 거야."

끙. 오늘은 어쩐지 잘 넘어간다 했다. 젓가락을 내리며 태준은 짧은 한숨을 내쉬었다. 그도 그럴 것이 차려준 밥은 먹을 생각도 없이 아드님께선 이십 분째 또봇 타령 중.

"또봇이랑 놀아줘."

"그래, 밥 먹고 온 힘을 다해 놀아줄게. 일단 먹고."

아드님께서 고개를 절레절레 흔들며 싫단다. 그 모습에 태준은 또다시 짧은 한숨을 내쉬었다. 요 끙깡만 한 녀석은 누굴 닮아 고집이 고래심줄만큼 질긴 건지. 아무래도 협상은 어려울 것만 같다.

"아들, 밥 먹을 때 딴짓하면 너네 엄마한테 혼나. 모르나?"

"고자질은 나빠요."

허어. 게다 영민하기까지. 보면 볼수록 영재로다. 영재야.

대화가 두 마디 이상 이어지지 않는다. 태준은 자신을 쏙 빼다 박은 아드님의 얼굴을 멀뚱히 바라보다 미간을 살짝 일그러트리며 입술을 열었다.

"안 되겠다, 엄마한테 전화해서 밥 안 먹는다고 말해줘야겠네."

"먹어! 밥 먹어!"

태준은 입가에 살며시 미소를 그리며 반찬을 집었다. 이 와중에 태준이 다리를 덜덜덜덜. 아드님께서 다리를 덜덜덜덜. 둘 다 이글이글하니 의심 없는 강씨 집안 자손이 확실하다.

"자, 아들이 밥을 잘 먹어야 엄마도 힘내서 돈 벌지. 아- 해봐."

"아빠가 나가서 벌어. 엄마는 집에 오라고 해."

나, 나가라니……. 태준은 밀가루로 빚어놓은 듯한 아드님의 두 볼을 바라보며 마른침을 삼켰다. 와이셔츠 단추만 한 게 편식도 모자라 편애까지. 대체 이 꼬깡은 커서 뭐가 되려고 이렇게 호불호가 강하단 말인가.

니가…… 지금 누구 때문에 태어났는데…….

디테일하게 들려주고 싶지만 어디서부터 어떻게 꺼내야 할지 감도 없는 이야기는 해봐야 요 꼬깡 녀석이 알아들을 턱도 없다.

"아들, 지금 넌 잘 모르겠지만 크다 보면 알게 될 거야."

세상에 나와 보니 아빠가 강태준, 엄마가 민정원이라는 대단한 사실을.

"나중에 배꼽 인사 하면서 감사하다고 울지나 말도록."

기어이 삼천포로 빠진 저녁 식사. 밥은 아직 한 수저도 먹이지 못했다. 정원과 함께 있을 땐 곧잘 주는 대로 잘 받아먹더니 아빠는 찬밥도 아닌 쉰밥 정도로 보이는가 보다.

'산이가 저녁을 잘 안 먹어요. 그래도 먹여야 해요.'

하지만 밥은 먹여야 한다. 스킬이 없으니 애원이라도 해야 하는 상황. 태준은 다시 한 번 침착하게 반찬을 아드님의 얼굴 가까이 가져가며 슬쩍 흔들었다.

"그리고 내가 집에 있고 싶어서 있는 게 아냐. 지금 누구 때문에 여기 앉아 있는 줄 알면 그런 말 못 할 텐데."

역시나 불리한 이야기엔 대꾸가 없다. 태준은 눈썹을 추켜세우며 콩자반 한 알을 내려두고 멸치볶음으로 손길을 뻗었다. 덥석 멸치볶음을 집었다가 멈칫. 한꺼번에 많이 먹이지 말라던 정원의 목소리가 제 귓가에 울리는 것만 같다. 그리하여 나름 건장한 멸치 세 마리를 들어 올리며 태준은 또다시 아드님의 얼굴 가까이 가져갔다.

"간에 기별이나 갈까 싶지만 아들은 가능하지? 먹어봐."

아 그제야 아드님께서 한입 접수한다. 옳지! 태준은 마치 멸치 삼백 마리가 제 입에 들어온 것 같은 환희를 느낀다.

"그리고 한마디 더 보태자면 아직까진 엄마보다 아빠가 더 벌어. 사는 동안 참고하길."

흥. 아드님은 들은 체도 없이 오물오물 멸치 세 마리를 분쇄한다. 그 모습에 휴, 태준은 잽싸게 손톱만 한 수저를 들고는 아드님께 밥을 건넸다. 오! 밥알 개시! 드디어 끙깡만 한 입술을 벌려 오물오물. 잘도 먹는다.

반찬 좀 집어주지, 그 모습이 사랑스러워 바라만 보던 탓에 반찬 집어줄 생각도 못 하고 아드님 맨밥을 먹인다.

"그것 좀 내려놔."

"싫어."

손에 쥔 또봇은 놓을 생각이 없는 듯. 태준은 도저히 안 되겠다는 표정으로 고개를 흔들었다. 반도의 연기력을 아드님 밥 먹이는 일에 쓰게 될 줄 누가 알았겠는가.

"엄마 없으면 말 안 듣는다고 너네 엄마 오면 내가 다 일러주지."

옳지, 그제야 식탁에 혼연일체 또봇을 내려둔다. 엄마가 무섭긴 어지간히 무서운가 보다.

여기서 밝혀지는 숨길 수 없는 진리, 일은 강태준에게. 육아는 세일러문에게.

"반찬 뭐 줄까. 말해봐."

"우부!"

그래, 그것인즉 두부렷다. 맨밥에 이글이글한 아드님이 반찬을 선택하자 태준은 잽싸게 두부를 산산조각 내서 작은 조각을 집어 올렸다. 오물오물. 으어, 잘 먹는다.

"엄마는 언제 와?"

"글쎄. 나도 알고 싶다."

언제 와…… 이 여편네…….

태준이 새 모이 주듯 밥 한술에 반찬 하나를 낑깡 같은 입술에 잘도 넣어준다. 어떻게 이런 게 세상에 태어났을까. 바라만 보고 있어도 경이로운 기분을 어찌 말로 설명할 수 있으랴. 태준은 저도 모르게 미소 짓다가 입술을 열었다.

"아들. 아빠가 좋아, 엄마가 좋아?"

"엄마."

고민하는 시늉이라도 좀 하고…… 답해주면 안 될까…….

"잘 생각해봐. 아빠가 이렇게 밥도 먹여주고 씻겨도 주고. 잘 때 재워도 주고. 어린이집도 보내주는데."

태준은 아드님 앞으로 상체를 수그렸다. 하지만 아드님은 오로지 '엄마 갑'뿐이다.

"뿐인가? 아들 어린이집도 꼬박꼬박 데리러 가. 너네 선생님이 아빠를 얼마나 좋아하는 줄 알아? 아빠가 가서 사인도 해줘, 사진도 찍어줘."

"엄마가 좋아."

그래…… 나도 너보다 너네 엄마가 더 좋아…….

태준은 상체를 일으키며 꿍얼거렸다. 이내 산만해진 아드님께서 주변을 두리번거리자 태준은 또다시 밥을 퍼 올리며 마지막 일침을 가했다.

"너는 엄마지? 나는 와이프야. 니 거 아니고 내 거."

흥, 아드님이 들은 척도 안 하자 흥, 태준도 고개를 돌리며 시계를 바라보았다. 어느덧 해는 저물고 어둠이 깔린 세상은 저녁 여덟 시를 향해간다.

······밥은 드시고 촬영하시는가.

"아들, 엄마 데리러 갈까?"

그제야 시선을 교차해주시는 아드님의 눈빛이 반짝반짝하다.

"갈래! 갈래!"

"일어나. 가자, 가자."

태준은 일어섰다. 밥은 고작 네 숟갈 먹여놓곤 이내 정원갑께 마음을 쏟아붓는다. 아무래도 김별이 눈에 밟혀 이글이글한 모양이다.

의자에서 내려온 아드님께서 오동포동한 다리로 아장아장 현관을 향한다. 겉옷을 챙기며 돌아선 태준은 정원의 놀란 얼굴이 떠올랐는지 흐뭇하게 미소 지었다. 간식거리라도 사서 가려면 서둘러야 할 것 같았다.

"산아, 출동하자."

"신발 신겨줘."

태준은 차 키를 챙기며 천천히 허리를 수그려 손바닥보다 작은 신발을 들었다.

······대체 이 낑깡만 한 녀석을 언제 키워 언제 내보내고.

"발 들어봐. 오른발 말고 왼발."

난 언제, 세일러문하고 둘이·······.

"아니, 그 발은 오른발이지. 왼발을 들어보라니까."

남은 앞길은 일억 구만 리요, 오붓한 황혼의 로맨스를 꿈꿔보지만 그런 날이 오긴 올까 싶을 만큼 멀게만 느껴졌다.

"······그래, 그럼 그냥 오른쪽부터 신자."

익숙하게 산이의 신발을 신긴 태준은 홀쩍, 아드님을 품에 안으며 일어섰다. 현관문을 나서는 태준의 발걸음이 가볍다. 아드님께선 꼬옥, 태준의 목을 잡으며 품 안으로 얼굴을 묻었다.

그대를 바라보고 있는 순간도 좋지만, 그대를 보고 싶은 순간도 더할 나위 없이 행복한 시간. 영원을 수없이 잘게 쪼갠 하루살이는 오늘도 그렇게 그댈 사랑하며 저물어갑니다.

　내일도, 오늘만큼 사랑해줄게요.

　"자, 그럼 엄마 보러 가볼까?"

-마침-

작가의 말

안녕하세요, 로즈빈입니다.

『그 남자의 정원』으로 여러분을 찾아뵙게 되어서 얼마나 기쁜 마음인지, 말로 다 할 수 없음이 아쉽기만 합니다.

해당 작품은 2014년 제2회 네이버 로맨스 공모전 당선작입니다. 긴 연재 끝에 이렇듯 종이책으로 여러분을 다시 만나게 되었습니다. 벌써 시간이 이렇게 흘렀나, 공연히 마음이 시큰하군요.

2014년 3월. 뭐에 홀린 듯 글을 쓰기 시작했습니다. 열 분 남짓 읽어주시던 독자님들께 고마운 마음에 밤낮을 잊고 글을 썼던 기억이 선연하네요. 좋은 기회를 만나 더 많은 독자님들을 만나게 되었고 지금은 이렇듯, 작가의 말을 쓰고 있습니다.

모든 작품이 소중하지만『그 남자의 정원』은 제게 정말 특별한 작품입니다. 너무 많은 것을 변화시켜주었고, 할 수 있다는 믿음을 주었으며, 또한 글을 쓰는 기쁨을 알게 했습니다. 글을 쓰는 동안 이야기 속에 빨려 들어 얼마나 웃고 울었는지, 또 얼마나 캐릭터들을 사랑했는지 모르겠습니다. 완결 후엔 마음이 헛헛해서 쉽게 다른 작품을 쓰지 못했던 기억도 나네요. (웃음)

사랑한다는 이유로 너무나도 많은 비난을 받던 여러 유명인들을 보다가 작품의 집필을 시작했습니다. 그들의 속사정과 세상 밖으로 나오기까지 겪어야 하는 힘겨운 시간들을 무겁지 않게 들려드리고 싶었어요. 사랑은 어떠한 이유에서도 비난받지 말아야 한다는 이야기를, 하고 싶었습니다.

연재 형식의 글이었기 때문에 호흡이 다소 짧거나, 기존의 로맨스 소설과는 조금 다를 수도 있습니다. 원문을 크게 훼손하지 않은 건, 연재했던 그대로의 모습을 보여드리고 싶었기 때문입니다.

대단한 작품은 아닙니다. 다만 잠시나마 마음을 따뜻하게 만들어줄, 그런 작품으로 기억되고 싶습니다. 『그 남자의 정원』이 세상 밖으로 나올 수 있도록 큰 도움 주신 YMBOOKS 편집 식구들께 감사의 인사드리며, 또한 이 글을 읽어주시는 모든 분께도 감사의 인사 나누고 싶습니다.

늘 행복하소서.

감사합니다.
애정을 담아.
로즈빈 드림.